紅樓夢
1

KB119223

나남
nanam

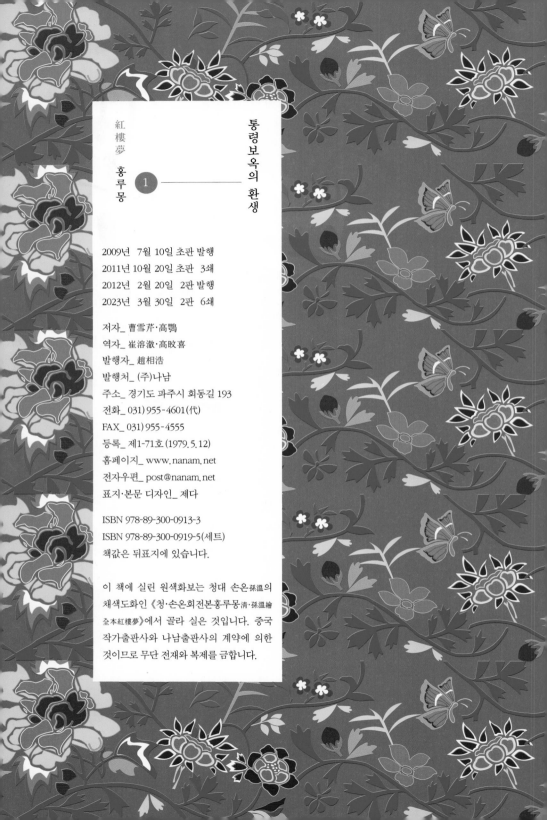

紅樓夢

홍루몽

1　──────

통령보옥의 환생

2009년　7월 10일 초판 발행
2011년 10월 20일 초판 3쇄
2012년　2월 20일 2판 발행
2023년　3월 30일 2판 6쇄

저자_ 曹雪芹·高鶚
역자_ 崔溶澈·高旼喜
발행자_ 趙相浩
발행처_ (주)나남
주소_ 경기도 파주시 회동길 193
전화_ 031) 955-4601(代)
FAX_ 031) 955-4555
등록_ 제1-71호(1979. 5. 12)
홈페이지_ www.nanam.net
전자우편_ post@nanam.net
표지·본문 디자인_ 제다

ISBN 978-89-300-0913-3
ISBN 978-89-300-0919-5(세트)
책값은 뒤표지에 있습니다.

紅樓夢

1

통령보옥의 환생

조설근 曹雪芹 · 고악 高鶚 지음

최용철 · 고민희 옮김

나남
nanam

❋ 대관원의 전경

청경봉 아래 스님과 도사가 돌을
인간세상에 데려가기로 하다.

❀

공공도인이 청경봉 돌 위에 적힌
이야기를 읽고 세상에 전하다.

대옥이 가우촌을 따라 상경하다.

보옥과 대옥이 첫 대면하는 날
보옥이 통령보옥을 내던지다.

보옥이 꿈속에서
태허환경을 노닐다.

왕희봉이 녕국부를
관리하다.

❀

보옥이 태허환경에서
홍루몽곡을 듣다.

❀

진가경의 장례를
호화롭게 치르다.

제
18
회

원춘귀비의 친정 나들이.

제
18
회

귀비가 성대한 연회를 베풀고
대관원을 명명하다.

일러두기

이 책의 번역저본은 중국예술연구원 홍루몽연구소에서 교주校注
하고 인민문학출판사에서 간행한 신교주본新校注本《홍루몽》을
사용하였다. 초판은 1982년에 나왔으나 이 책은 1996년에 나온 제
2판 교정본을 사용하였다. 이 판본은 전80회는 《경진본庚辰本》
을, 후40회는 《정갑본程甲本》등을 중심으로 교감한 새로운 통
행본이다.

———

이 책의 권두 삽화는 청대 손온孫溫의 채색도화인 《청·손온회전
본홍루몽淸·孫溫繪全本紅樓夢》(작가출판사 간행)을 사용하였으며
따로 청말《금옥연金玉緣》판본의 흑백 삽화를 일부 활용하였다.

이 책은 매 20회씩 나누어 총 6권으로 하였으며 각권마다 별도
의 부제를 붙여서 전체 줄거리의 변화를 보여주도록 하였다. 또
각 회의 회목은 번역문과 원문을 병기하였고 동시에 독자의 빠
른 이해를 위해 따로 간편한 제목을 붙였다.

———

작품 속의 시사詩詞 등 운문에는 편리하게 대조할 수 있도록 원문
을 병기하였으나 운문의 일부와 산문의 경우는 이를 생략하였다.

작품 속의 인명과 지명 등 고유명사는 한글의 한자음을 사용하
였으며 처음 등장할 때 혹은 필요하다고 생각되는 곳에는 한자
를 병기하였다.

홍루몽

———

1

통령보옥의 환생

홍루몽 5권
엇갈린 운명과 이별

홍루몽 6권
다시 돌이 되어

甄士隱夢幻識通靈
賈雨村風塵懷閨秀

석두의 이야기

진사은은 꿈길에서 통령보옥 처음 보고
가우촌은 불우할 때 한 여인을 알았다네

甄士隱夢幻識通靈　賈雨村風塵懷閨秀

책을 펴는 첫 번째 회에서 작가는 다음과 같이 말한다.

"일찍이 한 차례 꿈을 꾸고 나서 진짜 일을 숨겨 버리고 통령의 이야기를 빌려 이 《석두기石頭記》[1] 한 권을 지었다. 그래서 진사은甄士隱[2]이라는 이름을 썼다."

그렇다면 이 책에서 어떤 사연과 인물을 묘사하였을까? 이에 관해 작가는 다음과 같이 말한다.

"지금 이 풍진세상에서 한 가지 일도 이루지 못하고 녹록한 인생을 살면서 훌연 지난날 알고 지내온 모든 여인이 하나씩 생각나 가만히 따져보니 그들의 행동거

---

1 《석두기(石頭記)》는 《홍루몽》이란 제목이 생기기 이전의 필사본에 붙여졌던 원 제목이며 돌에 쓰여진 이야기라는 뜻임.
2 진짜 일을 감추었다는 '진사은(眞事隱)'과 음이 같다. 《홍루몽》에는 발음이 같은 용어를 사용하여 암시의 효과를 거두는 '해음'의 수법이 많이 사용되고 있음.

지와 식견이 모두 나보다 월등하게 뛰어났음을 알 수 있었다. 나는 수염 난 대장부로서 어찌 저 치마 두른 여자들만도 못했단 말인가 하고 생각하니 실로 부끄럽고도 남음이 있었다. 이미 후회해도 소용이 없는 참으로 막막한 나날의 연속일 뿐이었다.

이러할 즈음 나는 일찍이 하늘의 은혜와 조상의 은덕을 입어 비단 저고리에 명주 바지를 입고 달고 기름진 음식을 먹던 세월을 돌이켜 보았다. 부모님이 가르쳐 주신 은혜를 저버리고 스승님이 이끌어 주신 은덕을 뒤로 한 채, 오늘날까지 한 가지 재주도 익히지 못하고 반평생을 방탕하게 살아오며 허송세월한 죄를 모두 적어 한 편의 책으로 엮어 세상 사람들에게 들려주고자 하는 마음이 생겨났다. 비록 내가 저지른 죄는 끝내 면할 수 없다 하더라도 규중에서 진솔한 삶을 치열하게 살았던 여인들의 이야기가 편하되어서는 안 될 것이며, 단점을 감추고자 하는 나의 불초함 때문에 그 흔적조차 없어지게 할 수는 없는 일이었다. 그리하여 비록 지금은 띠풀로 처마를 잇고 쑥대로 창문을 가린다고 하더라도, 또 깨진 기왓장으로 부뚜막을 대신하고 새끼줄로 침상을 만들어 쓴다고 해도, 새벽바람과 저녁이슬과 뜰 안의 버들과 꽃나무가 있는 한 결코 나의 마음속에 가득한 필묵을 막지는 못하리라.

내 비록 배운 것이 없고 글 솜씨가 형편없다고 해도 세상 사람들의 속된 몇 마디 말로 부연하여 이야기를 끌어나가면 그 또한 규중의 일을 세상에 밝히는 것이 되리라. 이는 다시 세인의 눈을 즐겁게 하고 사람의 근심 걱정을 덜어주는 데도 마땅하지 않겠는가 생각했다. 그래서 가우촌賈雨村[3]이란 사람을 등장시킨 것이다."

이곳에서 몽夢이니 환幻이니 여러 가지 말이 나오는데, 이는 실로 독자의 눈을 깨우치고자 하는 것이며 또한 이 책의 주된 의미라고도 하겠다.

독자 여러분! 그러면 이 책이 어디에서 유래했는지 아시겠습니까? 그 연유를 말씀드리자면 비록 황당함에 가깝지만 자세히 알고 보면 재

---

3 거짓의 말을 남겨 둔다는 '가어존(假語存)'과 발음이 같음.

미 또한 쏠쏠한지라, 내가 드리는 말씀을 잘 들으시면 독자 여러분의 궁금증이 확연히 풀리게 될 것이외다.

옛날 여와씨女媧氏가 돌을 달구어 하늘을 때울 때의 이야기다. 대황산大荒山 무계애無稽崖[4]에서 높이가 열두 길, 폭이 스물네 길이나 되는 너럭바위 36,501개를 불에 달구었는데 여와씨는 그중에서 36,500개를 쓰고 나머지 한 개를 남겨 이를 이 산의 청경봉靑埂峰 아래에 내던지고 말았다. 그런데 이 돌은 불에 단련된 뒤였으므로 신통하게도 혼자서도 생각할 수 있게 되었다.

다른 돌은 다들 하늘을 때우는 데 쓰였는데 오직 자신만은 재주가 없어 그에 뽑히지 못하였음을 한탄하고 원망하며 밤낮으로 비통한 마음으로 부끄럽게 여기고 있었다. 그러던 어느 날 여전히 한숨으로 지새고 있을 때 홀연 스님 한 분과 도사 한 분이 저 멀리서 다가왔다. 비범한 생김새에 남다른 풍채를 가진 두 사람은 함께 떠들고 웃으면서 이 봉우리 아래 이르러 이 돌 옆에 앉아 고담준론을 늘어놓았다. 처음에는 구름 산과 안개 바다와 신선의 일과 현묘한 얘기를 하더니 이어서 저 홍진 세계의 부귀영화에 대해 온갖 말을 늘어놓았다.

돌은 옆에서 조용히 듣고 있다가 불현듯 범심凡心이 동하여 자신도 저 인간세계에 내려가 한차례 부귀영화를 누려 보고 싶은 마음이 불쑥 일어났다. 하지만 자신의 생김새가 거칠고 못난 것을 한스럽게 여겨 부득이 인간의 말을 토해내며 스님에게 말했다.

"대사님, 이 못난 놈이 미처 예의범절을 차리지 못하오니 용서하시기 바라옵니다. 방금 두 분께서 말씀하시는 것을 듣자하니 저 인간세상의 찬란한 영광과 번영에 대해 심히 흠모하는 마음이 생겼사옵니다. 저는

---

4 대황산은 《산해경》에 나오는 산의 이름이나 무계애는 작가가 지어낸 것으로, 여기서는 '황당무계'함을 빗댄 것이다. 뒤의 청경봉도 '정의 뿌리(情根)'라는 뜻으로 만들어 낸 것임.

비록 못나고 바보 같지만 성령은 약간 통한 바가 있습니다. 뵙기에 두 분 어른께서 신선의 모습을 하고 계시니 필시 비범하신 분일 것이라, 반드시 하늘을 보필하고 세상을 구제할 재주와 사물을 이롭게 하며 인간을 돕는 능력을 지녔을 것이옵니다. 그러니 그저 한 점 자비심을 베풀어 저를 데리고 저 홍진세계에 들어가 부귀의 고을, 온유의 마을에서 단 몇 년 만이라도 지낼 수 있게 해주시면 그 크나큰 은혜를 영원토록 마음에 새기고 만겁이 지나도록 잊지 않겠사옵니다."

두 분 선사仙師가 그 말을 듣고서 함께 껄껄 웃었다.

"좋은 일이로다, 좋은 일이야! 저기 저 인간세계에는 진정으로 즐거운 일이 있고말고. 허지만, 그걸 오래도록 간직할 수는 없는 게야. 하물며 옛말에도 '아름다운 것에는 부족함이 있고, 좋은 일에는 마가 낀다'고 하지 않았던가. 이 두 경구가 언제나 붙어다니는 형국이니, 순식간에 '즐거움이 극에 달하면 슬픔이 생기는 법'이요, '사람도 달라지고, 산천도 바뀌는 법'이지. 결국에는 한바탕 꿈이 되고 만사가 공空으로 돌아가는 것이라네. 그러하니 아예 가지 않는 게 좋을걸세."

하지만 이 돌은 이미 마음에 불이 붙은 터라 그런 핑계 따위가 귀에 들어올 리가 없었으므로 몇 번이고 자꾸 졸라댔다. 두 신선은 억지로 막을 수 없음을 알고 탄식하며 말했다.

"이야말로 고요함이 극에 이르면 움직이고자 하는 것이요, 무에서 유가 생겨나는 운수로구나. 정 그러하다면 우리가 너를 데리고 가서 한번 누려보게 할 터인즉 다만 훗날 어쩔 수 없는 지경에 이르렀을 때 제발 후회하지나 말아라."

"이르다 뿐이겠습니까. 물론입지요."

돌이 그렇게 선선히 대답하자, 스님이 또 한마디 덧붙였다.

"네가 속이 조금 신통해졌다고는 하지만 겉모습이 이처럼 굼뜨고 미련하게 생긴 데다 특별히 아름다운 구석이 없으니 그저 남에게 밟힐 뿐이 아니겠느냐. 좋아, 그럼 지금 내가 불법을 크게 펼쳐 너를 도와주려고 하니 인연의 겁이 끝나는 날 너의 본 모습으로 돌아와 이 사연을 끝낼 수 있게 하려는데 네 생각은 어떠하냐?"

돌이 듣고 감격해 마지않았다.

스님이 주문을 외우고 부적을 써서 크게 환술幻術을 부리니 순식간에 집채만 한 바윗덩이가 맑고 영롱한 아름다운 옥玉으로 변했다. 옥은 부채 끝에 매달기 딱 좋은 크기가 되어서 차고 다닐 수도 있고 가지고 다닐 수도 있었다. 스님은 손바닥 위에 올려놓고 웃으며 말했다.

"이제 겉모양으로야 틀림없는 보물이 되었구나! 하지만 실로 적당한 쓰임새가 없으니 몇 글자를 새겨 넣어 사람들에게 기이한 물건으로 보이게 하는 것이 좋겠다. 그런 연후에 저 인간세계의 창명융성한 나라, 시례잠영의 가문, 화류번화의 지방, 온유부귀의 고을⁵에 데려가 편안히 살게 해주마."

돌이 그 말을 듣고 너무나 기쁨에 겨워 물었다.

"스님께서 저에게 어떤 기이한 능력을 하사下賜하시려는지요? 또 저를 어느 지방으로 데려다 주시려는 것인가요? 바라옵건대 분명히 밝혀주시면 저의 미혹된 마음을 풀 수 있겠나이다."

"아직은 묻지 말아라. 앞으로 자연히 밝혀질 일이로다."

스님은 그리 대답하고 옥으로 변한 돌을 소매에 집어넣어 도사와 함께 표연히 어디론가 떠났다. 과연 어느 지방 어느 가문으로 들어가게 되었는지는 알 수가 없었다.

---

5 창명융성(昌明隆盛)한 나라는 중국의 장안대도(즉 북경)를 이르고, 시례잠영(詩禮簪纓)의 가문은 영국부를 말하며, 화류번화(花柳繁華)의 지방과 온유부귀(溫柔富貴)의 고을은 실제로 대관원 이홍원을 지칭하는 것임.

그로부터 다시 몇 세世와 몇 겁劫의 세월이 지났는지 아무도 모른다. 마침 공공도인空空道人이란 사람이 도를 구하고 신선을 만나고자 돌아다니고 있었다. 홀연 이 대황산 무계애 청경봉 아래를 지나다 무심코 이 거대한 바위에 구구절절한 사연이 선명하게 적혀 있음을 보게 되었다. 공공도인은 처음부터 끝까지 다 읽고 나서 비로소 그 내용이 재주 없어 하늘을 때우지 못하고 버려져 있다가 망망대사茫茫大士와 묘묘진인渺渺眞人에 의해 모습을 바꾸어 홍진세계로 나가 이합비환離合悲歡과 염량세태炎凉世態를 모두 맛보고 나서 돌아온 돌의 이야기임을 알게 되었다. 그 끝에는 또 한 수의 게송偈頌이 적혀 있었다.

재주 없어 푸른 하늘 때우지 못하고,　　　　無材可去補蒼天,
속세에 들어간 지 몇 해이던가.　　　　　　枉入紅塵若許年.
전생과 이승의 기막힌 운명을,　　　　　　此係身前身後事,
누구를 청하여 세상에 전하리오?　　　　　倩誰記去作奇傳?

시구의 뒤에는 이 돌이 떨어진 지방, 태어난 가문 그리고 직접 겪었던 절절한 사연이 적혀 있었다. 그 가운데에는 가정과 규중의 시시콜콜한 온갖 이야기와 한가로운 남녀지정이나 시사를 읊조리는 일들이 빠짐없이 적혀 있어 혹은 취미삼아 소일거리로 삼기에는 족할 것이로되, 왕조의 연대와 지리적 위치와 나라의 이름 등은 고찰할 수 없게 누락되었던 까닭에 공공도인이 석두를 향해 따져 물었다.

"석형石兄! 그대의 이 사연을 보니 스스로는 꽤나 재미가 있다고 생각하여 세상에 널리 전하고자 한 모양이오나, 내가 보기에는 몇 가지 따져볼 것이 있소이다. 첫째는 왕조의 연대를 고찰할 수 없고, 둘째는 내용 중에 위대한 현인이나 충신이 조정을 다스리고 풍속을 바르게 한 선정을 베푼 사연이 없구려. 기껏 몇몇 뛰어난 여인들을 그리고 있는데 그들에게 정념이나 사랑 혹은 재주나 착함이 있다고 해도 그 옛날 반소

班昭나 채문회蔡文姬[6] 같은 덕성과 재주에는 미치지 못하는 것 같소이다. 그러니 설사 내가 이를 베껴 간다고 한들 세상 사람들이 즐겨 보려고 하겠소이까?"

이 말에 석두는 웃으면서 대답했다.

"우리 도사님께선 어찌 그리 아둔하십니까? 만약 왕조와 연대가 없다고 탓한다면 지금 도사님께서 적당히 한나라고 당나라고 간에 아무 왕조와 연대를 집어넣으면 될 것이니 그게 무어 그리 어렵겠습니까? 허지만, 내가 생각건대 역대의 야사나 소설들이 천편일률적인 전철을 밟고 있으니, 상투적인 수법에 빠지지 않는 내가 엮은 이 이야기가 오히려 신선하고 별미가 있지 않을까요? 다만 내용이 진실하고 이치에 맞으면 될 것이지 굳이 왕조와 시대배경에 얽매일 까닭이 있겠습니까?

또 한 가지는 시정의 속된 사람 중에는 조정을 다스리고 풍속을 바르게 하는 정치에 관한 책을 좋아하는 사람보다 그저 취미삼아 소일거리로 읽는 한가로운 소설책을 좋아하는 사람이 훨씬 많습니다. 역대의 소설에서는 임금이나 재상을 비웃고 비방하거나 혹은 남의 아내나 딸을 폄하하여 욕보이고 흉악한 짓을 하는 것들뿐입니다. 더욱이 풍월필묵風月筆墨이라고 하는 남녀의 애정을 다루는 작품에서는 그 음란하고 추악한 해독의 글이 젊은 자제子弟를 나쁘게 물들이는 경우가 이루 말할 수 없습니다. 게다가 재자가인류 소설에 이르면 천편일률적으로 모두 상투적인 내용이어서 그 가운데에 음란한 묘사가 빠지지 않고 온통 반안인과 조자건 같은 미남과 서시와 탁문군 같은 미녀[7]로 가득 차 있습니

---

6 반소(班昭)는 반고의 여동생, 채문회(蔡文姬)는 채옹의 딸로 역사상 유명한 재녀(才女)임.

7 반안인(潘安仁, 반악)과 조자건(曹子建, 조식)은 문인이면서 뛰어난 미남자이고 서시(西施)와 탁문군(卓文君)은 전형적인 미인으로 여기서는 각각 재자가인을 대표하고 있음.

다. 작자 자신이 염정시 몇 수를 지어 넣고 일부러 남녀 두 사람의 이름을 만든 다음에 다시 한 소인을 만들어 그 사이를 휘젓게 함으로써 연극 속의 광대역처럼 만드는 것입니다. 또 시녀가 입만 벙긋하면 자야지호者也之乎같이 문장과 이치를 논하는 고상한 말투가 나오니 정녕 말도 안 되는 일입니다.

그러하니 이러한 책들은 한 번만 살펴보면 곧 모순이 가득하고 사리에 전혀 맞지 않음을 알 수 있습니다. 이런 책보다 내가 지난 반평생 동안 직접 보고 들었던 이들 몇몇 여인들의 이야기가 오히려 나을 것입니다. 비록 예전 사람들보다 월등하다고 억지를 부릴 수야 없겠지만, 그 사연의 시말과 전개는 근심 걱정을 없애는 심심풀이로서는 족할 것입니다. 그리고 아무렇게나 지은 시 몇 수와 속담 몇 마디가 밥 먹다 웃음을 터뜨리고 술잔을 권하게 하는 재미를 더할 수는 있을 것이라 생각합니다. 사랑하는 사람들의 만남과 이별이나 기쁨과 슬픔, 흥망성쇠의 운명 따위에 대해서는 그 자취를 쫓아 쓴 것일 뿐, 조금도 덧붙이거나 지어내어 공연히 사람들 눈을 현혹시켜 진실을 잃게 하지는 않았습니다.

오늘날 사람들은 가난한 자는 의식주에 얽매어 있고, 부자들은 여전히 부족한 마음을 품고 있으니 설사 잠시의 한가로운 여유가 있다고 하더라도 음란한 여색을 탐하거나 물욕과 번민에서 헤어나지 못하는 판이니, 어디 이치理治의 책을 보려고나 하겠습니까? 그래서 저는 이 이야기로 세상에서 기발하고 뛰어나다는 말을 듣고 싶지도 않고, 한 세상 사람이 반드시 이 책에 매료되어 찾아볼 것이라고는 생각하지 않습니다. 다만 바라건대 그들이 원 없이 술 마시고 배불리 누웠을 때나, 번거로운 일을 피해 근심 걱정을 떨치려고 이 책을 한번 열어보면 소중한 수명을 아끼고 쓸데없이 힘쓰는 일을 줄일 수 있지 않겠습니까? 그리하면 허망한 세상사를 궁리하고 쫓아가느라 고생하는 것보다야 구설수를 막고 다리품 노고를 줄이는 데 도움이 되지 않겠습니까?

뿐만 아니라 이 책은 세상 사람의 안목을 새롭게 바꿀 수도 있을 것입니다. 생각 없이 밀고 당기며 홀연히 만났다 헤어지는 재주 있는 남자와 정숙한 여자로 가득 차 걸핏하면 조자건이요, 탁문군이요, 홍낭이요, 곽소옥이라고 하는 뻔할 뻔 자의 상투적인 예전 작품들과는 결코 비할 수가 없을 터입니다. 도사님께서는 어찌 생각하시는지요?”

　공공도인은 그 말을 다 듣고 잠시 생각에 잠겼다가 이 《석두기》를 다시 한 번 통독하였다. 그리고 그 안에 비록 간악하고 교활하며 간사하고 악독한 자들에 대해 책망하고 폄하하며 주벌하는 몇 마디의 말이 들어 있기는 하지만 시절을 불평하거나 세상을 비방하려는 뜻은 아니라는 것을 알았다. 또 어진 임금과 현명한 신하, 자애로운 부모와 효성스런 자식 사이의 삼강오륜의 중요한 내용이 가득하고, 공덕을 칭송하고 애틋한 마음을 그리고 있으므로 실로 다른 책과는 비할 수 없다고 여기게 되었다.

　비록 이 책의 주제가 정을 말하고 있으나, 사실 그대로를 그려내고 있을 뿐, 결코 망령되게 거짓 이야기를 만들어 내지는 않았으며, 음란하게 불러내고 농염한 밀약으로 사사롭게 백년가약을 맺는 작품과는 비할 수 없는 것이었다. 세상사에도 전혀 간섭하는 바가 없는 까닭에 마침내 처음부터 끝까지 베껴 세상에 널리 전하고자 하였다.

　이로부터 공공도인은 공空으로 인하여 색色을 보고, 색으로 인하여 정情을 만들며 다시 정을 전하여 색으로 들어가 마침내 색으로부터 공을 깨닫게 되었으므로 스스로 이름을 바꾸어 정승情僧이라 하고 이 《석두기》를 《정승록》이라고 부르게 되었다. 오옥봉에 이르러 《홍루몽》으로 이름 붙였으며[8] 동로東魯의 공매계孔梅溪가 다시 이 책을 《풍월보

---

　8 초기필사본 《갑술본》(1754)에는 다른 판본에는 없는 ‘至吳玉峰題曰紅樓夢’의 구

감風月寶鑑》이라 제목을 달았다. 훗날 조설근曹雪芹이 도홍헌悼紅軒에서 10년간 열람하면서 다섯 차례나 덧붙이고 목록을 만들고 장회를 나누었으니 책이름을 《금릉십이차金陵十二釵》[9]라고 하였다. 그러고 나서 다음과 같은 절구 한 수를 덧붙였다.

책 속엔 온통 황당한 말이지만,   滿紙荒唐言,
쓰라린 한줄기 눈물일 뿐이라네.   一把辛酸淚.
모두들 지은이가 어리석다지만,   都云作者痴,
그 누가 진정 참 맛을 알리오!   誰解其中味!

이제 이 책이 나오게 된 사연이 밝혀졌으니 그 돌 위에 어떤 이야기가 쓰여 있는지 보기로 하자. 돌 위의 사연은 이러하였다.

그 옛날 땅이 동남쪽으로 기울었을 때, 이 동남지방의 한 귀퉁이에 고소姑蘇라는 큰 고을이 있었다. 그 성의 이름을 창문閶門이라 했는데, 인간세상에서 첫째, 둘째가는 부귀영화를 누리는 풍요로운 땅이었다. 이 창문 밖에 십리가十里街라는 거리가 있고 그 안에는 인청仁淸이라는 골목이 있는데 골목 안에 한 낡은 절이 있었다. 들어가는 길이 매우 좁은 그 절을 사람들은 모두 호로묘葫蘆廟라고 불렀다.

그 절 바로 옆에 시골선비 한 사람이 살았는데 이름은 진비甄費[10]라

절이 들어 있는데 이 대목은 후에 본서의 제목이 《홍루몽》으로 확정되는 데 결정적인 역할을 하였으므로 특별히 보충하였음.

9 조설근에 이르러 《금릉십이차》라고 제목을 붙였다지만, 실제 이 제목이 쓰인 판본은 없다. 차(釵)는 여성의 머리 장식으로 쓰인 비녀로서 일반적으로 여성을 뜻한다. 한글음의 경우 기존의 일부 사례에서 간혹 '채'로 쓰고 있기도 하나 《낙선재본 홍루몽》에서 '챠'로 발음하고 한자사전에서도 '차'로 쓰고 있으므로 본서에서는 모두 '차'로 바로잡는다. 뒤에 나오는 설보차(薛寶釵) 등에서도 마찬가지임.

10 진(甄)은 성씨의 경우 '견'으로 읽어야 하나 중국음에서 진(眞)과 동일하며, 여기

하고, 자는 사은士隱이었다. 그의 처는 봉씨로 성품이 현숙하고 예의범절이 아주 밝았다. 비록 대단한 부귀를 누리지는 않았지만 마을사람들은 그들을 명망 있는 집안으로 떠받들었다. 진사은이란 사람은 성격이 온화하고 담백하여 공명에 별다른 뜻을 두지 않고 매일 꽃과 대나무를 돌보거나 술 마시고 시를 읊조리는 등 신선 같은 생활을 하고 있었다. 다만 한 가지 아쉬운 게 있다면 벌써 반백의 나이가 되었는데도 슬하에 아들이 없고 딸 하나만 있다는 것이었다. 영련英蓮이라는 아명을 붙인 이 딸아이는 이제 막 세 살이 되었다.

길고 긴 여름날 어느 한낮에 진사은은 서재에서 한가롭게 앉아 있다가 스르르 감기는 눈꺼풀을 이기지 못하고 손에 쥐었던 책을 떨어뜨리고 책상에 엎드려 잠시 잠이 들었다.

그는 몽롱한 가운데 자신도 모르게 알 수 없는 어딘가에 이르게 되었다. 그때 저쪽 편에서 스님 한 분과 도사 한 분이 무어라고 얘기를 나누면서 걸어왔다. 도사가 하는 말이 귓가를 스쳤다.

"그대는 그 못난 놈을 가지고 어디로 갈 작정이시오?"

그러자 스님이 껄껄 웃었다.

"그런 걱정일랑 잡아매 두시구려. 지금 막 풍류사건 하나를 마무리 지어야 하는 참인데 이들 연애 당사자들이 아직 세상에 환생하지 못하였으니 이참에 이 못난 녀석도 함께 데려가 세상사를 겪게 해보려는 것이오."

"풍류의 업보를 타고 난 그자들이 다시 세상에 나가 인생을 겪어 보겠다는 것인가요? 하지만 어느 지방 어느 고을에 떨어지려는지 알 수 없군요."

─────────────

서는 진가(眞假)에서 '진'의 의미를 담고 있으므로 모두 진으로 표기함.

도사가 묻자 스님이 빙그레 웃었다.

"얘기하자면 퍽이나 재미있지요. 정말 천고千古 이래로 들어보지 못한 이야기랍니다. 옛날 서방西方의 영하靈河 강가에 있던 삼생석三生石[11] 곁에 강주초絳珠草[12]라는 초목이 자라고 있었지요. 그때 적하궁赤瑕宮의 신영시자神瑛侍者[13]라는 신선이 매일같이 감로甘露의 물을 대주어 강주초는 영원한 생명을 얻게 되었습니다. 그렇게 천지간의 정기를 내려받고 비와 이슬을 자양분으로 먹고 자라나 초목의 자태를 벗어 던지고 마침내 아리따운 여자의 몸이 되었답니다. 그녀는 종일토록 이한천[14]의 밖을 노닐며 배고프면 밀청과密青果를 따먹고 목마르면 관수해灌愁海의 물을 먹었답니다. 다만 감로를 뿌려준 은혜에 보답하지 못하여 마음속에 깊은 한이 맺혔는데 얼마 전 마침 신영시자가 우연히 범심을 일으켜 창명하고 태평한 시절을 틈타 홍진세계로 내려가 인간의 삶을 겪어 보고자 하였답니다.

지금 경환선녀警幻仙姑에게 허락을 청하였는데, 경환께서도 감로를 대준 은혜를 갚지 못하였으니 이번 기회에 그 빚을 갚겠느냐고 물어오시는지라 강주선초가 이렇게 대답했다 합디다. '그분은 감로를 뿌려 준 은덕을 갖고 계시지만 저는 돌려 드릴 물이 없습니다. 그분이 세상에 내려가신다면, 저도 따라가 인간이 되어 저의 한평생 품은 모든 눈물로 돌려 드리고자 하옵니다. 그리하면 그나마 보답이 되지 않겠사옵니까.' 그리하여 수많은 풍류 당사자들이 그들을 따라 함께 내려가 풍류사건

---

11 서방의 영하는 천축국(고대 인도)의 갠지즈강을 말하지만 여기서는 신선의 세계를 의미한다. 삼생은 전생과 이승, 내세를 말하는 것으로, 당나라 이원(李源)과 원관(圓觀)의 고사가 전하고 있음.
12 강주초(絳珠草)는 붉은 구슬 열매를 맺는 선초로서 붉은 옥은 피눈물을 상징함.
13 신영시자(神瑛侍者)란 신령한 기운의 구슬을 갖고 모시는 사람이란 뜻.
14 불교의 삼십삼천(三十三天) 가운데 이한천(離恨天)이 가장 높고, 사백사병(四百四病) 가운데 상사병이 가장 괴롭다고 함.

을 마무리짓게 될 것입니다."

"과연 들어보지 못했던 신기한 이야기군요. 생각해보니 이 얘기는 역대 풍월의 이야기보다도 훨씬 더 세세하게 잘 짜여 있겠군요."

"예전 풍류인물들은 그저 대강의 모습만 그리고 시사 몇 편을 써넣을 뿐이며, 집안과 규중에서 마시고 먹는 모습에 관해서는 그다지 잘 그려 놓지 못하고 있습니다. 또 대부분의 남녀상열지사의 경우는 향과 옥을 훔쳐보고〔偸香竊玉: 남녀가 몰래 정을 통함〕몰래 약조하고 사사로이 달아나는 일만 그릴 뿐이라 젊은 남녀의 진정한 사랑과 연민에 관해서는 조금도 밝혀 내지 못했습니다. 생각건대 지금 이들 풍류 당사자들이 세상에 들어가면 그동안 쓰여진 색정에 빠진 사람이나 어진 사람, 혹은 어리석은 사람에 관한 진술들과는 전혀 다를 것입니다."

스님이 이렇게 풀이하자 도사가 이어서 말했다.

"이번 기회에 우리도 그대와 함께 인간세상에 내려가 중생제도에 힘써 몇이라도 해탈시켜 보지 않으시렵니까? 그 또한 공덕을 쌓는 일일 것입니다."

"내 뜻이 바로 그러하오. 그대도 나와 함께 경환선녀의 궁중에 이르러 이 '못난 놈'을 제대로 전하고 풍류의 업보를 타고난 자들이 세상에 다 내려가기를 기다려 함께 가면 어떠하겠소. 지금 비록 절반가량은 환생하였으나 아직 모두 모인 것은 아니니 말이오."

스님의 제안에 도사는 고개를 끄덕였다.

"그러하다면 그대를 따라 나서겠소이다."

한편 진사은은 가까이서 이러한 말을 다 듣고 무엇을 가지고 '이 못난 놈'이라고 부르는지 알 수가 없어 자기도 모르게 한 걸음 나아가 인사를 올리고 웃으면서 물었다.

"방금 선사께서 말씀하신 인과를 들으니 실로 인간세상에선 들어보지 못한 기이한 이야기올시다. 허지만 저의 우둔한 머리로는 하신 말씀을 제대로 알 수가 없습니다. 만일 저의 우둔함을 환히 깨우쳐 주시고자 세세히 들려주신다면 저는 귀를 씻고 경청하여 깨달음의 말씀으로 여기고 생사윤회의 고해에서 해탈하고자 하나이다.”

두 선인이 함께 웃었다.

“이는 오묘한 천기에 속하는 것이므로 때를 앞당겨 누설할 수 없는 것이오. 다만 때가 되었을 때에 우리 두 사람을 잊지 않는다면 불구덩이에서 헤어날 수 있을 것이오.”

진사은이 그 말을 듣고 재차 물었다.

“천기는 누설할 수 없는 것이오니 그렇다 하더라도 그 ‘못난 놈’이라 하는 것은 도대체 무엇인지 혹여 보여주실 수 있으신지요?”

“그것이라면 어차피 일면식의 인연이야 있는 것이니….”

스님이 꺼내어 진사은에게 보여준다. 그것은 영롱하고 아름다운 옥이었다. 곁에는 글자 흔적이 분명하여 ‘통령보옥’通靈寶玉이란 네 글자가 새겨져 있고, 뒷면에도 작은 글자가 몇 줄 쓰여 있기에 자세히 들여다보려는데 갑자기 스님이 벌써 태허환경太虛幻境에 도달하였다고 하면서 진사은의 손에서 옥을 탁 채어 도사와 함께 거대한 돌문의 패방牌坊을 획 지나가 버렸다.

돌문 위에는 ‘태허환경’이란 네 글자가 적혀 있고 양쪽 기둥에는 다음의 두 줄짜리 대련이 쓰여있었다.

가짜가 진짜 되면 진짜 또한 가짜요,	假作眞時眞亦假,
무가 유가 되면 유 또한 무가 된다.	無爲有處有還無.

진사은도 그들을 따라 돌문 안으로 들어가려고 막 발을 내딛는 순간 홀연 산이 무너지고 땅이 꺼지는 듯 벽력소리가 들렸다. 그 소리에 놀

라 소리를 지르며 눈을 번쩍 뜨고 정신을 차리고 살펴보니 작열하는 태양이 이글거리는 가운데 정원의 파초 잎만 늘어져 있었다. 그 순간 꿈속의 일은 태반이나 잊어버리고 말았다.

그때 유모가 어린 딸 영련을 안고 들어왔다. 진사은은 요즘 딸아이가 커갈수록 점점 살이 오르고 분같이 예쁜 얼굴에 옥 같은 모습을 띠고 있어 여간 귀여운 것이 아니었다. 진사은은 딸을 얼른 품에 안고 한차례 얼러주며 거리로 나섰다. 온갖 놀이가 한창인 골목 밖을 잠시 구경하고 집으로 들어오려는데, 골목 저편에서 중과 도사가 함께 걸어오고 있었다. 중은 머리가 온통 부스럼으로 엉망인 데다 발은 맨발이었으며 도사는 한쪽 다리를 절룩거리며 머리는 봉두난발이었다. 두 사람은 미친 듯이 뒤뚱거리며 두 팔을 휘젓고 웃고 떠들며 다가와 진사은이 서 있는 곳에 이르렀다. 진사은이 영련을 안고 있는 걸 보고 중은 곧 방성대곡을 하면서 말했다.

"시주님, 명命은 있고 운運이 없어 부모에게 누만 끼치게 될 이런 아이를 그렇게 품에 안고 있어 뭐 하려 하시오?"

진사은이 듣고서 이런 미친 중이 다 있나 생각하며 거들떠도 보지 않았다. 그랬더니 중이 다시 애걸한다.

"그러지 말고 그 아이를 날 주시오, 시주나 해달란 말이오!"

진사은은 더 이상 참을 수가 없어 딸아이를 안고 안으로 들어가려 했다. 그러자 뒤에서 중이 그를 손가락질하며 껄껄 웃고 나서 입에선 네 구절의 시를 읊어 댔다.

귀여움만 생각하는 그대 모습 비웃으리,	慣養嬌生笑你癡,
마름꽃은 허망하게 눈발 아래 피었는데.[15]	菱花空對雪澌澌.

---

15 영련이 포악한 설반(薛蟠)에 의해 억지로 첩이 되는 운명을 암시하며 마름꽃(능화)은

정월이라 대보름날 진정으로 조심하라, 好防佳節元宵後,
세상천지 불바다로 잿더미만 남으리라. 便是煙消火滅時.

진사은이 시 구절을 듣고 마음속으로 의아해하며 그 말에 무슨 사연
이 있는지 물어 보려는데 다시 도사의 말이 들렸다.

"자, 이제 그대와는 더 이상 동행할 필요가 없겠소이다. 여기서 길을
나누어 각자 일을 보도록 하시구려. 세 번째 겁劫이 지나거든 북망산北
邙山에서 기다리고 있을 터이니 함께 태허환경으로 돌아가 임무 완수를
보고하도록 합시다."

그러자 중이, "그게 좋겠소. 그럼 그렇게 하시지요"라고 대답하는 소
리가 들렸다. 두 사람은 말을 마치자마자 제 갈 길로 가버려 종적을 찾
을 수 없었다.

진사은은 속으로 이 두 사람에게 필시 어떤 내력이 있는지 꼭 물어봤
어야 했다 싶었지만 지금 후회해도 소용이 없는 일이라고 생각했다.

그렇게 멍하니 생각에 잠겨 있을 때 이웃 호로묘에 잠시 기거하는 가
난한 서생이 갑자기 찾아왔다. 그의 이름은 가화賈化이며 자가 시비時
飛, 별호는 우촌雨村이라는 사람이었다. 가우촌은 본시 호주胡州사람인
데 시서를 읽고 벼슬하던 선비집안 출신이었지만, 때를 잘못 만나 조상
과 부모의 기반이 탕진되고 가족도 다 잃은 다음에 외톨이가 되었다.
고향에서는 앞날을 기약할 수 없는지라 경성에 올라가 공명을 구하여
가세를 다시 세워야겠다고 마음먹고 집을 떠나게 되었다. 재작년에 이
곳에 이르러 곤궁한 가운데 잠시 절에 몸을 맡기고 매일같이 글을 짓거
나 글을 대서해 주는 것으로 근근이 살면서 진사은과는 자주 왕래를 하

후에 영련이 향릉(香菱)으로 개명한 것을 이름. 눈(雪)은 설반의 성씨인 설(薛)자를
상징함.

고 있었다.

가우촌은 진사은을 보자 급히 인사를 올리고 웃음을 띠며 말했다.

"노선생께서 문에 기대어 밖을 바라보시고 계시니 행여 거리에 무슨 새로운 소식이라도 있습니까?"

"아니올시다. 방금 어린 딸 녀석이 울기에 잠시 안고 나와 달래는 중입지요. 마침 할 일도 없이 무료한 참이었는데 참 잘 오셨소이다. 제 서재로 드셔서 잠시 한담이나 나눠 보십시다. 그리하면 피차간에 이 길고 긴 한낮을 잘 보낼 수 있지 않을까 싶소이다."

그러면서 사람을 시켜 딸을 데리고 들어가라 한 뒤, 가우촌을 서재로 안내했다. 시동이 차를 끓여 내오고 막 몇 마디 한담을 나누려는 차에 하인이 소식을 전해 왔다.

"엄 나리께서 인사차 찾아오셨습니다."

진사은은 급히 일어나 죄송하다고 인사했다.

"잠시 자리를 뜨게 됨을 용서하십시오. 조금 앉아 계시면 곧 돌아와서 모시겠습니다."

가우촌도 얼른 일어났다.

"아닙니다. 노선생께서 편하실 대로 하십시오. 저야 늘 오는 사람이니 잠시 기다린들 무슨 상관있겠습니까?"

그리 말하는 사이 진사은은 벌써 안채의 대청 쪽으로 건너갔다.

자리에 남은 가우촌은 서재의 책을 뒤적이며 시간을 보내고 있는데 홀연 창밖에서 한 여인의 기침소리가 났다. 우촌이 창밖을 내다보니 시녀 한 사람이 정원에서 꽃을 따고 있었다. 생김새가 속되지 않고 눈매가 맑았으며 비록 자색이 뛰어나다고는 할 수 없지만 사람의 마음을 뒤흔드는 구석이 있었다. 우촌은 자신도 모르게 잠시 넋을 잃고 바라보았다.

한편 진씨 댁 시녀는 꽃을 따서 막 돌아가려는 순간 창 안에서 누군가 자신을 바라보고 있는 걸 알았다. 해진 두건에 낡은 의복을 입어 비록 곤궁한 모습이었지만 생김새는 번듯하였다. 허리가 튼실하고 등이 널찍하며 얼굴이 훤하고 입이 반듯하며 칼날 눈썹에 별빛 같은 눈, 곧은 콧날에 광대뼈가 높은 귀골의 상을 하고 있었다. 시녀는 급히 몸을 피하면서도 마음속으로 생각하였다.

'생김새가 저렇게 번듯한 분이 저런 남루한 옷을 입고 있는 걸 보니 우리 집 주인님께서 늘 말씀하시던 가우촌인가 하는 분이 틀림없는 모양이다. 언제나 도와드리고자 하는 생각은 있었지만 다만 기회가 닿지 않는다고 하셨던 그분이 아니던가. 집안에 저렇게 곤궁한 친척은 없으니 그분이 분명하리라. 그런 사람은 오래 곤궁하게 살 사람이 아니라고 말하더니만 틀림없구나.'

그런 생각이 들자 자연히 두어 번 다시 돌아보게 되었다.

가우촌은 그녀가 다시 돌아보자 이 여자가 자기를 마음에 두고 있는 모양이라고 생각하고는 뛸 듯이 기뻐하였다. 이 여자야말로 난세의 영웅을 알아보는 식견 있는 사람이라고 여기면서 곤궁한 가운데서도 자신을 알아주는 풍진風塵 속의 지기知己를 만났다고 생각하였다. 잠시 후 시동이 들어왔기에 안채의 정황을 물었더니 손님께 식사를 차리고 있다고 하였으므로 더는 기다릴 수 없어 샛길로 나오고 말았다. 진사은은 손님접대가 끝나고 가우촌이 그냥 돌아간 것을 알았지만 다시 청하지는 않았다.

계절이 바뀌어 추석날이 되었다. 진사은은 집안의 차례를 마친 후에 저녁에 서재에 따로 한 상을 마련하고 자신이 직접 달빛을 밟으며 절로 찾아가 가우촌을 청하였다. 가우촌은 지난번 진씨 댁 시녀가 자기를 두어 번 뒤돌아 본 일이 있은 뒤로 그녀를 지기라고 생각하고 언제나 마음속에 담아 두고 있었다. 때마침 추석을 맞아 밝은 달을 바라보고 있자니 회포를 풀 길 없어 오언율시五言律詩 한 수를 읊조리게 되었다.

삼생의 인연을 점칠 수는 없어도,	未卜三生願,
그리움에 근심만 쌓여가네.	頻添一段愁.
답답하여 이마를 찡그리고,	悶來時斂額,
몇 번이고 돌아보던 모습 눈에 선하네.	行去幾回頭.
이 몸은 바람 앞의 그림자,	自顧風前影,
어느 누가 월하노인 대신해 주려나?	誰堪月下儔?
달님께서 내 마음과 같다면,	蟾光如有意,
원컨대 임의 방을 먼저 비추소서.	先上玉人樓.

가우촌은 시를 읊고서 평생 포부를 펴지 못하고 아직 고난 속에 때를 만나지 못하고 있는 자신을 생각하며 큰 소리로 대구對句 한 수를 읊조렸다.

구슬은 궤 안에서 좋은 값을 구하고,	玉在匵中求善價,
비녀는 장 속에서 때 만나기 기다리네.	釵於奩內待時飛.

마침 이때 진사은이 들어와 그 소리를 듣고 웃으며 말을 건넸다.

"우촌 형의 포부가 과연 대단하오이다."

가우촌이 얼른 웃으며 대답한다.

"그저 우연히 옛 사람의 구절을 읊어본 것에 불과합니다. 감히 그렇게 오만한 생각이야 할 수 있겠습니까? 그런데 어쩐 일로 여기까지 왕림하셨습니까?"

"오늘 저녁이 마침 추석날 밤인데 세속에선 객지 나간 가족이 다 모이는 단원절團圓節이라 하지 않습니까? 존형께선 객지생활인 데다 지금 승방에 기거하고 계시니 적막하고 쓸쓸한 느낌이 어찌 없으시겠습니까? 제 서재에 소찬을 마련하여 존형을 청하고자 하오니 저의 작은 성의를 받아 주시려는지요?"

진사은이 이렇게 간청하자 가우촌은 사양하는 빛 없이 곧 승낙하였다.

"이미 두터운 신세를 지는 몸인데 어찌 성의를 뿌리칠 수 있겠습니까?"

가우촌은 진사은과 함께 진씨네 서재로 건너왔다. 잠시 차를 마시고 나니 곧 술상이 차려졌다. 좋은 술에 맛난 안주야 말할 필요도 없었다. 두 사람이 마주앉아 천천히 마시며 한담을 나누다가 차츰 이야기가 흥미진진해지면서 마침내 술잔을 바삐 주고받게 되었다. 이때 골목 안에서는 집집마다 피리 소리와 칠현금 소리가 울려 퍼지고 하늘에는 둥근 달이 휘황한 달빛을 뿜어내고 있으니 두 사람은 주흥이 올랐다. 가우촌은 벌써 거나하게 술기운이 올라 건방진 생각이 넘치는 걸 주체하지 못하고 달을 향해 회포를 풀어 절구 한 수를 읊어댔다.

팔월이라 한가윗날 온 가족이 모이는데,　　時逢三五便團圓,
밝고 맑은 달빛이 옥 난간에 가득하네.　　滿把晴光護玉欄.
저 하늘에 둥근 달이 휘영청 밝게 비추면,　天上一輪才捧出,
온 세상의 백성이 고개 들어 바라보리.　　人間萬姓仰頭看.

진사은이 탄복하며 소리쳤다.

"참으로 멋지구려, 존형께서 오랫동안 남의 아래에 있을 분이 아니란 걸 내 진작에 알고 있었소만, 지금 읊으신 구절을 들으니 영달의 조짐이 이미 보입니다그려. 이제 머지않아 구름 위 무지개를 밟고 오르듯 높은 자리에 오르실 것이 분명하외다. 우선 축하올립니다."

그리고는 큰 술잔에 술을 가득 따라주었다. 우촌은 그 잔을 받아 홀쩍 다 마신 다음 대담해져 탄식하며 말했다.

"제가 술에 취해 이렇게 말씀드리는 건 아니올시다. 만약 시상時尙의 학문[16]으로 논하자면 저도 누구 못지않게 이름을 낼 수 있다고 자부합니다. 다만 노잣돈 한 푼 염출할 수 없는 지경이라 신경神京 가는 길은 너무나 멀어 글이나 대서해주는 것으로는 도무지 갈 수 있을 것 같지 않습니다."

진사은은 그 말이 떨어지기도 전에 얼른 말을 이었다.

"존형께선 어찌 일찍 말씀하지 않으셨습니까? 저는 늘 그 생각을 하고 있었습니다만 존형이 말씀을 안 하고 계셔 감히 말씀드릴 수가 없었습니다. 제가 비록 우둔하여 재주는 없사오나 의리 두 글자는 그래도 알고 있는 사람입니다. 내년이 마침 과거시험 보는 대비년大比年[17]이 되므로 말씀을 꺼내신 김에 존형께서는 속히 짐을 꾸려 도성에 올라가십시오. 내년 봄 시험에 응시하시면 그동안 갈고 닦은 학문을 저버리지 않게 되실 것입니다. 노잣돈과 필요한 물품은 제가 따로 마련하겠습니다. 이 또한 그동안 존형과 오고간 정리를 헛되이 하지 않는 일이 될 것입니다."

진사은은 그 길로 시동을 시켜 안채에 들어가 백은 50냥을 꾸리고 따로 겨울옷 두 벌을 싸라고 이른 후 가우촌에게 말했다.

"오는 열아흐렛날이 황도[18]의 길일이니 존형은 배를 한 척 세내어 서향으로 올라가십시오. 존형께서 이번 기회에 웅비를 펴시고 높은 자리에 오르신 후 내년 겨울에 다시 만나게 되면 얼마나 멋지겠습니까?"

가우촌은 돈과 옷을 받고 나서 호의가 고맙기만 해서 인사를 하고 흥에 겨워 술잔을 들고 담소를 나누다가 그날 밤 자정에 이르러서야 비로

---

16 세상 사람들이 받드는 학문, 즉 당시 과거 시험에 필수적인 '팔고문'과 '시첩시' 등을 말함.

17 대비는 과거시험의 세 번째 단계인 회시(會試)로서 전국의 향시 합격자인 거인 (擧人)들이 모여 치르는 시험임.

18 황도(黃道)는 해를, 흑도(黑道)는 달을 지칭하는데 황도는 길하고 흑도는 흉하다고 여겨 날을 받을 때 이를 고려하였음.

소 헤어졌다.

진사은은 가우촌을 보낸 뒤 방으로 돌아와 잠이 들었다가 이튿날 해가 중천에 떠서야 겨우 일어났다. 진사은은 지난밤의 일을 떠올리며 다시 두 통의 추천서를 써서 사람을 우촌에게 보내 도성에 갈 때 품고 가벼슬하는 친지를 찾아 기거할 수 있도록 했다. 심부름 갔던 사람이 돌아와 전했다.

"절의 스님 말씀이 가씨 나리는 오늘 아침 다섯 시경에 벌써 경성으로 떠나면서 나리께 전할 말을 남겼다고 합니다. 그의 말이 공부하는 사람은 황도니 흑도니 하는 건 따지지 않고 만사는 도리에 맞는 것이 중요할 뿐이라고 하면서 인사드리지 못하고 떠난다고 했답니다."

진사은은 그렇다면 할 수 없는 일이라고 생각했다.

세월은 덧없이 흘러 어느덧 가을과 겨울이 지나고 정월 대보름 명절이 되었다. 진사은은 하인인 곽계霍啓에게 영련을 안고 나가 보름날 등불놀이 구경을 시켜주라고 했다. 한밤에 곽계는 영련을 어느 집 대문의 문지방 앞에 앉혀 놓고 잠시 소변을 보러 갔다 돌아와 보니 아이가 감쪽같이 사라지고 없었다. 다급해진 곽계는 밤새 찾아다녔지만 새벽녘까지 찾을 수 없었다. 곽계는 감히 주인집에 돌아가 고할 수가 없어서 그대로 다른 고장으로 도망치고 말았다.

진사은 부부는 딸아이가 한밤이 되어도 돌아오지 않자 뭔가 일이 생긴 줄로 직감하고 사람을 풀어 백방으로 찾아보았으나 흔적조차 찾을 길이 없었다. 부부는 반백의 나이에 오로지 이 딸 하나를 낳아 키웠는데 하루아침에 잃어버렸으니 밤낮으로 울며 죽고 싶은 심정뿐이었다. 그렇게 한 달가량이 지나니 진사은이 먼저 병으로 드러눕게 되었고 부인 봉씨도 딸 생각에 병을 얻어 날마다 의원을 불러 치료를 하고 있었다.

그러던 중 삼월 보름날이 되어 재를 올린다고 호로묘 중들이 부엌에서 튀김을 만들다가 실수로 기름솥의 불꽃이 튀어 그만 창호지에 옮겨 붙었다. 이 지방 사람들은 대개 대나무 울타리에 나무판으로 벽을 대고 있었는데 그것도 물론 그렇게 될 운수여서 그랬겠지만 불은 삽시간에 옆으로 옮겨 붙어 온 절과 이웃집들이 한꺼번에 화염산처럼 화마에 휩싸이게 되었다. 수많은 마을사람들이 불을 끄겠다고 달려들기는 했지만 불길을 잡을 수가 없었다. 불길은 하룻밤 내내 타오른 뒤에 서서히 잦아들었다. 하지만 이미 숱한 집을 다 태우고 난 뒤였다.

불쌍하게도 진사은의 집은 절과 인접하여 있었으니 일찌감치 세간 하나 건질 사이도 없이 잿더미가 되어 버리고 말았다. 다만 두 부부와 몇몇 하인들의 목숨은 안전하게 건졌으니 그나마 다행이라면 다행이었다. 놀라고 급한 마음에 진사은은 발만 동동 구르며 장탄식할 뿐이었다. 아내와 상의하여 시골집 전장田莊으로 돌아가 살기로 했다. 하지만 그곳도 최근 수년간 수해와 가뭄으로 수확이 시원찮았고 도적마저 여기저기서 일어나 전답을 빼앗거나 재물을 도적질하여 백성이 편히 살 수 없었던 데다가 관병들이 도둑을 잡겠다고 들쑤시고 다니는 통에 조용하게 지낼 수 없었다. 진사은은 마침내 전답과 가옥을 모두 팔아 치우고 아내와 두 시녀를 데리고 처갓집에 몸을 의탁하게 되었다.

그의 장인은 이름을 봉숙封肅이라 했는데 본관은 대여주大如州사람으로 비록 농사를 주업으로 삼았으나 집안은 그런대로 넉넉한 형편이었다. 그런데 이번에 사위네 식구가 낭패를 당하여 짐을 싸 들고 들어오자 언짢아하는 기색이 역력했다. 다행히 진사은은 전답을 팔아 남은 돈이 있어서 장인에게 돈을 주며 적당히 알아서 집과 가재도구를 구하여 앞으로 살아갈 수 있게 준비해 달라고 부탁했다. 장인인 봉숙은 반은 거짓으로 눙치고 반은 속여서 떼어먹으며 진사은에게 거친 밭뙈기와 낡은 집 한 채를 마련하여 주었다. 진사은은 원래가 글공부나 하던 선비로 집안 살림이나 농사일에는 서툰 사람이라 겨우겨우 이태가량 버텄지만 점점 곤궁해지기만 했다. 봉숙은 만나기만 하면 입에 발린 인사를 했지만 남들한테는 사위가 제대로 살아갈 줄도 모르며 놀고먹기만 좋아하고 게으르다고 원망했다. 진사은은 자신이 사람을 잘못 찾아왔음을 알고 속으로 후회했다. 지난해의 놀란 가슴과 분하고 원통한 생각이 모여 응어리가 생겼는데 만년에 곤궁함과 질병이 한꺼번에 겹치니 마침내 죽을 날을 기다리는 신세가 되었다.

이날 울적한 마음에 지팡이를 짚고 겨우 길가에 나와 마음을 좀 풀어보려고 하는 참인데 홀연 저쪽 편에서 절름발이 도사 한 사람이 뒤뚱뒤뚱 걸어왔다. 도사는 삼으로 엮은 미투리를 신고 다 떨어진 옷을 입고 몇 마디 구절을 주절주절 읊고 있었다.

세상 사람 모두 신선 좋은 줄은 알면서도,	世人都曉神仙好,
오로지 부귀공명을 잊지 못한다네!	惟有功名忘不了!
고금의 장수 재상 지금은 어디에 있나?	古今將相在何方?
황량한 무덤 위엔 들풀만 덮여 있다네.	荒塚一堆草沒了.
세상 사람 모두 신선 좋은 줄은 알면서도,	世人都曉神仙好,
오로지 금과 은을 잊지 못한다네!	只有金銀忘不了!
하루 종일 모자라다 원망만 하다가는,	終朝只恨聚無多,
돈 많이 모여지면 두 눈 감고 만다!	及到多時眼閉了!
세상 사람 모두 신선 좋은 줄은 알면서도,	世人都曉神仙好,
오로지 예쁜 아내만은 잊지 못한다네!	只有姣妻忘不了!
님 살아 있을 땐 날마다 은정 말해도,	君生日日說恩情,
님 죽어 떠나면 남을 따라 멀리 간다네.	君死又隨人去了.
세상 사람 모두 신선 좋은 줄은 알면서도,	世人都曉神仙好,
오로지 아들 손자는 잊지 못한다네!	只有兒孫忘不了!

어리석은 부모는 예로부터 많았지만,   痴心父母古來多,
효도하는 자손을 그 누가 보았는가?   孝順兒孫誰見了?

진사은이 그 소리를 듣고 앞으로 나아가 맞이하며 물었다.

"도사님 방금 뭐라고 중얼거리신 것입니까? 온통 호[好: 좋다] 자니, 료[了: 끝이다] 자니 하는 말만 들리니 말입니다."

도사가 웃으면서 대꾸한다.

"그대가 과연 호자와 료자를 제대로 들었다면 아주 잘 들은 거요. 세상의 모든 일이란 좋은 일이면 끝나는 거고, 끝나면 좋은 거란 말이오. 만일 끝나지 않으면 좋지 않은 것이며, 만일 좋고자 한다면 반드시 끝나야 하는 거지요. 그래서 내 노래를 '호료가好了歌'라고 하지요."

진사은은 본래 남다른 지혜가 있던 사람이라 그 한마디를 듣고는 곧바로 마음에 깨닫는 바가 있어 웃으면서 다시 말을 건넸다.

"도사님, 잠깐 멈춰 서시오. 내가 도사님의 '호료가'에 주해를 붙여 보이겠소이다. 어떠한지 들어보시겠습니까?"

"그거 좋지요, 한번 해 보시구려."

도사가 웃으며 그렇게 응하자 사은이 이내 입을 열었다.

누추한 집이언만 탁자 그득히 홀笏이 있었고,
황량한 폐허에도 노래하고 춤추던 곳이었다네.
기둥과 서까래엔 거미줄이 쳐지고,
청실홍실 비단망사 창가엔 쑥대풀만 우거졌네.
기름기 자르르 향내 진하다 말할 때가 언제인데
어이하여 귀밑머리 하얀 서리 내렸나.
어제는 황토무덤에 백골 묻고 오더니
오늘은 어이 붉은 등불 휘장 아래 새로운 원앙이 되었나.
상자마다 가득히 금과 은이 쌓였더니

순식간에 거리의 걸인되어 놀림 받고 있다네.
죽은 사람 명 짧다고 탄식하다가 돌아와 자기 장사 지내는 줄 어이 알리오.
자식 잘 가르친다 소문났어도 훗날에 강도될 줄 그 누가 알 수 있나.
귀한 집 사위 골라 딸 시집보내면서 홍등가의 기생될 줄 생각이나 했으랴.
벼슬자리 낮다고 투덜대다가 쇠고랑에 큰칼 차고.
어제는 해진 솜옷 가련하게 여기더니
오늘은 보라색 망포옷이 끌린다고 싫어하네.
떠들썩한 연극처럼 그대 노래 다 부르면
타향을 오히려 고향처럼 여기고 있네.
인생이란 황당하기 그지없어 결국에는 남의 시집가는 옷이나 만드는 꼴이라네.

절름발이 도사가 듣더니 박장대소하며 웃음을 터뜨린다.

"그것 참 잘 풀었소이다. 아주 잘 풀었어."

그러자 진사은은 "갑시다!"라고 한마디 내뱉고는 도사의 어깨에 걸친 바랑을 빼앗아 자신이 매고 그 길로 미친 도사를 따라 표연히 사라지고 말았다.

진사은이 사라지자 당시 마을사람들에게는 큰 화제가 되었다. 부인인 봉씨는 소식을 듣고 통곡하며 각처에 사람을 보내 소식을 알아보았으나 아무런 보람이 없었다. 어쩔 수 없이 봉씨는 친정 부모에 의지하여 세월을 보내는 수밖에 없었다. 다행히 전부터 함께 지낸 두 시녀가 옆에서 시중을 들어주고 있어 세 사람은 밤낮으로 바느질품을 팔아 부친의 생활비를 도우려고 했다. 봉숙은 비록 날마다 불평을 하면서도 어쩔 도리가 없었다.

그러던 어느 날 진씨 댁 큰 시녀가 문 앞에서 바느질감 실을 사는데 갑자기 길을 비켜라 하는 벽제辟除소리가 요란하게 들려 왔다. 신임 사또가 부임한다고 사람들이 수군댔다. 시녀는 문안에 몸을 가리고 밖을 내다보는데 아전들이 줄을 지어 한 줄씩 지나가고 곧 큰 가마 위에 앉은 검은 사모에 붉은 도포를 입은 사또가 보였다. 순간 시녀는 깜짝 놀라 잠시 멍해졌다. 그 얼굴이 아주 낯이 익어 어디선가 보았던 것같이 생각되었기 때문이었다. 하지만 방으로 들어와서는 더 이상 마음에 두지 않았다. 그날 저녁식사가 끝나고 쉬고 있는데 돌연 대문을 마구 두드리는 소리가 들렸다. 밖에서 사람들이 한꺼번에 소리를 질러댔다.

"본부 신임 사또께서 말씀을 전하랍신다."

봉숙은 그 말에 놀라 눈을 크게 뜨고 벌어진 입을 닫지 못하고 있었다. 과연 무슨 화가 미친 것이란 말인가.

賈夫人仙逝揚州城
冷子興演說榮國府

영국부의 인물

가부인은 양주에서 신선되어 승천하고
냉자흥은 영국부를 상세하게 들려주네
賈夫人仙逝揚州城 冷子興演說榮國府

봉숙은 신임사또가 보낸 아전이 부르는 소리에 서둘러 뛰어나와 웃음을 띠며 무슨 일이냐고 물었다. 아전은 무턱대고 소리부터 질렀다.

"진씨 나리를 어서 모셔오너라!"

봉숙은 여전히 웃음을 잃지 않고 대답하였다.

"저의 성씨는 봉가이며, 진가가 아니옵니다. 다만 전에 제 사위의 성이 진가였는데 지금 출가하여 집을 나간 지 두 해가량 되었습니다. 혹시 그 사람을 물으시는 건지요?"

"우린 누가 진짜고 가짜고 간에 알 바 없고, 사또 나리의 명을 받고 찾아온 것일 뿐이오. 그 사람이 당신 사위였다니까 좌우지간 당신이라도 나리 앞에 데려가야겠소. 헛걸음할 수는 없는 일이잖소!"

아전들은 그렇게 말하며 봉숙이 뭐라 하든 상관 않고 우르르 달려들어 붙잡아 갔다. 봉씨네 집안에선 모두들 하나같이 놀라고 황망하여 이게 도대체 무슨 난리인가 하고 두려움에 휩싸였다.

그날 저녁 무렵 느지막하게 봉숙이 싱글벙글하면서 돌아왔다. 식구들이 무슨 까닭인가 물었더니 봉숙은 신이 나서 이렇게 말했다.

"알고 보니 이번에 새로 오신 고을사또는 가화賈化라는 분이신데 본관은 호주사람으로 일찍이 우리 사위하고 잘 알던 분이셨다는 거야. 오늘 우리 집 앞을 지나가시다가 교행嬌杏이 실을 사고 있는 걸 보시곤 사위가 아직 이 집에 있는 걸로 아셨다는 거지. 내가 일일이 그간의 사정을 말씀드렸더니 글쎄 나리께선 참으로 안됐다고 가슴 아파하면서 한숨을 쉬더군. 또 외손녀딸을 물으시기에 대보름날 불꽃놀이 구경 나갔다가 잃어버렸다고 했더니 '그건 걱정 마시오. 내 아전들을 시켜 꼭 찾아보도록 하겠소' 하시지 않겠나. 그리고 한참 더 말씀을 하시다가 나올 쯤에는 나한테 은자 두 냥을 주시더라니까."

진씨 부인은 친정아버지가 전하는 말을 듣고 슬픔이 북받쳐 올라 밤새 뜬눈으로 지새웠다.

이튿날 아침 일찍 가우촌은 은자 두 냥과 비단 네 필을 진씨 부인 앞으로 보내 사례하였다. 그리고 따로 밀서 한 통을 봉숙에게 보내 진씨 부인에게 시녀인 교행을 자신의 첩으로 보낼 수 있겠느냐고 물어보도록 했다. 봉숙은 좋아하면서 교행을 어서 빨리 갖다 바치지 못해 안달이었다. 그러니 자연 딸 앞에 가서 통사정을 하곤 그날 밤으로 작은 가마를 하나 마련하여 교행을 태워 데리고 갔다. 가우촌이 더할 수 없이 좋아하였음은 물론이다. 백금을 봉하여 봉숙에게 건네주고 따로 진씨 부인에게 수많은 선물을 보내 여생을 잘 보내도록 하는 한편 딸의 행방을 찾아주겠노라고 약속하면서 기다리라고 했다. 봉숙은 기뻐하며 집으로 돌아갔다.

교행이란 시녀는 전에 언젠가 가우촌이 찾아왔을 때 정원에서 두어 번 뒤돌아보았던 바로 그 여자였다. 우연히 한번 돌아보았을 뿐인데 이런 기이한 인연을 맺을 줄 누가 알았겠는가. 그녀는 가우촌의 첩이 된 이후 일 년 만에 아들을 낳았고, 다시 반년이 지나 가우촌의 본처가 갑자기 병으로 죽는 바람에 가우촌의 정실부인이 되었다.

우연히 한 수 잘못 두는 바람에,[1]　　　　　偶因一着錯,
문득 사람 위의 사람이 되었다네.　　　　　便爲人上人.

　가우촌은 그해 진사은의 집에서 노잣돈을 얻은 뒤 이튿날 새벽에 길을 떠나 경성으로 들어간 후 대비大比의 날을 기다려 시험을 보았다. 곧 실력을 발휘하여 진사로 급제하였고 훗날 지방관으로 부임하였다가 이번에 이곳 지부知府로 승진하여 오게 되었던 것이다.

　가우촌은 재주가 남달리 뛰어났다. 그러나 탐욕이 지나쳤고, 또 잘난 재주를 믿고 상관을 업신여기다가 주위 관원들의 질시를 받는 바람에 1년이 채 안 되어 상사에게 발목을 잡히고 말았다. 상소문에는 "천성이 교활하고 예의규정을 멋대로 어기며 겉으로 청렴과 정직의 이름을 사고 있지만 속으로는 범이나 이리의 근성이 있어 지역의 일을 번거롭게 하고 백성의 삶을 고달프게 하는 자"라는 등의 내용이 적혀 있었다. 이를 본 황제는 크게 노하여 즉시 파직을 명하였다. 이 소식을 들은 본부의 관원들은 기뻐하지 않는 자가 없었다.

　가우촌은 마음속으로 더할 수 없이 부끄럽고 한스러웠으나 겉으로는 원망의 기색조차 하지 않고 여전히 환한 표정을 지으면서 평소 같은 모습으로 공무를 정리하고 임무교대를 하였다. 여러 해 동안 벼슬살면서 모은 재물을 가족에게 주어 고향으로 가 있도록 하고 자신은 바람같이 달같이 풍월을 읊으면서 천하의 명승고적을 유람하면서 지냈다.

　홀로 떠돌다가 어느 날인가 우연히 유양〔양주〕땅에 이르러 듣자하니

---

1 착(着)은 바둑 한 수를 뜻한다. 집안의 여자가 외간남자를 본 일이었으므로 잘못이라고 한 것임.

올해 염정鹽政으로 파견되는 사람이 임여해林如海라는 사람이라는 소문이 돌고 있었다. 이름은 임해林海이며 자가 여해라는 것이다. 지난번 과거시험에서 세 번째인 탐화探花로 급제한 사람으로 지금은 난대시대부蘭臺寺大夫[2]로 승진되었다. 본관은 소주 사람으로 현재 순염어사巡鹽御史[3]로 부임한 지 한 달가량 되었다. 임여해의 조상은 대대로 열후列侯의 작위를 이어받았는데 임여해에 이르러 5대째가 된다. 세습은 원래 3대까지만 작위를 잇도록 했지만 금상황제의 은혜를 받아 임여해의 아버지까지 한 대 더 습작하게 되었고, 임여해에 이르러서는 과거시험으로 출세하게 되었다.

임씨 가문은 부귀영화를 누리던 귀족집안이면서도 독서를 중히 여기는 선비의 집안이었다. 다만 집안이 번성하지 못하여 자손들이 많지 않고 친척이 있기는 했지만 모두 임여해의 종가일 뿐 친족의 적손은 거의 없었다. 임여해는 마흔의 나이에 세 살짜리 아들을 하나 두었다가 지난해 잃고 말았다. 비록 시첩이 몇 명 있었지만 자식복은 없었는지 아들 하나를 남기지 못했으니 그 또한 어쩔 수 없는 일이었다.

지금 본처인 가씨 부인에게서 딸 하나를 일점혈육으로 남기고 있었다. 아명은 대옥黛玉이라 했고 올해 다섯 살이었다. 부부사이에 아들이 없으니 딸을 보배처럼 귀여워하였다. 또한 아이가 총명한 데다 맑고 빼어나게 생겼으므로 글을 읽혀 깨우치도록 하였다. 이는 딸을 아들 대신으로 삼아 슬하에 쓸쓸함을 잠시 풀어보려는 생각에서였다.

가우촌은 마침 감기가 들어 여관에서 병을 돌보았는데 거의 한 달이 지나서야 비로소 몸이 쾌차하였다. 우선 몸이 피곤한 데다 노잣돈도 달

---

2 작가가 옛날 관명을 빗대어 만든 이름. 난대는 원래 한나라 궁중에서 책을 보관하던 곳이며 훗날 어사부(御史府)를 난대시(蘭臺寺)라 부르기도 함.
3 소금을 관리하던 어사. 앞서의 염정과 같음.

리게 되었는지라 적당한 자리만 있으면 잠시 머물면서 쉬어보려는 생각이었다. 마침 지난날 친우 두엇이 이 지역에 살고 있는데 염정 댁에서 훈장을 구한다는 말을 듣고 친구의 힘을 빌려 신신당부 끝에 훈장으로 들어가 안정된 자리를 잡게 되었다. 더욱이 학생이라고는 임대옥 하나뿐이고 공부시중을 드는 아이가 두 명 있을 뿐이었다. 임대옥은 아직 나이가 어리고 몸도 약하여 공부시간의 많고 적음도 따지지 않으니 실로 한가하기 그지없었다.

그렇게 1년가량 지냈는데 뜻밖에도 대옥의 모친인 가씨 부인이 갑자기 병으로 세상을 떠났다. 대옥은 모친이 병석에 있을 때는 탕약을 올리고, 돌아가신 후에는 상주로서 곡진한 애도를 다하였다. 그리하여 가우촌은 서당을 떠나 다른 일을 찾아보려 하였지만 임여해는 딸이 3년상을 지내면서 동시에 글공부도 함께 하도록 머물기를 청하였다. 요즈음 대옥은 애통함이 지극하여 몸이 상한 데다 본래 허약하고 병 많은 몸이어서 마침내 고질병이 다시 도져 연일 공부를 쉬고 있었다. 가우촌은 한가하고 무료하여 바람 맑고 햇살 온화할 때면 식후에 문을 나서 산보를 즐기곤 하였다.

이날 우연히 성 밖에 이르게 되었다. 본래는 시골마을의 풍광이나 둘러보자는 생각이었는데 우연히 발걸음 닿는 대로 가다가 산이 둘러싸고 물길이 돌아가며 숲이 우거지고 대나무가 빽빽하게 자란 한 곳에 이르게 되었다. 퇴락한 골목 뒤 숲 너머로 은은하게 절간이 하나 드러났다. 담장마저 무너진 절간의 산문에 '지통사智通寺'라는 편액이 걸려 있었다. 기둥 양쪽으로는 낡아빠진 대련에 다음과 같이 적혀 있었다.

몸 뒤에 여유 있으면 손 떼지 못하고,   身後有餘忘縮手,
눈앞에 길 막혀야 비로소 돌아서네.   眼前無路想回頭.

가우촌이 이를 보고는 혼자 생각해 본다.

'이 두 구절은 비록 쉬운 글이지만 그 의미는 결코 얕지가 않구나. 명산대찰을 많이도 다녀보았지만 이런 화두를 본 적은 없다. 이 안에 세상사를 깨칠 놀라운 그 무엇인가 있을지도 모르니 한번 들어가보자.'

그런 생각을 하며 안으로 들어가는데 귀먹은 노승 한 사람이 죽을 끓이는 모습이 보였다. 우촌이 가까이 다가가 몇 마디 물었더니 노승은 귀먹고 눈멀고 이빨도 다 빠져 말도 우둔하여 묻는 말에 동문서답할 뿐이었다.

가우촌은 짜증이 나서 그냥 나오고 말았다. 근처 마을에 들러 술이나 한잔 마시며 야외에 나온 기분을 돋우어 보려는 생각에 성큼성큼 걸어갔다. 주막 문을 막 들어서는데 자리에 앉아있던 손님 하나가 벌떡 일어나 큰소리로 웃으면서 맞이하고 나섰다.

"이것 참 기이한 만남이군요. 정말 생각도 못한 만남입니다."

가우촌이 가만히 바라보니 도성에서 골동품 장사를 하는 냉자흥冷子興이란 작자로, 전에 도성에 잠시 머물 때 안면이 있던 사람이었다. 가우촌은 냉자흥이 뛰어난 재주가 있는 능력 있는 사람이라고 극찬하였었고, 냉자흥은 우촌의 고상하고 점잖은 이름을 빌려쓴 바 있어 두 사람은 서로 의기투합하였었다. 가우촌이 웃으면서 물었다.

"노형은 언제 이곳에 이르게 되었소? 전혀 몰랐소이다. 금일 우연히 만났으니 정말 기이한 인연이라 할 만하군요."

"지난해 말에 고향집에 내려왔다가 다시 도성으로 올라가는 길인데 이곳 친구를 만난 김에 한 이틀 더 있다 가게 된 것입니다. 오늘은 마침 친구에게 일이 있어서 나 혼자 슬슬 나왔다가 잠시 다리 좀 쉬려고 한 것인데 여기서 선생을 만날 줄이야 생각지도 못했습니다."

냉자흥이 그렇게 말하면서 우촌을 끌어당겨 자리에 앉히고 새로 술과 안주 한 상을 시켰다. 두 사람은 천천히 마시면서 헤어진 이후의 애기를 나누었다. 가우촌이 궁금한 일을 물었다.

"요즘 도성에 무슨 새로운 소식이라도 있답니까?"

"뭐 특별한 소식이랄 거야 없습니다만 선생의 종가 댁에 조그만 이변이 일어나긴 했지요."

자흥이 그렇게 대답하자 우촌은 웃으며 말을 받는다.

"저의 종가 중에는 도성에 사는 사람이 없사온데 어찌 그런 말씀을 하시는지요?"

"선생과 똑같은 성씨이니 같은 종가가 아니겠습니까?"

우촌이 궁금하여 재차 다그쳐 묻자 자흥이 대답했다.

"영국부榮國府 가씨賈氏 집안이 선생의 가문을 욕되게 하시는지요?"

그제야 우촌이 웃었다.

"난 또 누구네라고요. 거슬러 올라가면 저희 가문의 집안이 적지는 않지요. 동한 시절의 가복賈復 이래로 지파가 번성하여 각 성마다 살고 있습니다. 누가 그걸 세세히 따져 보겠습니까? 하지만 영국부와는 확실히 같은 족보 속의 집안이지요. 하지만 그 집안은 떵떵거리는 영화를 누리고 있으니 저희가 함부로 같은 가문이라고 빌붙기가 좀 뭣하지요. 그래서 지금은 더욱 소원하여 서로 모르는 사이가 된 것입니다."

"그런 말씀 마십시오. 지금 이 녕국부寧國府와 영국부4 두 집안도 점점 쇠락하고 있습니다. 예전 모습과는 딴판이지요."

냉자흥의 말에 가우촌이 놀라며 묻는다.

"전에 그 두 집안은 식구도 대단히 많았는데 지금 쇠락하고 있다니 무슨 말씀이신가요?"

"그렇습니다. 말하자면 정말 길지요."

---

4 우리말의 경우 녕국(寧國)과 영국(榮國)의 첫 소리가 같지만 번역에서 구분을 위하여 각각 표기법을 달리 쓴 것임.

"지난해 내가 금릉〔金陵: 지금의 강소성 남경(南京)〕에 갔을 때 육조六朝시대의 유적을 구경할까 하고 석두성石頭城에 들어갔다가 그 두 저택의 문 앞으로 지나간 적이 있지요. 거리 동쪽은 녕국부이고 거리 서쪽은 영국부인데 두 집안이 서로 연이어 큰 거리를 거의 차지하고 있었지요. 대문 앞에는 비록 오가는 사람이 적었지만 담 안으로 들여다보니 안에는 전각과 누각이 우뚝우뚝 세워져 있고 후원 일대의 화원에는 수목과 산석이 울창하여 쇠락한 느낌은 전혀 나지 않았습니다."

가우촌이 그렇게 자신의 생각을 말하자 냉자홍이 웃으며 대꾸하였다.

"누가 진사출신이 아니랄까 봐 선생께서는 그렇게 꽉 막힌 말씀만 하십니까? 옛사람도 '다리 백 개 달린 벌레는 죽어도 꿈틀한다'고 말했지요. 지금 비록 예전처럼 번성하지는 못하다고 해도 여전히 일반 벼슬아치 집안에 비하면 그 기상이 사뭇 다르고말고요. 지금도 식구는 많고 일도 적지 않은데 주인이나 하인이나 그저 부귀영화를 누리려는 사람만 가득하고 새로운 계획을 짜서 집안을 꾸려나가려는 사람은 하나도 없는 형편이지요. 그러니 일용물품이나 나날이 쓰는 온갖 비용을 절약하지 못하고 있어 밖에서 보기에는 완전히 무너진 건 아니지만 속으로는 바닥을 드러낸 거나 진배없답니다. 허지만 그런 건 중요한 일 축에도 못 듭니다. 솔직히 말해 이런 명문 귀족의 가문, 예의범절이 높은 집안에서 어떻게 대를 더할수록 자손들이 점점 더 형편없어지는지 참으로 알 수 없는 일입니다."

가우촌이 그 말을 듣고 의아해하면서 물었다.

"그처럼 시서와 예의를 중시하는 가문에서 어찌 교육을 소홀히 할 까닭이 있습니까? 다른 집안이라면 또 몰라도 녕국부와 영국부의 경우는 자식공부에 특별한 방도가 있다고 하던데요."

냉자홍은 가볍게 한숨을 쉬면서 본격적인 얘기를 시작한다.

"내가 말하는 게 바로 그 두 집안이랍니다. 제가 자세히 일러 드릴 테니 들어보십시오. 원래 녕국공과 영국공은 친형제간이었는데 녕국공이 큰집으로 슬하에 네 아들을 두었지요. 녕국공이 돌아가시고 가대화賈代化가 작위를 이어받았는데 슬하에 두 아들을 두었습니다. 장남은 가부賈敷인데 여덟아홉 살쯤에 일찍 죽고 차남인 가경賈敬이 작위를 이었습니다. 하지만 지금은 도교에 푹 빠져서 금단인가 뭔가 하는 불사약을 만든다고 정신없고 집안일엔 전혀 관심이 없습니다. 다행히 일찍부터 아들 하나를 두었는데 가진賈珍이라고 했지요. 부친이 신선이나 되려는 마음만 가득하여 자연히 작위는 그에게 물려주게 되었답니다. 가경은 원적으로 돌아가지도 않고 도성 근처의 성 밖에 도사들과 어울려 지내고 있답니다. 가진 나리도 아들을 하나 두었는데 지금 열여섯 살이 되는 가용賈蓉입니다. 가경 어른은 일체를 상관하지 않고 가진 나리는 글공부에 뜻이 없이 오로지 즐기고 노는 일에만 열심입니다. 그러니 녕국부가 온통 뒤집어진다 해도 누구 하나 간섭할 수가 있겠습니까.

그 다음에 영국부의 내력을 말씀드릴 테니 잘 들어보십시오. 방금 조그만 이변이 일어났다고 하는 것도 바로 여기서 일어난 일이지요. 영국공이 돌아가신 후에 장남인 가대선賈代善이 작위를 이었고 금릉의 명문대가 사후史侯가의 규수를 아내로 맞이했지요. 슬하에 두 아들을 두었는데 장남이 가사賈赦이고 차남이 가정賈政입니다. 가대선 어른은 벌써 돌아가시고 지금 대부인께서 아직 생존해 계시지요. 큰아들 가사가 작위를 물려받았고 작은아들 가정은 어려서부터 글공부를 좋아하여 조부나 부친으로부터 가장 많은 총애를 받았는데 원래 과거시험을 통해 벼슬하려고 생각했답니다. 하지만 가대선 어른이 임종시에 남긴 유서를 바치니 황상께서 이를 보시고 조정 중신의 공을 긍휼히 여기시며 지금 작위를 이은 장남 이외에 아들이 몇이나 있느냐고 물으셨지요. 그리고 즉시 불러 인견하시고는 별도로 이 가정賈政 나리에게 주사 자리를 내려주시며 조정에 들어와 배우도록 하셨는데 지금은 벌써 원외랑員外郎

으로 올랐다고 합니다. 가정 나리의 부인은 왕씨인데 큰아들을 가주賈珠라고 하지요. 열네 살에 학당에 들어가고 스물이 안 되어 장가가서 아들을 얻었는데 그만 졸지에 병사하고 말았습니다. 둘째로는 따님을 낳았는데 공교롭게도 정월 초하룻날 태어났답니다. 그것도 기이한 일이거니와 뜻밖에도 그 다음에 다시 아들이 태어났는데 이 아이에 대해 말하자면 더욱 괴이한 일이지요. 태어나면서 입 속에 오색영롱한 옥을 물고 나왔다지 뭡니까? 그 위에는 글자도 새겨져 있어 이름을 보옥寶玉이라고 지었다고 합니다. 어때요? 정말 신기한 일이 아닙니까?"

가우촌이 다 듣고 웃으며 대답하였다.

"정말 기이한 일이군요. 하지만 그 아이의 내력이 결코 만만치는 않을 거요."

냉자흥은 그 말에 코웃음을 치면서 말했다.

"사람들마다 다들 그렇게 말했지요. 그래서 그 조모가 얼마나 귀여워하시는지 손안의 보물로 여기시지요. 그 아이가 돌이 되었을 때 가정 나리가 그 아이의 장래를 시험해보려고 세상의 온갖 물건을 다 차려놓고 아무거나 잡아보라고 돌잡이를 시켰지요. 근데 글쎄 생각지도 않게 그 아이는 다른 건 다 마다하고 지분과 비녀와 가락지 같은 것들만 움켜쥐더라는 거예요. 가정 나리가 크게 성을 내며 '이놈이 장차 주색의 무리에 들고 말겠구나' 하고는 그다지 좋아하지 않았답니다. 하지만 조모인 사태군史太君 대부인만은 그저 목숨처럼 아끼고 귀여워하고 있습니다. 얘기하자면 기이한 일 투성이입니다. 지금 일고여덟 살쯤 되었는데 비록 남달리 장난이 심하긴 하지만 총명하고 기발한 데에는 백에 하나도 그 아이를 따르진 못할 겁니다. 어린아이의 말이라기에는 정말 놀라운 일이지만 '여자는 물로 만든 골육이고 남자는 진흙으로 만든 골육이라, 여자아이를 보면 마음이 상쾌해지지만 남자를 보면 더러운 냄새가 진동한다'고 말했답니다. 정말 웃기지 않습니까? 장차 색마色魔가 되려는 게 틀림없나 봅니다."

그러자 뜻밖에도 가우촌은 정색을 하고 그의 말을 막으며 부인했다.

"그렇지가 않습니다. 당신 같은 사람은 이런 사람의 내력을 잘 몰라서 하는 말입니다. 아마 가정 나리 같은 분도 그 아이를 음탕한 색마 정도로 잘못 보는 것일게요. 좀더 글공부를 하여 격물치지格物致知의 공을 들이거나 오도참선悟道參禪의 노력을 기울이지 않으면 알 수 없는 일이라고 할 수 있지요."

냉자흥은 그가 이처럼 심각한 언사로 말하는 걸 보고 얼른 그 까닭을 물었다. 가우촌이 즉시 설교 같은 내력을 자세히 말한다.

"천지간에 사람이 태어나니 세상에 크게 어진 인물과 크게 악한 인물 두 가지를 제외하면 나머지는 그다지 큰 차이가 없습니다. 크게 어진 인물로 말하면 운수를 타고나는 것이고, 크게 악한 인물은 겁수劫數를 타고나는 것입니다. 운을 타면 세상이 다스려지고 겁을 타면 세상이 위태롭게 됩니다. 요堯, 순舜, 우禹, 탕湯의 임금과 문왕文王과 무왕武王, 주공周公과 소공召公, 공자孔子와 맹자孟子, 동중서董仲舒, 그리고 한유韓愈와 주돈이周敦頤, 정호程顥와 정이程頤 형제, 장재張載와 주자朱子 등이 모두 운수를 타고난 분들이지요. 또 치우蚩尤와 공공共工, 걸왕桀王과 주왕紂王, 진시황秦始皇과 왕망王莽, 조조曹操와 환온桓溫, 안록산安祿山과 진회秦檜 등은 모두 겁수를 타고 난 악당들입니다.

크게 어진 인물은 천하를 다스리고 크게 악한 인물은 천하를 어지럽힙니다. 청명하고 빼어난 기운은 천지간의 바른 기운이며 이는 어진 인물이 갖고 있습니다. 잔인하고 괴벽한 기운은 천지간의 사악한 기운으로 이는 악한 인물이 갖고 있습니다. 오늘날 국운이 창성하고 황통이 만세를 잇는 시대, 태평무위의 시절을 맞이하여 청명하고 빼어난 기운을 지닌 사람은 조정에서 초야에 이르기까지 무수히 많습니다. 그 나머지 수려한 기운은 어딘가로 마땅히 귀속할 곳이 없어 마침내 감로가 되거나 화풍이 되어 사해를 촉촉이 적시고 있습니다.

저 잔인하고 괴벽스런 사악한 기운은 대명천지에 넘쳐날 수가 없어 마침내 뭉쳐서 깊은 골짜기나 어두운 구덩이 속에 박혀 있다가 우연히 바람이 일고 구름이 오를 때 뒤흔들려 요동치고 감응되는 것입니다. 이때 한두 가닥쯤 새어나온 것이 행여 영험하고 수려한 기운과 마주치기라도 하면 바른 기운은 사악한 기운을 용납할 수 없고 사악함은 또 바른 것을 질투하는 까닭에 서로 위아래를 겨루게 됩니다. 이는 마치 바람과 물과 우레와 번개처럼 땅 위에서 만나면 그냥 사라지지 못하고 서로 양보할 수도 없는 터라 기필코 부닥쳐 요동을 치고서야 마침내 사라지게 되는 것과 같은 이치이겠지요. 그러므로 기운이란 것도 반드시 사람에게 부여되고 나면 한바탕 발설하고 나서야 비로소 흩어지는 것이 아니겠습니까?

남녀 가운데 우연히 이러한 기운을 타고 태어나는 사람이 있을진대, 위로는 결코 어진 군자가 되지 못하고 아래로도 대단히 흉악한 인물이 되지는 못합니다. 만 사람 중에 두면 그 총명하고 수려한 기운은 만인의 위에 있게 되지만 그 괴벽스럽고 황당함이 사리에 맞지 않으면 만인의 아래에 있게 되는 것입니다. 이런 사람이 만약 공후의 귀족가문에 태어난다면 사랑에 눈먼 치정의 인물이 될 것이지만, 만약 시서를 읽는 청빈한 선비집안에 태어난다면 인품이 고매한 은자가 될 것입니다. 또 설사 아주 가난한 집안에 태어났다고 해도 결코 아전이나 노복이 되어 남의 부림을 받거나 수레를 끄는 따위의 일을 하지는 않을 것이며 필시 뛰어난 배우나 이름난 명창이 되고야 말 것입니다.

전대의 인물로 예를 들면 허유許由와 도연명陶淵明, 완적阮籍과 혜강嵇康 및 유령劉伶, 그리고 육조六朝시절의 왕씨王氏와 사씨謝氏네 두 가문, 화가 고개지顧愷之, 남조의 마지막 황제 진후주陳後主, 당나라의 현종玄宗, 송나라의 휘종徽宗, 시인 유정지劉庭芝와 온정균溫庭筠, 화가 미불米

甫과 문학가 석만경石曼卿, 사인詞人인 유기경柳耆卿과 진소유秦少游에 이르기까지 수없이 많으며, 근년에 이르러서는 서화가로서 원나라 예운림倪雲林과 명나라의 당백호唐伯虎, 축지산祝枝山 등이 있지요. 그 밖에도 당나라 궁정악사 이구년李龜年과 황번작黃幡綽, 오대 때 궁중예인 경신마敬新磨, 한나라 때의 미녀 탁문군卓文君과 수나라 때 인물로 전해지는 홍불紅拂, 당나라 기생 설도薛濤와 당나라 전기소설에 나오는 최앵앵崔鶯鶯, 남송 때 전당의 명기 조운朝雲과 같은 인물이 모두 각기 다른 곳에서 태어났지만 사실은 같은 부류의 사람이라고 할 수 있습니다."

냉자흥이 이를 다 듣고 말했다.

"노형의 말씀대로라면 성공하면 왕후장상이 되고 실패하면 역적이 된다는 얘기로군요."

가우촌이 받아서 대답한다.

"바로 그런 뜻이지요. 노형은 모르시겠지만 나도 파직을 당한 뒤에요 몇 년 동안 각 성을 유람하면서 유별나게 독특한 아이 둘을 만난 적이 있답니다. 그래서 노형이 방금 말한 그 보옥이란 아이가 대개는 이와 동류의 인물이란 걸 짐작하게 된 것이지요. 멀리 말할 것도 없이 금릉의 흠차금릉성체인원총재欽差金陵省體仁院總裁[5]로 있는 진가甄家를 잘 아시지요?"

"누가 모르겠습니까? 이 진씨 댁으로 말하면 가씨 댁과는 오랜 친척에 속하며 서로 세교가 있는 가문이지요. 두 집안이 아주 친밀하게 왕래하고 있는데 저 자신도 그 집안에 가 본 것이 한두 번이 아니지요."

냉자흥이 그렇게 답하자, 가우촌이 이어서 말한다.

"지난해 제가 금릉에 있을 때 어떤 분의 천거로 진씨 댁에서 훈장을

---

5 흠차란 황제가 직접 파견했다는 뜻이며 황제의 특명을 받은 '흠차대신'은 더욱 권력이 막강했음. 체인원총재는 작가가 허구로 만든 관직명임.

한 적이 있지요. 제가 그 집에 들어가 보니 그처럼 지체 높고 부유한 데다 예의범절이 깍듯한 집에서 훈장노릇 하는 건 쉽지 않은 일이었어요. 제가 가르치던 귀공자는 비록 이제 막 공부를 시작한 어린 제자에 불과했지만 과거시험 준비생을 가르치는 것보다도 신경이 더 쓰였다니까요. 말하자면 정말 우스운 일이기도 하지요. 그 아이는 '반드시 두어 명의 여자아이가 곁에서 함께 글동무가 되어주어야 비로소 글을 익힐 수 있고 마음이 밝아지며, 그렇잖으면 절로 마음이 흐리멍덩해진다'고 말하곤 했지요. 또 뒤를 따르는 하인들에게 항상 '여자아이란 말은 지극히 존귀하고 청정한 존재이니 저 아미타불이나 원시천존元始天尊보다도 더 존귀하기 그지없어. 너희들 더럽고 냄새나는 입에 담아서는 절대로 안 될 것임을 명심해야 할 것이야. 혹시 말하지 않으면 안 될 경우에는 반드시 먼저 맑은 물이나 향기로운 차로 양치하고 나서 말해야 한다. 만약 잘못하는 날에는 이빨이 부서지고 얼굴이 깨지도록 맞을 줄 알아라' 하면서 험악한 말을 해대는 등 포악하고 경박하며 미련하고 짓궂은 온갖 기이한 언행을 자행했답니다. 하지만 공부가 끝나고 돌아가 그 여자아이들과 함께 있으면 온화하고 부드러우며 화기애애하고 슬기롭고 우아한 아이로 싹 바뀌곤 했지요.

그래서 그 부친이 일찍이 몇 차례나 죽어라 매를 친 적도 있었는데 고칠 수가 없었다니 어쩝니까. 매번 매를 맞아 아플 때에 그는 '누나', '누이'의 이름을 마구 부르곤 했는데 나중에 여자애들이 그걸 웃음거리로 삼아 '매 맞으며 다급할 때 누나나 누이를 부른들 무슨 소용이란 말이야! 누나하고 누이들이 와서 대신 용서라도 빌어달라는 건 아니겠지? 어찌 그런 부끄러운 일을 할 수 있어, 창피하게' 하고 놀렸답니다. 그랬더니 '매를 맞아 아플 때마다 누나, 누이를 소리치면 혹시 아픔이 덜할까 해서 소리쳐 봤지. 그런데 정말로 아픔이 가시기에 그걸 비법으로 삼아 매번 매 맞아 아플 때마다 연거푸 누나와 누이를 소리치게 됐어'라고 했다지 뭡니까. 어때요, 정말 웃기는 얘기 아닌가요?

그 아이 역시 할머니의 사랑이 지나쳐서 매번 손자의 일로 선생을 욕보이고 그 아들을 야단치는 통에 저는 훈장자리를 그만두고 나왔지요. 지금은 이곳의 순염어사 임씨 댁에서 훈장을 하고 있습니다. 그것 보세요. 이런 아이들은 필시 조상이 전해준 가문의 기반을 지키지 못하고 스승과 어른의 가르침과 훈계를 따르지 못하게 될 것입니다. 다만 그 집안의 몇몇 자매들은 드물게 뛰어난 인물들이었지요."

그러자 냉자홍이 말을 이었다.

"가씨 댁 네 딸도 상당히 괜찮지요. 가정賈政 나리의 큰딸 원춘元春은 어질고 효성스럽고 재주와 덕성을 갖추고 있어 궁중나인에 뽑혀 지금은 여사女史가 되어 들어갔고, 둘째 소저는 가사賈赦 나리의 첩 소생으로 영춘迎春이라 하지요. 셋째 소저는 가정 나리의 첩 소생으로 탐춘探春이라 하고, 넷째 소저는 녕국부 가진賈珍 나리의 친누이로 석춘惜春이라고 한답니다.[6] 대부인 사태군史太君께서 어린 손녀들을 지극히 아끼고 귀여워하시는지라 모두 할머니 계신 이쪽에서 함께 글공부하고 있는데 모두 상당히 괜찮습니다."

가우촌이 물었다.

"더욱 놀랍게도 진가 댁의 풍습으로는 여자아이의 이름도 모두 남자의 이름과 같은 글자를 붙여 다른 집에서처럼 춘春자니 홍紅자니 옥玉자니 하는 예쁜 글자는 쓰지 않았는데, 어떻게 가씨 댁 같은 가문에서 그처럼 속되고 상투적인 걸 좋아하게 되었습니까?"

냉자홍이 해명한다.

"그건 그렇지가 않소이다. 단지 지금 첫 번째 소저가 정월 초하룻날

---

6 원춘, 영춘, 탐춘, 석춘의 이름 첫 글자를 이어보면 '원영탐석'이 되는데 이는 원응탄식(原應嘆息)이란 글자와 발음이 같아 작가가 명명을 통해 네 자매의 비극적 운명을 암시함.

태어나는 바람에 이름을 원춘이라 붙인 것이고 나머지 소저들은 춘자를 돌림자로 따게 된 것일 뿐입니다. 그 윗대의 경우에는 역시 형제의 이름에 맞춰 이름을 지었지요. 그 증거를 대라면, 바로 지금 노형께서 몸담고 계시는 임여해 나리의 부인이 곧 영국부 가사, 가정 나리의 친누이가 되는데 집에서 이름을 가민賈敏이라고 했지요. 믿지 못하시겠다면 한 번 자세히 물어보시면 곧 알 것입니다."

그제야 가우촌이 탁자를 치고 웃으며 말하였다.

"아하, 그러고 보니 대옥이 글을 읽을 적에 민敏자만 나오면 매번 꼭 밀密이라고 읽더군요.[7] 또 글자를 쓸 때도 민자가 나오면 한두 획을 덜 쓰기에 내 마음속으로 이상하다고 생각했는데 지금 노형의 말씀을 들으니 그 때문에 그러했던 것이 분명하군요. 어쩐지 이 아이의 말과 행동거지가 남다르다 싶어 요즘 여자애들과는 뭔가 다르다고 생각했는데 그 모친이 비범했기에 이런 딸을 두게 되었겠군요. 이제야 그 아이가 영국부의 외손녀라는 사실을 알고 보니 그리 이상한 일이 아니군요. 하지만 안타깝게도 바로 지난달에 이 아이의 모친이 돌아가시고 말았답니다."

냉자흥도 탄식한다.

"윗대의 자매가 넷이었는데 이분이 가장 막내에 속하지요. 이제 그분마저 돌아갔다고 하니 윗대의 자매들은 한 분도 남지 않게 되었군요. 다만 이 어린 따님의 장차 배필이 어떻게 정해지려는지 궁금하군요."

"그러하군요. 방금 말씀하신 가정 나리에게 옥을 물고 태어난 아들이 있고 또 장남에게서 떨어진 어린 손자가 있는데 가사 나리에게는 아무 자식도 없는 겐지요?"

---

7 밀(密)의 중국음은 mi이므로 min에서 받침을 빼고 읽은 것임. 이는 피휘(避諱)의 법으로 군주나 부모의 이름을 피하여 직접 읽거나 쓰지 않았음.

가우촌이 그렇게 묻자 냉자흥이 대답하였다.

"가정 나리에겐 보옥 도련님 이후로 첩의 소생인 아들이 하나 더 있는데 어떤 아인지는 모르겠군요. 지금은 두 아들에 손자 하나가 있지만 장래는 어찌 되려는지 알 수 없지요. 가사 나리로 말씀드리자면, 역시 두 아들이 있습니다. 큰 아들을 가련賈璉이라고 했는데 지금 스물이 넘었고 겹사돈을 맺어서 가정 나리 부인 왕씨의 친정 조카딸을 아내로 맞은 지 이태째가 됩니다. 이 가련 도련님은 지금 돈으로 동지同知[8]의 벼슬직함을 따놓고 있는데 글공부는 하려고 하지 않지만 임기응변이 뛰어나고 언변이 좋아 지금 가정 나리 집에 머물며 집안일을 돌보고 있습니다. 뜻밖에 가련 도련님이 부인을 얻은 후에 집안사람 위아래 할 것 없이 모두 한 입으로 그 부인을 칭송하는 바람에 가련 도련님은 한참 뒤로 처진 느낌이지요. 생김새도 빼어나게 아름다울 뿐만 아니라 언변이 시원시원하면서 날카롭고 심기가 또한 매우 예민하여 남자라도 만에 하나 따라갈 수가 없다고 합니다."

가우촌이 듣고서 웃으며 말하였다.

"그러하니 내가 앞서 한 말이 틀리지 않았음을 알겠구려. 내가 방금 말한 이러한 몇몇 사람은 모두 바른 기운과 사악한 기운이 동시에 부여되어 태어난 그런 사람들인지도 모르겠습니다."

"바른 기운이든 사악한 기운이든 다 남의 집 일일 뿐이지요. 노형도 술이나 한잔 더 드시는 게 좋겠소이다."

냉자흥이 말머리를 그렇게 돌리니 가우촌도 이에 응수한다.

"그렇군요. 얘기 하다가 술만 많이 마셨소이다."

"남의 집 뒷공론이 술안주로는 최고이지요. 몇 잔 더 마신들 무슨 상관있겠습니까?"

---

8 청대 지부(知府)의 부관직책으로 돈으로 살 수 있는 가장 높은 직위임.

가우촌이 밖을 쳐다보고는 말하였다.

"벌써 날이 저물고 있었군요. 성문이 닫힐까 걱정이니 천천히 일어나 성안으로 들어가 더 얘기하는 것도 좋겠군요."

그리하여 두 사람은 일어나 술값을 치르고 막 나서려는데 뒤에서 누군가 반가운 목소리로 부르는 소리가 났다.

"우촌형, 축하합니다! 아주 좋은 소식을 가져 왔습니다."

가우촌이 누군가하고 뒤를 돌아보았다.

記內兄如
海薦西賓
接外孫賈
母惜孤女

임대옥의 상경

가우촌은 청탁으로 지난 벼슬 다시 찾고
임대옥은 집을 떠나 외갓집에 상경하네

賈雨村夤緣復舊職　林黛玉抛父進京都

　　가우촌이 급히 돌아보니 다른 사람이 아니라 전에 동료로 있다가 파
직당한 장여규張如圭라는 인물이었다. 그는 본시 이 지역사람으로 벼슬
자리를 그만둔 뒤에 집에서 머물다가 지금 도성에서 파직된 구관을 복
직시킨다는 명이 내렸다는 소식을 듣고 사방으로 손쓸 길을 알아보는
중 뜻밖에 가우촌을 만나자 먼저 축하의 말을 했던 것이다. 장여규가
그 소식을 가우촌에게 알려주자 우촌도 뛸 듯이 기뻐하면서 두어 마디
더 나눈 뒤에 각자 헤어져 집으로 돌아갔다. 냉자흥이 곁에서 그 말을
전해 듣고 좋은 계책을 올린다. 그건 임여해에게 부탁하여 도성에 있는
가정에게 청탁을 넣으라는 것이었다. 우촌은 그 뜻을 알아차리고 헤어
져 임씨 댁 처소로 돌아와 급히 관청의 공문서를 찾아보니 과연 그와 같
았다.
　　다음날 임여해를 찾아가 뜻을 밝히니 그가 말했다.
　　"정말 하늘의 인연이 공교롭소이다. 제가 상처한 뒤에 도성의 장모님께서 제 어린 딸을 돌보고 가르칠 사람이 없다고 염려하여 지난번에도 남녀 하인과 배를 내려보내 데려가고자 하셨는데 딸아이의 병이 완쾌되지 않아서 그때 보내지 못하였습니다. 지금 훈장님에게서 훈도받은 은혜를 무엇으로 갚아야 하는지 생각하던 차에 이런 기회를 만났으니 어찌 마음을 다해 보답하지 않을 까닭이 있겠습니까? 너무 걱정 마십시오. 저도 이미 준비를 다 해두었습니다. 처남 앞으로 여러 가지로 협조를 부탁한다는 추천서 한 통을 써 놓았습니다. 이 모두가 제 작은 성의를 다하려는 것뿐입니다. 필요한 경비도 편지 속에 상세히 밝혔으니 존형께서는 염려하지 않으셔도 됩니다."

가우촌은 허리 굽혀 인사하고 고맙다는 말을 연신하면서 한마디 더 물었다.

"죄송합니다만 그 친척 분께서 지금은 어떤 직위에 계시는지요? 아무것도 모르는 제가 경성에 올라가 갑자기 찾아가기가 어려울 듯해서 그러합니다."

"저의 친척으로 말하면 실상 존형과도 종친이 되는 영국공의 손자올시다. 큰처남은 현재 일등장군의 작위를 이어받은 가사인데 자를 은후恩侯라고 하고, 둘째 처남은 가정으로 자는 존주存周라고 하지요. 지금 공부工部원외랑員外郎으로 있으며 위인이 겸손하고 후덕하여 조부의 유풍을 그대로 빼닮아 일부 귀족자제의 경박한 벼슬아치 부류와는 다르기에 제가 감히 편지로서 부탁하는 것입니다. 그렇지 않으면 존형의 청렴한 지조에도 욕될 것이며 저 또한 그렇게 하지 않을 것입니다."

가우촌이 듣고서 비로소 어제 냉자흥이 한 말이 거짓이 아님을 믿고 임여해에게 고맙다고 하니 그가 다시 한마디 일렀다.

"제 어린 딸이 경성에 들어가는 날을 내달 초이틀로 잡아놓았으니 존형께서 함께 올라가시면 겸사겸사 좋지 않겠습니까?"

가우촌은 속으로는 매우 득의양양해 했다. 임여해는 예물준비와 송별잔치의 일을 모두 마련하였고 우촌은 그대로 따랐다.

가우촌의 학생인 대옥은 몸은 비록 나아졌지만 홀로 된 아버지를 두고 차마 떠나기가 어려웠다. 하지만 외할머니의 뜻이 간절한 데다 아버지까지도 이렇게 말하는 것이었다.

"네 아비는 벌써 반백의 나이가 되어 이젠 계실繼室을 두고 싶은 생각이 없다. 헌데 너는 병이 많고 나이도 아직 어리며 위로는 돌보아 줄 모친이 먼저 갔고 아래로는 기대고 함께 살 자매형제조차 없으니 어찌하란 말이냐. 이제 외할머니와 외숙부네 자매들을 의지하며 지내면 내 걱정을 많이 덜게 될 것인데 어찌 안 가겠다고 하느냐?"

대옥은 그 말을 듣고 마침내 눈물을 뿌리며 큰절을 하고 유모와 영국부에서 보내온 할멈 몇 사람을 따라 배에 올라 길을 떠났다. 가우촌은 따로 배 한 척을 세賃내어 시동 둘과 함께 대옥을 뒤따라 경성으로 올라갔다.

며칠이 지나 마침내 도성에 닿아 신경神京에 들어가게 되었다. 가우촌은 의관을 정제하고 시동을 데리고 종실의 명함을 영국부 대문 앞의 문지기에게 내밀었다. 그때 가정은 이미 매제로부터 서신을 받아 읽었으므로 급히 그를 맞아들였다. 가정의 눈에 가우촌은 생김새가 범상치 않고 말씨도 속되지 않아 보였다. 가정은 원래 선비를 좋아하여 어진 이를 예로 대하고 약한 자를 구제하며 위태로운 사람을 붙잡아 주는 성품으로 조부의 인품이 그대로 남아 있었다. 게다가 매제의 은근한 부탁이 있었으니 우촌을 더욱 우대하여 남달리 신경 썼다.

또한 조정에서도 적극 노력하여 상주하는 날 가볍게 복직자리 하나를 마련하였고 두 달이 채 안 되어 금릉 응천부應天府에 빈자리가 생기자 곧 그 자리로 복직시켰다. 가우촌은 가정에게 사례하고 날을 잡아 부임해 갔다. 일단 그 애기는 접어둔다.

한편 임대옥은 그날 배에서 내리니 영국부에서 보낸 가마와 짐을 싣고 갈 마차가 벌써부터 기다리고 있었다. 대옥은 전부터 그 모친이 외가댁은 다른 집과 다르다고 하는 말을 자주 들었다. 요 며칠간 함께 온 하층 노복의 먹새와 입새와 쓰임새가 벌써 남달리 느껴졌는데 지금 그 집안으로 들어가게 되었으니 어련하겠느냐고 생각하였다. 걸음걸이마다 조심조심하고 시시각각 마음을 가다듬어 함부로 쓸데없는 말을 하거나 덤벙대다가 남의 비웃음을 받지나 않을까 특히 조심했다.

가마에 올라 도성으로 들어오는데 사창으로 보이는 번화한 거리와 수많은 인파가 자연히 다른 곳과는 달랐다. 한나절가량 가자 거리의 북쪽에 두 마리 돌사자가 버티고 있고 문고리가 짐승머리로 된 세 칸짜리 큰 대문[1]이 나타났다. 문 앞에는 십여 명의 화려한 관과 옷을 입은 사람들이 줄지어 앉아 있었다. 정문은 닫혀있고 동서 양옆의 문만 열려서 사람들이 출입하고 있었다. 정문의 위쪽에는 편액이 걸려있는데 큰 글자로 '칙조勅造녕국부寧國府' 다섯 글자였다. 대옥은 속으로 '이는 필시 외할아버지네 큰집일 거야'라고 생각하였다. 다시 서쪽으로 조금 더 가니 머지않은 곳에 똑같은 모양의 세 칸짜리 대문이 나왔는데 바로 영국부榮國府였다. 정문으로 들어가지 않고 서쪽 귀퉁이 문으로 들어갔다. 가마꾼들은 가마를 메고 들어가 불과 화살 한 번 쏜 거리쯤 가서는 귀퉁이를 돌아 가마를 내려놓고 물러갔다. 뒤에 따르던 할멈들도 모두 가마에서 내리더니 앞으로 왔다. 모자와 의복을 단정하게 갖춰 입은 열 예닐곱 살쯤 먹은 하인들 서너 명이 달려와서 가마를 다시 둘러메자 할멈들은 앞뒤로 호위하였다. 수화문垂花門[2] 앞에 당도하니 이번에는 하인들이 물러가고 할멈

---

1 관료나 부귀한 집의 대문에는 동으로 주조하거나 도금한 짐승 머리로 문고리를 달았으므로 수두대문(獸頭大門)이라고도 하였음.
2 저택 안쪽으로 통하는 문에 통상 거꾸로 매달린 연꽃을 장식하였으므로 수화문이라고 부름.

들이 다가와 가마 발을 올리고 대옥을 부축하여 내리게 했다.

대옥이 할멈의 손을 잡고 수화문을 들어서니 양쪽으론 주랑이 이어지고 가운데는 지나갈 수 있는 천당穿堂³이었다. 그 중간에 자색 단향목 받침으로 대리석 병풍이 꽂혀 있었고 돌병풍을 돌아서자 작은 세 칸 대청이 나오고 그 대청 너머가 바로 뒤쪽 정방대원正房大院이었다. 정면에는 다섯 칸짜리 상방인데 모두 기둥과 대들보를 아름다운 조각으로 장식한 방이었다. 양쪽에 담벼락을 지나갈 수 있는 주랑의 곁방이 있는데 앵무와 화미畵眉 등 온갖 새들의 조롱이 걸려 있었다. 계단 위에는 붉은색과 초록색 옷을 곱게 차려입은 시녀들이 몇 명 앉아 있다가 대옥이 들어오는 것을 보곤 얼른 일어나 맞이한다.

"방금까지도 대부인께서 물으셨는데 이제야 오시는군요."

서너 명이 다투어 주렴을 걷어 올리고 안으로 소리쳐 아뢰었다.

"임林 아가씨가 오셨습니다."

대옥이 막 방 안에 들어서니 두 사람이 옆에서 부축하고 있는 백발이 성성한 할머니가 일어나 맞으러 나오고 있었다. 대옥은 그가 바로 외할머니임을 알고 엎드려 절하려는 순간 몸은 벌써 외할머니의 품안에 안겨 있었다. 할머니는 대뜸 "아이구 내 새끼야"하면서 대성통곡하였다. 그 자리에 시립했던 사람들이 모두 얼굴을 가리고 눈물을 흘렸다. 대옥도 함께 울음을 그치지 못했다. 한참 만에 눈물을 멈추고 비로소 외할머니에게 엎드려 절을 올렸다 — 이분이 바로 냉자흥이 말한 사씨부인 사태군이며 가사와 가정의 모친으로 가모賈母로 불린다. 가모는 그 자리에서 일일이 대옥에게 사람들을 소개했다.

"이 사람이 너의 큰외숙모이시고 이 사람이 작은외숙모이시고, 이 사람은 먼저 간 가주 오라비네 올케가 된다."

---

3 앞뒤 두 정원 사이에 지나다닐 수 있게 된 넓은 대청.

대옥은 일일이 인사를 마쳤다. 가모가 또 사람들에게 이른다.

"아가씨들을 다 오라고 하여라. 오늘은 멀리서 손님이 왔으니 글공부는 잠시 쉬라고 일러라."

잠시 후에 유모 셋과 대여섯의 시녀들이 자매 셋을 에워싸고 방 안으로 들어왔다. 첫째 자매는 살이 다소 풍만한데 적당한 중키에 얼굴색이 방금 익은 여지[荔枝: 붉은 색 과일] 같았다. 매끈한 콧날과 거위 연지를 바른 얼굴이 온화하고 부드러운 기운이 돌았으며 말없이 조용하여 친근미가 있었다. 둘째 자매는 깎은 듯한 갸름한 어깨에 가는 허리를 가진 날씬한 몸매였다. 계란형 얼굴에 준수한 눈, 수려한 눈썹으로 돌아보는 눈동자는 정기로 빛나고 문채가 화려하여 바라보면 속됨을 잊게 하였다. 셋째 자매는 몸이 아직 덜 자라 모습이 아직 어렸다. 그들은 비녀와 귀고리, 치마, 저고리에 모두 같은 것으로 장식을 달았다.

대옥은 급히 그들을 맞아 예를 갖추어 서로 인사를 나누고 자리에 앉았다. 시녀들이 차를 따랐다. 모두들 대옥의 모친이 어떻게 병을 얻었고 어떻게 의원을 청하여 진맥을 보고 약을 복용했는지를 물었으며 또 어떻게 임종하고 장례를 모셨는지에 대해 말을 나눴다. 가모는 또 마음이 아파져서 대옥에게 말했다.

"내가 여러 자식들 중에서도 유독 네 어미를 가장 사랑했단다. 지금 하루아침에 나를 앞세우고 먼저 가버려 얼굴도 한번 볼 수가 없게 되었는데 여기서 너를 보니 어찌 마음이 아프지 않을 수가 있겠느냐?"

가모는 대옥을 다시 품안에 끌어안고 오열하기 시작했다.

사람들이 대옥의 모습을 살펴보니, 비록 나이는 아직 어렸지만 그 행동거지와 언변이 속되지 않았다. 몸과 얼굴이 약해 보이는데 자연스런 풍류의 자태가 엿보이는 것으로 보아 대옥의 비위와 혈기가 허약하고 정기가 부족한 병을 가지고 있음을 알았다.

"그래, 평소에는 무슨 약을 먹고 있지? 왜 서둘러 병을 완치하지 않았느냐?"

"저는 원래부터 이랬어요. 어려서 밥을 먹으면서부터 곧 약을 먹기 시작하여 지금까지 끊지 못한걸요. 수많은 명의를 불러 숱한 약을 지어 먹어 보았지만 전혀 효험이 없었어요. 세 살 되던 해에 듣자하니 부스럼을 앓는 화상和尙이 와서 나를 시주하여 출가시키라고 했다지만 부모님이 따르지 않았대요. 그러니 그 스님이 '이 아이를 출가시키지 않으면 그 병을 평생토록 고치지 못할 것'이라면서 '만약 병을 고치려면 앞으로는 절대로 곡소리를 듣지 말아야 하며 부모를 제외하곤 외성 친척을 누구든지 만나지 말아야 한 세상을 조용히 살 수 있을 것'이라고 했대요. 그런 황당한 소리를 하였으니 아무도 그 말에 귀를 기울이지는 않았지요. 지금도 인삼양영환養榮丸을 복용하고 있습니다."

"그거 참 잘됐다. 여기 우리 집에서 그 약을 짓고 있으니 조금 더 지으라고 하면 되겠어."

그 말이 미처 끝나기 전에 뒤편 정원 쪽에서 어떤 사람이 웃으며 떠드는 소리가 들려왔다.

"내가 조금 늦어서 먼 곳에서 오신 손님을 맞이하지 못했군요!"

대옥은 조금 이상한 일이라고 속으로 생각했다.

'여기 사람들은 모두 숨을 죽이고 공손하고 엄숙한데, 지금 오는 사람은 도대체 누구기에 이처럼 방자하고 무례하단 말인가?'

그런 생각을 하고 있을 즈음에 한 무리의 여자들과 시녀가 둘러싼 가운데 한 사람이 방문을 열고 들어섰다. 그 사람이 차려입은 모습은 다른 아가씨들과는 달랐다. 아름답게 수놓은 화려한 모습이 휘황찬란하여 신선 중에서도 귀비 같았다. 머리에는 금실로 휘감은 진주와 상감한 팔보로 만든 구슬 꽃 모양의 낭자머리에 진주를 입에 문 봉황무늬의 오단 비녀를 꽂고, 목에는 붉은 금빛 이무기 조각의 구슬 영락瓔珞 목걸이를 걸고 있었다. 치마에는 녹색 궁중매듭을 맸고, 한 쌍의 장미색 비목어比目魚 무늬 패물을 달고 있었다. 몸에는 금으로 새긴 꽃밭에 나비 무늬를 넣은 붉은색 양단으로 통 좁은 조끼를 걸쳤으며, 겉에는 무늬를 넣고 속에 은서銀鼠 가죽을 댄 석청색 괘자褂子를 걸치고 있었다. 치마는 비취에 꽃이 수놓아진 비단으로 만들어진 것이었다. 삼각 모양의 단봉丹鳳 두 눈과 늘어진 버들가지 같은 두 눈썹에 가는 몸매에 야들야들한 체격으로 분바른 얼굴엔 봄빛을 품었으나 드러나지 않고 붉은 입술이 열리기도 전에 먼저 소리가 들리는 듯했다.

대옥은 서둘러 일어나 맞았다. 가모가 웃으며 소개하였다.

"너는 이 사람을 모를 게야. 이 사람은 여기서도 유명한 망나니 파락호인데 남쪽에선 속된 말로 '독종'이라고 불렀지. 넌 그냥 '독한 희봉'이라고 부르면 될 거야."

대옥이 미처 뭐라고 불러야 할지 몰라 머뭇거리고 있자, 주변의 자매들이 얼른 나서서 '가련 오라비네 올케'라고 다시 소개했다. 대옥이 비록 모르는 사이였으나 전에 모친으로부터 큰외숙부의 아들 가련이 작은외숙모 왕씨의 친정 조카딸을 아내로 얻었는데 어려서부터 아들삼아 기르느라고 이름을 왕희봉王熙鳳이라 불렀다는 말을 들은 것이 생각났다. 대옥은 얼른 웃음을 띠면서 올케의 칭호를 넣어 불렀다.

왕희봉은 대옥의 손을 잡고 위아래를 한차례 훑어보고는 손을 잡은 채 가모의 앞으로 가 앉더니 웃으며 말하였다.

"세상에 이렇게도 용모가 빼어난 인물을 저는 이제야 겨우 만나보게 되었네요! 온몸에 흐르는 기상은 우리 노조종老祖宗 할머님의 외손녀가 아니라 친손녀라고 해도 나무랄 데가 없네요. 어쩐지 우리 할머님이 날마다 맘속이나 입에서나 잊지 못하시고 계시더라니. 그저 불쌍하게도 우리 동생이 명을 잘못 타고나 하필 고모님이 먼저 돌아가시고 말았으니 이를 어쩌나요!"

그렇게 말하면서 손수건으로 눈물을 찍어낸다. 가모가 곁에서 웃으며 참견한다.

"방금 겨우 진정했는데 네가 또 와서 눈물샘을 건드릴 셈이냐. 대옥이가 천리 먼 길을 달려와 이제 막 당도한 데다 몸도 약하니 이제 그쯤하고 지난 일은 더는 꺼내지 마라."

왕희봉이 얼른 슬픈 표정을 바꾸어 밝은 얼굴을 하면서 말하였다.

"그렇고말고요. 제가 동생을 보자마자 기쁘기도 하고 또 상심하기도 하여 그만 노조종이 계신 줄을 잊어버렸군요. 맞아도 싸요, 맞아도 싸!"

희봉은 대옥의 손을 다시 잡고서 올해 몇 살인지, 글공부는 시작하였는지, 지금 무슨 약을 먹고 있는지 묻고는 여기서 집 생각일랑 하지 말고 무엇이든 먹고 싶은 거나 갖고 싶은 게 있으면 언제든 자기에게 말하라고 일렀다. 시녀들이나 할멈들이 시원찮게 대해도 무조건 자기에게 고하라고 당부하고는 할멈들에게 임 아가씨의 짐은 어디로 옮겼는지, 몇 사람이 따라왔는지 물었다. 그리고 어서 두 칸짜리 방을 깨끗하고 치우고 그들을 쉬게 하라고 지시했다. 그러저러한 말을 하는 사이에 다과가 차려지고 희봉은 직접 차를 받쳐 들고 과일을 들어 권했다.

그때 작은 외숙모가 그녀에게 말했다.

"월전月錢은 다들 지급했느냐?"

"네, 월전은 벌써 다 나누어 주었고요. 방금 사람을 데리고 뒤편 누각에서 비단을 찾아봤는데 한참을 찾아도 어저께 마님께서 말씀하신 게 보이지 않았어요. 아마 마님이 잘못 기억하시는 건 아니신지요?"

희봉이 그렇게 대답하자 왕부인이 말했다.

"있고 없고가 뭐 그리 대수냐. 손에 잡히는 대로 두어 단 찾아내서 대옥이에게 옷을 지어 입혀야 할 테니 저녁에 생각날 때 사람을 보내 꺼내도록 해라, 잊지 말고."

"그건 제가 벌써 생각해 두었지요. 동생이 요 며칠 사이에 오리라는 걸 알고 있었기에 벌써 준비해 두었습니다. 마님이 한번 봐 주시면 금방 가져올 수가 있습니다."

왕부인은 고개를 끄덕이며 웃음지은 뒤 더는 말이 없었다.

다과가 끝나자 가모는 두 할멈에게 대옥을 데리고 두 외숙부집으로 찾아가 인사드리게 하라고 일렀다. 그때 가사의 처인 형씨邢氏가 얼른 일어나 웃으며 대답했다.

"제가 직접 조카딸을 데리고 가는 게 더 편하겠네요."

"그러하겠군. 너희도 이젠 나가보렴, 다시 올 필요는 없을 게야."

가모도 웃으며 그렇게 말하자 형부인은 대옥을 데리고 나와 왕부인과는 헤어져 자기 집으로 향했다. 모두들 대청 밖에까지 나와 인사했다.

수화문을 지나니 일찌감치 하인들이 비취빛 비단 문 가리개를 단 수레를 한 대 대기시켜 놓고 있었다. 형부인이 대옥을 데리고 수레에 올라앉으니 할멈들이 주렴을 내리고 하인들에게 끌고 나가라고 일렀다. 그리고 조금 넓은 곳에 이르자 잘 훈련된 노새에게 수레를 걸어 서각문으로 나가서 동쪽으로 영국부의 정문을 지났다. 다시 검게 칠한 대문으로 들어가 의문⁴ 앞에 이르러 멈춰 섰다. 하인들이 물러나고 나서 주렴을 올리고 형부인은 대옥의 손을 잡고 저택으로 들어섰다.

대옥은 이 저택의 건물과 정원이 영국부 화원의 건너편 쪽에 있는 것이라고 생각했다. 3층으로 된 의문을 들어서니 과연 안채와 행랑채와 주랑이 나타나는데 조금 전 있었던 저쪽 편 건물의 웅장하고 화려한 모습과는 달리 모두 정교하고 특별한 아취가 있었다. 저택 안에는 곳곳마다 수목과 산석山石이 갖추어 있었다. 곧바로 본채의 안방으로 들어가니 옷을 곱게 차려 입은 희첩들과 시녀들이 벌써부터 맞을 준비를 하고

---

4 원래 관청의 정문 안에 있는 문을 지칭하였으나 훗날 관료의 저택에서 대문 안쪽에 있는 문을 통칭하게 되었음.

있었다.

형부인은 대옥을 앉히고 사람을 시켜 바깥채 서재로 가사를 모셔오도록 했다. 얼마 안 되어 하인이 아뢰는 소리가 들려왔다.

"나리께서 말씀하시기를 '요 며칠간 몸이 그다지 안 좋은데 조카딸을 보면 피차간에 상심만 더할까 걱정되니 잠시 만나보지 않는 게 낫겠다'고 하십니다. 또 아가씨께는 '너무 상심에 빠져 집 생각일랑 하지 말고 노마님과 외숙모를 따라 자기 집처럼 여기고 자매들이 비록 보잘 것 없지만 다함께 어울려 지내다보면 근심 걱정은 지울 수 있을 것이며, 만일 섭섭한 일이 있으면 언제든지 고하여 남의 집으로 여기지 않았으면 좋겠다'고 전하셨습니다."

대옥은 일어서서 일일이 다 전해듣고 잠시 앉았다가 가야겠다고 일어났다. 형부인은 억지로 붙잡으며 저녁밥이라도 먹고 가라고 말렸지만 대옥은 이렇게 말했다.

"외숙모님께서 저를 귀여워하여 주시고 저녁식사를 준비해 주신다 하오니 거절해서는 안 되는 줄 아옵니다만, 작은 외숙부님도 찾아뵙고 인사 올려야 하는데, 여기서 식사하고 가면 공경의 예의가 아닌 줄로 아옵니다. 나중에 다시 식사 대접을 받으면 안 되겠사옵니까? 숙모님의 넓은 아량을 바라옵니다."

형부인이 그 말을 듣고 웃으며 "딴은 그러하구나" 하고는 할멈 두엇에게 방금 타고 온 수레로 잘 모시고 가라고 일렀다. 대옥은 인사를 올리고 나왔다. 형부인은 의문 앞까지 따라나와 배웅하면서 여럿에게 몇마디 더 당부의 말을 하고 수레가 떠나가는 것을 보고 들어갔다.

대옥은 곧 영국부로 들어와 수레를 내렸다. 할멈들이 대옥을 안내하여 동쪽으로 모퉁이를 돌아서 동서로 난 천당을 빠져나가 남향대청의 뒤편 의문 뒤에 있는 큰 저택으로 들어갔다. 앞쪽에는 다섯 칸짜리 큰 정방이 있고, 양쪽의 행랑채와는 지붕이 낮은 작은 방으로 통하게 되어 있어 사방으로 연결되어 있었다. 건물은 장대하고 화려했지만 가모가 있던 곳과는 그 기풍이 달랐다. 이곳이 본채의 안방인데 통로를 따라 직접 대문으로 나갈 수 있게 되어 있었다.

대청 안으로 들어가 고개를 들어보니 순금으로 구룡이 조각된 청색 바탕의 편액이 걸려있는데 큼지막하게 쓰인 '영희당榮禧堂'이라는 세 글자가 보였다. 그 끝에 작은 글씨로 '모년 모월 모일 영국공 가원賈源에게 써서 하사한다'고 쓰여 있었고 황제의 옥새인 '만기신한지보萬機宸翰之寶'의 도장이 커다랗게 찍혀 있었다.

자주색 단향목에 교룡무늬를 조각한 탁자 위에는 세 자가량 되는 높이의 오래된 청록빛 동정銅鼎이 안치되어 있었다. 앞에는 바다의 파도 속에서 운무를 헤치고 승천하려는 용의 모습을 수묵화로 그린 그림이 걸려 있었다. 또 탁자 위의 한쪽에는 긴 꼬리 원숭이를 조각한 청동그릇이 있고, 다른 한쪽에는 유리 술잔이 놓여 있었다. 바닥에는 녹나무로 만든 팔걸이 의자 열여섯 개가 두 줄로 가지런히 놓여있고, 벽에는 검은 나무에 은빛으로 글자를 새긴 한 폭의 대련이 걸려있었다.

자리 위 진주는 해와 달이 비추는 듯하고,	座上珠璣昭日月,
대청 앞 보불은 안개와 노을이 빛나는 듯하다.	堂前黼黻煥煙霞.

그 아래엔 작은 글씨로 '동향인으로 세교가 있는 공훈작위 동안군왕東安郡王 목시穆蒔가 엎드려 삼가 씀'이라고 적혀있었다.

사실 왕부인이 평소 기거하며 쉬는 곳은 이 본채의 정실正室이 아니고 이 정실의 동쪽에 딸린 세 칸짜리 이방〔耳房: 정실의 양쪽 곁방〕이다. 그래서 할멈은 대옥을 데리고 동방東房으로 들어갔다.

창문가에 있는 커다란 구들 위에는 붉은색 양탄자가 깔려 있고 그 앞에는 검붉은 바탕에 금실로 이무기를 수놓은 등받침과 석청색 바탕에 금실로 이무기를 수놓은 팔받침, 황록색 바탕에 금실로 이무기를 수놓은 넓은 방석이 놓여 있었다. 양쪽으로 서양 칠을 한 매화 모양의 작은 탁자가 각각 하나씩 놓여 있는데 왼쪽 탁자에는 문왕정文王鼎 모양의 향로와 부저, 향합이 있었다. 오른쪽 탁자 위엔 하남성 여주요汝州窯에서 만든 미녀 허리처럼 잘록한 긴 화병에 싱싱한 꽃이 꽂혀 있었으며, 차통과 타구 등이 함께 보였다. 바닥에는 서편으로 의자 네 개가 한 줄로 놓였는데 하나같이 연분홍색에 흩어진 꽃잎 무늬가 있는 의자 등받이 수건이 놓여 있었고 아래에는 발 받침대 네 개가 각각 놓여있었다. 의자의 양편으로 높은 탁자가 한 쌍 있고 차합이나 화병 등이 다 갖추어져 있었다. 그 밖의 방 안 장식품은 일일이 다 말할 필요가 없을 것이다.

할멈이 대옥을 구들 위에 올라앉도록 했다. 구들의 언저리에 두 개의 비단방석이 마주 놓여 있어서 대옥은 그 자리가 높은 자리임을 가늠하고 선뜻 구들로 오르지 않고 동쪽으로 향해있는 의자에 앉았다. 이 방 소속의 시녀들이 서둘러 차를 날라왔다. 대옥은 차를 마시면서 그 시녀들의 옷매무새와 장식과 행동거지를 한번 훑어보았다. 과연 여느 집과는 다른 데가 있었다. 차를 다 마시기도 전에 푸른 비단 테를 두른 붉은 능라 조끼를 입은 시녀가 다가와서 웃으며 말했다.

"마님이 아가씨께서 저쪽 편으로 좀 오시라고 하십니다."

할멈이 대옥을 이끌고 동쪽 행랑채의 세 칸짜리 작은 정방으로 갔다. 정방의 구들 위에는 옆으로 길게 낮은 상이 놓여 있었고 상 위엔 책과 다구 등이 쌓여 있었으며 동쪽 벽에는 서쪽을 향해 예스러운 청색 비단 등받침과 팔받침이 놓여있었다. 왕부인은 서편 아래쪽에 앉아 있었는데 역시 예스러운 청색 비단 등받침과 방석이 있었다. 대옥이 들어오는 것을 보자 어서 동쪽 편으로 오르라고 일렀다. 대옥은 마음속으로 여기는 외숙부인 가정의 자리라고 생각하고 구들 옆에 먹빛 무늬의 덮개를 씌운 의자가 세 개 있는 걸 보고 그중의 하나에 가서 앉았다. 하지만 왕부인이 몇 번이고 구들 위에 올라앉으라고 권하는 바람에 왕부인 곁에 올라가 앉았다. 그러자 왕부인은 말했다.

"너의 외숙부는 오늘 재계[5]하러 가셨으니까 다음번에 인사드리렴. 그 대신 한마디 당부할 게 있단다. 여기 있는 자매 셋은 사람이 더할 나위 없이 좋으니 앞으로 함께 글공부하거나 침선하거나 다 같이 웃고 놀때 마음껏 해도 좋다만 한 가지 마음을 놓을 수 없는 것이 있단다. 나한테는 전생의 무슨 업보로 태어났는지 화근덩어리 아들이 하나 있는데집에서는 모두 '혼세마왕混世魔王'이라고들 부른단다. 오늘은 절에 불공드리러 가서 아직 안 돌아왔지만 저녁에 만나보면 곧 알게 될 것이다.너는 앞으로 그 녀석을 본 체도 하지 말고 멀리 하여라. 다른 누이들도감히 그 애를 건드리려고 하지 않는단다."

대옥이도 전에 모친으로부터 작은외숙모가 낳은 사촌오빠가 옥을 물고 태어났는데 짓궂기가 짝이 없고 언행이 유별나며 공부하기는 싫어하는 데다가 내실에서 여자애들과 어울려 놀기만을 좋아하지만, 외할머니가 끔찍이도 귀여워하여 아무도 간섭할 사람이 없다는 말을 들은적이 있었다. 지금 왕부인이 이런 말을 하는 걸 보니 바로 그 사촌오빠임을 말하는 게 분명하였으므로 웃으며 대답했다.

"외숙모님 말씀은 옥을 물고 태어났다는 그 오빠를 이르시는 것이겠지요? 어머님에게서 그 오빠는 저보다 한 살 위고 아명을 보옥이라 하며 비록 짓궂기는 하지만 자매들에겐 아주 잘 대한다고 들었어요. 하지만 제가 여기서는 으레 자매들과 어울려 함께 있을 것이고 형제들은 다른 집에서 있게 될 테니 상관할 까닭이 있겠어요?"

"너는 사정을 잘 몰라서 그렇단다. 그 녀석은 다른 애와 달라. 어려서부터 할머니가 너무 귀여워하셔서 원래부터 자매들과 함께 지내는 것이

---

5 제사나 예불을 올리기 전에 며칠간 목욕, 채식, 정양을 하며 정성을 보이는 것.

아주 습관이 됐단다. 만일 누이들이 상대해주지 않으면 그 녀석은 그날 조용하게 지내지. 정말 재미가 없더라도 시동 둘쯤 데리고 중문 밖으로 나가 기분을 풀고 투덜대다 돌아오면 그만일 뿐이야. 만일 자매들이 그 녀석과 한두 마디라도 말을 붙여주면 곧 기분이 들떠서 온갖 사단을 일으키고 말지. 그래서 너에게 그 녀석을 거들떠도 보지 말라고 당부하는 것이야. 그 녀석은 감언이설을 밥 먹듯 하고 천방지축으로 떠들며 정신 나간 사람처럼 엉뚱한 짓거리를 하니 아예 믿지를 말아야 한다."

대옥이 왕부인의 말에 일일이 대답하는데, 곧 시녀가 와서 아뢰었다.

"노마님 계신 곳에 저녁상을 차렸다고 하옵니다."

왕부인은 서둘러 대옥의 손을 잡고 뒷문으로 나왔다. 뒤편 주랑을 통해 서쪽으로 나가 모퉁이 문을 지나니 남북으로 통하는 약간 넓은 통로였다. 남쪽으로는 정방과 마주보도록 자리잡은 세 칸짜리 포하청[抱廈廳: 방 뒤로 돌아가는 곳의 곁방]이 있고 북쪽으로는 흰 칠을 한 커다란 영벽[影壁: 문 안쪽이나 바깥의 가림벽]이 있으며 그 뒤로 한 쪽짜리 대문이 있는 그리 크지 않은 집이 보였다.

왕부인은 그곳을 가리키며 대옥에게 "여기가 희봉언니네 집이니까 앞으로 자주 찾아와 뭐든지 모자라거나 하면 언니한테 말하면 될 거다"라고 일러주었다. 이 저택의 문 앞에는 머리를 위로 묶어 맨 네댓 명의 어린 하인들이 두 손을 공손히 내리고 시립하여 있었다. 왕부인은 대옥을 데리고 동서로 통하는 천당을 지나 곧바로 가모의 후원으로 들어갔다.

후원의 방문을 들어서니 벌써 여러 사람들이 기다리고 있다가 왕부인이 들어서는 것을 보고는 의자를 가지런히 놓고 앉으라고 권한다. 가주賈珠의 처 이씨李氏가 밥그릇을 놓고 왕희봉이 수저를 놓고 왕부인이 국을 담아 차린다. 가모는 정면에 있는 평상의자인 탑榻에 혼자 앉아 있었다. 양쪽으로 네 개의 빈 의자가 있는데 희봉이 얼른 대옥을 끌어다가 왼쪽 첫 번째 의자에 앉히려 했다. 대옥이 몇 번이고 사양하니 가모가 말했다.

"네 외숙모와 올케들은 여기서 밥을 먹지 않고 너는 손님이니까 거기 앉아도 될 게다."

대옥은 "그럼 앉겠습니다" 하고는 앉았다. 가모는 왕부인도 앉으라고 일렀다. 영춘 등 세 자매도 각각 인사하고 자리를 잡았다. 영춘은 오른쪽 첫째 자리이고, 탐춘은 왼쪽 둘째 자리이며, 석춘은 오른쪽 둘째 자리였다. 곁에 시중드는 시녀가 먼지떨이와 양치 물그릇과 수건을 들고서 있다. 이씨와 희봉 올케도 식탁 옆에 서서 반찬을 차리고 식사를 권했다. 바깥 칸에는 여자들과 시녀들이 많았지만 기침소리 하나 들리지 않았다.

조용히 식사를 마치자 시녀들이 작은 찻잔받침으로 차를 올렸다. 전에 임여해가 딸을 가르칠 때는 복을 아껴 분수에 맞게 처신하고 몸을 정양하라는 의미에서 식후에는 반드시 밥알을 다 삼키고 나서 한참 있다가 차를 마셔야 비위脾胃를 상하게 하지 않는다고 했다. 지금 대옥이 이곳 풍습을 보니 여러 가지가 자기 집과는 방식이 달랐지만 따르지 않을 수 없어 하나씩 고치지 않으면 안 되었으므로 차를 받았다. 그런데 곧 사람들이 양치 물그릇을 가져오기에 대옥이도 남들처럼 양치를 하여 차를 뱉었다. 손을 씻고 나니 다시 차가 나오는데 이것이 비로소 마시는 차였다. 가모가 말한다.

"너희는 이제 가 보아라. 우린 여기서 자유롭게 얘기나 하련다."

왕부인이 곧 일어나다가 두어 마디를 더하곤 희봉과 이씨를 데리고 나갔다. 가모는 대옥에게 무슨 책을 읽었느냐고 물었다.

"《사서》 읽기를 막 마쳤어요."

대옥이 또 다른 자매들은 무슨 책을 읽었느냐고 여쭈었다.

"책은 무슨 책을 읽어. 그저 몇 글자 익혀서 눈뜬장님만 면하면 되는 거지."

말이 떨어지기도 전에 밖에서 발자국 소리가 요란하게 들려오고 시녀가 들어와 웃으면서 아뢰었다.

"보옥 도련님이 돌아오셨습니다."

대옥은 마음속으로 궁금해 하였다. '이 보옥이란 사람은 도대체 얼마나 무지하고 우악스럽게 생기고 멍청하고 짓궂은 인물일까' ─ 차라리 이 못난 것을 보지 않았으면 좋았을 것을. 〔작가의 말〕 마음속에서 그런 생각을 하는 순간 시녀가 아뢰는 소리가 미처 끝나지도 않았는데 벌써 한 젊은 공자가 방 안에 들어와 있었다.

머리에는 상투를 묶어 칠보로 상감한 자색 금관을 쓰고, 눈썹 위로 두 마리 용이 여의주를 희롱하는 모양으로 이마띠를 둘렀으며, 백 마리의 나비가 꽃밭을 나는 그림이 두 가지 금실로 수놓인 붉고 소매가 좁은 긴 저고리를 입었다. 허리엔 오색 꽃모양 매듭이 달린 수술이 긴 허리띠를 매고, 겉에는 올록볼록 여덟 송이 둥근 꽃을 새기고 끝단에 채색 술을 단 왜단倭緞 석청색 마고자를 걸쳤으며, 발에는 하얗고 두꺼운 바닥에 검은 비단으로 만든 작은 신발을 신고 있었다.

얼굴 모습은 가을밤 둥근 달과 같고 얼굴빛은 봄 새벽의 이슬 머금은 꽃잎 같으며 귀밑머리는 칼로 자른 듯하고 눈썹은 먹으로 그린 듯하며 얼굴은 봉숭아 꽃술이요 눈빛은 가을 물결이라, 성을 내도 웃는 듯하고 눈을 부릅떠도 정이 넘치는 듯하였으며, 목에는 금빛 교룡의 작은 구슬 펜 영락을 걸고, 또 오색영롱한 색실 끈에는 아름다운 구슬이 하나 달려있었다.

대옥은 그를 바라보고는 곧 가슴이 울렁거리도록 놀랐다. '참으로 이상하기도 하지. 어디선가 만나본 것처럼 어쩌면 이다지도 낯이 익을까.' 그때 보옥은 우선 할머니한테 인사드렸다.

"가서 네 어머니한테 인사드리고 오려무나."

가모가 말하니 보옥은 즉시 나갔다. 그리고 얼마 안 있다가 돌아왔
는데 다시 바라보니 그 사이에 벌써 관대를 고치고 옷을 갈아입은 상태
였다.

머리 주변의 짧은 머리카락은 작게 땋아 붉은 실로 묶어 정수리로 올
려 함께 묶어서 큰 변발을 만들었는데 칠흑같이 검고 윤기가 났다. 정
수리에서 머리카락 끝까지 네 개의 큰 구슬을 달았는데 금과 팔보로 만
들어 매달았다. 몸에는 연분홍빛 꽃잎무늬가 있는 약간 오래된 큰 저고
리를 입고 목에는 여전히 목걸이와 옥과 기명쇄와 호신부⁶ 등을 달고 있
었다. 아랫도리는 송화 꽃잎 무늬의 능라 속바지를 반쯤 드러내고 비단
단에 먹물 뿌린 무늬의 버선을 신었으며 두꺼운 바닥의 붉은 신발을 신
고 있었다. 얼굴엔 분 바른 듯하고 입술엔 연지 찍은 듯하며 눈동자를
돌리면 정이 넘치듯 하고, 말할 때는 늘 웃음소리가 새어나와 자연스런
풍류가 눈썹 끝에 달려 있었다. 평생에 넘치는 온갖 정사情思가 모두 눈
가에 쌓였으니 그 겉모습은 극히 좋아 보이나 그 속내는 어떠한지 아직
알 수가 없었다.

후인이 〈서강월西江月〉 곡조로 두 수를 지어 보옥을 평가하였으니
참으로 잘 맞는 내용이다.⁷ 그 사는 이러했다.

---

6 아이의 요절을 걱정하여 절이나 도관(道觀)에 돈을 내고 아이를 '이름 올린' 제자로
삼고 이름을 적어 넣은 작은 자물통 같은 목걸이를 걸고 다니게 했는데 이를 기명쇄
(寄名鎖)라 하였음. 호신부(護身符)는 부적으로서 몸에 지니고 있으면 화를 면할
수 있다고 하였음.

7 이 사(詞)는 폄하하는 듯하면서 실제로 칭송의 의미를 담고 있는 것으로, 우의적
으로 가보옥의 성격 특징을 드러내고 있음.

까닭 없이 근심 걱정 찾아다니니,	無故尋愁覓恨,
때로는 바보처럼 때로는 미친 듯이.	有時似傻如狂.
생김새 꼴 하나는 번듯하지만,	縱然生得好皮囊,
뱃속엔 원래부터 잡초 덩어리.	腹內原來草莽.
세상만사 살아갈 줄 전혀 모르고,	潦倒不通世務,
둔하고 어리석어 공부 싫어하였네.	愚頑怕讀文章.
언행은 괴벽하고 성질은 고약하니,	行爲偏僻性乖張,
세상 사람 비난에 상관인들 하리오!	那管世人誹謗!
부귀 속에 본업을 지키지 못하고,	富貴不知樂業,
빈궁하니 처량함을 견디지 못하네.	貧窮難耐淒涼.
황금 세월 허송함이 가련하구나,	可憐辜負好韶光,
나라에도 가문에도 소용없는 일.	於國於家無望.
천하에 무능하기 세상 첫째고,	天下無能第一,
고금에 불초함은 짝이 없어라.	古今不肖無雙.
부잣집 귀족 자제 내 말 들으소.	寄言紈袴與膏粱:
행여나 이런 아이 닮지를 마소!	莫效此兒形狀!

가모가 옆에서 웃으면서 말한다.

"손님이 오셨는데 벌써 옷을 갈아입었단 말이냐? 어서 네 사촌누이한테 인사나 하려무나."

보옥은 벌써부터 자매가 한 사람 늘어난 것을 보고 임씨네 고모의 딸일 것으로 짐작하곤 얼른 나서서 허리 숙여 읍을 하였다. 서로 인사를 나눈 뒤에 자리에 돌아와 앉아 가만히 그 모습을 보니 정말로 남들과는 각별하게 달랐다. 그 모습을 사로 노래하면 이러했다.

찡그린 듯 아닌 듯 푸른 연기 걸린 듯한 굽은 두 눈썹, 기뻐하는 듯 아닌 듯 정을 담뿍 머금은 두 눈빛. 슬픔 어린 두 뺨에서 우아한 자태가 피어나고, 나약한 병든 몸에서 아리따운 풍류가 흐른다. 눈물자국은 점점이 찍혀있고, 기침소리 희미하게 나오는데, 멈춰 설 때는 예쁜 꽃송이 물 위에 비추는 듯하고 움직일 때는 가는 버들가지 바람에 흔들리는 듯하여라. 총명한 마음은 비간比干보다 한 수 더하고,[8] 병약한 교태는 서시西施를 뛰어넘는다.[9]

보옥이 바라보고 나서 문득 말했다.

"이 누이동생은 전에 만나 본 적이 있어요."

가모가 웃으면서 대꾸하였다.

"또 쓸데없는 소리. 네가 언제 보았단 말이야?"

"비록 만나본 적이 없다고 해도 지금 보니까 아주 낯이 익어요. 마음 속에선 전에 알고 지내던 사이같이 느껴지는걸요. 그동안 멀리 헤어졌다가 지금 다시 만난 것처럼 생각해도 안 될 게 없어요."

보옥이 그렇게 대답하자 가모는 웃으며 말한다.

"더욱 잘됐구나. 잘됐어. 그렇다면 서로가 더욱 화목하게 지내게 되겠구나."

보옥은 대옥에게 가까이 다가가 앉으며 또 세세히 한 번 살펴본 다음에 물었다.

"누이는 글공부한 적이 있어?"

"제대로 한 적은 없고, 그저 한 일 년간 공부하여 글자 몇 개 정도를 익혔을 뿐이에요."

대옥이 그렇게 답하자 다시 보옥이 물었다.

"누이의 이름은 어떤 글자를 쓰지?"

대옥이 이름을 말하니 보옥이 또 표자表字를 묻는다. 대옥이 없다고

---

8 비간(比干)은 은나라 주왕(紂王)의 숙부로서 주왕의 폭정을 간언하다 죽은 인물. 여기서는 대옥이 총명하고 영리함을 비유한 것임.

9 서시(西施)는 월나라 미인으로서 심장병 때문에 미간을 찡그렸는데, 여기서는 대옥의 병약한 아름다움을 비유한 것임.

대답하자 보옥이 웃으며 말했다.

"내가 누이한테 멋진 자字를 선물해야겠군. '빈빈顰顰'10 두 글자가 가장 좋을 거 같은데 말이야."

탐춘探春이 옆에 있다가 그 전고가 어디서 나온 거냐고 물었다. 보옥이 말했다.

"《고금인물통고》에 보면 말이야, '서방에 돌이 있으니 그 이름을 대黛라고 하고 눈썹을 그리는 먹으로 쓴다'고 했거든. 더구나 이 누이는 눈썹 끝을 약간은 찡그리듯 하니까 이 두 글자를 취하면 그보다 더 좋을 수는 없겠어!"

탐춘이 웃으면서 빈정댄다.

"아마도 또 오빠가 제멋대로 지어낸 책일 거야."

"세상에 《사서》 말고는 대부분 멋대로 만들어낸 글들뿐이야. 나라고 멋대로 만들지 말라는 법이 어딨어?"

그렇게 응수하면서 다시 대옥에게 묻는다.

"누이도 옥을 갖고 있어?"

사람들이 무슨 소린가 이해 못 하고 있을 때 대옥은 그가 옥을 가지고 있으니 자기에게도 있나 없나 물어보는가 싶어서 대답했다.

"난 그런 옥이 없어요. 그런 옥은 아주 귀하고 드문 것인데 아무나 가질 수가 있나요?"

보옥이 그 말을 듣자마자 순식간에 갑자기 발작하는 병이 도지며 그 옥을 잡아떼어 힘껏 내동댕이치고 욕을 하면서 소리쳤다.

"이따위가 뭐가 귀하고 드문 물건이라고 그래! 사람의 높낮음도 고르지 못하면서 무슨 신통력이 있다고 '통령'이라고 하냔 말이야! 나한테 이런 건 필요 없어!"

---

10 '빈'은 이맛살을 찌푸린다는 의미.

주위에 있던 사람이 화들짝 놀라 우르르 달려들어 옥을 주웠다. 다급해진 가모는 보옥을 끌어안고서 달랬다.

"아이고 이놈아, 네가 성질을 부리든 누구를 때리고 욕하든 맘대로 해도 상관없다만 어찌 목숨 같은 이 옥을 내동댕이친단 말이냐!"

보옥은 얼굴에 온통 눈물범벅이 되어 말했다.

"집안에 다른 누이들도 다 안 갖고 있는데 나만 가지고 있는 것은 재미없는 일이잖아요. 그런데 지금 새로 온 선녀 같은 누이에게도 없다고 하니 이런 건 아무짝에도 쓸모없는 것이잖아요."

가모는 우선 달랠 양으로 거짓말로 말한다.

"네 누이한테도 원래 이런 게 있었단다. 하지만 네 고모가 돌아가시면서 네 누이를 그냥 놓고는 차마 떠날 수가 없어서 누이의 옥을 가지고 갔단다. 순장의 예를 다하여 네 누이의 효심을 표할 수도 있었고 네 고모의 영령도 딸을 대신 보듯이 할 수가 있게 되었다는 거지. 그래서 지금 이런 옥이 없다고 말한 것은 자랑하지 않으려고 그랬던 거야. 네가 어떻게 네 누이에 비할 수 있겠니? 어서 받아서 목에 잘 걸어야지, 네 어머니가 아시면 큰일 아니냐!"

그렇게 달래면서 시녀의 손에서 옥을 받아 손수 보옥의 목에 걸어주었다. 보옥은 할머니가 그렇게 말하는 걸 듣고 그럴 수도 있겠구나 생각하고는 다른 말을 하지 않았다.

그때 유모가 와서 대옥이 머물게 될 방에 대해서 묻자 가모가 말했다.

"지금 보옥이를 옮겨서 내 안방 곁에 딸린 곁방의 난각暖閣[11]에 있게 해라. 우리 대옥이는 잠시 곁방 옆에 딸린 벽사주碧紗櫥[12] 방에 머물게 하였다가 겨울 지나고 봄에 새 방을 치우고 따로 마련하기로 하자꾸나."

---

11 정방의 양쪽에 딸린 곁방 안에 다시 만든 작은 방으로 구들에 요가 깔려있고 칸막이가 설치된 따뜻한 방임.
12 벽으로 막아 만든 방으로 문에 유리나 사(紗)를 붙이므로 벽사주라고 함.

보옥이 듣고 있다가 얼른 말했다.

"할머니, 저는 벽사주 밖의 침상에 있어도 좋아요. 굳이 이쪽으로 나와서 할머니를 시끄럽게 할 필요가 뭐 있겠어요."

가모가 잠시 생각해보더니 "그것도 좋겠다"고 말했다. 이곳에선 사람마다 유모 한 사람과 시녀 한 사람이 보살피도록 하고 나머지는 밖에서 야간 불침번을 서거나 심부름하도록 했다. 벌써 왕희봉은 사람을 시켜 연근색상의 꽃무늬 침대 모기장과 비단 이불과 요 등 몇 가지를 보내왔다.

대옥은 집에서 데리고 온 사람이 둘뿐이었다. 하나는 어려서부터 있던 유모 왕씨이고, 또 하나는 이제 열 살 된 어린 시녀였는데 역시 어려서부터 따르던 애로 이름은 설안雪雁이라고 했다. 가모는 설안이 아직 어린애 티를 못 벗었고, 유모 왕씨는 나이가 많아 대옥의 수고를 크게 덜 것 같지는 않았다. 그래서 자신이 데리고 있던 앵가鸚哥라는 이등 시녀 하나를 대옥에게 더 붙여주었다. 그 밖에 영춘 등과 같은 급의 사람들에게는 어렸을 때부터의 유모를 제외하고 따로 음식과 언어, 행동과 예절 등을 보살펴주는 네 명의 유모가 있었고, 목욕과 화장 등을 보살피는 두 명의 시녀 외에 따로 방청소와 심부름을 맡는 대여섯 명의 어린 시녀가 있었다. 그리하여 유모 왕씨와 앵가는 대옥을 모시고 벽사주의 방에서 지냈으며, 보옥의 유모인 이씨와 습인襲人이라고 불리는 큰 시녀가 밖의 큰 침상에서 보옥과 함께 기거했다.

습인도 원래는 가모의 시녀였으며 본명은 진주珍珠라고 했다. 가모는 보옥을 지극히 귀여워한 나머지 보옥의 시녀들이 제대로 정성을 바쳐 보살피지 못할까 저어하였다. 마침 평소 습인이 심지가 굳고 책임을 극진히 다하는 것을 알고 있던 터라 그를 보옥에게 주었다. 보옥은 그녀의 성이 화씨花氏라는 걸 알고 전에 옛사람의 시구 중에 '화기습인花氣襲人'[13]이란 구절을 본 적이 있는 까닭에 가모에게 말씀드리고 이름을 습인으로 바꾸었다. 습인 또한 남다른 데가 있어서 가모를 모실 때는 심중에 오로지 가모 한 사람만 두고 정성을 다하더니 이제 보옥을 보살피게 되니까 심중에 보옥이 한 사람만 두고 정성을 바치고 있었다. 다만 보옥의 성격이 괴팍하여 매번 이를 고치도록 은근히 타이르지만 마음속으로는 진정으로 걱정하고 있었다.

이날 밤, 보옥과 유모 이씨가 벌써 잠이 들었을 때, 습인이 보아하니 안쪽에 있는 대옥과 앵가가 아직 잠자리에 들지 않았음을 알고 몸치장을 푼 뒤에 조용히 들어와서 웃으며 말을 건넸다.

"아가씨, 왜 아직 주무시지 않으세요?"

"자, 여기 앉아요."

대옥이 얼른 자리를 내주며 앉으라고 권하자 습인은 침상가에 걸터앉았다. 앵가가 곁에서 웃으면서 말한다.

"우리 아가씬 지금 몹시 상심하여 눈물까지 흘리셨어요. '오늘 방금 왔는데 이 집 오빠의 발작병을 도지게 했으니, 만일 그 옥이 깨지기라도 했더라면 다 내 잘못이 아니었겠어!' 하고는 크게 걱정하고 계시기에 내가 겨우 달래드리고 있는 거예요."

습인이 말했다.

"아가씨 절대 그리 생각 마세요. 앞으로 그보다 더 기괴한 웃음거리가 얼마든지 생길 거예요. 만일 오늘 같은 일로 아가씨가 마음 아파하시면 마음 편해질 날이 없을걸요. 절대로 그런 생각일랑 하지 마세요."

"언니들이 하는 말을 잘 기억해 둘게요. 도대체 그 옥에 어떤 내력이 있나요? 옥에 글자가 새겨 있다지요?"

---

13 송나라 육유(陸遊)의 시 〈촌거희서(村居喜書)〉에 "화기습인지취난(花氣襲人知驟暖)"이란 시구가 있음. '꽃향기 사람에 엄습하니 날씨가 홀연 따뜻해진 줄 알겠노라'의 뜻임.

"집안사람들도 그 내력에 대해선 알지 못해요. 옥에 구멍도 뚫려있었대요. 얘기를 들으니까 태어날 때 도련님 입 속에서 꺼냈나 봐요. 제가 가져와 볼 테니까 보시면 아실 거예요."

"아니에요, 됐어요. 벌써 한밤중인데 내일 봐도 늦지 않겠지요."

대옥이 그렇게 말리고는 다시 몇 마디 더 나누다가 각각 들어가 쉬었다.

다음날 일어나 가모에게 아침인사를 드리고 왕부인에게로 가니, 마침 왕부인과 희봉이 함께 금릉에서 온 편지를 뜯어보면서 왕부인의 친정 오라버니 집에서 보내온 나이 지긋한 시녀 둘과 얘기를 나누고 있었다.

대옥은 비록 무슨 까닭인지 몰랐으나, 탐춘 등은 그들이 논의하는 일이 금릉성에 살고 있는 설씨薛氏이모네 아들인 사촌오빠 설반薛蟠이 재산과 세력을 믿고 사람을 때려죽인 사건임을 알고 있었다. 그 일로 설반은 응천부應天府에 피소가 되어 심리중이며 지금 외숙부인 왕자등王子騰이 소식을 전해 듣고 사람을 보내 이편에도 알리고 경성으로 올라오려는 의사를 전하려는 것이었다.

薄命女偏逢薄命郎
葫蘆僧判斷葫蘆案

가우촌의 판결

박명한 여자 하필 박명한 사내 만나고
호로묘 승려 짐짓 제멋대로 판결내리네
薄命女偏逢薄命郎 葫蘆僧亂判葫蘆案

　대옥은 자매들과 함께 왕부인한테 들렀다가 왕부인이 친정오라버니 집 사람들과 집안일을 상의하고 이모집의 재판일에 관한 말을 주고받는 것을 들었다. 왕부인의 친정사정이 복잡해진 것을 알고 자매들은 다들 과부로 있는 이씨 방으로 갔다.

　이씨는 가주賈珠의 아내로 가주가 비록 일찍 세상을 떠났으나 천행으로 아들 하나를 남겨두었다. 이름을 가란賈蘭이라 하며 올해 다섯 살이 되어 벌써 서당에 들어가 글공부를 하고 있었다. 이씨 또한 금릉의 이름난 대갓집 따님으로 부친 이수중李守中은 국자감제주國子監祭酒를 지냈다. 원래 이 집안에선 아들딸 가릴 것 없이 모두 시사에 통달하지 않은 사람이 없었다. 그러다 이수중의 대에 이르러 '여자는 재주가 없는 것이 곧 덕이다女子無才便是德'라고 말하게 되었다. 그래서 이씨를 낳고는 글공부를 시키지 않고 그저 《여사서女四書》나 《열녀전列女傳》, 《현원집賢媛集》 따위의 서너 가지 책만 읽혀 몇 글자 정도 익히게 하고 전대의 어진 여자들 사연이나 알고 있으면 된다고 했다. 그리고 길쌈하고 물 긴고 쌀 찧는 집안일이 중요하다면서 이름을 이환李紈이라 짓고 자를 궁재宮裁라고 했다. 그러므로 이환은 비록 청춘에 홀로 되었지만 기름진 음식에 비단 옷 입고 부귀를 누리는 이런 집에서 성정과 욕망을 다 죽이고 마른나무나 죽은 재처럼 지내고 있었다. 오로지 부모 모시고 자식 기르는 일만 알고 일체 다른 것은 보지도 듣지도 않으며 시누이들과 함께 침선이나 음시를 할 뿐이었다. 지금 대옥은 비록 남의 집에서 기거하고 있지만 날마다 이러한 자매들과 어울려 지내고 있으니 늙은 부친을 걱정하는 것 외에는 아무것도 근심할 것이 없었다.

그럼 이제 다시 가우촌의 이야기로 들어가 보도록 하자. 그가 응천부에 자리를 받아 막 부임하자 살인으로 인한 고소사건 하나가 심의를 기다리고 있었다. 두 집안에서 시녀 하나를 두고 다투다가 결국 주먹을 휘두르고 사람의 목숨까지 앗아간 사건이었다. 가우촌은 즉시 원고측 사람을 심문을 시작했다. 원고가 말했다.

"맞아죽은 사람은 소인의 주인님이옵니다. 그즈음에서 여자 하인을 하나 샀는데 뜻밖에도 유괴범이 데려다 기른 사람이었습니다. 그 유괴범은 우리 집 돈을 먼저 받았습죠. 주인님은 사흘 뒤 길일에 정식으로 집으로 맞아들이기로 했습니다. 그런데 유괴범이 우리 몰래 그 여자를 설씨집에 팔아넘긴 겁니다. 우리가 그걸 알아차리고 그 판 놈을 찾아가 여자를 빼앗아오려 했지만 금릉에서 잘 나가는 세도가인 설씨집이 재산과 세력을 믿고 무지막지한 하인들을 시켜 우리 주인님을 때려죽이고 말았습니다. 범인들은 주인과 하인 할 것 없이 흔적도 없이 도망치고 상관없는 사람만 몇몇 남아있을 뿐입니다. 소인이 벌써 일 년째 소송을 올렸는데도 아무도 나서서 해결해 주지 않았습니다. 바라옵건대 나리께서 그 흉악범을 잡아 모든 죄악을 뿌리 뽑으시고 남은 사람들을 구제하여 주시면 죽은 사람도 천은天恩에 감격해 마지않을 것이옵니다."

가우촌은 그 말을 듣고 크게 노하여 소리쳤다.

"어찌 감히 이런 방자한 일이 있을 수 있단 말이냐! 사람을 때려죽이고도 멀쩡하게 도망치는데 잡아들이지 못하고 있다니."

가우촌은 그 자리에서 공인公人을 파견하여 범인의 친족을 잡아다 고문하여 도망친 놈들이 어디에 숨어 있는지 불게 하고 각지에 범인체포 공문을 발송하고자 했다. 아전이 공무를 집행할 제비를 막 뽑으려는 순간 탁자 옆에 서 있던 아전[1] 하나가 제비를 뽑지 말라는 눈짓을 보냈다. 가우촌이 심히 괴이하게 여기고 일단 손을 멈추고 잠시 휴정을 선언한 다음 밀실로 들어와 다른 시종들을 다 내보고 그 아전만 남게 했다. 아전은 서둘러 엎드려 인사를 올리고 나서 웃으며 말했다.

"나리 그동안 일취월장으로 자리가 높아지시더니 팔구 년 사이에 벌써 저를 잊으셨습니까?"

우촌은 의아하게 여기며 대꾸했다.

"글쎄, 낯이 많이 익은데 누군지 갑자기 생각나지 않네그려."

"나리, 귀하게 되신 분은 옛일을 많이 잊어버린다는 말이 빈말은 아닌가 보옵니다. 처음 출신지마저도 잊으셨습니까?"

가우촌은 천둥소리에 놀란 듯이 지난 일을 떠올렸다. 자세히 보니 이 아전은 지난날 호로묘에 있던 어린 사미승이었다. 절에 큰 화재가 난 뒤로 몸을 의탁할 곳이 없어 다른 절을 찾아 수행하다가 적막한 세월을 견디기가 어려워 이런 일을 하면 그나마 힘이 덜 들고 시끌벅적하게 지낼 수 있지 않을까 싶어 몇 년간 머리를 기르고 아전으로 들어오게 되었다는 것이다. 그러하니 가우촌이 어찌 상상이나 할 수 있었으랴.

"알고 보니 옛 친구였구먼그래."

---

1 원문은 문자(門子)인데 문지기의 의미 외에 낮은 아전의 뜻도 있음.

가우촌이 얼른 손을 잡으며 끌어당겨 앉히려 하나 아전은 감히 앉지를 못하고 머뭇거린다.

"빈천할 때의 친구는 잊을 수가 없는 것이라네. 자네와 내가 옛 친구인데 어떤가. 또 여기는 나만 있는 내실이고 긴 얘기를 나누려면 앉아야 하지 않겠나."

가우촌이 웃으며 설득하니 아전은 그 말을 듣고 비로소 그럼 앉겠다고 말하고는 공손히 옆자리에 비스듬히 앉는다.

가우촌은 방금 왜 제비를 뽑지 못하게 했는지 그 까닭을 물었다.

"나리께선 이 성省으로 영전하여 부임하시면서 본성本省의 호관부護官符도 한 장 베껴 오시지 않으셨단 말씀이신가요?"

가우촌이 의아해하며 물었다.

"호관부란 게 도대체 뭔가? 난 전혀 모르겠는걸."

아전이 혀를 끌끌 차면서 길게 늘어놓는다.

"이거 아주 큰일 나실 일이네요. 그런 걸 모르고 계시다니 그러고도 오래 버티실 수 있겠어요? 지방장관 벼슬을 하는 사람이라면 누구든지 몰래 숨겨놓는 쪽지가 있는데 그 위에 자기 성내에서 가장 권세 있고 힘 있고 부귀를 누리는 지방호족의 성명을 적어두지요. 각 성이 다 그러해요. 만약 그걸 모르면 자기도 모르게 그들 가문을 건드리게 되어 벼슬자리를 지키는 건 고사하고 목숨조차 보존키가 어렵거든요. 그래서 벼슬자리 지켜주는 부적이란 뜻에서 '호관부'라고 별칭해 부르는 것입니다. 방금 말씀하신 그 설씨집도 나리가 함부로 건드리기 어려운 호족이지요. 이번 소송은 어려운 판결이 아니지만 이런 상황 때문에 질질 끌었던 것이지요."

아전은 설명하면서 주머니 속에서 '호관부'를 베껴둔 종이쪽지를 꺼내 가우촌에게 건네주었다. 그 위에는 현지의 이름난 명문 귀족을 구전되는 노래처럼 언급한 글이 적혀 있었다. 네 줄로 또박또박 적은 구비口

碑의 아래엔 작은 글씨로 그들의 시조와 관직과 일가의 분파까지 적어
놓았다. 석두도 일찍이 한 장 베껴둔 것이 있었으니 여기 그 돌에 적힌
바를 그대로 옮겨보면 이러했다.

가씨賈氏는 거짓말 아니라,　　　　　　　　　賈不假,
백옥으로 집을 짓고 금으로 말을 만든다네.　　白玉爲堂金作馬.
― 녕국공(寧國公)과 영국공(榮國公)의 후예로 모두 스무 집이 있는데 두 공의 직계가
  문 여덟 집이 도성에 있고 현재 원적(原籍)에 열두 집이 있다.

아방궁, 삼백 리라도,　　　　　　　　　　　阿房宮, 三百里,
금릉의 사씨史氏에 못 이른다네.　　　　　　住不下金陵一個史.
― 보령후(保齡侯) 상서령(尙書令) 사공의 후예로 모두 열여덟 집이 있는데 도성에 열
  집, 원적에는 현재 여덟 집이 있다.

동해 용궁에 백옥상이 없으면,　　　　　　　東海缺少白玉床,
금릉의 왕씨王氏한테 청하러 온다네.　　　　龍王來請金陵王.
― 도태위통제현백(都太尉統制縣伯) 왕공의 후예로 모두 열두 집이 있는데 도성에 두
  집이 있고 나머지는 모두 원적에 있다.

풍년에는 큰 눈이 오나니,　　　　　　　　　豐年好大雪,
진주와 금을 흙이나 쇠처럼 쓴다네.　　　　珍珠如土金如鐵.
― 자미사인(紫薇舍人) 설공(薛公)의 후예로 현재 내무부 탕은(帑銀) 행상(行商)을 이
  끌고 있는데 모두 여덟 집이다.

　"이 네 집안은 서로 인척으로 맺어져 있어 하나가 안되면 다 같이 안
되고 하나가 잘되면 다 같이 잘되어 서로 돕고 감싸며 보살펴 줍니다.
지금 사람을 때려죽였다고 고소당한 설가로 말하면 바로 풍년에 큰눈
이라는 풍년대설의 그 설씨 집안인데 나머지 세 집안에 기대고 있을 뿐
만 아니라 도성과 외성에 그들과 세교와 친분이 있는 사람들이 적지 않

습니다. 나리께서 지금 누굴 잡아들이시겠단 말씀이십니까?"

가우촌이 그 말을 듣고 아전에게 웃으며 물었다.

"자네 말대로라면 이 사건을 어떻게 결말지어야 한단 말인가? 자넨 그 범인이 어디에 숨었는지 알고 있는 눈친데?"

아전이 역시 웃으며 말했다.

"나리께 거짓 없이 아룁니다만 저는 범인이 어디 숨었는지도 알고 아이를 유괴하여 팔아먹은 놈도 알며 또 맞아죽은 사람도 아주 잘 알고 있습니다. 제가 자세히 말씀드리겠습니다. 이 맞아죽은 귀신은 본래 이 지방에 살던 한 향신(鄕紳: 지방 유지)의 아들인데 이름을 풍연馮淵이라 했습니다. 어려서 부모를 잃고 형제도 없이 혼자 얼마 안 되는 가산을 지키고 살고 있었죠. 열여덟 아홉 살쯤 되었는데 하필이면 남색에 빠져 여자라면 딱 질색을 했죠. 그런데 이게 또 무슨 전생의 업보였는지 이 유괴범이 데리고 온 여자를 보자마자 그만 한눈에 반해서 그 여자를 첩으로 사들이면 다시는 남색을 밝히지 않고 또 다른 여자도 얻지 않겠다고 맹세하면서 사흘 뒤에 정식으로 맞아들이기로 했습니다. 그런데 누가 알았겠습니까? 그 유괴범은 이 여자를 이중으로 설가네 집으로 팔아넘겨버렸습니다. 두 집의 돈을 말아먹고 타지로 도망치려는 수작이었지요. 그런데 달아나기 전에 두 집에서 잡아다가 죽을 정도로 때린 뒤 둘 다 돈은 관두고 여자만 내놓으라고 했지요. 그 설가네 아들이 어디 양보하겠습니까? 아랫사람을 시켜 손 좀 봐 주라고 했더니 풍 공자는 아주 떡이 되도록 맞고 돌아와 사흘 만에 죽어버렸습니다. 원래 설가네 공자도 벌써부터 날짜를 정해두고 도성으로 올라가려던 참이었는데 떠나기 이틀 전에 이 여자를 보고 맘에 들어 여자를 데리고 상경하려던 것이었지요. 일이 이렇게 벌어질 줄이야 누가 알았겠습니까? 풍 공자를 때려죽이고 여자를 빼앗은 뒤 아무 일도 없었다는 듯 가족들을 데리고 제 갈 길로 가버렸던 것이지요. 여기 일은 그의 형제나 노복들이 알아서 처리해 줄 테니까요. 사실 이런 사소한 일로 도망칠 사람도 아닙니다. 그건 그렇고 나리께선 그 유괴되어 팔린 여자애가 누군지나 아시겠습니까?"

"내가 그걸 어찌 알겠나?"

가우촌의 대답에 아전은 냉소를 띠면서 말했다.

"그 사람은 알고 보면 나리의 큰 은인이기도 하지요. 바로 호로묘 옆에서 살던 진 나리의 따님으로 이름은 영련英蓮이라고 했지요."

"아니, 그 애라고? 듣자하니 다섯 살까지 키웠을 때 유괴되었다는데 이제야 팔렸다는 말인가?"

가우촌이 놀라며 묻자, 아전이 대답한다.

"이런 유괴범은 전문으로 대여섯 살 된 여자애만 유괴하여 어디 궁벽한 곳에 가서 열한두 살 때까지 키운 다음 그 용모를 보고 타지에 나가 팔아먹는 거랍니다. 그 옛날에 저는 날마다 그 애를 어르고 달래며 놀았던 적이 있어서, 칠팔 년이 지난 지금도 알아볼 수 있었답니다. 그 아이는 지금 열두세 살쯤 되어 제법 어른 티가 나지만 그래도 대체적으로 어릴 때 모습이 남아있었습니다. 게다가 그 아이의 미간엔 태어날 때부터 팥알만 한 붉은 점이 있어 금방 알아볼 수 있었습니다. 하필 이 유괴범이 내가 사는 집의 방 한 칸을 빌려 쓰고 있어서 어느 날인가 그가 나간 사이에 여자애한테 물어본 적이 있습니다. 그 애는 맞을까 두려워서 감히 말을 못하고 유괴범을 그저 친아버지라고 부르면서 빚진 돈을 갚을 길 없어 자기를 판다고 했습니다. 내가 몇 차례나 달래면서 채근했더니 울면서 '어릴 때 일은 생각나지 않아요'라고만 했습니다. 그렇다면 틀림없는 일입니다. 풍 공자를 만나 돈을 건네받은 날 유괴범이 술에 취하자, 그 아이가 혼자 탄식하는 말로 '오늘로 내 죄 많은 업보가 끝나는가 보구나'라고 했습니다.

하지만 또 풍 공자가 사흘 뒤에 데려가겠다고 하자 근심 어린 낯빛을 보였습니다. 저는 그 모습이 안타까워 유괴범이 나간 뒤에 안식구를 시켜 그 아이를 달래도록 했습니다. '풍 공자가 길일을 택하여 맞으려는 것이니 앞으로 시녀로 대하지 않겠다는 것이 분명하다. 더구나 그는 뛰어난 인품에 풍류남아인 데다 집안도 살 만하고, 전에는 여자를 싫어했는데 지금 파격적인 값으로 아가씨를 샀으니 앞으론 잘 대할 것이다. 그저 이삼일만 잘 참으면 되는데 무슨 걱정할 게 있는가'하고 말했습니다. 그 아이는 그 말을 듣고서야 비로소 근심을 조금 풀면서 이제야 제 길을 찾는가 보다 하고 생각하는 것 같았습니다.

그런데 세상에 이렇게 뜻대로 안 되는 일이 있을 줄을 어찌 알았겠습니까? 이튿날 그 아이가 다시 설가네한테 팔린 것입니다. 만약 두 번째 사람이 그나마 괜찮은 사람이라면 모르지만, 이 설 공자라는 자는 별명이 '우둔한 깡패왕초〔呆霸王〕'라고 할 만큼 천하의 망나니로 툭하면 성질 부리며 제멋대로 사는 자였습니다. 게다가 돈을 물 쓰듯 하며 사람을 마구 패고 질질 끌고 다니는 놈인데 영련을 그렇게 잡아갔으니 지금 죽었는지 살았는지도 알 수가 없습니다. 풍 공자만 헛된 소망을 가졌다가 소원도 못 풀어보고 돈만 날린 채 목숨을 버렸으니 어찌 안타깝지 않을 수 있겠습니까?"

가우촌이 듣고 나서 길게 탄식하였다.

"그것도 다 그들 전생의 업보로 만난 것이지 그저 우연은 아닐 것이네. 그렇잖으면 풍연이란 자가 어떻게 하필 그 영련을 보고는 한눈에 반할 수 있단 말인가? 또 영련으로 말하면 유괴범에게 몇 년간이나 고초를 겪고 나서 겨우 새 길을 찾았는데 그 풍류남아와 둘이 맺어졌으면 참 좋은 일이었을 텐데 하필이면 이런 일이 터지고 말았구나. 설가네는 비록 풍가보다 부귀야 누리겠지만 사람 됨됨이를 생각해보면 자연 처첩이 넘치고 음란하기 그지없을 터이니 풍연과 같이 한 사람에게 정을 쏟고 지내지는 못할 것이네. 이게 바로 몽환과 같은 인연으로 불쌍하고 박명한 남녀 한 쌍이 만난 격이지 뭔가. 그 얘기는 이제 그만 하고, 그럼 당장 이 사건을 어찌 판결해야 좋단 말인가?"

아전이 웃으며 대답한다.

"나리는 예전에 그처럼 명쾌하고 예리하시더니 지금 어찌하여 아무 생각도 없으신 분이 되고 말았습니까? 소인은 나리께서 이곳으로 부임하시게 된 것이 가씨 댁과 왕씨 댁의 힘이라고 들었습니다. 또 이 설반이란 자가 바로 가씨 댁의 친척이 되니 나리께서는 흐르는 물에 배를 몰고 가듯 그저 좋게 선심을 써서 이 사건을 결말지으시면 앞으로 가씨나 왕씨 댁에 왕래하기도 좋지 않으시겠습니까?"

우촌이 말했다.

"자네 말이 그르지는 않네마는 사람 목숨이 오간 살인사건이 아닌가. 황상皇上의 크나큰 은혜를 입고 재차 기용되어 다시 태어난 마당에 마땅히 전심전력으로 보답해야 하거늘 어찌 사사로운 정으로 법을 무시할 수가 있겠는가? 나는 차마 그렇게는 못하겠네."

아전이 듣고 나서 코웃음을 쳤다.

"나리께서 하시는 말씀은 그저 공자님 말씀과 같은 원리원칙일 뿐이지요. 하지만 지금 세상에선 통하지 않는 걸 어떡합니까? 옛사람 말 중에 '대장부는 때를 살펴 움직인다'는 말이 있고 또 '길한 곳은 따르고 흉한 곳은 피한다'라는 말도 있는데 나리의 말씀대로 하면 나라에 충성도 못하고 자신의 몸도 보존하기 어렵게 될 것입니다. 아무래도 신중하게 생각하심이 좋겠사옵니다."

우촌이 한참 고개를 숙이고 있다가 다시 묻는다.

"그래 자네라면 어떻게 하겠다는 건가?"

아전이 계책을 올렸다.

"소인이 벌써 기막히게 좋은 방안을 해두었습죠. 나리께서는 내일 개정하신 후에 허장성세로 영장을 발부하고 제비를 뽑아 당장 원흉을 잡아들이라고 호령을 내리시기만 하십시오. 물론 범인은 잡아들이지 못할 것이고 원고는 설가의 집안 친척이나 노복이라도 몇 사람 데려다가 고문하라고 요구할 것입니다. 소인이 은근히 중개하여 그들 입에서 범인은 돌연 급병으로 죽었다고 보고하고 일가와 하급관청이 함께 보증서를 제출하도록 하겠습니다. 나리께선 점 잘 보는 판수를 불러 관청마루에 모래판을 만들어 놓고 나무 막대기를 매달아 신내림을 받고 글자를 쓰도록 한 뒤 군민들을 불러 보게 하는 겁니다.

그런 다음에 나리께선 '방금 신이 내려 점괘가 나왔다. 죽은 자 풍연과 설반은 원래 전생의 원수로 이승에서 다시 만난 사이인데 이번에 외길에서 만나 본래의 원한을 갚게 된 것이다. 설반은 벌써 이름을 알 수 없는 병에 걸려 죽었는데, 즉 풍연의 혼령에 잡혀 급사하였다. 이 모든 죄악의 화근은 유괴범에게서 시작되었으니 모 지방 사람 아무개를 법에 따라 처단한다. 기타 나머지는 생략한다'라고 선포하시면 될 것입니다.

소인이 몰래 유괴범에게도 말을 해놓아 그대로 실토하도록 하겠습니다. 군민들이 점쟁이 말과 유괴범의 말이 부합하는 걸 보면 다른 것도 틀림없다고 여길 게 분명합니다. 설씨 집에는 돈이 얼마든지 있으니까 나리께서 벌금으로 1천 냥이고 5백 냥이고 판결만 내리셔서 풍가네 장사비용으로 쓰도록 하면 됩니다. 사실 풍가네 집에 대단한 인물이 있는 것도 아니고 돈이나 몇 푼 바라는 것이니까 그 돈이 생기면 별 말이 없을 겁니다. 나리! 이러한 계책이 어떠한지 잘 좀 생각해 보십시오."

우촌이 다 듣고 입으로는 절대 안 된다고 말했다.

"안 돼, 안 돼. 내가 좀 생각해 보겠어. 혹시 사람들의 입을 틀어막을 방도가 있을지도 모르니까."

두 사람이 상의하다 보니 벌써 날이 저물고 말았다.

다음날 관청에서 심문을 시작하여 사건 관계자 한 사람을 잡아다가 상세히 다그쳤다. 과연 풍씨네는 친척이 거의 없어서 이를 핑계로 장례비나 좀더 뜯어내려는 심사였으며, 설씨네는 권세와 정황만 믿고 양보 않고 버티다가 지금까지 미결로 끌어오게 된 것이었다. 우촌은 결국 사적인 정리에 이끌려 국법을 멋대로 재단하여 사건을 엉터리로 마무리하고 판결을 내렸다. 풍씨네는 장례비를 두둑이 얻어내고 나서 더는 말이 없었다.

가우촌은 이 사건을 완결지은 다음 서둘러 서신 두 통을 마련하여 가정賈政과 경영절도사京營節度使인 왕자등王子騰에게 보냈다. 편지에는 '조카님의 사건은 잘 완결되었으니 과히 염려하실 필요가 없나이다' 하고 썼다. 이는 물론 호로묘의 사미승이었던 문간 아전의 계책에서 나온 것이었다. 우촌은 혹시 그가 사람들에게 자신의 빈천한 시절 얘기를 꺼낼까 두려워 마음속으로 찜찜하게 생각하고 있다가 뒷날 결국은 작은 빌미를 잡아 멀리 충군充軍[2]시켜 보내버리고 말았다.

자, 이제 가우촌의 이야기는 잠시 쉬고, 영련을 산 다음 풍연을 때려 죽인 설 공자의 얘기를 하기로 하자. 그도 역시 금릉사람으로 본래는 대대로 시서를 읽던 선비가문의 후손이었다. 하지만 지금 설 공자는 어려서 부친을 잃고 홀어머니 밑에서 자랐다. 모친은 아들이 외롭게 자라는 것을 불쌍히 여겨 총애하며 버릇없이 키우는 바람에 결국 커서도 제구실을 못하게 되었다. 집은 백만금을 가진 부자이며 궁중의 내탕內帑에 들어갈 전량과 잡료를 구하여 조달하는 일을 맡고 있는 궁중 상인이기도 했다.

이 설 공자는 이름이 반蟠이고 자를 문기文起라고 했는데 다섯 살 때부터 성격이 급하고, 사치스러우며 말투가 오만했다. 비록 서당에 글 공부를 다녔지만 그저 몇 글자 익혔을 뿐이고 종일 하는 일이라고는 닭

---

2 감형시킨 중죄인 등을 변방으로 보내 강제로 군에 복무하게 하는 것.

싸움 구경이나 말 타고 사냥하거나 산수를 유람하는 것뿐이었다. 비록 궁중 상인이라고는 하지만 경제의 일이나 세상사에 대해서는 일자무식이었다. 하지만 조부 이래로 쌓아놓은 정분으로 호부에 여전히 허명을 걸어두고 전량을 지급받을 뿐, 실제 사무에 대해서는 집사와 노복들이 처리하고 있었다.

과부인 왕씨는 현재 경영절도사로 있는 왕자등의 누이로서 영국부 가정의 부인인 왕씨와 같은 어머니 소생의 친자매 사이였다. 올해 마흔 남짓 된 나이로 슬하에 아들은 설반 하나뿐이고 그보다 두 살 어린 딸을 두었는데 아명은 보차寶釵로 살결이 곱고 행동거지가 단아하였다. 왕씨의 부친이 생전에 딸을 특히 귀여워하여 서당에 보내 글공부를 시켰기 때문에 그 오라비보다 열 배나 뛰어났다. 부친이 돌아간 후 오라비가 모친의 속을 썩이며 걱정만 끼치는 것을 보고 그녀는 공부를 그만두고 침선 등의 가사 일에 마음을 쓰며 모친의 근심을 조금이라도 덜어드리고자 했다.

최근에 황상皇上께서는 학문과 예교를 숭상하시어 널리 재능 있는 사람을 불러 모으고자 전례 없이 특별한 은총을 내리시어 비빈妃嬪을 간택하시는 일 외에 고관대작의 딸들을 직접 각 부에 이름을 올리고 공주公主나 군주郡主와 더불어 글공부를 하는 글동무를 뽑아 재인才人이나 찬선贊善의 직책으로 충당시키고자 하시었다. 그리하여 설보차는 이에 응모하고자 도성에 가려 하였다. 사실 설반의 부친이 돌아간 뒤로 각 성의 구매처 집사나 지배인들이 설반의 나이가 어리고 세상사에 어두운 것을 보고 그 틈을 타 속이거나 갈취하는 바람에 경성에 있는 몇몇 군데 사업이 점차 쇠락하고 있었다. 게다가 도성 안이 세상에서 제일 번화한 곳이라는 말을 듣고 설반이 구경 한번 해야겠다고 생각하고 있던 차에 이런 기회를 만난 것이었다.

그리하여 우선 누이를 도성까지 데려가 궁중에 선발되도록 하고, 둘째는 도성 안에 사는 친척을 만나보며, 셋째는 직접 호부에 들어가 지난 장부를 정리하고 새로운 장부를 개설하려는 참이었다. 물론 경성의 풍광을 유람한다는 게 진짜 목적이었다. 그래서 일찌감치 짐을 싸두고 친지들에게 보낼 각종 토산물이나 예물도 준비하여 날을 받아 제 날짜에 출발하려던 참이었는데 그 유괴범이 이중으로 팔려던 영련을 만난 것이었다. 설반은 영련을 보자 생김새가 속되지 않아 바로 살 맘을 먹었다. 풍가가 와서 사람을 빼앗아가려 하기에 세도만 믿고 하인 중에 우락부락한 놈을 시켜 풍연을 때려죽이라고 시킨 것이다. 설반은 집안일을 친척과 몇 명의 노복에게 맡기고 모친과 누이를 데리고 집을 나서 먼 길을 떠났다. 살인사건조차도 그저 애들 장난 정도로 생각하고 돈이나 몇 푼 쥐어주면 안 될 일이 없다고 여겼다.

상경하는 도중의 사연은 적지 않겠다. 얼마 후 도성에 이르게 되었을 때 외숙부인 왕자등이 구성통제九省統制로 승진하여 변방으로 나가게 되었다는 소식을 접했다. 설반은 속으로 은근히 좋아하면서,

'그렇잖아도 경성에 가면 가장 가까운 외숙부의 통제를 받으며 내 맘대로 돈도 못쓰게 될까 걱정했는데 승진되어 나가신다 하니 이는 하늘의 도움이로다'라고 생각하며 모친과 상의했다.

"우리가 경성 집들을 십 년 가까이 비워두었기 때문에 지키는 사람이 몰래 임대료를 떼먹었을지도 몰라요. 그러니 먼저 사람을 좀 보내서 청소해 놓는 게 좋겠는데요."

"그렇게 요란을 떨 필요야 뭐 있겠니? 우리가 경성 가면 마땅히 친지들을 먼저 찾아봐야 하는 것인데 네 외숙부네 집이든 이모부네 집이든가 있으면 되지. 그 두 집안은 집을 아주 잘 지었으니 거기서 먼저 지내보다가 나중에 천천히 사람을 보내 청소하고 정리하면 되지 않겠느냐?"

그의 모친이 그러는데도 설반은 계속 다른 말을 했다.

"지금 외숙부가 승진되어 외성으로 나가시려고 하니 집안이 복잡하

고 정신없을 거예요. 그럴 때에 우리 식구가 줄줄이 쳐들어가면 너무 염치없는 일이 아닌가요?"

"그래, 외숙부가 승진되어 나간다고 해도 네 이모부네가 계시지 않으냐? 더구나 요 몇 년 동안 네 외숙부와 이모네 집에서 매번 편지를 보내 우리보고 올라오라고 수도 없이 다그쳤단다. 지금 경성에 가면, 외숙부는 떠날 준비에 분주하겠지만 네 가씨 댁 이모네는 우리를 붙잡아두려 하지 않겠니? 우리가 서둘러 경성집을 청소하고 그리로 들어가려 하면 오히려 이상하게 생각하지 않겠어? 네 생각을 모를까봐 그러느냐? 외숙부나 이모부가 계시면 아무래도 구속될까 그러는 거지? 따로 살면 네 마음대로 할 수 있을 테니까 말이야. 네가 정 그러하다면 너 혼자 집을 골라서 살도록 하렴. 난 네 이모를 못 본 지 벌써 몇 년인지 모르겠구나. 한동안이나마 함께 지내야겠다. 그럼 난 네 누이를 데리고 이모네 집으로 들어가마. 네 생각엔 어떠냐?"

설반은 모친이 이렇게까지 말하는 데야 억지를 부리지 못하고 인부들에게 영국부로 들어가라고 분부했다. 그때 왕부인은 벌써 설반의 소송사건이 가우촌 덕분에 잘 종결되었음을 알고 가슴을 쓸어내렸는데, 이번에 오라버니가 승진되어 외성으로 나가게 되었다는 소식을 듣고 친정식구의 왕래가 또 하나 줄게 되어 쓸쓸하게 되었다고 걱정하는 참이었다. 그러던 중 며칠 뒤 홀연 하인이 소식을 전하여 '이모마님께서 공자와 아가씨를 데리고 함께 상경하셔서 방금 대문 밖에 하차하셨다'고 아뢰었다. 왕부인은 기쁜 마음에 서둘러 딸과 며느리 등을 데리고 대청으로 나가 설부인 등을 맞아들였다. 두 자매는 중년이 넘은 나이에 오랜만에 만나 희비가 교차하며 웃음을 띤 얼굴에 눈물을 글썽이며 그 동안의 안부를 물었다. 곧 이어서 가모에게 인사드리고 예물과 토산품 등을 바쳤다. 온 집안식구들이 서로 만나 인사를 나누고 자리를 마련하여 환영잔치를 열었다.

설반이 가정에게 인사를 올리고 나니 가련이 그를 이끌고 가사와 가진賈珍에게 데려가 인사를 시켰다. 가정이 곧 왕부인에게 사람을 보내 "이모님은 어느 정도 연세가 있고 생질은 아직 어려 물정을 몰라 밖에서 머무르면 낯설고 무슨 일이라도 생길까 두렵다. 마침 우리 집 동북쪽 끝에 있는 이향원梨香院이 지금 비어 있으니 십여 칸 되는 집을 깨끗이 청소하여 이모님과 조카들이 머무르게 하면 좋겠다"고 말을 전했다.

왕부인이 미처 대답을 못하고 있는데 이번엔 가모도 사람을 보내어 '이모네 식구를 청하여 다들 친하게 지내게 하면 좋겠다'는 말을 전하였다. 설부인 쪽에서도 여기서 함께 지내야 아들을 조금이라도 통제할 수 있으며 밖에 따로 거처를 마련해 살면 그 성격을 더욱 부채질하여 말썽만 일으킬 것으로 생각하고 얼른 고맙다는 표시를 하고 그렇게 하기로 허락했다. 그리곤 가만히 왕부인에게 말했다.

"모든 일용품 비용의 공급은 일체 그만두셔야 저희가 오래 지낼 수 있습니다."

왕부인은 그 집안이 그 정도는 어렵지 않게 해결할 수 있는 것을 알고 그 말대로 해주었다. 그로부터 설씨네 모자는 이향원에서 머무르게 되었다.

원래 이향원은 예전에 영국공이 만년에 정양하던 곳이었다. 크지는 않지만 정교하게 지은 십여 칸 건물인데 앞쪽 대청과 뒤편 안채 등 있을 건 다 갖추고 있었다. 따로 바깥 골목으로 통하는 문이 있어 설반 등의 식구들이 그곳으로 출입할 수 있었다. 서남쪽으로 난 모퉁이 문은 작은 협도를 지나 왕부인의 정방 동쪽과 맞닿아 있어 매일 식후나 저녁에 설부인이 건너와 가모와 한담을 나누거나 왕부인과 얘기를 하기도 하였다. 보차는 날마다 대옥이나 영춘 자매들과 함께 책도 보고 바둑도 두고 침선도 하면서 그럭저럭 상당히 즐겁게 보냈다.

설반만이 가씨집에 머물 생각이 없었는데 그건 이모부가 엄하게 단

속하여 틀림없이 부자유스러울 것으로 생각했기 때문이었다. 하지만 모친의 뜻이 완강하고 집안사람들도 은근히 남아있기를 강권하는 바람에 우선 한동안 지내면서 사람을 보내 경성집을 청소하고 옮겨가려고 했다. 하지만 누가 알았으랴, 그가 여기서 지낸 지 한 달도 채 못 되어 가씨집 친척자제들과 절친한 사이가 될 줄을. 귀족 집의 사치스런 젊은 이들은 누구나 설반과 친해 보려고 몰려들었으며 술 마시고 꽃구경 가고 심지어 떼거리로 모여 도박하거나 기생질을 하는 등 점점 못하는 짓이 없었다. 이들에게 끌려 다니다 보니 설반은 처음 올 때보다 열 배쯤 더 몹쓸 망나니가 되고 말았다.

　가정의 자식 교육이 비록 엄격하였고 집안을 다스리는 법규가 엄연히 있었지만 첫째는 너무 많은 식구를 다 다스리기 어려웠고, 둘째는 현재 족장인 가진이 녕국부의 장손으로 작위를 승계하여 가문의 일을 관장하고 있었으며, 셋째는 공무와 사적인 일이 너무 많은 데다 평소 성품이 소탈하여 속된 일에 간섭하지 않았고 공무를 쉬는 날이면 책을 읽거나 바둑을 둘 뿐이어서 다른 일은 일체 개의치 않았다. 하물며 이 향원은 두 겹이나 집을 건너뛰어 있고 바깥거리로 직접 나가는 문이 있어 아무 때나 제멋대로 나다닐 수 있으니 못된 자제들이 맘껏 노는 것을 막을 길이 없었던 것이다. 그리하여 설반도 옮겨 나갈 생각을 어느새 잊어버리고 말았다.

賈寶玉神遊太虛境
警幻仙曲演紅樓夢

금릉의 십이차

태허환경 노닐며 열두 미녀 그림 보고
신선주를 마시며 홍루몽곡 들어보네
遊幻境指迷十二釵 飮仙醪曲演紅樓夢

　　제4회에서 이미 설씨네 모자가 영국부에서 기거하게 된 사연을 대강
밝혔으니 이 회에서는 잠시 뒤로 미루고 임대옥 얘기를 시작하자. 대옥
은 영국부에서 지내면서 가모가 끔찍이도 사랑하여 잠자리에서 기거에
이르기까지 모두 보옥과 똑같은 급으로 대하니, 오히려 영춘, 탐춘, 석
춘 등 세 자매가 뒤로 밀릴 정도였다. 보옥과 대옥의 두 사람 사이는 각
별히 친밀하여 낮에는 함께 다니고 밤이면 동시에 잠자리에 들었다. 두
사람은 오가는 말이 정겹고 생각이 잘 맞아서 조금도 어긋남이 없었다.
그런데 뜻밖에 이번에 설보차가 나타나게 된 것이다. 나이는 비록 몇
살 많지 않지만 품행이 단정하고 우아하며 용모가 복스럽고 풍만하여
대옥이가 따르지 못하는 장점이라고 사람들이 수군댔다. 게다가 보차
는 행동이 활달하고 분수를 알며 때와 장소에 맞게 처신하였는데 이 점
은 고상한 자부심을 갖고 안하무인의 태도를 지닌 대옥과는 다르게 보
였다. 그래서 보차는 하인들의 인심을 많이 얻게 되었다. 어린 시녀들

도 대부분 보차와 함께 놀기를 좋아했다. 그 때문에 대옥의 마음속에 우울하고 편치 않은 응어리가 만들어지게 되었지만 보차는 전혀 느끼지 못하는 것 같았다.

보옥은 여전히 어린 티가 남아있고 천성이 우둔하고 괴벽하여 자매나 형제를 다 한마음으로 보는 까닭에 누구에게나 거리감을 두지 않았다. 다만 대옥과는 가모의 처소에서 함께 앉기도 눕기도 하면서 지냈기 때문에 다른 자매들보다는 더 스스럼없고 익숙한 느낌이었다. 스스럼이 없으니 더욱 친하게 느끼고, 친하게 느끼니 때론 완벽함을 찾으려다 잔소리를 하게 되고 결국은 생각지도 못했던 틈새가 생기는 일도 가끔 있었다.

이날은 또 어쩌다 그렇게 되었는지 모르지만 두 사람은 어느 순간 오가는 말이 서로 어긋나 대옥이 벌컥 화를 내고 혼자 방 안에 들어가 눈물을 흘리자 보옥은 말을 잘못 내뱉은 것을 후회하며 다가가 온갖 애교를 다 부렸다. 그제야 대옥의 마음이 조금 돌아섰다.

동쪽 큰집인 녕국부의 화원에 매화가 활짝 피자 가진의 처인 우씨尤氏가 술자리를 마련하고 가모와 형부인과 왕부인 등을 청하여 꽃구경을 시켜드리고자 했다. 그날 우씨는 우선 며느리인 가용賈蓉의 처를 대동하고 찾아와 초청의 뜻을 전했다. 가모 등은 아침밥을 먹은 뒤에 건너가 회방원會芳園을 둘러보고 노닐며 차도 마시고 술도 마시며 즐겼다. 하지만 녕국부와 영국부 두 집안 안식구들의 작은 모임이었으므로 별다른 얘깃거리는 그다지 적을 만한 게 없다.

그때 함께 따라간 보옥이 나른한 듯 낮잠에 빠지려 했다. 그러자 가모가 사람을 시켜 잠시 쉬고 다시 오라고 일렀다. 가용의 아내 진씨秦氏가 얼른 나서며 웃음을 띠고,

"저희 집에 보옥 삼촌이 잠시 쉴 방을 마련할 테니 노마님은 걱정하지

마세요. 저희한테 맡겨주시기만 하시면 됩니다"라고 말하며 보옥의 유모와 시녀들에게 한마디 일렀다.

"유모님! 그리고 너희 몇은 보옥 도련님을 모시고 내 뒤를 따라 오너라."

가모는 사리가 분명하고 합당한 진씨가 부드럽고 섬세하게 생긴 데다 온화하고 정겹게 일을 처리하는 것을 잘 알고 있는 터라 증손 며느리 중에서는 가장 마음에 들어 했다. 지금도 진씨가 보옥을 데려가는 걸 보고 마음을 푹 놓았다.

진씨는 사람들을 데리고 안채의 내실에 이르렀다. 보옥이 고개를 들어보니 위쪽에 그림 한 폭이 걸려있는데 그림 속 인물은 봐줄 만하지만 〈연려도燃藜圖〉[1]였다. 그래서 누가 그렸는지 보려 하지 않고 기분이 언짢아졌다. 대련 두 폭이 있었다.

세상사에 밝은 것은 학문의 힘이요,   世事洞明皆學問,
인정에 이르는 것은 문장의 힘이라.   人情練達卽文章.

보옥은 그 두 구절을 읽고 아무리 정교하고 장식이 아름다운 방이라도 이곳에 있고 싶지 않다고 소리쳤다.

"빨리 나가요, 빨리 나가!"

진씨가 그 말을 듣고 웃으면서 말했다.

"여기도 싫다면 어디로 간단 말이에요? 그러면 내 방으로나 가지요."

보옥이 고개를 끄덕이며 빙긋이 웃으니 옆에 있던 유모가 말린다.

---

1 학문에 힘쓰고 독서할 것을 권장하는 그림. 한나라 때 유향(劉向)이 어둠 속에서 홀로 앉아 글을 읽고 있을 때 누런 옷 입은 노인이 명아주(藜) 지팡이를 짚고 들어와 지팡이 끝에 불을 붙여 방안을 밝히고 '오행홍범(五行洪範)'의 글을 전수했다는 고사에서 유래함.

"삼촌이 어떻게 질부의 방에서 잠을 잘 수 있겠습니까?"

진씨가 깔깔 웃으면서 말한다.

"아이고야! 보옥 삼촌이 난리치면 어쩌시려고 그러시나! 아직 몇 살이나 된다고 그런 걸 가려요? 지난달 내 남동생이 온 것을 못 보았나요? 두 사람이 나이는 같아도 한자리에 같이 서면 아마 내 동생이 좀더 클걸요."

그러자 보옥이 얼른 말을 받는다.

"왜 난 못 봤지? 빨리 데려와서 나한테 보여줘요."

사람들이 웃으며 말했다.

"이삼십 리나 떨어진 곳에 있는데 지금 어떻게 당장 데려오라고요. 앞으로 만날 날이 있겠지요."

그렇게 말하는 사이 진씨의 방에 이르렀다. 방문 앞에 이르니 한줄기 달콤한 향기가 풍겨왔다. 보옥은 눈빛이 희미해지고 뼈마디가 녹는 것 같아 연신 "오, 달콤한 향기!"라고 말했다. 방 안에 들어가 벽을 바라보니 당백호唐伯虎가 그린 〈해당춘수도海棠春睡圖〉[2]가 있고 그 양편에는 진태허秦太虛가 쓴 대련이 걸려 있었다. 대련의 글자는 이러했다.

싸늘한 봄날 한기 단꿈을 못 이루고,　　　　　嫩寒鎖夢因春冷,
향긋한 술의 향기 고운 님을 가두네.　　　　　芳氣籠人是酒香.

탁자 위에는 측천무후則天武后가 화장할 때 쓰던 보경寶鏡이 있고, 그 옆에는 조비연趙飛燕이 춤추던 금 쟁반이 놓여 있었다. 쟁반 위엔 안록산安綠山이 양귀비楊貴妃의 젖가슴을 향해 던졌던 모과가 얹혀 있었다. 방의 안쪽에는 수창공주壽昌公主[3]가 함장전含章殿에서 잠자던 침상이 있

---

2 당백호는 명나라 화가 당인(唐寅)임. 〈해당춘수도(海棠春睡圖)〉는 양귀비의 취한 모습을 은유한 그림으로 보이나 이 그림이 실제 있었는지는 분명치 않음.

고 그 위엔 동창공주同昌公主가 만든 진주로 엮은 연주장聯珠帳이 걸려 있었다.

보옥이 빙그레 웃으며 연신 소리쳤다.

"여기가 좋아요!"

"내 방은 신선도 머물 수가 있을걸요."

진씨가 손수 잠자리를 펴는데 서시가 빨아놓은 비단금침을 깔고 홍낭이 안고 왔던 원앙베개를 놓았다. 여러 유모들은 보옥이 편안히 누운 것을 보고 자리에서 물러나고 습인襲人, 미인媚人, 청문晴雯, 사월麝月 등 네 명의 시녀만이 자리를 지켰다. 진씨는 곧 어린 시녀들에게 처마 밑에 나가 고양이와 강아지가 싸우는 걸 잘 보고 있으라고 분부했다.

보옥이 눈을 감자 곧 황홀한 가운데 잠 속으로 빠져 들어가는데 마치 진씨가 눈앞에 있는 것만 같았다. 보옥은 구름을 탄 듯 물결에 흔들리는 듯 진씨를 따라 어떤 한 곳에 이르렀다. 붉은 난간에 하얀 돌계단, 푸른 나무와 맑은 시냇물이 흐르는 곳에 사람의 인적이 드물어 티끌먼지조차 날아들지 않았다. 보옥은 꿈일지언정 너무나 기뻐하며 '여기야말로 참으로 멋진 곳이로다. 내 이런 곳에서 한 평생을 보낼 수 있다면, 날마다 부모님과 스승으로부터 매맞고 공부하는 것보다야 백번 나을 것이다. 설사 집을 떠난다 해도 정녕 원하는 바가 아니랴'라고 생각했다. 그런 황당한 생각을 하는 사이 홀연 산 뒤에서 노랫소리가 들려왔다.

봄날의 헛된 꿈은 구름 따라 흩어지고,　　　春夢隨雲散,
떨어지는 꽃잎은 물결 따라 흘러가니,　　　飛花逐水流;
청춘 남녀 모두에게 한마디 고하노라,　　　寄言衆兒女,
쓸데없는 근심 걱정 찾고자 애쓰지 마소.　　何必覓閑愁.

---

3 수창공주는 수양(陽) 공주의 오기로 보임.

보옥이 들으니 여자의 목소리였다. 노랫소리가 아직 끝나지 않았을 때 저편에서 한 사람이 사뿐사뿐 가볍게 걸어오는 모습이 보였다. 분명 보통 사람과는 달랐다. 그 모습을 그린 노래는 이러하였다.

방금 버들 숲을 나왔는가, 꽃 수술서 나왔는가. 가시는 곳마다 새들이 나뭇가지를 날아오르고 이르는 데마다 그림자는 굽이굽이 낭하에 비추이네. 신선 소매 펄럭이면 사향과 난초향기 물씬 풍기고 연잎 옷을 슬쩍 흔들면 낭랑한 패옥소리 딸랑거리네. 웃음 띤 얼굴은 복사꽃 같고, 빗어 올린 머리 뭉게구름 솟은 듯, 붉은 입술은 앵두가 익은 듯하다. 하얀 이가 석류알처럼 곱네. 하늘하늘 가는 허리는 바람에 나부끼는 눈송이 같고, 푸른 비취 밝게 빛나고 이마 가득 달빛 화장이 드러나네. 꽃밭 사이 드나들며 웃다 말다, 연못가를 오고가며 나는 듯 들뜬 듯. 반달눈썹 웃음을 띠고 말을 할 듯 말 듯 살포시 입을 다물고, 사뿐사뿐 내딛는 발걸음은 가려는 듯 멈춰서고, 섰다가는 가려하네.
고운 몸매 백옥 같은 살결은 부드럽기 그지없고 빛나는 의상에 찬란한 무늬는 멋지기도 하여라. 향료로 만들고 백옥으로 깎은 듯 사랑스런 용모요, 봉황이 춤추고 용이 날아오르는 듯 아리따운 자태로다. 이른 봄 눈 속의 매화런가, 가을날 서리 맞은 국화런가. 빈 골짜기 소나무처럼 더없이 고요하고, 맑은 연못 비추이는 노을처럼 한없이 아름답네. 고운 무늬는 오색을 뿜는 용과 같으며, 맑은 정기는 강물에 비치는 달님이라네. 서시가 부끄러워하고 왕소군王昭君도 한 발 물러서리라. 기이하고 이상하여라, 어디에서 태어나고 어디에서 오셨는가. 분명 서왕모西王母 계신 요지瑤池에서 나시고, 신선 사는 자부紫府에서 오셨음이로다. 과연 누구시기에 이처럼 곱고도 아름다우신가.

보옥이 가만히 보아하니 선녀님이기에 너무나 반가워 얼른 달려가 인사하고 대뜸 물었다.

"선녀 누님께선 어디서 오시며 지금 또 어디로 가시는 길이신가요? 그리고 이곳은 도대체 어디인지 저를 좀 데려가 주시기를 바라옵니다."

선녀가 웃으면서 대답했다.

"나는 이한천離恨天의 위 관수해觀愁海 가운데 있는 방춘산放春山 견향 동遣香洞의 태허환경 안에 살고 있는 경환선녀라고 하느니라. 인간 세상에서 갖가지 사랑으로 맺은 빚을 다스리고 풍진세계에서 사랑 때문에 원망하는 여자와 어리석은 남자를 관장하고 있단다. 근래 들어 풍류의 업보를 받은 사람이 이에 얽매어 있기에 기회를 보아 상사의 마음을 흩어 놓으려고 찾아오는 길이었는데 홀연 너를 만났으니 이 또한 우연은 아니로다. 여기서 나의 태허환경이 멀지 않으니 비록 별다른 것은 없지만 손수 따서 우려낸 선차 한 잔과 손수 담근 미주 한 동이가 있고 평소 천마의 춤[4]을 익힌 가희 수 명이 새로 지은 《홍루몽》 선곡仙曲 열두 곡을 연주하고 있으니 나를 따라 가보지 않겠느냐?"

보옥이 그 말을 듣고 곧 진씨가 어디로 갔는지는 까맣게 잊어버리고 경환선녀를 따라갔다. 한 곳에 이르니 돌로 만든 패방이 가로질러 세워졌는데 그 위에 '태허환경' 네 글자가 커다랗게 쓰여 있고 양쪽에는 대련에 다음과 같이 적혀 있었다.

| 가짜가 진짜 되면 진짜 또한 가짜요, | 假作眞時眞亦假, |
| 무가 유가 되면 유 또한 무가 된다. | 無爲有處有還無. |

그 문을 들어서니 곧바로 궁문이 나타나는데 위에는 커다란 네 글자로 '얼해정천孽海情天'이라고 쓰여 있었고 역시 양쪽에는 대련이 다음과 같이 적혀 있었다.

| 두텁고도 높은 천지만큼이나, | 厚地高天, |
| 아, 고금의 사랑은 다할 날이 없구나, | 堪嘆古今情不盡; |

---

4 천마무(天魔舞)는 당나라 궁중 무악의 일종으로 궁녀 16명에게 보살의 모습으로 분장시켜 각종 악기의 반주에 맞춰 춤을 추게 하였다고 함.

어리석게 사랑에 빠진 남녀의,   癡男怨女,
풍월로 맺은 빚을 갚을 수가 없구나.   可憐風月債難償.

보옥이 이를 보고 마음속으로 생각했다.

"여기는 원래 이런 곳이었구나. 하지만 '고금의 사랑'이니 '풍월로 맺은 빚'이니 하는 말이 무엇인지는 모르겠는걸. 지금부터 조금이라도 알아보아야겠구나."

잠시 생각하는 사이에 사악한 마魔가 되돌릴 수 없을 만큼 골수 깊숙이 보옥 안으로 들어가고 말았다. 그때 경환선녀를 따라 이층 문 안으로 들어서자 양편으로 전각이 죽 늘어서 있는데 각각 편액과 대련이 걸려 있었다. 한눈에 다 볼 수가 없었지만 몇 군데에 치정사癡情司, 결원사結怨司, 조제사朝啼司, 야원사夜怨司, 춘감사春感司, 추비사秋悲司 등의 제목이 언뜻 보였다. 보옥은 그걸 보고 얼른 선녀에게 말했다.

"선녀님께 부탁이 있는데요, 저기의 각 사 안에 데리고 들어가 구경시켜 주실 수는 없는가요?"

"이곳 각 사에는 온 천하 여자들의 과거와 미래가 담겨져 있는 장부책이 있는데 너의 범속한 눈과 천박한 몸으로는 이해하기가 어려울 것이니라."

경환선녀의 대답이 그러했지만 보옥이 그냥 넘어갈 리가 만무하여 서너 번이나 통사정을 하니 선녀도 어쩔 수가 없는지라 마침내 허락했다.

"그래 좋아. 그럼 여기 중에서 한 군데를 둘러보아라."

보옥은 기뻐하면서 고개를 들어 이번 사의 현판을 보니 '박명사薄命司'5라고 하였고 양쪽의 대련은 다음과 같았다.

---

5 '박명'이란 복이 없고 팔자가 사납거나 수명이 짧다는 의미.

봄날의 원망과 가을의 슬픔이
수시로 찾아드는데,
꽃다운 얼굴과 달 같은 자태는
누구를 위함이런가.

春恨秋悲皆自惹,

花容月貌爲誰妍.

보옥은 감탄하였다. 문안으로 들어가니 수십 개의 커다란 책장이 있는데 모두 봉인으로 봉해 두었다. 각 봉인마다 각 성의 지명이 적혀 있었다. 보옥은 속으로 다른 성에는 관심이 없고 자신의 고향 봉인을 찾아보려고만 하였다. 그러다가 한 책장에 커다란 글씨로 '금릉십이차 정책正冊'이라고 쓰인 일곱 글자를 발견했다. 보옥이 물었다.

"이 '금릉십이차 정책'은 무엇인가요?"

"그게 바로 너희 성 중에서 가장 뛰어난 여자 열두 명에 대해 기록한 책이다."

"사람들은 금릉이 큰 곳이라던데 어떻게 여자가 열두 명밖에 없단 말인가요? 우리 집만 하더라도 위아래 사람 다 합치면 여자가 몇백 명은 될 텐데요."

경환선녀가 차갑게 웃으며 말한다.

"너희 성에 여자가 많지만 그 중에서 뛰어난 사람만 골라서 적은 것이지. 그 다음 단계의 사람은 다음 책장에 있고 나머지 보통 여자들을 기록한 책자는 없단다."

보옥이 그 말을 듣고 다음번 책장을 보니 과연 '금릉십이차 부책副冊'이 있고 또 '금릉십이차 우부책又副冊'이라고 쓴 장부책이 있었다. 보옥은 손을 뻗어 그중에서 우선 '우부책'이 들어 있는 책장을 열고 책 한 권을 꺼냈다. 열어보니 첫 면에는 한 폭의 그림이 있는데 인물화도 아니고 산수화도 아닌 수묵화로 종이 전체를 물들인 검은 구름에 짙은 안개를 그린 것이었다. 뒤쪽에 몇 줄의 글자가 적혔는데 이러했다.

활짝 개어 달 나올 때 드물고,	霽月難逢,
고운 구름 쉽게 흩어만 지네.	彩雲易散.
마음은 하늘보다 높아도,	心比天高,
몸은 천하게 태어났으니.	身爲下賤.
풍류와 영특함은 원한과 질투를 부르네.	風流靈巧招人怨,
남의 비방으로 요절하니,	壽夭多因毀謗生,
다정한 도령의 마음만 헛되었구나.[6]	多情公子空牽念.

보옥이 다음 그림을 보니 이번에는 싱싱한 꽃〔花〕한 다발과 낡은 자리〔席〕를 그리고 나서 다음의 구절을 적어 두었다.

온순함과 상냥함이 쓸모없고,	枉自溫柔和順,
향기로운 난초 계화 헛말이었네,	空云似桂如蘭;
종당에는 배우에게 복이 갔나니,	堪羨優伶有福,
도령과는 애시당초 인연 없었네.[7]	誰知公子無緣.

보옥이 그 뜻을 헤아려 보았지만 도무지 알 수가 없었다. 보옥이 그 함을 내던지고 부책의 책장을 열어 책 한 권을 펴보았다. 거기에는 계화桂花 한 그루 아래 연못이 있는데 물이 마르고 마른 연의 줄기와 뿌리가 다 보이는 그림이었다. 뒷면에 글씨는 다음과 같았다.

연뿌리와 연꽃은 한줄기로 향기로워도,	根並荷花一莖香,
한 평생 처지가 정녕코 애달프네.	平生遭際實堪傷.
두 흙더미에 나무 한 그루 자란 뒤로,	自從兩地生孤木,
향기의 혼백은 고향으로 돌아가리라.[8]	致使香魂返故鄉.

---

6 보옥의 시녀인 청문(晴雯)의 운명을 암시한 판사. '원한과 질투', '요절' 등에서 청문의 암담한 운명을 예견할 수 있음.

7 보옥의 시녀인 화습인(花襲人)의 운명을 암시한 판사. 그림에서 자리 석(席)자는 습(襲)자와 동음이며 배우는 장옥함(蔣玉菡)을, 도령은 가보옥을 이름.

보옥은 여전히 무슨 뜻인지 전혀 알 수가 없었다. 책을 덮고 다시 정책을 펴보았다. 첫 번째 장에는 두 그루의 마른나무를 그려놓고 나무 위엔 옥 허리띠 하나가 걸려 있었다. 또 나무 아래에는 눈이 쌓여 있는데 눈 속에 금비녀 하나가 꽂혀 있는 그림이었다. 네 구절의 판사判詞는 이러했다.

베를 멈춰 격려한 부덕이 안타깝고,	可嘆停機德,
버들 솜 노래 부른 재주가 가련하다.	堪憐詠絮才.
옥 허리띠 숲 속에 걸려있고,	玉帶林中掛,
금비녀는 눈 속에 묻혀버렸네.[9]	金簪雪裏埋.

보옥은 여전히 이해하지 못하여 물어보고자 하였으나 선녀는 필시 천기를 누설할 수 없다고 할 게 분명하였고 그만 보자니 또 섭섭하여 뒤쪽의 그림을 계속 봐 나갔다. 거기에는 활〔弓〕 하나를 그려놓고 활 위에는 향연〔香櫞: 레몬〕이 걸려 있었다. 거기에 다음의 가사가 적혀 있었다.

이십 년을 고이고이 자라,	二十年來辨是非,
불꽃같은 석류 궁중에 피었구나.	榴花開處照宮闈.
삼춘이 어찌 초봄 빛을 따르랴,	三春爭及初春景,
호랑이 토끼 서로 만나니 큰 꿈이 스러졌네.[10]	虎兔相逢大夢歸.

8 진영련(甄英蓮), 즉 향릉(香菱)의 애달픈 운명을 암시한 판사. 그림 속의 계화(桂花)와 시구 속의 '두 흙더미〔圭〕에 나무 한그루〔木〕'는 계(桂)자를 의미하며, 이는 모두 설반의 처 하금계(夏金桂)를 가리킴.

9 설보차와 임대옥의 운명을 동시에 암시한 판사. '베를 멈춰 격려한 부덕'은 동한의 악양자(樂羊子)가 학업 도중 돌아오자 그 아내가 베를 짜다가 잘라내어 중도에 학문을 포기하지 말라고 권한 고사에서 유래하며 보차의 부덕을 칭송한 것임. '버들 솜 노래 부른 재주'는 진(晉)나라 사도온(謝道韞)이 총명하고 재능이 뛰어나 하얀 눈이 내리는 모습을 바람에 흩날리는 버들 솜으로 노래했다는 고사에서 유래하며 대옥의 재주를 칭송한 것임. 마른 나무에 걸린 허리띠는 대옥의 불행한 운명을, 눈 속에 묻힌 금비녀는 보차의 처량한 결말을 암시하고 있음.

그 다음에는 또 두 사람이 연을 날리고 있는데 넓은 바다에 배 한 척이 떠 있고 배 안에는 여자 혼자 얼굴을 가리고 눈물을 흘리는 모습을 그린 그림이었다. 네 구절이 다음과 같이 쓰여있었다.

재주 있고 총명하고 지조 높지만,	才自精明志自高,
하필이면 운수 없이 말세에 나왔네.	生於末世運偏消.
청명절 눈물로 강변에서 송별하니,	清明涕送江邊望,
천리 먼 길 동풍에 꿈은 아득하여라.[11]	千里東風一夢遙.

다음 그림에는 흐르는 구름에 한 줄기 굽은 물길이 그려져 있고 판사가 쓰여 있었다.

부귀가 무슨 소용이더냐,	富貴又何爲,
강보에 싸여 부모 여의었거늘.	襁褓之間父母違.
눈 깜짝할 사이 석양이로구나,	展眼吊斜暉,
상수는 흐르고 초의 구름 흩날리네.[12]	湘江水逝楚雲飛.

다음에는 곱고 아름다운 옥 하나가 진흙 속에 떨어져 있는 그림이었다. 뒤에 적힌 글은 다음과 같았다.

---

10 원춘의 비극적 운명을 암시한 판사로, 원춘이 궁중에 들어갈 운명임을 암시하고 있음. 그림 속의 활(弓)은 궁(宮) 자를 뜻하고, 향연(香櫞, yuan)의 연은 원(元) 자와 해음 관계임. 초춘은 원춘을, 삼춘(三春)은 영춘, 탐춘, 석춘을 이름. 마지막 구절의 호토상봉(虎兎相逢)은 강희제가 붕어한 임인년(壬寅年)과 옹정제가 즉위한 계묘년(癸卯年)의 정권 교체를 의미한다고도 함.
11 탐춘의 운명을 암시한 판사. 탐춘이 '천리 먼 길' 해안 변방으로 가게 되어 돌아오기 어려움을 암시하고 있음.
12 사상운의 운명을 암시한 판사. 어려서 부모를 잃어 쓸쓸하였고 혼인 후에도 '눈 깜짝할 사이 석양'을 맞는 외로운 신세가 될 것임을 암시하고 있음.

깨끗한 몸도 지니지 못하고,　　　　　　　　欲潔何曾潔,
색즉시공도 깨닫지 못했네.　　　　　　　　云空未必空.
금같이 옥같이 태어난 몸이나,　　　　　　　可憐金玉質,
끝내 진흙 밭에 빠지고 말았네.[13]　　　　　終陷淖泥中.

다음에는 험악하게 생긴 이리 한 마리가 미인에게 달려들어 잡아먹
으려는 형상을 그려 놓은 그림이었는데 글은 다음과 같았다.

너는 중산 땅의 이리 같은 자,　　　　　　　子係中山狼,
뜻을 이루자 미친 듯 달려드네.　　　　　　　得志便猖狂.
명문가의 꽃과 버들 같은 몸,　　　　　　　　金閨花柳質,
일 년 만에 황천길로 떠나갔다네.[14]　　　　一載赴黃粱.

다음에는 낡은 절간을 그리고 그 속에 미인 하나가 홀로 앉아 독경을
하고 있는 모습이었다. 글은 다음과 같았다.

삼춘의 영광이 유한함을 알기에,　　　　　　勘破三春景不長,
검은 승복 입고서 고운 화장 지웠네.　　　　緇衣頓改昔年妝.
규방에서 곱게 자란 귀한 따님이,　　　　　　憐繡戶侯門女,
부처님 앞 등불 아래 외롭게 누웠네.[15]　　獨臥青燈古佛旁.

---

13 묘옥의 운명을 암시한 판사. 아름다운 옥이 진흙 속에 떨어져 있음은 묘옥의 비참
　한 결말을 암시하고 있음.
14 영춘의 운명을 암시한 판사. 영춘의 남편 손소조(孫紹祖)의 배은망덕함을 중산랑
　(中山狼)의 고사를 빌어 말하고 있으며, 그에게 핍박당해 '일 년 만에 황천길'로
　떠나는 서글픈 운명을 암시하고 있음.
15 석춘의 운명을 암시한 판사. 석춘이 훗날 '검은 승복' 입고 '부처님'을 모시게 될 것
　임을 암시하고 있음.

다음에는 온통 얼음으로 된 산이 그려져 있고 그 위에는 봉황새 한 마리가 있었다. 글은 다음과 같았다.

봉황새가 어쩌다 말세에 오셨는가,   凡鳥偏從末世來,
모두들 그 재주를 아끼고 사랑했네.   都知愛慕此生才.
따르고 누르더니 끝내는 내쳐져서,   一從二令三人木,
울면서 금릉길 떠나니 오호라 애닯구나.[16] 哭向金陵事更哀.

다음에는 황량한 시골집에서 한 미녀가 베를 짜고 있는 그림인데 뒤의 글은 다음과 같았다.

가세가 기울면 귀한 몸 말을 말고,   勢敗休云貴,
집안이 망하면 친척도 찾지 말라.   家亡莫論親.
우연히 유씨 할멈 도와준 인연으로,   偶因濟劉氏,
요행히 은인을 만날 수 있었구나.[17]   巧得遇恩人.

다음에는 무성하게 잘 자란 난초 화분이 그려져 있고 그 곁에 봉황장식의 예모禮帽를 쓰고 노을무늬 어깨 덧옷의 예복을 차려입은 한 미인이 있는 그림이었다. 글은 다음과 같았다.

복사꽃 오얏꽃 봄바람에 열매 여니,   桃李春風結子完,
결국엔 어느 누가 난초만 하리오.   到頭誰似一盆蘭.
얼음 같은 절개를 질투하다가는,   如冰水好空相妒,
쓸데없이 사람들에 웃음거리 준다네.[18] 枉與他人作笑談.

---

16 왕희봉의 운명을 암시한 판사. 봉황새는 바로 왕희봉을 의미하며 얼음산은 재물과 권력이 빙산처럼 오래 유지될 수 없음을 말함. 시구에서 파자의 방식으로 범조(凡鳥)는 봉(鳳)자, 인목(人木)은 휴(休)자를 의미하고 있음.
17 왕희봉의 딸인 교저(巧姐)의 운명을 암시한 판사. 교저가 베를 짜며 살아가는 시골 아낙이 될 것과 유씨 할멈의 도움으로 위기에서 구출될 것임을 암시하고 있음.

다음에는 높은 다락방을 그리고 그 위에 미녀 하나가 목을 매고 자결한 모습의 그림이었다. 뒤에 있는 글은 다음과 같았다.

하늘과 바다에 가득한 정의 화신,	情天情海幻情身,
두 정이 만났으니 기필코 넘치리라.	情旣相逢必主淫.
못난 자손 모두 영국부서 나오는가,	漫言不肖皆榮出,
발단은 원래 녕국부에 있었다네.[19]	造釁開端實在寧.

보옥이 더 보고자 하였으나 경환선녀는 그가 천성이 총명하고 지혜가 있어 천기를 누설할까 저어하여 책을 덮고 웃으면서 보옥에게 말했다.

"자, 이제 나를 따라 기이한 경치구경이나 가는 게 어떠냐, 굳이 이런 데서 수수께끼 같은 거나 풀려고 하지 말고."

보옥은 멍한 상태에서 그림책을 손에서 놓고 경환선녀를 따라 뒤쪽으로 갔다. 거기엔 진주로 엮은 발과 수놓은 장막, 화려한 기둥과 조각한 처마로 된 궁전이 있었다. 붉은 대문과 금색 바닥은 반사된 빛이 흔들리고 하얀 눈이 구슬 창문과 백옥 궁전을 비추고 있어서 그 아름다움은 실로 말로 다 할 수 없었다. 신선의 꽃과 이색적인 풀에서 향기가 피어오르는 근사한 곳이었다. 그때 경환선녀가 소리쳤다.

"얘들아, 너희도 어서 나와 귀한 손님을 영접하여라."

그 말이 끝나기도 전에 방 안에서 선녀들이 나왔다. 선녀들은 하나같이 연잎 소매에 날개옷을 입고 사뿐사뿐 춤추는 듯하였는데 봄날의 꽃

---

18 이환의 운명을 암시한 판사. 이환이 만년에 아들 가란(賈蘭)의 출세로 인해 부귀를 얻고 봉호를 받게 됨을 암시하고 있음.

19 진가경의 기구한 운명을 암시한 판사. 그림에서 진가경이 시아버지 가진(賈珍)과 정을 통하다 발각되자 수치심에 못 이겨 목을 매고 자살한다는 내용을 묘사하고 있지만 현존하는 판본에서는 이 부분이 삭제되었음. 소설 초고의 내용이 그림과 판사에 그대로 남아 있는 상태로 보임.

잎처럼 가을밤 달님처럼 아름다웠다. 보옥을 보자 모두 의아해하며 소
리쳤다.

"저흰 또 무슨 귀한 손님인가 하고 서둘러 마중 나왔는데 이게 뭐예
요? 지난번 언니가 오늘은 강주絳珠동생의 생혼生魂이 놀러올 거라고 하
시기에 오랫동안 기다리고 있었는데, 어째서 이런 더러운 자를 데려와
청정한 여아의 경지를 더럽히시는 거죠?"

보옥이 그 말을 듣고 놀라 물러나고자 하였으나 이미 물러설 곳도 없
었다. 스스로 생각해도 자신이 더할 수 없이 더럽게 느껴졌다. 경환선
녀는 얼른 보옥의 손을 잡고 여러 선녀자매들에게 말했다.

"너희가 그 연유를 잘 몰라서 그래. 오늘은 본래 영국부에 가서 강주
동생을 모셔오려고 했던 것이지만 마침 녕국부를 지나다가 우연히 녕
국공과 영국공 두 분의 영령英靈을 만나 간곡한 부탁을 받았단다.

'우리 집안은 국조國朝가 세워진 이래 백 년 동안 부귀와 공명을 누려
왔으나 이제 가운이 다하여 돌이킬 수 없게 되었소. 자손은 많으나 가
업을 이을 만한 자가 없는데 그 중에 오직 적손嫡孫인 보옥이만 쓸 만하
오. 성품이 괴팍하고 기이한 버릇을 갖고 있지만 총명하고 영리하여 희
망을 걸고 있었소. 그러나 가문의 운수가 끝날 때가 되었으므로 누군가
데려다 올바른 길로 인도해주는 이가 없을까 걱정하고 있는 참이었소.
다행히 선녀님을 만났으니 바라건대 우선 정욕과 성색으로 보옥의 우
둔함을 깨우쳐주어 미혹의 울타리를 헤쳐 나오게 하여 바른 길로 인도
하면 우리 형제의 크나큰 행운으로 알겠소.'

이와 같은 부탁을 받는 바람에 자비심을 발휘하여 이곳에 데려오게
된 것이지. 우선 그 집안의 상중하 세 등급 여자들의 운명이 적힌 장부
책을 보여주어 익히게 하였지만 여전히 깨닫지 못하였더군. 그래 다시
이곳에 데려와 맛있는 음식과 고운 성색의 환상을 겪어 보도록 하면 혹
시 하나라도 깨닫는 바가 있을지 모르겠다 싶어 데려온 것이니라."

말을 마치고 보옥을 데리고 방 안으로 들어갔다. 그곳에서 그윽한 향기가 났지만 무엇을 피우는 것인지 궁금하여 보옥이 묻자 경환선녀가 코웃음을 치면서 말했다.

"이 향으로 말하면 인간세상에는 없는 것이니 네가 어찌 알겠느냐! 이 향은 군방수群芳髓라고 하는데 여러 명산의 경치 좋은 곳에 처음 돋아나는 기이한 화초의 정수를 따서 갖가지 귀한 나무의 수액으로 개어 만든 것이란다."

보옥은 부러울 뿐이었다. 다 같이 자리에 앉자 어린 시녀가 차를 받쳐 왔다. 보옥은 맑고 기이하며 순수한 그 맛이 독특하다고 느끼며 그 이름이 무엇인가 물었다.

"이 차는 방춘산放春山 견향동遣香洞에서 난 것인데 신령스런 화초에 밤새 맺힌 이슬로 우려낸 것이다. 이름은 '천홍일굴千紅一窟[20]'이라고 한다."

경환선녀의 설명을 듣고 보옥은 고개를 끄덕이며 칭찬을 마지않았다. 그리고 방 안을 둘러보니 요금搖琴과 보정寶鼎, 고화古畵와 신시新詩 등 없는 것이 없었다. 창문 아래에는 수놓다가 남긴 침 묻은 실밥이 널려 있고 화장대 위엔 지분脂粉자국이 남아 있어 한층 기분이 좋아졌다. 벽에도 대련이 한 폭 걸려있었다.

| 그윽하고 신령스런 땅이여, | 幽微靈秀地, |
| 어찌해 볼 수 없는 하늘이여. | 無可奈何天. |

보옥은 부러운 마음에 여러 선녀들의 이름을 물었다. 그들의 이름은 각각 치몽선녀癡夢仙姑, 종정대사鍾情大士, 인수금녀引愁金女, 도한보리

---

20 굴(窟)은 곡(哭)과 음이 같으며, 천홍(千紅)으로 은유되는 수많은 젊은 여자들의 울음을 상징함.

度恨菩提 등과 같이 도호가 달랐다. 어린 시녀들이 탁자를 펴고 의자를 가지런히 놓은 뒤 술과 안주를 차렸는데, 그야말로 유리잔엔 경장瓊漿을 넘치게 따르고 호박배엔 옥액玉液을 진하게 따랐으니 나머지 안주의 성대함이야 말할 필요도 없었다. 보옥은 특별히 맑은 향내가 나고 단맛이 풍기는 술을 보고 물었다. 경환선녀가 대답했다.

"이 술은 백종 꽃의 수술에 만종 나무의 진액을 넣고 기린의 골수와 봉황의 젖을 더하여 만들어 '만염동배萬艶同杯[21]'라고 부른단다."

보옥은 칭송해 마지않았다. 술을 마시는 사이에 열두 명의 가희들이 나와 어떤 곡을 연주할까 여쭈었다. 경환선녀가 "이번에 새로 만든 《홍루몽》 열두 곡을 연주해 올려라"하고 명하니 가희들이 박달나무 짝짝이를 가볍게 치면서 은색 고쟁古箏을 천천히 타기 시작했다. 무희들이 노래를 부르기 시작하였다.

하늘과 땅이 처음 열릴 제   開闢鴻蒙 …

노래가 막 시작되었는데 경환선녀가 설명을 했다.

"이 곡은 인간 세상에 있는 전기傳奇의 곡과는 달라서 반드시 생단정말生旦淨末[22]의 배역이 있을 필요가 없고 남북곡의 아홉 가지 궁조宮調[23]에도 제한받을 까닭이 없느니라. 이 곡은 때로 한 인물을 찬송하기도

---

21 배(杯)는 비(悲)와 음이 같으며, 만염(萬艶)으로 은유되는 수많은 젊은 여자들의 슬픔을 상징함.

22 중국의 전통 희곡에서 사용되는 배역의 종류임. 생(生)은 남자 주인공 배역, 단(旦)은 여자 주인공 배역, 정(淨)은 상대방 남자배역, 말(末)은 보조적인 배역. 이밖에 축(丑)은 어릿광대 배역 등이 있음. 이를 총괄하여 행당(行當)이라 함.

23 남북 구궁(九宮)은 전기로 불리는 남곡과 잡극으로 불리는 북곡에서의 아홉 개 궁조를 말함. 아홉 개의 궁조는 정궁(正宮), 중려(中呂), 남려(南呂), 선려(仙呂), 황종(黃鍾)의 오궁(五宮)과 대석조(大石調), 쌍조(雙調), 상조(商調), 월조(越調)의 사조(四調)를 합한 것으로 전통 희곡에서 궁조의 제한은 대단히 엄격함.

하고 때론 한 사건을 회상하기도 하는 것인데 어쩌다 한 곡이 되어서 관현의 악보에 넣은 것이다. 속내를 아는 사람이 아니면 그 절묘함을 알기가 어려울 것이야. 너도 이 곡을 속속들이 알아듣기는 어려울 터이니 우선 원고를 눈으로 보면서 노래를 들어야지 그렇지 않고는 아무런 재미도 못 느낄 것이다."

그리고 어린 시녀에게 명하여 《홍루몽곡》의 원고를 가져오라 하여 보옥에게 건네주었다. 보옥이 눈으로 원고를 읽으면서 노래를 들었다.

[홍루몽의 서곡][24]
천지가 개벽되어 하늘땅이 열릴 제,
그 누가 사랑을 씨앗 뿌려 놓았나?
모든 것은 깊은 사랑 때문이었네.
하염없이 가슴만 아픈 나날,
외로운 때 깊은 충정 보내나니.
이제,
금과 옥을 그리워하고 애도하는
홍루몽 열두 곡을 연출하노라.

[한평생 신세 망친 일][25]
금옥의 인연이라 다들 말해도,
목석의 옛 맹세 잊지 못하네.
헛된 만남이런가,
산속의 높은 선비 차가운 눈 속에 있고,

[紅樓夢引子]
開闢鴻蒙,
誰爲情種?
都只爲風月情濃.
趁著這奈何天, 傷懷日,
寂寥時, 試遣愚衷.
因此上,
演出這懷金悼玉的
紅樓夢.

[終身誤]
都道是金玉良姻,
俺只念木石前盟.
空對著,
山中高士晶瑩雪;

---

24 《홍루몽》 열두 곡과 금릉십이차 책자의 판사는 서로 보충하는 작용을 하며 주요 등장인물의 운명과 결말을 예언하고 있음. '회금도옥(懷金悼玉)'이란 보차(金)와 대옥(玉)의 비극적 운명을 노래한 것으로 금릉십이차 전체를 상징함.

25 이 곡은 가보옥이 끝내 대옥을 잊지 못한다는 내용과 보차가 보옥의 냉담 속에 처량한 처지가 될 것임을 노래하고 있음. '금옥양인(金玉良姻)'은 보옥과 보차의 현세의 혼인, '목석전맹(木石前盟)'은 보옥과 대옥의 전생의 애정을 말함.

끝내 잊지 못하네,   終不忘,
저 세상 고운 선녀 외로운 숲 속에 있네.   世外仙姝寂寞林.
슬프다 인간세상,   嘆人間,
옥에도 티가 있는 것을.   美中不足今方信.
정성 다해 밥상 받쳐 모신대도,   縱然是齊眉舉案,
돌아서는 그 마음 돌이킬 수 없었네.   到底意難平.

[쓸데없는 근심 걱정][26]   〔枉凝眉〕
하나는 선경의 신령스런 화초,   一個是閬苑仙葩,
하나는 티 없이 해 맑은 구슬.   一個是美玉無瑕.
아무 인연 없다면,   若說沒奇緣,
왜 하필 이승서 만났으며,   今生偏又遇著他;
진한 인연 있다면,   若說有奇緣,
왜 끝내 사랑은 떠났는가?   如何心事終虛化?
하나는 헛되이 탄식만 하고,   一個枉自嗟呀,
하나는 공연히 걱정만 하네.   一個空勞牽掛.
하나는 물속에 잠긴 달이요,   一個是水中月,
하나는 거울에 비친 꽃이로다.   一個是鏡中花.
그 눈에 고인 눈물 얼마나 많기에,   想眼中能有多少淚珠兒,
춘하추동 긴긴 세월   怎經得秋流到冬盡
어떻게 견디리오!   春流到夏!

　　보옥은 이 노래를 듣고 내용이 황당무계하고 재미없다고 느꼈다. 그
러나 노랫소리와 곡조만큼은 실로 구슬프고 은은하여 넋이 나가는 듯
하였다. 그리하여 연유와 내력을 캐묻지 않고 우선 노래 감상으로 궁금
증을 풀면서 다음번을 계속 읽어 내려갔다.

_____
26 보옥과 대옥의 사랑을 노래한 곡.

134

[인생무상의 한탄]27

부귀영화 누리던 한창 때는 좋았지만,

인생무상 닥쳐오니 한스럽기 그지없네.

두 눈을 멀쩡히 뜨고 만사를 팽개치니,

넋 잃은 꽃다운 혼백은 스러져만 가네.

고향을 바라보니 길은 멀고 산 높은데.

꿈속에서 부모님께 하직인사 올리네.

이 못난 여식은 벌써 황천에 들어왔으니,

부모님,

하루속히 돌아서 물러나시옵소서!

[가족과의 생이별]28

돛단배로 떠나는 풍우 속의 삼천리 길,

그리운 집 가족들을 내던지듯 떠났다오.

남은 여생 고달플까 그것만이 염려되니,

부모님은, 이 딸 걱정 아예 하지 마시오.

곤궁함과 부귀영달 팔자소관이라 하니,

헤어짐과 만남에 인연이 없으리오?

만리타향 갈라지니,

평안히 지내시고.

이 몸은 떠나가니, 근심 걱정 거두소서.

[기쁨 속의 슬픔]29

강보에 싸여서, 부모님을 여의고.

비단옷에 부잣집 얹혀서 살아도,

재롱 한번 맘껏 부릴 수 있었던가요?

천성으로,

[恨無常]

喜榮華正好,

恨無常又到.

眼睜睜, 把萬事全抛.

蕩悠悠, 把芳魂消耗.

望家鄉, 路遠山高.

故向爹娘夢裏相尋告:

兒命已入黃泉,

天倫呵,

須要退步抽身早!

[分骨肉]

一帆風雨路三千,

把骨肉家園齊來抛閃.

恐哭損殘年,

告爹娘, 休把兒懸念.

自古窮通皆有定,

離合豈無緣?

從今分兩地,

各自保平安.

奴去也, 莫牽連.

[樂中悲]

襁褓中, 父母嘆雙亡.

縱居那綺羅叢,

誰知嬌養?

幸生來,

---

27 원춘의 운명을 노래한 곡.

28 탐춘의 운명을 노래한 곡.

29 상운의 운명을 노래한 곡.

넓은 마음 장부처럼 호탕하여,
마음속에 사랑일랑 담아두지 않았지요.
갠 하늘 고운 달빛 옥당을 비추듯이.
재주 많고 멋진 신랑 천행으로 만나서,
둘이 함께 백년해로 살아가면서,
어릴 시절 고생일랑 잊자고 했더니.
끝내 고당엔 구름 흩어지고,
상강에는 강물 말라 버렸소.
그것도 세상 변하는 운수소관,
슬퍼한들 무슨 소용 있으리오!

[세속에서 용납 못함]³⁰
성품은 난초처럼 아름답고,
재주는 신선에나 비할쏜가.
타고난 고고함은 세상에 드물다네.
고기는 냄새 난다 물리치고,
비단은 속되다고 싫어하였네.
너무 고상하면 남이 질시하고,
너무 깔끔하면 세상이 싫어하는 법.
가련타,
청등 낡은 절에 사람은 늙어가고.
아깝다,
붉은 누각 위로 봄날은 흘러가네.
끝내는,
속세에 던져져 제 뜻도 못 이루니.
티 없는 백옥이 진흙 속에 빠진 꼴이었네.
어쩌랴,
왕손 공자 인연 없다 탄식만 한들.

英豪闊大寬宏量,
從未將兒女私情略縈心上.
好一似, 霽月光風耀玉堂.
廝配得才貌仙郎,
博得個地久天長,
準折得幼年時坎坷形狀.
終久是雲散高唐,
水涸湘江.
這是塵寰中消長數應當,
何必枉悲傷!

[世難容]
氣質美如蘭,
才華阜比仙.
天生成孤癖人皆罕.
你道是啖肉食腥膻,
視綺羅俗厭;
卻不知太高人愈妒,
過潔世同嫌.
可嘆這,
青燈古殿人將老;
辜負了,
紅粉朱樓春色闌.
到頭來,
依舊是風塵骯髒違心願.
好一似, 無瑕白玉遭泥陷;
又何須,
王孫公子嘆無緣.

---

30 묘옥의 운명을 노래한 곡.

[기쁜 일이 되레 원수]³¹

중산의 이리는, 무정한 짐승이라,
예전의 은혜는 생각지를 못하네.
사치하고 음탕하여 여색만을 욕심내니,
버들같이 부드럽고 곱디고운,
대갓집의 귀한 딸을 천대하였다네.
불쌍타, 꽃잎처럼 아름다운 그 혼백을,
어쩔꼬, 일 년만에 세상 떠나 가는구나.

[좋은 시절의 허망함]³²

지나간 세 봄이 헛된 것을 깨달으니,
복사꽃 버들잎도 끝이 있으리니.
좋은 시절 다 보내고 나야,
맑고 고요한 경지를 찾을 수 있으리.
하늘엔 복사꽃 흐드러지고,
구름엔 살구꽃 넘친다 해도.
처량한 가을날을 누가 견디랴?
백양마을에 사람이 오열하고,
청풍 숲 속엔 귀신이 신음하네.
하늘 끝까지 늘어선 잡초 우거진 무덤들.
가난한 자 부자 되려면 분주하고,
봄에 피고 가을에 지는 꽃은 괴로워라.
죽고 사는 갈림길을 그 누군들 피하랴?
서방세계 자라는 사바나무엔,
불로장생 과일이 열린다는데.

[喜冤家]

中山狼, 無情獸,
全不念當日根由.
一味的驕奢淫蕩貪還構.
覷著那, 侯門艷質同蒲柳;
作踐的, 公府千金似下流.
嘆芳魂艷魄,
一載蕩悠悠.

虛花悟

將那三春看破,
桃紅柳綠待如何?
把這韶華打滅,
覓那清淡天和.
說什麼, 天上天桃盛,
雲中杏蕊多.
到頭來, 誰把秋捱過?
則看那, 白楊村裏人嗚咽,
青楓林下鬼吟哦.
更兼著, 連天衰草遮墳墓.
這的是, 昨貧今富人勞碌,
春榮秋謝花折磨.
似這般, 生關死劫誰能躲?
聞說道, 西方寶樹喚婆娑,
上結著長生果.

---

31 영춘의 운명을 노래한 곡.
32 석춘의 운명을 노래한 곡.

[제 꾀에 당한 헛똑똑이]33

잔재주만 부리다가,
오히려 그대 목숨 앗아갔네.
생전에도 마음은 찢길 대로 찢기고,
사후에도 성령은 헛되고 허망해라.
부잣집 호강을 누릴 대로 누렸어도,
집안이 망하여 제 갈 길로 흩어지네.
쓸데없이 기울인 평생의 마음고생,
몽롱하고 흐릿한 한밤의 꿈이었네.
순식간에 고대광실 무너지고,
어둠 속 등잔불은 꺼져만 가니.
한때의 즐거움은 쓰라린 슬픔 되고.
인간사 끝내는 정해진 운명이 없도다!

[남겨주신 은덕으로]34

남겨주신 은덕으로, 남겨주신 은덕으로,
좋은 은인 만났네요.
고마우신 어머니, 고마우신 어머니,
음덕을 쌓으셨대요.
살면서 불쌍한 자, 곤궁한 자 많이 돕고,
돈만 보고 골육을 팔아먹는
못된 외삼촌과 오빠처럼 되지 마세요!
하늘의 가감승제,
상과 벌이 분명하지요.

〔聰明累〕

機關算盡太聰明,
反算了卿卿性命.
生前心已碎,
死後性空靈.
家富人寧,
終有個家亡人散各奔騰.
枉費了, 意懸懸半世心;
好一似, 蕩悠悠三更夢.
忽喇喇似大廈傾,
昏慘慘似燈將盡.
呀! 一場歡喜忽悲辛.
嘆人世, 終難定!

〔留餘慶〕

留餘慶, 留餘慶,
忽遇恩人;
幸娘親, 幸娘親,
積得陰功.
勸人生, 濟困扶窮,
休似俺那愛銀錢
忘骨肉的狠舅奸兄!
正是乘除加減,
上有蒼穹.

---

33 왕희봉의 운명을 노래한 곡.
34 교저의 운명을 노래한 곡.

138

[너무 늦은 만년의 영광]³⁵

거울 속의 사랑이 허무한 이때에,
꿈속의 공명인들 그 무슨 소용이오!
꽃다운 고운 시절 야속히도 흐르는데!
수놓은 휘장 속 원앙금침 말도 마소.
구슬 달린 예관과, 봉황 새긴 예복도,
덧없는 인생이야 막을 수가 있겠소.
사람은 늙어서 궁색하면 못 견디니,
음덕을 많이 쌓아 자식손자 주시오.
번쩍이는 머리 장식 비녀 잠영,
번쩍이는 머리 장식 비녀 잠영,
눈부신 황금 도장 가슴에 차고.
위세등등 고관대작 높은 자리,
위세등등 고관대작 높은 자리,
날 저문 황혼녘에 황천길만 가깝소.
고금의 장상이 어디 남아 있으리오?
허망하게 이름 남겨 남의 입에 오를 뿐.

[좋은 시절 다 끝났네]³⁶

화려한 들보에 봄은 가고
천향루에 티끌 떨어지네.
달덩이 같은 얼굴에, 함부로 정을 주었으니,
이는 분명코 패가의 근본이리라.
가업이 퇴락함은 경敬에서 시작되고,
가세가 소멸함은 녕寧의 큰 죄였네.
전생의 업보는 모두가 정 때문인 것을.

晚韶華

鏡裏恩情,
更那堪夢裏功名!
那美韶華去之何迅!
再休提繡帳鴛衾.
只這帶珠冠, 披鳳襖,
也抵不了無常性命.
雖說是, 人生莫受老來貧,
也須要陰騭積兒孫.
氣昂昂頭戴簪纓,
氣昂昂頭戴簪纓;
光燦燦胸懸金印;
威赫赫爵祿高登,
威赫赫爵祿高登;
昏慘慘黃泉路近.
問古來將相可還存?
也只是虛名兒與後人欽敬.

[好事終]

畫梁春盡落香塵.
擅風情, 秉月貌,
便是敗家的根本.
箕裘頹墮皆從敬,
家事消亡首罪寧.
宿孽總因情.

---

35 이환의 운명을 노래한 곡.
36 진가경의 운명을 노래한 곡.

[마무리: 새들은 뿔뿔이 숲으로 돌아가네][37]　　　[收尾: 飛鳥各投林]

벼슬하는 자, 가업이 퇴락하고,	爲官的, 家業凋零;
부귀로운 자, 재산이 흩어지네.	富貴的, 金銀散盡;
은혜 베푼 자, 죽음에서 살아나고,	有恩的, 死裏逃生;
무정한 자, 천벌을 받네.	無情的, 分明報應.
목숨 해친 자, 목숨으로 돌려주고,	欠命的, 命已還;
눈물 빚진 자, 눈물이 말랐네.	欠淚的, 淚已盡.
억울한 일 보답은 가볍지가 아니하니,	冤冤相報實非輕,
헤어지고 만나는 일 모두가 전생인연.	分離聚合皆前定.
수명이 길고짧음을 전생에 알아보라,	欲知命短問前生,
늘그막 부귀영화 참으로 요행일세.	老來富貴也眞僥幸.
깨달은 자, 불문에 귀의하고,	看破的, 遁入空門;
미혹된 자, 목숨만 버리누나.	痴迷的, 枉送了性命.
새들이 모이 먹고 숲속으로 날아가듯,	好一似食盡鳥投林,
눈 덮인 하얀 벌판 정말로 깨끗하구나!	落了片白茫茫大地眞乾淨!

노래를 끝마치고 다시 부곡副曲을 부르려고 하였다. 경환선녀는 보옥이 별다른 관심을 보이지 않자 탄식하였다.

"이 바보 같은 녀석이 아직도 깨닫지 못하고 있구나."

보옥은 가희에게 더는 부를 필요가 없다고 이르고 정신이 몽롱하고 잠이 쏟아지자 좀 눕게 해달라고 말했다. 경환선녀는 술자리를 거두게 하고 보옥을 데리고 수놓아진 향기로운 방 안으로 갔다. 그곳에 차려 놓은 물건들은 평소에 보지 못하던 화려한 것이었다. 더욱 놀란 것은 그곳엔 벌써부터 웬 여자가 한 사람 들어와 있었다. 눈부시게 요염한 얼굴이 설보차 같기도 하고 하늘하늘 고운 자태는 임대옥과도 비슷했다. 보옥은

---

37 마무리 곡으로 가써 집안의 운세와 개별적인 등장인물의 다양한 결말을 노래하고 있음.

무슨 영문인지 몰라 어리둥절하고 있는데 갑자기 경환선녀가 말했다.

"인간세상에서 부귀를 누리는 대갓집의 서재 속 풍월과 자수 규방의 연무는 모두 저들 바람둥이 귀공자나 음란한 여자들에 의해 능욕을 당하고 있도다. 더욱 밉살스러운 것은 자고로 경박한 한량들이 모두 '색을 좋아하지만 음란하지는 않다〔好色不淫〕'는 구실을 내걸거나 '정이 있을 뿐 음란함은 없다〔情而不淫〕'는 구호를 외치고 있는 점이니라. 이는 실로 잘못을 감추고 추악함을 호도하려는 알량한 말에 불과하다. 색을 좋아하는 것이 바로 음란함이요, 정을 아는 것은 음란한 것이니 그런 까닭에 무산巫山의 만남과 운우의 기쁨은 모두 색을 좋아하고 정을 그리워하여 일어난 소치로다. 내가 지금 너를 아끼고 사랑함은 네가 천하 고금의 제일가는 음인이기 때문이니라."

보옥이 그 말을 듣고 깜짝 놀라 얼른 대답했다.

"선녀님께서 뭔가 잘못 알고 계신 겁니다. 저는 독서를 게을리 하여 부모님으로부터 매번 훈계를 받고 있기는 하오나 감히 음란함을 범한 바는 없사옵니다. 하물며 제 나이 아직 어려 도대체 무엇을 음란이라 하는지도 모르옵니다."

경환선녀가 다시 말했다.

"그렇지 아니하다. 음은 음이라도 그 뜻은 각각 다르니라. 세상에서 음란함을 좋아하는 자라 함은 대개 여인의 용모를 좋아하고 가무를 즐기며 웃고 떠드는 데 지겨워하지 않고 남녀간의 운우에 때를 가리지 않으며, 천하의 미녀들을 자신의 순간적 쾌락으로 삼지 못해 안달나 하는 자이나 이는 말초적인 음란함을 추구하는 바보 같은 자들이다. 그런데 너는 지금 천성적으로 깊은 사랑에 빠진 자로 우리는 이를 '의음意淫'이라고 한단다. 뜻이 넘친다는 이 '의음'이란 두 글자는 입으로는 전할 수 없고 오직 마음으로만 느낄 수 있을 뿐이며, 말로는 밝힐 수 없고 정신으로만 통할 수 있을 뿐이다. 지금 이 두 글자를 얻었다 함은 규중에서 진실로 좋은 벗이 된다는 것을 의미하지만 세상의 길과는 어긋나고 엇갈리어 백방으로 비난받고 수없는 눈총을 받게 될 것이다.

오늘 너의 선조이신 녕국공과 영국공의 간절한 부탁을 받은 이상, 네가 오직 우리 규중에서만 빛을 발하고 세상의 길에서는 버림받는 것을 차마 두고 볼 수 없다. 그래서 특별히 이곳으로 데려와 신비의 술에 취하게 하고 신선의 차를 마시게 하며 신묘한 곡으로 경계하도록 하였느니라. 지금 여기에 이름을 겸미兼美라 하고 자를 가경可卿이라 부르는 내 동생을 너의 배필로 허락하노니 오늘 밤 좋은 때에 곧 성혼하도록 하여라. 이는 너에게 선경의 규중 풍광도 이에 불과하니 하물며 인간세상의 정황이야 어떠할지를 조금이나마 느끼게 해주려는 것이다. 앞으로는 제발 마음을 잡고 지난날을 뉘우쳐 공맹孔孟의 도에 뜻을 두고 경제의 길에 몸을 맡기기를 당부하는 바이다."

경환선녀는 말을 마치고 곧 운우지사雲雨之事에 관한 비밀을 가만히 가르쳐 준 뒤, 보옥을 방 안으로 밀어 넣고 나서 문을 닫고 가버렸다.

보옥은 황홀한 가운데 경환선녀가 가르쳐 준 말대로 따르게 되었는데 남녀 사이에 일어난 구구한 속사정이야 여기서 다 말할 수는 없겠다. 다음날부터 두 사람 사이에는 끈끈하고 애틋한 정이 넘쳐나 부드러운 말과 따뜻한 마음을 주고받으며 이어져 보옥과 가경은 잠시도 서로 떨어지지 않았다.

그러던 어느 날 두 사람이 손을 잡고 밖을 노닐다 어느 한 곳에 이르렀는데 가시나무가 꽉 들어찬 숲에 이리와 호랑이가 무리를 지어 달려들고 앞에는 시커먼 냇물이 가로막고 있었다. 그러나 물을 건너려 해도 건너갈 다리가 놓여 있지 않아 어쩔 줄 몰라 서성대던 참이었다. 뒤에서 경환선녀가 쫓아오며 소리쳤다.

"앞으로 더 가면 안 돼. 빨리 뒤돌아서 와!"

보옥이 걸음을 멈추고 여기가 어디냐고 물었다.

"이곳이 바로 미진迷津이란 곳이란다. 깊이가 만 길이나 되고 길이는 천 리나 되는데 그 가운데는 건널 배도 한 척 없단다. 다만 나무 뗏목이 하나 있어 목거사木居士가 키를 잡고 회시자灰侍者가 삿대를 잡고 있는데 뱃삯으로 돈을 받지 않고 오직 인연이 있는 사람만 건네준단다. 너희가 지금 이곳을 노닐다가 만약 그 속에 빠지기라도 한다면 내가 앞서 신신당부하며 일러두었던 말들이 다 물거품이 되고 만단다."

헌데 그만 경환선녀의 그 말이 채 끝나기도 전에 물속에서 우레 같은 소리가 나더니 순식간에 수많은 야차夜叉와 물귀신들이 뛰쳐나와 보옥을 미진 속으로 끌고 들어가려 했다. 너무 놀란 보옥이 땀을 비 오듯 흘리며 실성하여 고함을 쳤다.

"가경아, 날 좀 살려줘!"

옆에서 보옥의 잠꼬대 고함소리를 들은 습인 등 여러 시녀들이 급히 달려들어 끌어안으며 흔들어 깨웠다.

"도련님, 우리가 여기 있으니 놀라지 말아요!"

이때 진씨는 바야흐로 방 밖에서 어린 시녀들에게 고양이와 강아지가 싸우는 구경이나 하라고 이르던 참에 갑자기 보옥이 꿈속에서 자신의 어릴 적 이름을 부르며 잠꼬대를 하는 걸 듣고 이상히 여기며 중얼거렸다.

"나의 아명兒名은 이곳에서 아무도 아는 이가 없는데 보옥이 어떻게 알고 꿈에서 불러대는 것일까?"

이야기는 그야말로 이러했다.

한바탕 그윽한 꿈 그 누구와 함께 했나,   一場幽夢同誰近,
천고의 정인은 많건만 나 홀로 바보였네.   千古情人獨我痴.

賈寶玉初試雲雨情
劉老老一進榮國府

유노파의 등장

가보옥은 습인과 첫 운우지정 경험하고
유노파는 처음으로 영국부에 들어왔네

賈寶玉初試雲雨情 劉姥姥一進榮國府

그때 진씨는 보옥이 꿈속에서 잠꼬대로 자신의 어릴 적 이름을 부르
는 소리를 듣고 마음속으로 이상히 여겼으나 그렇다고 캐물을 수도 없
었다. 잠을 깬 보옥은 여전히 몽롱한 상태로 무언가 잃어버린 듯한 모
습이었다. 시녀들이 급히 계원탕桂圓湯을 끓여 두 손으로 받쳐 입에다
흘려 넣으니 비로소 일어나 옷매무새를 바로잡으려 했다.

습인이 허리띠를 매주려다 언뜻 손이 보옥의 사타구니 쪽에 닿게 되
었는데 뭔가 축축하고 끈적끈적한 것이 만져졌다. 깜짝 놀라 손을 움츠
리고는 어찌 된 일이냐고 물었다. 보옥은 얼굴을 붉히면서 그녀의 손을
꼬집었다. 습인은 본래 천성이 총명한 여자인 데다 나이도 보옥보다 두
살이나 많아 요즘 들어 차츰 철이 들던 참이었다. 지금 보옥이 하는 행
동을 보고 마음속으로는 짐작이 가는 데가 있어 자신도 모르게 얼굴이
붉어져 더 물을 수가 없었다. 습인은 보옥의 옷을 챙겨 입힌 뒤 가모의
처소로 같이 가 대충 저녁밥을 먹고 돌아왔다.

습인은 유모나 시녀들이 옆에 없는 틈을 타서 얼른 새 내복을 꺼내 보옥에게 갈아입혔다. 보옥은 부끄러워하면서 습인에게 사정하였다.

"누나, 제발 다른 사람한테는 말하지 않기야!"

습인도 웃음을 머금고 물었다.

"꿈속에서 무슨 사연이 있었기에 그런 더러운 게 흘러나왔죠?"

"한마디로는 다 말할 수 없어."

보옥은 꿈속에서 일어난 일들을 습인에게 자세히 들려주었다. 경환선녀가 운우지정을 가르쳐 주는 대목을 말할 때 습인은 부끄러워서 엎드려 얼굴을 묻고 웃음을 간신히 참았다. 보옥도 평소에 습인의 부드러운 성품과 아리따운 모습을 좋아하던 터라 습인을 졸라서 경환선녀가 가르쳐 준 운우지사를 치르고 말았다. 습인의 입장에서도 가모가 자신을 보옥에게 넘겨준 것이기 때문에 보옥과 관계를 맺는 것이 또한 예를 벗어난 것은 아니라고 생각되어 마침내 못이기는 체 응하였다.

보옥과 몰래 한 번 해본 것이었는데 아무에게도 들키지 않아 천만다행이었다. 이로부터 보옥은 습인을 남달리 보기 시작했고 습인이 보옥을 섬기는 태도 역시 더욱 은근하여 지극 정성을 다 바쳤다. 이 이야기는 여기서 일단 접어두도록 하자.

이곳 영국부의 대저택에 사는 사람들과 일어나는 일들을 대략 셈해 보면 식구가 비록 아주 많다고는 못해도 윗사람에서 하인들까지 약 3, 4백 명은 족히 될 것이다. 날마다 열 건에서 스무 건씩은 크고 작은 일들이 일어나는 형편이라 일들이 서로 얽혀 어느 인물부터 쓸지 두서가 없는 게 사실이다. 지금 필자는 어떤 일에서부터, 어떤 인물을 단서로 얘기를 시작하는 게 절묘한 방법이 될까 곰곰이 생각하다 보니 마침 홀연히 천 리 밖에 있는, 겨자씨만도 못한 보잘 것 없는 한 집안의 이야기를 실마리로 삼아 풀어나가는 게 좋겠다는 생각이 났다. 왜냐하면 그 집이 영국부 대저택과 약간의 관련이 있는 데다 이날 마침 그 집 사람 하나가 이 영국부 저택을 찾아 나선 중이라 이 집의 이야기를 시작으로 하면 그나마 두서가 잡힐 것이라고 여겨지기 때문이다.

그렇다면 이 집안의 성씨는 무엇이고 이름은 또 뭐라 하는지, 그리고 영국부와는 어떻게 관계를 맺게 되었는지 이제부터 상세히 풀어나갈 것인즉 잘 들어주기 바란다.

방금 앞에서 말한 그 보잘 것 없는 집안이란 이 고장 태생인 왕씨네 집을 말한다. 조상이 한때 경성에서 하급 관리를 지낸 적이 있는데 왕년에 왕희봉의 할아버지, 즉 왕부인의 부친과도 알고 지내다가 왕씨 집안의 세력에 빌붙어서 그들과 종실관계를 맺고 조카행세를 하며 지냈다. 그때는 왕부인의 큰 오라버니인 왕희봉의 부친과 왕부인만이 경성에 있었기 때문에 이런 먼 친척이 있었다는 사실을 알고 있을 뿐 다른 사람들은 일체 모르는 일이었다. 지금 그 조부는 벌써 죽고 왕성王成이라는 아들이 있었는데 가업이 쇠락하자 성 밖의 고향 땅으로 옮겨가서 살고 있었다. 그러다 얼마 전엔 그 왕성마저도 병으로 죽고 외아들 구아狗兒를 남겨두었다. 구아에게는 판아板兒라고 하는 어린 아들이 있고 또 본처인 유씨가 청아靑兒라는 딸을 낳았다. [1]

한집안 네 식구가 농사를 짓고 살았는데 왕구아는 낮에 생계 일을 다니고 유씨는 또 물 긷는 일이나 부엌일을 했으므로 청아와 판아 두 남매를 돌볼 사람이 없었다. 그래서 왕구아는 장모인 유노파劉姥姥[2]를 모셔와 함께 살고 있었다. 이 유노파는 나이가 지긋한 늙은 과부인데 슬하에 다른 자식이 없이 밭뙈기 약간을 가지고 농사짓다가 사위가 모시겠

---

1 청아와 판아의 남매 사이는 작품 전후에서 부분적으로 모순을 보이지만 일반적으로 청아를 누나로, 판아를 남동생으로 보고 있음.
2 실제 원문의 '姥姥'는 청아와 판아의 입장에서 부른 외할머니의 뜻이며, 유씨 성은 딸 유씨로부터 온 것임. 번역에선 유노파 등으로 호칭하였음.

다고 하니 얼싸 좋다고 와서 한마음으로 열심히 딸과 사위가 살아가도록 일을 도왔다.

그러다 그해 가을에서 겨울 사이로 넘어가면서, 날씨가 추워지는데도 겨우살이 준비를 제때에 마치지 못하자 왕구아는 조바심이 나고 걱정이 앞서기 시작했다. 울적한 마음에 술 몇 잔을 마시고 집에 들어와 하릴없이 짜증을 내기 시작했다. 유씨도 감히 어쩌지 못하고 있는데 유노파가 그냥 보아 넘기지 못하고 한마디 하고 나섰다.

"이보게, 내가 쓸데없이 참견한다고 화를 내진 말게나. 우리 같은 촌사람들 중에서 열심히 일 안하고 큰 사발에 고봉밥을 먹는 사람이 누가 있겠는가? 자네가 그저 어렸을 때는 부모덕에 멋대로 먹고 마시다가 지금 형편이 어렵게 된 것인데 돈푼이라고 있을 때는 앞만 보고 나중일은 생각도 않다가 돈이 좀 떨어졌다고 무턱대고 화만 내고 있으니 그래서야 어디 사내대장부의 체통이 서겠는가. 지금 우리가 비록 성내에서 좀 떨어져 있기는 하지만 그래도 다 임금님 발치 끝에 있는 것이고 이 넓고 넓은 장안 도성바닥이 온통 돈으로 깔려있건만 아무도 가서 주워올 줄을 모르는 거뿐이야. 집 안에서 발만 구른다고 무슨 소용 있겠는가."

구아가 이 말을 듣고 더욱 화가 솟구쳐서 맞대꾸를 하였다.

"장모님은 그저 방구석에 앉아서 말도 안 되는 소리만 하고 계시네요. 설마 저더러 강도질이나 도둑질을 하란 말씀은 아니시겠죠?"

"누가 자네보고 도둑질하라고 했나. 아무튼 다 같이 의논을 해서 방도를 마련해보자는 것이지. 그렇잖으면 그 돈들이 그저 제 발로 우리 집에 굴러 들어오기라도 한단 말인가."

왕구아는 코웃음을 치면서 말했다.

"방도가 있었으면 지금까지 이러고 있었을라고요. 우리한테는 세도 있는 친척 하나 없고 벼슬사는 친구 하나 없는데 무슨 생각을 하고 말고 할 방도가 있겠어요. 흥, 그런 사람 있다 해도 우릴 아는 척도 안 할걸요.”

유노파는 그 말을 듣자 다시 한마디 한다.

“그거야 모를 일이지. ‘모사謀事는 사람이 하고 성사成事는 하늘에 달렸다’는 말도 있지 않던가. 우리가 잘만 생각하면 부처님의 가호를 받아 기회가 생길지도 모를 일 아닌가. 내가 한 가지 묘책을 생각해냈네. 예전에 자네 집안은 금릉의 왕씨 가문과 종실을 맺은 적이 있었지. 이십 년 전에는 그 사람들이 그런 대로 자네 집안을 잘 대접해 주었다네. 지금이야 자네 집안이 똥구멍 째지게 가난한 탓에 그 집을 찾아가려 하지 않으니 자연히 소원해진 거지.

언젠가 나도 딸하고 한번 가본 적이 있어서 생각나는데 말야, 그 집 둘째 아씨가 정말 시원시원하고 손님대접도 잘했어. 별로 잘난 척도 않고 말이지. 지금은 영국부 가씨의 둘째 나리 부인이 되었다고 하던데 듣자하니 나이도 지긋하게 들어 어려운 사람을 잘 돌보고 스님이나 도사에게 쌀이건 돈이건 보시도 잘한다고 하네. 지금 그 친정인 왕씨 댁 어른은 다른 지방으로 부임을 나갔지만 영국부 둘째마님은 아직도 우릴 기억하고 있을 테니 자네가 찾아가 보는 게 좋지 않겠나. 그분이 옛날 생각을 해서라도 못 본 척하지는 않을 걸세. 그 집에서 조금만 선심을 쓰면, 그 댁으로서는 솜털 한 가닥 주는 격이지만 우리한테는 허리통 맞잡이가 될 게 아닌가!”

아내인 유씨가 곁에서 듣다가 말을 받았다.

“엄마 말이 맞지만 우리같이 이런 누추한 몰골로 그런 집에 어떻게 찾아갈 수 있어요? 무엇보다도 그 집 문지기가 아예 안으로 연락조차 해주지 않을걸요. 공연히 가서 창피당할 게 뭐 있겠어요?”

그런데 뜻밖에도 공명심이 강한 왕구아는 장모 말을 듣자 속으로 옳거니 하고 생각하다가 아내 말을 듣고는 곧 웃음을 띠며 말을 받았다.

“장모님이 전에 그 고모마님을 직접 뵌 적도 있다고 하시니 아예 장모님이 내일 찾아가 사정을 좀 살펴보는 것이 어떨까요?"

"아이고 아이고, 그건 안 될 말이야. 부잣집 안마당은 바다보다도 깊다는 말이 있는데 나 같은 게 뭐라고. 그 집안사람들이 날 알지도 못하니 내가 가본다 한들 헛걸음하는 거지."

유노파가 발뺌을 하자 구아는 웃으면서 말했다.

"그건 상관없어요. 제가 방법을 하나 알려드리죠. 장모님은 그저 외손자 판아를 데리고 먼저 배방陪房[3]으로 있는 주서周瑞를 찾아가세요. 그 사람을 찾아가면 뭔가 방법이 생길 거예요. 주서라는 사람은 전에 우리 아버지하고 같이 일을 한 적이 있는데 서로 사이가 좋았어요."

유노파가 말을 받았다.

"그 사람이야 나도 잘 알지. 한동안 서로 내왕을 하지 않아서 지금은 어떤지 모르겠네. 하기야 그래, 자네가 찾아가는 건 말이 안 되겠지. 사내대장부 체면에 그런 모습으로 갈 수가 없을 테고, 우리 딸아이도 젊은 처자라 분별없이 함부로 나설 수도 없는 일이니, 아무래도 내 이 늙은 낯짝으로 가서 부딪쳐보는 수밖에. 혹시 좋은 일이 있으면 다 같이 좋은 거고, 설사 돈푼을 못 받아도 그런 양반집 대문이라도 보면 좋은 세상구경하는 셈이니 그동안 살아온 보람도 되지 않겠어!"

얘기를 마치고 다 같이 한바탕 웃고는 그날 밤 계책을 다 마련하였다.

다음날 유노파는 날이 채 밝기도 전에 벌써 일어나 판아한테 한바탕 훈계를 했다. 이제 대여섯 살밖에 안된 판아는 아무것도 모르는 아이라 자기를 데리고 성내에 구경 간다는 소리를 듣고 좋아하며 하라는 대로 그저 대답할 뿐이었다. 그렇게 해서 유노파는 손자를 데리고 도성 안의 녕영가寧榮街를 찾아왔다. 영국부의 대문 앞에 이르니 커다란 돌사자가

---

3 옛날 부잣집 여인들이 시집갈 때 따라가는 몸종. 여기서는 그 남편을 가리킴.

있는 마당에 온갖 가마와 말들이 빽빽이 서 있었다. 유노파는 거기서 감히 들어갈 엄두를 못 내고 옷을 한 번 턴 다음에 판아에게 또 몇 마디 타이르고 옆쪽에 있는 각문角門으로 다가갔다. 거기에는 가슴이 떡 벌 어지고 배가 불룩 나온 사람이 커다란 나무 걸상에 앉아 손짓 발짓을 해 가며 뭔가 신나게 얘기하고 있었다. 유노파는 조심스럽게 발을 들여놓 으며 말을 걸었다.

"나리님들, 안녕들 하신가요?"

사람들이 노파를 한 번 훑어보고 나서 물었다.

"어디서 오셨수?"

유노파는 만면에 웃음을 띠면서 얼른 대답했다.

"마님의 배방으로 계신 주周 나리를 찾고 있는데 어느 분이 연락 좀 해서 그분을 나오게 하실 수 없을까 해서요."

그 사람들은 듣는 둥 마는 둥 제대로 쳐다보지도 않다가 한마디 툭 던 진다.

"저기 저 담 모퉁이에 가서 기다리면 그 집안사람이 나올 거유."

그중 한 늙은이가 그 말을 막았다.

"공연히 남의 일을 그르치게 하지 말게나. 실없이 사람을 놀릴 필요 가 뭐 있어."

그리고 유노파에게 말했다.

"그 주씨 나리는 벌써 남방에 일보러 가셨소. 그 집이 저 뒤편에 있는 데 그 댁 부인이 집에 있으니 찾아보려면 여기서 골목을 돌아 후문 쪽으 로 가서 물으면 될 게요."

그 말을 들은 유노파는 고맙다고 인사하고 판아를 데리고 후문으로 왔다. 후문 근처에 장사치들이 좌판을 벌려놓고 잠시 쉬고 있었다. 먹 을 것과 장난감 같은 것들을 보려고 애들이 우르르 달려들어 법석을 떨 고 있었다. 유노파는 그중의 한 아이를 붙들고 물었다.

"도련님한테 한마디 물어볼게요. 주씨네 아주머니가 집에 계신가?"

그러자 아이들이 되레 물었다.

"어느 집의 주씨 아주머니를 말씀하시는가요? 여기에는 주씨네 아주머니가 세 사람이나 있는걸요. 또 주씨네 할머니도 둘이 더 있고요. 무슨 일을 맡은 사람인지 모르겠네요."

"안방마님의 배방으로 있는 주서네 집인데."

"아, 알겠어요. 저를 따라오세요."

아이들은 폴짝폴짝 뛰면서 유노파를 후문 안으로 인도한 뒤 한 저택의 담을 손가락으로 가리켰다.

"여기가 바로 그 집이에요."

아이들이 안에다 대고 소리쳤다.

"주씨네 아줌마, 어떤 할머니가 아줌마를 찾아오셨어요."

주서댁은 급히 밖으로 나와 물었다.

"누구신가요?"

유노파는 얼른 앞으로 나서며 인사하였다.

"주서댁, 그동안 별고 없으셨나."

주서댁은 한참 만에 알아보고는 비로소 미소를 띠며 말했다.

"유씨네 외할머니 아니세요. 그동안 안녕하셨어요? 겨우 몇 년 못 뵈었다고 금방 생각이 안 났어요. 자, 어서 들어오세요."

유노파는 안으로 따라 걸어가면서 연신 웃음을 흘리며 말했다.

"아이구, 사람이 귀하게 되면 잘 잊어버린다는 옛말이 있으니 어떻게 우리 같은 사람을 기억할 수 있겠어요."

그렇게 말하는 중에 벌써 방으로 들어섰다. 주서댁은 어린 시종을 불러 차를 따르게 하여 함께 마셨다. 그녀는 또 판아에게도 말을 건넸다.

"네가 이렇게 많이 컸구나."

주서댁은 헤어진 다음의 이런 저런 얘기를 하고 유노파에게 물었다.

"오늘 그냥 지나다가 들르신 건가요, 아니면 무슨 용건이라도 있어서 특별히 찾아오신 건가요?"

"일부러 주서댁을 뵈러 온 것이기도 하지만 온 김에 고모마님한테 안부 인사라도 여쭙고자 한 거죠. 저를 데리고 가서 인사시켜 줄 수 있으면 좋으련만, 여의치 않으면 주서댁이 말만 전해 주어도 괜찮아요."

주서댁은 그 말을 듣고 대략 그가 온 뜻을 짐작하였다. 몇 년 전 남편인 주서가 농토를 사들일 때 왕구아의 덕을 보았던 사실을 알고 있던 터라 유노파가 이렇게 찾아온 것을 보고 차마 뿌리치기 어려웠다. 또 자신의 체면을 세워보고 싶기도 하여 유노파의 말을 듣고 나서 이렇게 말했다.

"판아 외할머니, 안심하세요. 먼 길을 일부러 찾아오셨는데 마님을 안 뵙고 그냥 가시게 할 수야 있나요. 여기는 모두 각자의 맡은 일이 한 가지씩 있어서 이치대로라면 손님이 오고가는 일을 보고하는 것은 저와는 전혀 상관이 없지요. 우리 남편은 봄가을로 농지세를 받는 일을 맡고 있는데, 한가할 때는 도련님들을 데리고 한 번씩 바람 쐬는 일 정도만 하면 끝이지요. 저는 마님이나 젊은 마님들의 외출에 대한 일을 관장하는데 지금 할머니가 마님의 친척이 되시고 또 나를 특별히 찾아오셨으니 이번에는 파격적으로 마님께 직접 연락하겠어요. 하지만 이것만은 알아두어야 해요. 이곳도 5년 전과는 많이 달라졌어요. 지금은 마님이 집안일을 별로 상관치 않고 모두 가련賈璉의 젊은 마님이 관장하거든요. 그분이 누군지 아시겠어요? 바로 마님의 친정 조카딸로서 옛날 그 큰 외숙 나리의 따님이지요. 어릴 적 이름은 봉가鳳哥라고 불렀답니다."

유노파가 듣고 나서 아는 척했다.

"아, 바로 그분이구나. 그렇지 않아도 그때 벌써 보통사람이 아니라고 생각했지요. 그렇다면 오늘 그분을 만날 수가 있겠군요."

"물론이지요. 마님은 요즘 일이 많고 마음이 산란하여 오는 손님을 물릴 수 있으면 가능한 물리고 모두 다 희봉 아씨가 주선하고 접대하지요. 오늘 마님을 못 만나더라도 희봉 아씨를 만나보면 이번에 오신 게 헛걸음이 되지 않을 겁니다."

"나무아미타불! 모든 걸 주서댁에게 맡기겠습니다."

"무슨 말씀이세요. 속담에도 '남을 이롭게 하는 것은 자기를 이롭게 하는 것'이라고 했잖아요. 난 그저 한마디 해드리는 것밖에는 없는데 나한테 손해날 게 뭐 있겠어요."

주서댁은 곧 어린 시녀를 불렀다.

"본채 남쪽의 행랑채에 나가서 가만히 알아보고 오너라. 대부인 마님의 방에 식사를 차렸는지 어쩐지."

시녀가 가고 나서 두 사람은 한동안 이런저런 얘기를 더 나눴다.

유노파가 말을 붙였다.

"그 희봉 아가씨가 금년에 한 스무 살가량밖에 안 됐을 텐데 이런 대갓집을 건사할 만큼 수완이 좋다니 정말 대단한 일이군요."

"아이고 할머니, 이것만은 꼭 알려드려야겠군요. 희봉 아씨가 어리기는 하지만 일하는 품이 세상 누구보다도 통이 크답니다. 지금 한창 피어나는 용모에 총기가 반짝이는 눈을 가지고 있고 대단한 말솜씨를 겸비하여 말 잘하는 남정네 열이 있어도 이 아씨를 이겨내지 못할걸요. 좀 있다가 직접 만나보시면 알 거예요. 다만 한 가지 아랫사람들한테 좀 엄하게 대하기는 하지요."

둘이서 얘기를 나누고 있는데 시녀가 돌아와 아뢴다.

"대부인은 이미 식사를 마쳤고요, 둘째 아씨는 마님 방에 계셔요."

그 말을 듣자 주서댁은 바삐 일어서며 유노파를 재촉했다.

"빨리 가요, 빨리 가. 밥 먹고 난 직후에 시간이 좀 날 때니까 시간 맞춰 가봅시다. 한발 늦으면 보고하려는 사람들이 많아서 말을 꺼내기가 어렵거든요. 또 낮잠이라도 주무시게 되면 틈이 없어요."

유노파는 온돌에서 내려와 옷을 한 번 툭툭 털고는 판아에게 몇 마디 타이르고 주서댁과 함께 골목을 돌아 가련의 거처로 갔다.

본채를 마주보고 있는 행랑채에 이르러 주서댁은 우선 유노파를 잠시 앉아 기다리도록 하고 자신이 가림벽[影壁]을 지나 집 안으로 들어갔다. 희봉이 아직 당도하지 않은 것을 보고 먼저 희봉의 심복인 평아라는 시첩을 찾아갔다. 주서댁은 먼저 유노파의 내력을 설명하고 이어서 말했다.

"오늘 불원천리하고 특별히 문안 인사차 왔다는데 예전에 마님이 늘 만나던 사람이라 오늘도 만나지 않을 수 없어서 내가 데리고 들어왔지. 좀 있다가 아씨께서 오시거든 내가 자세하게 아뢸 테니까 마님도 내가 제멋대로 했다고 책하시지는 않으실 거야."

평아가 듣고 나서 마음을 정하고 말했다.

"그 사람들을 우선 여기서 기다리게 하는 게 좋겠어요."

주서댁이 그 말대로 나가서 두 사람을 데리고 집 안으로 들어왔다.

본채의 계단을 오르는데 어린 시녀가 선홍색의 모전毛氈 문발을 들어 올려주어 대청 안으로 들어갈 수 있었다. 들어서자마자 알 수 없는 진한 향내가 물씬 풍겨와 몸이 구름 위에 둥둥 떠 있는 듯하였다. 방 안 가득한 집기들이 하나같이 번쩍번쩍 눈이 부셔서 유노파는 입을 딱 벌리고 고개를 끄덕이며 염불을 할 뿐이었다.

동쪽 방으로 들어갔는데 그곳은 가련의 딸 대저大姐가 자는 곳이었다. 평아가 온돌가에 서서 유노파를 아래위로 훑어보면서 고개를 까딱하고 나서 앉으라고 권했다. 유노파는 비단옷에 금은보석으로 장식한 평아의 꽃 같은 얼굴과 옥 같은 용모를 보고 그가 바로 희봉이라고 생각하고 막 고모 아씨라고 부르려는 참이었다. 그런데 주서댁이 그녀에게 평아 아씨라고 부르고 또 평아도 주서댁에게 주씨 아주머니라고 부르

는 것을 보고는 비로소 이 사람이 상당한 위치에 있는 시녀에 불과하다
는 걸 알게 되었다.

유노파와 판아를 구들 위에 올라앉게 하고 주서댁은 평아와 서로 대
면하여 구들 언저리에 앉았다. 어린 시녀들이 차를 따라주어 차를 마시
고 있는데 어디선가 째깍째깍 하는 소리가 났다. 마치 체 나무통을 치
는 것 같은 소리였다. 어리둥절해서 이리저리 두리번거리는데 대청 가
운데 기둥 위에 매달린 나무상자가 눈에 띄었다. 상자 밑에 매달린 저
울추 만한 물건이 쉬지 않고 흔들리고 있었다. 유노파가 속으로 이게
도대체 무엇에 쓰는 물건인고 하고 생각에 잠겨있을 때 홀연 "땡!"하는
소리가 울렸다. 그것은 마치 쇠북이나 경쇠가 울리는 것 같았다. 순간
적으로 깜짝 놀라지 않을 수 없었다. 종소리는 계속 이어 여덟아홉 번
을 친 뒤 멈췄다. 그게 뭐냐고 막 물으려는 순간 어린 시녀들이 우르르
달려와서 소리쳤다.

"아씨께서 돌아오셨습니다."

주서댁과 평아는 급히 유노파에게 당부하였다.

"그냥 여기 기다리고만 계세요. 때가 되면 우리가 부르러 올 테니까
요."

두 사람은 왕희봉을 맞으러 나갔다.

유노파는 숨을 죽이고 귀를 바짝 세우고는 말없이 기다렸다. 멀리서
사람들의 웃음소리와 함께 스무 명쯤 되는 여인들이 치맛자락을 차르르
끌면서 대청 안 저편 방으로 들어가는 소리가 들렸다. 따로 두세 명의
여인이 칠한 큰 반합을 받쳐 들고 이쪽 방으로 와서 기다리고 있었다.

저편에서 "상 차려라!" 하는 소리가 들리자 사람들이 흩어지고 요리
를 나르는 몇 사람만 남아서 시중을 들었다. 한참 동안 아무 소리도 들
리지 않더니 문득 두 사람이 구들 위에 올려놓는 앉은뱅이 밥상을 들고
들어와 이쪽 구들 위에 놓았다. 밥상에는 반찬그릇이 즐비하고 온갖 생

선과 고기가 가득했으며 몇 가지 반찬만 약간 손을 댄 상태였다. 판아가 보자마자 달려들면서 고기를 먹겠다고 떼를 쓰자 유노파가 귀싸대기를 한 대 올려 부쳤다.

그때 주서댁이 싱글벙글 웃으며 유노파를 손짓으로 불렀다. 유노파가 얼른 알아차리고 판아를 데리고 온돌바닥에서 내려와 대청 안으로 들어갔다. 주서댁은 다시 몇 마디 귀띔을 한 뒤 왕희봉의 방으로 갔다.

문밖의 구리 고리에는 꽃무늬가 그려진 붉고 부드러운 휘장이 쳐져 있고 남쪽 창 아래로 마련된 구들 위에는 붉은 양탄자가 깔려 있었다. 동쪽 벽 아래에 열쇠고리 모양의 비단 등받이와 팔걸이 목침이 놓여있고, 금빛에 청록색 빛이 감도는 커다란 요가 깔려 있었으며, 곁에 무늬를 조각하여 옻칠을 한 타구가 놓여 있었다. 희봉은 가을 담비털로 만든 왕소군 망토를 걸치고 구슬로 엮어 만든 이마 가리개를 둘렀으며 분홍빛 바탕에 꽃무늬를 넣은 저고리를 입고 있었다. 거기에 석청색 바탕에 쥐색 무늬를 넣은 조끼를 걸치고 붉은 양단에 은회색 주름을 넣은 치마를 입었다. 분바른 얼굴이 빛나고 입술연지가 선명하였으며 단정하게 앉아서 손에는 작은 부젓가락을 들고 화로 속의 재를 휘젓고 있었다. 평아가 온돌 끝에서 옻칠한 작은 찻잔 받침을 들고 뚜껑이 있는 찻잔의 차를 권하고 있었다. 희봉은 찻잔 받을 생각도 않고 고개 숙인 채화로 속의 재만 휘저으면서 천천히 물었다.

"어째 여태 안 모시고 오느냐?"

그렇게 말하면서 찻잔을 받으려다가 주서댁이 이미 두 사람을 데리고 서 있는 것을 보자 그제야 얼른 몸을 일으키려다 말고 만면에 웃음을 담아 인사를 건네었다. 한편으론 주서댁을 향해 왜 진작에 말하지 않았느냐고 핀잔을 주었다. 그때 유노파는 벌써 엎드려 몇 번인가 머리를 조아리며 고모 아씨께서 안녕하셨느냐고 연신 인사를 올리고 있었다.

희봉이 서둘러 말했다.

"주씨 아줌마, 어서 일으켜드리지 않고 뭐해요! 제발 절하지 말고 그냥 일어나 앉으세요. 난 아직 나이도 젊고 잘 모르는 사이인 데다 또 항렬과 촌수도 몰라 뭐라고 불러야 하는지 알 수가 없는걸요."

곁에서 주서댁이 얼른 받아 대답했다.

"이분이 바로 방금 아뢰었던 그 할머니예요."

희봉이 고개를 끄덕이는 사이 유노파는 벌써 구들 위에 올라 앉아있었다. 판아는 할머니 뒤에 숨어서 아무리 달래며 인사하라고 해도 죽어라 말을 듣지 않았다. 희봉이 웃으며 말했다.

"친척간이라도 자주 오가지 않으면 자연 소원해지지요. 알 만한 사람들은 그쪽에서 우리 집을 별로 달갑게 여기지 않아 왕래가 자주 없다는 걸 다 알고 있지만, 속내도 잘 모르는 작자들은 그저 우리가 거만하여 남을 업신여긴다고 한단 말이에요."

유노파가 얼른 나무아미타불을 외웠다.

"우리 집안이 너무 살기가 어려워서 오갈 수가 없었던 것이지요. 고모 아씨께서 창피해 하실지도 모르고 또 저 집사 나리들 보기도 체면이 안서고 말입니다."

"아이고, 무슨 그런 말씀을 하세요. 그저 조상의 이름이나 빌려 알량한 벼슬자리 하나 차고 있는 거지, 뭐 특별한 거라도 있나요? 옛날 좋았던 시절의 허우대만 남아있는 거지요. 아, 옛말에도 말하기를 임금한테도 가난뱅이 친척이 세 집은 있다고 하잖아요. 우리 사이야 더 말할 게 어디 있겠어요?"

희봉은 그렇게 말하며 주서댁에게 마님께는 아뢰었는지 물어본다.

"지금 아씨마님의 분부를 기다리는 참입니다."

주서댁이 말하니 희봉이 다시 이른다.

"그럼 다시 가봐서 손님이 있거나 다른 일이 있으시면 그만두고, 틈이 나면 말씀드려서 뭐라 하시는가 들어보고 오게나."

주서댁이 대답하고 자리를 떴다.

희봉은 사람을 시켜 과자를 좀 집어다가 판아에게 주라고 이르고는 또 뭔가 물으려는데 집안일 보는 여자들이 말씀을 아뢰려고 찾아온 모양이었다. 평아가 그 말을 전하니 희봉이 말했다.

"난 지금 손님을 맞고 있으니까 저녁에 다시 오라고들 해라. 급한 일이거든 네가 알아서 직접 처리하고."

평아가 나갔다가 잠시 후에 다시 들어와 아뢰었다.

"다 물어보았는데요, 별다르게 중요한 일은 없다고 해서 모두 돌려보냈어요."

희봉이 고개를 끄덕였다. 주서댁이 곧 돌아와서 희봉에게 보고했다.

"마님이 그러시는데 오늘은 짬을 내기 어려우니 아씨께서 만나 보신 대도 매한가지라고 하셨습니다. 그리고 오늘 특별히 신경 써서 찾아와 주셨다고 고마워하시며 그저 지나가는 길에 놀러오셨다면 그만이지만 뭔가 깊이 아뢸 말씀이 있으면 기탄없이 아씨마님께 여쭈어도 된다고 하셨습니다."

곁에서 듣고 있던 유노파가 얼른 나서서 말을 받았다.

"특별히 말씀드릴 게 있는 건 아니고요, 그저 고모마님이나 고모아씨를 뵙고 인사나 드리려는 것이지요. 그게 또 친척으로서의 정분이니까요."

"뭐 특별한 말씀이 없다면 그만이지만 하고 싶은 말이 있으면 꺼리지 말고 둘째 아씨마님께 하세요, 마님께 말씀드리는 거나 매한가지라니까요."

주서댁이 그렇게 말하면서 한편으로 유노파에게 눈짓했다. 유노파가 그 뜻을 알아차리고 말을 꺼내기도 전에 먼저 얼굴이 붉게 물들었다. 하지만 말을 하지 않자니 오늘 온 게 헛걸음이 될 것이라, 부끄러움을 참고 겨우 말을 꺼냈다.

"이치로 따지자면 아씨마님을 오늘 처음 만나 뵙는 자리에서 이런 말
씀드리기가 어렵습니다만, 먼 길에 아씨 댁을 일부러 찾아왔으니 말씀
드리지 않을 수도 없을 것 같군요."

겨우 여기까지 말했는데 중문 밖에서 하인이 아뢰는 소리가 들려왔다.

"동쪽 큰댁의 도련님이 오셨습니다."

희봉이 그 말을 듣고 급히 유노파의 말을 막으면서 말한다.

"그런 말은 할 필요가 없고요…."

저쪽 일을 묻는다.

"우리 용寧 도련님은 어디 계시느냐?"

그 말을 하는 순간 신발 소리가 들리면서 열일고여덟 살쯤 된 젊은이
가 들어왔다. 얼굴이 훤하고 몸매가 준수하였다. 가벼운 가죽옷을 입
고 보석을 박은 허리띠를 둘렀으며 멋진 복장에 화려한 관을 쓰고 있었
다. 유노파는 이 순간 앉지도 서지도 못하고 몸을 숨길 곳도 없어 엉거
주춤한 채 있었다. 희봉이 웃으면서 말했다.

"할머니는 걱정 말고 앉으세요. 여기는 내 조카니까."

유노파는 그제야 우물쭈물하며 구들 끝에 걸터앉았다.

가용이 웃음을 띠고 말한다.

"우리 아버님이 아주머님께 찾아가 꼭 좀 부탁드리라고 하셨어요. 지
난번 외숙네 노마님이 아주머님께 드린 구들용 유리 병풍 말인데요, 내
일 아주 귀한 손님을 모시는데 잠시 사용하고 돌려 드린다고요."

"그 말씀이 하루 늦고 말았네. 어제 벌써 다른 사람한테 빌려주었는
걸."

희봉의 말에 가용은 실실 웃으면서 구들 끝에 반쯤 무릎을 꿇고 통사
정을 한다.

"아주머니가 빌려주지 않으시면 내가 말씀을 잘못했다고 하여 또 된

통 두드려 맞는단 말이에요. 그저 이 조카를 제발 불쌍히 여겨주세요."

"그쪽 집엔 아무것도 없어서 우리 왕씨네 물건만 좋아 보이더란 말이지. 그 집에 널려있는 그 좋은 것들은 다 눈에 안차고 하필이면 왜 내 것만 좋다는 거야?"

"우리한테 그렇게 좋은 물건이 어디 있다고 그래요? 그저 넓은 은혜를 베풀어주세요!"

"어디 한군데 부딪히기나 해봐라, 너를 가만 두지 않을 테니."

희봉이 그렇게 말하면서 평아를 불러 다락방의 열쇠를 가져가 사람 몇을 시켜 둘러메어 보내라고 일렀다. 가용은 눈가에 웃음을 띠며 대놓고 좋아했다.

"제가 직접 사람을 데려와 가져가도록 하지요. 다른 사람들이 아무렇게나 건드리지 못하게 말입니다."

가용은 그렇게 말하고 일어나 나갔다. 앉아있던 희봉이 갑자기 무슨 생각이 났는지 창밖을 향해 소리쳤다.

"용 도련님을 다시 오시라고 해라!"

가용이 급히 돌아와 두 손을 내리고 희봉의 하명을 기다리고 섰다. 하지만 희봉은 천천히 찻잔을 기울여 차를 마실 뿐 한참 동안 넋을 놓고 있다가 다시 웃으면서 말을 전했다.

"그만 됐어! 지금은 우선 가봐. 저녁 먹고 건너와서 얘기하자구. 지금은 손님이 있으니까, 나도 정신이 없어서 말이야."

가용은 알았다고 대답하고 천천히 나갔다.

유노파는 정신을 가다듬고 비로소 다시 말을 이었다.

"오늘 제가 아씨의 조카 되는 이 아이를 데리고 여기에 찾아온 것은 다름이 아니라 이 아이의 아범과 어멈이 집에서 끼니조차 걱정해야 하는 처지가 되었기 때문이지요. 이제 날씨는 추워지고 어디 바라볼 데는 없고 해서 여기 조카아이를 데리고 아씨께 달려왔습니다."

그렇게 말하면서 유노파는 판아의 등짝을 밀면서 말한다.

"집에서 네 아비가 뭐라고 가르치던? 대체 뭐 하라고 우릴 여기 보냈겠어, 이 멍청이 같으니 그저 죽자고 과자만 처먹고 있단 말이냐?"

희봉은 일찌감치 그 뜻을 알아차리고 유노파가 제대로 말하지 못하는 품이 우스워 그만 하라고 제지했다.

"됐어요. 그만 하세요. 다 알겠어요."

그리곤 주서댁에게 물었다.

"이 할머니께서 아침은 드셨는지 모르겠구먼."

유노파가 얼른 대답한다.

"꼭두새벽에 집을 나섰는데 언제 밥 먹을 새가 있었겠어요?"

희봉이 그 말을 듣고 어서 식사를 차리라고 일렀다. 주서댁이 곧 사람을 시켜 손님상을 차려 동쪽 방에 갖다놓고 유노파와 판아에게 건너가 식사하라고 했다. 희봉은 주서댁에게 일렀다.

"그럼 잘 좀 대접해요, 난 이제 그만 들어갈 테니."

그리하여 다들 동쪽 방으로 건너왔다. 희봉은 주서댁을 다시 불러서 방금 전에 마님이 뭐라고 하시던가 물었다.

"마님께서 말씀하시기를 그 집안과는 원래 같은 친척도 아니었지만 성씨가 같은 데다 당시 우리 할아버님하고 같은 관청에서 벼슬을 살았기 때문에 우연히 종친으로 맺었던 것이라고 하셨죠. 요 몇 년 사이엔 거의 왕래가 없었지만 예전에 그들이 찾아오면 그래도 빈손으로 보낸 적은 없었고, 지금 그나마 우릴 생각하고 찾아온 것은 좋은 뜻으로 볼수 있으니 그냥 홀대해서는 안 될 것이라 하십니다. 그러니 뭐라고 말하든 아씨마님의 재량대로 대해주면 된다고 하셨습니다."

그 말을 들은 희봉이 말했다.

"그래, 내가 뭐라 그랬어? 원래 같은 집안이었다면 내가 어째 깜깜하게 모를 까닭이 있느냐 말이야."

그러는 사이 유노파는 밥을 다 먹고 판아를 끌고 다시 건너와서는 쩝쩝 입맛을 다시면서 연신 고맙다고 인사했다. 희봉이 웃음을 띠고 말했다.

"우선 거기 앉으세요. 그리고 제가 말씀드릴 테니까 잘 들으세요. 방금 말씀하신 뜻은 제가 잘 알겠어요. 사실 따지고 보면 친척관계인데 찾아와 사정할 때까지 모른 체하다가 이제야 도와준다는 건 말이 안 되겠지요. 하지만 지금 집안사정이 복잡하고 잡다한 일이 너무 많은 데다 마님이 연로하여 생각이 못 미치는 점도 있기 마련이랍니다. 게다가 저는 근래에 집안일을 맡게 되어 이런 친척 분이 있다는 것도 몰랐고요. 또 하나, 밖에서 볼 때는 비록 그럴싸하고 거창하게 잘 사는 것처럼 보이지만 대갓집은 또 대갓집대로의 고충이 있기 마련인데 남들한테 말해도 여간해서 믿으려고 하지 않겠지요. 지금 할머니께서 노구를 이끌고 먼 길을 오신 데다 처음으로 어렵사리 운을 떼셨는데 빈손으로 가게야 할 수 있나요. 마침 어제 마님이 시녀들한테 옷이나 만들어 입히라고 주신 스무 냥 은자가 있는데 적다고 흉보지 않으신다면 우선 그것이라도 가져가 쓰세요."

유노파는 처음에 집안 살림이 어렵다고 하는 말을 듣고 아무것도 못 얻어가나 싶어 속으로 툴툴거리던 참이었는데 스무 냥을 준다는 말을 듣고 너무 좋아서 온몸이 근질근질할 지경이 되었다.

"아이고, 저도 그런 어려움을 왜 모르겠습니까? 하지만 속담에도 '말라죽은 낙타도 말보다는 크다'는 말이 있지 않습니까. 좌우지간 뭐든지 간에 아씨마님네가 터럭 한 올 뽑아주시기만 해도 저희에겐 허리통 맞잡이인 격이 된다니까요."

주서댁은 유노파가 너무 속된 말을 함부로 지껄이는 것 같아 눈짓을 보내며 그만 하라고 말렸다. 희봉은 보고도 못 본 척하고 웃으며 평아를 시켜 어제 싸놓은 은자를 가져오라 하고 거기에 다시 동전 한 꾸러미를 보태서 유노파 앞에 내놓으며 말했다.

"이건 은자 스무 냥인데 아이들한테 겨울옷이나 마련해 주도록 하세요. 만약 안 가져가신다면 정말 저한테 섭섭해하신 걸로 알겠어요. 이 동전으로는 수레를 빌려 타고 돌아가세요. 그리고 다음에 일이 없더라도 그냥 놀러오세요. 그래야 친척간에 왕래가 깊어지지요. 날도 저물 테니 더 머물다 가시라고 하지는 않겠어요. 집에 가시면 안부 물을 만한 데에 대신 안부 물어 주시고요."

희봉은 그렇게 말하면서 그만 일어섰다. 유노파는 그저 천번만번 감사하다고 인사하고 돈을 가지고 주서댁을 따라 밖으로 나왔다. 주서댁이 약간 핀잔을 주었다.

"아이구 할머니! 아씨마님을 만나고 나선 왜 그렇게 말씀도 할 줄 모르세요? 입만 열면 말끝마다 '조카 되는' 아무개라고 하다니요. 제 말이 듣기 거북하시겠지만, 설사 친조카라도 좀 부드럽게 돌려서 해야 하는 법이지요. 가용 도련님이야말로 진짜로 아씨한텐 제대로 된 조카님이 되지, 어떻게 엉뚱한 조카가 갑자기 튀어나올 수 있단 말이에요?"

유노파가 그제야 웃으며 대답한다.

"주서댁 말도 마시우. 그 아씨님을 만나보니까 그냥 맘속에서 흠모하는 생각이 넘쳐나 어디 말이나 제대로 나와야 말이죠."

두 사람은 주서댁의 집에 이르러 잠시 앉아 있다가 유노파는 은자 한 냥을 꺼내 주서댁 아이들에게 과자나 사 먹으라고 건네주었다. 주서댁이야 그깟 돈이 눈에도 찰 리가 없었으니 한사코 받으려고 하지 않았다. 유노파는 거듭 고맙다는 말을 하고 다시 뒷문을 통해 나갔다.

그야말로 다음과 같았다.

잘 풀리고 넉넉할 때 남을 돕기 쉬우나니,	得意濃時易接濟,
깊은 은혜 입은 곳은 친지보다 훨씬 낫네.	受恩深處勝親朋.

送宮花賈璉戲熙鳳
赴家宴寶玉會秦鍾

진가경과 진종

궁중꽃 나눌 때 가련은 희봉을 희롱하고
녕국부 잔치에서 보옥이 진종을 만났네

送宮花賈璉戱熙鳳 宴寧府寶玉會秦鍾

한편 주서댁은 유노파를 전송하고 나서 왕부인에게 돌아와 그 전말을 보고하려고 하였더니 뜻밖에도 왕부인은 안채에 없었다. 시녀에게 물어보니 설부인 댁에 마실 갔다는 것이었다. 주서댁은 동쪽으로 난 쪽문으로 돌아나와 동쪽 정원에 이르러 이향원梨香院으로 향했다. 저택 문 앞에 이르니 왕부인의 시녀인 금천아金釧兒라는 아이가 이제 막 머리를 기르기 시작한 어린 시녀아이[1]와 함께 계단 앞에서 놀고 있었다. 금천아는 주서댁이 오는 것을 보고는 뭔가 말씀드릴 게 있음을 알고 안쪽을 향해 입모양으로 신호를 보냈다.

주서댁이 살며시 발을 열고 안으로 들어가 살짝 들여다보니 왕부인과 설부인은 집안 대소사와 식구들 이야기에 한창 열을 내고 있었다.

---

1 옛날 중국의 아이는 여자아이의 경우도 어릴 때 머리카락을 모두 깎고 나이가 들면서 점차 정수리부터 기르는데 이를 '유두(留頭)'라고 함.

주서댁은 차마 중간에 방해할 수가 없어서 안쪽에 있는 설보차의 방으로 들어갔다. 보차는 평상복 차림으로 머리는 적당히 묶어 올리고 구들가에 앉아 앉은뱅이 탁자 위에 엎드려 시녀인 앵아鶯兒와 함께 꽃무늬를 그리고 있었다. 주서댁이 들어오는 것을 보고 보차는 비로소 손을 멈추고 만면에 웃음을 띠었다.

"주씨 아주머니, 어서 와 앉으세요."

"아가씨, 안녕하세요!"

주서댁은 엉덩이를 구들 위에 붙여 앉으면서 말을 건다.

"요 며칠 사이엔 아가씨가 우리 쪽에 놀러 오시는 걸 통 못 보았으니 혹시 보옥 도련님이 또 속상하게 하신 일이라도 있으신가요?"

보차가 웃으면서 대답한다.

"무슨 말씀을. 내가 또 지병이 도지는 바람에 요 며칠 동안 집 밖에 나가지 않았을 뿐이에요."

주서댁이 정색하고 말을 받는다.

"아, 그랬어요? 아가씨는 도대체 무슨 병이 있으신 거예요? 하루라도 빨리 의원을 불러서 처방을 잘 받아 약을 몇 첩 드시고 단번에 뿌릴 뽑아 버려야지요. 아직 어리신 나이인데 병의 뿌리를 남겨두시면 되나요. 그대로 내버려두면 안 된답니다."

그러자 보차는 웃으면서 말했다.

"아이고, 약이라면 질렸어요. 이 병 때문에 의원을 부르고 약을 먹는데 얼마나 헛돈을 많이 썼는지 몰라요. 명의란 명의는 다 불러보았고, 명약이란 명약은 다 써봤지만 조금도 효험을 못 봤으니까요. 그러다 후에 한 대머리 스님을 만났는데 이름 없는 병만 고친다고 하기에 모셔와 진찰하라고 했더니 스님 말씀이 제 병은 태胎속에서 가지고 나온 열독熱毒이라고 하더군요. 다행히 선천적으로 건강하여 큰 상관은 없겠지만 보통 약으로는 전혀 소용이 닿지 않는다는 거예요. 그러면서 삼신산三

神山의 신선들이나 먹는 해상海上의 처방을 내려주고 또 가루약 한 봉지를 내려주시며 약인藥引²으로 삼으라고 하셨지요. 그 향이 정말 세상에선 맡아보지 못한 이상한 것이었어요. 근데 어디서 그걸 얻었는지는 모르겠어요. 스님 말씀에 병이 도지면 한 알씩 먹으라고 했는데 정말 신기하게도 그걸 먹으면 효험이 좀 있지 뭐예요."

주서댁이 더욱 궁금해져 다시 물었다.

"해상 처방이란 어떤 것인가요? 아가씨가 말씀해 주시면 우리도 듣고 잘 기억했다가 사람들한테 얘기해서 이런 병이 생기거든 써먹게 하면 좋은 일 하는 게 아니겠어요?"

보차가 듣고 웃으며 말한다.

"이 처방은 안 쓰는 게 좋을 거예요. 만약 이 처방을 제대로 쓰려고 하면 정말로 사람을 말려 죽이고 만다니까요. 여기에 쓰는 약재는 극히 한정되어 있어서 운이 좋아야 구할 수 있는 것이지요. 우선 봄에 피는 흰 모란의 꽃술 12냥과 여름에 피는 흰 연꽃의 꽃술 12냥, 가을에 피는 흰 부용의 꽃술 12냥, 겨울에 피는 흰 매화 꽃술 12냥이 있어야 된다고요. 이 네 가지 꽃술을 다음 해 춘분春分날 볕에 말려서 가루약과 함께 갈아야 해요. 그리곤 우수雨水에 내리는 빗물 12전으로 개어서…"

미처 말을 마치기도 전에 주서댁이 성급히 나섰다.

"어이구야, 그렇다면 이것은 3년을 기다려야 한다는 거군요. 만일 우수 날에 비가 안 오면 어떻게 하나요?"

"그래서 운이 좋아야 한다는 거지요. 비가 안 오면 그 다음 해를 기다릴 수밖에요. 거기에 백로白露 날에 내리는 이슬 12전, 상강霜降에 내리는 서리 12전, 소설小雪에 내리는 눈 12전 이렇게 네 가지 물을 넣어 적당히 잘 섞어서 약을 만들어요. 거기에 벌꿀 12전과 백설탕 12전을 넣

---

2 약 처방에서 약의 효험을 일으키도록 하는 도와주는 약물.

어 용안〔龍眼: 계원(桂圓)이라고도 하는 과일〕크기만 한 환약을 지어 오래된
도자기 단지 속에 넣어서 꽃나무 아래 묻어두었지요. 병이 도지면 꺼내
어 한 알씩 먹는데 12푼의 황백黃柏 삶은 물로 삼켜야 한다는 거예요.”

주서댁은 다 듣고 기가 막힌다는 듯이 말했다.

“아이고 나무아미타불, 정말 사람을 말려 죽이고야 말겠군요. 10년
을 기다려도 그렇게 운이 좋을 수는 없겠는데요.”

“그러게 말이에요. 하지만 운 좋게도 스님이 말하고 간 뒤에 한두 해
만에 모두 구할 수 있어서 정말로 쉽게 약재를 다 갖추게 되었어요. 지
금은 남쪽 집에서 이곳으로 가져와 저기 배꽃나무 아래에 묻어두고 있
답니다.”

보차가 그렇게 대답하자 주서댁이 궁금한지 다시 물었다.

“그러면 이 약은 무슨 이름이 없나요?”

“있고말고요. 그것도 스님이 말해준 거지요, 냉향환冷香丸이라고.”

주서댁이 듣고서 고개를 끄덕이더니 또 한마디를 물었다.

“그런데 그 병이 도지게 되면 도대체 상태가 어떠한가요?”

“뭐 특별한 느낌은 없어요. 그저 기침을 좀 하는데 이 약을 한 알 먹
으면 바로 좋아지지요.”

보차가 이렇게 대답하자 주서댁이 뭔가 더 말을 하려고 하는데 왕부
인이 찾았다. 주서댁은 급히 달려 나가 유노파가 다녀간 전말을 아뢰
었다.

보고를 마치고 잠시 기다렸지만 왕부인이 아무런 말이 없자 돌아가
려고 하는데 설부인이 웃으면서 말을 걸었다.

“주서댁, 거기 잠깐만 있게. 나한테 물건이 한 가지 있는데 말이야,
기왕에 가는 김에 자네가 좀 가져다 나눠주게나.”

그리고는 “향릉아” 하고 시녀를 불렀다. 주렴 밖에서 방금 금천아와

함께 놀던 어린 시녀가 뛰어 들어왔다.

"상자 속에 있는 꽃을 가져오너라."

향릉이 곧 작은 비단상자를 가져왔다.

"이건 궁중에서 새로운 기법으로 비단을 접어서 만든 꽃 열두 송이야. 어제 가만히 생각해보니 그냥 여기 두어봤자 소용없고 아깝기만 하니 여러 자매들에게 나눠주는 게 좋겠어. 어제 보내려 했지만 깜빡 잊었는데 마침 자네가 왔으니 가는 길에 가져가게나. 자네 집안의 세 아가씨에게 각각 한 쌍씩 나눠주고, 나머지 여섯 송이는 대옥 아가씨에게 두 송이 주고 희봉에게는 네 송이를 주게나."

설부인의 말을 왕부인이 곁에서 듣고 있다가 참견한다.

"남겨두었다 보차에게 머리에나 꽂으라고 하지, 그 애들은 생각해서 뭐 하려고?"

"형님은 몰라서 그래요. 우리 집 보차는 성질도 유별나다니까요. 이런 꽃이니 지분이니 하는 걸 좋아한 적이 한 번도 없었다고요."

주서댁이 상자를 들고 방문을 나서는데 금천아가 여전히 계단 아래서 햇볕을 쬐고 있는 게 보여 물었다.

"저 향릉인가 하는 어린 시녀가 바로 상경할 때 사들였다고 하는 바로 그 애냐? 그 애 때문에 살인사건이 났었다고 하는 거지?"

"그럼요, 바로 쟤예요."

그렇게 말하고 있는데 향릉이 방긋 웃으면서 다가왔다. 주서댁은 그 애의 손을 끌어 당겨 자세히 훑어보고는 금천아에게 한마디 했다.

"참 예쁘게 생겼구나. 우리 동쪽 큰댁 가용 서방님 아씨 같은 기풍이 비치는데그래."

"예, 저도 그렇게 생각해요."

주서댁은 이번에 향릉에게 직접 이것저것 물어보았다.

"넌 몇 살에 이곳에 오게 되었니? 네 부모님은 어디 계시니? 올해 몇 살이야? 원래 어디 출신인데?"

향릉은 모두 고개를 저었다.

"전혀 생각나지 않아요."

주서댁과 금천아는 그 말에 가슴 아파하며 탄식했다.

그러고 나서 주서댁은 궁중 꽃을 들고 왕부인네 안채 뒤쪽으로 건너왔다. 요즘 들어 가모는 손녀들이 너무 많아지자 한군데서 옹색하게 지내기가 불편할 것이라고 생각해 보옥과 대옥만 남겨두어 말동무를 삼고, 영춘과 탐춘, 석춘 세 자매는 왕부인네 안방 뒤쪽에 세 칸짜리 작은 곁방서 지내게 하며 이환더러 보살피도록 했다. 지금 주서댁은 지나는 길목이라 이곳부터 들르게 된 것이다.

그곳에는 어린 시녀들이 안에서 분부가 있을 것을 대비해 기다리고 있었다. 그때 영춘의 시녀 사기司棋와 탐춘의 시녀 대서待書가 주렴을 열고 나왔다. 손에는 찻잔이 들려 있어 두 자매가 방에 함께 있는 줄 알 수 있었다. 영춘과 탐춘이 창가에서 바둑을 두던 참이었다. 주서댁이 꽃을 건네주며 까닭을 설명하니 두 사람이 고맙다고 하곤 시녀에게 받아두라고 일렀다.

주서댁이 물었다.

"넷째 아가씬 안 계신 걸 보니 노마님 방에 가신 모양이지요?"

"저쪽에 계실 텐데요?"

시녀들의 말에 주서댁이 건넌방을 보니 석춘은 수월암水月庵의 어린 비구니 지능아智能兒와 함께 놀고 있었다. 주서댁이 들어오는 걸 보고 석춘이 무슨 일이냐고 물었다. 주서댁이 꽃 상자를 열고 가져온 이유를 말했더니 석춘이 웃으며 말한다.

"지금 지능아하고 한창 여승이 되는 얘기를 하고 있는데, 참 공교롭네요. 머리 깎고 비구니나 되자고 말하던 중이었는데 꽃을 보내오다니. 머리를 빡빡 깎으면 이 꽃은 어디에 꽂는다지요?"

그 말에 다들 한바탕 웃었다. 석춘은 시녀 입화入畵에게 받아두라고 했다. 주서댁이 지능아에게 곱지 않은 말로 물었다.

"넌 언제 왔어? 고약하신 빡빡 대가리 네 사부는 어디 가고?"

"아주 일찍 들어왔어요. 스님은 마님을 뵙고 나리 댁으로 가시면서 저더러 여기서 기다리라고 했어요."

지능아의 대답에 주서댁이 또 물었다.

"매달 보름에 내는 공양비용은 받았느냐?"

"전 몰라요."

석춘이 듣고 주서댁한테 물었다.

"지금 각 절에 달마다 내는 공양비용은 누가 맡고 있나요?"

"여신余信이 맡고 있지요."

석춘이 듣고 웃으면서 말했다.

"그래서 그랬구나. 지능아 사부님이 들어오자마자 여신댁 아줌마가 득달같이 찾아와서는 스님이랑 한참이나 뭐라고 떠들더니 그 때문에 그랬던가 봐."

주서댁은 지능아와 몇 마디 더 나누다가 왕희봉의 집으로 건너갔다. 좁은 골목을 빠져 이환의 집 뒤편 창가를 지나는데 유리창 너머로 이환이 구들 위에 비스듬히 누워 잠자고 있는 게 보였다. 그래서 서쪽 꽃무늬 담장을 넘어 쪽문으로 나와 희봉의 집 안으로 들어갔다. 대청에 이르렀는데 어린 시녀 풍아豐兒가 희봉의 방 앞 문지방에 앉아 있다가 급히 손을 내저으며 동쪽 방으로 들어가라고 했다. 주서댁은 곧 알아차리고 얼른 발꿈치를 들어 조용히 동쪽 방으로 들어갔다. 그곳엔 유모가 대저大姐를 토닥거리며 잠재우고 있었다. 살그머니 유모에게 물었다.

"애기씨가 낮잠이 들었나봐, 깨워야 되지 않아?"

유모가 고개를 저었다. 둘이 그런 말을 주고받는데 저편에서 들려오는 웃음소리에 가련의 목소리도 섞여 있었다. 잠시 후 방문 소리가 나고 평아가 큰 구리대야를 꺼내 풍아에게 물을 받아오라고 시켰다. 평아가 이쪽 방에 들어왔다가 주서댁이 있는 걸 보고 물었다.

"주씨 아주머니 무슨 일로 다시 오셨어요?"

주서댁은 얼른 일어나 상자를 건네며 꽃송이 나눠주는 얘기를 한바탕 했다. 평아가 말을 듣고 상자를 열어 네 송이를 가지고 건너갔다. 얼마 있다가 다시 돌아와서는 두 송이를 도로 내놓으며 먼저 채명彩明에게 분부하였다.

"이걸 동쪽 큰집 가용 서방님 아씨께 갖다 드려라."

왕희봉은 주서댁에게 돌아가서 고맙다는 말을 전하라고 일렀다.

주서댁은 그제야 가모의 거처로 건너왔다. 지붕 아래로 지나갈 수 있는 천당을 지나는데 시집간 딸이 시집에서 막 돌아오는 중이었다. 주서댁이 급히 물었다.

"이번엔 또 웬일로 급히 찾아온 거냐?"

"엄마! 그동안 몸 성히 잘 계셨어요? 엄마는 집에도 안 계시고 무슨 일이 그렇게 분주하셔요? 기다리다 짜증나서 우선 노마님한테 인사나 올리고 이번엔 마님한테 인사하러 가는 중이에요. 엄만 아직도 심부름 일이 덜 끝났나봐, 손에 든 건 뭐예요?"

딸의 말에 주서댁은 웃으며 말했다.

"아이고 말도 마라. 오늘따라 할 일도 산더미 같은데 하필이면 유노파가 찾아오는 바람에 내가 한나절을 뛰어다녔다. 이번엔 또 이모마님 눈에 띄어 이 꽃송이들을 아가씨들한테 나눠주고 다니는 거란다. 아직 다 안 돌렸어. 너 지금 찾아온 걸 보니까 또 뭔가 일이 생긴 게로구나."

"아유, 우리 엄마는 정말 잘도 알아맞히셔. 솔직히 말씀드리면 그이가 얼마 전에 술 몇 잔 마시고 싸움이 붙었는데 상대방이 정체가 수상한 놈이라면서 관가에 고발하여 원적지로 압송하려고 한대요. 그래서 엄마를 찾아온 건데, 이런 일은 누구한테 청을 넣어야 될까요?"

딸의 말을 듣고 주서댁은 별거 아니라는 듯 덤덤하게 말했다.

"알았어, 그만 호들갑 떨고. 난 또 무슨 대단한 일이라고. 넌 집에 가서 기다리고 있어. 대옥 아가씨한테 이 꽃을 전해 드리고 곧 돌아갈 테니. 지금 마님이나 둘째 아씨나 모두 짬이 없으니까 넌 그저 돌아가서 기다리기나 해. 그깟 일을 가지고 왜 그렇게 난리야."

딸은 그 말을 듣고 돌아가면서 여전히 맘이 놓이지 않는지 소리쳤다.

"엄마, 어쨌든 빨리 돌아와요."

"알았어. 소인배 집안에서 태어나 큰일을 겪어보지 못해 이만한 일에 저리도 쩔쩔매는구나."

주서댁이 걱정 말라는 듯이 말하고 대옥의 방으로 찾아갔다.

대옥은 자기 방에 있지 않고 보옥의 방에서 함께 구련환九連環[3] 놀이를 하고 있었다. 주서댁이 들어오며 웃음을 머금고 말했다.

"대옥 아가씨, 이모마님께서 아가씨한테 꽃을 갖다 드리라고 해서 갖고 왔어요."

옆에서 보옥이 듣고 먼저 말했다.

"무슨 꽃이야? 나한테 보여줘요!"

그러면서 팔을 뻗어 얼른 받았다. 상자를 열어보니 궁중에서 면사를 접어 정교하게 새로 만든 조화였다. 대옥은 보옥의 손에 들려 있는 꽃을 바라보며 퉁명스럽게 물었다.

"나한테만 보낸 거예요, 아니면 다른 아가씨들한테도 보낸 거예요?"

"다른 아가씨들도 다 있어요. 이 두 송이가 아가씨 몫이에요."

그 말에 대옥은 쌀쌀하게 냉소 지으며 말했다.

"내 진작 그럴 줄 알았지요. 다른 사람이 다 고르고 난 다음에 남는

---

3 구련환은 구리로 만든 장방형의 고리에 작은 고리 아홉 개가 서로 물려 있게 하고 이를 지능적으로 풀어내도록 한 장난감.

게 아니면 내 차지가 되겠어요?"

주서댁은 그 말에 아무 말도 안했다. 보옥이 다른 말을 묻는다.

"아줌마는 뭐 하러 거기 갔어요?"

"마님이 거기 가 계셔서 아뢸 말씀이 있기에 갔는데 이모마님이 제게 돌아오는 김에 가져가라고 했어요."

"보차 누나는 집에서 뭐 하고 있나요? 요 며칠간은 통 이곳에 건너오지 않던데."

"몸이 좀 안 좋아서 그렇다나 봐요."

보옥이 그 말에 얼른 시녀에게 시켰다.

"누가 좀 가보지 않겠어? 가서 나하고 대옥 아가씨가 보냈다고 그러면서 이모님과 누나의 안부를 묻는다 하고 누나의 병이 무엇인지, 무슨 약을 먹는지도 물어봐. 당연히 내가 직접 가야하지만 방금 서당에서 돌아왔는데 감기기운이 약간 있으니 다음날 직접 찾아가 보겠다고 전해."

그 말을 듣고 천설茜雪이 대답하고 나갔다. 주서댁도 곧 돌아갔다.

주서의 사위는 다름 아닌 가우촌의 친구였던 냉자흥이다. 얼마 전에 골동품을 팔다가 남들하고 시비가 붙어 송사가 생겼는데 아내를 시켜 어디 힘 좀 써줄 연줄을 찾는 중이었다. 주서댁은 주인집의 권세를 믿고 이런 일 정도는 대수롭게 여기지 않았다. 저녁때 왕희봉에게 말하여 곧 해결하고 말았다.

저녁 등불이 켜질 무렵 희봉은 머리장식을 풀고 왕부인을 찾아와 보고를 했다.

"오늘 진씨甄氏댁에서 보내온 물건들은 제가 받아두었습니다. 그런데 저희가 그 댁에 보낼 것들은 연말에 그 집에서 황실에 과일이나 어류 등의 신선한 진상품을 올리고 돌아가는 배편이 있을 텐데 그편에 한꺼번에 가져가도록 할까요?"

왕부인이 듣고 고개를 끄덕였다. 희봉이 또 말을 했다.

"임안백臨安伯 노마님 생신에 보낼 예물은 싸두었습니다. 누굴 보낼까요?"

"네가 알아서 틈나는 사람을 골라 여자 넷을 데려가도록 하면 될 걸, 그게 뭐 중요하다고 나한테까지 묻는 거냐?"

왕부인의 말에 또 희봉은 웃으며 물었다.

"오늘 큰댁 가진네 형님께서 내일 저보고 놀러 오라고 하는데 내일 별일은 없으신가요?"

"일이 있든 없든 무슨 대수냐. 매번 그이가 와서 청하는걸. 우리가 있으면 네가 불편할 거 아니냐. 우리는 부르지 않고 너만 부른 걸 보면 일부러 바쁜 너를 좀 쉬게 하겠다는 생각인 모양인데 호의로 받아들이려무나. 설사 일이 있어도 건너가 봐야 하지 않겠니?"

왕부인의 말에 희봉은 알았다고 대답했다. 그때 이환도 영춘과 탐춘 등 자매들을 데리고 와서 저녁인사를 마치고 각자 방으로 돌아갔다.

다음날 왕희봉은 먼저 왕부인에게 인사를 마치고 가모에게 찾아가 동쪽 큰집에 다녀오겠다고 말씀을 올렸다. 보옥이 듣고서 함께 건너가 겠다고 떼를 썼다. 희봉은 어쩔 수 없이 허락하고 곧 옷 갈아입기를 기다렸다가 두 사람은 수레를 타고 잠시 후에 녕국부에 당도했다. 가진의 처인 우씨尤氏와 가용의 처인 진씨秦氏 두 고부가 벌써부터 여러 시첩과 시녀들을 대동하고 의문儀門 앞까지 나와 맞이했다. 우씨는 희봉을 만나자마자 한바탕 왁자지껄 웃고 떠들며 보옥의 손을 잡고 함께 안방으로 들어가 앉았다. 진씨가 차를 들고 와 올리니 희봉이 말했다.

"오늘 나를 초청한 걸 보니 무슨 진귀한 거라도 바치며 접대하려는 것 같은데, 어디 한 번 내놔 봐. 나도 할 일 많은 바쁜 몸이란 말일세!"

우씨와 진씨가 미처 대꾸도 하기 전에 주변에 서있던 시첩들이 먼저 웃음을 가득 담고 말했다.

"둘째 아씨께서 오늘 안 오셨으면 어쩔 수 없지만, 기왕 이곳에 발을 들여놓은 이상 아씨 맘대로야 하실 수 없으시지요."

그때 가용이 들어와 안부 인사를 했다. 보옥이 그제야 생각난 듯 물었다.

"큰 형님은 오늘 집에 안 계시는가요?"

"성 밖에 계신 아버님께 인사드리러 나가셨어. 헌데 보옥 도련님이야말로 재미없게 여기 앉아 뭐 하게요. 밖에 나가 바람이나 쐬지 않고."

우씨의 말에 진씨가 웃으며 대꾸했다.

"오늘 참 잘 됐네요. 지난번 보옥 삼촌이 빨리 만나게 해달라던 내 남동생이 지금 마침 여기 와 있거든요. 아마 서재에 있을 텐데, 한번 가보지 않을래요?"

보옥이 그 말을 듣고 후다닥 일어나 구들을 내려서며 달려가려고 했다. 우씨와 희봉이 동시에 소리쳤다.

"저런, 저런. 조심하지 않고. 뭐가 그리 바쁘다고 그래."

그리고는 하인들에게 조심해서 잘 모시고 다니며 기분을 잘 살펴서 할머니를 따라왔을 때보다 더 잘 봐드리라고 신신당부했다. 희봉이 말했다.

"그럼 아예 이렇게 하지 그래요. 진씨 도령을 이곳으로 모셔와요. 나도 좀 보게. 내가 봐서는 안 될 사람도 아닐 테니."

"그만둬, 그만둬. 볼 필요가 없어요. 그 애는 우리 집처럼 아무렇게나 거칠게 자란 애들하고는 달라요. 얌전하고 곱게 자란 남의 집 도련님이 갑자기 동서 같은 파락호 망나니를 보고 웃음거리로 생각하면 어쩌려고?"

"내가 세상 사람을 웃음거리로 만든다면 모를까, 그 아이의 웃음거리가 되다니. 말도 안 돼."

옆에서 가용이 변명하며 웃는다.

"그 말씀이 아니고 이 아이가 워낙 부끄러움을 타는 데다 낯선 사람이 많이 모인 자리에 익숙지 않아서 당황할 거예요. 그 아이를 만나보시고 혹시 언짢아하지나 말아주세요."

"그 애가 어떻게 생겼든 난 꼭 만나봐야겠어. 헛방귀 뀌는 소릴랑 하지도 마. 어서 데려오지 않으면 따귀를 한 대 올려붙이겠어."

그 말에 가용은 실실 웃으면서 대답한다.

"감히 어느 명이라고 어기오리까, 곧 대령하겠나이다."

잠시 후에 한 소년을 데리고 들어왔는데 보옥이보다는 약간 여윈 듯하였으나 미목이 맑고 수려한 데다 얼굴은 분바른 듯하고 입술엔 연지 찍은 듯하였다. 몸매는 깎은 듯이 준수하였고, 몸에 흐르는 기품이 보옥이보다도 위인 듯싶었다. 다만 부끄럼을 타는 듯 여자아이처럼 얼굴을 붉히며 천천히 허리 굽혀 희봉에게 인사를 올렸다. 희봉은 너무 좋아하며 보옥의 등을 밀어 함께 세워 대본다.

"둘이 한번 나란히 서 봐."

희봉은 소년의 손을 잡아 자신의 곁에 앉히고 나이는 몇 살인지, 무슨 책을 읽었는지, 형제는 몇이나 되는지, 학명을 무엇이라 하는지 찬찬히 물어 보았다. 진종秦鐘은 일일이 묻는 말에 대답했다. 희봉의 시녀나 어멈들이 희봉이 진종을 처음 만나는데 아무런 예물도 준비하지 못한 걸 생각하고 서둘러 집에 있는 평아에게 연락했다.

평아는 희봉이 평소에 진씨와 각별하게 지내는 두터운 사이임을 알고 있는 터라 비록 어린 소년을 만나는 것이었지만 너무 야박하게는 할 수 없어 자신의 재량으로 비단 한 필을 끊고 '장원급제'의 도안이 새겨진 모자 모양의 작은 금덩이 하나를 보냈다. 희봉은 웃으며 예물이 너무 약소하다고 말했다. 진씨 등이 고맙다고 하면서 받았다. 곧 식사가 차려지고 우씨와 희봉, 진씨 등은 골패놀이를 시작했다.

한편 보옥은 진종의 출중한 인품을 보고 나서 넋을 잃은 듯 한참 동안 정신을 차리지 못하고 있다가 내심 이상한 생각에 빠져들었다.

'세상에 정녕 이런 인물이 있었단 말인가. 지금 보아하니 나야말로 진흙에 빠진 돼지나 털 빠진 비루먹은 개꼴이 분명하구나. 어찌하여 나는 이런 고대광실 부잣집에 태어났단 말인가. 나도 진종처럼 청빈한 선비나 낮은 관리의 집에 태어났다면 일찌감치 그와 사귀며 일생을 헛되이 보내지 않을 수 있었을 터인데. 내 비록 그보다 지체는 높아 고운 비단을 두르고 있지만 말라죽은 나무토막과 다를 바 없고, 향긋한 술과 기름진 고기로 채운 뱃속은 더러운 똥구덩이와 진흙 구렁일 뿐이다. '부귀'란 것이 이처럼 나에게 해독을 끼치는 것인 줄은 참으로 생각지도 못했구나.'

진종도 처음으로 보옥의 출중한 모습과 비범한 몸가짐, 빛나는 금관에 비단 옷, 예쁜 시녀와 멋진 시동을 거느리고 있는 모습을 보고 내심으로 깊은 생각에 잠겼다.

'과연 이 보옥이란 자는 사람마다 보기만 하면 사랑에 빠진다고 하더니 헛말이 아니었구나. 하지만 나는 하필 청빈한 가정에 태어나 이러한 자와 더불어 귀밑머리 부비며 가까이 지낼 수 없었으니 '가난'이란 이처럼 사람을 움츠리게 하고 세상을 통쾌하게 살 수 없게 하는 것이로구나.'

두 사람이 각각 이처럼 쓸데없는 생각에 잠겨 있다가 문득 보옥이 먼저 그에게 무슨 공부를 하느냐고 물었다. 진종은 사실대로 대답했다. 두 사람은 서로 몇 마디씩 주고받는 사이에 점점 친밀해졌다.

잠시 후 다과가 차려지자 보옥이 여럿에게 말했다.

"우리 둘은 술도 안 마시니 다과를 안쪽 작은 구들방에 차려주면 좋겠어요. 다들 노시는 데 방해되지 않게 우리는 거기 가서 있겠어요."

그리하여 두 사람은 안쪽에 들어가 차를 마셨다. 진씨는 희봉에게 술과 과일을 차려내면서 또 바삐 들어와 보옥에게 당부하였다.

"보옥 삼촌은 내 동생이 혹시 말을 함부로 하더라도 나를 봐서 너무 개의치 말아 주세요. 애는 부끄럼도 많고 성질이 고집스러워 잘 어울리지 못하는 면이 있어요."

"걱정 말고 나가세요. 잘 알았다니까요."

진씨는 자기 동생에게 한 차례 더 타이르고 돌아가 희봉의 자리에 배석했다.

얼마 있다가 다시 희봉과 우씨는 사람을 보내 보옥에게 "무엇이든 먹고 싶으면 밖에 얼마든지 있으니 가져가라"고 일렀다. 보옥은 건성으로 대답은 했지만 음식에는 전혀 생각이 없고 다만 진종에게 요즘의 집안 생활 등을 물었다. 진종이 저간의 사정을 얘기했다.

"훈장님은 지난해 병으로 돌아가시고 부친도 연로하여 병이 끊이지 않은데 공무의 일이 번다하여 아직 훈장선생을 모시는 일은 의논하지 못하고 있어. 지금은 그저 집에서 전에 배운 것만 다시 익히는 중이야. 하지만 공부라는 건 원래 뜻이 맞는 한두 사람이 글동무가 되어 함께 토론해야 진전이 있기 마련인데 말이야."

보옥은 그 말이 끝나기도 전에 얼른 대답했다.

"그러게 말이야. 여기에 우리 가문의 서당이랄 수 있는 가숙이 있거든. 집안에서 제대로 훈장선생을 모실 수 없는 사람은 모두 이 가숙에 들어와 공부하고 있지. 집안 자제들 중에는 친척들도 포함해서 함께 공부할 수가 있어. 나도 지난해 훈장님이 집으로 돌아가시는 바람에 지금은 공부를 놓고 있거든. 우리 아버님은 나를 잠시 이 가숙에 보내 지난 공부를 복습하고 내년에 훈장님이 오시면 다시 집에서 공부하라셔. 다만 할머니는 가숙에 자제들이 너무 많아 장난치고 소란 피울까 걱정이시지. 또 내가 며칠간 병이 나서 잠시 쉬고 있었어. 지금 듣자하니 너의 아버님께서도 이 일로 마음을 쓰고 계신 모양인데 이번에 돌아갔다 와서 이곳 가숙에 들어와 나와 글동무가 되어주지 않겠어? 함께 공부하면 서로 도움도 되고 좋은 일이 아니겠냐고 한 번 말씀드려 보자."

진종도 그 말을 받아 웃으면서 말한다.

"우리 아버님도 얼마 전 집에서 훈장선생 모시는 일을 말씀하시다 이곳 의숙義塾[4]이 참 좋다고 하시며 사돈어른과도 상의해야겠다고 말씀하신 적은 있었어. 다만 여기도 일이 많은 데다 또 이런 하찮은 일로 번거롭게 할 수가 없었던 거지. 만약 보옥 삼촌이 이 조카를 생각하여 먹을 갈고 벼루 씻는 일이라도 시키고 싶다면 서둘러 일이 성사되도록 힘 좀 써 줘. 같이 공부도 계속하고 항상 함께 있으면서 부모님의 걱정을 덜어드리고 친구간의 즐거움을 누릴 수도 있으니 그 또한 둘 다 좋은 일이 아니겠어?"

보옥이 대답했다.

"걱정 마, 걱정 마. 우리 조금 있다가 너의 누나와 매형한테 말하고 또 가련 형수님한테 말씀드리자. 오늘 집에 돌아가면 꼭 너의 아버님께 말씀드려. 나는 집에 가서 할머님한테 말씀 올릴 테니까. 그렇게 하면 속히 이뤄지지 않을 까닭이 없지 않겠어?"

두 사람은 그렇게 하기로 약속하였다. 날이 저물어 등불을 밝힐 때가 되자 방에서 나와 골패놀이를 구경하러 나갔다. 셈을 하니 진씨와 우씨 두 고부가 져서 나중에 창극 공연과 술자리를 마련하기로 결정하였다. 곧 저녁 밥상을 차리도록 했다.

저녁을 마치자 날은 캄캄하게 어두워졌다.

"먼저 하인 둘을 보내 진씨 도련님을 모셔드리도록 해라."

우씨의 말을 일하는 어멈들이 밖에다 전하고 나서 한참 있다 진종이

---

4 옛날 서당으로 한 가문의 문중에서 만들거나 대갓집에서 만들기도 하여 가문의 자제나 친척 혹은 향리의 자제들을 교육시킨 기초 교육기관이었음.

가겠다고 인사하며 일어섰다. 우씨도 다시 물었다.

"누구를 보내기로 했느냐?"

"밖에서 초대焦大를 보낸다고 했는데 글쎄 초대가 술이 잔뜩 취해 난리를 피우고 있습니다요."

어멈들이 아뢰자 우씨와 진씨가 다 같이 말했다.

"하필이면 왜 그 영감을 보낸다고 그래? 여기 젊은 녀석들 누구든지 보내면 될 걸 가지고. 어째서 또 그 사람을 건드려놨어 그래?"

희봉이 곁에서 참견한다.

"그래서 내가 매일같이 말하잖아요, 형님이 너무 유순하고 약해서 큰일이라고. 집안사람을 그렇게 풀어놓으면 정말 어쩌려고 그래요?"

우씨가 탄식한다.

"설마 저 초대 영감을 모르지는 않겠지? 우리 아버님조차도 손을 못 댔으니 자네의 가진 오라버니도 아예 상대하지 않는단 말이야. 저 사람은 어려서 증조부를 따라 서너 차례 전장에 나갔다가 시체더미 속에서 증조부를 등에 들춰 업고 빠져나와 목숨을 살려냈다지. 자신은 배를 곯으면서도 먹을 걸 훔쳐다가 주인이 드시게 하고 이틀 동안이나 물을 구하지 못하다가 겨우 물 한 바가지 구하여 주인에게 마시게 하고 자기는 말 오줌을 마시고 살아났다잖아. 그런 공과 정분을 생각하여 증조부가 계실 때부터 벌써 남달리 대했는데 지금 누가 그 영감을 힘들게 하려 하겠어. 자신도 늙은 데다 또 체면이고 뭐고 돌보지 않고 오로지 술타령만 하고 취하면 아무나 보고 욕을 해대고 있단 말이야. 내 평소에 집사한테 늘 그 영감에게 심부름을 시키지 말고 그저 죽은 사람 하나 있다고 생각하라고 그렇게도 일렀건만, 오늘 또 하필이면 그 영감을 보내려고 했단 말이야?"

"내가 왜 초대를 모르겠어요? 문제는 형님네가 너무 생각이 없다는 거죠. 이렇게 좀 해봐요. 그 영감을 저 멀리 있는 장원으로 내보내 말썽을 없앨 생각을 왜 않는 거예요?"

희봉이 이렇게 말하고 아랫사람에게 다시 물었다.

"우리가 타고 갈 수레는 준비가 되었느냐?"

"예, 모든 준비가 끝났습니다."

희봉이 일어나 이제 가겠다고 인사를 나누고 보옥의 손을 잡고 함께 나왔다. 우씨 등이 대청까지 배웅하는데 등불이 대낮처럼 휘황하게 빛나는 가운데 하인들이 붉은 계단 옆으로 줄지어 시립하고 있었다. 초대는 이때 가진이 집에 없다는 생각에 ― 설사 집에 있다한들 그를 어찌하지는 못하겠지만 ― 더욱 기고만장하여서 집안사람들의 차마 말 못할 흉허물을 마음껏 지껄여댔다. 그는 술기운을 빌려 우선 대총관〔大總管: 총집사〕뇌이賴二가 공평하지 못하여 약한 놈은 괴롭히고 강한 놈에게는 꼼짝 못하는 겁쟁이라고 욕을 퍼부었다.

"좋은 심부름에는 다른 놈을 보내면서 이렇게 칠흑같이 어두운 밤에 손님 데리고 가는 일에 날 시킨단 말이냐? 이 양심도 없는 못된 놈아! 너 같은 놈이 총관은 무슨 우라질 총관이냐! 네놈이 생각이나 해보았느냐, 이 초대 어르신의 발꿈치도 네놈 대갈통보다는 높았단 말이다. 지난 이십 년 동안 초대 어르신의 눈 안에 누가 들어오기라도 한 줄 아느냐 이놈들아. 이 개돼지 잡종만도 못한 후레자식들아!"

초대가 막 흥이 올라 욕을 퍼붓는 중에 가용이 희봉의 수레를 전송하러 따라 나왔다. 사람들이 황급히 소리쳤지만 초대는 멈추지 않았다. 가용이 참다못해 몇 마디 야단치면서 사람들에게 초대를 묶으라고 명했다.

"내일 술이 깨거든 죽으려고 그랬는지 살려고 그랬는지 따져 묻겠다."

하지만 초대의 눈에 가용이 제대로 보일 리 없었다. 되레 더 크게 소리를 지르면서 가용을 쫓아가며 난리를 부린다.

"용 도련님, 이 초대 앞에서 주인행세 하시려구요? 도련님이 아니라,

도련님의 아버지, 할아버지도 이 초대 앞에선 허리를 제대로 펴지 못했단 말이야. 나 초대가 아니었으면 당신들이 어떻게 벼슬자리 얻어 온갖 부귀영화 다 누렸겠느냐고! 너희들 조상 할배를 구사일생으로 구출하여 이 가업을 세운 것인데, 너희 대에 와서는 내 은혜는 갚을 생각도 하지 않고 되레 나한테 주인행세나 하려고 한단 말이냐? 나한테 딴말 한다면 우린 그냥 못 참아. 붉은 칼날 들어갔다 허연 칼날 나오는 거야.[5] 알겠어?"

희봉은 수레에 타고 있다가 가용에게 야단친다.

"앞으로 저렇게 법이고 뭐고 없는 놈을 빨리 내보내지 않고 여기 그냥 두면 큰 화근이 아니겠어? 혹시 친척이나 친구들이라도 알게 되면 우리를 웃음거리로 여길 게 아냐. 이런 명문대가에 법도 규율도 없는 저런 경우가 어디 있느냔 말이야."

가용은 그저 "예, 예"하고 대답만 할 뿐이었다.

여러 하인들이 초대가 너무 제멋대로 난리를 피우고 욕을 해대니까 할 수 없이 몇 놈이 달려들어 잡아 눕혀서 줄로 묶어다 마구간으로 끌고 들어갔다. 초대는 더욱 화가 치밀어 가진의 이름까지 들먹거리며 고래고래 소리를 질러댔다.

"놓아라, 이놈들아! 가문의 사당에 가서 네 놈들 할아버지 신위 앞에 통곡해야겠다. 누가 이런 개돼지 같은 자손이 태어날 걸 바랐느냐고 말이야. 날마다 하는 짓거리들이란 게 추잡하기 짝이 없단 말이야. 재 위를 기는 놈은 재 위를 기고,[6] 시동생과 붙어먹는 년은 시동생과 붙어먹구, 내가 모를 줄 알고? 우린 말이야 그래도 '팔 부러지면 소매로 덮는

---

5 초대가 술에 취하여 속담을 뒤집어서 한 말임. 원래는 '흰 칼이 들어가서 붉은 칼이 나온다'는 말로 칼부림한다는 뜻임.
6 재 위를 기면 무릎을 더럽힌다는 뜻(汚膝)에서 시아버지가 며느리를 욕보인다는 뜻(汚媳)으로 연계되는 동음이의어임.

다'고 그렇게 덮어주었을 뿐이라고!"

하인들은 그가 그런 하늘 무너지는 소리를 마구 떠들어대자 혼비백산하여 다른 건 미처 돌볼 새도 없이 그를 꽁꽁 묶고 흙과 말똥을 입에 가득 처넣었다.

희봉과 가용 등은 멀리서 그 말을 들었지만 모두 못들은 체했다. 보옥은 수레 안에서 늙은 하인이 술에 취해 난리치는 장면을 재미있게 보다가 문득 희봉에게 물었다.

"형수님, 저 사람이 하는 말 들었어요? '재 위를 기는 놈은 재 위를 기고' 하는 말이 무슨 뜻이지요?"

희봉이 그 말을 듣자 즉시 눈썹을 추켜올리고 눈을 동그랗게 뜨며 단호한 목소리로 야단쳤다.

"쓸데없는 말을 하면 절대로 안 돼! 그건 술 취한 하인 입에서 나온 더러운 말이야. 너는 그런 말을 듣고 못 들은 척하지는 못할망정 그런 말을 자세히 물어보다니! 집에 돌아가서 마님께 일러서 단단히 매를 맞게 해야 안 되겠어!"

깜짝 놀란 보옥은 얼른 애걸복걸 사정했다.

"형수님, 다신 안 그럴 게요. 다시는 안 그래요."

희봉은 그제야 화를 누그러뜨렸다.

"암, 그래야지. 그보다 우리 함께 할머니한테 가서 진가네 조카하고 함께 학당에 보내달라고 말씀드리는 게 훨씬 더 중요하겠지."

그리곤 함께 영국부로 돌아왔다.

그야말로 이러했다.

준수하지 못하면 친구 되기 어렵나니,   不因俊俏難爲友,
오로지 풍류 위해 글공부를 시작하네.   正爲風流始讀書.

賈寶玉奇緣識金鎖
薛寶釵巧合認通靈

설보차의 금쇄

통령옥 살펴보며 앵아가 슬쩍 뜻을 드러내고
보차를 찾아간 대옥은 은근한 질투심 보이네
比通靈金鶯微露意 探寶釵黛玉半含酸

　왕희봉과 보옥은 집으로 돌아와 여러 사람을 만나고 인사를 나누었
다. 보옥이 먼저 가모를 찾아가 진종이 가숙에 다니고 싶어한다는 말씀
을 드리고 자신에게도 글동무가 생겨 분발할 수 있게 되었다고 했다.
그리고 진종의 인품과 행동이 너무나 훌륭하여 마음에 쏙 든다고 극도
의 칭찬을 아끼지 않았다. 희봉이 또 옆에서 말을 덧붙였다.
　"며칠 있다가 할머님께 인사드리러 온다고 합니다."
　가모도 기꺼워하였다. 희봉은 그 기회를 타서 가모를 모레 연극구경
에 초청한다고 말씀을 올렸다. 가모는 비록 나이가 들었지만 흥을 즐기
는 사람이었다. 그날이 되자 또 우씨가 정식으로 와서 청하였으므로 왕
부인과 대옥, 보옥 등을 대동하고 연극구경을 갔다. 한낮이 되자 가모
는 돌아와 휴식을 취하였다. 왕부인은 원래 조용한 성격이라 가모가 돌
아올 때 함께 왔다. 그 뒤에는 희봉이 상석에 앉아 흥이 다하도록 저녁
때까지 놀았다.

한편 보옥은 가모를 모시고 돌아왔다가 가모가 낮잠을 청하자 다시 돌아가 연극을 볼까 하다가 진씨 등이 불편해하지 않을까 생각하여 그만두었다. 게다가 요즈음에 보차가 집에서 병을 치료하고 있다는데 문병 한번 가지 못했으므로 지금 가봐야겠다고 생각했다. 안채 뒤쪽의 모퉁이 문으로 나가다가 다른 일이 생기거나 혹은 아버지와 맞닥뜨려 난감한 일이 생길 수도 있으므로 좀 돌더라도 먼 길을 택하기로 하였다. 그때 여러 유모와 시녀들이 그를 시중들고 있었는데 옷을 갈아입지 않고 곧장 중문 밖으로 나가자 모두 그냥 따라나섰다. 보옥이 다시 동쪽 큰댁으로 연극구경을 가는가 싶었는데 뜻밖에도 지붕 아래 대청을 곧장 지나는 천당을 지나 대청을 에돌아서 가는 것이었다. 그런데 하필 그때 문간방에 기거하는 식객인 첨광詹光, 선빙인單聘仁 두 사람이 앞에서 마주 오다 보옥을 발견하고 웃으며 달려와 허리를 끌어안으며 두 손을 잡았다.

"어이구, 우리 보살 도련님! 내가 좋은 꿈 꿨다 했더니 우리 도련님을 만나게 되었네."

그러면서 허리를 굽실거리며 인사하고 또 하고 한참이나 수선을 떨다가 겨우 비켜나는데 함께 가던 할멈이 그들을 불러 멈춰 세우고 물었다.

"두 분께선 지금 나리마님한테서 오시는 길이시지요?"

두 사람이 고개를 끄덕였다.

"나리께선 지금 몽파재夢坡齋의 작은 서재에서 오수를 즐기고 계시니 도련님은 아무 걱정 마시지요."

그렇게 말하고 가니 보옥은 빙긋이 웃었다.

보옥은 북쪽으로 길을 꺾어 이향원으로 향했다. 그런데 하필이면 여기서 또 한 떼의 사람들을 만났다. 은고방銀庫房의 총책인 오신등吳新登이란 자와 창고지기의 우두머리인 대량戴良이란 자 그리고 각 분야별

집사의 우두머리 등 모두 일곱 사람이 장방〔帳房: 금전이나 물품을 관장하는
곳〕 안에서 나오다가 보옥을 보고 우르르 달려들어 손을 늘어뜨리고 앞
에 선다. 그중 물품구매를 담당하는 전화錢華라는 자는 전에 보옥을 본
적이 없으므로 급히 달려와 허리를 굽혀 인사를 올린다. 보옥이 웃으면
서 그를 잡아 일으키니 다들 웃으며 말한다.

  "지난번에 도련님이 쓰신 말〔斗〕만 한 커다란 글자를 보았는데 서예
솜씨가 점점 더 좋아지셨더구먼요. 도련님, 언제 저희한테도 기념으로
몇 장 써주시지 않으시겠어요?"

  "어디서 봤는데요?"

  "아주 여러 군데 있던데요. 모두들 대단하다며 칭찬이 자자했는데 되
레 저희한테 물으시는 겁니까?"

  "별거 아니에요. 그냥 시동놈들한테 달라고 하면 될 것을 뭘 그래요?"

  그렇게 말하며 그 앞으로 지나치니 사람들도 보옥이 다 지나기를 기
다렸다가 흩어졌다.

  그건 그렇고 이제 보옥이 이향원에 이른 다음의 얘기로 넘어가 보자.
우선 설부인의 방에 들어가니 설부인은 바느질거리를 챙겨서 시녀에게
건네주던 참이었다. 보옥이 안부 인사를 올리니 설부인이 얼른 그의 손
을 잡아 끌어당겨 품에 안으며 반갑게 맞는다.

  "이렇게 추운 날, 우리 아가가 어찌 여기 올 생각을 다 했어? 어서 이
리 구들 위로 올라오렴."

  그리고 사람을 시켜 펄펄 끓는 뜨거운 차를 가져오라고 일렀다. 보옥
이 이내 물었다.

  "형님은 집에 없는 모양이죠?"

  "그 녀석이야 고삐 풀린 말이나 마찬가지지, 날마다 뭐가 그리 바쁜
지 끝날 날이 없으니 어느 날인들 집에 있으려 하겠느냐."

"누나는 좀 괜찮나요?"

"글쎄 말이다. 네가 요전에도 생각해서 사람을 시켜 문병을 보냈잖니. 저 안에 있다. 들어가 보려무나. 안쪽은 여기보다 따뜻하니 거기 앉아 있으렴. 나도 여길 정리하고 들어갈 테니 함께 얘기나 나누자꾸나."

보옥이 설부인의 말을 듣고 안쪽으로 들어가니 오래되 보이는 붉은 명주 발이 늘어져 있었다. 보옥이 주렴을 걷고 한발 들여놓으니 설보차가 구들 위에 앉아 바느질 하는 모습이 먼저 눈에 들어왔다.

옻칠한 듯 매끄럽게 빛나는 검은 머리단을 머리 위로 얹고 벌꿀 같은 노란색 솜저고리에, 장밋빛과 보랏빛이 감도는 족제비털 목도리를 어깨에 두르고 황록색 비단 솜치마를 입고 있었다. 색깔은 그리 바래지도 않았지만 아주 선명한 것도 아니어서 지나치게 사치스럽게 보이지는 않았다. 입술은 연지를 바르지 않아도 절로 붉었고 눈썹은 먹으로 그리지 않아도 절로 짙었다. 얼굴은 은쟁반 같았고 눈은 물빛 살구만 같았다. 과묵하여 말이 적으니 사람들은 장우藏愚[1]라고 불렀고, 분수를 지키고 때를 따르니 스스로 수졸守拙[2]이라 했다.

보옥이 넋을 잃고 쳐다보면서 묻는다.

"누나, 병은 다 나은 거야?"

보차가 바라보니 보옥이 들어오기에 얼른 일어나 만면에 웃음을 띠고 대답한다.

"벌써 많이 좋아졌어. 이렇게 생각해 주시니 정말 고맙네."

보옥에게 어서 구들 위에 올라와 앉으라고 권하고 앵아鶯兒에게 차를 따르도록 이른다. 할머님과 이모님이 모두 안녕하시냐고 안부를 묻고 다른 자매들도 잘 있느냐고 물었다. 보옥을 바라보니 그 모습은 이

---

1 자신의 지혜로움을 우둔한 듯한 외양에 감춘다는 뜻.
2 자신의 서투른 처세술에 만족하여 힘써 세상에 어울리려 하지 않는다는 뜻.

러했다.

머리엔 금실로 엮어 보배를 박아 넣은 자금관紫金冠을 쓰고 이마엔 쌍룡이 여의주를 희롱하는 금색 머리띠를 둘렀으며 몸에는 담황색 바탕에 교룡의 무늬가 있는 소매 좁은 흰여우 갖옷을 입었다. 허리엔 오색의 나비무늬가 박힌 띠를 차고 목에는 장명쇄와 기명부, 그리고 태어날 때 입에 물고 나왔다고 하는 바로 그 보옥을 걸고 있었다.

보차는 웃으며 말했다.

"매일같이 보옥이 목에 걸고 있는 그 옥에 대해 말하곤 하던데 아직 자세히 구경 못해 봤으니 오늘 한번 봤으면 좋겠네."

보차가 다가와 앉았다. 보옥이도 목을 앞으로 내밀며 옥을 떼어내어 보차의 손에 건네주었다. 보차가 손바닥 위에 올려놓고 가만히 들여다 보니 크기는 참새알만 한데 노을같이 은은히 빛나고 우유처럼 맑고 부드러우며 오색영롱한 무늬가 감돌았다. 이것이야말로 대황산 청경봉 아래 있었던 바로 그 완석頑石이 환생한 모습이었다.

훗날 사람이 이런 시를 지어서 그를 조롱한 바 있다.

여와의 돌 굽는 일 본래가 허망한데,	女媧煉石已荒唐,
황당한 얘기에다 대황산을 또 말하네.	又向荒唐演大荒.
신비로운 참된 경지 문득 떠나와,	失去幽靈眞境界,
몸을 바꿔 태어나니 더러운 주머니.	幻來親就臭皮囊.
운이 다하여 금빛도 사라지고,	好知運敗金無彩,
시절 어긋나 구슬도 빛을 잃네.	堪嘆時乖玉不光.
산처럼 쌓인 백골 성씨는 잊었지만,	白骨如山忘姓氏,
누군들 귀한 집의 아들딸이 아니랴.	無非公子與紅妝.

그 돌 위에는 일찍이 자신의 바뀐 모습에다 나두창 스님이 새겨 넣은 전서체篆書體 글자가 그대로 적혀있으니 지금 그 모양대로 그려보면 아

래와 같다. 하지만 그 본래의 글자는 탯속 아이의 입에 들어 있던 것이라 아주 작을 수밖에 없는데 그대로 옮겨보면 너무 세밀하여 독자의 눈을 아프게 할 염려가 있는 바다. 그리하면 또한 속 시원하게 보지 못할지니 지금 그 형식만을 빌려 크기를 약간 확대를 하여 독자들이 등불 밑에서 취중이라도 보기에 편리하게 하고자 한다. 지금 이를 밝히는 것은 탯속 아이의 입이 크면 얼마나 크다고 이처럼 거칠고 큰 물건을 물고 있을 수 있느냐고 따지는 비방의 말을 면할 수 있을까 해서다.

통령보옥의 앞면

통령보옥의 뒷면

보차는 뒷면을 다 보고 옥의 앞면을 다시 뒤집어보면서 입 속으로 가만히 되뇌어 보았다.

'잃지도 말고 잊지도 마라, 신선 같은 천수를 언제나 누리리라.'

그렇게 두어 번 읊어보곤 문득 앵아를 보고 웃으며 일렀다.

"너는 어서 가서 차를 따르지 않고 뭐 하러 여기 멍청히 서 있는 거냐?"

"그 두 마디를 들어보니까 아가씨 목걸이에 새겨있는 구절과 그대로 한 쌍의 대구를 이루는데요."

194

앵아가 실실 웃으며 말대꾸를 한다. 듣고 있는 보옥이 웃으며 말했다.

"그럼 누나 목걸이에도 똑같이 여덟 글자가 새겨 있었단 말이야? 나한테도 어디 보여줘 봐."

"저애 말은 듣지도 말아요, 아무 글자도 없다니까."

보차가 그렇게 말했지만 보옥이 그 말을 곧이들을 리 만무했다. 거듭 웃으면서 애걸했다.

"누나, 그러려면 내 것은 왜 봤어?"

보차는 더는 견딜 수가 없어 겨우 허락했다.

"그냥 어떤 사람이 상서롭다고 해서 일러준 대로 두 구절을 새겨 넣고 매일 목에 걸고 있을 뿐인데 뭐. 무겁기만 한데 뭐가 좋을 게 있다구."

보차는 손으로 옷 단추를 열고 속에 입는 붉은 비단 저고리 위에서 보석이 영롱하고 황금빛 찬란한 영락[瓔珞: 구슬을 꿰어 만든 목에 거는 장식품]을 꺼내어 건네준다. 보옥이 손바닥 위에 올려놓고 자세히 들여다보니 과연 한 면에 옛 글자 네 개씩 양면에 모두 여덟 글자가 새겨져 상서로운 구절로 대구를 이루고 있었다. 이 역시 형식에 따라 모습을 옮겨보면 이러하다.

금쇄의 앞면   금쇄의 뒷면

不離不棄   音註云   芳齡永繼   音註云

글씨의 내용은 '떠나지 말고 버리지 마라, 꽃 같은 수를 영원히 누리리라'였다.

보옥이 보고 역시 두어 번 입 속으로 외우고 다시 자신의 것을 두 번 읊어보고 나서 웃으며 물었다.

"누나의 이 여덟 글자가 정말로 내 것과 딱 한 쌍을 이루네."

앵아가 웃음을 띠며 옆에서 거들고 나선다.

"나두창 스님이 주신 구절인데요, 반드시 금제 물건에 새겨 넣었다가…."

여기까지 말했을 때 보차가 가만있지 않고 대뜸 눈을 흘기며 앵아에게 어서 가서 차를 따라오라고 보냈다. 그리고 보옥에게 어디서 오는 길이냐고 물었다.

보옥은 이때 보차와 아주 가까이 붙어 앉아 있었는데 한 줄기 그윽한 향기가 서늘하면서 달콤하게 풍겨오는 걸 느끼고 무슨 향인지 알 수 없어 곧 물었다.

"누나한테서 나는 향은 무슨 냄새지? 여태까지 맡아보지 못하던 향내인데."

"난 향 연기가 내 몸에 배는 걸 제일 싫어해. 멀쩡한 옷에다가 연기를 가득 배이게 하다니."

보차의 대답에 보옥이 더욱 궁금한 듯 물었다.

"그렇다면 지금 이건 무슨 향냄새인데?"

보차가 가만히 생각해보다가 말했다.

"아, 그렇구나. 내가 아침 일찍 먹은 환약의 향내일 거야."

"무슨 환약인데 이렇게 향기롭지. 누나, 나한테도 한 알 줘봐."

보옥이 그렇게 응석을 부리자 보차는 웃는다.

"또 엉뚱한 말을 하네. 아무 약이나 막 먹어보겠다구?"

그 말이 미처 끝나기도 전에 홀연 바깥에서 전하는 말이 들려왔다.

"임대옥 아가씨가 오셨습니다."

그 말이 끝나기도 전에 대옥이 한들한들 들어오다가 보옥을 보고는 웃으며 말한다.

"어머, 내가 잘못 왔나 봐요!"

보옥이 얼른 일어나 웃으며 앉으라고 권하였다. 보차가 그 말을 따지고 든다.

"방금 그 말은 무슨 뜻이지?"

"보옥 오빠가 와 있는 줄을 미리 알았으면 내가 안 올 걸 그랬지요."

대옥의 말에 보차가 더 다그친다.

"난 그 말을 더욱 못 알아듣겠는걸."

대옥은 여전히 웃으면서 해명을 한다.

"올 때는 한꺼번에 오고 안 올 때는 한 사람도 안 오는 게 되잖아요. 오늘 오빠가 왔으면 내일은 내가 오고 이렇게 엇갈려 오면 날마다 누군가 오는 셈이 되니, 너무 심심하지도 않고 또 너무 시끄럽지도 않을 거라는 말이에요. 언니는 어째 그런 뜻도 모른다고 그러지."

보옥은 대옥이 물에 젖은 붉은색 우단羽緞 마고자를 입고 있기에 물었다.

"밖에 눈이 오나?"

할멈들이 대신 대답한다.

"한나절 동안이나 함박눈이 쏟아졌다는걸요."

"내 망토는 안 가져 왔나?"

보옥의 말을 대옥이 받았다.

"그것 봐요. 내가 오니까 오빠가 가려고 하잖아."

"내가 언제 간다고 그랬어? 그냥 준비해 두려는 거였지."

보옥의 유모인 이씨가 말을 덧붙였다.

"눈도 오는 데다 또 시간도 많이 늦었으니 여기서 자매들과 함께 놀고 있으세요, 도련님. 이모님이 저쪽에 다과도 차려 놓으셨으니까. 제가 시녀를 시켜 망토를 가져오라 하고 시동들은 다들 해산하라고 하겠어요."

보옥이 그렇게 하라고 했다.

한편 설부인은 한쪽에다 여러 가지 다과를 준비하여 차려놓고 그들에게 차를 마시라고 했다. 보옥은 지난번 가진 형수님네 집에서 먹어본 거위 발과 오리 혓바닥 요리가 참 맛있다고 칭찬했다. 설부인이 그 말을 듣고 얼른 일어나 자기가 담근 것을 가져와 맛보라고 건네주었다. 보옥이 빙긋이 웃으며 말을 덧붙인다.

"이런 건 술안주로 먹어야 끝내주는데."

설부인이 또 사람을 시켜 최고급 술을 따라 오라고 했다. 이때 유모 이씨가 나서서 말린다.

"이모마님, 술은 그만 됐어요."

"유모, 딱 한 잔만 할게요."

"안돼요! 노마님이나 마님 앞이라면 한 동이를 마셔도 괜찮지만, 지난번 어느 날인가 내가 잠시 한눈파는 사이에 어느 못된 자가 부추겼는지 그저 도련님 비위만 맞추려고 술을 엄청 먹였지요. 남이야 죽든 살든 상관 않고 도련님한테 술을 퍼 마시게 해서 죽을 뻔한 건 바로 나였다고요. 이틀 동안이나 욕을 먹었구먼…. 이모마님은 모르셔서 그래요. 우리 도련님 성질도 여간 아니어서 술만 마시면 성깔도 부리신다고요. 노마님이 기분 좋으시면 도련님한테 양껏 마시게 하면서 또 어떤 날은 못 마시게 금하시니 나만 이래저래 죽을 지경이지 뭐예요."

설부인이 웃으면서 달랜다.

"여보게 유모 할멈, 자네는 걱정 말고 그저 자네 먹을 거나 가서 챙겨 드시게나. 나도 그렇게 과음하도록 내버려두지는 않을 거니까. 노마님이 물으신다 해도 내가 있잖아."

그러면서 어린 시녀에게 시켰다.

"유모할멈을 모시고 나가거라. 술도 한잔 드려서 추위를 덜게 하고."

유모 이씨는 그 말에 어쩔 수 없이 술을 마시러 나갔다.

이곳에 남은 보옥이 또 한마디 한다.

"술은 데울 필요 없어요. 난 그저 시원하게 마시는 게 좋으니까."

설부인이 그 말끝에 말한다.

"그건 안 될 말이지. 차가운 술을 마시면 붓글씨 쓸 때 손이 떨린다구."

보차도 웃으며 거들었다.

"보옥 아우님, 매일같이 온갖 잡학을 다 공부한다고 하더니만 술의 원리도 모른단 말이신가? 술이란 그 본성이 더운 것이라 데워서 마시면 발산도 그만큼 빠른 법인데 만약 차갑게 해서 마시면 속에서 응결이 되고 또 오장육부를 데워야 되니 손해가 막심하지 않겠어? 앞으론 절대로 찬술 마신다고 하면 안 돼."

보옥이 그 말에 일리가 있다고 여겨 찬술을 내려놓고 데워 오라고 해서 마셨다.

대옥은 곁에서 수박씨를 까먹다가 입가를 훔치면서 웃기만 했다. 이때 마침 대옥의 시녀인 설안雪雁이 대옥에게 다가와 손난로를 건네주었다. 대옥이 웃으면서 묻는다.

"누가 보냈든 신경 써주어서 고맙긴 하지만 내가 어디 얼어 죽게 되었단 말인가?"

"자견紫鵑 언니가 아가씨 추워하실까봐 저를 보낸 거예요."

대옥이 손으로 건네받아 품에 안으면서 빈정거리며 말했다.

"그 애 말은 잘도 듣는구나. 내가 평소에 너한테 말할 때는 마이동풍으로 여기더니만. 그 애가 한마디 하니까 임금님의 성지聖旨보다도 더 빨리 따른단 말이냐!"

보옥이 그 말을 듣고 대옥이 자신을 빈정거리고 있음을 알아차렸지만 아무 말 않고 그저 두어 번 실실 웃고 말았다. 보차는 대옥의 그런 성질에 평소 이골이 난 터라 눈길도 주지 않고 넘어갔다. 설부인이 조용히 거들고 나섰다.

"네가 평소에 몸이 약해 추위를 못 이길까 그 아이들이 걱정이 돼서 그러는데 그게 되레 싫단 말이냐?"

"이모님은 모르셔서 그러세요. 여기가 이모님 댁이었으니 망정이지, 만일 다른 집이었다면 사람들이 뭐라 하겠어요? 아무리 잘 말해도 남의 집엔 손난로도 하나 없어 굳이 집에서부터 보내오느냐고 쓸데없는 말을 할 거 아녜요? 시녀들이 너무 소심해서 그렇다고는 말하지 않고 내가 평소에 그렇게 경망스럽게 했으니까 그렇다고 흉볼 게 틀림없잖아요?"

그렇게 말하는 사이 보옥은 벌써 세 잔째 마시고 있었다. 유모 이씨가 또다시 들어와 말리고 나섰다. 보옥은 막 기분이 거나해지고 흔쾌하여 보차나 대옥이랑 한참 즐겁게 웃고 떠드는 중이었다. 그러니 보옥은 더 마시려고 하면서 유모 이씨에게 통사정을 한다.

"유모, 딱 두 잔만 더 마시고 더 이상은 안 마실게요, 네?"

"오늘은 대감께서 집에 계시다는 걸 잊어선 안돼요. 공부를 얼마나 했는지 또 물으실 지도 모르니까."

보옥의 애걸하는 말은 아랑곳하지 않고 유모 이씨가 으름장을 놓았다. 보옥은 마음이 썰렁해지며 천천히 술잔을 내려놓고 고개를 떨어뜨렸다.

대옥이 얼른 나서서 한마디 쏘아붙인다.

"여러 사람 기분 잡치게 하는 소리 좀 작작해요. 외숙부가 오빠 찾으시면 이모님 댁에서 묵고 가라고 하셨다면 될 걸. 유모할멈이 술 몇 잔을 마시고 우리를 자기 술 깨는 장난거리로만 삼으려고 하는가봐."

은근히 보옥을 건드려 성깔을 좀 부리라고 부추기면서 또 속삭인다.

"저런 할망구는 상관 말고, 자! 우리끼리 한번 즐겁게 놀아보자고요."

헌데 유모 이씨는 대옥의 뜻을 제대로 파악 못하고 대뜸 대들었다.

"대옥 아가씨, 제발 도련님 좀 부추기지 마셔요. 이제 고만 마시라고 충고 말씀을 좀 해야 도련님이 들으실 텐데."

그제야 대옥은 싸늘하게 비웃으며 말했다.

"내가 왜 부추긴단 말이에요? 내가 감히 누굴 타이를 수나 있단 말인가요? 유모 할멈도 정말 너무 소심하시군요. 전에 노마님께서는 보옥 오빠한테 술 마셔도 된다고 허락하셨는데, 지금 이모님 댁에서 한두 잔 더 마신다고 해서 별탈이야 있겠어요? 그러고 보니 이모님 댁은 남이라고 생각하고 여기서 마시면 안 된다는 생각이 분명하신 모양이군요?"

유모 이씨가 그 말을 듣고 너무 황당하기도 하고 또 우습기도 하였다.

"아이고, 대옥 아가씨는 정말 못 말리시는 분이라니까. 한마디 한마디가 다 비수보다 더 날카로우시네요. 정말 아가씨를 뭐에 비해야 할지 원."

보차도 웃음을 참지 못하고 대옥의 뺨을 꼬집으면서 한마디 한다.

"정말로 우리 빈빈顰顰 아가씨의 말솜씨는 기가 막히네. 사람들이 정말 미워할 수도 좋아할 수도 없겠어."

"걱정 마라, 걱정 마. 아가야! 여기 와서 좋은 것도 못 먹였는데 이런 일로 속을 놀라게 하면 내가 오히려 불안하구나. 아무 걱정 말고 그저 맘 놓고 마셔라. 내가 있잖아. 저녁까지 먹고 가려무나. 그러다 취하면 나하고 함께 자지 뭐."

설부인이 마음을 풀어주는 위안의 말을 하고 다시 명을 내렸다.

"술을 좀더 데워 오너라. 이모하구 두어 잔 더 마시고 함께 저녁을 먹자꾸나."

보옥은 그 말을 듣고서야 비로소 흥이 다시 오르기 시작했다. 유모 이씨는 어린 시녀들에게 분부한 뒤 집으로 돌아갔다.

"너희는 여기서 조심하고 있어. 난 집에 가서 옷 갈아입고 올 테니. 이모마님께는 도련님 멋대로 너무 드시지 않도록 하라고 말씀드리려."

이곳에 할멈 몇이 남아 있었지만 그다지 긴요하게 생각지 않는 사람들이라 유모 이씨가 간 뒤에 슬그머니 제 볼일을 보러 가버리고 남은 어린 시녀 두셋은 그저 보옥한테 잘 보이려고만 하였다. 그나마 다행으로 설부인이 이리저리 구슬려 겨우 몇 잔만 더 먹게 하고 서둘러 자리를 거두었다. 그리고 죽순 넣고 시큼하게 끓인 닭껍질탕을 만들어 한 그릇 시원하게 먹이고 또 푸르스름한 빛이 도는 질 좋은 쌀로 쑨 죽을 반 그릇가량 먹였다. 곧 보차와 대옥도 저녁식사를 끝내고 차 한 잔을 진하게 우려서 다들 마시고 나니 설부인은 비로소 마음을 놓았다.

대옥이 보옥에게 물었다.

"오빠 지금 갈래?"

보옥은 게슴츠레하게 졸린 눈으로 대답한다.

"네가 가면 나도 같이 가야지."

대옥이 그 말을 듣고 일어나며 간다는 인사를 한다.

"우리 여기 와서 하루를 잘 보냈으니 이제 가야겠지. 저쪽에선 우릴 또 얼마나 찾을지 모르겠네."

어린 시녀가 얼른 챙 넓은 모자를 가져와 바치자 보옥이 머리를 약간 낮추면서 씌우라고 했다. 시녀는 선홍색 모전毛氈의 모자를 한 번 툭툭 털더니 보옥의 머리에 씌우려고 달려들었다. 보옥은 못마땅하여 짜증을 냈다.

"됐어, 됐어. 이 바보 같으니라고. 좀 살살 다뤄야지. 다른 사람들 씌우는 걸 보지도 못했니? 이리 줘, 그냥 내가 하고 말겠다."

구들 가에 서 있던 대옥이 얼른 다가와서 거든다.

"뭘 가지고 그래? 이리 와요, 내가 한번 손을 볼게."

보옥이 얼른 다가가 몸을 가까이 대니, 대옥이 손으로 잘 정돈하여 가볍게 상투 묶은 관을 휘어잡고 모자의 끝에서 이마띠 위로 밀어 넣고 호두 크기만 한 붉은 색실의 잠영〔簪纓: 관에 꽂는 장식품〕을 들어 밖으로 볼록하게 나오게 했다. 정리가 끝나자 이리저리 살펴보며 말했다.

"자 됐어. 이제 망토를 씌우면 되겠어요."

보옥이 비로소 망토를 받아 걸쳤다. 설부인이 옆에서 나선다.

"유모가 아직 안 돌아왔으니 좀 기다려도 늦지 않을 게다."

보옥이 빈정거리듯 말하였다.

"저희가 돌아가서 그 할멈을 기다리죠. 시녀들만 따라가면 충분해요."

설부인은 그래도 마음이 놓이지 않아 결국 어멈 둘을 시켜 그들 남매를 데려다 주도록 했다. 보옥과 대옥 두 사람은 폐가 많았다고 인사하고 곧장 가모의 방으로 돌아왔다.

가모는 아직 저녁식사 전이었지만 보옥이 설부인 댁에서 온다는 걸 알고 좋아했다. 그리고 보옥이 술을 마신 걸 알고 방으로 돌아가 일찍 쉬고 나오지 말라고 일렀으며, 사람을 시켜 잘 보살피라고 명했다. 그러다 갑자기 보옥을 따라갔던 사람들이 생각나서 사람들한테 물었다.

"유모할멈 이씨는 어째 안 보이느냐?"

주변 사람들은 곧이곧대로 유모가 집으로 돌아갔다는 말을 할 수가 없어 대충 우물댔다.

"방금 들어왔는데 일이 있어 곧 나갔나 봅니다."

보옥이 휘청휘청 걸어 들어가다 돌아보며 대답했다.

"그 할멈 말도 마세요, 우리 친할머니보다도 더 유세부리며 사는데 물어서 뭐 해? 그 할멈이 없어져야 내가 며칠이라도 더 살 수 있을 거예요."

그리 투덜대며 자기 방 침실로 들어갔다. 책상 위엔 필묵이 그대로 놓여있는데, 청문이 나서며 맞았다.

"참 잘하시네요! 나한테는 먹을 갈아놓으라고 시켜놓고서는 흥에 겨워 세 글자 겨우 써놓고 붓을 내동댕이치고 나가더니 우릴 하루 종일 속이고 말았군요. 빨리 와서 이 먹을 다 써야 돼요!"

보옥은 그제야 아침나절의 일이 생각나서 웃었다.

"내가 쓴 그 세 글자는 어디다 놨어?"

"이 양반이 정말로 취하셨네그래. 아침에 그 집으로 가면서 이 문틀 위에다 붙여두라고 당부했잖아요. 그래놓고 이제 와서 또 물어요? 다른 사람이 삐딱하게 붙일까 봐 내가 직접 높은 사다리 타고 올라가 붙이느라고 지금까지도 손이 얼어서 얼얼하구먼."

"내가 깜빡했다. 네 손이 얼었다면 내가 따뜻하게 데워줘야지."

보옥은 얼른 팔을 뻗어 청문의 손을 잡고 함께 문미[門楣: 문틀의 윗부분]에 새로 써 붙인 세 글자를 바라보았다.

잠시 후에 곧 대옥이 들어왔다. 보옥이 웃으면서 물었다.

"대옥아, 거짓말하지 말고 솔직히 말해 봐. 저 세 글자 중에서 어느 게 가장 좋지?"

대옥이 문틀 위에 새로 붙인 세 글자를 보니 '강운헌絳芸軒'이었다. 대옥이 웃으면서 대답한다.

"글자마다 다 잘됐네. 어떻게 이렇게 잘 쓸 수가 있을까? 내일은 나한테도 편액을 하나 써주어요."

"또 나를 놀리는 거지?"

보옥이 좋아서 히히 웃으며 다시 물었다.

"습인은 어디 갔나?"

청문이 안쪽 방 구들을 향해 입을 한 번 삐죽 내밀었다. 보옥이 바라보니 습인이 옷을 입은 채 거기에 잠들어 있었다. 보옥이 청문한테 말한다.

"자, 이젠 데워지지 않았을까?"

그리고 청문에게 다시 말한다.

"오늘 큰댁에서 조반을 먹을 때 두부피로 만든 왕만두가 한 접시 나왔는데 네가 잘 먹는 거라 가진 형수님께 그냥 남겨두었다가 내가 저녁에 먹겠다고 하고 사람을 시켜 보내라고 했지. 너 혹시 그거 받아서 먹었니?"

청문은 그 말이 무섭게 얼른 입막음을 한다.

"아이구, 말도 마세요. 보내오자마자 그게 제 것이란 걸 알았지만 하필 그때 막 아침을 먹은 뒤라 한쪽에 놓아두었죠. 그랬더니 나중에 유모가 와서 보고는 '보옥 도련님이야 이런 걸 먹을 까닭이 없으니까 내 손자한테나 갖다 먹여야지' 하면서 가져가 버렸지 뭐예요."

천설茜雪이 그때 차를 따라 받쳐 들어오자 보옥이 말했다.

"대옥 누이도 어서 차를 마셔!"

옆에 있던 사람들이 까르르 웃었다.

"대옥 아가씨가 가신 지 언젠데 아직도 계신 줄 아세요?"

보옥이 차를 반 잔가량 마시고 갑자기 아침나절 차가 생각난 듯 천설에게 물었다.

"아침에 풍로차楓露茶를 한 잔 우려냈는데, 내가 말했잖아. 그 차는 서너 번 우려내야 비로소 제 색깔이 난다고. 그건 어쩌고 지금 왜 이 차를 가져온 거냐?"

"저도 원래는 그걸 남겨두려고 했죠. 그런데 아까 유모가 와서 맛을 좀 보겠다고 해서 마시라고 했어요."

보옥은 그 말을 듣자마자 손에 들고 있던 찻잔을 힘껏 땅바닥에 내동댕이쳐 버렸다. 쨍그랑 소리가 나면서 찻잔은 부서지고 천설의 치마에 찻물이 잔뜩 튀었다. 그리고는 펄펄 뛰면서 천설에게 따져 묻는 것이었다.

"그 할망구가 도대체 너한테 어떻게 되는 유모이기에 그토록 효성을 다 바친단 말이냐? 내가 어려서 며칠 젖 좀 얻어먹었을 뿐인데, 이제 와선 아예 우리 조상님보다도 더 유세를 부리는구나. 이젠 젖 먹을 필요도 없으니 공연히 조상님 하나 더 모시지 말고 아예 쫓아내 버리고 다들 조용하게 살아보자구."

보옥은 정말 화가 머리끝까지 올랐는지 펄펄 뛰면서 즉시 가모에게 달려가 유모를 내쫓고야 말겠다고 난리를 피웠다.

습인은 사실 아까부터 잠자지 않고 있었지만 일부러 잠이 든 척하며 보옥이 와서 장난치게 하려고 가만히 있었던 것이었다. 처음 보옥이 자신의 붓글씨를 찾고 큰댁에서 보내온 왕만두에 대해 물을 때는 굳이 일어날 필요가 없었는데 뒤에 찻잔을 깨고 화를 벼락같이 내며 소란을 피우자 얼른 일어나 말리고 보옥의 화를 진정시키느라 애를 썼다. 벌써 가모의 처소에선 사람을 보내 무슨 일이냐고 물었다. 습인이 서둘러 둘러댔다.

"제가 방금 차를 가져오다 미끄러지는 바람에 찻잔을 깨게 되었습니다."

그리고 한편으론 보옥의 화를 진정시키며 또 은근히 겁을 주었다.

"도련님이 정말로 유모님을 내쫓으시겠다면 잘됐어요. 우리도 모두 나가길 원하니까. 아예 우리까지 함께 내쫓으세요. 우리한테도 좋고 도련님도 더 좋은 사람 불러다 시중들게 시키면 되는데 무슨 걱정이에요?"

그 말을 듣고 보옥은 입을 다물고 아무 말도 안 했다. 습인 등이 부축하여 구들 침상에 눕혀 옷을 갈아입혔다. 보옥은 속으로 뭐라고 계속 투덜거렸지만 차츰 입술이 붙어가고 눈꺼풀이 무거워져 잠으로 깊이 빠져들었다. 습인은 서둘러 그의 목에서 통령옥을 떼어내 자신의 손수건에 곱게 싸서 요 밑에 박아 넣어 다음날 다시 걸 때 목이 차갑지 않도록 했다. 보옥은 베개를 베고 깊이 잠이 들었다. 벌써 아까부터 유모 이씨 등이 들어와서 그가 취했다는 말을 전해 듣고 감히 거스르지 못하고 있다가 지금 잠들었다고 하니 그제야 마음을 놓고 다들 흩어졌다.

　다음 날 일어나니 누군가 와서 아뢴다.

　"큰댁의 가용 서방님께서 진씨 댁 도련님을 모시고 인사차 왔습니다."

　보옥이 급히 나가 맞아들여 함께 가모를 찾아가 인사를 올렸다. 가모는 진종의 모습이 훤하고 행동거지가 온화하여 보옥과 함께 글공부를 할 만하다고 여겨 마음속으로 흐뭇해하고 있었다. 차를 마시게 하고 밥도 차려주어 먹게 하고 또 데려가 왕부인 등에게도 인사시켰다. 사람들은 평소에 진씨를 무척 좋아하였으므로 지금 진종의 이러한 인품을 보고 모두들 좋아하여 헤어질 때 다들 선물을 주었다. 가모는 향주머니[3]와 금으로 만든 괴성신의 상[4]을 특별히 마련하여 선물로 주었는데 장차 문운을 비는 문성화합文星和合[5]의 뜻이 담긴 것이었다. 또 당부의 말씀도 잊지 않았다.

　"너의 집은 멀리 떨어져 있어 춥거나 더울 때 혹은 배고플 때 끼니를 때우는 문제 등 여러 가지로 불편할 테니 시한을 두지 말고 여기서 머물도록 하여라. 못된 녀석들을 따라다니며 나쁜 짓은 배우려하지 말고 그저 보옥 아재하고만 함께 지내라."

　진종은 돌아가 그 말씀을 그대로 아뢰었다.

　그의 부친 진업秦業은 현임 영선랑[營繕郎: 황궁의 수리를 맡아보는 관직]으로 나이가 벌써 일흔이 다 되어 가는데 일찍 부인을 잃었다. 당시엔 자

3　약이나 향료를 넣는 꽃 자수 주머니로 연잎 모양이라 하여 하포(荷包)라 함.

4　괴성(魁星)은 즉 규성(奎星)으로 북두칠성의 첫째 별. 황금의 괴성신상은 공명(功名)의 축원하는 의미를 지님.

5　문성(文星)은 문창성(文昌星)이나 문곡성(文曲星)이라고도 하며 문운(文運)과 공명(功名)을 관장하는 별.

식이 없어 고아원에서 남자아이와 여자아이를 데려와 아들과 딸을 삼아 길렀는데 그 아들은 죽고 딸만 남았다. 딸의 어릴 적 이름은 가아呵見라고 했는데 자라면서 점점 아리따운 용모에 풍류가 넘치는 성품을 보였다. 평소 가씨 집안과 왕래가 있어 사돈을 맺어 가용의 처로 딸을 주게 되었던 것이다.

진업은 쉰 살이 넘어서 마침내 진종을 얻었는데, 진종은 지난해 훈장 선생이 돌아가신 이후에 미처 고명하신 분을 모실 여가가 없어 잠시 집에서 지난 공부를 복습이나 하고 있던 터였다. 그렇잖아도 사돈하고 상의하여 그 집의 가숙에 보내 글공부를 계속시키려던 참이었는데 마침 보옥을 만나 이런 기회가 생기게 된 것이었다. 가씨 댁 서당에는 지금 훈장으로 가대유賈代儒라는 분이 있는데 당대의 경험이 많고 박학한 대학자임을 알게 되었다. 그러니 진종이 그곳에 들어가면 글공부에 큰 이로움이 있고 장차 출세할 가망이 있게 되는 것이라 생각하고 진업은 크게 기뻐하였다. 다만 공직자로서 돈주머니가 얇아 부끄러운 실정이니 가씨 집 같은 부자들 눈에 차게 학자금을 내놓을 수가 없음을 한탄할 뿐이었다. 하지만 아들의 종신대사가 걸린 문제니만큼 여기저기서 끌어모아 스물넉 냥을 마련하여 첫 인사의 예물로 보내고 직접 진종을 데리고 가대유를 찾아가 인사를 올렸다. 그리고 보옥이 등교하는 날에 맞춰 함께 가숙에 입학시켰다. 그야말로 이와 같았다.

훗날 소용없는 헛수고 미리 알았으면,   無知日後閑爭氣,
오늘 잘못된 글공부를 누가 시켰으랴.   豈肯今朝錯讀書.

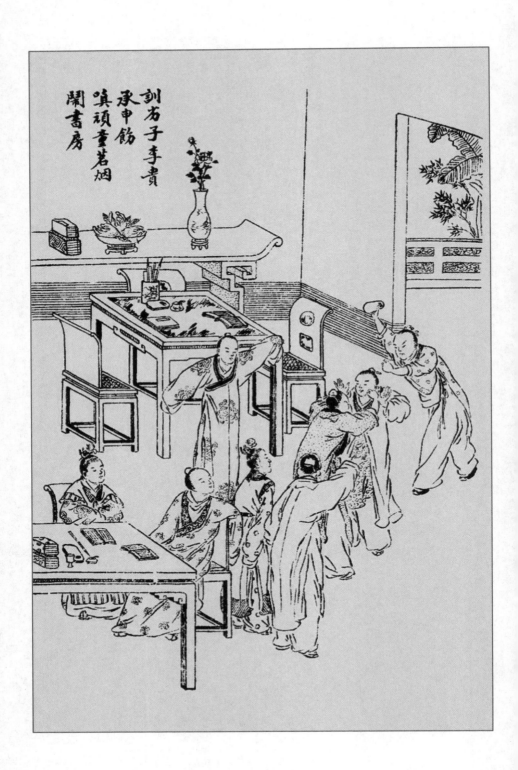

訓若子季貴
承申飭
嗔頑童若烟
閙書房

서당의 대소동

풍류를 그리던 친구가 서당으로 들어가니
의심 많은 악동들이 학당에서 난장판 치네

戀風流情友入家塾 起嫌疑頑童鬧學堂

　　진업 부자는 가씨 댁에서 사람을 보내 서당에 들어갈 날짜를 알려주기만을 기다리고 있었다. 보옥은 하루라도 빨리 진종과 만나고 싶어 다른 건 상관 않고 아무 날이나 정하여 서당에 가기로 하고 모레 아침 일찍 진종을 이곳으로 오도록 하여 함께 서당에 가겠다고 소식을 전하였다.

　　그날 아침이 되어 보옥이 일어나자 습인은 벌써 책과 붓 등의 학용품을 잘 챙겨서 싸놓고 구들 침상의 끄트머리에 앉아 공연한 근심 걱정을 하고 있었다.

　　"아니 습인 누나는 왜 또 속상해하는 거야? 설마 내가 여기 사람들을 쓸쓸하게 버려두고 글공부하러 간다고 그러는 건 아니겠지?"

　　보옥의 말에 습인은 피식 웃으면서 대답한다.

　　"그게 무슨 말씀이세요? 글공부는 아주 좋은 일이잖아요. 그렇지 않으면 한평생 별 볼 일 없이 살게 될 것이니 결국엔 뭐가 되겠어요? 하지만 단 한 가지, 공부하실 때는 글만 생각하시고, 공부 안 하실 때는 집 생각을 좀 하시라는 거예요. 그 사람들과 함께 와자지껄하게 어울려 놀지만 말고 말이에요. 그러다 대감마님한테 들키기라도 하면 큰일이잖아요. 분투노력해야 한다고는 하지만 공부도 너무 무리하게 하지 마시고요. 너무 욕심내면 소화도 다 못시키고 또 몸도 잘 챙겨야 하잖아요. 제 뜻은 그거랍니다. 도련님이 이 뜻만큼은 잘 알아주셨으면 해요.”

습인이 하는 말 한 마디 한 마디에 보옥은 그대로 하겠노라고 대답했다. 습인이 또 덧붙여 말한다.

“가죽외투는 준비하여 시동에게 가져가게 할게요. 서당이 추우면 꺼내 입으세요. 곁에서 보살펴주는 사람이 있는 집과는 다를 거예요. 발난로와 손난로의 석탄도 다 챙겨 넣었으니까 사람들 불러서 더 보태 넣으세요. 저 게으른 시동들은 도련님이 아무 말 안 하면 절대로 먼저 움직일 놈들이 아니니까 공연히 도련님만 떨게 될 거예요.”

“걱정 마. 밖에 나가면 나 혼자서도 할 줄 안다구. 너희도 답답하게 방에만 있지 말고 자주 대옥 누이와 어울려 재미있게 떠들고 노는 게 좋겠어.”

그러는 사이에 옷 입고 관 쓰고 준비를 다 마쳤다. 습인은 또 보옥에게 가모와 가정, 왕부인 등에게 가서 인사드리라고 재촉했다. 보옥은 청문과 사월에게 몇 마디 당부의 말을 하고 가모에게로 갔다. 가모도 물론 몇 마디 당부의 말을 하였다. 그 다음에 왕부인을 찾아가 뵙고 나와서 서재에서 가정에게 인사올렸다.

하필 이날은 가정이 일찍 퇴근하여 마침 서재에서 여러 문객들과 한가롭게 이야기를 나누던 참이었다. 갑자기 보옥이 들어와 안부 인사를 올리면서 서당에 간다고 아뢰니, 가정이 쌀쌀하게 웃으며 말한다.

“네놈이 다시 또 ‘서당 간다’는 말을 꺼내면 나까지도 부끄러워 죽을 지경이다. 내가 대신 말해볼까, 네놈은 그저 놀러간다고 해야 바로 말하는 거야. 공연히 거기 자리나 더럽히고 기대서서 문이나 더럽히지 마라, 이놈아."

여러 문객들이 얼른 나서서 웃으면서 달랬다.

"대감님께서 굳이 그렇게 말씀하실 까닭이 어디 있습니까? 오늘 세형世兄[1]께서 글공부하러 떠나시면 이삼 년이면 이름을 날리게 될 것이니 지난 시절 어린아이의 모습과는 전혀 달라질 것이 분명하옵니다. 식사할 시간도 되었으니 세형께선 이제 가보시지요."

그렇게 말하면서 나이 지긋한 두 사람이 보옥을 데리고 밖으로 나왔다.

가정이 또 밖을 향해 물었다.

"보옥을 따라가는 시종은 누구더냐?"

밖에서 대답소리가 들리더니 곧 덩치 커다란 놈 서넛이 들어와 허리를 굽히며 인사했다. 그 가운데 보옥 유모의 아들 이귀李貴라는 자가 눈에 띄었다.

"너희가 매일같이 보옥을 데리고 서당간다는데 요즘 그놈이 배운다는 게 도대체 무슨 책이냐? 만일 유언비어같이 쓸데없는 거나 뱃속에 집어넣고 교묘한 장난질이나 배웠다면 내가 틈이 좀 났을 때 우선 너희 놈들부터 혼쭐을 빼놓고 나서 그 못된 놈을 요절낼 테니 그리 알아라!"

그 말에 놀란 이귀가 즉시 두 무릎을 꿇고 엎드려 모자를 벗고 땅에다 소리가 나도록 머리를 박으며 연신 "네, 네" 대답한다.

"도련님이 읽으시는 건 《시경》의 셋째 권의 뭐라든가 '우우하는 사슴의 울음소리, 연잎은 둥둥 떠있네요'[2]라고 하는 거지요. 소인은 감히 거

---

1 대대로 교분이 있는 사람끼리의 상대방 아이들에 대한 호칭.
2 《시경·소아》〈녹명〉의 구절은 "음메음메 사슴이 울며, 들의 다북쑥 뜯고 있네(呦呦鹿鳴, 食野之萍)."임. 이귀가 "연잎이 둥둥 떠 있네요"라고 한 것은 이를 잘못 듣고 흉내 낸 것임.

짓말을 못하옵니다."

그 말에 좌중이 박장대소했다. 가정도 웃음을 참을 수 없었다.

"설령 서른 권의 《시경》을 읽는대도 귀를 막고 방울 훔치는 격이니 남한테 웃음거리만 되는 거지. 너는 서당가면 훈장 어르신한테 안부 여쭈어라. 무슨 《시경》이니 고문이니 하는 것들은 전부 쓸모없는 겉치레에 불과한거야. 그저 《사서》 하나만이라도 분명히 이해하고 달달 외우도록 하는 게 가장 중요하다고 말씀드려라."

이귀는 가정이 더 이상 별 말씀이 없자 방을 나왔다. 이때 보옥은 혼자 대문 밖에서 한마디도 못하고 조용히 기다리다 이귀가 나오자 얼른 달려왔다. 이귀는 옷을 툭툭 털면서 투덜댔다.

"도련님도 잘 들으셨지요? 나부터 혼쭐내신다잖아요! 남의 하인들은 주인님 따라다니며 체면세우고 다니는데 우리 같은 하인은 주인님을 잘 모셔도 아무 소용없고 매만 맞고 욕이나 얻어먹는군요. 앞으로 불쌍하게나 여겨주시면 천만다행이로소이다."

보옥이 웃으면서 달랬다.

"아이고 왜 그래? 그렇게 억울해하지 마. 내일 내가 한턱낼게, 그럼 됐지?"

"누가 도련님한테서 한턱 얻어먹길 바라기나 하겠어요? 다만 한마디라도 훈장님 말씀이나 잘 들으세요."

말하는 사이 가모의 처소에 이르렀는데 진종이 벌써 당도하여 가모가 그와 몇 마디 나누고 있었다. 두 사람은 가모에게 다녀오겠다는 인사를 올리고 나왔다. 보옥이 갑자기 대옥에게도 갔다 온다는 인사를 해야겠다는 생각이 들어 얼른 대옥의 방에 가서 작별인사를 했다. 그때 대옥은 창가 거울 앞에서 화장하고 있다가 보옥이 글공부를 하러 서당에 간다는 말을 듣고 웃으면서 말한다.

"좋아요, 이번에 가면 틀림없이 '두꺼비 사는 달나라 궁전의 계수나무 가지를 꺾어'³ 출세하게 되겠지요. 멀리 전송해 드리지 못하겠네요."

"대옥 누이야, 내가 공부 끝나고 돌아오면 함께 밥을 먹자구. 연지 연고도 내가 돌아온 다음에 더 만들고."

보옥이 그렇게 한참 주절대다가 나갔다. 대옥이 나가던 보옥을 급히 불러 세운다.

"오빠는 왜 보차 언니한테는 인사하러 가지 않는 거야?"

보옥이 그저 빙긋이 웃고 곧장 진종과 함께 서당으로 갔다.

원래 이 가씨 집안의 서당인 의학은 그리 멀리 떨어져 있지도 않았다. 그저 반 마장도 안 되는 거리였다. 본래 가씨의 윗대 조상이 종실자제 중에서 빈곤하여 따로 훈장선생을 단독으로 모실 수 없는 자제들이 들어와 글공부를 하도록 세운 것이었으며 문중에서 관작이 있는 사람은 그 봉급에 따라 얼마씩 돈을 내어 서당의 비용을 쓰고 있었다. 그리고 특별히 연세가 많고 덕망 있는 분을 모셔다 사숙의 주관자로 삼아 자제들 훈육을 전담하도록 했다.

이제 보옥과 진종이 새로 들어와 각각 인사를 나누고 함께 글공부를 시작하게 되었다. 이로부터 이 두 사람은 한시도 떨어지지 않고 찰떡같이 함께 붙어 다니며 더욱 친밀하게 되었다. 진종은 가모의 총애도 흠뻑 받아 늘 사나흘씩은 묵어가기도 했고, 증손자처럼 귀여움을 받았다. 또 진종이 그다지 넉넉하지 못한 것을 알고 그에게 옷가지며 신발 등을 보내주곤 했다. 채 한 달도 안 되어 진종은 영국부에서 누구나 알게 되었다. 보옥은 제대로 본분을 지킬 줄 모르는 사람인 데다 하고 싶

---

3 진(晉)나라 극선(郤詵)이 책문(策問)에 능해 높은 관직에 올라 스스로 "현량과 대책이 천하의 제일이니, 계림(桂林)의 한 가지요 곤산(昆山)의 옥(玉)과 같다" 고 자부했다고 함. 훗날 두꺼비 사는 달나라에 계수나무가 있다는 전설과 합해져서 과거급제를 비유하는 말로 표현되었음.

은 일은 어떡하든 해내고야 마는 성미라서 이번에도 또 나쁜 버릇을 드러내 진종에게 살짝 말했다.

"우리 두 사람은 동갑내기인 데다 서당에서도 동창간이니 앞으론 아재니 조카니 하는 항렬로 부르지 말고 형제나 친구 사이로 삼는 게 좋겠어."

처음엔 진종이 극구 사양했으나 보옥이 막무가내로 우기므로 당해낼 재간이 없었다. 보옥은 그 후로 '아우'라고 부르거나 그의 자를 써서 '경경鯨卿'으로 부르기도 했다. 진종도 어쩔 수 없이 적당히 아무렇게나 부르게 되었다.

이 가숙에는 본래 본 종가의 자제들과 그 친척의 자제들만 다니게 되어 있었지만, 속담에도 '용의 후손도 아홉 종자가 있나니 종자마다 제각각'이라는 말이 있듯이 사람이 많다 보니 용과 뱀이 뒤섞인 격으로 시원찮은 하류인물도 개중에는 있게 마련이었다. 보옥과 진종 두 사람이 새로 서당에 들어왔는데 그 두 사람이 모두 꽃처럼 멀쑥하게 생긴 것이었다. 진종은 사람 앞에서 낯을 가리고 성격이 부드러워 말도 꺼내기 전에 얼굴부터 붉어지며 여자애처럼 겁먹은 듯 부끄럼을 타는 사람이었다. 보옥도 천성적으로 남들 앞에서는 자신을 낮추고 성질을 죽이며 그저 옆에서 기분 맞추는 말도 착착 달라붙도록 곰살맞게 잘하는 사람이라 두 사람은 더더욱 친해졌다. 따라서 주변에서 바라보는 동창생 사이에서는 의심의 눈초리를 거두지 않고 뒤에선 뭐라고 쑤군대며 비방했는데 벌써 서당 주변에 그 말이 쫙 깔린 상태였다.

설반은 원래가 왕부인네 집안으로 옮겨온 이후부터 이 서당에서 공부하는 젊은 총각 자제들 사이에 간혹 남자끼리의 못된 짓거리가 있어왔음을 알고 자기도 공부하러 온다는 핑계로 끼어들었다. 공부야 '사흘 고기 잡고 이틀 그물 말린다'는 격으로 그저 월사금 삼아 내는 마른 고기다발을 훈장선생인 가대유에게 예물로 바쳤지만 실력은 한 치도 늘어나지 않고 오로지 몰래 남색을 함께 즐길 똘마니들 사귀는 데만 눈독을 들일 뿐이었다. 그런데 뜻밖에도 서당에서 공부하는 몇몇 어린 생도들이 설반한테서 나오는 돈이나 먹을거리나 옷가지 등에 어느덧 맛을 들여 그의 감언이설에 빠져 손아귀에 걸려들고 말았는데 그걸 다 일일이 적을 필요는 없겠다.

그 아이들 중에 아주 정감이 넘치는 두 사람이 있었는데 어느 쪽 친척이 되는 줄은 알 수 없고 또 진짜 이름도 모르지만 어쨌든 이 둘은 하늘거리는 고운 몸매에 풍류가 넘쳐 서당에선 그들에게 각각 '향련香憐'과 '옥애玉愛'라고 계집애 이름 같은 별명을 지어 부르고 있었다. 모두들 그 둘을 애모하여 못 견디게 품에 안고 싶어 했지만 설반의 위세에 겁을 먹고 감히 달려들지 못할 뿐이었다. 그러던 차에 보옥과 진종이 새로 들어와 그 둘을 보고 곧 마음에 들어 애틋한 흠모의 정을 품게 되었지만 설반하고 사귀는 사이임을 알고 있어 선뜻 경거망동을 못하고 있었다.

향련과 옥애도 같은 마음이어서 보옥과 진종에게 내심으로 은근한 정을 품고 있었다. 그러니까 이들 네 사람은 각각 서로에게 남다른 정을 갖고 있으면서도 아직 풀어낼 기회를 얻지 못했던 셈이었다. 매일 아침 서당에서 공부가 시작되면 각기 네 군데로 나눠 앉아있었지만 네 사람의 눈은 은근한 눈빛을 번득이며 애타는 속마음을 드러내고 뭔가 뼈있는 말을 주고받으며 하고 싶은 속말을 전하고 있었다. 다만 겉으로는 남의 이목을 생각하여 피했는데 뜻밖에도 벌써 몇몇 못된 것들이 낌새를 채고 등 뒤에서 눈썹을 찡그리고 눈알을 굴리거나 헛기침을 하고 공연히 소리를 지르는 등 훼방을 놓았는데 그런 지가 벌써 하루이틀이 아니었다.

공교롭게도 이날은 서당의 훈장선생인 가대유가 일이 있어 일찌감치 집으로 돌아가고 칠언대구로 된 대련을 남겨 생도들에게 이에 맞추어 대구를 만들어보라고 하였다. 그리고 내일 와서 써주겠노라고 하고 서당의 일을 손자인 가서賈瑞에게 잠시 일임하였다. 그런데 하필이면 설반이 요즘 들어 서당에 잘 나타나지 않고 결석하자 진종은 그 틈을 타서 향련과 눈길을 주고받으며 몰래 암호를 보냈다. 두 사람이 모두 소변보러 간다는 핑계로 슬쩍 자리를 빠져나와 후원으로 가서 서로의 은근한 비밀이야기를 했다. 진종이 먼저 물었다.

"집안 어르신께서 네가 친구사귀는 일에 대해서 뭐라고 말씀하시냐?"

그 말이 미처 끝나기도 전에 등 뒤에서 '어험!'하는 헛기침소리가 났다. 두 사람이 깜짝 놀라 돌아보니 동창생인 김영金榮이라는 자였다. 향련은 조금 급한 성격이었으므로 부끄러움과 분노의 마음이 함께 일어나 대뜸 따지고 들었다.

"왜 거기서 헛기침을 하는 게냐? 우리 둘이 서로 말도 못한단 말이냐?"

김영이 빙글빙글 웃으며 대꾸하였다.

"너희가 말하는 걸 누가 뭐랬어? 그럼 난 기침도 못한단 말이냐? 내 분명히 물어보겠는데 할 말 있으면 똑똑히 말해봐. 너희 아무도 몰래 슬쩍 빠져나와 무슨 짓거린가 하려고 했으니 내가 확실하게 현장을 잡은 것이지. 절대 발뺌할 생각일랑 그만둬! 혹시 먼저 나부터 좀 해보게 해주면 한마디도 내뱉지 않을 수도 있는데, 어때? 그렇잖으면 모두한테 다 까발리고 말 거야, 임마!"

진종과 향련은 그 말에 질려버려 얼굴이 벌겋게 달아오르며 다시 따져 물었다.

"니가 뭘 잡았다는 거야?"

"내가 현장을 잡은 건 사실이잖아."

김영은 빙글빙글 웃으면서 그렇게 말하고 또 손뼉을 쳐가면서 소리소리 질러댔다.

"잘 익은 호떡이 찰떡같이 붙었대요. 자자, 여기 호떡 하나 사가세요!"

진종과 향련은 화가 치밀어 오르고 다급하여 얼른 가서한테 달려 들어가 김영이 공연히 자신들 두 사람을 얕보고 놀렸다고 일러바쳤다.

그런데 이 가서라는 자는 원래부터 그저 적당히 살며 자신의 주관도 없는 사람이었다. 매번 학당의 일을 처리할 때 공적인 일을 사적으로 연결시켜 자제들에게 먹을 거나 사라고 강요하기도 했고 나중에는 설반한테 붙어 돈푼이나 뜯고 술이나 얻어먹으려는 심사로 설반이 제멋대로 행패를 부리는데도 말리기는커녕 은근히 뒤를 봐주며 잘 보이려고만 했다.

하지만 설반의 성격도 한 군데 진득하지 못하고 물위에 뜬 부평초 같아서 오늘은 이랬다가 내일은 마음을 확 바꾸는 성미였다. 요즘 새 짝이 생기자 향련과 옥애도 더는 돌보지 않고 팽개친 상태이며, 사실 김영 자신도 예전에는 설반과 가까운 사이였는데 향련과 옥애가 생긴 이후 버림받은 사람이었다. 최근 향련과 옥애까지 버림받자 가서는 더는 자신을 설반한테 잘 말해주는 사람이 없어진 셈이 되었다. 그는 설반이 원래부터 새 사람이 생기면 옛 사람을 헌신짝 버리듯 한다고는 하지 않고 오히려 향련과 옥애가 설반 앞에서 자신을 잘 말해주지 않는다고만 원망하였다.

그래서 엉뚱하게도 가서와 김영 같은 사람들은 오히려 향련과 옥애 두 사람을 질투하게 되었던 것이다. 그런데 지금 진종과 향련이 김영을 고자질하러 왔으니 가서의 마음이 편치 않게 되었다. 그렇다고 진종을 야단치기는 좀 뭣하였으므로 향련한테서 꼬투리를 잡아 정색을 하고 공연히 말썽을 일으킨다고 몇 마디 꾸짖었다. 향련은 일러바치러 갔다가 오히려 꾸중을 듣자 풀이 죽어버렸고 진종도 난처하여 계면쩍은 얼굴로 제자리에 돌아와 앉았다. 김영은 점점 득의양양하여 머리를 흔들고 혀를 차면서 입 속으로 쓸데없는 말을 몇 마디 더 내뱉었다. 마침 그 말을 옥애가 듣고 분을 참을 수 없어 두 사람은 소리치며 싸우기 시작했다. 김영은 무턱대고 한마디로 단언하였다.

"방금 저 둘이 뒤뜰에서 서로 입술을 맞대고 엉덩이를 만지작거리는 걸 똑똑히 보았단 말이야. 하나는 대주고 하나는 쑤셔 박으려고 제 물건을 빳빳이 세워 잡아 꺼냈지. 둘이 길고 짧은 걸 대보면서 긴 놈이 먼저 하자고 하더란 말이야!"

김영은 제 말에 정신이 팔려 옆에 누가 있건 없건 상관없이 제멋대로 떠들어댔지만 그 말은 결국 가까이 있던 누군가의 분노를 일으키고야 말았다. 그게 누구인지 독자 여러분은 짐작이 가시는가?

그 사람의 이름은 가장賈薔이었다. 그는 녕국부의 정통 현손으로서 부모를 일찍 여의고 어려서부터 가진 집에 의지하여 살았는데 올해 열여섯 살이 되었다. 가용보다도 더욱 멋지게 생긴 풍류남아의 꽃미남이었으며 가용과는 더할 수 없이 친밀한 사이로 늘 함께 다니곤 했다. 하지만 녕국부에는 온갖 잡식구들이 많아 오고가는 말들이 종잡을 수 없었는데 제대로 대접받지 못하는 하인들은 틈만 나면 오로지 주인을 비방하고 유언비어를 만들어 홀리곤 하였다. 역시 누군가 못된 소인배가 쓸데없는 말을 만들어 그를 비난하였다. 가진은 소문이 좋지 않게 나돌고 있는 것을 전해 듣고 자신도 혐의로부터 벗어나기 위하여 지금은 따로 방을 마련하여 가장으로 하여금 집을 나가 독자적으로 살도록 했다.

가장은 외모도 말쑥하게 생겼을 뿐만 아니라, 성품도 총명하였다. 비록 이름을 채우느라 서당에 공부하러 오고 있지만 그것은 그저 남의 이목이나 가리고자 하는 것일 뿐, 여전히 빈둥거리고 노는 일과 화류계에나 드나드는 것을 일삼고 있었다. 하지만 위로는 든든한 가진의 총애가 있고 아래로는 찰떡같은 가용의 도움이 있으니 집안에서 그 누구든 감히 가장에게 싫은 소리를 하는 자가 없었다. 원래부터 가용과 지극히 가까운 사이인 가장이 지금 진종이 이처럼 모욕을 당하는 걸 보고 그냥 지나칠 리가 없었다. 그래서 자신이 나서서 진종을 대신하여 불만을 털어내고 싶어서 속으로 먼저 가만히 따져보았다.

'김영이나 가서 같은 자들은 모두 설반 아저씨와 잘 아는 사이인데 평소 나도 설반 아저씨와는 좋은 사이로 지냈으니 여기서 내가 직접 나서면 저들이 설반한테 나를 일러바치겠지. 그러면 공연히 좋은 사이만 망치게 되는 꼴이 될 게다. 그렇다고 모른 체하자니 저렇게 말도 안 되는 유언비어들이 떠돌아 다녀서 결국 모두들 꼴이 말이 아니게 된다. 지금 계책을 써서 제압하지 않으면 안 되겠군. 구설수도 없애고 체면도 구기지 않는 방법을 택해야겠다.'

가장이 속으로 계책을 세운 뒤에 슬그머니 소변보러 가는 것처럼 밖으로 나와 슬쩍 보옥의 시동인 명연茗烟을 가까이로 불러와서 이러쿵저러쿵 몇 마디 사주를 했다.

명연은 보옥이 가장 아끼는 시동인데 아직 어려 세상일을 잘 모르던 터였다. 그런데 지금 가장이 와서 하는 말이 김영이란 자가 진종을 욕보이고 있는데 보옥 도련님까지 관련되어 있으니 지금 그놈에게 따끔한 맛을 보여주지 못하면 다음에는 걷잡을 수 없이 날뛰게 될 게 분명하다고 하였던 것이다. 명연은 원래도 까닭 없이 남을 억누르려는 심보가 많은 놈인데 지금 이런 소식을 들은 데다 가장이 옆에서 돕는다 하니 더욱 간이 커져서 다짜고짜 서당 안으로 뛰어들어가 김영을 불러냈다. 그것도 김도령이라 부른 것도 아니었다.

"야, 이 김가 놈아, 넌 도대체 뭐 하는 놈이냐!"

명연은 그렇게 소리 지르고는 대뜸 달려들었다. 그러자 가장은 신발을 구르며 일부러 옷을 털고 바로 입는 척하며 저녁 해를 가늠하면서 말했다.

"갈 때가 되었구나."

가장은 한마디 하곤 가서에게 다가가 일이 있어 먼저 가겠노라고 인사했다. 가서도 억지로 잡아둘 수 없어서 그냥 가도록 했다. 그 사이에 명연은 벌써 한 손으로 김영의 멱살을 거머쥐고 따져들고 있었다.

"야 임마, 우리끼리 엉덩이를 쑤셔 대든 말든 네놈의 좆대가리하고 무슨 상관이란 말이냐, 니 애비한테나 쑤셔 박지 않으면 되는 거지. 자, 나와서 이 어르신한테나 달려들어 봐라, 이놈아!"

그 모습에 서당의 안의 자제들은 너무나 놀라 입을 벌리고 멍하니 바라만 볼 뿐이었다. 가서가 소리를 질러 제압하려고 했다.

"명연아, 너 이놈! 어서 행패를 그만두지 못하겠느냐."

김영은 얼굴이 노랗게 변하여 소리쳤다.

"야, 이놈 봐라, 세상이 다 뒤집혔구나. 아랫것들이 감히 이 모양이니 내 네놈의 주인한테 가서 따져야겠다."

그러면서 손을 빼어 돌아서서 보옥과 진종을 잡으러 가려는 순간, 머리 뒤에서 '슝!'하는 소리와 함께 벼룻돌이 날아들었다. 누가 던졌는지는 알 수 없는데 다행히 머리통에 맞지는 않고 엉뚱하게 옆자리 책상 위에 떨어졌다. 그 자리에는 가란賈蘭과 가균賈菌이 앉아 있었다.

가균도 또한 영국부의 가까운 종파의 증손자였다. 그 어미가 젊어 과부가 되어 혼자 가균을 키웠는데 가란과는 절친한 사이였으므로 함께 앉아 있었던 것이다. 가균은 나이는 어렸지만 배포는 상당히 커서 아직 세상모르고 무서워하는 게 없었다. 그는 자리에서 냉철한 눈으로 김영의 친구 쪽에서 은근히 김영을 돕느라고 벼루를 날려 명연을 맞추려다가 못 맞추고 하필이면 자기 책상에 떨어진 것임을 알아차렸다. 날아온 벼루가 눈앞에서 박살이 나면서 검은 먹물이 튀어 올라 온통 범벅이 되었다. 가균이 가만히 있을 리가 없었다.

"이 거러지 뼈다귀 같은 새끼들, 모두 다 한번 해보자는 게 아닌가!"

가균은 욕을 해대며 벼룻돌을 들어 날아온 쪽으로 던지려고 하였다. 곁에 있던 가란은 일을 어떻게라도 줄여보려는 사람이었으므로 얼른 벼루를 잡으며 간곡하게 말렸다.

"아우야, 제발 좀 참아봐, 우리하고 상관없는 일이야."

그렇다고 가균이 그냥 참을 성질이 아니었다. 곧 두 손으로 책장 사물함을 안아 들어올려 같은 쪽으로 던졌다. 하지만 가균은 역시 아직은 몸이 작고 기운도 약하여 물건은 생각하던 곳까지 이르지 못하고 마침 보옥과 진종이 앉은 책상 위에 떨어지고 말았다. 와장창하는 소리와 함께 책상 위에서 부서지며 책과 종이와 붓과 벼루 등이 한꺼번에 와르르 쏟아졌고 또 그 바람에 보옥의 찻잔도 부서지며 찻물이 쏟아져 흘러내렸다. 가균은 뛰쳐나와 벼루돌 던진 놈을 잡으려고 달려들었다.

김영은 이때 손에 잡히는 대로 대나무 판을 하나 집어 들었으나 자리는 좁고 사람은 많아 제대로 나무판을 휘두를 수가 없었다. 명연은 벌써부터 큰소리를 친 마당이라 계속하여 소리를 질러댔다.

"이놈들아 어서 달려들어 봐라!"

보옥의 아랫사람으로는 시동이 셋 더 있었다. 각각 이름을 서약鋤藥, 소홍掃紅, 묵우墨雨라고 불렀는데 이들 셋도 어느 하나 말썽꾸러기 아닌 놈이 없었으므로 일제히 김영에게 달려들었다.

"첩의 새끼가 무기를 들었단 말이지!"

묵우는 대문 빗장을 빼들었고 소홍과 서약은 손에 말채찍을 잡아들고 벌떼처럼 엉겨 붙었다. 놀란 가서가 달려와서 한 놈은 잡아 가로막고 한 놈은 잡아 설득하였지만 아무도 그 말을 들으려고 하지 않고 멋대로 난동을 부렸다. 학동들도 그 틈에 다들 끼어들어 은근슬쩍 한두 수씩 태평권을 휘두르는 자도 있고 개중에 담이 약한 아이는 한쪽에 숨어서 보기도 하였다. 또는 책상 위에 올라서서 박수치며 웃어대는 자도 있고 심지어 더욱 세게 치라고 고래고래 소리치는 자도 있었다. 그야말로 순식간에 서당 안은 끓는 가마솥처럼 난장판이 되어 버리고 말았다.

밖에서 대기하던 이귀李貴 등의 어른 하인들이 서당 안에서 난리가 일어난 줄 알고 급히 달려 들어와 소리를 질러 다들 주먹질을 멈추게 하였다. 무슨 까닭으로 이 지경이 되었느냐고 물었더니 서로가 대답이 달랐다. 이쪽에서 이렇게 말하면 저쪽에선 또 다르게 말하는 것이었다. 이귀는 우선 네 명의 보옥 시동들을 야단쳐서 쫓아 내보냈다. 진종의 머리통은 일찌감치 김영이 휘두른 판대기에 맞아서 두피가 까졌으므로 보옥이 옷깃을 찢어다 머리에 대주고 있다가 다들 손을 멈춘 것을 보자 이귀에게 하명했다.

"이귀, 어서 책을 거두고 말을 끌고 오란 말이야. 내 지금 당장 훈장 선생이신 할아버지께 고하러 가야겠어. 우리가 모욕을 당했다고 말이야. 다른 건 그만두고라도 애초에 점잖게 예를 갖추어 가서 나리한테 말씀을 드린 건데 나리가 오히려 우리가 잘못했다고 핀잔을 주고 남의 말만 듣고 우릴 욕했단 말이야. 그리고 저들을 부추겨서 우리 명연이를 때리게 하고 진종의 머리까지 깨지게 했다구. 이런 데서 무슨 공부를 한다고 그래! 명연이도 다른 사람이 우리를 욕보이는 것 때문에 나선 거였지. 여기서 당장 해산하는 게 좋겠어."

"도련님, 그렇게 너무 서둘지 마십시오. 훈장 어르신께서 일이 있으셔서 귀가하셨는데 지금 이런 작은 일로 그 어른을 귀찮게 해드리면 저희로서 아무래도 도리가 아니죠. 제 생각에는요, 여기서 일어난 일은 여기서 해결하고 끝내는 게 좋겠어요. 굳이 그 어른까지 놀라게 해드릴 필요야 뭐가 있겠어요? 이건 다 가서 나리께서 잘못하신 거예요. 훈장 어르신께서 안 계시면 나리께서 이곳의 가장 어른이시고 누구든지 나리 말을 듣고 일하는 게 아니겠어요? 사람이 잘못을 저지르면 매 맞을 사람한테는 매를 대고, 벌 받을 사람한테는 벌을 내리면 되는 것인데 어찌하여 이 지경이 되도록 수수방관을 하고 계셨단 말이세요?"

보옥을 달래고 나서 이귀의 화살이 가서에게 돌아가자, 가서가 얼른 대답했다.

"내가 소리를 질렀지만 아무도 듣질 않는대야 어쩌란 말인가?"

이귀가 웃으면서 다시 말을 이었다.

"나리께서 화를 내셔도 할 수 없어요. 오늘 할 말은 할 테니까요. 평소에 나리께서 어쨌든 옳지 못하게 행동하셨던 게 사실이잖아요. 그러니 여기 도련님들이 나리 말씀을 들으려고 하지 않았던 거지요. 그러다 훈장 어르신 앞에까지 그 소란이 미친다면 결국엔 나리께서도 그 책임을 면하실 순 없을 거예요. 어서 수습할 생각이나 하지 않고 뭐 하세요."

보옥이 나섰다.

"수습은 무슨 수습이야, 난 기필코 돌아가겠어!"

진종이 울면서 덧붙였다.

"김영이 여기 있는 한, 난 여기서 공부할 수 없어!"

보옥이 그 말에 바로 대꾸했다.

"그건 또 무슨 이치야? 남들이 온다고 우리가 올 수 없단 말인가? 내가 여러 사람한테 분명히 말해서 김영을 쫓아내고 말 거야."

그리고 이귀한테 물어보았다.

"김영이 어느 집 친척이지?"

"아유, 그런 건 물을 필요가 없으세요. 어느 집 친척이냐고 따지다 보면 형제들 간에 의만 상하게 되는 거지요."

명연이 창밖에서 듣고 있다가 소리쳤다.

"저기 동쪽 골목 안에 가황賈璜 아주머니네 조카랍니다. 그게 무슨 허리 뻣뻣하게 펼 수 있는 든든한 빽이라고 우리한테 감히 달려들어. 가황 아주머니가 저 사람의 고모가 된대요. 너네 고모는 사람들한테 알랑방귀나 뀌고 다닐 줄이나 아는 주제에 우리 가련賈璉 아씨마님 앞에 와서 고개나 조아리고 돈이나 빌려가고 있잖아. 내 앞에서는 그런 주인이고 마님이고 다 눈에 차지를 않네그랴!"

이귀가 명연의 말을 가로막고 야단쳤다.

"하필 너 이 개 같은 놈이 그런 걸 알아 주둥아리를 함부로 놀리느냐!"

"난 또 누구의 친척인가 했더니 가황 형수님의 조카가 된다구? 내가 가서 물어봐야겠다."

보옥이 코웃음을 치면서 응수하더니 곧 나가려고 명연을 불러 책가방을 싸라고 했다. 명연은 책을 싸면서 득의양양하여 주절거렸다.

"도련님이 직접 가실 필요가 어딨어요. 제가 그 집에 가서 노마님께서 물어보실 말씀이 있으시다고 전하게 하여 수레를 전세 내어 타고 들어갔다가 노마님 앞에 데리고 와 직접 물어보면 일이 쉽지 않겠어요."

이귀가 듣고서 급히 야단쳐서 제압하였다.

"너 이놈아, 죽고 싶어 환장했냐. 돌아가서 내 어쨌든 너부터 작살을 내고야 말겠다. 그러고 나서 노마님한테 도련님을 부추긴 건 모두 네놈의 짓이라고 고해바칠 테니 두고 봐라, 이놈아. 이곳의 소란을 겨우 진정시켜 가려는 마당에 네놈이 들어와 새 싸움판을 일으키려는 게냐? 네놈이 나서서 서당 안을 뒤집어 놓았으니 방법을 생각하여 수습해야 마땅하거늘 오히려 더 큰 곳으로 나가 난리를 피우려고 한단 말이냐, 이놈아!"

명연은 그제야 찍소리 못하고 가만히 있었다.

이때 가서도 소란이 더 커질 것을 겁내고 있었다. 자신도 어딘가 구린 데가 있는 걸 아는 마당이라 그저 성질을 죽이고 진종과 보옥에게 와서 사정사정 했다. 처음엔 두 사람이 절대 안 들어주려는 태세였다가 후에 보옥이 조건을 걸고 나왔다.

"돌아가서 이르지 않는 건 그렇다고 하더라도 김영이 먼저 잘못을 사과해야 해요."

김영도 자존심이 있어서 처음엔 완강히 버텼지만 나중에 가서가 와서 억지로 사과하라고 강요하는 데는 더 버틸 수가 없었다. 이귀도 김영을 달래며 한마디 거들었다.

"원래 도련님이 사단을 일으켰는데 지금 이러시면 어떻게 이 난국을 수습한단 말입니까?"

김영도 어쩔 수 없이 진종한테 다가가서 사과의 인사를 했다. 하지만 보옥은 그 정도의 사과 표시론 안 되고 기필코 땅바닥에 엎드려 절을 해야만 한다고 고집을 부렸다. 가서는 이 소란을 어서 마무리해야겠다는 생각으로 가득 차 있었으므로 얼른 김영을 가만히 달랬다.

"옛날 속담에도 '살인이란 그저 머리가 땅에 떨어지는 것일 뿐'이란 말이 있잖아, 뭐 대단한 거라고 그걸 못하겠어. 네가 발단을 일으켰으니 성질 좀 죽이고 머리 한번 땅에 조아리면 다 끝나는 일이 아니냐."

김영도 어쩔 수가 없음을 알고 하는 수 없이 진종에게 고개를 조아려 사과했다.

이 사건은 다음 회에서도 계속 이어진다.

金婦 貪 權 受 張 論 太 病 窮
素利 屏 辱 醫 細 源

제10회

진가경의 와병

김과부는 이익을 생각하여 모욕을 참고
장태의는 진가경을 진맥하여 근원을 논하네

金寡婦貪利權受辱 張太醫論病細窮源

김영은 보는 사람들이 많고 기력도 빠진 데다 가서의 명이 엄중하여 결국 잘못을 사과하고 진종에게 엎드려 머리를 조아리게 되었다. 보옥도 비로소 더는 문제 삼지 않았다. 서당이 파하고 집으로 돌아온 김영은 생각하면 할수록 분통이 치밀어 올라 견딜 수가 없었다.

'진종이란 놈은 그저 가용의 처남에 불과할 뿐이고 더욱이 가씨 가문의 자손도 아니고 빌붙어서 공부하는 주제에 나와 뭐가 다른 게 있지? 헌데 보옥이와 잘 지낸다는 걸 빌미로 눈에 뵈는 게 없이 건방지게 놀고 있잖아. 기왕 그렇다면 처신이나 올바르게 하면 누가 무슨 말을 할 것인가. 그놈은 평소에도 보옥이 하고 남몰래 못된 짓거리를 하곤 했는데 자기는 남들이 눈뜬 봉사처럼 아무것도 모르는 줄로 알지만 누굴 바보로 아나. 오늘 그놈은 또 사람을 엮어보려고 하였다가 하필이면 내 눈에 걸려들었던 거지. 사단이 커진다고 내가 겁낼 줄 알아?'

모친 호씨胡氏가 그가 구시렁거리는 소릴 듣고 물었다.

"넌 또 왜 쓸데없는 화를 내고 그러냐? 내가 네 고모한테 사정을 말씀 드린 거고, 또 고모님도 온갖 수단을 다 부려서 서쪽 댁의 가련 마님한 테 잘 말씀 올려서 네가 간신히 지금 서당에 들어갈 수 있지 않았느냐. 만일 지금 남한테 부탁하지 않으면 우리 살림에 훈장선생을 청해 모시 기나 할 수 있는 줄 아느냐. 게다가 남의 서당에 다니면서 차도 공짜로 마시고, 밥도 공짜로 먹고 있어 네가 그곳에 나가는 요 이태 동안 우리 집 살림살이에 얼마나 도움이 된 줄 몰라. 그 돈으로 결국 네가 깔끔한 입성을 해입고 있지 않느냐. 또 네가 그곳에서 공부하지 않았으면 어떻 게 설반 나리를 만날 수 있었겠느냐. 설반 나리가 안 준다 안 준다 해도 요 이태 동안 우리 집에 보태준 돈이 칠팔십 냥은 족히 될 터인데. 네가 지금 서당에서 난리소동을 피우고 나서 만일 이와 같은 곳을 다시 한번 찾아보려고 한다면, 아마도 천당에 가기보다도 어려울 것이 분명할게 다! 제발 그러지 말고 그냥 실컷 놀다가 잠이나 한잠 푹 자고 나면 훨씬 좋아질 테니까 그리 하렴."

그 말에 김영은 끽소리 못하고 화를 억누르고는 조금 있다가 잠자러 들어갔다. 그리고 이튿날 여전히 아무 말 없이 서당으로 갔다.

그 얘기는 그만 하고 이제 김영의 고모 얘기로 들어가 보자.

김영의 고모는 원래 가씨 문중에서 옥자 돌림의 직계혈통인 가황에 게 시집갔다. 하지만 그 집안이 애당초 녕국부나 영국부의 부귀와 권세 를 따르지 못한 것은 말할 것도 없다. 가황 부부는 조그만 가업을 붙들 고 있으면서 시간만 나면 녕국부와 영국부에 들어가 인사올리고 희봉 이나 우씨의 비위를 맞추곤 했다. 그래서 희봉이나 우씨도 기회만 있으 면 그들을 도와주어 겨우 지낼 만하게 되었다. 오늘 마침 날씨도 맑고 청명한데 집안일도 한가하여 할멈 하나를 데리고 수레를 타고 모처럼 올케와 조카를 만나러 친정에 오게 되었다.

이 얘기 저 얘기하는 동안에 김영의 모친은 하필 어저께 가씨 서당에서 일어난 소동에 대해 말을 꺼내 처음부터 끝까지 하나하나 시누이한테 다 말했다. 하지만 이 가황 형수댁이 그 말을 아예 안 들었다면 몰라도 기왕에 듣고 나니 속에서 열불이 올라 참을 수가 없었다.

"그 진종이란 자식이 가씨 집안 친척이라면, 우리 조카 김영이는 뭐 가씨 집안 친척이 아니란 말인가. 사람들이 너무 권세를 따지는구먼. 하물며 그들이 한 짓거리가 뭐 그렇게 번듯한 일이었다구! 보옥이라도 그렇지. 그놈한테 그렇게 해서는 안 되지 않겠어? 내가 동쪽 댁을 찾아가서 가진 형수 댁을 만나보고 진종의 누나한테도 말해서 한번 이치를 따져보라고 해야겠어."

김영의 어머니가 그 말을 듣고 이거 큰일나겠다 싶어서 서둘러 말렸다.

"이게 모두 제 입이 싼 때문이에요. 공연히 고모님한테 그런 말을 드렸군요. 제발 고모님 그런 일로 그 댁에 찾아가지 마세요. 누가 옳든 그르든 상관하지 말자고요. 그러다가 다시 또 소동이라도 일어나면 어떻게 거기서 버텨나겠어요. 거기서 버티지 못하면 집안에선 따로 선생을 청하지도 못하고 오히려 개한테 들어가는 비용만 녹록치 않게 되는걸요."

가황의 아내는 그 말에도 아랑곳하지 않고 여전히 기세등등했다.

"이것저것 생각할 게 뭐 있어요, 내가 가서 말하고 나면 어떻게 되나 두고 보자고요."

그녀는 올케가 말리는 것도 듣지 않고 할멈더러 수레를 부르라 하여 잡아타고 곧장 녕국부로 들어갔다. 녕국부에 이르러 큰대문 옆 작은 문으로 들어서서 동쪽의 작은 각문角門 앞에서 수레를 내려 들어가 가진의 처인 우씨尤氏를 만났다. 그렇다고 처음부터 기고만장하게 할 수는 없었으니 은근한 목소리로 인사를 나누고 이 얘기 저 얘기 등을 나누게 되었다. 그러다가 우씨의 며느리에 대해 물었다.

"오늘 어째 가용 댁네가 안 보이는군요."

"그 앤 요 며칠간 어찌 된 일인지 오후만 되면 몸이 늘어지고 말도 점점 줄어들고 눈빛도 흐릿해졌어요. 그래서 내가 걔더러 구차한 예의범절 따지지 말고 아침저녁으로 굳이 예를 갖춰 인사 나오지 말고 몸조리나 잘하라고 일렀지요. 가용한테도 잘 당부하여 며늘아기를 너무 힘들게 하지 말고 화를 돋우지 말며 그저 조용히 정양하도록 하라고 일렀지요. 그 애가 뭐든 먹고 싶은 게 있으면 여기서 얼마든지 가져가라고 했지요. 그 아이의 사람 됨됨이나 일하는 품에 대해서는 어느 친척, 어느 어른이든 좋아하지 않는 이가 없지 않겠어요. 그래서 요 며칠간 내 마음이 놓이질 않아 속이 타 들어가 죽겠어요. 그런데 하필이면 오늘 아침에 그 아이의 남동생이 만나러 왔지 뭐예요. 애들이 철이 없어서 제 누나 몸이 성치 않은 걸 보면 할 말이 있더라도 말을 삼가야 마땅할 텐데, 자질구레한 일이 아니라 그보다 훨씬 더한 억울함을 당했더라도 저렇게 누워있는 제 누이한테 말해서는 안 될 게 아니겠어요? 아주머니도 잘 아시잖아요. 우리 며느리 말이에요. 비록 남들 앞에서는 웃고 떠들고 일도 솜씨 있게 잘 처리하지만, 마음은 민감하고 깊어서 남들한테 뭔 말인가를 들으면 사나흘씩이나 밤을 지새우며 곰곰이 생각하는 성미이거든요. 지금 병난 것도 보나마나 그런 성격 때문에 생겨난 것일 거예요. 오늘 며늘아기는 남이 자기 동생을 업신여겼다는 말을 듣고 화도 나고 속도 상했을 거예요. 화가 난 것은 있는 말 없는 말 해가며 이간질 시킨 천하에 둘도 없는 그런 되먹지 못한 놈들 때문일 것이며, 속이 상한 것은 동생이 하라는 공부는 안하고 서당에서 소동을 일으킨 때문일 거예요. 며늘아기는 그 얘기를 듣고 오늘 아침은 아예 아침밥도 먹지 않았다고요. 그 말을 듣고 내가 가서 한참이나 위로하고 그 동생을 잘 타이르고 나서 저쪽 댁의 보옥이를 만나러 가보라고 보냈지요.

그런 다음 그 애가 연와탕燕窩湯[1]을 반 종지쯤 마시는 걸 보고 이제야 돌아오는 길이랍니다. 아주머니 생각 좀 해보세요, 내 마음이 얼마나 타겠어요? 요즘엔 좋은 의원도 별로 없으니 그 애 병을 생각하면 내 가슴은 그냥 바늘로 찌르는 것처럼 아프기만 하답니다. 어디에 좋은 의원이 계신지 좀 아시는 데가 있으신가요?"

김씨는 한참 동안 우씨의 말을 듣고는 방금 전에 친정 올케 앞에서 큰소리치며 진씨한테 찾아가서 좀 따져봐야겠다던 기세등등한 생각을 일찌감치 바다 건너 이역만리 자바국[2]에 내다버리고 말았다. 우씨로부터 좋은 의원이 어디 있느냐는 질문을 받은 김씨는 얼른 대답했다.

"아이구나, 저희도 정말로 좋은 의원님이 있다는 말은 못 들어 봤구먼요. 근데 지금 말씀을 듣자하니 혹시 좋은 일이 있으신 건 아닐까요? 형님 절대로 아무렇게나 진찰해선 안 되겠어요. 만일 잘못 알게 되면 정말 큰일이 아니겠어요?"

"누가 아니래요."

두 사람이 그런 저런 얘기를 나누던 중에 밖에서 가진이 들어와 김씨를 보고 제 아내인 우씨한테 한마디 건넨다.

"이분이 가황 아우네 계수씨가 아니시던가?"

그 말에 가황 댁이 얼른 일어나 가진에게 인사를 건넨다. 가진도 인사를 받고 다시 우씨한테 이른다.

"계수씨한테 저녁밥 드시고 가시라고 해요."

가진은 그렇게 말하고는 저쪽 방으로 건너갔다. 김씨가 이번에 온 것은 진씨를 찾아가서 진종이 자기 조카를 업신여긴 것에 대해 따지려고 했던 것인데 뜻밖에 진씨가 병이 났다는 말을 듣고 나니 그 말은 꺼낼

---

1 제비가 해조류를 침으로 다져서 만든 바닷가 바위틈의 제비집으로 끓인 탕.
2 인도네시아의 자바섬은 명청시대에 머나먼 남쪽 나라의 대명사로 쓰임.

수도 없었고 또 감히 꺼내지도 못하고 말았다. 또 가진과 우씨가 다들 잘 대해주니 오히려 마음이 풀려 한참 더 얘기를 나누다가 집으로 돌아갔다.

김씨가 돌아간 후에 가진이 돌아와 자리에 앉았다.
"오늘 그 사람이 온 건 무슨 일 때문이라는데?"
가진의 물음에 우씨가 대답했다.
"글쎄 아무 말도 안 하던데요. 처음 들어올 때는 얼굴에 잔뜩 화가 난 표정이었는데 한참 얘기를 나누고 또 며늘아기 병에 대해서 얘기하다 보니 그 사람 표정이 점점 풀어지더라고요. 당신이 또 저녁 먹고 가라고 그랬고, 며느리 병에 관한 말을 듣고 나서는 더는 앉아 있기가 거북했는지 몇 마디 더 하다가는 그냥 가더군요. 그나저나 저 아이 병에 대해서나 말해봅시다. 당신 아무래도 어디 가서 좋은 의원을 찾아와 진찰해보도록 하는 게 좋겠어요. 지금껏 우리 집에 다니던 의원은 수도 없이 많지만 누구 하나 쓸모 있는 사람이 있었어요? 하나같이 사람 기분이나 맞추려고 하고 누가 뭐라 하면 몇 마디 그럴듯한 말이나 덧붙여서 되풀이하곤 했지요. 그저 은근하고 정성스럽게 보이려고 서너 명이 돌아가면서 네댓 번씩이나 맥을 짚어보고 다들 상의하여 처방을 내렸지만 먹어봤자 효험도 없었잖아요. 되레 하루에도 네댓 차례씩 옷이나 갈아입고선 일어나 앉아 의원한테 보이느라 사실 환자를 힘들게만 했어."
가진이 그 말을 듣고 동감을 표했다.
"글쎄 말이야. 며늘아기도 고집스럽긴, 그럴 필요가 없는데도 말이야. 뭐 하려고 굳이 옷을 몇 번씩이고 갈아입고 그러나. 그러다 감기나 들어 병을 덧붙이면 큰일이 아닌가. 옷이야 아무리 좋은들 그게 뭐 몇 푼이나 간다고. 그저 애기 몸이 제일이지. 하루에 한 벌씩 새 옷으로 입는다 해도 별거 아니란 말이야. 아참, 내가 막 들어와서 당신한테 하려던 말은 그게 아니고 방금 풍자영馮紫英이 찾아와 만났는데 며느리가 몸이 좋지 않아 고명한 의원을 찾는다고 했지. 풍자영이 어려서부터 따르던 스승이 계신데 장우사張友士라는 분이라는 거야. 학문이 높으시고 의학에도 깊은 조예를 갖고 계셔서 사람의 생사를 분별하실 수가 있으시다더군. 올해 그분이 아들을 데리고 상경하여 연관〔捐官: 돈으로 관직을 삼〕으로 벼슬자리 하나를 마련해 주려고 지금 마침 풍가네 집에 묵고 계시다고 하지 않겠어. 그래서 내가 곧바로 내 명첩名帖을 써서 사람을 시켜 보냈는데 오늘밤 날이 너무 늦어 올 수가 없으면 내일은 분명히 오실 거야. 게다가 풍자영이 또 즉시 귀가하여 직접 그 선생께 말씀을 전하여 진맥을 보도록 하겠다고 했으니 그 장태의가 와서 진찰한 다음에 얘기하도록 하지 뭐."

우씨가 다 듣고 나서 마음속으로 기뻐하며 생각이 난 듯 또 말했다.

"모레가 시아버님 생신인데 어떡하죠?"

"그렇잖아도 방금 전에 아버님한테 인사드리러 다녀오는 길이었소. 생신 때 집에 돌아오셔서 온 집안 식구들의 절을 받으시라고 청하였더니 아버님이 그러시더라고. '난 이미 조용히 지내는 것에 익숙해졌으니 너희 복작대는 세상에 다시 들어가 어울릴 생각이 없다. 너희야 틀림없이 내 생일이랍시고 나를 불러 수많은 자손들한테서 절이나 받게 하고 싶겠지. 하지만 차라리 전에 내가 주석을 달았던 《음즐문陰騭文》[3]이나 사람들이 잘 좀 볼 수 있도록 깔끔하게 써서 찍어내 주어라. 내가 사람들 절이나 받는 것보다 백배는 더 공덕을 쌓는 일이 되겠구나. 만일 생일 때 사람들이 찾아오면 날 대신해서 잘들 대접하여 모시면 될 것이다. 나한테는 뭐든 보내올 필요가 없고 그날 너도 올 필요가 없다. 네

---

3 문창제군(文昌帝君)이 지었다고 전하는 도교의 경전으로, 인과응보를 주제로 하여 선행을 쌓도록 선양하는 내용을 담고 있음.

마음속으로 너무 섭섭하다 싶으면 아예 오늘 온 김에 절 한 번 하고 가려무나.' 그렇게 단호하게 말씀하시니 나도 모레 다시 찾아뵙기가 어려울 것 같소. 그냥 내승來升을 불러서 이틀간 잔치준비나 하라고 분부하면 될게요."

우씨가 그 말을 듣고 가용을 불러서 몇 가지 하명했다.

"넌 내승을 불러서 이틀 동안의 잔치준비를 풍족하게 마련하라고 이르고, 직접 서쪽 작은댁에 찾아가 노마님과 큰 마님, 둘째 마님 그리고 가련 삼촌네 아주머니께 모두 놀러 오시라고 말씀드려라. 그리고 또 네 부친이 오늘 좋은 의원님이 있단 말씀을 들으시고 벌써 명첩을 보냈다고 하니 내일이면 필시 오실 것이다. 그러면 요 며칠간의 증상을 세세하게 의원님께 말씀드려라."

가용이 대답하고 나가려는데 마침 풍자영 댁으로 선생님을 모시러 갔다 돌아오던 하인과 부딪쳤다.

"방금 전에 소인이 나리께서 써주신 명첩을 가지고 그 선생님을 청하러 풍 나리 댁에 찾아갔었습니다. 선생님께서 하시는 말씀이, '조금 전에 이 댁의 나리께서도 그 말씀을 내게 하셨느니라. 하지만 오늘은 하루 종일 손님을 맞아 진찰하다가 이제야 돌아와서 기운이 다 빠졌으니 설사 지금 댁에 간다고 해도 진맥할 수 없느니라' 하시면서 하룻밤 휴식을 취하고 기운을 차려 내일 꼭 이리로 찾아오겠다고 하셨습니다. 그리고 또 하시는 말씀이, '의술이 고명하지 못하여 감히 이처럼 무거운 임무를 받기가 어려우나 우리 풍 나리와 귀댁의 대인께서 그처럼 간곡하게 말씀하신 터라 가서 뵙지 않을 수 없다고 말씀드리고, 대인의 명첩은 감히 받을 수가 없노라'고 하셨습니다. 그래서 도로 가져왔습니다."

가용은 집안으로 다시 들어가 가진과 우씨에게 그 말을 다 전하고 나와서 내승을 불러 이틀간의 잔치준비를 하라고 일렀다. 내승이 그 말을 듣고 나서 잔치준비에 만전을 기하게 된 것은 물론이다.

이튿날 한낮에 문밖에서 외치는 소리가 들려왔다.

"장 의원께서 도착하셨습니다."

가진이 듣고 서둘러 대청으로 모시라고 일렀다. 곧 차를 대접하고 나서 입을 열었다.

"어저께 풍자영 선생한테서 의원님의 인품과 학문이 고매하고 의술이 심오하시다는 말씀을 전해 듣고 소제小弟로서는 지극한 흠모의 정을 이길 수가 없었습니다."

장 의원이 대답한다.

"소생은 비루하고 낮은 변변찮은 선비일 뿐인데 어제 풍 나리로부터 대인의 가문이 겸양과 공경으로 선비를 높이 섬기신다는 말씀을 듣고 또 직접 부름을 받게 되니 감히 명을 어길 수 없어 찾아왔나이다. 다만 제대로 실력을 갖추지 못하여 부끄러움으로 진땀이 날 뿐입니다."

"의원님께선 어이하여 지나치게 겸손을 보이십니까. 어서 안으로 들어가 제 며늘아기의 병을 좀 살펴봐 주시지요. 고명하신 의술로 부디 제 마음의 근심을 풀 수 있기를 바라옵니다."

가진의 말에 따라 가용이 장의원을 모시고 안으로 들어갔다. 가용의 거실에 들어가니 진씨가 보였다. 장 의원이 가용에게 물었다.

"이분이 부인되시는지요?"

"그렇습니다. 의원님께서 여기 앉으시지요. 제가 집사람의 병 증상에 대해 말씀드릴 테니 들으시고 진맥하시는 게 어떠하십니까?"

의원이 그 말에 고개를 젓는다.

"저의 소견으로는 우선 먼저 진맥을 해보고 말씀을 나누는 편이 좋을 듯싶습니다. 저는 이 댁에 처음 온 사람이고 아무것도 모르는 상태입니다. 저희 풍 나리께서 부탁하시어 특별히 오게 된 것입니다. 지금 제가 진맥하고 먼저 말씀을 드릴 테니 맞는가 안 맞는가 들어보시고, 그 뒤에 최근의 병세를 말씀하신 다음 함께 처방을 내려 봅시다. 소용이 있을지 없을지는 나리께서 정하시면 될 것입니다."

그 말에 가용이 탄복한다.

"의원님이야말로 정말로 고명하십니다. 이제야 뵙게 되어서 정말 한스럽군요. 그럼 먼저 진맥 해보시고 치료가 가능한지 어떤지 알아보시지요. 부모님 걱정이 대단하십니다."

집안 어멈들이 커다란 팔받침 베개를 가져와서 진씨의 소매를 걷고 진맥할 수 있도록 하였다. 장 의원은 비로소 손을 뻗어 오른팔의 맥 위에 올려놓고 숨을 고르며 진맥을 시작했다. 한참 동안 조용히 맥을 짚어보던 장 의원은 왼쪽 팔로 바꾸어 똑같이 맥을 짚고는 마침내 손을 거두며 말했다.

"바깥쪽 방에 나가서 말씀드리겠습니다."

가용이 의원을 모시고 바깥방으로 나와 앉자 할멈이 차를 들고 왔다.

"의원님 우선 차를 좀 드시지요."

가용이 옆에서 차를 함께 들면서 물었다.

"의원님께서 맥을 짚어보시니 어떻습니까? 고칠 수 있겠습니까?"

"부인을 진맥해 보니 이러합니다. 왼편의 촌맥寸脈은 약하지만 빠르게 뛰고, 관맥關脈은 아주 미미하여 거의 뛰지 않습니다. 오른편의 경우, 촌맥이 가늘고 힘이 없으며 관맥은 허하여 기력이 없습니다. 왼편의 촌맥이 약하지만 빠르게 뛴다는 것은 심장의 기운이 비어서 화기가 오른다는 것이고, 관맥이 미미하여 뛰지 않는다는 것은 간의 기운에 막혀 혈기가 통하지 않는다는 것입니다. 그리고 오른편의 촌맥이 가늘고 힘이 없다는 것은 폐의 기혈이 텅 비었다는 것이고, 관맥이 허하여 기력이 없다는 것은 토행에 속하는 비장이 목행에 속하는 간장에 억눌리고 있다는 것입니다. 그런데, 심장의 기운이 비어서 화기가 오르면, 당연히 월경이 불순하게 되고, 밤에 잠을 이루기가 어렵게 됩니다. 또 간의 기운에 막혀 혈기가 통하지 않으면 필연코 늑골 아래가 아프고 부어

238

오르며 월경주기가 길어지고 가슴에 열이 납니다. 폐의 기혈이 텅 비면 수시로 머리와 눈이 어지럽고 새벽시간이면 흔들리는 배에 앉은 듯이 울렁거리며 식은땀을 흘리게 됩니다. 그리고 비장이 간장에 억눌리게 되어 제 몫을 못하게 되면 식욕이 떨어지고 정신이 흐려지고 사지가 솜처럼 늘어지게 됩니다. 제가 진맥한 바에 의하면 그러한 증상이 있어야 마땅합니다. 혹은 이러한 맥을 임신한 것으로 보기도 하지만 저는 그렇게 보지 않습니다."

그때 옆에서 말을 듣던 가까이 시중드는 할멈이 얼른 끼어들었다.

"네, 바로 그래요. 의원님께서는 그대로 귀신처럼 맞추시는군요. 저희가 따로 증상을 말씀드릴 것도 없어요. 그동안 저희 집에 원래부터 있던 몇 명의 태의太醫 나리들도 다들 와서 진맥해 봤지만 아무도 그렇게 신통하게 알아맞힌 분은 없었지요. 어떤 분이 임신이라고 말하면 다른 사람은 그게 아니라 병이라고 했고, 한 분이 목숨에는 지장이 없다고 말하면 다른 분은 또 동지를 넘기기가 어렵다고 하는 둥 정말 대중이 없었거든요. 의원님께서 정말 명쾌하게 짚어 주셨습니다."

의원이 웃으면서 말을 받았다.

"부인의 증세에 대해서 그 사람들이 잘못 짚는 바람에 때를 놓친 것 같군요. 처음 증상이 발병했을 무렵에 약을 제대로 썼더라면 병이 이렇게 커지지 않았을 테고, 지금쯤은 벌써 완쾌되셨을 테니까요. 병을 이 지경까지 키웠을 뿐만 아니라 큰 화를 당하게 되었네요. 하지만 제가 보기에 이 병은 아직도 3할 가량 고칠 확률이 남아 있습니다. 제가 처방하는 약을 드시고 만약 밤에 잘 주무시면 가망은 2할 가량 보태질 겁니다. 제가 진맥한 바에 의하면 부인은 심성이 너무나 고상하고 남보다 뛰어나게 지혜로운 분입니다. 총명함이 너무 넘치면 뜻대로 되지 않는 일이 종종 있게 마련이며, 뜻대로 되지 않은 일이 있으면 깊은 생각이 지나치게 됩니다. 이 병은 근심과 걱정이 앞서 비장을 상하게 하였고,

간의 기운이 특히 성하여 경혈이 제때에 이르지 못하여 생긴 것입니다. 부인의 이전 경도 날짜를 한번 물어보시면 결코 짧아진 적은 없을 것이며 날짜가 종종 늦어지기만 했을 것이 분명합니다."

"네, 바로 그러했습니다. 한 번도 일찍 온 적은 없었고 이틀이나 사흘씩 늦어졌다가 심지어 열흘이나 늦어진 적도 있었지요."

할멈의 대답에 의원이 다시 말을 잇는다.

"네, 바로 그겁니다. 그게 바로 병의 원인이었습니다. 일찍이 양심조경養心調經의 약을 복용했더라면 이 지경에는 이르지 않았을 겁니다. 지금 분명한 것은 물의 기운이 부족하고 나무의 기운이 성한 증세를 보이고 있다는 겁니다. 약 처방을 내려볼 테니 보십시오."

그리고는 곧 처방을 한 장 써서 가용에게 건네주는데 다음과 같았다.

익기양영보비화간탕益氣養榮補脾和肝湯
인삼人蔘 두 돈, 백술白朮 흙에 볶은 것으로 두 돈, 운령雲苓 세 돈, 숙지熟地 네 돈, 귀신歸身 술에 버무린 것으로 두 돈, 백작白芍 볶은 것으로 두 돈, 천궁川芎 돈 반, 황기黃芪 세 돈, 향부미香附米 제조한 것 두 전, 초시호醋柴胡 팔 푼, 회산약懷山藥 볶은 것 두 돈, 진아교眞阿膠 조개가루로 볶은 것 두 돈, 연호색延胡索 술에 버무려 볶은 것으로 돈 반, 자감초炙甘草 여덟 푼, 거기에 복건산으로 속을 뺀 연밥 일곱 알, 붉은 대추 두 알.

가용이 보고 나서 말한다.

"정말로 고명하십니다. 한 가지 더 여쭤보겠습니다만, 이 병이 생명에는 지장이 없을는지요?"

의원은 웃으면서 대답한다.

"나리께서는 총명하신 분이 아니십니까? 사람의 병이 이 지경에 이르려면 하루아침에 만들어진 증세가 아닙니다. 이 약을 드시고 나서 그야말로 인연의 끈을 보아야겠지요. 저의 좁은 소견으로는 금년 겨울까지는 상관이 없을 듯하고, 어쨌든 춘분만 넘기면 완전히 나을 가망도 있습니다."

가용도 머리가 총명한 사람이라 더는 세세하게 캐묻지는 않았다.

가용이 의원을 보내드리고 이 약 처방과 진맥한 내용을 모두 가진에게 가져가 보여주며 의원이 한 말을 모두 가진과 우씨에게 전하였다. 우씨가 가진에게 말한다.

"전에 온 의원들은 이번 분처럼 그렇게 시원스레 말한 적이 없었는데 처방한 약도 좋을 게 분명하겠지요."

"이분이야말로 아무렇게나 남의 밥 먹고 적당히 진맥해 온 엉터리 의원이 아니지 않소. 풍자영이 우리하고 잘 지내는 터라 힘써 구하여 보내온 사람인데 이런 의원이 계시니 우리 며느리 병도 곧 낫게 될 모양이구려. 여기 처방 중에 인삼이 들었던데 전날 사들여 온 인삼을 쓰는 게 좋을 것 같군그래."

가진의 말을 듣고 가용은 밖으로 나와 약을 지어 진씨에게 복용하도록 일렀다. 진씨가 이 약을 먹고 과연 병세가 어떻게 되었는지 궁금하면 다음 회를 보시라.

慶壽辰寶府排家宴
見熙鳳賈瑞起淫心

銅盤銘富貴吉祥

壽

가서의 짝사랑

가경의 생일날 녕국부에 큰잔치가 열리고
가서는 왕희봉 만나보고 흑심이 생겨났네
慶壽辰寧府排家宴 見熙鳳賈瑞起淫心

　　가경賈敬의 생신날이 되었다. 이날 가진은 먼저 최상급 음식과 진귀
한 과일을 열여섯 개의 커다란 찬합에 담아서 가용으로 하여금 하인들
을 시켜 가경의 성 밖 처소로 가져다 드리게 하였다. 그러면서 가용에
게 조용히 일러주었다.

　　"너는 할아버지께서 좋아하시는지 안색을 잘 살피고 절을 올리고 오
너라. 그리고 '아버지는 할아버님 말씀을 거역할 수 없어 감히 인사드
리러 오지 못하시고 집안에서 온 식구들과 함께 이쪽을 향해 절을 올린
다고 하셨습니다'라고 말씀 올려라."

　　가용이 듣고 하인들을 데리고 떠났다.

　　집 안에는 사람들이 찾아오기 시작했다. 먼저 가련과 가장이 와서 여
기저기 자리를 둘러보고 주위사람에게 물었다.

　　"야, 오늘 뭐 재미있는 거라도 없는 거냐?"

　　옆에 있던 하인 하나가 얼른 대답하였다.

"저희 대감님께선 오늘 생신에 노대감님을 집으로 모시려고 생각하셨기 때문에 감히 여흥 거리를 준비하지 않고 있었어요. 그저께서야 노대감님께서 이번에도 안 오신다고 하시자 부랴부랴 저희들더러 작은 극단하고 악단을 찾아오라고 명하셔서 지금 정원의 무대에서 공연준비를 하는 참입지요."

이어서 형부인과 왕부인, 희봉과 보옥이 녕국부로 건너왔다. 가진과 우씨가 서둘러 맞이하여 안으로 모셨다. 우씨의 친정어머니도 벌써부터 이곳에 와 있었으므로 서로 인사를 나누고 함께 자리에 앉았다. 가진과 우씨 부부가 손수 차를 나르면서 말씀 올렸다.

"노마님은 우리 집안에서 가장 연세 높은 어르신이시라 저희 부친도 조카뻘밖에 되지 않지요. 오늘 같은 날 감히 노마님을 오시라고 하는 건 도리가 아닙니다만 요즘은 날씨가 청량하고 정원 가득 국화꽃이 만발한 좋은 시절이라 노마님께서 건너오셔서 한가롭게 산책하시고 여러 손자 손녀들이 떠들썩하게 노는 모습이라도 보시라는 생각에서 청했던 것입니다. 그런데 구경하실 마음이 없으실 줄은 몰랐네요."

왕부인이 미처 입을 열기 전에 옆에서 희봉이 나서며 말했다.

"노마님은 어제까지도 함께 오시겠다고 했어요. 지난밤에 보옥 아우네들이 복숭아 먹는 걸 바라보고 계시다가 노마님도 은근히 구미가 당기셨는지 그 반쪽을 받아 잡수셨지요. 그런데 새벽녘에 그만 연거푸 두 번이나 화장실을 다녀오셨다는 거예요. 오늘 아침엔 몸이 노곤하고 움직이실 수가 없어 저희더러 오늘 잔치에는 갈 수 없다고 전하라고 하셨어요. 그리고 맛있는 거 있으면 물렁한 거로 몇 가지 보내달라고 말씀하셨어요."

가진이 듣고 나서 웃으며 답했다.

"그러면 그렇지, 노마님은 떠들썩하게 노는 걸 즐기시는 분이신데 오늘 안 오시는 걸 보고 필시 까닭이 있다고 생각했지. 그럼 그렇게 하지요. "

왕부인이 비로소 입을 열었다.

"전날 희봉이한테 들으니 용아네 안식구가 몸이 좋지 않다던데, 그래 지금은 도대체 어떠한가?"

우씨가 나서서 대답했다.

"그 아이 병이 심상치 않아요. 지난달 추석날도 노마님과 마님들을 모시고 한밤중까지 놀고 집에 와서도 말짱했거든요. 스무날께인가 지나면서 하루하루 기운이 없고 몸이 늘어지더니 점점 먹는 것도 싫다고 한 지가 벌써 보름이 가까웠지요. 경도도 벌써 두 달이나 걸렀다는 거예요. "

형부인이 말을 받아 얼른 물었다.

"애기를 가진 것은 아닐까?"

그런 말을 주고받는 사이에 밖에서 하인이 아뢰는 소리가 들려왔다.

"큰 대감님과 둘째 대감님, 온 집안의 나리, 도련님들이 다 오셨습니다. 지금 대청에 계십니다. "

소리를 듣고 가진이 얼른 일어나서 나갔다. 우씨가 형부인의 말에 대답하였다.

"지난번의 의원들도 어떤 이는 임신이라고 하기도 했죠. 어제 풍자영이 모시던 선생을 보내왔는데 의술은 아주 뛰어난 것 같더라고요. 그가 진맥해 보더니 임신은 아니라는 거예요. 증세가 심각한 병이라고 그러더라고요. 어제 약 처방을 해주고 가서 지어다가 한 첩을 먹였는데 오늘 어지럼증이 좀 덜하다고 그랬어요. 다른 건 별다른 차도가 없는 것 같고요. "

희봉이 그 말을 다 듣고서 말을 건넸다.

"내가 알기로도 그 사람은 아주 일어나지 못할 정도가 아니면 오늘 같은 날 기를 쓰고라도 일어나서 올 사람인데."

우씨가 그 말을 받았다.

"지난번 초사흗날 자네는 여기서 그 애를 보았잖아. 한나절이나 억지로 일어나 있었던 것도 다 자네들 사이가 각별하였기 때문이었어. 차마 그냥 두고 들어갈 수가 없어서 그랬던 거였겠지."

희봉이 그 말을 듣고 한참이나 눈시울이 붉어졌다가 말을 이었다.

"정말 세상에 '하늘에선 바람과 구름을 가늠할 수 없고, 사람은 아침 저녁으로 화복을 달리한다'고 하더니만, 그 나이에 행여나 그런 병으로 어떻게 되기라도 하면 정말 사람이 무슨 맛으로 산단 말인가!"

그런 저런 얘기를 하던 중에 가용이 들어와 형부인과 왕부인, 희봉 앞에 이르러 인사를 올리고 우씨에게 아뢰었다.

"방금 할아버님한테 잡수실 걸 갖다드렸고 아버님은 집에서 여러 집 안 어른들을 모시고 대접하시며 할아버님 분부에 따라 직접 오시지 못했다고 말씀드렸어요. 할아버님도 그 얘기를 들으시고 좋아하시며, '암, 그래야지'라고 말씀하셨어요. 그리고 아버지, 어머니께는 집안 어르신네들 잘 모시라고 하시고, 저한테는 집안의 아주머니, 아저씨, 형제들을 잘 대접하라고 하셨어요. 또 《음즐문》은 서둘러 간행하여 만 장 정도 찍어서 사람들에게 나눠주라고 했고요. 아버지께는 벌써 이 말씀을 다 아뢰었어요. 지금 또 빨리 나가서 집안 어르신네와 남자손님들한테 식사 차리는 걸 봐줘야 해요."

그리고 막 나가려던 가용을 희봉이 소리쳐 불렀다.

"용 도련님, 잠깐 거기 서 봐요. 안식구의 병세가 오늘은 어때?"

"안 좋아요! 아주머니가 조금 있다가 가서 보시면 알 거예요."

가용은 눈살을 찌푸리며 그렇게 대꾸하고 곧바로 나가버렸다.

한편 우씨는 형부인과 왕부인에게 물었다.

"마님들께서 여기서 식사를 하시겠어요? 아니면 정원에 나가서 드시는 게 낫겠어요? 연극은 정원 무대에 마련해두고 있어요."

왕부인이 형부인에게 말했다.

"우리 그냥 여기서 식사를 마치고 건너가 보는 게 좋지 않겠어요? 그래야 일을 좀 덜지 않을까 싶은데."

"그게 좋겠네."

우씨는 그 말을 듣고 일하는 어멈과 할멈들에게 여기다 식사를 차리라고 일렀다. 잠시 뒤 식사가 차려지고 우씨는 형부인과 왕부인, 친정 어머니를 상석에 앉게 하고 자신은 희봉, 보옥과 함께 옆으로 비스듬히 자리를 잡았다.

형부인과 왕부인이 함께 말했다.

"우리는 본래 이 댁의 대감님께 생신축하 인사를 하려고 온 건데 어쩌다가 우리가 생일잔치하러 온 것같이 되어 버렸네."

"큰 대감님이야 조용하게 정양을 즐기시는 분이니 벌써 수련이 다 끝나서 신선이 되셨을 거예요. 방금 두 분 마님께서 그렇게 말씀하신 것도 '마음이 가면 신령이 아는 법'이라고 다 알아 들으셨을 거고요."

희봉의 그 말에 온 방 안의 사람들이 다들 깔깔대고 웃어댔다.

얼마 후에 우씨의 모친과 형부인, 왕부인 그리고 희봉 등이 다들 식사를 마치고 비로소 정원으로 나왔다. 가용이 우씨한테 달려와서 밖의 일을 아뢰었다.

"바깥에서도 집안 어르신네들과 젊은 분들이 다들 식사를 마쳤습니다. 큰 대감님은 집에 일이 있으시다고 그러시고, 둘째 대감님은 원래 연극구경을 싫어하시지요. 다들 시끌벅적한 것에 질색하시니까 함께 건너가셨습니다. 다른 젊은 친척 아저씨들은 가련 아저씨와 가장이 이끌고 연극 공연무대로 들어갔고요. 방금 전에 남안군왕南安郡王과 동평군왕東平郡王, 서녕군왕西寧郡王, 북정군왕北靜郡王 등 네 군왕가의 왕과 진국공 우대감 댁鎭國公牛府 등의 여섯 가문, 충정후 사대감 댁忠靖侯史府

등 여덟 가문에서 모두 명첩과 함께 생신 축하예물을 보내왔습니다. 아버님께 일일이 다 아뢴 다음에 지금 모두 고방庫房에 받아두고 예단 목록을 만들었습니다. 아버님이 받으셨다는 감사표시의 명첩도 모두 예물을 가지고 온 자들에게 나눠줬고, 각각 전례대로 사례하고 식사도 대접하여 보냈습니다. 어머님께선 두 분 마님과 아주머니를 모시고 정원의 무대 앞에 가서 자리 잡아 앉으시지요."

우씨가 대답했다.

"그래, 여기도 방금 식사를 마치고 이제 막 건너가려던 참이다."

희봉이 잠깐 나서서 말했다.

"저, 저는 잠깐 가서 용 서방님 안식구를 살펴보고 뒤따라가겠습니다."

왕부인이 대답했다.

"그게 좋겠군. 우리도 다 같이 가보면 좋겠지만 오히려 아픈 사람한데 폐만 끼칠 것 같으니 우리 안부나 대신 전하여라."

우씨가 말한다.

"그래, 동서의 말이라면 며느리도 전부터 잘 들었잖아? 어서 가서 잘 좀 위로해주게. 내가 마음을 좀 놓게 말이야. 그리고 곧 정원으로 돌아와."

보옥이 옆에 있다가 희봉을 따라 진씨를 보러가겠다고 졸랐다.

왕부인이 말했다.

"그럼 너도 가서 보고 곧 그리로 오려무나. 너한테는 조카며느리가 된단다."

그리하여 우씨는 형부인과 왕부인 그리고 자신의 친정어머니를 모시고 회방원會芳園으로 들어갔다.

희봉과 보옥은 곧 가용과 함께 진씨의 처소로 들어갔다. 방으로 들어서서 조용히 안쪽 방문 앞에까지 걸어갔다. 진씨가 그들을 보고 곧 일어나려 애를 썼다. 희봉이 얼른 다가서며 말렸다.

"일어나지 말고 그냥 가만히 있어. 갑자기 일어나면 어지럼증이 나게 되니까."

희봉은 달려들어 진씨의 손을 잡으며 혀를 찼다.

"아이구머니, 며칠 안 봤다고 이렇게까지 몸이 축났어?"

희봉은 진씨가 앉은 요 옆에 앉으며 인사를 건네고, 보옥도 인사하고 맞은편 의자에 앉았다. 가용이 밖에다 소리쳤다.

"어서 차를 가져 오너라, 아주머니하고 보옥 아재는 큰방에서 차를 안마시고 오셨다는구나."

진씨는 희봉의 손을 당겨 잡고 가까스로 웃음을 띠며 말했다.

"이게 다 제가 복이 없어서 그래요. 이런 집안에 와서 시부모님이 친딸처럼 대해주시고 아주머니 조카뻘 되는 저이도 비록 어리지만 서로 높이 받들고 살며 한 번도 얼굴 붉힌 적이 없었고요. 온 집안의 어르신네들과 내 또래의 형님들이나 동서들, 아주머니는 말할 것도 없고 어느 누구 하나 저를 귀여워하지 않는 분이 없으며 저와 잘 어울리지 않는 사람이 없었지요. 그런데 이제 이런 병을 얻었으니 제가 더 살고 싶은 생각은 추호도 없어요. 가만히 생각해보니 저는 올해를 넘기기는 어려울 듯해요."

보옥이 앞쪽 벽에 걸린 《해당춘수도》와 진태허가 쓴 "싸늘한 봄날 한기 단꿈을 못 이루고, 향긋한 술의 향기 고운님을 가두네"라는 대련을 바라보니 불현듯 이곳에서 잠이 들었다가 꿈에 '태허환경'에 가서 노닐던 생각이 나서 잠시 넋을 잃고 있었다. 지금 진씨가 하는 말을 들으니 수만 개의 화살이 가슴에 박히는 듯하여 자신도 모르게 눈물을 주르르 흘렸다. 희봉도 마음이 아프고 견디기가 어려웠지만 아픈 사람이 오히려 문병 온 사람을 보고 마음이 심란해지면 이건 환자의 마음을 위로하고 풀어주는 게 아니라고 여겼다. 보옥이 눈물을 흘리는 걸 보고 한마디 했다.

"동생은 왜 그렇게 여자처럼 눈물을 질질 짜고 그래. 아픈 사람이 그렇게 말한다고 해서 정말 그런 지경에 이를 리가 있겠어? 게다가 나이가 얼마나 되었다고 잠시 병 한번 난 걸 가지고 그리 생각하는 거야, 그게 오히려 병을 덧나게 하는 게 아니고 뭐겠어?"

가용이 옆에 있다가 말을 보탰다.

"이 사람 병은 사실 음식만 제대로 먹으면 걱정이 없는 병이에요."

희봉이 계속 보옥에게 말했다.

"동생은 아까 어머님이 뭐라고 하셨어? 어서 빨리 가보지 않고 여기서 왜 이러고 있어? 부르러 온 어멈들도 불안할 테고 그쪽에서 마님도 걱정하고 계실 텐데."

가용이 먼저 보옥을 데리고 회방원으로 나왔다.

혼자 남은 희봉은 몇 마디 더 진씨를 위로한 다음 가슴속에 있던 수많은 말들을 내비쳤다. 우씨는 벌써 몇 차례나 사람을 보내서 어서 오라고 재촉했다. 희봉이 진씨에게 말했다.

"자네는 그동안 몸을 잘 좀 정양하고 있게나, 내 또 보러 올게. 반드시 그 병을 뿌리 뽑고 일어나야지. 전날 좋은 의원을 천거했으니 이젠 걱정이 없을 거네."

진씨가 웃음을 띠고 대답하였다.

"세상에 신선이라도 병은 낫게 할 수 있지만 수명을 늘릴 수는 없는 거라잖아요. 아주머니, 제 병은 제가 너무 잘 알아요. 그저 날짜를 기다리는 것밖에는 없어요."

"자네가 그렇게만 생각하니 병이 어찌 나을 수가 있겠어? 좌우지간 생각을 좀 넓게 먹어야 쓰지, 의원님 말을 들으면 만약 고치지 못한다고 해도 내년 봄이 문제라고 했다잖아. 지금이 구월 중순이니 아직도 너덧 달은 남았는데 무슨 병인들 고치지 못하겠어? 우리가 인삼조차 먹을 수 없는 그런 집안이면 그렇게 말하기 어려울지 몰라도 자네 시부모야 자네를 고칠 수만 있다면야 하루에 인삼 두 돈이 아니라 두 근이라도 댈 수 있는 사람들이 아닌가. 그저 잘 정양을 하여 보게. 난 이만 저쪽에 가봐야겠어."

"아주머니, 제가 직접 모시고 가지 못하는 걸 용서하세요. 그리고 틈이 나면 저한테 자주 들러서 함께 앉아서 이런저런 얘기나 많이 나눠요."

희봉이 그 말에 절로 눈시울이 붉어졌다.

"그럼, 그럼. 시간을 내서 꼭 자주 와 볼게."

희봉은 시중드는 할멈과 시녀, 녕국부에서 일하는 어멈 몇을 데리고 안에서 나와 정원을 돌아 쪽문으로 나섰다. 그때 정원의 모습은 아름답기 그지없었다.

노란 국화는 곳곳마다 가득 피어나고 하얀 버들은 언덕 위를 가로질러 섰네.
작은 다리 지나면 서서 빨래하던 약야若耶의 시냇물[1]로 통하는 듯하고
구부러진 오솔길은 신선 나타나던 천태天台의 산으로 가는 길[2]만 같아라.
돌 위에 흐르는 맑은 물은 소용돌이를 지나고
울타리 무너지는 곳에 향기 날리네.
나뭇가지 끝에는 붉은 단풍잎 흩날리고 성긴 나무숲은 그림만 같아라.
서녘 바람 차가울 때 꾀꼬리는 울음 멈추고,
한낮 햇살 따사로울 때 귀뚜라미 목청 높이네.
동남쪽을 바라보니 산기슭에 정자각을 지어 놓았고

---

1 약야천은 절강성 소흥현 남쪽의 개천으로 춘추시기 월나라의 미녀 서시가 일찍이 여기에서 옷을 빨았다고 전해짐.
2 천태산에서 한나라 때 유신과 완조가 약초를 캐다가 선녀 두 사람을 만나 반년 동안 머물렀다고 전해짐.

서북쪽을 바라보니 물가에다 대청마루 이어놓았네.
생황의 풍악소리 귀에 따가우니 그윽한 운치를 풍기고
비단자락 숲속 길 지나니 설레는 풍류를 더하여라.

희봉이 정원의 가을 경치에 넋을 잃고 흠뻑 빠져 한 걸음 한 걸음 감상하면서 고즈넉한 오솔길을 걷고 있는데 돌연 정원의 산석 뒤에서 한 사내가 불쑥 나서며 희봉에게 말을 걸었다.

"아주머니, 안녕하셨어요?"
희봉이 깜짝 놀라 움찔하고 뒤로 물러섰다.
"이게 누구신가? 가서 서방님이 아니신가요?"
"아이고, 아주머니께서 저도 몰라보십니까? 제가 아니면 누구겠습니까?"
가서가 다그쳐 물으니 희봉이 정신을 차리고 대답했다.
"몰라본 게 아니라 너무 갑작스러워서 서방님이 이런 곳에서 나올 줄은 미처 생각하지 못했던 거죠."
"아무래도 아주머니하고 저하고 무슨 인연이 있는가 봐요. 방금 자리에서 잠시 나와서 이처럼 깨끗하고 맑은 경치를 구경하며 산보하는 중인데 뜻밖에도 여기서 아주머니를 만날 줄은 몰랐지 뭐예요. 그게 인연이 아니고 뭐겠어요?"
가서는 그렇게 말하면서 눈알을 쉴 새 없이 굴리며 희봉의 몸매를 훑어봤다. 희봉은 원래 총명하기 그지없는 사람이라 벌써 가서의 그러한 모습을 보고 그의 의도를 십중팔구 짐작한 뒤 거짓 웃음을 흘리며 속에 없는 말로 가서를 떠봤다.
"그러기에 형님께서 항상 가서 나리가 훌륭하다고 칭찬하시더니만 오늘 직접 뵙고 또 몇 말씀을 들어보니 정말로 똑똑하시고 화기가 넘치는 분이신 것을 알겠네요. 저는 지금 마님들께로 가는 길이라서 서방님하고 조용히 말할 시간은 안 되지만 짬을 좀 내서 우리 얘기 좀 나누시겠어요?"

가서는 좋아라 대답했다.

"제가 아주머니 댁에 인사드리러 가고 싶습니다만, 아주머니가 젊으셔서 쉽게 안 만나 주실까 걱정이죠."

희봉이 거짓으로 웃음을 흘리며 달랬다.

"다 같은 집안사람인데 무슨 젊고 안 젊고를 따진다고 그러세요."

가서는 그 말을 듣고 다시는 오늘같이 놀라운 기회를 얻을 수 없다고 생각하자 정신이 아득해지며 온몸이 정말 바라보기 민망할 만큼 변해 갔다. 희봉이 빨리 몸을 뺄 궁리로 재촉했다.

"어서 자리로 들어가세요. 저 사람들이 서방님 잡아다가 벌주라도 먹이면 어떡하려고?"

가서가 그 말을 듣고 몸은 이미 절반가량 마비되고 있었다. 천천히 걸으면서 자꾸 뒤를 돌아보았다. 희봉은 일부러 발걸음을 천천히 떼어놓으면서 그가 멀리 가고 난 것을 본 다음에 비로소 마음속으로 생각했다.

'열 길 물속은 알아도 한 길 사람 속은 모른다더니, 세상에 저런 금수 같은 놈이 있단 말인가. 저자가 계속 그런다면 언젠가는 내 손에 죽게 해주겠다. 그때 가서야 비로소 내 진면목을 보게 될 것이야!'

희봉이 걸음을 옮겨 산언덕을 돌아 나오는데 건너편에서 할멈 두엇이 다급하게 달려오다 희봉을 보고 웃으며 말한다.

"저희 마님이 아씨마님 안 오신다고 마음이 조급해지셔서 저희를 보내셨어요."

"너희 마님은 어쩌면 이리도 성질이 불같이 급하시냐."

희봉은 천천히 걸어가면서 또 물었다.

"그래 연극은 몇 막이나 올랐는데?"

"벌써 여덟이나 아홉 번째 막을 올렸어요."

말하는 사이에 어느덧 천향루天香樓 뒷문에 이르렀다. 보옥과 여러 시녀들이 거기서 장난을 치며 놀고 있었다.

"동생, 너무 심하게 장난치지 말고 놀아."

그때 한 시녀가 얼른 말했다.

"마님들께서 누각 위에 앉아 계셔요. 아씨마님은 이쪽으로 오르세요."

희봉이 큰 걸음으로 치마를 들어 올리고 누각 위로 올라갔다. 우씨가 누각의 계단 입구에서 기다리고 있다가 웃으며 말했다.

"자네들 두 사람은 사이가 너무 좋아서 한 번 만나면 떨어질 줄을 모른다니까. 아예 내일 여기로 이사 와서 그 아이하고 함께 사는 게 어때? 자, 여기 앉아. 내가 먼저 한 잔 그득 따라줄 테니까."

희봉은 형부인과 왕부인에게 인사하고 우씨의 모친께도 한마디 건넨 다음에 우씨와 함께 한 탁자에 앉아 술을 마시며 연극을 관람했다. 우씨가 연극제목이 적힌 판을 가져오라 하여 희봉에게 하나 찍으라고 했다.

"사돈 마님이 계시고 우리 마님들께서 저기 계시는데 제가 어찌 주제넘게…."

희봉의 말을 듣고 형부인과 왕부인이 함께 말한다.

"우리하고 사돈 마님은 벌써 여러 편을 지목하여 들었다. 좋은 작품을 골라서 우리도 들어보자꾸나."

희봉은 연극제목판을 건네받았다. 처음부터 죽 훑어보고는 《환혼還魂》[3] 한 대목과 《탄사彈詞》[4] 한 대목을 시키고 판을 건네면서 말한다.

"지금 부르는 게 《쌍관고雙官誥》[5]인가요? 저거 다 듣고 이 두 곡을 부르게 하면 대충 시간이 다 될 거예요."

"누가 아니래. 이젠 일찌감치 네 오라버니, 올케가 쉬도록 도와주어야지. 저들도 마음이 편안하지 못할 건데."

왕부인이 말하자 우씨가 곧 말을 받았다.

"마님들이 자주 오시는 것도 아닌데 모처럼 한자리에 모이셨으니 오래 계셔야지 재미있지요. 아직 날이 저물기는 멀었는걸요, 뭐."

희봉이 일어나서 누각을 한 번 바라보더니 말하였다.

"남정네들은 다들 어디로 가신 거야? 안 보이시네."

곁에 있던 할멈 하나가 답변을 했다.

"남자 분들은 방금 응희헌凝曦軒으로 가셨는데, 악단을 데리고 그곳으로 술 자시러 가신 거랍니다."

"여기선 불편하기도 하겠지. 그런데 안 보이는 곳에 뭐 하러 간 건지 모르겠군."

희봉의 말에 우씨가 웃으며 말했다.

"모두 자네처럼 점잖은 사람들인 줄로만 알아?"

다 같이 웃고 즐기는 가운데 신청했던 연극도 노래를 다 마쳐서 모두 술자리를 파하고 나니 다시 식사가 들어왔다. 저녁식사까지 마친 후에 모두들 정원으로 나와 안채의 넓은 방에서 차를 마시고 나서 수레를 부르고 우씨 모친에게 간다는 인사를 했다. 우씨는 여러 희첩들과

---

3 명나라 탕현조가 지은 《모란정》의 한 대목. 유몽매와 두려낭의 사랑이야기로, 두
  려낭이 상사병으로 죽었다가 부활하여 유몽매와 맺어진 내용임.
4 청나라 홍승이 지은 《장생전》의 한 대목. 당 현종과 양귀비의 사랑이야기로, 악공
  이구년이 안사의 난을 거쳐 강남을 유랑하며 비파를 뜯고 노래를 하는 내용인데,
  당 현종과 양귀비의 만남과 이별을 노래하였음.
5 《쌍관고》는 청나라 진이백(陳二白)의 전기. 풍림여(馮琳如)의 비첩 벽련(碧蓮)
  이 수절하며 아들을 길렀는데, 후에 죽은 줄로 알았던 지아비가 병부상서가 되어
  금의환향하고 아들도 과거에 급제하여 조정으로부터 동시에 두 가지 고명(誥命)
  을 받게 되는 내용임.

할멈, 시녀들을 대동하고 문 앞에까지 나와 배웅하였다. 가진은 많은 자제들을 데리고 수레 옆에 시립하고 있다가 형부인과 왕부인을 보고 인사했다.

"두 분 아주머님 내일 또 놀러 오세요."

"그만 되었네. 오늘 우리가 하루 종일 죽치고 앉아서 피곤도 하니 내일은 좀 쉬어야지."

왕부인이 말을 마치자 다들 수레에 올랐다. 가서는 여전히 시시때때로 눈알을 굴려 희봉을 쳐다보고 있었다. 가진 등이 들어간 뒤에 이귀는 말을 끌고 와서 보옥을 태우고 왕부인의 수레 뒤를 따라갔다. 가진과 집안 자제들도 저녁식사를 마치고 다들 흩어졌다.

다음날 원근의 친척들이 줄지어 찾아와서 하루 진탕 놀았던 일은 말할 필요도 없다. 그 후 희봉은 자주 진씨를 찾아와 문병했는데 진씨도 며칠은 좀 좋았다가 또 며칠은 차도가 없는 등 매일반이어서 가진과 우씨, 가용이 맘을 놓지 못하고 있었다.

한편 가서는 그 사이에 영국부로 몇 차례나 찾아갔지만 그때마다 희봉이 녕국부에 문병 가느라고 집에 없었다. 그러다 동짓달 그믐날이 찾아왔다. 계절이 바뀌는 때여서 그즈음에는 가모와 왕부인, 희봉 등이 날마다 번갈아 사람을 보내 진씨를 살펴보도록 했다. 하지만 돌아와서 보고하는 말은 언제나 '요 며칠간 병이 더 깊어지지도 않았지만 또 크게 나아지지도 않고 있답니다'라는 말뿐이었다. 왕부인이 가모에게 말씀을 올렸다.

"이러한 병은 요즘 같은 환절기에 크게 도지지 않으면 앞으로 좋아질 가망이 있는 겁니다."

"그러게 말이다. 좋은 아인데, 그러다 어떻게 되기라도 하면 어떡하나. 정말 사람 애간장을 다 태우는구나."

가모도 그렇게 말하면서 가슴이 아파 와서 곧 희봉에게 시켰다.

"너희 두 사람이 사이좋게 잘 지냈으니 내일은 섣달 초하룻날이라 안 되겠고 내일 지나서 모레 다시 가 보아라. 자세히 상황을 살펴보고 혹시 좋아지기라도 했다면 내게 와서 일러주려무나. 그리되면 나도 좀 마음을 놓겠구나. 그 아이가 평소에 무엇을 잘 먹었는지 사람 시켜서 자주 만들어서 보내주도록 하고."

희봉이 일일이 그렇게 하겠노라고 말씀드렸다.

초이튿날이 되자 희봉은 일찌감치 녕국부로 건너왔다. 진씨의 상황을 살펴보니 비록 병이 더 도지지는 않을 것 같았지만 얼굴과 몸의 살이 빠지고 바짝 말라가고 있었다. 진씨와 함께 한참 동안 앉아 이 얘기 저 얘기 하며 병하고 상관없는 말들로 마음을 좀 풀어주었다.

"좋아지고 안 좋아지는 건 봄이 되어야 알 수 있을 거예요. 지금 동지가 지났는데 별일이 없었으니 혹시 좋아지려는 건지도 모르겠네요. 아주머니는 노마님과 마님께 마음 놓으시라고 전하시고요, 어저께 노마님이 보내주신 대추 속을 넣은 산약떡은 두 개나 먹었는데도 소화가 되는 것 같았어요."

"그럼 내일 더 보내올게. 난 자네 시어머니한테 잠깐 들렀다가 건너가서 노마님한테 말씀을 드리겠네."

"아주머니께서 저 대신 노마님과 마님께 안부 인사 여쭤주세요."

희봉은 대답하고 나와 우씨의 안채로 가서 자리에 앉았다.

"동서가 냉정하게 살펴볼 때 우리 며느리의 병이 어떠한 거 같은가?"

우씨의 말에 희봉은 한참 고개를 숙이고 생각하다가 이윽고 대답했다.

"이제는 아무런 방법이 없는 것 같아요. 형님도 앞으로 일을 생각하여 뒷일에 쓸 것들을 채비하고 액운을 쫓을 생각을 하는 게 좋을 거 같네요."

"나도 사람을 시켜 조용히 준비하는 중이야. 다만 그 물건만은 좋은 나무를 구하기가 어려우니 우선 천천히 알아봐야겠어.”

희봉은 차를 마시고 잠시 더 얘기를 나눈 뒤 일어섰다.

“어서 노마님한테 말씀드리러 가야 해요.”

우씨가 걱정스럽게 이야기 하였다.

“천천히 잘 말씀드려. 괜히 노마님 놀라게 하지 말고.”

“알겠어요.”

희봉이 그렇게 대답하고 이쪽으로 돌아와 우선 가모를 뵙고 말씀을 올렸다.

“가용 서방님 안식구가 노마님께 문안 인사를 올리고 엎드려 절을 드린답니다. 자기 병은 많이 나아졌으니 노마님께서는 마음 놓으시랍니다. 병이 좀더 나아지면 노마님한테 큰절 드리고 문안드리러 온다고 합니다.”

“그래, 그 아이가 좀 어떠하더냐?”

“한동안은 별 문제가 없을 것 같아요. 아직 정신은 멀쩡하더라고요.”

가모가 듣고는 한참 동안 뭔가 골똘하게 생각에 잠기더니 이내 희봉한테 말했다.

“너도 가서 옷 갈아입고 쉬어라.”

희봉이 왕부인을 뵙고 나서 집으로 돌아가니 평아平兒가 화로에 따뜻하게 말린 평상복을 주어 갈아입도록 했다. 희봉은 앉자마자 말을 건넸다.

“집안에 별일 없었느냐?”

평아가 차를 받쳐 들고 들어와 건네면서 대답했다.

“뭐 별다른 일은 없었어요. 그 3백 냥 이자는 왕아旺兒 댁네가 가져왔기에 받아두었어요. 그리고 참, 가서 나리가 사람을 보내 아씨가 집에 계신지 물어보았어요. 문안 인사를 드리고 뭐 말씀을 드릴 게 있다나요.”

희봉이 그 말을 듣고서 코웃음을 '흥'하고 치고 나서 한마디 독하게 내뱉었다.

"이 짐승 같은 놈, 죽어 마땅하구나. 어떻게 나오는지 한번 봐야겠다!"

"그 가서 나리가 무슨 일로 그렇게 찾아온대요?"

평아가 묻자 희봉이 이윽고 지난 구월 녕국부 정원에서 만났던 일을 다 말해 주었다. 평아가 듣고는 혀를 끌끌 찼다.

"두꺼비가 백조 고기를 탐내는 격이지. 정말 인륜도 모르는 저질스런 놈이군요. 그런 흉측한 마음을 먹다니 죽으려고 환장했나 보군요."

희봉이 이를 악물고 말했다.

"그 사람이 찾아오면 내가 알아서 처리할 테니 두고 봐라."

과연 가서가 찾아왔을 때 어떤 일이 벌어지는지 궁금하면 다음 회를 보시라.

王熙鳳毒設
相思局
賈天祥正照
風月鑑

풍월보감의 저주

왕희봉은 치정놀음에 무서운 계략 꾸미고
가천상은 풍월보감의 정면을 비추었다네

王熙鳳毒設相思局 賈天祥正照風月鑑

왕희봉과 평아가 이야기를 나누는데 밖에서 전갈이 들어왔다.

"가서 나리님께서 오셨습니다."

희봉이 급히 분부했다.

"어서 안으로 모셔라."

가서는 안으로 모시라는 말을 듣고 마음속으로 기쁨을 억누르지 못하고 성급히 들어와서는 만면에 웃음을 띠며 희봉에게 연거푸 문안 인사를 올렸다. 희봉은 거짓으로 은근한 태도를 보이면서 차를 내오고 자리에 앉기를 권했다. 가서는 희봉이 이처럼 차려입고 화장한 것만 보고도 온몸이 사르르 녹을 지경이어서 눈을 게슴츠레 뜨고 물었다.

"형님은 여태 안 돌아오셨나 보죠?"

"글쎄 무슨 까닭인지 모르겠네요."

희봉의 말에 가서가 얼른 말을 받았다.

"오는 길에 누군가 발목이라도 잡은 건 아닐까요? 차마 뿌리치고 올 수 없어서 잡혀 있는 건지도 모르죠."

"그럴지도 모르죠. 남자란 원래 만나는 여자마다 다 좋아하니까."

그 말에 가서가 웃으며 손사래를 쳤다.

"형수님, 그 말씀은 틀렸습니다. 저는 절대로 그런 사람이 아닙니다."

"아이고, 서방님 같으신 분이야 몇 없지요. 열 사람 중에 하나도 찾기 어려울 거예요."

가서는 기분이 좋아져서 제 귓불을 만지고 뺨을 비비면서 말했다.

"형수님은 날마다 얼마나 심심하시겠어요?"

"그럼요, 그저 누군가 찾아와서 재미있는 얘기나 하며 심심하지 않도록 해주기만 바라는 거죠."

"사실 저는요, 날마다 시간이 많거든요. 매일 여기에 와서 형수님 심심치 않게 해드리고 싶은데 어때요?"

"서방님도 참, 날 놀리는 거죠? 이런 데를 오고 싶어 하실 리가 있나요."

가서의 말을 듣고 희봉이 넌지시 다시 떠보았다.

"제가 형수님 앞에서 추호라도 거짓말을 하면 하늘에서 날벼락이 떨어질 거예요. 저는 그저 평소에 사람들한테서 형수님이 무서운 분이라고 들어서 형수님한테 잘못을 보일까봐 꼼짝 못하고 있었던 것이지요. 지금 만나 뵈니 형수님은 참 말씀도 잘하시고 우스개도 잘하시며 사람을 이처럼 잘 대해 주시는데 제가 어찌 안 올 수 있겠어요? 죽는 한이 있어도 꼭 와야지요."

가서의 말에 희봉은 여전히 웃으며 자꾸 추어올렸다.

"과연 서방님은 총명하신 분이셔. 가용이나 가장 같은 사람보다도 훨씬 더 나으시다니까요. 그 두 사람이 생김새는 멀쩡해 가지고 속마음도 훤할 줄 알았는데 웬걸요, 아주 남의 속도 모르는 바보 멍청이들이라니까요."

가서가 그 말에 더욱 마음이 동하여 그만 자기도 모르게 가까이 다가 앉으면서 희봉이 차고 있는 복주머니를 힐끔힐끔 보다가 끼고 있는 반지가 무슨 반지냐고 물었다. 희봉이 조용하고 점잖게 한마디 했다.

"좀 진중하게 있을 수 없어요? 아랫것들이 보면 웃음거리가 되잖아요."

가서는 그 말이 마치 황제의 성지나 부처님의 가르침이나 되는 것처럼 급히 몸을 빼어 뒤로 물러나 앉았다. 희봉이 여전히 웃으면서 말했다.

"이제 가 보셔야 되잖아요."

"조금만 더 있다가 가면 안 되나요? 정말 형수님은 무정하시군요."

가서의 투정에 희봉이 은근한 목소리로 달랬다.

"백주 대낮에 사람들이 숱하게 오가는데 서방님이 여기 앉아 계시면 아무래도 불편하지 않겠어요? 우선 돌아가셨다가 저녁에 야경 돌 때쯤 다시 오세요. 몰래 서쪽 천당穿堂에서 기다리세요."

가서가 그 말을 듣고 진귀한 보물을 얻은 듯이 서둘러 재차 물었다.

"절 놀리시려는 건 아니시죠. 거기는 사람들이 많이 오가는 곳인데 어떻게 숨어 있으란 말이신가요?"

"아이고, 그런 걱정일랑 붙들어 매놓으세요. 제가 야간 당직 하인들을 집으로 돌아가 쉬라고 해놓고 양쪽 문을 닫아걸면 다른 사람들이 오가지 못할 테니."

희봉의 설명에 가서는 기쁨을 감추지 못하고 얼른 인사하고 나오면서 속으로는 이제 드디어 손안에 들어왔다고 쾌재를 불렀다. 가서는 저녁이 되길 기다렸다가 어둠 속에서 슬쩍 영국부 안으로 숨어들었다. 문이 닫힐 때를 기다려 천당으로 기어들었는데 과연 칠흑 같은 어둠 속에 아무도 지나는 이가 없었다. 가모의 처소로 통하는 문도 이미 닫혔고, 동쪽으로 통하는 문만 아직 닫히지 않은 상태였다. 가만히 귀를 기울여 보았지만 한참 동안이나 아무도 오는 사람이 없었다. 그러다 갑자기 덜커덩 하는 소리가 들리더니 동쪽으로 통하는 문마저 닫히고 말았다. 깜짝 놀랐지만 그렇다고 소리를 지를 수도 없어 그저 숨을 죽이고 살그머니 나와 문을 한 번 흔들어 보았다. 문은 철통같이 굳게 닫혀 있었다. 이제 와서 나가겠다고 소리친들 이미 소용없는 노릇이었다. 동서 방향으로는 큰 건물의 바깥벽이니 뛰어넘으려 해도 기어오를 수조차 없는 곳이었다.

이 천당은 건물 사이를 지나는 골바람이 강하게 부는 데다 휑하니 텅 빈 공간이었다. 게다가 지금은 칼바람 부는 섣달 무렵이었다. 길고 긴 겨울밤에 삭풍은 밤새도록 살을 에는 듯 뼛골 깊숙이 파고들었다. 가서는 거의 얼어 죽을 지경이 되어 새벽까지 간신히 버티었다. 할멈 하나가 먼저 동문을 열고 들어와 서문 쪽에다 대고 문을 열라고 소리쳤다. 가서는 할멈이 지나간 등 뒤로 살금살금 연기처럼 빠져나와 어깨를 움츠리고 죽어라 집으로 달려갔다. 다행히 이른 새벽이라 사람들이 일어나지 않았으므로 아무에게도 눈에 뜨이지는 않았다.

원래 가서는 부모를 일찍 여의고 오로지 할아버지 가대유賈代儒의 가르침을 받고 자랐다. 가대유는 평소 아주 엄하게 그를 대했다. 가서가 쓸데없이 나돌아다니며 밖에서 술이나 마시고 도박이나 일삼게 되면 공부를 게을리하게 될까 걱정하여 심하게 다스렸다. 지금 그가 밤새 돌아오지 않자 틀림없이 밖에서 술을 마시거나 노름을 하거나 아니면 계집질이나 하는 것이라고 단정하고 밤새 화가 잔뜩 나 있었다. 손자가 이런 곤경에 빠져 있으리라곤 전혀 생각하지 못했던 것이다. 가서는 진땀을 흘리면서 거짓말로 둘러대는 수밖에 없었다.

"잠깐 외삼촌댁에 갔다가 날이 저물어서 그냥 자고 온 거예요."

"외출할 때는 반드시 나한테 말하고 가라고 했는데 어찌하여 제멋대로 나갔느냐? 그것만으로도 맞아야 마땅한데 게다가 거짓말까지 해?"

가대유는 힘껏 매를 삼사십 대나 쳤다. 그리고 밥도 굶기고 마당에 꿇어앉아 책을 읽도록 했다. 기어이 열흘치 공부를 다 마치게 하고서야 놓아주었다. 가서는 한밤 내내 몸이 얼었던 데다 모진 매를 맞고 밥도 굶은 채 찬바람 부는 마당에 꿇어앉아 책을 읽어야 했으니 그 고통은 참으로 말로 다할 수 없었다.

하지만 가서의 마음은 여전히 변함이 없었다. 희봉이 그를 조롱하고 있다고는 전혀 생각지도 못하고 이틀쯤 지난 뒤에 짬을 내서 다시 희봉을 찾아갔다. 희봉은 일부러 그가 약속을 저버렸다고 원망하면서 짐짓 토라진 듯한 표정을 지었다. 마음이 다급해진 가서는 자신이 틀림없이 약속을 지켰다고 악을 쓰며 맹세하였다. 희봉은 그가 스스로 투망에 걸리고 있다고 여기고 다시 계책을 마련하여 그 스스로 알아차리기를 바라면서 그와 만날 약속을 하였다.

"오늘밤에는 그곳에 있지 말고 우리 집 뒤편에 작은 골목길이 있는데 그쪽 빈방에서 나를 기다려요. 함부로 쳐들어오면 안돼요."

"정말이에요?"

"누가 놀리는 줄 아세요? 못 믿겠으면 오지 마시든지."

"아니 올게요, 올게요. 죽더라도 오겠어요!"

"그럼 먼저 가보세요."

가서는 저녁시간에는 틀림없이 만날 것으로 생각하고 먼저 자리를 떠났다. 가서를 보내고 희봉은 심복 두어 명을 점찍어 마침내 그를 함정으로 몰아갈 작전을 짜기 시작했다.

한편 가서는 집으로 돌아가 밤이 오기만을 학수고대하고 있는데 하필이면 그때 친척이 찾아와서 저녁밥까지 먹고서야 가게 되었다. 시간은 벌써 불을 켤 때가 되었다. 할아버지가 잠자리에 들고 나서야 살그머니 빠져나와 영국부로 숨어들었다. 곧장 좁은 골목 안 빈방으로 가서 희봉을 기다리는데 벌써 몸은 들떠 올라 뜨거운 가마솥의 개미처럼 안

절부절이었다. 그러고 한참을 기다려도 도대체 사람은 나타나지 않았다. 아무리 기다려도 영 소식이 없기에 마음속으로는 '설마 또 안 오는 건 아니겠지, 또 나를 밤새 꽁꽁 얼게 하지는 않겠지'라고 생각하던 차에 시커먼 사람 하나가 어둠 속에 불쑥 나타났다. 가서는 그 사람이 틀림없이 희봉이라고 생각하고 다짜고짜 며칠 굶은 호랑이처럼 그가 문을 막 들어서는 순간 달려들어 고양이가 쥐를 잡듯 끌어안고 소리쳤다.

"아이고 형수님, 기다리다 죽는 줄만 알았어요!"

그리고는 곧바로 번쩍 안아다가 방 안 온돌 위에 눕히고는 입술을 빨고 바지를 끌어내리면서 입으로는 끊임없이 '아이쿠, 어머니', '아이쿠, 아버지' 해가며 제멋대로 지껄이며 헐떡거렸다. 밑에 깔려 누워 있던 사람은 찍소리도 없이 가만히 있었다. 가서는 잔뜩 열이 올라 다급해지자 자신의 바지를 벗고 진작부터 벌떡 일어나 딱딱하게 세워진 제 물건을 들이대려고 하였다. 그때 갑자기 불빛이 얼핏 비치더니 가장賈薔이 종이 말이 심지에 불을 붙여서 들어오며 소리를 질렀다.

"거기 안에 있는 게 누구냐?"

그러자 온돌 위에 누워 있던 사람이 웃으면서 비로소 말했다.

"가서 아재가 나한테 이상한 짓을 하려고 해요!"

가서가 내려다보니 그는 바로 가용賈蓉이었다. 가서는 낯이 뜨거워서 쥐구멍이라도 찾고 싶은 심정으로 어찌할 바를 몰랐다. 그대로 도망치려고 했지만 벌써 가장에게 멱살을 잡히고 말았다.

"어딜 가려고요? 지금 가련 아저씨 숙모님이 벌써 마님한테 고하러 가셨어요. 아재가 공연히 희롱한다고 말이에요. 그래서 잠시 몸을 피하기 위해 아재를 여기서 기다리라고 한 거지요. 마님이 듣고서 기절초풍하게 놀라 우리를 시켜 아재를 잡아오라고 했어요. 방금 가용을 끌어안아 눕히고 했으니 아니라고 발뺌은 못하겠죠? 어서 마님을 뵈러 갑시다!"

가서가 그 말을 듣고는 혼비백산하여 정신을 못 차렸다.

"이보게 조카님, 제발 날 못 봤다고 말해 주게나. 내일 내가 정중히 사례를 하겠네."

"굳이 사례를 하신다면야 그냥 보내드리는 건 별거 아니지요. 하지만 얼마쯤이나 사례하실 겁니까? 게다가 말로만 해서야 증거가 없으니까 안 되고 문서를 하나 쓰셔야지요."

가장의 말에 가서가 물었다.

"이런 걸 어떻게 문서로 쓴단 말인가."

"걱정 없어요. 노름으로 남한테 돈을 잃었다고 하고 얼마를 빌렸다고 쓰면 되니까요."

"그거야 쉽지만, 지금 여기에 지필묵이 없으니 어찌하는가?"

가서가 걱정하자 가장이 또 나섰다.

"걱정 없어요."

가장은 미리 준비한 종이와 붓을 가져다 곧바로 가서에게 차용증을 쓰라고 했다. 두 사람은 실랑이를 하다가 결국 50냥의 액수를 쓰게 하였다. 가장이 그것을 받아 넣고 나서 가용에게 이렇게 마무리하자고 하니 가용은 이를 악물고 이대로는 안 된다고 버텼다.

"내일 온 집안사람들한테 다 고해서 따져 볼까요?"

그 말에 가서가 또 황급히 가용에게 엎드려 절을 했지만 그것으로는 안 된다고 했다. 가장이 나서서 겨우 어르고 달래고 하여 또 한 장의 50 냥짜리 차용증을 써서 가용에게 주고서야 끝을 냈다. 그리고 가장이 말했다.

"지금 아재를 놓아 보내면 내가 잘못을 뒤집어쓰는 게 되니까 안 되고요, 지금 노마님 쪽 문도 벌써 다 닫혔고, 나리께서 지금 대청에서 남경에서 온 물건을 보고 계시니 그쪽으로도 지나가기 어렵고 다만 뒷문으로 나갈 수밖에 없어요. 지금 곧바로 나가다 사람이라도 부딪치면 우리까지 연루되어 끝장이니까 우리가 먼저 나가서 살펴보고 다시 부르러 올게요. 이 방에는 숨어 있을 수가 없어요. 조금 있다가 물건을 쌓아두러 올 테니까 다른 곳을 찾아볼게요."

그리곤 가서를 이끌고 불을 끈 다음 밖으로 나와 높은 계단 아래의 작은 공간을 더듬어 보고 말했다.

"여기 움푹한 곳에 들어가 쪼그리고 앉아 있어요. 끽소리 하지 말고 우리가 다시 올 때까지 가만히 있어야 돼요!"

두 사람은 사라졌다. 가서는 이때 이미 제 몸을 자기 마음대로 할 수 없는 상황이 된 터라 그냥 잠자코 그곳에 앉아 기다릴 뿐이었다. 속으로 어찌하는 게 좋을까 머리를 굴리던 차에 갑자기 머리 위에서 쏴아 하는 소리와 함께 똥통에서 똥오줌이 그대로 쏟아졌다. 미처 피할 수도 없이 머리부터 온몸이 다 젖고 말았다. 가서는 자신도 모르게 "아이고야" 하고 소리를 지르다가 곧 제 입을 틀어막고는 감히 끽소리도 내지 못했다. 머리와 얼굴, 온몸이 온통 똥오줌으로 범벅이 되어 덜덜 떨고 있을 뿐이었다. 그때서야 가장이 뛰어와서 소리쳤다.

"어서 뛰어요, 빨리 뛰어 나가!"

그 소리에 가서는 목숨을 얻은 듯이 죽어라고 달려 뒷문으로 빠져나와 집으로 돌아왔다. 시간은 벌써 한밤중이었다. 소리를 질러 문을 열라고 하니 하인이 그 모습을 보고 어찌 된 일이냐고 물었다. 또 어쩔 수 없이 거짓말로 둘러댔다.

"어두운 길을 오다가 발을 잘못 디뎌서 변소 똥통에 빠지고 말았어."

자기 방으로 들어가 옷을 갈아입고 빨래를 했다. 속으로 희봉이 자신을 갖고 희롱한 데 대해서는 원한이 사무치다가도 또 희봉의 아리땁고 요염한 모습을 상상하기만 하면 그냥 품안에 끌어안고 뒹굴고 싶은 마음이 간절해져 밤새도록 제대로 눈도 붙이지 못했다.

이로부터 마음속에서는 온통 희봉의 생각으로 가득 찼지만 감히 영국부로 그녀를 찾아갈 수는 없었다. 가용과 가장은 수시로 찾아와 돈을 내놓으라고 하였고, 할아버지가 알게 될까 두려웠다. 간절한 그리움을 견딜 수 없는 데다 엉뚱한 빚 독촉까지 날로 심해지고 날마다 해야 할 공부도 그를 괴롭혔다.

그는 한창나이 스무 살에 아직 장가도 들지 못했으니 아득하게 희봉의 요염한 몸매를 생각만 해도 참을 수가 없어서 손가락 끝에서 용두질로 해결하는 수밖에 없었다. 두 번이나 한밤중에 몸을 꽁꽁 얼리고 놀란 마음에 허둥대는 동안 몸은 한없이 허약해진 데다 서너 번의 협공을 받자 가서는 그만 몸져눕고 말았다. 가슴속은 부어오르고 입안은 바짝바짝 마르며 다리는 솜처럼 힘이 없어지고 눈은 식초를 친 것처럼 시큰거려 제대로 뜨기가 어려웠다. 한밤중에도 열이 오르고 한낮에도 몸이 한없이 늘어지며 아랫도리에선 연거푸 정액이 흘러나오고 기침을 하면 가래 속에 피가 섞여 나왔다. 이러한 증세가 계속되다 채 1년도 되기 전에 증세가 더 심해져 더는 버티기가 어렵게 되었다.

고개를 처박고 잠이 들면 눈을 감자마자 꿈속에서 귀신이 거꾸로 매달린 모습으로 나타났다. 가서는 알아들을 수 없는 소리를 지껄이다 무서움에 떨며 놀라서 깨어나곤 했다. 가대유는 백방으로 의원을 청하여 고쳐 보려고 육계肉桂와 부자附子, 별갑鱉甲, 맥동麥冬, 옥죽玉竹 등으로 약을 지어 수십 근이나 먹여 보았지만 전혀 차도가 보이지 않았다.

세월은 순식간에 흘러 다시 겨울이 지나고 봄이 돌아왔으나 그의 병은 더욱 깊어졌다. 다급해진 가대유는 각처의 의원을 청하여도 모두 효과를 보지 못하자 마침내 독삼탕獨蔘湯[1]을 먹어 보기로 했다. 하지만 그

---

1 원기가 크게 손상되고 양기가 갑자기 빠져나가는 증세에 쓰는 약으로 한 냥이나 두 냥 정도의 인삼만 끓여서 만든 탕약.

의 집안형편상 이를 만들 수가 없었으므로 하는 수 없이 영국부로 찾아와 통사정하였다. 왕부인은 곧 희봉에게 명하여 인삼 두 냥을 달아 내주도록 분부했다. 그러자 희봉은 은근히 발뺌을 했다.

"지난번에 새로 들여온 것은 모두 노마님께 약으로 지어 보냈고요, 그 한 묶음으로 된 것은 마님께서 남겼다가 양제독楊提督 댁 마님께 약으로 지어 보내라고 하셨는데 하필이면 어제 벌써 보내드리고 말아서 어쩌지요."

"우리 집에 없다면 사람을 보내 네 시어머님께 여쭤 보거나 저쪽 가진 오라버니한테 좀 알아봐서라도 모아서 보내주어라. 그걸 먹고 한 생명을 구한다면 그것도 훗날 크게 복 받을 일이 아니겠느냐."

왕부인의 말을 들었지만 희봉은 사람을 보내 찾아보려고 하지 않고 그저 찌꺼기로 남아 있던 인삼 부스러기 몇 푼을 모아 보내고 말았다. 그러면서 '이건 마님이 보내는 것인데 더는 없으니 그리 아시라'고만 전하라고 했다. 그리고 왕부인에게는 이렇게 둘러댔다.

"여기저기서 구하여 두 냥을 모아 보내주었습니다."

가서는 이때 목숨이 경각에 달린 마당이라 아무런 약도 효력이 없었으니 그까짓 백삼 부스러기 조금 가지고는 당연히 아무 소용도 없었다.

그러던 어느 날 갑자기 다리를 절룩거리는 도사 하나가 와서 시주를 청하며 '원통한 업보로 인하여 든 병을 전문으로 고치노라'고 중얼거렸다. 그 말이 가서의 귀에 들어가자 곧 소리를 질러 그를 불렀다.

"어서 저 도사님을 불러들여 나를 살려줘요!"

가서는 그렇게 소리치면서 벌써 베개 위에서 머리를 조아려 절을 하고 있었다. 사람들이 하는 수 없이 도사를 안으로 들라고 하니 가서가 단번에 그를 붙잡고 연신 소리쳤다.

"도사님, 제발 저를 좀 살려주세요!"

270

"자네의 병을 고칠 수 있는 약이란 이 세상에는 없네. 나한테 귀한 보배가 하나 있는 걸 자네한테 보여줄 테니 날마다 그걸 바라보면 목숨만큼은 보존할 수가 있을 것이네."

도사는 말을 끝내고 메고 있던 바랑에서 거울 하나를 꺼냈다. 거울은 양면 모두가 비춰 볼 수 있는 것인데 거울의 손잡이에 '풍월보감風月寶鑑'이라는 네 글자가 새겨져 있었다. 도사는 거울을 가서에게 건네주며 내력을 얘기했다.

"이것은 태허환경 공령전空靈殿에서 가져온 것으로 경환선녀가 손수 만드신 거울이다. 오로지 사악한 생각과 경거망동으로 인한 병을 치료하며 세상을 구제하고 목숨을 보존하는 공력을 가진 거울이니라. 그러므로 이 거울을 가지고 세상에 나가면 총명하고 준수한 영걸이나 풍류스럽고 우아한 왕손들만을 비추게 되는 것이다. 하지만 절대로 정면을 비추면 안 되고 반드시 뒤쪽만 비춰 봐야 하느니라. 그게 가장 중요한 말이니 제발 잊지 말지어다. 사흘 뒤에 찾으러 올 테니 잘 보관하고 있게나!"

말을 끝내고 휘적휘적 가버렸다. 여러 사람이 달려들어 좀 앉았다 가시라고 해도 말을 듣지 않았다. 가서는 거울을 받아들고 생각에 잠겼다.

"이 도사가 참 재미있는 양반이군. 그렇다면 한번 비춰 봐야겠군그래."

그리고는 '풍월보감'을 들어 뒤쪽을 비춰 보았다. 거기엔 뜻밖에도 해골 하나가 정면으로 드러나 보였다. 가서는 기절초풍하도록 놀라서 후다닥 거울을 내던지고 도사에게 욕을 퍼부었다.

"도사란 자가 고약한 놈이로군, 이렇게 나를 놀라게 하다니. 이번엔 앞쪽을 비춰 봐야겠다, 뭐가 있는지나 보게."

그리고 정면을 비추어 보니 거기엔 마침 희봉이 손을 흔들며 안으로 들어오라고 그를 부르고 있었다. 가서는 기쁜 마음이 이는가 싶더니 어느 결인가 문득 거울 속으로 들어가 희봉과 한바탕 운우지정雲雨之情을 나누었다. 일이 끝나자 희봉이 그를 배웅해 주었다. 침상으로 돌아와 아이고 한번 소리치고 눈을 뜨니 거울은 그의 손 밑에 떨어져 있었다. 다시 처음처럼 거울의 뒷면을 비추어 보았더니 여전히 해골이 서 있을 뿐이었다. 가서는 진땀이 난 듯하였고 아랫도리도 이미 끈적끈적하게 정액을 흘리고 난 뒤였다. 하지만 마음속으로는 아직도 미진하여 다시 거울의 정면을 바라보니, 희봉이 여전히 그 안에서 손짓하며 그를 부르고 있었다. 그는 다시 거울 속으로 들어갔다. 그렇게 들락거리기를 서너 차례, 마침내 이번에는 거울 속에서 나오려는 순간 갑자기 두 사람이 나타나 그를 쇠사슬로 묶어 자물통을 잠그고는 어디론가 끌고 갔다. 가서가 소리쳤다.

"거울을 가져가게 해줘요!"

그 말만 겨우 하고 더는 말을 못했다. 옆에서 시중들던 사람들이 가만히 보니 가서가 거울을 들어 비춰 보다가 떨어뜨리고, 다시 눈을 뜨면 거울을 또 들어 비쳐보곤 하다가 마지막에는 거울을 떨어뜨리고 더는 움직이지 않았다. 사람들이 달려들어 보니 벌써 숨은 넘어가고 아랫도리는 정액을 잔뜩 쏟아 싸늘하게 질척거리고 있었다. 사람들이 바삐 옷을 입혀 침상에 눕혔다. 가대유 부부는 손자의 죽음을 보고 울고불고 난리를 치며 거울을 가져온 도사에게 욕을 퍼부었다.

"이 요망스런 거울 같으니, 당장 이걸 태워 버리지 않으면 세상에 또 얼마나 많은 피해를 끼칠 것이냐!"

곧장 사람을 시켜 불더미에 넣어 태우라고 했더니, 문득 거울 속에서 곡소리가 났다.

"누가 정면을 보라고 했나요? 자기들이 거짓을 진짜로 잘못 알고선 어째서 나를 태우려 한단 말인가요?"

그렇게 통곡하고 있는데 마침 절름발이 도사가 밖에서 달려 들어오며 소리쳤다.

"누가 '풍월보감'을 태우려고 하느냐! 내가 구해 주겠노라!"

절름발이 도사는 곧장 안마당까지 들어와서 휙 빼앗아 들고 바람처럼 사라지고 말았다.

가대유가 장례를 맡아 각지에 초상을 알리고 사흘 동안 경을 읽고 이레 만에 발인하여 철함사에 임시로 영구를 안치했다가 이후에 원적으로 가고자 했다. 가씨 집에서 여러 사람들이 조문을 갔다. 영국부의 가사는 스무 냥을 조의금으로 내고 가정도 스무 냥, 녕국부의 가진도 스무 냥을 냈다. 나머지는 각각 빈부의 차이가 있으니 혹은 서너 냥이나 닷 냥 등 많은 사람들이 각각 형편에 따라 냈다. 학당의 동창들도 각 집안별로 모아 스무 냥을 모아서 주었다. 가대유는 집안 형편이 넉넉지 못하였지만 그런대로 풍족하게 장례를 마칠 수 있었다.

그해 겨울이 끝나갈 무렵 뜻밖에도 임여해林如海의 서신이 날아들었다. 돌연 몸에 병이 들어 위중하게 되었으므로 대옥을 데리고 내려오라는 전갈이었다. 가모는 소식을 듣고 마음이 더욱 무거워졌다. 우선 서둘러 짐을 챙겨 대옥을 출발하게 했다. 보옥은 대옥을 떠나보내기가 내키지 않았지만 부녀지간의 정에는 어쩔 도리가 없고 또한 막을 수도 없었다. 가모는 특별히 가련을 지목하여 대옥을 데려갔다가 다시 데려오도록 분부하였다. 필요한 예물과 비용은 물론 잘 챙겼고 날을 받아 가모에게 인사를 올렸다. 그리고 노복을 데리고 양주를 향해 배를 타고 떠나갔다.

뒷일이 궁금하면 다음 회를 보시라.

秦可卿
元封龍禁尉
王熙鳳
協理寧國府

진가경의 장례

진가경이 요절하자 남편은 용금위로 봉해지고
왕희봉이 도와서 녕국부의 장례식을 치렀네

秦可卿死封龍禁尉　王熙鳳協理寧國府

　　왕희봉은 가련이 대옥을 데리고 양주로 떠나간 뒤에 재미있는 일이
없어서 저녁이면 평아와 한바탕 웃고 떠들다가 아무렇게나 잠이 들곤
하였다. 이날 저녁도 평아와 함께 등불 아래서 화로를 끼고 앉아 천천
히 수를 놓고 있다가 일찌감치 이불에 향기를 쏘이라고 한 다음 두 사람
이 잠자리에 들었다. 가련이 지금 어디쯤 가고 있을까 손을 꼽으며 얘
기를 나누다 보니 어느새 자정이 되었고 평아는 벌써 깊이 잠이 들었
다. 희봉도 막 눈꺼풀이 감기며 몽롱하게 잠에 빠져들려는 순간 어렴풋
이 진씨가 걸어 들어오는 것이 보였다. 진씨는 웃음을 머금고 말을 건
넸다.

　　"아주머니 잘도 주무시네요. 저는 이제 돌아가려는데 한 마장이라도
바라다 주지 않으시겠어요? 저희 두 사람이 평소에 사이좋게 지냈으니
저도 아주머니를 두고 차마 그냥 떠나기가 어려워 특별히 찾아와 하직
인사를 올리는 거예요. 그리고 또 한 가지 마음속으로 이루지 못한 바

람이 있는데 아주머니께 말씀드리지 않을 수가 없군요. 다른 사람한테
는 소용이 없는 일이니까요."

희봉이 듣고는 역시 몽롱한 가운데 되물었다.

"무슨 바람인데 그래? 나한테만 말하면 되니까 어서 해봐!"

"아주머니는 분 바르고 치마 두른 여자 중에서는 영웅이라고 할 수 있
잖아요. 띠 두르고 관을 쓴 웬만한 남정네들조차도 아주머니보다 못하
지요. 그러신 아주머니가 어째서 흔한 세상 속담 두어 마디조차 모르신
단 말인가요? '달도 차면 기울고 물도 차면 넘친다'는 말이 있고, 또 '높
은 데 오르면 떨어질 때 더 아프다'고도 하잖아요. 우리 집안은 세상에
혁혁한 이름을 날린 지가 백 년 가까이나 되었는데, 어느 날인가 만약
'즐거움이 다하면 슬픈 날이 다가온다'는 말처럼 된다면, 또 '고목나무
쓰러지면 원숭이 떼 흩어진다'는 속담처럼 된다면 어쩌겠어요? 그야말
로 지난 세월 일세를 풍미하던 이름 있는 가문이라고 하는 게 다 헛된
말이 되지 않겠어요!"

진씨의 말을 듣고 희봉은 마음으로 크게 동감하면서 또한 대단히 경
외하는 마음을 가지게 되었다. 그래서 얼른 대답했다.

"지금 그 말은 지극히 옳은 말일세. 하지만 어떻게 오래도록 걱정 없
이 보존할 수가 있단 말인가?"

진씨가 싸늘하게 웃으면서 대답했다.

"아주머니도 정말 어리석을 때가 있으시군요. '운수가 막혔다가도 극
에 달하면 좋은 운수가 온다'고 하는 것처럼 영욕은 예부터 돌고 도는 것
인데 어찌 인력으로 영원히 보존하길 바라시나요? 하지만 지금 그나마
왕성할 때에 장차 쇠락한 이후의 가업을 계획해두면 그 또한 영원히 보
존하는 일이라고 할 수 있겠지요. 오늘날 여러 가지 일들이 다 잘 처리
되고 있지만 다만 두 가지만은 마땅치 못하니 이 두 가지를 제대로 실행
만 하신다면 장차 오는 세월은 영원토록 보존할 수가 있을 것입니다."

희봉이 어떤 일이냐고 되물으니 진씨가 이어서 대답했다.

"지금 조상의 선영에 비록 사시사철 제사를 지내고는 있으나 일정한 경비와 양식을 준비해 두지 않았고, 둘째는 서당이 비록 세워져 있으나 역시 일정한 경비가 정해져 있지 않습니다. 제 소견으로는 지금처럼 성대한 시절에는 제사비용이 부족할 까닭이 없겠지만 앞으로 가문이 몰락한 뒤에는 이 두 가지 일을 어디서 충당할 수 있겠습니까? 그러니 아무래도 제가 생각한 대로 오늘날 부귀를 누리고 있을 때 조상의 선영 부근에 전답과 가옥을 마련하여 조상의 제사에 필요한 비용을 충당하게 하는 게 좋겠습니다. 또 집안의 자제를 공부시키는 서당도 이곳에 만들어 두고 가문의 위아래사람들을 모아 원칙을 정하여 차후에 한 집안씩 차례를 정하여 한 해 동안의 토지와 전량錢糧, 제사 및 공급의 일을 돌아가면서 관장하도록 하세요. 그러면 서로의 다툼도 없어지고 또한 그 재산을 저당 잡히거나 팔아치우는 일도 없게 될 것입니다. 또 설사 나라에 죄를 지어 모든 재물을 차압당한다고 해도 제사에 관련된 부분은 관청에서도 건드리지 않는 법이고, 설사 가문이 망한다고 하더라도 자손들이 귀향하여 글공부하고 농사일을 할 수 있으니 일단은 물러설 곳이 있는 셈이 되고 제사는 영원히 이어질 것입니다. 이제 눈앞에 대단히 기쁜 일이 생기게 되어서 정말 훨훨 타는 불꽃 위에 기름을 부은 듯하고 아리따운 꽃송이를 비단 위에 새긴 듯한 성대함의 극치를 맛보게 될 것입니다. 하지만 그것도 결국은 순식간에 지나가고 마는 일순간의 영화임을 꼭 아셔야 합니다. 일시적 즐거움에 빠져 '성대한 잔칫상도 끝날 날이 있도다' 하는 속담을 결코 잊어서는 안 될 것입니다. 이러한 때에 훗날을 위한 고려를 해두지 않는다면 그때 가서 후회한들 아무 소용없을 것입니다."

희봉이 문득 궁금하여 서둘러 물었다.

"무슨 좋은 경사가 있다는 건데?"

"천기를 미리 누설할 수는 없습니다. 다만 저와 아주머니가 한때 좋은 사이로 잘 지냈으니 그 정리로 헤어지는 마당에 두 마디 귀한 말씀을 남겨 드리겠습니다. 꼭 잊지 마시기 바랍니다."

진씨는 이어서 다음의 두 구절을 읊었다.

봄날이 지나가면 모든 꽃잎 흩어지고,
모든 이 제각각의 문을 찾아 돌아가리.

三春去後諸芳盡,
各自須尋各自門.

희봉이 좀더 물어보려는데 마침 중문 밖에서 일이 생기면 울리는 운판[1]이 연거푸 네 번 울리는 소리가 들려왔다. 희봉이 놀라 깨어나니 하인들이 와서 아뢰었다.

"동쪽 큰댁의 가용 나리 아씨마님이 돌아가셨습니다."

희봉은 그 말을 듣고 너무나 놀라 식은땀이 주르르 흘렀다. 한참 동안 멍하니 있다가 정신을 차려 서둘러 옷을 입고 왕부인의 처소로 달려왔다.

그때 이미 온 집안의 사람들이 다들 소식을 전해 듣고 놀라지 않은 이가 없었고 슬퍼하지 않은 이가 없었다. 진씨보다 한 항렬 위인 어른들은 그녀가 평소에 대단히 효성스럽다고 생각했고, 같은 항렬의 사람들은 그녀가 늘 화목하고 친밀하다고 생각했으며, 아래 항렬 사람들은 그녀가 언제나 자애롭다고 생각하고 있었다. 게다가 집안의 노복들도 늙은이나 젊은이나 가릴 것 없이 모두 그녀가 평소에 가난한 자를 가련히 여기고 비천한 자를 동정하며 노인에게 자비롭고 어린이에게는 따스한 애정을 갖고 있다고 생각하였다. 그래서 누구나 통곡하면서 그녀의 죽

---

1 관청이나 고관대작의 저택에서 급한 소식을 알릴 때 두드리도록 설치한 철판. 구름 모양이므로 운판이라고 하며 좋은 소식일 때는 세 번, 나쁜 소식일 때는 네 번 두드리게 됨.

음을 애통해했다.

한편 보옥은 그즈음 대옥이 고향집으로 돌아간 뒤에 외롭게 남게 되자 다른 사람들과 어울리지도 않고 매일 저녁 말없이 잠이 들곤 했다. 그러다 지금 꿈결인 듯 진씨의 죽음 소식을 전해 듣고 벌떡 일어나 앉았는데 가슴 한가운데에 칼로 찌르는 듯 참을 수 없는 통증이 오더니 입안 가득 피를 토해 내고 말았다. 습인이 황망 중에 달려와 부축하면서 왜 그러냐고 묻고 또 가모에게 아뢰고 의사를 청하러 보냈다. 보옥은 웃으며 말했다.

"별일 아니니 상관할 것 없어. 이것은 화기火氣가 갑자기 심장으로 치고 올라와 피가 미처 돌지 못한 때문이야."

보옥은 스스로 진단하고는 일어나 옷을 갈아입고 가모의 처소로 가서 즉시 동쪽 큰댁으로 건너가겠다고 말했다. 습인은 그의 이러한 행동을 보고 마음을 놓지는 못하면서도 막을 수도 없어서 그렇게 하도록 내버려두었다. 가모는 보옥이 바로 건너가겠다는 말을 듣고 달랬다.

"방금 숨이 넘어간 사람이 있는 곳은 별로 깨끗하지 못한 법이고 또 지금은 한밤중이라 바람도 많이 부니 내일 아침 날이 밝거든 가도 늦지 않을 거야."

하지만 보옥은 그 말을 들으려고 하지 않았다. 가모가 마침내 수레를 대령하게 하고 하인 여럿을 딸려 그를 에워싸고 가게 했다.

녕국부의 문 앞에 이르니 벌써 부중의 대문은 활짝 열어 놓았고 양쪽 옆으로 대낮처럼 밝게 등불을 걸어 놓고 있었다. 사람들이 그 사이를 분주하게 오가고, 안에서는 곡소리가 산을 뒤흔들듯 울려 나왔다. 보옥은 수레에서 내려 급히 영구가 놓인 방으로 달려가 한바탕 통곡을 하고 나서 우씨에게 인사갔다. 우씨는 그때 지병인 위통이 재발하여 침상에서 일어나지 못하고 있었다. 보옥은 밖으로 나와 가진을 만나 보았다. 그때는 벌써 일가 문중에서 가대유賈代儒, 가대수賈代修, 가칙賈敕,

가효賈效, 가돈賈敦, 가사賈赦, 가정賈政, 가종賈琮, 가빈賈瑀, 가형賈珩, 가광賈珖, 가침賈琛, 가경賈瓊, 가린賈璘, 가장賈薔, 가창賈菖, 가릉賈菱, 가운賈芸, 가근賈芹, 가진賈蓁, 가평賈萍, 가조賈藻, 가형賈蘅, 가분賈芬, 가방賈芳, 가란賈蘭, 가균賈菌, 가지賈芝 등 항렬별로 모두 문상을 와 있었다. 가진은 눈물범벅이 되어서 가대유 등과 얘기를 나누고 있었다.

"온 집안의 대소인물과 원근의 친지들이 그 누가 모르겠어요. 우리 며느리가 아들보다도 열 배는 더 낫다고 그랬지요. 그런데 지금 저렇게 훌쩍 가버렸으니 이제 이 집구석에 사람다운 사람은 없어진 거나 마찬가지랍니다."

그렇게 말하면서 또다시 통곡을 했다. 여러 사람이 달려들어 위로의 말을 건넸다.

"간 사람은 이미 갔으니까 그렇게 통곡한다고 무슨 소용 있겠습니까? 이제 어떻게 장례를 치를지 상의하시는 게 중요한 일이지요."

가진이 손바닥을 치면서 단호히 말했다.

"어떻게 장례를 치르다니요! 내가 가진 모든 걸 다 써야지!"

그런 말을 나누는 사이 진업과 진종, 우씨의 친정 자매들도 모두 왔다. 가진은 곧 가경과 가침, 가린, 가장 네 사람에게 분부하여 문상객을 모시라고 하였다. 한편으로 흠천감欽天監 음양사陰陽司[2]의 관리를 청하여 날을 잡도록 해서 49일 동안 영구를 안치하고 사흘 후에 장례를 시작하도록 하며 부고를 보내기로 했다. 이 49일 동안에는 108명의 선승을 불러 대청에서 망혼을 제도하고 망자의 죄를 면해주는 대비참大悲懺[3]을 올리도록 하였다. 이밖에 따로 천향루 위에 단을 마련하여 99명의

---

2 흠천감은 천문을 보고 역수를 헤아리며 길흉을 점치고 금기를 판단하는 명청시대의 관청. 음양사는 작자가 허구로 지어낸 관청 이름.
3 대비참은 승려를 청하여 불경을 읽고 부처님에게 경배하며 악재를 소멸하고 망자의 혼령을 구원하도록 하는 불교의식임.

전진교全眞敎도사[4]를 불러 49일 동안 원한을 풀고 업보를 씻어내는 제사를 지내도록 하였다. 영구는 회방원에 안치하고 영전에는 별도로 고명한 승려와 도인 50명을 각각 청하여 7일에 한 번씩 독경과 기도로 49일 이내에 망자가 좋은 곳에 환생하도록 기원케 했다.

성 밖에 나가 있는 가경은 손자며느리가 죽었다는 소식을 들었지만 자신도 조금 있으면 승천하여 신선이 될 것을 철석같이 믿던 터라 집에 돌아오려고 하지 않았다. 공연히 홍진세계에 돌아와 몸을 더럽혀 지난 공을 다 헛것으로 만들려 하지 않았으므로 자신은 오불관언으로 모든 일은 가진이 제멋대로 하도록 맡겼다.

가진은 부친이 상관하지 않자 더욱 방자하게 사치스러움을 다하고자 했다. 관으로 쓸 판목을 살펴보고 몇 가지 삼나무판이 다 맘에 들지 않자 언짢아했다. 그때 설반이 찾아와 조문하다가 가진이 좋은 관목을 찾고 있다는 말을 듣고 말했다.

"우리 목재가게에 마침 판목이 하나 있는데 장미목인가 뭐라고 합디다. 황해潢海 철망산鐵網山에서 나온 것이라는데 관재로 쓰면 만년을 가도 변치 않는다고 하더군요. 원래 이것은 전에 가친께서 가져오신 것인데 충친왕忠親王께서 쓰시려고 하시다가 후에 일이 잘못되는 바람에 그만 가져가지 못하게 되었던 거지요. 아직도 저의 목재가게에 있는데 아무도 감히 사려는 사람이 없으니 필요하시면 쓰세요."

가진은 그 말을 듣고 흡족하여 즉시 사람을 시켜 메고 오게 했다. 판목이 도착하자 다들 달려들어 구경했다. 두께는 여덟 치나 되겠고 무늬는 빈랑처럼 아름다우며 향기는 단향이나 사향의 냄새가 나고 손으로 두드리면 금옥에서 나는 듯한 소리가 울렸다. 모두들 참으로 기이하다고 입을 모아 칭송하였다. 가진이 웃으면서 말했다.

---

4 전진교는 원나라 이후 발달한 도교의 교파. 여기서는 일반적인 도사를 통칭함.

"그래 값은 얼마나 나가는가?"

설반이 웃으면서 대답했다.

"아마 천 냥을 내셔도 이런 물건 어디 가서 구하기 어려울 겁니다. 하지만 값은 무슨 값을 따지십니까? 저 일꾼들 둘러메고 오느라 고생했으니 수고비나 좀 주시면 됩니다."

가진이 그 말에 더욱더 고마워하면서 인사하고 곧 톱질을 하고 옻칠을 하라고 분부했다. 가정이 곁에서 조용히 말렸다.

"이 나무는 보통사람이 누릴 수 있는 관재는 아닌 것 같으이. 그저 상등품 삼나무 관목을 써도 무방할 것 같은데, 어떠한가?"

하지만 이 순간 가진은 진씨를 대신하여 죽지 못한 것이 한스러울 따름이라 그런 말이 귓구멍에 들어갈 리가 없었다.

이때 갑자기 진씨의 시녀인 서주瑞珠라고 하는 여자애가 진씨의 죽음을 보고 자신도 기둥에 머리를 들이받고 죽었다는 소식이 전해졌다. 그러한 일 또한 드문 사건이라 집안사람들 모두가 참으로 기특하다고 칭찬해 마지않았다. 가진은 그녀를 손녀의 예로 시신을 염하도록 하고 함께 회방원의 등선각登仙閣에 영구를 안치했다.

그런데 이번에는 그녀와 함께 시녀로 있던 보주寶珠라는 여자애가 진씨의 몸에 소생이 없음을 알고 스스로 의녀義女가 되겠다고 나섰다. 보주는 영구 앞에서 상주노릇을 하며 영구가 나갈 때 엎어진 질그릇을 밟아 깨는 일과 장례행차에 앞장서 길을 인도하는 일을 맡겠노라고 하였다. 가진은 이 또한 더할 수 없이 좋은 일이라 앞으로 보주를 아가씨로 호칭하라고 명을 내렸다. 보주는 시집 안 간 딸의 입장에서 상주가 되어 영전에 엎드려 애절하게 곡을 했다. 그리하여 온 집안사람들은 각자 맡은 일에 따라 전통적 의례대로 흐트러짐 없이 장례식을 준비했다.

가진은 아들인 가용이 아직 국자감의 감생[監生: 국자감 학생]에 불과한

신분임을 떠올렸다. 장례식 행차에 쓰는 영번靈幡이나 명복을 빌며 재를 올리는 방문榜文에도 적기가 거북할 것이고 적어 넣을 만한 직함도 없어 마음이 영 찜찜하였다. 그러던 차에 초 칠일간의 나흘째 되던 날 아침 일찍 대명궁大明宮의 장궁내상掌宮內相[5]인 대권戴權이 먼저 제례를 준비하여 보내오고 이어서 큰 가마를 타고 일산을 받치고 동라를 치면서 친히 문상왔다. 가진이 서둘러 맞이하여 두봉헌逗蜂軒으로 모셔 차를 대접하였다. 가진이 마음속으로 생각을 정하고 중간에 틈을 보아 은근히 가용의 연관 문제를 꺼냈다. 대권이 그 뜻을 알아차리고 웃으며 말한다.

"장례식에 좀 그럴듯한 직함이 필요해서 그러시는 것이지요?"

"내상께서 바로 보셨습니다."

"일이 참 공교롭게도 이렇게 되려고 그랬는지 얼마 전에 자리 하나가 났지요. 3백명 정원의 용금위龍禁尉 직함에 두 자리가 비었는데 어저께 양양후襄陽侯의 아우님 셋째 공자께서 손수 찾아와 사정하며 현금으로 1천5백 냥을 저의 집으로 가져왔더이다. 잘 아시겠지만, 저희끼리는 오랫동안 서로 잘 아는 사이니 구구하게 뭘 따질 수도 없고 그분의 체면을 보아서 그냥 허락해 버리고 말았지요. 그래 지금 자리 하나가 남았는데 하필이면 영흥절도사永興節度使 뚱뚱이 풍馮영감이 와서 자기 아들한테 직함을 사줘야 한다면서 통사정을 하지 않았겠습니까! 제가 시간이 없는 바람에 아직 응하지 않고 있습니다만, 우리 용이가 연납捐納을 하겠다면 지금 당장 이력을 써오라고 하시지요."

가진이 급히 하인에게 분부를 내렸다.

"어서 서재에 일러 도련님의 이력을 써내도록 하여라."

하인은 감히 지체하지 못하고 즉시 달려가더니 잠시 후에 붉은 종이

---

5 내상은 태감 즉 환관의 존칭.

를 한 장 가져다 가진에게 주었다. 가진이 보고 바로 대권에게 건네니 그 위에는 이렇게 쓰여 있었다.

강남 강녕부江寧府 강녕현의 현감생인 가용賈蓉, 금년 나이 이십 세,
증조부는 원임原任 경영절도사 세습 일등 신위神威장군인 가대화賈代化, 조부는
을묘년乙卯年의 회시會試에 합격한 진사進士인 가경賈敬, 부친은 세습 삼품작위
三品爵位의 위렬威烈장군인 가진賈珍

대권이 보고 나서 손을 흔들어 문서수발을 담당하는 하인에게 넘겨 주어 넣도록 하고 말했다.

"어서 돌아가서 호부의 조당관趙堂官에게 이것을 전하고 내가 좀 있다 찾아뵐 테니 우선 5품 용금위 직함을 하나 꺼내 증서를 붙이고 이 이력을 거기에 써넣도록 하면 내일 따로 돈을 보내드린다고 일러라."

하인이 먼저 나가고 대권도 인사를 마치고 돌아갔다. 가진은 좀더 앉아 있으라고 만류했지만 더는 막을 수 없어 부중의 대문 앞까지 배웅 나가 인사했다. 가마에 오르기에 앞서 가진이 물었다.

"비용은 호부로 보내드릴까요, 아니면 모두 내상부로 보내드릴까요?"

"호부로 보내면 거기서 크게 손해를 보는 셈이 될 것이외다. 아예 공평하게 1천 2백 냥으로 하고 우리 집으로 보내주면 다 끝나게 해주겠소."

대권의 말에 가진은 거듭 감사의 표시를 하였다.

"상을 마치면 직접 자식 놈을 데리고 부중으로 인사 올리러 가겠나이다."

잠시 후 다시 길을 비키라는 요란한 소리가 나더니 충정후忠靖侯 사정史鼎의 부인이 문상 왔다. 왕부인과 형부인, 희봉 등이 모시고 큰방으로 들어갔다. 금향후錦鄕侯, 천녕후川寧侯, 수산백壽山伯 등 세 가문에서 보낸 제례祭禮가 영전에 널려있는 것이 보였다. 잠시 후 이 세 사람이

가마에서 내리니 가정이 급히 모시고 대청으로 들어갔다. 이처럼 가까운 친지와 조문객들이 오고가는 것이 수도 없이 이어졌다. 49일 동안 녕국부의 골목 안은 오가는 보통 문상객과 높고 낮은 관리들로 붐볐다.

　가진은 다음날 가용에게 명하여 예복으로 갈아입고 용금위 증서를 받아 오라고 일렀다. 영전에 바치는 각종 집기와 문서에도 오품의 직함에 맞도록 바꾸었다. 영전의 위패에나 소疏에도 모두 다음과 같이 글자를 바꾸어 썼다.

천조고수가문진씨공인지영위天朝誥授賈門秦氏恭人之靈位
천조(天朝)로부터 공인(恭人)으로 고명(誥命)을 받은 가씨 문중 진씨의 신위

　회방원에서 큰길로 통하는 대문을 활짝 열어 놓고 양쪽에 고악청鼓樂廳을 설치하고 악공들로 하여금 때에 맞춰 연주하도록 하고 집사들도 짝을 지어 깎은 듯이 가지런하게 도열하게 했다. 또 양쪽으로 금빛을 넣은 커다란 주황색 글씨를 문밖에 나란히 세워 두었다. 그 위에는 큰 글씨로 이렇게 썼다.

방호내정자금도어전시위용금위防護內廷紫禁道御前侍衛龍禁尉
궁중의 방위를 맡고 자금도(紫禁道) 어전(御前)에서 시위(侍衛)를 담당하는 용금위

　그 정면에는 독경 제단을 높이 만들어 승려와 도사가 마주서서 도열하고 있게 했다. 거기에는 다음과 같은 방문이 쓰여 있었다.

세습 녕국공의 적손 손부이며 방호내정의 어전시위인 용금위의 처인 가씨문중 진씨秦氏 공인恭人의 장의葬儀이옵니다. 사대부주四大部洲 한가운데의 땅, 하늘의 운을 이어받은 태평의 나라, 허무적막의 가르침을 총괄하는 승록사僧錄司의 정당正堂 만허萬虛와 원시천존 삼일교의 가르침을 총괄하는 도록사道錄司의 정당인 엽생葉生이 삼가 재계를 올리려 하느님께 경배하고 부처님께 참배하나이다.[6]

또 그 곁에는 다음과 같은 글들이 무수히 적혀 있었다.

삼가 많고 많은 가람伽藍의 수호신과 게체揭諦[7]와 공조功曹[8]의 신령들께 청하옵나니, 성은聖恩을 널리 베풀어주시고 신위神威가 멀리 떨치게 해주옵시며 사십구일 사이에 모든 재앙을 소멸하시고 온갖 죄업을 씻어내어 평안하도록 하고 물에서나 땅에서나 죽은 영혼을 제도하는 수륙재水陸齋를 올리옵나이다.

여기서 나머지 일들은 일일이 다 기록하지 않겠다.

다만 이때 가진은 어느 정도는 흡족해졌으나 안채의 우씨가 고질병이 도져 장례일을 볼 수 없게 된 것이 마음에 걸렸다. 숱한 고명〔誥命: 봉호(封號)를 받은 지체 높은 부인〕들이 문상왔을 때 제대로 영접을 못하고 실례를 범하게 되면 남들의 웃음거리가 될 것이 두려웠기 때문이었다. 그 일 때문에 걱정하던 차에 마침 옆에서 보옥이 나서며 한마디 물었다.

"일마다 제대로 잘되어 가고 있는데 큰 형님께서는 무슨 걱정이라도 있으십니까?"

가진은 집안의 안채 일을 맡아볼 사람이 없어서 걱정이라고 대답했다. 보옥이 그 말에 웃으면서 대답했다.

"그게 무슨 어려운 일입니까? 제가 형님께 앞으로 한 달 동안 일을 맡아 주실 만한 분을 추천해 드릴까요? 틀림없이 깔끔하게 잘 처리해 주실 겁니다."

"그게 누군가?"

보옥은 주변에 여러 사람들이 있어 드러내놓고 말하기가 어려워 가

---

6 승록사와 도록사는 명청시대 승려와 도사의 업무를 관장하는 최고기관임.
7 불교 전설 중의 호법맹신(護法猛神).
8 사치공조(四値功曹)라고도 하며, 도교에서 전해 내려오기를 그들은 년, 월, 일, 시에 당직을 서는 신으로 인간 세상의 상신서를 옥황상제에게 전달하는 것을 관장한다고 함.

진에게 다가가 귓속말로 두어 마디 전했다. 가진이 듣고 기쁜 표정을 지으며 일어섰다.

"과연 마땅하기 그만 한 사람이 없구먼. 지금 당장 찾아가 보겠네."

가진이 보옥을 잡아끌고 여러 사람에게 인사한 뒤 안채 큰방으로 왔다.

이날은 마침 공식 제사가 없는 날이어서 친척이나 문상객은 적었다. 안에는 몇 명의 가까운 친척 부인네들과 형부인, 왕부인, 희봉 등 집안의 여자들이 다들 모여 함께 있었다. 이때 밖에서 전갈이 들어왔다.

"대감께서 들어오십니다."

젊은 여자들은 깜짝 놀라 바삐 숨느라고 난리였지만, 희봉만큼은 천천히 일어나며 맞이했다. 가진은 몸에 병 기운이 있는 데다 너무 과도하게 애통해하는 바람에 지팡이를 짚고 들어왔다. 형부인이 먼저 말을 꺼냈다.

"자네 몸도 성치 않은데 연일 일이 너무 많으니 좀 쉬어야 하지 않겠나. 여긴 또 뭐 하러 들어오고 그러나."

가진은 지팡이를 짚은 채로 힘들게 엎드려 절을 하며 문안 인사를 올렸다. 형부인이 보옥에게 어서 부축해 드리라고 하고 의자를 가져와 앉도록 했다. 가진은 앉지 않으려고 하면서 억지로 웃음을 머금었다.

"제가 지금 여기에 두 분 숙모님을 찾아뵙고 련이댁을 만나고자 하는 것은 한 가지 청이 있기 때문이옵니다."

"무슨 일인데 그렇게 뜸을 들이나?"

형부인이 서둘러 묻자 가진이 웃으면서 대답했다.

"숙모님도 잘 아시다시피 이번에 며느리가 세상을 떴는데 하필이면 제 처도 병으로 몸져누웠습니다. 그러니 안채의 일이 엉망이 되어 가고 있는 게 훤히 보입니다. 그러하니 죄송하지만 련이댁이 한 달간만이라도 이곳 집안일을 관장해주면 제 마음이 크게 놓일 것 같사옵니다."

"그런 일 때문이었나. 희봉이는 지금 작은 숙모 네한테 있으니까 작은 숙모님께 말씀드리면 되겠지."

형부인의 말에 왕부인이 얼른 나서서 말을 받았다.

"저 아인 아직 어려서 그런 큰일을 겪어 보았을 리가 없잖나. 행여나 일을 그르치기라도 하면 되레 웃음거리만 되고 말 것을. 아무래도 다른 사람을 찾아보는 게 낫겠네."

가진이 웃으면서 간청했다.

"숙모님이 무슨 말씀하시려는 건지 잘 알겠습니다. 런이댁이 너무 고생하게 될까 봐 그러시는 거죠. 만약 처리하기 힘든 게 있으면 제가 꼭 해낼 수 있도록 보증하겠고요. 조금 잘못된 게 있다고 해도 남들이 보면 다 괜찮을 거예요. 저는 어려서 런이댁과 함께 어울려 놀 때부터 벌써 단호한 과단성이 있음을 잘 알고 있으며 지금 시집와서 작은댁에서 집안일을 맡아 하면서 솜씨가 점점 더 노련하고 성숙해진 걸 알고 있습니다. 요 며칠간 계속 생각해 보았는데 아무래도 런이댁밖에는 사람이 없어요. 숙모님은 저보다도 제 안식구를 생각해서라도, 아니 죽은 며느리를 생각해서라도 제발 허락해 주세요!"

가진은 그렇게 말하면서 눈물까지 뚝뚝 떨어뜨렸다.

왕부인은 속으로 희봉이 아직 장례식의 일을 해본 적이 없어 잘못되면 사람들의 비웃음을 살까 그게 두려웠던 것이다. 지금 가진이 간곡하게 이처럼 말하는 바람에 마음이 조금은 누그러져 희봉을 넌지시 바라보았다. 희봉은 원래 일을 사서 하기 좋아하고 평소에 자신의 재간을 한껏 드러내고 싶어 하는 사람이었다. 집안일은 잘 꾸리고 있었으나 혼례나 장례 같은 가문의 대사는 아직 치러 본 경험이 없어 사람들이 인정치 않을 것으로 생각하여 일부러라도 그런 일을 해보고 싶어 하던 차였다. 마침 가진이 찾아와 이런 부탁을 하니 마음속으로 벌써 기뻐하고 있었는데 우선 왕부인이 허락하지 않다가 다시 간곡하게 사정하는 가진의 말을 듣고 왕부인의 마음이 조금 움직이는 것 같자 마침내 왕부인에게 말했다.

"오라버니께서 이처럼 간곡하게 사정하시는데 어찌할 도리 있나요, 그만 허락하시지요."

"네가 해볼 수 있겠느냐?"

왕부인이 조그만 소리로 은근히 물으니, 희봉이 당당하게 대답했다.

"못할 게 뭐가 있겠어요? 밖의 큰일들은 모두 오라버니가 깨끗하게 해주실 거구. 그저 집안일이나 관리하는 건데요. 잘 모르는 게 있으면 마님께 여쭤보면 되고요."

왕부인도 그 말에 일리가 있다고 여겨 더는 아무 말도 하지 않았다. 가진은 희봉이 선뜻 응하자 웃음을 띠며 말했다.

"그렇게 많이 할 것도 없겠지만 어쨌든 런이댁이 고생 좀 해주어야겠어요. 우선 여기서 먼저 고맙다는 인사를 올리고 일이 끝난 다음에 작은댁으로 찾아가 정식으로 심심한 사례를 표하지요."

그러면서 일어나 허리를 굽혀 읍을 하였다. 희봉도 연신 답례했다.

가진은 즉시 소매 속에서 녕국부의 물품출납용 패[9]를 꺼내 보옥에게 주어 희봉에게 건네도록 한 다음 말했다.

"런이댁이 하고 싶은 대로 하고, 뭐든지 필요한 게 있으면 이걸 가지고 가서 내다 쓰면 될 거요. 나한테는 물어볼 필요도 없고. 다만 부탁하건대 첫째로, 날 위해서 굳이 돈을 아끼려고 애쓰지 말고, 그저 멋지게 잘 보이도록 하면 될 것이네. 둘째로는, 작은댁에서처럼 자연스럽게 사람을 대하면 되고 굳이 남들이 원망할까 걱정하지 말라는 것이네. 이 두 가지 외에는 더는 아무 걱정이 없네."

---

9 나무나 대로 만들어 재물을 수령하는 증표. 양쪽으로 갈라서 재물을 수령할 때 양쪽의 표기를 서로 합하여 증거를 삼음.

희봉이 그대로 패를 받아들지 못하고 왕부인을 바라보자 왕부인이
말했다.

"네 오라버니가 그렇게 말씀하시니 너는 그냥 말씀대로 따르기만 하
면 되겠구나. 다만 제멋대로 자기주장을 내세우지 말고 일이 있으면 반
드시 사람을 보내 네 오라버니나 올케한테 여쭤보는 걸 잊지 말아라."

보옥이 가진의 손에서 패를 받다가 희봉의 손에 억지로 쥐어 주었
다. 가진이 다시 물었다.

"그럼 련이댁은 이곳에서 머무는 게 낫겠소, 아니면 매일 작은댁에서
이리 오겠소? 매일 건너오려면 더 힘들 테니 이곳의 집 한 채를 깨끗하
게 치우고 며칠 머물러 보면 안정이 될 텐데."

희봉이 웃으면서 말했다.

"그럴 필요는 없어요. 저쪽 집에도 내가 없어서는 안 되니까요. 매일
오는 게 낫겠어요."

가진은 그리하라고 했다. 잠시 한담을 나누다가 가진은 방을 나갔다.

얼마 후 다른 집안여자들이 나가고 난 뒤에 왕부인이 희봉에게 물
었다.

"그럼 넌 오늘은 어떡할 작정이냐?"

"먼저 돌아가세요. 잠시 이쪽 상황을 좀 정리하고 나서 돌아갈게요."

희봉의 말을 듣고 왕부인은 먼저 형부인과 함께 돌아갔다.

뒤에 남은 희봉은 세 칸짜리 포하청抱廈廳에 앉아 곰곰이 생각에 잠겼
다. 첫째 문제는 사람들이 너무 많아 혼잡스러워 물건을 잃어버릴 수
있다는 것이고, 둘째는 일마다 전문으로 담당하는 것이 구분되지 않아
임시방편으로 처리한다는 점이며, 셋째는 비용을 과도하게 쓰고 함부
로 지출하고 엉터리로 수령한다는 것이다. 그리고 넷째는 맡은 임무가
사람에 따라 크고 작은 것이 달라 각각 일하는 자와 노는 자가 고르지
못하다는 것이고, 다섯째는 집안에서 세력 있고 얼굴 깨나 알려진 하인

은 제대로 단속하기가 어렵고 이름 없는 하인은 발탁하기가 어렵다는 점이었다. 이 다섯 가지는 실로 녕국부의 오랜 관습으로 하루아침에 고치기가 쉽지 않은 것이었다.

과연 희봉이 어떻게 대처할 것인지 궁금하면 다음 회를 보시라.

林如海捐館揚州城
賈寶玉路謁北靜王

제14회

임여해의 사망

임여해는 양주에서 쓸쓸하게 운명하고
가보옥은 장례길에 북정왕을 알현하네

林如海捐館揚州城 賈寶玉路謁北靜王

녕국부의 총집사 내승來昇은 안채의 일을 희봉에게 위임했다는 소식을 전해 듣고 동료들을 불러 이렇게 말했다.

"이번에 서쪽 작은댁의 가련 서방님 아씨마님께서 우리 집 안채 일을 맡게 되셨다고 하는데 그분이 와서 물품의 수납을 맡거나 말씀하실 때 우리 쪽에서 전보다 훨씬 조심하지 않으면 안 된다. 매일 아침 모두들 일찍 일어나 모여서 저녁 늦게까지 있다가 흩어져야 할 것이니 요 한 달간은 좀 힘들더라도 애를 좀 쓰고 그 이후에 쉬도록 하는 게 좋겠다. 책을 잡혀서 이 늙은이 체면을 깎지 말도록 말이야. 표정은 쌀쌀맞고 마음은 돌덩이 같아서 화가 나면 아무도 봐주지 않는다고 소문이 났으니까."

"그래 그 말이 맞아요."

다들 그렇게 말하는데 그중의 한 사람이 빙긋이 웃으면서 덧붙였다.

"사실 따지고 보면 우리 집 안채 살림도 한 번쯤 손을 봐야 해요. 정말 너무 엉망이거든."

그런 말을 하고 있는데 내왕來旺의 처가 패를 가지고 정문지呈文紙와 경방지京榜紙 등 필요한 종이를 받으러 왔다.[1] 패에는 비준한 수량이 적혀 있었다. 사람들이 얼른 자리를 양보하며 차를 대접하고 수량대로 종이를 싸서 내왕댁과 함께 의문까지 들어다 주었다.

희봉은 몸종인 채명彩明에게 치부책을 만들라고 하고 즉시 내승의 처에게 전갈을 보내 집안 식구의 명단을 가져와 조사하도록 하는 한편 내일 아침 일찍 집안의 일하는 어멈들을 집합시키라고 했다. 그리고 수량을 대강 점검하고 내승댁에게 몇 마디 물어보고는 수레를 타고 집으로 돌아갔다. 그날 밤에는 별일이 없었다.

희봉은 다음날 아침 묘정이각[2]에 벌써 녕국부로 건너왔다. 녕국부의 집안 할멈들과 어멈들은 소식을 전해 듣고 모두 모였다. 마침 희봉이 내승댁과 상의하고 있어서 사람들이 감히 들어가지 못하고 창밖에서 분부를 기다렸다. 희봉이 내승댁에게 하는 말이 창밖으로 들려왔다.

"기왕에 나한테 중책을 맡긴 마당이니 자네들 원망을 듣게 되는 것이야 어쩔 수가 없겠네. 나는 이 댁의 아씨마님처럼 호락호락한 성격은 아니어서 자네들이 멋대로 하는 것을 그냥 보아 넘기지는 않을 테니까. 이제 더는 '이 집에선 전부터 이렇게 해왔어요' 따위의 말일랑 내게 통하지가 않네. 지금부터는 내 말대로만 시행할 뿐이며, 추호라도 잘못되면

---

1 종이의 종류. 정문지는 상급자에게 올리는 공문에 적합한 종이로, 삼베(麻) 성분이 있어 마정문(麻呈文)이라고도 함. 경방지는 고급의 두터운 종이로 방문(榜文)에 쓰이는데 경성에서 쓰는 것을 경방지라 이름.

2 옛날에 하루를 열두 시진(時辰)으로 나누었고 한 시진을 두 시간으로 하여 밤 11시부터 십이지(十二支)의 순서에 따라 자시(子時), 축시(丑時)로 이름 지어졌음. 또 한 시진은 다시 초(初)와 정(正)으로 나누어 각각 앞의 한 시간과 뒤의 한 시간을 말하였고 한 시간은 또 15분씩 네 각(刻)으로 나누어 표현하였으므로 이에 따라 묘정이각(卯正二刻)은 오전 6시 30분이 됨.

누가 되었든지 체면 안 가리고 똑같이 처벌할 테니까 그리 알게!"

이어 채명에게 명하여 명부를 꺼내 호명하도록 하여 그 이름대로 한 사람씩 불러들여 만났다. 다 만나본 다음에 다시 전체를 여러 부분으로 나누어 분부를 내렸다.

"이 스무 명은 두 반으로 나누어 한 반에 열 명씩 매일같이 안에서 찾아오는 문상객한테 차 대접하는 일만 전문으로 맡고 다른 일은 일체 관여하지 말게. 이 스무 명도 두 반으로 나누어 매일같이 본가의 친지들 차와 식사를 관장하며 다른 일은 일체 관여하지 말게나. 이 마흔 명은 두 반으로 나누어 영전에 향을 피우고 등불 기름을 보태며 깃발을 세우고 영구를 지키고 젯밥과 차를 공양하며 문상객을 따라 함께 곡하는 일만 맡고 다른 일은 일체 관여하지 않는 게야. 그리고 이 네 명은 안쪽 주방에서 찻잔과 다기를 관장하는데 하나라도 없어지면 넷이 모아 배상해야 하고, 이 네 명은 오로지 술그릇과 식기 등을 관장하는데 하나라도 모자라면 넷이 모아 배상해야 한다. 이 여덟 명은 제례를 수납하는 일만 관장하고, 이 여덟 명은 각 곳의 등유와 양초와 종이 등을 관장하는데 내가 전체 수량을 타서 지급하면 각 곳마다 필요한 만큼 배분하여야 한다. 그리고 또 이 서른 명은 매일 순번을 바꿔 숙직을 하며 문간을 지키고 등불을 살피고 곳곳을 청소해야 한다. 나머지 인원은 각 방별로 나누어서 각자 담당하고 그곳의 탁자와 의자, 골동에서부터 타구나 빗자루에 이르기까지 풀 하나 묘목 하나 없어지거나 훼손되면 각각 맡은 사람이 배상해야 한다.

내승댁은 매일 총괄적으로 점검하여 혹시 게으름을 피우거나 노름하거나 술을 마시고 싸움이나 말다툼을 하는 사람이 있으면 즉시 내게 알려야 하네. 이제 규정이 분명하게 정해졌으니 앞으로는 어느 쪽에서든 어지럽게 되면 그쪽 사람들한테 따지게 될 것이네. 평소 나를 따라다니는 시종들이 모두 시계를 갖고 있으니 크고 작은 일을 막론하고 나는 일정한 시간에 맞춰 일하게 될 것이야. 어쨌든 이곳 큰방에도 괘종시계가 걸려 있으니 아침 묘정이각이면 내가 와서 점호를 하겠네. 사정〔巳正: 오전 10시〕에 아침 먹고 패를 받을 사람은 오초각〔午初刻: 낮 11시 15분〕에 와야 하네. 술초〔戌初: 저녁 7시〕에 황혼지黃昏紙[3]를 태우고 나서 내가 직접 각 곳을 점검하고 돌아와 숙직자와 열쇠를 교환하고 다음날 아침 마찬가지로 묘정이각〔卯正二刻: 오전 6시 반〕에 다시 건너올 것이야. 어쨌든 다들 고생이야 되겠지만 단 며칠간이니까 잘 참도록 하게. 일이 끝나면 이 댁 대감님께서 상을 내릴 것이네."

그렇게 분부하고 다시 수량대로 찻잎, 등유, 양초, 닭털 총채, 빗자루 등을 지급하도록 하였고 또 한편으로는 탁자보, 의자덮개, 방석, 담요, 타구, 발디딤대 등의 가구를 옮겨오도록 했다. 한편에선 발급하고 한편에선 붓을 들어 그것을 장부에 기록하여 누가 어디를 관장하는지, 누가 무엇을 지급받았는지 분명하게 정리했다.

사람들이 각각 물품을 받아가고 열심히 뛰어다니는 모습을 보면 적당히 쉬운 일만 골라 하고 힘들고 귀찮은 일에는 아무도 불러올 수 없던 예전 상황과는 아주 달라졌다. 각 방에서도 혼란을 틈타 물건이 없어지는 일이 더는 생기지 않았다. 문상객이 오고가도 조용하고 침착하게 일이 진행되었다. 전처럼 한 사람이 차 대접하고 또 식사 차리고 함께 들어가 곡까지 따라 하고 손님을 모시고 응대하는 등의 두서없이 혼란스러운 일은 없었다. 따라서 남한테 미루거나 슬슬 꾀를 부리거나 슬그머니 물건을 훔치는 따위의 폐단은 다음날부터 완전히 사라지고 말았다.

희봉은 자신의 위엄이 대단하고 명령이 제대로 서는 것을 보고 속으로 상당히 흡족해 하였다. 우씨가 병으로 누워 있고 가진이 과도하게

---

3 옛날 상가 집에서 매일 날이 저물면 영구 앞에 지전(紙錢)을 태우는데 황혼에 태운다고 하여 황혼지라고 한다.

슬퍼하여 식사를 제대로 못하자 따로 작은댁에서 여러 가지 죽과 정갈한 반찬을 마련하여 안으로 보내 권했다. 그러자 가진도 특별히 분부를 내려 매일 상등품 반찬을 뒤채의 포하청抱廈廳으로 보내 희봉에게만 주기도 했다. 희봉은 힘든 것도 마다 않고 부지런하게 매일 아침 묘정이 각[卯正二刻: 오전 6시 반]이면 건너와서 점호하고 혼자 포하청 안에서 기거하며 집안의 다른 동서들과 어울리지도 않고 여자 문상객이 왕래해도 따로 나가 맞이하지 않고 일에만 몰두하였다.

이날은 마침 35일째 되는 날로 불사佛事를 맡은 승려들은 개방파옥〔開方破獄: 사람이 죽은 후에 승려와 도사를 청하여 죽은 자의 영혼을 제도(濟度)하는 의식〕을 하여 망령을 인도하고 전등조망〔傳燈照亡: 사람이 죽은 후 명도(冥途)로 가는 길이 끝없는 암흑이나 불법으로 그 어두운 길을 밝힌다는 의미〕을 하여 명도冥途를 밝혔다. 또한 염라대왕을 알현하고 저승귀신을 잡아들이며 지장왕地藏王을 모시고 금교金橋[4]를 열고 당번〔幢幡: 모든 깃발 종류〕을 끌어 극락에 환생하도록 하는 의식을 행하였다. 한편 재를 올리는 도사들은 몸을 엎드려 머리를 조아리고 표장을 받들어 올리며 삼청三淸[5]에 알현하고 옥황상제께 절을 올렸다. 선승들은 향을 사르고 염구경焰口經을 독송하며[6] 아귀에게 보시를 하고 수참경水懺經을 독송하여[7] 망자의 업장을 없애도록 기원했다. 또 별도로 열세 명의 비구니들은 비단 옷을 입고 붉은 신발을 신고 영전에서 망자를 극락으로 인도하는 접인주문〔接引呪文:

---

4 금교는 착한 사람이 죽은 후에 지나가는 곳으로, 금교를 열고 망자를 내세에 태어나게 한다고 함.
5 삼청은 도교에서 옥청(玉淸), 상청(上淸), 태청(太淸)을 합쳐서 이르는 말.
6 염구경 독송은 염불하며 음식을 아귀에게 회사하여 초도하고 망자를 위해 복을 비는 의식. 지옥의 아귀는 배가 산처럼 크나 목구멍이 바늘처럼 작아서 먹기 힘들며 음식이 입에 닿으면 곧 숯으로 변한다고 하여 염구(焰口)라고 함.
7 수참경 독송은 염불하며 망자에게 재앙을 면해달라고 비는 의식.

망자를 인도하여 극락으로 이끄는 주문)을 묵송하는 등 온 집안이 시끌벅적했다.

희봉은 이날 틀림없이 문상객이 많을 것으로 생각하여 집에서 일찍감치 잠자리에 들어 푹 쉰 다음에 이튿날 인정[寅正: 새벽 4시]에 평아가 깨워 주자 일어나 채비를 차렸다. 옷을 갈아입고 우유에 설탕 섞은 찹쌀 죽을 두어 술 뜨고 나니 벌써 묘정이각이 되었다. 내왕 댁이 사람들을 이끌고 밖에 와서 기다린 지 오래되었다. 희봉이 대청에 나서 수레에 오르니 앞에서 양쪽으로 '영국부' 세 글자를 크게 쓴 명각등明角燈[8]을 받쳐 들고 천천히 녕국부로 행차하였다.

녕국부의 대문 위에는 커다란 등불이 환히 밝혀져 있고 양쪽에 세운 긴 장대 위에도 등을 대낮같이 밝히고 하얀 소복을 한 노복들이 각각 줄지어 늘어서 있었다. 정문 앞까지 수레가 이르자 젊은 하인들이 물러가고 여러 일꾼 어멈들이 달려와 수레의 발을 걷어 올렸다. 희봉은 수레에서 내리며 한 손으로 풍아의 몸을 짚고 두 어멈은 손으로 등롱을 들어 비추며 우르르 에워싸고 안으로 들어갔다. 녕국부의 어멈들이 다들 나와 인사하며 안으로 모셨다. 희봉은 천천히 회방원의 등선각에 모신 영전으로 갔다. 그녀는 앞에 놓인 관을 보자 금방 눈에서 실 끊어진 구슬처럼 방울방울 눈물을 떨어뜨렸다. 정원 안에선 여러 하인들이 두 손을 공손하게 내리고 지전을 태울 준비를 다하고 있었다.

희봉이 '차를 올리고 지전을 태워라' 하고 분부를 내리자 그 말이 떨어지기 무섭게 징을 치는 소리가 크게 울리고 갖가지 악기가 동시에 연주되기 시작되었다. 누군가 크고 둥근 의자를 가져와 영전 앞에 놓았다. 희봉은 거기에 앉아 목을 놓아 곡을 시작했다. 안팎에서 일하던 남

---

8 명각등은 양각등(羊角燈)이라고도 하며 등의 덮개는 양의 뿔로 만들며 반투명하여 비바람을 막도록 되어 있음.

녀 상하의 모든 사람들이 일제히 희봉을 따라 곡을 하였다. 곧 가진과 우씨가 사람을 보내와 그만 그치라고 권하자 희봉은 곡을 멈추었다.

내왕댁이 차를 올리자 입을 양치하고 나서 희봉은 비로소 여러 사람을 떠나 포하청으로 들어와 명단에 따라 점호를 시작하였다. 각 분야의 사람들이 모두 다 모였는데 다만 손님 맞는 일을 맡은 한 어멈이 아직 오지 않았다. 곧 불러오게 하니 그 사람은 황망하여 헐레벌떡 달려왔다. 희봉이 쌀쌀맞게 웃으면서 한마디 했다.

"오라, 난 누군가 했더니 바로 자네군그래! 남들보다 지체가 조금 높다고 생각하여 내 말을 제대로 안 듣겠다 그 말이지?"

그 사람은 황망하여 얼른 변명을 하였다.

"쇤네는 정말로 매일 아침 일찍 왔었어요. 그런데 오늘은 그만 잠이 깨었다가 너무 이르다 싶어 다시 잠에 취하여 이렇게 한발 늦게 되었습니다. 제발 이번 한 번만 용서해 주세요."

그때 마침 영국부에서 왕흥王興댁이 나타나 문간에서 어른거렸다. 희봉은 그 사람을 앞에 세워 둔 채로 먼저 왕흥댁을 불렀다.

"왕흥댁은 거기서 뭐 하는 게야?"

왕흥댁이 어쩔 수 없이 먼저 자신의 일을 마치기로 하고 얼른 들어와 아뢰었다.

"물표를 받아서 실을 수령하려고 하는 것입니다요. 수레와 가마의 겉에 드리우는 망을 짜려고요."

그러면서 쪽지를 바쳤다. 희봉은 채명에게 읽으라고 했다.

"큰 가마 두 채, 작은 가마 네 채, 수레 네 대에 공용으로 쓸 수 있는 크고 작은 실타래 몇 개, 구슬에 꿰는 실 몇 근."

희봉이 듣고 숫자가 맞자 채명에게 등기를 하라고 하고 영국부의 물표를 던져 주었다. 왕흥댁은 그걸 받아가지고 나갔다.

이번에는 영국부의 집사 네 명이 줄줄이 들어왔다. 모두 물표를 받아가려는 것이었다. 희봉은 채명에게 쪽지를 받아 읽게 했다. 모두 네 가지였는데 그중 두 가지를 가리키며 말했다.

"이 두 가지는 계산이 안 맞아. 다시 따져 본 다음에 와서 받아가도록 해."

그러면서 쪽지를 내던지니 그 두 사람은 머쓱해하며 나가 버렸다.

희봉은 장재張材댁이 옆에 와서 서 있자 물었다.

"거긴 무슨 일인가?"

장재댁이 얼른 쪽지를 건네며 아뢰었다.

"방금 수레와 가마에 둘러치는 휘장이 완성되었습니다. 재봉질 한 품삯 몇 냥을 받으려고요."

희봉이 듣고 쪽지를 받아 채명에게 등기하도록 하였다. 왕홍댁이 물표 부절을 가져왔으므로 그것을 먼저 구입한 영수증과 맞추고 나서 장재댁에게 주게 했다. 또 다른 사람의 신청서를 읽도록 했는데, 보옥의 바깥채 서재가 완성되었다고 도배할 벽지를 구입하려고 한다고 했다. 희봉이 듣고는 곧 등기하라 하고 장재댁이 부절을 반납하기 기다렸다가 다시 그 사람에게 주어서 보냈다. 그러고 나서야 마침내 희봉이 서 있던 어멈에게 말했다.

"내일은 저 사람이 늦잠을 자고, 모레는 이 사람이 늦잠을 자면, 앞으로 제때 올 사람이 누가 있겠나? 자네를 용서해 주고 싶지만 처음부터 관대하게 나가면 다음엔 아무도 다스리기 어려워질 테니 아무래도 오늘부터 시작해야겠네."

그리곤 곧 얼굴을 근엄하게 바꾸고 큰소리로 명했다.

"이 자를 끌고 가서 곤장 스무 대를 쳐라!"

그리고 또 녕국부의 패를 내던지며 소리쳤다.

"나가서 내승에게 전하여 이 자의 한 달치 급료를 감봉 처분하라."

사람들이 그 말을 듣고 또 희봉이 눈썹을 치켜 뜬 것을 보고는 그녀가 단단히 화났음을 알고 감히 태만할 수 없어서 어멈을 끌고 나가고 패를 받아 급히 전하러 갔다. 그 어멈은 어쩔 수 없이 끌려 나가 곧장 스무 대를 맞고 나서 다시 들어와 사죄해야 했다. 희봉이 근엄하게 한마디 덧붙였다.

"내일 또 늦으면 사십 대, 모레도 늦으면 육십 대다. 맞고 싶은 사람은 얼마든지 늦어도 좋아!"

그리고 마침내 분부를 내렸다.

"해산!"

창밖에 있던 사람들은 각자 자신이 맡은 일을 하러 갔다. 그때 녕국부와 영국부 두 집안에서 각각 패를 받고 반납하려는 사람들이 끊임없이 오고갔다. 숱한 사람들 앞에서 곤장을 맞은 어멈은 몹시 부끄럽고 창피함을 느끼면서 총총히 사라졌다. 희봉의 지독함을 분명히 알게 된 사람들은 감히 꾀를 부리지 못하고 전전긍긍하며 제 일을 철저하게 처리했다.

이제부터 보옥의 이야기를 좀 해보자. 보옥은 오늘 사람들이 많이 모일 것임을 알고 진종이 기가 죽어 있을까 봐 그에게 슬쩍 말을 건네 함께 희봉이 있는 곳에 잠시 가 보자고 했다. 진종이 말했다.

"그분은 일이 많은 데다 사람들이 찾아가는 걸 좋아하지 않을 텐데, 우리가 찾아가면 싫어하지 않을까."

"우리를 싫어할 까닭이 있겠니? 상관없어. 잔말 말고 나만 따라와."

보옥은 무조건 진종을 끌고 포하청으로 갔다. 마침 식사를 마친 희봉은 그들이 함께 들어오자 웃으며 말을 건넸다.

"아이고, 오지랖이 넓기도 해라. 여기까지 찾아오다니. 어서 올라와요."

"우린 먼저 밥 먹었어요."

"여기 와서 먹은 거야, 저쪽에서 먹고 온 거야?"

"여기 와서 저 잡힌 사람들하고 뭘 먹어요? 저쪽에서 먹었지요. 우리 둘이 할머님 모시고 함께 식사하고 이곳으로 온 거예요."

보옥이 대답하며 자리에 앉았다.

희봉이 식사를 끝내니 녕국부의 한 일꾼 어멈이 패를 받으러 왔다. 향과 등불기름을 지급 받으려는 것이었다. 희봉이 웃으며 말했다.

"내가 가만히 셈을 해봤더니 지금쯤엔 받으러 와야 할 텐데 어째 안 오나, 혹시 잊어버린 건 아닐까 했더니 이제야 받으러 오는군. 잊어 버렸으면 자네들이 물어내야 하니 나한테는 오히려 좋은 거지 뭐."

그 사람도 웃으며 대답했다.

"누가 아니래요, 깜빡 잊었다가 막 생각이 났거든요. 한발 늦었으면 받지도 못할 뻔했네요."

그리곤 패를 받아서 나갔다. 등기를 하고 패를 내주고 하는 일을 보고서 진종이 웃으며 말을 건넸다.

"여기 두 집안이 모두 같은 패를 쓰면 만일 누군가가 몰래 만들어 가지고 돈을 챙겨서 도망치면 어떡하죠?"

"도련님 말씀대로라면 세상에 법이란 게 없는 거지 뭐."

보옥이 그 말에 생각난 듯이 물었다.

"참! 우리 집에선 물건 만들 패를 받으러 오지 않았나요?"

"일찌감치 와서 받아갔지요, 아직 도련님이 쿨쿨 잠들어 꿈나라를 헤매고 있을 때라고. 그나저나 그 밤공부는 언제 시작하려는 거지요?"

"지금 당장이라도 하고 싶어 죽겠지만 저 사람들이 서재를 만들어 주지 않으니 방법이 없는 거죠."

"나한테 한턱 쓰기만 하면 빨리 만들어 줄 수도 있는데…."

보옥이 고개를 흔들었다.

"형수님이 빨리 해주고 싶어도 소용이 없네요. 저 사람들이 얼마큼

하느냐 달렸지요."

"그 사람들이 만들기는 하더라도 만들 재료가 있어야 하지 않아? 내가 딱 버티고 패를 주지 않으면 어려울걸!"

희봉의 말에 보옥은 곧 새끼 원숭이 매달리듯 희봉에게 달려들어 빨리 패를 내놓으라고 떼를 쓴다.

"형수님, 형수님! 어서 패를 내봐요, 저 사람들한테 빨리 와서 물건을 받아가라고 하란 말이야."

"아이고 내 요즘 힘이 들어 온몸이 쑤시는데도 아직 안마도 못 받고 있구먼. 걱정 마시게. 오늘에야 도배할 벽지와 풀을 막 받아갔어. 그들이 필요한 것들을 아직 다 가져가지도 않았다고. 그런데 재촉만 한다고 되는 거야? 이 맹꽁아!"

희봉은 보옥이 믿으려 하지 않자 채명을 불러 장부를 꺼내 보여주었다. 그때 마침 밖에서 외치는 소리가 들려 왔다.

"소주에 따라갔던 소아昭兒가 돌아왔습니다."

희봉이 급히 불렀다. 소아는 허리를 굽혀 소매를 털고 문안 인사를 올렸다. 희봉이 물었다.

"어찌하여 돌아왔느냐?"

"나리께서 보내서 돌아왔습니다. 소주 고모부께서 구월 초사흗날 사시[巳時: 오전 9시경]에 돌아가셨습니다. 나리께서는 고모부 영구를 모시고 소주로 가셨는데 아마도 연말께나 되어야 돌아오실 거라고 하셨습니다. 나리께서 소인을 먼저 보내 이 소식을 알려드리고 문안 인사 올리며 노마님의 지시를 받고 외투와 겨울옷을 몇 벌을 가져오라고 하셨습니다."

"다른 분들은 뵈었느냐?"

"네, 뵈었습니다."

소아는 곧 물러갔다. 희봉은 보옥에게 웃으며 한마디 건넸다.

"대옥 동생이 이젠 우리 집에서 오랫동안 함께 있게 되었구나."

보옥은 눈살을 찌푸리며 장탄식을 하였다.

"큰일 났구나. 요 며칠간 대옥 누이가 슬픔에 빠져 얼마나 울었을까."

희봉은 소아가 돌아왔지만 사람들 앞이라 세세하게 가련의 일을 물어 보기가 뭣하여 마음속에 두었다가 집에 가서 재차 물어 보려고 했다. 하지만 일이 잔뜩 남아 있는데 그냥 돌아갔다가 잘못되기라도 하면 사람들한테 웃음거리가 될까 걱정되었다. 어쩔 수 없이 저녁까지 기다려서야 집으로 돌아가 소아를 불러들였다.

가는 길에 별일이 없었는지 세세히 묻고 밤늦게까지 외투와 겨울옷을 찾아 평아와 함께 손수 보따리를 챙기고 더 필요한 게 없을까 곰곰이 생각하여 한꺼번에 소아에게 전해 주었다. 그리고는 다시 분부했다.

"밖에 있는 동안 나리를 조심해서 잘 모시고 또 나리께서 화내시지 않도록 해라. 제발 술 좀 적게 마시라고 자주 권하고, 또 더러운 여자들한테 꼬드김을 당하지 않게 해야 한다. 만약 그러기라도 한다면 돌아와서 네놈의 다리몽둥이가 부러질 줄 알아라."

그렇게 이것저것 챙기다 보니 벌써 사경四更이 넘으려고 했다. 자리에 누우니 피곤한 몸이라 잠에 푹 빠졌다가 어느덧 날이 밝고 닭이 우는 시간이 되었다. 희봉은 서둘러 일어나 녕국부로 건너왔다.

가진은 발인날짜가 다가오자 손수 수레를 타고 음양사陰陽司의 관리를 데리고 미리 철함사鐵檻寺로 와서 영구를 안치할 곳을 살펴보며 또 주지인 색공色空에게 일일이 신선한 음식과 과일을 잘 진설하고 고승을 많이 청하여 영구를 영접하라고 일일이 당부하였다. 색공은 서둘러 저녁공양을 준비하여 접대했지만 가진은 차나 밥을 들 생각이 없었다. 날이 어두워 성문이 닫혔을 것이므로 절간 방에서 하룻밤을 적당히 쉬고 이튿날 아침 일찍 성안으로 들어와 발인준비를 독려했다. 한편으로 사람을 철함사로 보내 밤새 영구를 안치할 곳을 마련하도록 하고 주방의 음식이나 발인 때 올 사람들이 묵을 곳 등을 준비하도록 했다.

발인날짜가 얼마 남지 않자 안에서 희봉은 먼저 각 분야별로 일을 처리하도록 하고 한편으로는 영국부의 수레와 가마의 시종들이 왕부인을 모시고 장례식에 따르도록 하고 자신이 가서 머물 곳도 돌보았다. 한편 이때 선국공繕國公의 마나님이 돌아가셔서 왕부인, 형부인이 제례를 보내고 문상을 갔으며, 서안군왕西安郡王의 왕비가 생신을 맞아 축하예물을 보냈고, 진국공鎭國公의 고명부인이 장남을 얻어 예물을 준비하기도 했다. 희봉의 친정 오라버니인 왕인王仁이 가족을 이끌고 남쪽으로 돌아간다고 하여 집에 보내는 서신을 써서 부모님께 인사를 올리고 선물을 마련하였다. 이번에는 하필 영춘이가 병이 들어 매일 의원을 청하여 진맥하게 하고, 의원의 진술을 듣거나 증세와 약의 처방 등을 보는 등 그야말로 희봉에게는 일이 줄줄이 이어져서 이루 말할 수 없었다.

발인날짜가 눈앞에 닥치자 희봉은 차 한 잔 마실 틈도, 밥 한 끼 먹을 시간도 제대로 나지 않았고 앉으나 누우나 제대로 쉴 수가 없었다. 녕국부에 막 도착하면 영국부 사람이 곧 뒤를 따라오고, 영국부에 이르면 다시 녕국부 사람이 뒤를 따라와 찾아오곤 했다. 희봉은 이를 보고 마음속으로는 흡족하여 남으로부터 흉을 잡히지 않으려고 밤낮으로 잠도 자지 않고 더욱 열심히 일하고 게으름을 피우지 않았다. 이에 온 집안 사람들이 다들 칭송해 마지않았다.

이날은 발인 전날이라 함께 영전을 지키며 밤을 새우는데 안에서는 간단한 연극공연과 온갖 교예 놀이를 보여주어 친척이나 친지 문상객들이 함께 밤을 지새우게 하고 있었다. 우씨는 여전히 내실에 누워 있었으므로 일체의 손님접대는 희봉 혼자서 맡아 응대하고 있었다. 집안의 며느리들이 여럿 있었지만 개중에는 부끄러워 말도 제대로 못 꺼내고 몸이 얼어붙는 자가 있고 혹은 사람 만나기를 꺼려하거나 높은 사람이나 관청 사람한테는 겁부터 내는 사람들도 있었다. 아무도 희봉처럼 느긋하면서도 시원스럽게 응대하며 귀부인답게 여유로움을 보여주는 사람은 없었다. 그리하여 아무리 많은 사람이 있어도 신경 쓰지 않고 하고 싶은 대로 지시를 내리며 제 소임을 척척 다했다.

그날 밤은 대낮같이 밝은 등불 아래 오가는 문상객으로 북적이며 떠들썩했다. 하늘이 밝아오면서 정한 시각에 이르자 예순네 명의 검은 옷 입은 상여꾼이 영구를 메고 나가는데 앞에 들고 나오는 명정銘旌에는 다음과 같이 큰 글자가 쓰여 있었다.

하늘의 뜻으로 크게 세운 억조의 세월에도 변함없을 왕조, 일등공신 녕국공寧國公의 적손부로서 고명받은, 궁궐 자금도紫禁道의 방위를 맡은 어전시위御前侍衛 용금위龍禁尉 가용의 처 공인 진씨의 영구

장례용 기물과 장식물 등은 이번에 모두 새로 만든 것이었으므로 눈이 부실만큼 빛나고 있었다. 보주는 출가하지 않은 딸의 신분으로 상주가 되어 상여를 앞에서 이끌며 옹기그릇을 바닥에 엎어놓고 부수고 나서 구슬피 곡을 하였다.

그때 문상객으로 오신 손님 중에는 진국공鎭國公 우청牛淸의 손자로 현직 일등백작의 작위를 이어받은 우계종牛繼宗, 이국공理國公 유표柳彪의 손자로 현직 일등자작을 이어받은 유방柳芳, 제국공齊國公 진익陳翼의 손자로 삼품 위진장군威鎭將軍을 세습받은 진서문陳瑞文, 치국공治國公 마괴馬魁의 손자로 삼품 위원威遠장군을 세습받은 마상馬尙, 수국공修國公 후효명侯曉明의 손자로 세습 일등자작 후효강侯孝康 등이 있었다. 선국공繕國公의 고명부인이 돌아가셔서 상중이라 그 손자인 석광주石光珠는 오지 못했다. 이 여섯 가문은 녕국부, 영국부와 더불어 당시 개국공신 '팔공八公'으로 이름난 집안이었다.

다른 손님으로는 남안군왕南安郡王의 손자, 서녕西寧군왕의 손자, 충정후忠靖侯 사정史鼎, 평안후平安侯의 손자 세습 이등남작 장자녕蔣子寧, 정성후定城侯의 손자 세습 이등남작 겸 경영유격京營遊擊인 사경謝鯨, 양양후襄陽侯의 손자 세습 이등남작 척건휘戚建輝, 경전후景田侯의 손자 오성병마사五城兵馬司 구량裘良 등이 왔고, 그 밖에도 금향후錦香伯의 공자 한기韓奇, 신무神武장군의 공자 풍자영馮紫英 등과 진야준陳也俊, 위약란衛若蘭 등 기라성 같은 왕손공자들이 수도 없이 많았다.

안손님들도 세어 보면 십여 채의 큰 가마에다 삼사십 채의 작은 가마가 왔으니 집안 식구들이 타던 크고 작은 가마까지 합치면 백여 채가 훨씬 넘는 숫자였다. 거기에다 앞장서서 가는 갖가지 의장과 만장 및 온갖 장식물 등이 줄줄이 늘어선 것을 다 합치면 그야말로 인산인해를 이루며 무려 오리 가까이 길게 장사진을 이루고 있었다.

행렬이 지나가는 길가에는 오색 빛깔의 천으로 높다랗게 천막을 쳐놓고 연석을 마련하여 장엄한 주악이 울려 퍼지고 있었다. 이는 각 친지가문에서 고인을 위해 노제를 지내는 곳이었다. 첫째 자리는 동평왕부東平王府의 노제 천막이었고, 둘째 자리는 남안군왕의 것이며, 셋째는 서녕군왕, 넷째는 북정군왕이 각각 마련한 것이었다. 원래 이 네 분의 군왕 중에서도 당시 북정왕의 공이 가장 컸으며 지금 자손이 왕위의 작위를 세습받고 있었다.

현재의 북정왕 수용水溶은 아직 약관이 안 된 젊은 나이로 준수한 용모에 성품이 겸손하고 온화하였다. 이번에 녕국공의 적손 손부가 요절했다는 소식을 듣고 예전 두 집안의 조부 사이에 오가던 따뜻한 정과 동고동락하던 시절을 생각했다. 서로 남이라는 생각을 버리고 지위가 다른 왕위의 높은 자리에 있음을 드러내지 않고 앞서 문상하고 제를 지냈다. 오늘 다시 노제를 차려 휘하의 부관에 명하여 이곳에서 기다리고 있었던 것이다.

자신은 새벽 오경 무렵에 입조하여 황제를 알현하고 공사를 마쳤다. 그 다음 소복으로 갈아입고 큰 가마를 타고 징을 치고 일산을 받치게 하여 이곳에 와 천막 앞에 가마를 내렸던 것이다. 이때 수하의 관리들이 양편에서 호위하고 막아서서 군민들이 함부로 오가지 못하게 했다.

잠시 후 녕국부의 거대한 장례행렬이 드디어 모습을 드러냈는데 온통 은빛 산덩어리가 움직이듯 북쪽으로부터 다가오고 있었다. 일찌감치 녕국부의 장례행렬 선도 안내자가 이를 알아보고 급히 돌아가 가진에게 아뢰었다. 가진이 서둘러 명을 내려 앞에 이르러 행렬을 멈춰 서도록 하고 가서와 가정을 모시고 세 사람이 달려와 국례로서 인사를 올렸다. 수용은 가마 안에서 허리를 굽히며 웃음을 띠고 답례하였지만 여전히 세교 집안끼리의 호칭으로 대우하면서 결코 잘난 척하거나 우쭐대지 않았다. 가진이 인사를 했다.

"제 며느리 자식의 장례에 이처럼 왕림해주시니 저희로서는 황공하여 몸 둘 바를 모르겠나이다."

"대대로 세교 집안끼리 어찌 그리 말씀하십니까?"

수용은 웃으면서 대답하고 왕부의 장부관長府官[9]에게 명하여 노제를 주관하여 지내도록 하였다. 가사 등은 사은의 예로 인사를 올렸다. 수용은 겸손하게 대하면서 문득 가정에게 물었다.

"입에 옥을 물고 태어났다는 공자가 누구이던가요? 몇 번이고 만나보고 싶었지만 매번 다른 일 때문에 만나지 못했지요. 오늘은 여기에 왔을 것 같으니 한번 불러 만나게 해주지 않겠소이까?"

그 말에 가정은 서둘러 돌아가 보옥의 상복을 벗기고 데리고 돌아왔

---

9 왕부의 장사(長史). 청대에는 친왕, 세자, 군왕부에 각각 장사 한 사람을 두어 부속 관원을 통솔하고 집안의 사무를 총괄하였음.

다. 사실 보옥으로서도 평소에 일찍이 부형이나 친지로부터 수용이 대단히 어진 친왕이며 재주와 용모가 뛰어나고 풍류를 아는 호탕한 기질이며 관리의 습속이나 나라의 체면 등에는 구애받지 않는다고 들은 바가 있었다. 그래서 만나보고 싶은 마음이 있었지만 부친의 단속이 엄격하여 기회가 없었다. 지금 수용이 오히려 자신을 불러 만날 수 있게 되었으니 더욱 기쁠 수밖에 없었다. 앞으로 나아가며 얼핏 살펴보니 가마 안에 앉아 있는 수용의 모습은 그야말로 훤칠한 미남자였다.

좀더 가까이서 살펴보면 어떠한 모습일지 궁금하면 다음 회를 보시라.

王鳳姐弄權鐵檻寺
秦鯨卿得趣饅頭菴

왕희봉의 권세

왕희봉은 철함사에서 멋대로 권세 부리고
진종은 만두암에서 은근히 재미를 보았네
王鳳姐弄權鐵檻寺　秦鯨卿得趣饅頭庵

　　보옥은 북정왕 수용의 모습을 바라보았다. 머리에는 순백의 동곳 옥
잠을 꽂고 은 날개가 빛나는 왕모를 쓰고, 몸에는 다섯 마리 용이 바다
위에 서려 있는 하얀색 망포를 입고 있었다. 푸른 옥에 붉은 비단으로
싼 가죽 허리띠를 매고, 얼굴은 구슬같이 아름답고, 눈은 별처럼 빛나
고 있어 정녕 수려하기 그지없는 멋진 인물이었다.

　　보옥이 달려 나가 엎드려 인사를 올렸다. 수용이 서둘러 가마 안에서
손을 뻗어 잡아 일으켰다. 보옥의 모습을 보니, 머리를 묶어 은관으로
씌우고 쌍룡이 바다에서 오르는 모습을 새긴 머리띠를 둘렀다. 몸에는
소매 좁은 흰색 망포를 입고 허리엔 구슬 박은 은 허리띠를 매었다. 얼
굴은 봄에 핀 꽃과 같이 환하고 눈동자는 검은 옻칠을 한 듯 새까맣게
빛났다. 수용이 먼저 웃으면서 말했다.

　　"과연 명불허전名不虛傳이라고 이름 그대로 보배 같고 구슬 같구먼.
입에 물고 나왔다고 하는 그 구슬은 어디 있나?"

보옥이 그 말에 곧 앞가슴에서 옥을 꺼내 두 손으로 받쳐 건네주었다. 수용은 찬찬히 들여다보고 또 그 위에 새겨진 글자를 읊어 보며 물었다.

"과연 무슨 영험이 있었습니까?"

가정이 얼른 대답했다.

"비록 그렇다고는 하지만 아직 시험해 본 적은 없습니다."

수용은 참으로 대단한 물건이라고 극찬하면서 직접 수술을 매어 손수 보옥에게 걸어주며 보옥의 손을 잡고 올해 몇 살이며 지금 무슨 책을 읽고 있는가 물었다. 보옥이 일일이 대답했다. 수용은 그의 말이 분명하고 조리가 있으며 말속에 정취가 넘치는 것을 보고 웃으면서 가정에게 말을 건넸다.

"영랑께서 참으로 용과 봉황의 새끼다운 풍모를 보이고 있소이다. 소왕이 세옹世翁 안전에서 당돌하게 올리는 말씀 같지만 장차 '새끼 봉황이 늙은 봉황보다 크게 빛나리라' 하는 말처럼 자제께서 더 훌륭하게 될 것으로 보이는군요."

"제 자식놈이 어찌 감히 그와 같이 과분한 칭찬의 말씀을 감당할 수 있겠습니까? 군왕 전하의 은덕으로 과연 그와 같이 될 수만 있다면 저희로서는 천만다행이옵니다."

"다만 한 가지, 영랑께서 그와 같은 자질을 갖추었으니 자연히 노마님이나 영부인께서 특별히 애지중지할 것으로 생각됩니다. 하지만 우리 같은 젊은 사람을 너무 총애하는 것은 마땅치 않은 일입니다. 그렇게 되면 공부하는 때를 놓치게 될 수도 있으니까요. 사실 저 자신도 일찍이 그러한 전철을 밟았으니 생각건대 영랑께서도 그러할 것이 분명합니다. 만일 영랑이 집에서는 공부에 전념하기 어렵다고 하거든 언제든 저의 집으로 보내십시오. 소왕은 비록 재주가 없지만 세상의 수많은 명사들이 경사에 오면 늘 찾아주고 있으니 저의 저택에는 높은 선비들이 상당히 모이는 편입니다. 영랑께서 자주 그들과 어울려 대화라도 나누면 학문이 날로 높아질 것은 분명합니다."

수용은 또 손목에 찼던 염주를 벗겨서 보옥에게 건네주었다.

"오늘은 첫 만남이라 창졸간에 선물로 줄 만한 물건이 없어 이것으로 대신하려고 합니다. 이것은 일전에 성상께서 친히 하사하신 향기로운 척령향鶺鴒香 염주인데 하례의 기념으로 받아주기 바라오."

보옥이 얼른 받아서 가정에게 바쳤다. 가정과 보옥은 함께 사의를 표하였다. 가사와 가진 등이 다가와 군왕에게 가마를 돌려 돌아가시라고 다 같이 청하였다. 수용이 대답했다.

"망자는 이미 선계에 오른 자로 속된 인간 세상에 남아 있는 우리와는 다르지요. 소왕이 비록 천은을 입어 헛되이 군왕의 지위를 차지하고 있기는 하지만 어찌 영구를 앞서 나갈 수가 있단 말이오?"

가사 등은 그가 단호하게 따르지 않자 인사를 올리고 물러 나와 아랫사람에게 일단 주악을 멈추게 하고 상여가 지나도록 한 다음 비로소 수용의 가마가 돌아갈 수 있도록 하였다.

녕국부의 장례행렬은 길목이 가득 차도록 길게 늘어져 대단히 성대했다. 성문에 이르러 가사와 가정, 가진 등의 일가친척들이 차려 놓은 제단에서 일일이 노제를 지낸 다음 마침내 성문을 빠져나가 철함사로 가는 대로로 들어섰다. 그때 가진은 가용을 데리고 항렬이 높은 어르신네들 앞으로 찾아와 수레나 말을 타고 가도록 권하였다. 그리하여 가사 등은 각자 수레에 타고 가진 등도 말에 올라탔다.

희봉은 보옥이 교외로 나왔으니 말을 듣지 않고 멋대로 고집을 부리지 않을까 걱정이 되었다. 가정은 그러한 자질구레한 일까지 신경 쓰지 않을 것이고 만일에 뭔가 하나 잘못되기라도 하면 노마님을 뵙기가 송구스럽게 될 것이므로 곧 하인에게 보옥을 불러오게 했다. 보옥이 말을 탄 채로 가마 앞으로 찾아오자 희봉이 말했다.

"우리 도련님은 지체 높은 귀한 신분으로 아가씨 같은 고운 인품을 가진 분이 아니시던가. 그렇게 원숭이처럼 말 잔등에 올라타지 말고, 나하고 같이 가마에 올라타는 게 어떻겠어?"

보옥이 그 말을 듣고 곧바로 말에서 내려와 희봉의 수레 안으로 올랐다. 두 사람은 재미있게 웃고 떠들며 수레를 타고 갔다.

얼마 후 저쪽에서 두 사람이 말을 타고 나는 듯 달려와 희봉의 수레에서 멀지 않은 곳에 멈춰 서더니 말에서 뛰어내려 수레를 잡고 말했다.

"이곳에 잠시 쉬는 곳을 마련했습니다. 아씨께서는 잠시 쉬어 가시기 바랍니다."

희봉이 얼른 형부인과 왕부인에게 여쭤 보라고 일렀다. 그 사람이 얼른 달려갔다 돌아와서 말했다.

"마님들께선 쉬실 필요가 없으니 아씨께선 편하실 대로 하라 하셨습니다."

희봉은 그럼 쉬었다 가자고 아랫사람에게 전했다. 하인들이 명을 받고 곧 수레와 말을 장례행렬에서 떼어내어 북쪽을 향해 달려갔다. 보옥은 수레 안에서 진종을 데려오라고 일렀다. 그때 진종은 말을 타고 부친의 수레를 뒤따르던 중이었다. 돌연 보옥의 하인이 달려와 그에게 잠시 쉬었다 갈 것을 청하는 것이었다. 진종이 바라보니 벌써 희봉이 탄 수레는 북쪽을 향해 방향을 틀었고 뒤쪽에는 보옥이 타던 말이 안장만 걸친 채 뒤따르고 있었다. 진종은 보옥이 희봉의 수레 안에 함께 타고 있음을 알았다.

진종은 말을 돌려 뒤를 따라와 함께 한 농가로 들어갔다. 일찌감치 하인들이 먼저 와서 이 집의 사내들은 모두 다 내보낸 뒤였다. 이 집에는 방이 몇 칸 없어 농가의 부녀자들은 피할 곳이 없었으므로 그대로 내버려두었다. 시골여자들은 희봉이나 보옥, 진종과 같은 지체 높은 사람의 용모나 의복, 번듯한 행동거지 등을 신기한 눈으로 바라보았다.

　잠시 후 희봉은 농가의 방으로 들어서며 보옥에게 밖에 나가 놀다 오라고 일렀다. 보옥은 진종과 함께 시동들을 데리고 여기저기 구경을 하였다. 농촌에서 쓰는 물건을 본 적이 없는 보옥은 삽과 가래, 호미와 쟁기 같은 것을 신기하게 여겼지만 그것이 어디에 쓰는 물건인지, 이름이 무엇인지 알지 못했다. 하인이 옆에서 하나하나 설명하고 그 쓰임에 대해 말해 주었다. 보옥이 그제야 고개를 끄덕이며 중얼거린다.

　"옛 사람의 시에 '밥상 위의 밥알들은 알알이 피땀이라'고 하더니 그게 빈말이 아니었구나."

　그렇게 말하면서 또 다른 방을 둘러보는데, 온돌 위에는 실을 잣는 물레가 놓여 있었다. 보옥이 하인에게 물었다.

　"이건 또 무엇이냐?"

　옆에서 하인이 상세히 일러주었다. 보옥은 그 말을 듣고 온돌 위에 올라가 직접 물레를 돌려보면서 재미있어 했다. 그때 열일고여덟 살쯤 된 시골처녀가 달려오며 소리쳤다.

　"건드리지 마! 그러다 고장 난다구!"

　옆에 있던 하인들이 야단치며 막으려고 했다. 보옥은 얼른 손을 떼고 웃으면서 미안하다고 했다.

　"난 이런 걸 본 적이 없어서 한번 만져본 것뿐이야."

　"너희가 이런 걸 어떻게 할 줄 알겠어? 비켜 봐! 내가 실을 자아볼 테니까, 잘 보라구!"

　시골처녀가 하는 양을 보고 진종이 슬쩍 보옥을 잡아끌며 웃었다.

　"저 여자 정말 끝내 주겠는데!"

　보옥이 손을 뿌리치고 웃음을 띠며 한마디 했다.

　"쓸데없는 소리 마! 그런 말 또 하면 한 방 맞을 줄 알아라!"

　그러면서 여전히 처녀애의 실 잣는 모습을 바라보고 있다가 뭔가 한

마디 건네려는 순간 저쪽에서 시골할멈이 소리쳐 그녀를 불렀다.

"애, 둘째야! 빨리 이리 오너라!"

여자애는 부르는 소리를 듣고 물레에서 내려와 달려 나갔다. 보옥은 머쓱하여 멍하니 서 있는데 마침 희봉이 사람을 보내 두 사람을 안으로 들어오라고 했다. 희봉은 옷을 갈아입고 툭툭 털면서 두 사람에게도 갈아입겠느냐고 물었으나 보옥은 괜찮다고 했다. 일꾼 어멈들이 길 떠나면서 챙겨 온 찻주전자와 찻잔, 찬합과 여러 가지 먹을 것을 가지고 들어왔다. 희봉 등은 차를 마시고 나서 그들이 정리하기를 기다렸다가 일어나 수레에 올랐다. 밖에서는 내왕來旺이 준비해 온 예물을 집주인에게 주었다. 시골여자들은 엎드려 절을 하며 고마워했다.

희봉은 개의치 않았으나 보옥은 그중 둘째라고 불린 처녀가 있는지 눈으로 찾아보았다. 하지만 보이지 않았다. 곧 수레에 올라 길을 떠나 얼마쯤 가노라니 앞쪽에서 그 여자애가 어린 동생을 품에 안고 다른 여러 여자애들과 웃고 떠들면서 걸어오고 있었다. 보옥은 수레에서 뛰어내려 그들을 따라가고 싶었지만 다들 허락하지 않을 것이 분명하였으므로 다만 눈빛으로 그들을 전송하였다. 수레는 나는 듯이 달려 그들의 모습은 곧 눈앞에서 사라졌다.

얼마 안 가 장례행렬을 다시 따라잡을 수 있었다. 앞쪽에는 철함사에서 일찍부터 법고法鼓와 요발鐃鈸, 명정과 일산 등을 마련하여 모든 중들이 나와 영구를 기다리고 있었다. 이윽고 장례행렬은 절 안에 이르러 따로 법요식을 행하고 새로 단을 차려 향을 피우며 영구를 내전의 곁방에 안치하였다. 보주에게는 그곳에 침실을 마련토록 하여 지키게 하였다. 밖에선 가진이 문상객을 접대하였는데 일부는 식사를 하기도 하고 일부는 그냥 돌아가는 사람도 있었지만 일일이 감사의 뜻을 표했다. 공작과 후작, 백작, 자작, 남작 등의 귀족들도 한 무리씩 돌아가고 미시未時가 끝날 무렵이 되어서는 모두들 흩어지고 없었다. 안쪽의 부인들은 희봉이 나서서 접대하였는데 고명부인을 필두로 돌아가기 시작하여 점심 무렵이 지나자 거의 다 돌아갔다. 몇몇 가까운 친척들만 남았는데 사흘 동안 행해지는 안령安靈 불사를 보고 갈 사람들이었다.

형부인과 왕부인도 희봉이 아무래도 집으로 돌아가지 못할 것을 알고 먼저 성내로 들어갔다. 왕부인은 보옥을 데리고 돌아가려 했지만 보옥이 생전 처음 교외로 나왔으니 바로 돌아가지 않고 희봉을 따라 남아 있으려고 했으므로 왕부인은 어쩔 수 없어 희봉에게 부탁하고 돌아갔다.

원래 철함사는 녕국공과 영국공이 계실 때 세운 절로서 지금까지 땅을 대주고 있었기에 향을 피우고 불공을 올려 주고 있었다. 이 절은 도성에 사는 가족 중 누군가 세상을 떠나면 그 영구를 임시 안치해 두는 곳으로 쓰고 있었다. 절에는 음과 양으로 나눠진 객사가 별도로 있어서 장례에 온 사람들이 묵기에 불편함이 없었다. 하지만 지금의 젊은 세대에 와서는 식구가 많아지고 개중에는 빈부의 격차가 심하고 성격도 천차만별이라, 집안이 가난하고 제 분수를 아는 사람의 경우는 이곳에서 묵어도 아무 불평이 없었으나, 간혹 떠벌리기 좋아하고 돈과 권세가 있는 사람들은 이곳이 여전히 불편하다고 하면서 따로 장원이나 비구니 암자를 찾아 조용히 묵으려는 사람도 있었다.

진씨의 장례에 참가한 집안의 모든 사람들이 철함사에 묵기로 하였으나 오직 희봉만은 이곳이 불편하다며 사람을 보내 만두암의 비구니 정허淨虛스님에게 묵을 방 두어 칸을 마련해 두라고 일렀던 것이다.

사실 만두암의 이름은 본래 수월암水月庵이라고 했는데 여기서 만드는 만두가 맛있다고 해서 붙여진 별명이었다. 철함사에서 그다지 멀지 않은 곳에 있었다. 이때 스님들의 불공행사가 끝나고 저녁공양도 끝나 가진은 가용을 시켜 희봉에게 가서 쉬라고 전해 왔다. 희봉은 몇몇 동서들이 친척들을 모시고 있는 걸 보고 자신은 자리에서 일어나 보옥과 진종을 데리고 수월암으로 옮겨갔다. 진종의 부친 진업은 나이가 연로한 데다 몸에 병이 있어 더 머무를 수가 없으므로 진종에게 하명하여 불사를 다 보고 돌아오라고 이르고 자신은 먼저 돌아갔다.

정허 스님은 지선智善과 지능智能이라고 하는 두 어린 비구니를 데리고 나와 희봉 일행을 맞아 서로 인사를 나누었다. 희봉 등은 방으로 들어와 옷을 갈아입은 뒤 지능이 그동안 키가 더 크고 용모도 더욱 훤해졌다며 스님에게 한마디 건넸다.

"스님들이 요즘엔 통 우리 쪽에 오시지 않으니 무슨 까닭이십니까?"

"그러게 말이에요. 요 며칠간은 도통 틈이 나지 않았지 뭡니까. 호씨 나리 댁에서 아드님을 낳았다고 부인께서 은자 열 냥을 보내면서 스님 몇 분을 모셔다 사흘 동안 《혈분경血盆經》[1]을 독경해 달라고 하셨지요. 그런 일로 바빠서 그동안 아씨마님께 인사드리러 가지도 못했습니다."

늙은 비구니와 희봉이 그런 말을 나누는 사이, 진종과 보옥은 불당에서 장난을 치며 놀고 있었다. 마침 지능이 걸어오자 보옥이 진종에게 웃으며 말했다.

"야, 저기 능아가 오고 있다."

"그런 애를 뭐 하러 아는 척해."

진종의 대답에 보옥이 능글맞게 웃으면서 대꾸했다.

"딴전 피우기는. 전에 할머니 방에서 아무도 없을 때 저애를 끌어안고 뭐 했던 거야? 어디서 날 속이려고 그래?"

진종은 빙글거리며 딴청을 부린다.

"전혀 그런 일이 없었네요!"

---

1 옛날에는 부녀가 해산할 적에 나온 피는 불길하다고 여겨서 승려들을 청하여 혈분경을 읽고 복을 구하며 재난을 소멸시키고자 하였음.

"그건 내 알 바가 아니고, 일단 저애를 불러 세워 나한테 차를 한 잔 따르라고 해주면 눈을 감아 주지."

진종이 웃으며 말한다.

"그건 또 무슨 소리야? 자기가 직접 불러서 차를 따르라고 하면 될 걸 굳이 날보고 얘기하라고 하는 건 도대체 뭐야."

"내가 얘기하는 건 아무 정감이 없는 것이고, 너하고는 오가는 정감이 있는 거니까, 아무래도 낫지 않겠어?"

더는 물러설 수 없다는 듯이 진종이 지능에게 말을 건넸다.

"능아, 차 한잔 따라다 주지 않을래?"

이 지능이란 아이는 어려서부터 영국부에 자주 들락거렸으므로 모르는 사람이 없었다. 그래서 보옥이나 진종과도 함께 장난치고 농담하는 사이가 되었다. 지금은 제법 자라서 남녀 사이 풍월의 일도 조금은 아는 터였으므로 풍류가 넘치는 진종의 인품을 마음에 들어했다. 진종도 그 애를 예쁘게 생각하여 두 사람이 아직 관계를 맺지는 않았지만 마음은 벌써 하나가 되어 있었다. 마침 진종이 오자 지능은 기분이 좋아져서 달려와 차를 따랐다. 지능이 따른 차를 보옥과 진종이 서로 자기에게 달라고 했다.

"나한테 줘!"

"아니야, 나한테 줘야 해!"

지능이 입을 가리고 웃으면서 말했다.

"차 한 잔을 가지고도 이렇게 다투다니, 내 손에 꿀이라도 묻었나요?"

그러는 사이 보옥이 먼저 빼앗아 마셔 버리고 막 무언가를 물으려는데 저쪽에서 지선이 찻상을 차리라고 지능을 소리쳐 불렀다. 그리고 두 사람에게도 다과와 간식을 먹으라고 불렀다. 하지만 둘은 먹는 것엔 관심이 없어 곧 다시 나와 장난치고 놀았다.

희봉도 잠시 앉아 있다가 휴식을 취하러 별실로 들어갔다. 정허 스님이 뒤를 따라 들어왔다. 다른 어멈들도 더는 할 일이 없자 하나둘씩 흩어져 각자 쉬러 갔다. 가까운 몇몇 시녀들만 남아서 시중을 들었다. 정허가 기회를 엿보아 슬쩍 말을 건넨다.

"한 가지 말씀드릴 게 있는데요, 원래 마님께 사정하러 가려 했지만 우선 아씨께 여쭤보려는 겁니다."

희봉이 무슨 일이냐고 물었다.

"아이고, 나무아미타불! 글쎄 제가 예전에 장안현의 선재암善才庵에서 출가할 적에 당시 신도중에 장씨라는 부잣집이 하나 있었는데 금가金哥란 딸이 늘 우리 암자에 불공을 드리러 오곤 했지요. 그러다 우연히 장안부 사또 나리의 어린 처남인 이아내李衙內[2]와 만나게 되지 않았겠어요. 이 도령은 단번에 금가를 좋아하게 되어 아내로 삼겠다고 중매를 보내 청혼하게 되었어요. 하지만 금가는 벌써 전임 장안 수비의 아들과 정혼해 놓은 상태였답니다. 장씨 댁으로서는 파혼하려고 해도 수비 댁에서 따르지 않을 것 같기에 이 도령한테 금가는 이미 정해진 혼처가 있다고 말을 전했지요. 그런데 누가 알았겠어요? 그 이 도령이란 사람이 얼마나 고집이 센지 어떻게 해서든지 그녀를 반드시 아내로 삼아야겠다고 달려든다는 거예요. 장씨 댁으로서는 다른 계책이 없어 진퇴양난에 빠져 버렸지요. 어떻게 알았는지 수비 댁에서 그 소식을 알고 경위를 자세히 알아보지도 않고 다짜고짜 욕을 해대며 딸 하나를 몇 군데나 시집보내느냐며 절대로 정혼예물을 돌려주지 않겠다고 곧 재판을 걸었다는 거예요. 장씨 댁에서는 그 바람에 성질이 나서 사람을 경성으로 보내 뭔가 줄을 대려고 하면서 홧김에 꼭 정혼예물을 되찾겠다고 벼르

---

2 아내는 고관의 자제를 일컬음. 원래 당나라 절도사의 사저인 아성(牙城)을 지키는 지휘자를 자신의 자제로 충당한 데서 유래함.

고 있지요. 사실 장안 절도사로 있는 운광雲光 나리와 아씨 댁은 막역한 사이시잖아요. 아씨께서 마님하고 대감님께 한 말씀 올려서 운광 나리께서 수비 댁에 한마디만 해주라는 서신을 보내주신다면 수비 댁이 따르지 않을 리가 있겠습니까? 만약 그렇게만 해주신다면 장씨 댁에선 집을 다 팔아서라도 보답해 드리겠다는 생각이랍니다."

희봉이 다 듣고 웃으며 말했다.

"그런 일은 그다지 힘든 건 아니지만, 단지 우리 마님께선 그런 일에 별로 손을 쓰려고 하지 않고 계시지요."

정허가 말했다.

"마님이 안 하신다면, 아씨께서 나서서 해주시면 되지 않겠어요?"

"나도 돈에는 별다른 관심이 없고 또 그런 일은 하지 않습니다."

정허가 그 말을 듣고는 풀이 죽었다. 잠시 후에 탄식하는 소리로 한마디 했다.

"그렇다고는 하시지만 장씨 댁에서는 내가 여기서 아씨 댁에 부탁드리는 걸로 이미 알고 있는데 만일 이 정도의 일도 관여치 않으신다면 어찌 생각할까요? 이런 일에는 관여할 시간도 없고 돈에도 별다른 생각이 없어 그러신 줄은 미처 모르고, 아씨네 집안이 이처럼 작은 일조차 해결할 만한 수단이 없는 줄로 알게 될까 걱정이군요."

희봉이 그 말을 듣고 금방 마음이 변했다.

"스님도 평소 제가 어떤 사람인지 잘 알고 계시잖아요. 저는 원래 저승이니 지옥이니 인과응보니 하는 말을 절대로 믿지 않아요. 그저 무슨 일이든 내가 된다고 하면 되는 거예요. 스님은 그 사람한테 3천 냥만 가져오라고 하세요. 내가 나서서 간단하게 해결해 놓을 테니까."

정허는 그 말에 기쁨을 참지 못하고 얼른 말했다.

"네, 네, 그거야 걱정 없지요."

희봉이 이어서 말했다.

"난 다른 사람들처럼 이것저것 끌어당겨 돈을 뜯어내려는 부류와는 전혀 달라요. 그 3천 냥이라는 것도 심부름시키는 하인들의 노잣돈밖에는 안되니 나는 한 푼도 안 먹는 겁니다. 설사 3만 냥이라도 저는 지금 당장 만들어낼 수 있다고요."

정허는 연신 맞장구치면서 한마디를 덧붙였다.

"그러시다면 내일이라도 바로 해결해 주시는 게 어떠시겠어요?"

"스님도 제가 얼마나 바쁜 사람인지 아시잖아요. 뭐라도 제가 빠져서 되는 일이 있어야지요. 기왕에 허락한 마당에 당연히 서둘러서 해결해 드릴 테니 걱정 마세요."

정허는 희봉의 말을 받아서 곧 치켜세웠다.

"이런 하찮은 일조차도 다른 사람들이라면 그저 어쩔 줄 몰라 하며 쩔쩔 매겠지만 아씨마님이라면 그보다 더한 일이라도 쉽게 해결하실 거예요. 속담에도 있잖아요. '재주 있는 사람이 힘들기 마련'이라고. 집안의 대소사를 아씨께서 잘 처리하시니까 마님께서도 아예 모든 걸 맡기시는 거지요. 하지만 아씨께서도 옥체를 보중하셔야지요."

추어올리는 정허의 말에 희봉이 한껏 기분이 좋아져서 노곤한 줄도 모르고 한동안 정허와 긴 얘기를 나누었다.

한편 진종은 날이 어두워지자 사람이 없고 조용한 틈을 타서 지능을 찾으러 나섰다. 그러다 뒷방에서 지능 혼자 찻잔을 씻는 모습을 발견하고는 달려가서 끌어안고 얼른 입을 맞추었다. 지능은 깜짝 놀라 발을 동동 구르며 난리를 쳤다.

"이게 도대체 뭐 하는 짓이에요? 또 그러면 소리 지를 거야!"

진종이 통사정을 했다.

"알았어, 알았다구! 나도 몸이 달아 죽을 지경이야. 오늘도 내 말을 안 들으면 난 여기서 죽어버리고 말 거야."

지능이 대꾸했다.

"오늘 어떻게 된 거 아니에요? 이 지옥 같은 곳에서 빠져나간 다음에야 도련님을 따르겠다고 했잖아요."

"그거야 쉬운 일이지. 하지만 먼 곳의 물이 당장의 갈증을 해결할 수 없다는 말도 있잖아."

진종은 그렇게 말하면서 곧바로 등불을 훅 불어 끄고는 칠흑 같은 어둠 속에서 지능을 번쩍 안아 방바닥에 눕히고 운우의 일을 시작했다. 지능은 밑에 깔려 버둥거리며 몸을 빼내려고 했지만 어쩔 도리가 없었고, 그렇다고 정작 소리를 지를 수도 없어서 그가 하는 대로 내버려두었다. 두 사람이 한창 흥이 올라 있을 때 방으로 누군가가 슬그머니 들어와 아무 말도 없이 두 사람의 몸을 지긋이 눌러댔다. 두 사람은 그가 누군지 몰라 찍소리도 못하고 꼼짝도 못했다. 잠시 후에 그 사람은 '킥!' 하는 소리와 함께 키득키득 웃음을 참지 못하고 말았다. 그들은 비로소 그가 보옥이란 걸 알았다. 진종이 볼멘소리로 원망한다.

"이게 도대체 뭐 하는 짓이야?"

보옥이 빙긋이 웃으면서 앞서 그들이 한 말을 흉내 냈다.

"내 말을 안 들으면 소리 지를 거야!"

부끄러움에 몸 둘 바를 모르던 지능은 어둠 속에서 밖으로 도망쳤다.

보옥이 진종을 끌고 나오면서 말했다.

"그래도 나한테 아니라고 우길 거야?"

"알았어, 알았어. 제발 큰소리 좀 치지 마. 사람들이 듣겠어. 무엇이든 다 네 말대로 할게."

진종의 말에 보옥은 웃으면서 으름장을 놓았다.

"지금은 뭐라고 말해도 소용없어. 조금 있다가 잠잘 때 하나하나 따질 테니까."

얼마 후 잠자는 시간이 되었다. 희봉은 내실에서 자고 진종과 보옥은 바깥방에 자리를 폈다. 시녀와 할멈 등이 자리를 펴고 불침번을 섰다. 희봉은 혹시 통령보옥을 잃어버릴까 걱정되어 보옥이 잠든 사이에 사람을 시켜 옥을 벗겨다 자신의 베갯머리에 두었다. 보옥이 진종과 어떻게 셈을 끝냈는지는 자세히 보지도 못했고 적어두지도 않았다. 그렇다고 엉터리로 꾸며댈 수도 없는 고로 다만 궁금한 일로 남기고 넘어간다.

밤새 아무 일이 없었고, 이튿날 아침 일찍 가모와 왕부인이 보낸 사람이 달려와 보옥에게 잘 잤느냐 물어보고 옷을 두어 벌 더 입게 하고는 별일 없으면 돌아가자고 권했다. 하지만 보옥이 돌아가려고 하지 않았다. 진종도 지능과의 미련이 남아 있는 까닭에 보옥을 꼬드겨 희봉으로 하여금 하룻밤 더 묵고 가도록 부추겼다. 희봉은 잠시 생각에 잠겼다. 장례의 큰 절차는 대체로 마무리되어 가지만 아직도 작은 일들이 덜 마무리되었으므로 이를 핑계로 하룻밤 더 묵게 되면 우선 가진의 면전에서 정성을 다하는 모습을 보일 수 있고, 둘째는 정허의 부탁을 해결할 수 있으며, 셋째는 보옥의 마음을 흡족하게 하여 할머니가 좋아하게 될 것이니 일석삼조가 되는 격이라 생각했다. 그리하고 곧 보옥에게 말했다.

"내가 할 일은 다 마무리되었지만 동생이 여기서 더 놀기를 원하면 어쨌든 여기서 하루 더 고생해야 돼. 하지만 내일은 꼭 돌아가야 한다구."

"와, 우리 누나가 최고야. 하룻밤만 더 묵고 내일은 꼭 돌아갈게요!"

보옥은 형수이자 외사촌 누나가 되는 희봉에게 이렇게 사정하여 하룻밤 더 묵게 되었다.

희봉은 어제 저녁 정허스님의 일을 조용히 내왕에게 전했고 내왕은 그 사연을 분명히 파악한 다음 곧 성내로 들어가 공문담당 문객을 찾아갔다. 가련의 명의로 부탁하여 서신 한 통을 써서 밤을 도와 장안현으로 달려갔다. 불과 백여 리의 거리였으므로 이틀 만에 일은 손쉽게 해결되었다. 장안절도사 운광은 가씨 집과의 오랜 정분을 생각하여 이처럼 사소한 일에 응하지 않을 까닭이 없었다.

한편 희봉 등은 하룻밤을 더 묵은 뒤에 다음날 비구니 정허 스님과 헤어지면서 사흘 뒤에 영국부로 와서 소식을 받아가라고 일렀다. 진종과 지능은 그동안 정이 듬뿍 들어 차마 헤어지기 섭섭했다. 두 사람 사이에 무슨 은밀한 약조가 오고갔는지 상세히 말할 필요는 없고, 다만 쓰라린 가슴을 부여안고 이별하였다는 것만은 확실하다. 희봉은 철함사로 가서 둘러보고 다 같이 철수하여 돌아가려는데 보주만은 결단코 집으로 돌아가지 않겠다고 버텨서 가진은 하는 수 없이 시녀 한 사람을 딸려주며 함께 지내도록 하였다.

뒷일이 궁금하시면 다음 회를 보시라.

귀비가 된 원춘

원춘은 재색으로 봉조궁 귀비되고
진종은 요절하여 황천길 떠나갔네

賈元春才選鳳藻宮　秦鯨卿夭逝黃泉路

보옥은 밖의 서재를 정돈하고 진종과 밤공부를 함께하기로 약속하였다. 헌데 하필이면 진종은 천성적으로 허약하게 태어난 데다 이즈음 교외에서 여러 가지 풍상을 겪고 또 비구니 지능과의 은밀한 만남 등으로 마음을 졸이느라 섭생하는 데는 등한히 하였다. 그리하여 집으로 돌아오자 곧 기침이 나고 감기에 걸려 몸져눕게 되는 바람에 음식도 제때 먹지 못하여 몸이 많이 축났다. 바깥출입도 삼가고 집에서 정양하게 되니 그를 애타게 기다리던 보옥으로서는 실망이 컸지만 또한 어쩔 도리가 없었다. 그때 희봉은 벌써 운광雲光으로부터 회답을 받고 모든 일이 다 잘 처리되었다는 소식을 들었다. 늙은 비구니 정허스님은 그 일을 곧 장씨 댁에 연락했고 그 후에 과연 수비네 집에서는 끓어오르는 부아를 꾹 참고 군소리 없이 전에 받았던 약혼예물을 돌려주었다. 하지만 이처럼 권세와 재물을 탐내는 장씨네 부모가 어떻게 그처럼 의로움을 중히 여기고 정을 귀하게 생각하는 딸을 낳아 길렀는지 모를 일이었다. 장금가張金哥는 자신의 부모가 이미 약혼자를 물리치고 파혼했다는 말을 전해 듣고 곧바로 밧줄에 목을 매어 자살하고 말았다. 한편 주수비의 아들도 금가가 목매 죽었다는 말을 듣고는 그 또한 다정다감한 남자였던지라 그대로 강물에 뛰어들어 죽음을 택하여 약혼녀의 뜻을 저버리지 않았다. 장씨 집과 이씨 집으로서는 어안이 벙벙하여 할 말을 잃고 말았다. 그야말로 사람과 재물을 한꺼번에 잃은 격이 되었으니 말이다.

하지만 이곳 희봉 쪽에서는 가만히 앉아서 3천 냥의 돈을 소리 소문 없이 꿀꺽 삼키게 된 것이다. 왕부인은 이에 대해 단 한마디도 듣지 못하여 전혀 모르고 있었다. 이런 일이 있은 뒤로 희봉의 담과 배짱이 점점 더 커져 훗날 이와 비슷한 일이 생기면 그대로 자기 손안에서 멋대로 처리하게 되었음은 더 말할 필요도 없을 것이다.

그러던 어느 날 바로 가정의 생신날이 되어 녕국부와 영국부 두 집안의 온 가족들이 다들 모여 축하를 올리고 떠들썩하게 잔치를 벌이고 있는데 문지기가 황급히 달려 들어와 대청 앞에 엎드려 고하였다.

"황궁에서 육궁도태감六宮都太監[1]인 하夏 대감께서 오셔서 성지를 받으시라는 전갈입니다."

그 말에 놀란 가사와 가정 등은 벌떡 일어나 무슨 소식인지를 몰라 황급히 연극공연을 멈추어 술자리를 치우도록 하고 향로 탁자를 설치하여 중문을 열어 놓고 그 앞에 엎드려 성지 받을 준비를 하였다. 그때 벌써 육궁도태감 하수충夏守忠은 말을 타고 그곳에 당도했는데 그의 전후좌우에는 수많은 내감 등이 따르고 있었다. 하수충은 조칙을 두 손으로 받들어 모시지 않고 곧장 처마 밑에 이르러 말에서 내렸다. 만면

1 육궁은 황후와 후궁들이 거처하는 곳을 말하며 도태감은 태감의 총 관리인으로 작자가 허구로 만들어낸 관직명임.

에 웃음을 가득 띠며 대청에 올라 남면을 하고 입으로만 소리쳐 성지를 전했다.

"황상의 특지를 내리노니 가정은 지금 즉시 입조하여 임경전臨敬殿에 서 황상을 알현하도록 하라!"

하 대감은 그렇게 한마디 성지를 전하고는 차를 마시지도 않고 곧바 로 말을 타고 환궁했다. 가사 등은 무슨 까닭인지 궁금히 여겼지만 알 도리가 없었다. 가정은 황급히 옷을 갈아입고 입궁했다.

가모 등 온 집안사람들은 마음속으로 황망하고 불안하여 끊임없이 사람을 보내 소식을 알아보게 했다. 두어 시간쯤 후에 홀연 뇌대 등의 집사 서너 명이 숨을 몰아쉬며 돌아와 의문을 들어서며 기쁜 소식을 전 하였다.

"나리께서 말씀하시기를 노마님께서 마님들과 함께 곧 입궁하셔서 황상의 은혜에 감사드리시라고 하십니다."

이때 가모 등은 불안한 마음에 대청 낭하에 서서 마음을 졸이고 있었 고 형부인과 왕부인, 우씨, 희봉, 영춘 자매 및 설부인 등도 모두 소식 을 기다리던 참이었다. 뇌대의 말을 듣고 가모는 그를 가까이 불러 좀 더 상세한 연유를 캐물었다. 뇌대가 아뢰었다.

"소인들은 임경문臨敬門 밖에서 소식을 기다리고 있었으므로 궁중 안 의 소식을 전혀 알 길이 없었사옵니다. 얼마 후에 나리께서 나오시더니 좋은 소식이라고 하면서 우리 집 큰아가씨께서 이번에 봉조궁鳳藻宮 상 서尚書[2]로 봉해지고 아울러 현덕비賢德妃로 오르셨다고 전했습니다. 지 금 나리께서는 다시 동궁으로 들어가셨사옵니다. 어서 여러 마님들을 대동하시고 입궁하셔서 사은하시기 바라옵니다."

---

2 봉조궁은 작가가 허구로 만든 궁이름, 상서는 관명. 삼국시대 위나라 때 여상서의 관직이 있었지만, 청나라 때는 그러한 예가 없음.

가모 등은 그 말을 듣고 비로소 불안했던 마음이 진정되면서 기쁜 소식에 얼굴마저 상기되고 있었다. 그리하여 모두들 입궁을 위해 각각 품위에 맞는 복장과 화장을 하였다. 가모는 형부인, 왕부인, 우씨 등과 수레 네 채에 나누어 타고 입궁하였다. 가사와 가진도 역시 조복으로 갈아입고 가용과 가장을 데리고 가모의 큰 가마를 모시고 궁으로 들어갔다. 녕국부와 영국부 두 집안은 안팎으로 누구 하나 이 기쁜 소식에 마음이 들뜨지 않는 사람이 없었고 모두들 얼굴에 자랑스러움이 가득 넘쳐나며 물이 끓어오르듯이 다들 웃고 떠들며 야단이었다.

　한편 수월암의 지능은 얼마 전 몰래 절을 빠져나와 성내로 들어와 은밀히 진종을 만나러 왔다. 하지만 진업이 그 낌새를 알아채고 지능을 내쫓고 진종에게는 호되게 매를 때렸다. 화가 치밀어 오른 진업은 스스로 진정치 못하다가 묵은 병이 도지게 되어 사나흘 앓아누웠다가 허망하게 그만 세상을 떠났다. 진종은 본래 몸이 허약하였는데 병든 몸에 매까지 맞고 눈앞에서 부친이 화병으로 돌아가시자 심히 후회했지만 이미 소용없는 일이었다. 그리하여 온갖 증세가 겹치면서 그의 병은 더욱 깊어졌다. 그 소식을 들은 보옥은 마음이 너무나 아파 무엇인가 잃어버린 듯 넋을 놓고 있었다. 그런 와중에 원춘이 한 품계 높아져 귀비貴妃로 봉해졌다는 소식이 들렸지만 그의 근심은 쉽사리 사라지지 않았다. 가모 등이 궁중에 들어가 어떻게 사은했는지, 집으로 돌아올 때의 모습은 어떠했는지, 친척이나 친지들이 어떻게 축하인사를 보내왔는지, 녕국부와 영국부 두 집안이 이 일로 기쁜 나머지 얼마나 떠들썩하게 지내는지, 사람들이 모두 어떻게 자랑스러워하며 득의양양했는지 등에 대해서 오직 보옥 한 사람만은 보고도 못 본 척 심드렁했다. 그래서 사람들은 그가 점점 더 바보처럼 되어 간다고 놀리곤 하였다.

　그것보다도 보옥을 기쁘게 한 것은 가련이 대옥을 데리고 소주에서 돌아온다는 사실이었다. 먼저 사람을 보내 소식을 알려 왔는데 다음날 곧 집에 도착할 수 있다고 했다. 보옥은 그 말을 듣고 비로소 마음이 열리며 기쁜 표정을 지었다. 자세한 경위를 알아보니, 가우촌도 역시 상경하여 입궁하도록 되어 있었다. 그건 왕자등이 누차 보증 추천서를 올렸기 때문이라고 했다. 가우촌은 상경하여 보직을 맡게 될 것이며 가련과 동성으로 형제항렬이고 또 대옥에게는 전에 스승노릇을 한 적이 있어서 함께 상경하게 되었다고 했다. 가련은 임여해를 이미 선산에 장례 지냈고, 모든 일을 처리한 다음 한 달 이상 걸려서 상경할 예정이었으나 원춘의 경사스런 소식을 듣고 밤낮으로 달려왔다고 하였다. 그동안 오는 길에 모두 별고 없었다고 하니 보옥은 대옥이 평안하다는 말 한마디에 곧 안심이 되며 다른 일에는 전혀 개의치 않았다.

다음날 정오 무렵까지 마음을 졸이고 기다리는데 마침내 문밖에서 알리는 소리가 들렸다.

"가련 나리와 임대옥 아가씨가 오셨습니다!"

오랜만에 만나자 다들 희비가 엇갈려 한바탕 눈물을 흘리고 위로하다가 경사에 대해 축하를 올리는 말이 이어졌다. 보옥이 바라보니 대옥은 그동안 좀더 말쑥하게 변하여 남다른 면모를 갖춘 듯이 보였다. 대옥은 많은 책을 가지고 돌아와, 침실을 깨끗하게 청소하고 가구와 기물을 정돈한 뒤 가지고 온 종이와 붓 등의 물건을 각각 보차와 영춘, 보옥 등에게 나눠주었다. 보옥도 북정왕으로부터 받은 척령향 염주를 소중하게 꺼내어 대옥에게 전해 주었다. 대옥이 무슨 낌새를 챘는지 한마디 내뱉는다.

"어떤 더러운 남자가 가지고 있던 것인지 모르지만 난 안 받겠어요."

대옥이 내던지고 받지 않으니 어쩔 수 없이 보옥이 다시 거두어 두었다. 이 이야기는 그만 하도록 한다.

한편 가련은 귀경하여 여러 사람을 만나 인사하고 제 집으로 돌아왔다. 희봉은 마침 일이 많아 잠시도 쉴 틈이 없었지만 가련이 오랜 여정 끝에 귀가하였으니 어떻게 해서든지 시간을 쪼개어 접대를 했다. 방 안 팎에 아무도 없자 희봉이 웃으며 특별한 인사말을 올린다.

"국구〔國舅: 황후나 귀비의 형제〕나리께 축하의 말씀을 올리옵니다. 국구께서는 원로에 큰 고생을 하셨겠사옵니다. 어제 먼저 당도한 하인의 말에 오늘 대가가 당도하신다기에 쇤네가 미리 소략하나마 주안상을 마련하였사옵니다. 작은 정성이나마 받아주시옵소서."

가련이 역시 웃으면서 정중하게 대답했다.

"어찌 감히 사양할 수 있겠습니까? 그저 감읍할 따름입니다!"

곧 평아와 여러 시녀들이 나와 인사드리고 차를 올렸다.

가련은 자신이 집을 비운 사이에 일어난 집안일을 일일이 묻고 그동안 희봉의 노고가 많았음을 치하하였다. 희봉이 부끄러워하면서 대답했다.

"제가 어떻게 이런 일들을 다 꾸려나갈 수 있었겠어요? 저는 식견도 짧고 말솜씨도 서툴며 성질도 직설적이라 남들이 저한테 몽둥이를 주면 저는 그걸 바늘이라고 생각하지요. 얼굴도 두껍지 못해 사람들이 두어 마디 좋은 말을 하면 곧 마음이 여려지고 만답니다. 하물며 아직 큰 일을 겪어보지 못한 데다 담도 크지 못하여 마님이 조금이라도 불편해하시면 저는 놀라서 잠도 이루지 못할 지경이었지 뭐예요. 제가 몇 번이나 사양했는데도 불구하고 마님은 들으려고 하지 않으시고 오히려 저보고 쓰임을 당하려고만 하고 배우려는 생각이 없다고 핀잔을 하시지 않겠어요? 제가 속으로는 진땀을 흘리고 있다는 것도 몰라주시고 말이에요. 한마디도 더 말씀드릴 수가 없고 한 걸음도 더 나아갈 수가 없더라고요.

나리도 잘 아시잖아요. 우리 집안의 그 많고 많은 집사들과 어멈들 중에 누구 하나 만만하게 다룰 수 있는 사람이 있어요? 한 가지라도 잘

못된 게 있으면 저들은 곧바로 웃음거리로 삼아 뒤에서 놀릴 게 분명하고, 조금이라도 불공평하게 처리한 게 있으면 저들은 또 난리치며 손가락질하고 원망을 해대곤 하잖아요. '산에 앉아 호랑이 싸움을 본다'거나 '남의 칼을 빌려 사람을 죽인다'거나, '바람을 빌려 와서 불을 지른다'거나, '마른 언덕에 서서 손에 물 한 방울 안 묻히고 수수방관한다'는 속담처럼 온갖 수단을 다 동원한단 말이에요. 게다가 저는 아직 젊은 나이니 우선은 그 많은 사람들을 다 제압할 수가 없고 저들인들 저를 안중에 두고 제대로 대접이나 하려고 하겠어요? 동부의 큰댁 가용댁이 갑자기 세상을 떠났는데 가진 시아주버님이 찾아와 마님 앞에서 서너 번이나 저를 데려다 써야겠다고 통사정을 하며 그저 며칠만이라도 손을 빌려 달라고 하는 게 아니겠어요? 저는 물론 몇 번이고 사양했지만 마님이 제 뜻을 몰라주시니 어쩔 수 없이 명대로 하는 수밖에 없었지 뭐예요. 저 때문에 더욱 혼란스럽고 어지럽게 되어 제대로 체통도 세우지 못했으니 가진 아주버님은 지금까지도 원망하면서 후회하고 계실지 모르겠어요. 나리께서 이제 돌아오셨으니 내일이라도 뵙게 되면 어쨌거나 잘 좀 말씀드려서 위로해 드리세요. 안사람이 아직 나이 어리고 세상일을 많이 겪어보지 못한 탓일 뿐이니 형님이 그 사람한테 일을 맡긴 것 자체가 잘못이라고 좀 말씀드려 주세요, 네?"

그런 말을 하고 있는 사이에 밖에서 누군가 주고받는 말소리가 들려오자 희봉이 물었다.

"누가 왔느냐?"

평아가 들어와서 아뢰었다.

"이모마님께서 향릉을 보내셔서 저한테 무엇인가 물으셨습니다. 제가 벌써 말을 전해 주고 향릉을 돌려보냈습니다."

가련이 웃으며 말했다.

"그래, 그게 누군가 했더니 그러했구먼. 방금 전에 내가 이모님을 만

나러 갔다가 젊은 여자와 마주쳤는데 아주 말쑥하고 곱상하게 생겼더
란 말이오. 우리 집안에는 그런 여자가 없었는데 도대체 누굴까 해서
이모님한테 인사드릴 때 슬쩍 여쭤 보았더니 상경할 때 사들인 시녀로
이름을 향릉이라고 하시지 않겠소. 설반한테 첩으로 주어 시집보내고
나니 그렇게 더욱 말쑥하게 예뻐진 모양이구려. 참 그 멍청한 설반이
그런 여자를 차지하게 되다니."

　그 말에 희봉이 씰룩해졌다.

　"아이구! 나리께서 소주, 항주에 한 번 다녀오셨으니 넓고 넓은 세상
사 실컷 맛보셨을 텐데 아직도 뭐가 부족하여 그렇게 안달하는지 모르
겠군요. 나리께서 그 아이가 맘에 드시면 그게 뭐 어렵겠어요? 우리 집
평아를 데려가서 바꿔 오면 어떨까요? 그쪽의 설반 도령도 '밥그릇 속
의 밥 먹으며 솥 안의 밥 넘겨보는 사람'이질 않습니까. 지난 일 년 동안
그 사람 말이에요, 향릉이를 손에 넣지 못해서 얼마나 이모님한테 조르
고 매달리며 난리친 줄이나 아세요? 이모님께서는 향릉의 용모가 남달
리 고와 아깝게 여긴 데다, 더욱이 사람 됨됨이나 일하는 품이 보통 여
자들과는 달리 조용하고 부드러워 웬만한 귀족집안 소저보다도 낫다고
여기셔서 아까워 하셨지요. 그래서 술자리를 마련하고 친척들을 불러
제대로 된 자리에서 설반의 첩으로 삼게 하였지요. 하지만 한 반달가량
지나니 설반은 또 별거 아닌 듯이 그 사람을 멋대로 다루고 있더라고
요. 향릉이가 너무 아깝다고 생각해요."

　그 말이 끝나기 전에 중문 밖에서 시동이 전하는 말이 들려왔다.

　"대감마님께서 큰 서재에서 나리를 기다리시고 계시옵니다."

　가련은 급히 옷을 차려입고 나갔다.

　집에 남은 희봉은 평아를 불러들여 다시 물어보았다.

　"방금 이모님이 무슨 일로 하필이면 향릉을 보내셨다더냐?"

　평아가 웃으면서 대답했다.

"향릉은 무슨 향릉이에요? 제가 잠시 그 사람 이름으로 거짓말을 꾸며 댄 것뿐이라고요. 아씨 한 번 들어 보세요, 왕아댁은 정말 점점 눈치코치도 없어지는 모양이에요."

그러면서 희봉에게 가까이 다가가서 조그맣게 귓속말로 속삭였다.

"아씨의 그 이잣돈을 하필이면 지금, 조금 일찍도 아니고 조금 늦게도 아닌 바로 이 순간에 나리께서 집안에 계시는 때를 맞춰서 가져올 게 뭐란 말이에요? 다행히도 제가 대청마루에 나와 있다가 마주쳤으니 망정이지 그렇잖고 그대로 아씨 방에까지 가서 아뢰었다가 나리께서 들으시고 그게 무슨 이잣돈이냐고 물으시면 아씨는 나리한테 둘러댈 말씀이 없었을 것이 아니에요. 우리 나리님의 성질로 보면 끓는 기름 솥안의 돈이라도 손을 넣어 꺼내 쓰실 분이신데 아씨께서 이렇게 모아둔 돈이 있는 줄을 아시면 얼마나 맘 놓고 쓰려고 하시겠어요. 그래서 제가 얼른 받아두고 그 사람한테 두어 마디 주의하라는 말을 했는데 하필 아씨께서 들으시고 물으시는 바람에 그냥 향릉이가 왔었다고 거짓말로 둘러댔던 거예요."

희봉이 다 듣고 웃으면서 말했다.

"그래, 어쩐지 이상하다고 했지. 이모님이 나리가 돌아왔다고 해서 갑자기 까닭도 없이 설반의 안사람을 보내오실 리가 있나 하고 생각했더니, 네년이 중간에서 둘러댄 말이었구나."

그러는 사이 다시 가련이 돌아왔으므로 희봉은 술과 안주를 차려 내오도록 하고 부부가 마주 앉았다. 희봉도 술을 어느 정도는 마실 줄 알았지만 마음대로 마시지는 못하고 가련 옆에서 보조를 맞추며 함께 마셨다.

그때 가련의 유모였던 조씨趙氏가 찾아왔다. 가련과 희봉은 얼른 일어나 술을 권하면서 구들 위에 올라앉도록 했다. 하지만 유모 조씨는 극구 사양했다. 그 사이 평아가 벌써 구들 끝머리에 등받이 없는 의자를 가져다 놓고 발 받침대도 마련해 주었다. 가련은 상위에서 반찬을 두어 접시 집어다가 유모에게 건네주며 들도록 했다. 희봉이 또 말을 잇는다.

"유모님은 그거 제대로 씹으실 수가 없을 텐데 어쩌지요? 딱딱한 것을 씹을 치아가 없으시니 말이에요."

그리고 평아한테 말을 전했다.

"아침에 내가 말한 훈제해서 삶은 돼지 연골살이 아주 연하여 유모님 드시기에 딱 알맞은 것 같은데 어째 그걸 빨리 데워오지 않느냐?"

그리고 이어서 유모한테 다시 말했다.

"유모님, 이것은 이번에 이 아드님이 가져온 혜천주〔惠泉酒: 강소성 무석에서 나는 술〕인데 맛 좀 보시겠어요?"

"나도 마시지요. 아씨도 한잔 마셔 보세요. 뭘 겁내세요? 그저 과도하게 마시지만 않으면 되는걸요. 제가 지금 찾아온 것은 사실 술을 마시러 온 건 아니고, 중요한 일이 하나 있어서 온 것이랍니다. 저도 이젠 늙었으니 저의 두 아들한테 조금이라도 남다르게 대해 주었으면 해서요. 그렇다고 해서 다른 사람들이 그다지 비난하거나 욕하지는 않을 것이구먼요. 이제 하늘에서 복덩이가 떨어진 듯이 집안에 경사가 생겼으니 사람 쓸 일이 어디 없겠어요? 그래서 이번엔 아씨한테 맨 정신으로 진지하게 부탁드리는 거예요."

희봉이 웃으면서 대답했다.

"유모님, 이제 걱정일랑 마세요. 유모님네 두 형제 일은 저한테 맡겨두세요. 유모님이 어려서부터 젖 먹여 키운 아들은 저이와 형제나 다름없잖아요. 아무 상관없는 남한테도 제 몸이라도 깎아다가 붙여주는 사람인데 지금 두 형제분을 돕지 않을 사람이겠어요? 유모님이 보살펴주어 나리도 지금 있는 것이니 그 누가 감히 뭐라 말할 수 있겠어요? 이제 바깥사람들에게 득 되는 일은 없을 거예요. 아니 생각해 보니 그 말도 틀린 말이네요, 우리는 '바깥사람'으로 보는데 이 사람은 '안사람'과 마찬가지로 보고 있으니 말예요."

그러자 좌중의 사람들이 다들 깔깔거리고 웃었다. 유모 조씨도 웃음을 참지 못하고 한참 웃다가 '나무아미타불'을 외면서 말을 이었다.

"그야말로 방 안에서 결백하고 공정한 관리가 나온 것 같군요. 우리 나리는 안사람이다, 바깥사람이다 하고 구분하는 쓸데없는 짓은 절대로 하지 않으시지요. 그저 얼굴이 두껍지 못하고 마음이 약하여 남의 부탁을 그대로 두지를 못해서 그러시는 것뿐이에요."

희봉이 또 말을 이었다.

"누가 아니랍니까? '집안 사람'이 있는 데서는 자비롭고 마음이 약해지는데 글쎄 여자들 앞에서만은 아주 강하고 굳세지 뭐예요."

유모 조씨는 즐거워하며 말을 덧붙였다.

"아씨께서 너무나도 사정에 맞는 말씀을 하시는군요. 저도 기분이 좋으니 좋은 술 한잔 마시겠어요. 앞으로 아씨께서 나서 주시면 더는 근심할 일이 없어지겠군요."

가련은 두 사람의 말을 들으면서 썰렁한 기분이 되어 다만 빙그레 웃고 술만 마시다 겨우 한마디 덧붙였다.

"쓸데없는 말 그만 하고, 어서 밥 가져오라고 해. 한 그릇 먹고 나서 가진 형님한테 건너가서 상의할 일이 있으니까."

"하지만 중요한 일을 그르치지 않도록 해야 되지요. 방금 대감마님께서 당신한테 무슨 일을 하라고 하셨나요?"

희봉의 물음에 가련이 대답했다.

"귀비의 성친〔省親: 부모에게 문안함〕 문제 때문이었소."

"성친 문제가 비준이 난 건가요?"

"아직 완전히 확정된 것은 아니지만 열에 여덟은 결정된 모양이오."

희봉은 다시 웃으며 말하였다.

"참으로 금상폐하의 하해와 같은 은혜는 역대 모든 책에서나 연극에서 듣지도 보지도 못한 전례 없는 일이로군요."

옆에 있던 유모 조씨가 말을 받았다.

"그런데 말이에요. 제가 바보 같은 늙은이라 그게 무슨 말씀인지 잘 알 수가 없어요. 그저 상하 모든 사람들이 떠들어대면서 무슨 성친이다 뭐다 그러는데 그게 뭔지 따져 보지는 않았지요. 지금 또 성친 말씀을 하고 계시니 그게 도대체 어떻게 된 일인가 알고 싶은데요."

그 말에 가련이 상세히 설명했다.

"지금 금상폐하께서는 만백성의 마음을 깊이 헤아리시고 세상에서 뭐니 뭐니 해도 가장 중요한 것은 효도만 한 것이 없다고 보시고는 부모와 자식의 이치는 한가지이며 빈부와 귀천을 가리지 않는다고 생각하셨다지요. 폐하께서는 몸소 태상황과 황태후를 밤낮으로 봉양하시면서도 효성을 다하지 못한다고 여기시며, 또한 궁중의 비빈이나 재인들이 모두 입궁한 지 여러 해 동안 부모와 떨어져 얼굴도 못보고 지내고 있으니 어찌 서로 만나고 싶지 않을 까닭이 있으랴 하고 생각하셨답니다. 자식이 부모를 생각하는 것은 응당 해야 할 도리이며, 집에 있는 부모로서는 또한 자식을 보고 싶을 것이나 만날 수 없어 혹은 병이 들거나 심지어 죽음에 이르는 경우도 있다고 하셨지요. 이는 모두 폐하께서 그들을 가두어 두어 천륜의 바람을 다할 수 없도록 한 까닭이니 이는 하늘의 화합을 크게 상하게 하는 일이라고 하셨습니다. 그리하여 태상황과 황태후께 상주하여 매월 2일과 6일에 후궁 비빈의 권속들로 하여금 입궁하여 안부를 묻고 면회할 수 있도록 요청하셨습니다. 태상황과 황태후께서는 폐하가 효심이 지극하고 백성에게 어질며 세상의 이치를 깨닫고 있음을 극찬하신 후에 성지를 내려 허락하셨습니다.

한편 후궁의 권속이 입궁하는 경우에는 나라의 범절과 예법이 엄격하여 모녀 사이라도 함부로 서로 끌어안을 수 없는 고로 더욱 큰 은혜를 베풀어 특별히 입궁하여 면회하는 일 이외에 출궁하도록 허락하셨습니다. 단 별도의 정원을 지을 수 있는 귀족으로서 안전을 보장하며 잠시 머무를 수 있는 곳이 있는 데라면 일시 출궁하여 사저에서 머물면서 골육간의 사사로운 정을 나누고 천륜을 다할 수 있도록 하신 것입니다. 이러한 성지가 내리자 누군들 기뻐하며 감격해 마지않았겠습니까? 지금 주귀인周貴人의 부친은 벌써 성친별원省親別園공사를 하는 중이랍니다. 또 오귀비吳貴妃의 부친 오천우吳天佑도 성 밖에 땅을 보러 갔다고 합니다. 그리 보면 대개 십중팔구는 확정된 것이 아니겠습니까?"

유모 조씨가 다 듣고는 탄복했다.

"나무아미타불! 그랬었구먼요. 그렇다면 우리 집에서도 큰아가씨 맞을 준비를 하게 된다는 얘기로군요."

"이를 말이겠습니까? 그렇지 않다면 지금 무엇 때문에 바삐 서둘겠습니까?"

가련의 말을 희봉이 받았다.

"만일 그러하다면 저도 세상에서 가장 고귀하고 성대한 장면을 볼 수 있게 되겠군요. 안타깝게도 제가 나이가 어려서 그렇지 이삼십년만 빨리 태어났더라면 지금 노인네들이 저보고 세상 물정을 모르느니 하며 타박하지는 못했을 텐데 말이에요. 듣자하니 당시 태조 황제께서 순舜임금의 순행〔巡行: 임금이 경성을 떠나 시찰하고 교화를 베풂〕을 본받아 납시었을 때의 이야기는 그 어떤 책에 쓰인 것보다도 굉장했다고 하던데, 저는 아깝게도 구경할 수 없었지 뭐예요."

유모 조씨가 그 말에 얼른 끼어들었다.

"아이구 아이구. 그때야말로 천 년에 한 번 만날까 말까한 굉장한 일이었지요! 우리 가씨 집안이 아직 고소姑蘇와 양주揚州 일대에서 배 만드는 일을 감독하고 제방의 수리를 맡고 있을 때인데, 단 한차례의 어가를 접대하는 데도 은자를 바닷물 흘러가듯이 썼지요! 말하자면 정말 대단했는데…."

희봉도 얼른 말을 빼앗아 이었다.

"우리 왕씨네도 한 차례 어가를 맞는 준비를 한 적이 있었답니다. 그 때 우리 할아버지는 각국에서 들여오는 조공품과 사신들의 황제 알현의 일을 맡고 계셨다고 하는데, 외국인이 오면 모두 우리 집에서 머물렀다고 하였지요. 광동廣東이나 복건福建, 광서廣西, 절강浙江 등지의 모든 서양선박의 화물이 다 우리 집의 것이었다면 믿으시겠어요?"

유모 조씨가 흥이 나서 말했다.

"누가 그걸 모르는 사람이 있답니까? 아직까지도 민간에 전해지는 노래구절이 있잖아요, '동해 용궁에 백옥상이 모자라면 용왕님도 강남의 왕씨 댁에 빌리러 오신다네'라는 구절 말이에요. 그게 바로 아씨네 친정댁을 이르는 말이지요. 또 지금 강남의 진씨 댁 말이에요. 아이고, 그 집의 권세는 또 얼마나 대단했는데요. 아세요? 그 댁은요, 어가를 무려 네 번이나 맞았다니까요. 저희가 이 눈으로 똑똑히 보지 않았다면 누구한테 말해도 절대로 믿지 않으려고 할 거예요. 그냥 돈이 흙더미처럼 쌓여 있고 세상의 모든 물건이란 물건은 그야말로 산을 이루고 바다를 메울 만큼 많았지요. '죄과가석〔罪過可惜: 죄가 너무나 애석함〕' 네 글자는 아무도 개의치 않았었지요."

희봉이 다시 말했다.

"우리 집 할아버지께서도 그렇게 하시는 말씀을 자주 들었으니 어찌 믿지 않을 수 있겠어요. 그런데 그 진씨 댁에선 어떻게 그렇게 부귀가 극에 달할 수 있었을까 늘 궁금했어요."

유모 조씨가 대답했다.

"아씨한테 한마디로 말씀드리자면 그건 다 황실의 돈으로 황제한테 쓴 것뿐이지요. 누가 그런 눈먼 돈이 남아돌아서 쓸데없이 그렇게 야단

법석을 떨겠습니까요?”

그렇게 한참을 떠들고 있는 참에 왕부인이 사람을 보내 희봉이 밥을 다 먹었는지를 알아보도록 했다. 희봉은 왕부인이 용무가 있어서 자기를 기다리고 있음을 알고 서둘러 반 그릇쯤 먹고 양치하고 막 가려는데 이번에는 중문을 지키던 하인이 들어와 아뢰었다.

“동부 큰댁의 가용, 가장 두 분 도련님이 오셨습니다.”

“무슨 일이야? 빨리 말해보아라.”

희봉은 나가던 걸음을 잠시 멈추고 그들이 무슨 말을 하는가 들었다. 가용이 먼저 말문을 열었다.

“저의 아버님이 숙부님께 여쭈라고 하셨습니다. 대감마님들께서는 동부의 화원에서 머지않은 곳에 성친별원省親別園을 꾸미기로 결정하셨답니다. 벌써 사람을 시켜 설계도를 그리도록 했는데 내일이면 나올 것이라고 합니다. 숙부님은 방금 먼 길에서 돌아오셨으니 아직 피곤이 안 풀리셨을 것이므로 동부로 건너오시지 마시고 하실 말씀은 내일 아침에 만나시면 직접 말씀하시라고 하셨습니다.”

가련이 얼른 웃으면서 대답했다.

“큰 형님이 그처럼 헤아려 주시니 정말로 감사하구먼그래. 그럼 오늘은 건너가지 않겠네. 그야말로 그런 방안이 일을 줄이는 것이겠지. 건물을 짓는 건 쉬운 일이니까. 만일 다른 곳을 새로 사들여서 시작하려면 일이 복잡해지는 거야, 체통도 서지 않을 테고. 조카는 돌아가거든 그렇게 하는 것이 아주 좋겠다고 말씀 올리게나. 만일 대감마님이 마음을 바꾸려고 해도 형님이 나서서 막아야 한다고, 절대로 다른 곳을 찾아서는 안 된다고 말씀 전하게나. 내일 아침 일찍 형님께 인사드리러 갈 테니 자세한 말씀을 그때 나누겠다고 말씀드리게.”

가용이 몇 번이고 대답했다. 이어서 가장이 한 걸음 다가서더니 말을 올렸다.

"소주에 내려가 연극선생을 모시고 여배우들을 사들이고 악기며 복장, 도구 등을 마련하는 일에 나리께서 저를 보내시기로 하셨는데, 집사네 두 아들과 선빙인單聘仁, 복고수卜固修 두 문객도 모시고 가기로 했습니다. 그래서 숙부님께 와서 인사 올리라고 하셨습니다."

가련이 그 말을 듣고 잠시 가장을 위아래로 훑어보다가 웃으며 말했다.

"네가 그런 일을 제대로 할 수 있겠느냐? 그런 일은 큰일이라고 할 수는 없지만 안으로는 은근히 잘못될 소지가 많은 일인데 말이야."

가장도 웃음을 띠며 말했다.

"그저 열심히 배우면서 해내도록 하겠습니다."

가용이 옆에서 등불 아래로 슬쩍 희봉의 옷자락을 잡아당겼다. 희봉이 얼른 알아채고 한마디 거들었다.

"당신도 참 너무 걱정이 많으시군요. 설마 큰집 나리께서 사람 쓰는 일이 서투시겠어요? 가장 도련님이 그만한 일을 잘못 처리할까 걱정되시는 거예요? 그럼 누가 제대로 하겠어요? 이젠 다 장성하여 이렇게 컸으니 '돼지고기를 못 먹어보았더라도 돼지가 뛰어다니는 건 보았을 것' 아닌가요. 가진 오라버니께서 가장 도련님을 보내는 건 깃발이나 잡고 주인노릇을 하라는 뜻이지 정말로 물건 값이나 따지며 회계노릇을 하라는 건 아니잖아요. 내가 보기엔 훌륭한데 뭘 그래요?"

가련이 돌아보며 말했다.

"물론 그렇고말고. 나도 그 결정에 반대하는 건 아니고, 얘를 생각해서 말해본 거뿐이라고. 그런데 참, 거기에 드는 돈은 어디서 염출하신다고 하더냐?"

질문을 받은 가장이 대답했다.

"지금은 여기까지 논의가 된 상태라고 합니다. 뇌집사 할아버지께서는 이곳에서 가져갈 게 아니라 남경의 진씨 댁에서 우리 집 돈 5만 냥을 거두어 두고 있으니 내일 편지 한 통과 수표 한 장을 써가지고 가서 우선 3만 냥을 꺼내 쓰고 나머지 2만 냥을 남겨두었다가 나중에 화촉과 채등, 각종 주렴과 장막을 마련할 때 쓰는 게 어떠냐고 하였어요."

가련이 고개를 끄덕이며 동의를 표했다.

"그 생각이 참으로 좋을 것 같구나."

희봉이 급히 가장에게 말했다.

"기왕 그렇다면 여기 적당한 사람이 있으니 이번에 데려가 일을 시키도록 하는 게 좋겠다. 사실 그것도 조카님을 편하게 해주자는 거지."

가장도 얼른 웃으면서 말했다.

"그러지 않아도 아주머님께 두 사람을 구해달라고 하려던 참이었는데 너무 잘되었군요."

그리고 이름을 물으니 희봉이 유모 조씨를 돌아보았다. 그때 유모 조씨는 흐뭇한 기분에 멍청하게 서 있기만 했다. 평아가 옆에서 등을 쿡 찌르니 그제야 비로소 정신을 차리고는 얼른 대답했다.

"큰 아이는 조천량趙天梁이고 작은 아이는 조천동趙天棟이라 합니다."

희봉은 그제야 말을 했다.

"자, 들었지. 잊지 말고 잘해야 돼요. 난 그만 내 일보러 가야 하니까."

가용이 얼른 뒤를 따라 나오면서 은근한 목소리로 말했다.

"아주머니, 뭐가 필요하세요? 저한테 분부만 하시면 장부에 적어 두었다가 가장한테 구하라고 해서 가져다 드릴게요."

"헛소리 집어치우고 어서 가기나 해! 내 물건도 다 놓을 데가 없는데 너희가 몰래 슬쩍해온 물건 따위를 내가 탐낼 것 같아?"

희봉은 그렇게 야단치고는 곧장 나가버렸다. 남아있던 가장도 슬그머니 가련에게 물었다.

"뭐 필요하신 거 없으세요? 가는 김에 마련해서 갖다 드릴게요."

"자네도 너무 득의양양할 것 없네그려. 이제 겨우 일을 배우는 마당에 그런 짓부터 먼저 배우려 들면 되겠나? 필요한 게 있으면 편지로 알려줄 테니 그런 얘기는 나중에 하게나."

가련이 말을 마치고 두 사람을 내보냈다. 잠시 후 일에 대해 보고하려는 사람이 서너 차례나 줄줄이 들어와 귀찮게 하였으므로 가련은 문득 피곤함을 느끼고 중문에 알려 더 이상은 면회를 사절할 테니 그리 알고 나머지 일은 내일 처리하겠다고 일렀다. 희봉은 한밤중이나 되어 돌아와 잠자리에 들고 그날 밤은 조용히 지나갔다.

다음날 일찍 일어난 가련은 가사와 가정을 찾아가 인사드리고 다시 녕국부로 건너가 늙은 집사들과 오랫동안 세교가 있어왔던 문객 몇 명과 함께 두 저택의 정원 터를 살펴보며 성친 전각과 그 일을 맡을 사람에 대해 논의하였다. 곧 각 분야의 장인들이 모여들고 금은과 구리, 주석 등의 금속은 물론 목재와 벽돌, 기와 등의 자재를 끊임없이 옮겨오기 시작하였다. 우선 일꾼을 시켜 녕국부의 회방원會芳園 담장과 누각을 헐어 직접 영국부의 큰 정원에 닿도록 만들었다. 영국부의 동편에 있던 하인들 숙소인 사랑채도 모두 헐어냈다. 예전에 녕국부와 영국부를 조성할 때 작은 골목을 가운데 두고 구분지어 서로 통하지 않게 하였지만 그 골목도 사실은 관청 땅이 아니라 개인 땅이었으므로 길을 없애고 서로 이을 수 있었다.

회방원은 북쪽의 굽은 담벼락 아래로 신선한 물줄기가 흘러들고 있으므로 새롭게 물길을 열 필요도 없었다. 또 산석이나 수목 등도 쓰기에 충분할 정도는 아니지만 가사가 거주하는 곳이 바로 영국부의 옛 정원 자리여서 그 안에 있던 대와 나무, 산과 돌 그리고 정자나 난간 등의 시설물들은 자연 그대로 옮겨와 사용할 수가 있었다. 이렇게 하면 두 저택이 더욱 가깝게 되고, 또 하나로 묶어주는 효과를 내서 숱한 재물과 인력을 줄일 수 있게 되며, 넉넉한 형편은 아니지만 그다지 많이 보태지 않아도 될 정도였다. 전체 기획은 이 분야에 밝은 노선생인 산자야山子野에게 맡겨 하나하나 방안을 짜서 건설하도록 했다.

가정은 이런 일에는 별로 관심이 없었으므로 모든 일은 가사와 가진, 가련 등에 일임하고 뇌대賴大, 내승來昇, 임지효林之孝, 오신등吳新登, 첨광詹光, 정일흥程日興 등 여러 명이 참여하여 추진하도록 하였다. 또 동산을 쌓아올리고 연못을 파며 정자와 누각을 세우고 대와 꽃을 심어 경치를 만드는 일은 산자야가 설계하여 관장하도록 하였다. 조정의 일을 끝내고 귀가하여 잠시 한가할 때면 여기저기 둘러볼 뿐이었고, 중요한 결정이 필요할 때만 가사 등과 상의했다. 하지만 가사는 집에서 늘 벌렁 드러누워 지내며 자질구레한 일이 있으면 가진 등이 직접 아뢰러 가거나 글로 써서 알려드리기도 하였으며 전할 말이 있으면 가련이나 뇌대를 불러 전하도록 명하기도 하였다. 가용은 오로지 금, 은 등의 그릇을 만드는 일을 맡았고, 가장은 이미 명을 받고 소주로 향하였다. 가진과 뇌대 등은 인원을 점검하고 명부를 만들어 일일이 감독하였는데 세세한 일들을 모두 기록하지는 못하고 그저 한바탕 떠들썩하게 시간을 보냈다는 것만 말해두기로 하겠다. 이 일은 여기서 그치고 다음 얘기로 넘어간다.

한편 보옥은 집안에서 이처럼 큰일을 벌이고 있는 바람에 부친인 가정이 그의 공부에 대해 직접 묻는 일이 없어졌으므로 속으로 은근히 즐거운 비명을 질렀지만 사실은 진종의 병이 날로 위중해져서 마음을 졸이느라 제대로 공부할 수 없었다. 그러던 어느 날 일찍 일어나 가모에게 진종을 보러가겠다고 말씀드리려는 참인데 홀연 명연이 중문에 있는 가림벽 앞에서 머리를 쏙 내밀고 안쪽의 동태를 살피는 모습이 보였다. 보옥이 급히 나와서 물었다.

"너 여기서 뭐 하고 있는 거냐?"

"진종 도련님이 큰일났어요!"

명연의 말을 듣고 보옥이 깜짝 놀라 펄쩍 뛰며 다시 물었다.

"내가 어제도 가서 보고 왔는데, 그때까지는 정신이 또렷하고 괜찮았는걸. 너는 어째서 큰일났다고 하느냐?"

"저도 잘 모르겠어요. 방금 그 집의 늙은 하인이 와서 특별히 저한테 말해 주었어요."

보옥이 곧장 할머니한테 달려가 소식을 알렸다. 가모가 말했다.

"가서 잘할 수 있는 사람을 딸려 보내고, 보옥이 너는 그저 동창으로서 곡진한 뜻을 표하고 곧바로 돌아오너라. 오래 지체하지 말고."

보옥이 서둘러 옷을 갈아입고 나왔는데 아직 수레가 준비되지 않았다. 마음이 급한 보옥은 온 집안이 떠들썩하도록 난리를 치며 빨리 수레를 대령하라고 재촉하였다. 수레가 오자 곧 올라타고 이귀와 명연 등을 뒤따르도록 했다. 진종의 집 대문에 이르니 적막한 가운데 한 사람도 보이지 않았다. 다짜고짜 내실로 달려 들어가니 안에 있던 진종의 친척 아주머니 두 명과 형제들이 깜짝 놀라 미처 몸을 피하지도 못하였다.

이때 진종은 이미 서너 차례나 정신이 혼미해져서 벌써 침상을 바꾸어 돗자리로 옮긴 지도 여러 번이었다. 보옥이 그 모습을 보고 그만 실성하며 통곡하였다. 옆에서 이귀가 급히 부축하며 달랬다.

"이러시면 안됩니다. 진종 도련님은 약한 체질이라서 침상 위의 딱딱한 바닥을 이겨낼 수 없어 잠시 옮겨서 편안하게 하려는 것입니다. 도련님이 이러시면 오히려 진종 도련님의 병을 덧나게 하는 게 아니겠습니까?"

그 말에 보옥이 울음을 참고 가까이 다가갔다. 진종은 얼굴이 백짓장처럼 하얗게 변한 채로 눈을 감고 힘겹게 숨을 몰아쉬고 있었다. 보옥이 그를 불렀다.

"이것 봐 경형鯨兄! 나 보옥이 왔어."

그렇게 연거푸 두세 번을 불렀으나 진종은 눈도 뜨지 못했다. 보옥이 자꾸만 소리쳤다.

"여기 보옥이가 왔다구!"

그때 진종의 넋은 벌써 몸을 떠나려 하고 있었고 한 가닥 숨이 겨우 가슴에 붙어 있을 때인데, 수많은 저승귀신들이 패를 들고 그를 잡으러 오고 있었다. 진종의 넋은 저승사자를 따라가려 하지 않고 버티면서 통사정하고 있었다. 그로서는 자신마저 떠나가면 집안일을 할 사람이 없는 것이 걱정이었고, 부친이 남기고 간 삼사천 냥의 돈에도 신경이 쓰였으며, 어디로 도망갔는지 행방이 묘연해진 지능의 소식도 궁금했으므로 어떻게 해서든지 이 세상을 떠나지 않으려고 발버둥 치는 것이었다. 하지만 저승사자는 절대로 사사로움을 봐주려 하지 않고 오히려 진종을 큰소리로 나무랐다.

"이놈아! 네놈이 그래도 명색이 공부한 선비라면서 세상에 떠도는 속담도 못 들어보았단 말이냐? '염라대왕이 삼경三更에 죽으라는데 누가 감히 오경五更까지 살려두겠냐'고 말이다. 우리 저승에서는 상하 모두가 철면피라 사사로움이란 아예 모른단 말이다. 너희가 사는 세상처럼 제멋대로 사정을 보아주고 보살피며 법대로 할 수 없는 수많은 걸림돌이 있는 것과는 판이하게 다르단 말이다, 이놈아!"

그렇게 실랑이를 벌이는데 진종의 넋이 홀연 '보옥이 왔다'는 말을 듣고는 더더욱 저승사자에게 매달려 사정하기 시작했다.

"아이고 저승에서 오신 나리님 제발 자비심을 베풀어서 사정 좀 보아주세요. 제가 잠깐만 돌아가서 제가 좋아하는 친구하고 단 한마디만 하고는 곧 돌아올게요."

저승사자들이 일제히 물었다.

"무슨 좋아하는 친구라는 게냐?"

"숨김없이 말씀드리자면 그는 바로 영국공의 손자로서 이름을 보옥이라고 하옵니다."

진종의 말에 저승사자의 우두머리가 놀라는 얼굴빛을 드러내며 다른 졸개들을 야단쳤다.

"그것 봐라 이놈들아, 내가 저 녀석을 잠시 내보내서 갔다 오도록 하는 게 좋겠다고 말하지 않았더냐. 네놈들이 끝내 그 말을 안 듣더니 이제 저 녀석이 운수가 왕성한 사람을 데려오지 않았느냐."

여러 저승사자들이 우두머리의 말을 듣고는 돌연 당황하고 투덜대며 볼멘소리를 했다.

"어르신께서 조금 전까지는 그렇게 기세등등하시더니만 알고 보니 '보옥' 두 글자를 알지 못하셨던 게로군요. 저희 소견으로는 그는 양에 속하고 우리는 음에 속하니 그 사람을 두려워할 까닭은 없을 듯싶은데요."

우두머리가 그 말에 다시 소리를 질렀다.

"쓸데없는 소리! 속담에도 못 들어보았느냐, '천하의 관리는 천하의 일을 다 다룬다'고. 예부터 사람이나 귀신의 도리가 매일반이고 음과 양이 다를 바 없는 것이거늘 그 사람이 음이든 양이든 상관 말고 어쨌든 저 녀석을 잠시 풀어주어 돌아가게 하는 건 잘못된 게 아니야."

저승사자들은 우두머리의 말에 하는 수 없이 진종을 잠시 풀어주었다. 진종이 막혔던 숨을 훅 하고 내뱉으며 두 눈을 가느다랗게 뜨니 보옥이 곁에 서 있는 모습이 눈에 들어왔다. 진종은 억지로 힘을 모아 겨우 한마디를 뱉었다.

"왜 빨리 좀 오지 않았어? 하마터면 한 걸음 차이로 만나보지도 못할 뻔했네."

보옥이 얼른 손을 잡고 눈물을 훔치면서 물었다.

"뭐든지 하고 싶은 말이 있으면 해봐!"

"달리 할 말이 있는 건 아니지만, 전에 우리 둘은 남보다 뛰어난 식견을 가졌다고 자부했는데 난 지금에서야 그게 잘못이라고 깨달았어. 앞으로는 의지를 세우고 공명을 이루도록 힘써서 가문의 영광을 찾고 스스로 출세하는 것이 옳은 일인 것 같아."

말을 마치자 진종은 한차례 긴 한숨을 쉬고는 곧 세상을 떠났다.

大觀園試才題對額　榮國府歸省慶元宵

제17~18회

대관원의 낙성

보옥의 글재주로 대관원에 편액대련 붙이고
원춘의 근친으로 영국부는 대보름밤 즐기네

大觀園試才題對額 榮國府歸省慶元宵

보옥은 진종이 죽자 통곡을 멈추지 않았다. 이귀 등이 겨우 달래서 한참 만에야 울음을 그치고 집으로 돌아오는데 마음은 여전히 무겁고 애통하기 그지없었다. 가모는 몇 십 냥의 돈을 조의금으로 내놓았고 밖에서 따로 제수용품을 마련하여 보냈다. 보옥은 다시 문상 가서 지전을 태워 제사를 지냈다. 그리고 이레가 지난 뒤에 장례를 치렀다. 더 서술할 만한 화제는 없었지만 보옥만큼은 날마다 진종 생각으로 슬픔에 빠져 지냈는데 그렇다고 어쩔 도리가 있는 것은 아니었다.

그리고 다시 얼마의 시간이 흘렀는지 모른다. 어느 날 가진이 가정을 찾아와 말했다.

"정원 공사가 다 끝났습니다. 큰 대감님께서는 이미 한 번 살펴보셨습니다. 대감께서 보시고 마땅치 않은 곳이 있으시면 다시 잘 고쳐서 각 건물의 편액과 대련을 달도록 하면 되겠습니다."

가정이 듣고 한참 생각에 잠겼다가 말했다.

"그런데 그 편액과 대련을 붙이는 것이 쉽지 않은 일이겠구먼. 이치대로라면 마땅히 귀비께서 글을 하사하시는 것이 옳은 일이지. 허나 귀비가 직접 그 경치나 건물을 보지 않으시고 함부로 이름을 지으시려고는 하지 않으실 테고 말이지. 만약 귀비께서 오신 후에 이름을 지어달라고 한다면 이렇게 방대한 경치에 수많은 정자와 건물이 이름 없이 쓸쓸하게 그대로 있게 되는 것이니 아무리 화류방창한 산천경개라도 빛이 나지 않을 것은 뻔한 일 아니겠나."

여러 문객들이 곁에서 듣고 웃으며 맞장구쳤다.

"대감의 말씀이 백번 지당하옵니다. 저희 어리석은 소견으로 말씀드리자면 이 정원의 각 건물에는 편액이나 대련이 꼭 필요합니다. 하지만 이름을 확정지을 수도 없는 일이오니 우선 건물과 경치에 맞도록 두 글자나 세 글자 네 글자로 우선 그 의미를 담아 잠시 등롱에다 적어 걸어두었다가 귀비께서 납시었을 때 이름을 확정해 주십사 하시는 것이 어떠하시온지요? 그러하면 두 가지의 어려움을 모두 해결할 수 있지 않겠사옵니까?"

"그거 대단히 좋은 생각이구먼. 그럼 오늘 가서 제목을 붙여 봅시다. 괜찮으면 그대로 쓰는 것이고 그렇지 않으면 다음에 가우촌이라도 오라고 해서 붙여 보도록 하면 되겠지."

그러자 여러 사람들이 웃으며 말했다.

"대감께서 오늘 이름을 지으시면 분명코 뛰어날 것인데 굳이 또 우촌을 청해 올 까닭은 무엇입니까?"

"그대들이 잘 몰라서 하는 소리요. 나는 어려서부터 화조나 산수에 관한 시는 그다지 뛰어나지 못했소. 이제 나이가 들고 공무에만 매달려 지내다 보니 즐거운 마음을 노래하고 감성을 그려내는 글에는 생소한 느낌이오. 설사 억지로 만들어 낸다고 해도 틀림없이 고리타분하고 판에 박은 듯할 게 분명하오. 그러면 오히려 이 아름다운 화원의 정자와 경치가 빛을 발하지 못하게 될 터이니 아무 도움이 안 될 것이오."

문객들이 웃으면서 대답했다.

"그건 걱정 없습니다. 저희들이 다 같이 보고서 지어 보도록 하지요. 좋은 구절은 그대로 두고 마땅치 않은 구절은 쓰지 않으면 될 게 아니겠습니까?"

"그 말이 참으로 옳소이다. 오늘 날씨도 따뜻하고 화창하니 다들 가서 둘러봅시다."

가정이 그렇게 말하며 여러 사람들을 이끌고 정원으로 들어갔다.

가진이 먼저 정원으로 달려가 여러 사람들에게 그 사실을 알렸다. 그런데 보옥은 진종의 일을 생각하면서 울적하여 지내고 있었기에 가모가 사람을 보내 보옥을 정원으로 불러내어 기분전환이라도 해보라고 하여 막 정원에 들어서던 참이었다. 갑자기 가진이 들어오면서 웃음을 띠고 그에게 소리쳤다.

"지금 너의 아버님께서 이곳으로 들어오고 계신데 빨리 나가지 않고 여기서 뭐 하고 있느냐?"

그 말을 들은 보옥은 유모와 시동들을 데리고 재빨리 돌아서서 정원을 빠져나갔다. 막 모퉁이를 도는데 가정이 여러 사람을 데리고 들어오는 행렬과 정면으로 맞닥뜨리고 말았다. 어디 숨을 곳도 없는 데라 어쩔 수 없이 길옆으로 비켜서며 다소곳이 허리를 굽혔다. 가정은 최근 서당 훈장으로부터 보옥이 특히 대련을 잘 짓는다는 말을 들었던 게 생각났다. 공부는 그다지 좋아하지 않아도 그런 대로 시 짓는 재주는 있는 것 같다는 것이었다. 오늘 우연히 마주친 김에 지어 보게 할 요량으로 뒤를 따르라고 명했다. 보옥은 어쩔 수 없이 부친의 뒤를 따르면서도 무슨 영문인지 몰랐다.

가정이 정원 입구에 이르렀을 때 가진은 여러 집사를 데리고 길옆에서 시립하고 있었다. 가정이 말했다.

"정원의 문을 닫아 보게. 밖에서 한번 바라보고 안으로 들어가려는 거니까."

가진이 사람을 시켜 정원 문을 닫게 했다. 가정은 먼저 가운데쯤에 서서 자리를 잡고 정문을 바라보았다. 정문은 다섯 칸으로 위쪽에는 굵은 반원의 통기와로 미꾸라지 잔등처럼 매끄럽게 이어졌고, 문짝과 창살은 모두 가늘고 정교하게 새긴 아름다운 꽃무늬 조각에 도색하지 않은 자연스러운 색깔을 드러내고 있었다. 물빛 벽돌 담장의 아래쪽에는 하얀색 돌로 기단을 쌓아올렸고 중간 부분은 담쟁이넝쿨 무늬를 새겨 놓았다. 정문의 좌우로는 하얀 백회를 바른 담장이 이어졌는데 아랫부분에는 얼룩덜룩한 호피석으로 자연스럽게 쌓아올려 천박한 화려함에 빠지지 않아서 좋았다. 가정은 비로소 정원의 대문을 열도록 일렀다. 문이 열리자 푸른 산 모습이 눈앞을 가렸다. 여러 문객들이 다투어 한 마디씩 했다.

"와, 멋진 산이로구먼, 멋진 산이야!"

가정이 한마디 보탰다.

"이 산이 아니었다면 이곳에 들어오자마자 정원의 모든 경치들이 한 꺼번에 다 들어오게 될 테니 그럼 무슨 재미가 있겠소이까?"

"그렇고말고요. 가슴속에 깊은 생각과 도량이 있는 사람이 아니라면 어찌 이렇게 구상했겠습니까?"

문객들이 맞장구를 치며 앞으로 나아가 바라보니 하얀색 돌들이 우뚝우뚝 솟아 있는데 그 모양이 또한 가관이어서 혹은 무서운 요괴 같고 혹은 사나운 맹수 같은 것이 종횡으로 맞물려 있었다. 돌 위에는 또 푸른 이끼가 아롱아롱 무늬처럼 덮여 있고 등나무 넝쿨과 담쟁이넝쿨이 엉켜 햇살을 가리고 있는데 그 바위 사이로 난 작은 오솔길이 마치 구곡 양장처럼 구불구불 이어져 있었다.

"자, 우리 이 작은 오솔길로 들어가 구경해 봅시다. 저쪽으로 돌아 나오면 한 번 휘둘러보는 셈이 될 터이니 말이오."

가정이 먼저 가진에게 앞을 인도하라고 명하고 자신은 보옥의 부축을 받으며 구불구불 돌아 산 어귀에 들어섰다. 막 들어서자 산 위에 거울같이 깎아 세운 하얀 바위 하나가 눈에 들어왔다. 바로 그곳이 이름을 지어 새겨 두는 곳이었다. 가정은 미소를 머금고 말했다.

"여러분께서는 이곳에 어떤 이름을 지어야 알맞겠다고 생각하시오?"

여러 문객들이 다투어 한마디씩 했다. 어떤 이는 '첩취〔疊翠: 첩첩 쌓인 푸르름〕'가 좋다고 했으며, 어떤 이는 마땅히 '금장〔錦嶂: 비단 같은 묏부리〕'라 해야 한다고 했고, 또 어떤 이는 '새향로〔賽香爐: 향로봉에 버금가는 곳〕'이라고도 하고, '소종남〔小終南: 작은 종남산〕'이라고도 하여 각양각색으로 수십 가지 제목을 아무렇게나 내뱉었다.

사실 문객들은 벌써부터 가정이 자신의 아들인 보옥의 공부가 많이 늘었는지를 시험해보고 싶어한다는 걸 이미 눈치채고 있었기 때문에 이처럼 별다를 게 없는 속된 제목으로 대꾸했던 것이다. 보옥이도 그러한 문객들의 뜻을 알아차리고 있었다. 가정이 듣고서 가만히 있다가 보옥에게 지어 보라고 명했다. 보옥이 대답했다.

"일찍이 옛사람의 말씀을 들은 적이 있습니다. '새롭게 짓는 것은 옛것을 살리는 것만 같지 못하고 묵은 것을 새기는 것이 지금 것을 새기는 것보다 낫다'고 하였습니다. 지금 이곳은 주된 산도 아니고 정원 풍경의 중심지도 아닙니다. 원래는 제목도 필요 없는 곳으로 그저 이제부터 한 걸음 더 나아가면 멋진 경치가 시작된다는 의미일 뿐이지요. 따라서 '곡경통유처〔曲徑通幽處: 굽은 길로 그윽한 곳에 이르는 곳〕'라고 하는 것이 좋겠습니다. 이 구절은 옛 시[1]에도 나오는 것이라서 오히려 당당할 수 있을

---

1 당나라 상건(常建)의 '제파산사후선원(題破山寺後禪院)'을 말함.

테니까요."

문객들이 듣자마자 곧 다 같이 칭찬해 마지않는다.

"참으로 옳은 말씀입니다. 도련님께서 천성적으로 재주가 뛰어나시니 저희같이 우둔하고 고루한 선비들과는 비교도 할 수 없습니다."

가정이 짐짓 웃으면서 고개를 가로저었다.

"공연히 저 녀석을 너무 칭찬해서는 아니 되오. 아직 나이가 어려 하나를 알면 열 가지로 써먹으려 하여 웃음거리만 될 뿐입니다. 어쨌든 그건 다음에 정하도록 합시다."

일행이 바위 동굴로 들어가니 그곳에는 온갖 나무가 무성하고 기이한 꽃들이 만발하며 한 줄기 맑은 시냇물이 꽃나무 사이로 흘러나와 바위틈으로 스며들고 있었다. 다시 몇 걸음을 더 들어가니 북쪽으로 향하면서 널따란 평지가 나타났는데 양편에는 날아갈 듯 지은 누각들이 하늘을 찌르고 무늬 새긴 용마루와 수를 놓은 듯한 난간이 산등성이와 나뭇가지 사이로 조금씩 드러났다. 아래를 내려다보니 맑은 시냇물이 눈같이 하얀 거품을 쏟으며 부서져 내리고 돌계단은 구름 위로 솟아오를 듯 이어져 있었다. 하얀 대리석 난간으로 에워싸인 연못 위에는 반월형 교각 사이로 세 개의 물길이 난 돌다리가 놓여 있는데 다리 양편의 교각 위에는 짐승머리 조각이 불쑥 튀어 올라 있으며 다리 위에는 조그만 정자까지 만들어져 있었다. 가정은 문객들과 정자에 올라 난간에 기대어 앉으면서 물었다.

"자, 여러분께서는 이곳에다 무슨 제목을 붙이겠소이까?"

"예전에 구양수가 《취옹정기》를 지을 때 '유정익연〔有亭翼然: 정자가 날아갈 듯하여라〕'라고 하였는데 그대로 여기에 '익연翼然'이라고 하면 어떠하겠습니까?"

문객들의 말에 가정이 대답했다.

"익연이 비록 좋기는 하지만 이 정자가 물위에 세워져 있으니 아무래도 물 '수' 자 변을 쓰는 게 좋겠소이다. 내 소견으로는 구양공이 '사출어양봉지간'라는 구절을 썼으니 아예 이 '쏟을 사瀉'자를 쓰는 건 어떠할지요."

그 말에 한 문객이 얼른 맞장구를 쳤다.

"참으로 옳으신 말씀이옵니다. 옥이 쏟아져 내린다는 '사옥瀉玉'이라고 하면 아주 그만이겠습니다."

가정이 수염을 쓰다듬으며 생각에 잠겼다가 곁에 서 있던 보옥에게 하나 만들어 내라고 명하였다. 보옥이 얼른 대답했다.

"아버님께서 방금 말씀하신 것도 참으로 좋다고 생각합니다만 좀더 따져 보면 예전에 구양공께서 양천釀泉에 사용했던 '쏟을 사'자는 아주 적절하였지만 지금 이곳에 쓰는 것은 약간 어울리지 않는 것 같습니다. 하물며 이곳은 비록 귀비의 성친 별장이라고는 하지만 사실 황명을 받아 응제應制하여야 할 곳이니 이러한 글자는 아무래도 고루하고 우아하지 않게 여겨집니다. 좀더 함축적이고 의미심장한 글자를 구하는 것이 좋을 듯하옵니다."

가정이 허허 웃으면서 문객들에게 말했다.

"자, 자, 이 녀석의 말을 좀 들어보세요. 방금 여러분께서 새로 지으니까 이 녀석은 아무래도 옛사람의 구절이 좋다고 하더니, 이번에는 우리가 옛 구절을 쓰자고 하니까 이 녀석은 그게 고루하여 마땅치 않다고 하지 않습니까? 그래 너도 네 생각을 말해 보아라, 한번 들어보자꾸나."

"'사옥'이라는 두 글자보다는 향기가 스며든다는 '심방沁芳'이란 두 글자가 새롭고 우아하여 좋을 듯하옵니다."

가정은 그 말을 듣고 그저 수염만 쓰다듬으며 아무 말이 없었다. 여러 사람이 다 같이 아양을 떨면서 과연 보옥의 재주가 비범하다고 입에 침이 마르도록 칭찬하였다. 가정이 입을 열었다.

"편액 두 글자야 짓기 쉬운 일이니, 다시 그에 걸맞은 칠언대구를 지어 보아라."

보옥이 명을 받고 곧 정자에서 일어나 사방을 한 번 휘둘러보고는 곧 시상이 떠올라 다음과 같이 읊었다.

뚝 위의 버들빛은 물속을 물들이고,　　　　　繞堤柳借三篙翠,
언덕 너머 꽃향기 은은하게 흘러오네.　　　　隔岸花分一脈香.

가정이 듣고 고개를 끄덕이며 미소를 지으니 문객들이 먼저 입을 모아 칭송함을 그치지 않았다.

일행은 정자를 나와서 연못을 지나 산과 돌, 꽃과 나무를 하나하나 둘러보고 찬찬히 구경하면서 지나갔다. 그러다 문득 회칠한 긴 담장이 눈에 들어왔는데 그 안에는 몇 칸의 집이 세워져 있고 울창한 대숲이 밝은 빛을 가리고 있었다. 모두들 감탄하며 한마디씩 한다.

"기가 막히게 좋은 곳이로구나!"

모두들 함께 안으로 들어가니 대문 안쪽으로 구불구불하게 만든 복도와 섬돌 아래 자갈을 깐 오솔길이 보였다. 그 앞쪽에 자그마한 세 칸짜리 집이 한 채 있는데 한 칸은 밝은 쪽으로 난 안방이고 두 칸은 어두운 뒤쪽으로 붙은 곁방이었다.

안에는 모두 제자리에 걸맞은 침상과 탁자와 책상 등이 놓여 있었다. 안방에서 다시 작은 문을 열고 들어가면 곧바로 후원으로 통하였는데 커다란 배나무와 파초가 있고 또 별도로 작은 뒤채가 있었다. 후원 담벼락 사이의 작은 틈에서는 샘이 솟아나 너비가 한 자가량 되는 냇물을 이루어 담 안으로 흐르고 물줄기는 섬돌을 따라 집을 한 바퀴 돌아서 앞마당을 통해 대숲으로 흘러 들어갔다.

"정말 괜찮은 곳이군그래. 만약 달 밝은 밤에 이곳 창가에 앉아 책을 읽을 수 있다면 한평생이 헛되지는 않을 것 같구나, 허허."

가정이 웃음을 띠고 보옥을 돌아보니 보옥은 깜짝 놀라 얼른 고개를 떨어뜨렸다. 여러 문객들이 나서며 좋은 말로 달래고 나서 그중 한 사람이 다시 건의를 했다.

"이곳은 마땅히 네 글자로 이름을 붙여야 할 것 같습니다."

"어떤 네 글자로 쓴단 말이오?"

"기수유풍淇水遺風[2]이 어떠하겠습니까?"

"너무 속된 표현이오."

또 다른 사람이 말한다.

"수원아적睢園雅跡[3]은 어떠할지요?"

"그도 너무 속되오."

곁에 있던 가진이 빙그레 웃으면서 한마디 거들었다.

"아무래도 보옥 아우가 하나 지어봐야겠네요."

가정이 짐짓 화를 냈다.

"그놈은 자기가 짓지는 않고 남들이 지은 걸 좋고 나쁘다고 강평이나 하는 녀석이니 얼마나 시건방진지를 알 수 있지 않겠나."

문객들이 다들 나서서 비호했다.

"그 강평이 지극히 옳은 말씀인 데야 어찌 하겠습니까?"

"제발 그렇게 저 녀석이 기고만장하도록 편들지 마시오."

그러면서 가정은 다시 보옥에게 명했다.

"오늘은 네놈이 마음대로 떠들도록 해볼 테니 먼저 강평을 하고 나서

---

2 기수는 하남성 북쪽의 강. 《시경・위풍(衛風)》〈기오(淇奧)〉편에 "기수의 깊은 곳 바라보니 푸른 대나무 무성하게 우거졌네〔瞻彼淇奧, 綠竹猗猗〕"의 구절이 있는데 여기서는 '기수유풍'의 편액으로 소상관의 대나무와 대비시키고 임대옥의 문학적 재능을 암시함.

3 수원은 한나라 양효왕(梁孝王) 유무(劉武)가 지금의 하남성 상구(商丘)인 수양(睢陽)에 지은 정원으로 양원(梁園) 혹은 수죽원(修竹園)이라고도 함. 여기서는 대나무가 무성하게 우거진 풍경과 인물의 고상함을 비유한 것임.

네 생각을 말해 보도록 하라. 그래 이분들이 방금 말씀하신 제목이 쓸 만하겠느냐?"

"모두가 마땅치 않습니다."

가정이 흥하고 콧방귀를 뀌면서 물었다.

"어째서 마땅치가 않다는 게냐?"

"이곳은 귀비께서 행차하시는 첫 번째 거처가 되옵니다. 마땅히 성은에 감복하고 송축하는 뜻이라야 합니다. 만일 네 글자의 편액을 쓴다고 하면 고인의 구절에서 그대로 따오면 되는 것이니 굳이 새로 지을 필요는 없습니다."

"그렇다면 기수나 수원이 옛사람의 구절이 아니더란 말이냐?"

보옥의 궤변을 못마땅하게 여긴 가정이 따지니 보옥이 얼른 대답했다.

"그건 너무 판에 박은 듯이 고루하다고 할 수 있습니다. 차라리 봉황이 날아와 어울리노라 하는 의미의 '유봉래의有鳳來儀'[4]라고 함이 나을 것입니다."

문객들이 모두들 소리 지르며 기가 막힌 구절이라고 칭찬하였다. 가정은 고개만 끄덕이며 말로는 여전히 인정하지 못하겠다는 듯이 나무랐다.

"이런 못난 녀석 같으니라고. 그런 걸 대롱으로 하늘을 보고 바가지로 바닷물을 떠보는 격이라고 하는 게다. 어서 대련이나 만들어보라니까."

명을 받은 보옥은 곧 다음과 같이 지어 올렸다.

보정에 차 달이니 푸른 연기 피어나고,　　　　　寶鼎茶閑煙尙綠,
창가서 바둑 두니 손가락은 아직 차네.　　　　　幽窗棋罷指猶凉.

---

4 유봉래의는 《상서》의 "(순임금의 음악인) 소소를 아홉 번 연주하니 봉황이 날아와 춤을 추었네(簫韶九成, 鳳凰來儀)"구절에서 유래함. 봉황은 전설 속의 상서로운 새로 후비의 상징이기도 함.

"아직 멀었다, 멀었어."

가정이 고개를 절레절레 흔들며 짐짓 딴소리를 하고는 사람들을 이끌고 그곳에서 나왔다. 막 나서려다 홀연 한 가지 일이 생각이 났는지 가진을 불러 물었다.

"이곳의 여러 정원과 가옥에는 책상과 탁자, 의자 등이 다들 갖추어진 듯하다만, 장막이나 휘장, 놀이감이나 골동품 따위는 각 처소에 잘 어울리게 배치가 되었는지 궁금하네."

"장식할 물건들은 일찌감치 마련되었으니 때가 되면 자연히 제자리에 갖다 놓게 될 것입니다. 장막과 휘장은 어제 가련 아우에게 들으니 아직 완비되지 않았다고 하였습니다. 그런 것들은 원래 정원공사를 시작할 때 각 곳의 설계도에 따라 길이와 크기를 재어 사람을 보내 특별히 주문하여 만들도록 하였거든요. 어제쯤 절반가량은 완성되었을 것으로 생각이 됩니다만…."

대답을 듣고 가정은 이 일이 가진이 맡은 게 아니라는 걸 알고는 곧바로 가련을 불렀다. 잠시 후 가련이 달려왔다. 가정은 그에게 모두 몇 가지이며 지금 완성된 것과 그렇지 않은 것의 숫자를 물었다. 가련은 곧 허리를 숙여 장화의 통속에 끼워 두었던 지갑에서 접은 쪽지를 꺼내 펴보면서 대답했다.

"보통무늬 비단과 교룡무늬 비단, 꽃을 수놓은 비단과 오려붙인 비단, 색실로 무늬를 돋아나게 한 비단과 먹물 뿌린 무늬의 비단, 그리고 각양각색의 주단과 공단으로 만든 크고 작은 장막 120장을 주문했습니다. 어제 80장이 들어왔고 아직 40장이 안 왔습니다. 휘장 200장은 어제 모두 들어왔고요. 그 밖에도 성성이 담요 휘장 200장, 금사등에 붉은 칠한 대나무발 200장, 검은 칠한 대나무발 200장, 오색실로 영락을 만든 꽃무늬발 200장 등은 각각 절반가량 들어왔는데 가을이 지나기 전에 다 들어올 것입니다. 의자 씌우개와 탁자 휘장, 침대보와 탁자보 등은 각각 1천 2백 장씩인데 다 마련되었습니다."

걸으면서 말하다 보니 어느새 눈앞에 푸른 산이 가로막는다. 산허리를 돌아서니 누런 진흙으로 쌓아올린 낮은 담장이 은은하게 드러나는데 담장 위에는 짚으로 엮은 이엉을 덮었다. 수백 그루의 살구나무에는 불을 뿜는 듯, 노을이 피어오르는 듯 살구꽃이 만발하였다. 안에는 몇 칸 안 되는 초가집이 세워졌고 밖에는 뽕나무와 느릅나무, 무궁화, 산뽕나무 등이 한창 파릇파릇한 새 가지를 펼치고 있는데 그 가지를 형세대로 휘어다가 구불구불 둘레를 따라 두 겹으로 푸른 울타리를 만들었다. 울타리 밖 산기슭에는 우물이 하나 있고 그 곁에 도르래 달린 두레박이 걸려 있었다. 아래쪽 밭엔 네모반듯한 이랑을 일구어 온갖 채소와 꽃을 가꾸었는데 일망무제로 아득히 펼쳐져 있었다.

가정이 미소를 띠며 조용히 말했다.

"여기야말로 우리를 깨우치게 하는 뭔가가 있는 곳이군. 비록 인력으로 만들기는 했지만 이 순간 우리한테 귀농의 욕망을 불러일으키게 하는 곳이란 말이야. 자 한 번 들어가서 쉬어 가도록 합시다."

사립문을 열고 들어가려는데 문밖의 길가에 윗부분이 둥근 커다란 돌비석이 하나 세워져 있었다. 이곳의 이름을 적어 두려고 마련된 것이었다. 여럿이 모두 웃으면서 말했다.

"이거야말로 기막힌 발상입니다. 만일 이곳에 편액을 걸어둔다면 그야말로 시골 초가집의 분위기를 다 망치고 마는 것이겠죠. 여기에 큰 돌을 세우니 그 분위기가 한껏 살아나는 것 같습니다. 옛날 범석호范石湖[5]의 전원시 구절이 아니면 그 절묘함을 그려낼 수가 없을 것 같군요."

"자 여러분도 다들 한 번 지어 보시오."

---

5 범석호는 송나라 시인 범성대(范成大), 호가 석호거사(石湖居士)임. 그의 만년 작품인 〈사시전원잡흥(四時田園雜興)〉은 전원생활을 잘 묘사하여 후세에 즐겨 낭송되었음.

가정이 문객들에게 청하자 모두들 말했다.

"방금 도련님께서도 말씀이 있으셨지만 '새로 짓는 것이 옛 구절을 쓰는 것만 못하다'고 하였으니 이런 곳에는 고인의 멋진 구절이 아주 많지요. 이곳이야말로 그냥 살구꽃 마을이란 이름을 써서 '행화촌杏花村'[6]이라 함이 마땅하겠소이다."

가정이 듣고 웃으며 가진을 돌아보고 말했다.

"바로 그래서 생각났는데 이곳이 절묘하게 만들어지긴 했지만 한 가지 주막집에 내거는 주기酒旗가 빠진 게 흠이니 내일 하나 만들어 세우게나. 너무 화려하게 할 건 없고, 그냥 시골마을에서 보통 쓰는 것으로 만들어 대나무에 달아 나뭇가지에 걸면 되겠지."

곁에서 가진이 대답하며 또 한마디 아뢰었다.

"이곳에는 다른 새들은 기를 수 없고 다만 오리와 거위, 닭 등을 사들여 와야 제격일 듯싶습니다."

가정과 문객이 이구동성으로 그게 좋겠다고 동감을 표시했다. 가정은 다시 문객들에게 소견을 청했다.

"행화촌이 좋기는 하지만 아무래도 너무 노골적인 이름인 것 같으니 나중에 이름을 청하여 정해야 할 것 같소이다."

"그렇습니다만 지금 임시로 정해 둔다면 어떠한 구절이 좋을까요?"

다들 생각에 잠겨 있는데 곁에 따르던 보옥이 이내 참지 못하여 가정의 명을 기다리지 않고 먼저 말문을 열었다.

"옛 시에 '붉은 살구나무 가지에 술집 깃발 걸렸네'[7]라는 구절이 있으니 지금 살굿빛 주기가 눈앞에 들어온다는 뜻으로 '행렴재망杏帘在望'이라 함이 나을 듯싶습니다."

---

6 당나라 두목(杜牧)의 시 〈청명(淸明)〉의 "술집이 어딨냐고 물었더니 목동은 멀리 행화촌을 가리키네〔借問酒家何處有, 牧童遙指杏花村〕"에서 유래함.
7 명나라 당인(唐寅)의 시 〈제행림춘연(題杏林春燕)〉에 보임.

곁에서 문객들이 덩달아 한마디 덧붙였다.

"눈앞에 들어온다는 '재망' 두 글자가 아주 제격입니다. 또 행화촌과도 은연중 통하는 말이 되지 않습니까?"

문객의 풀이에 보옥은 차갑게 웃으며 고개를 가로 저었다.

"마을 이름을 행화촌이라 지으면 그야말로 너무나 저속하기 그지없습니다. 옛 시인의 구절 속에 '사립문 밖에는 벼꽃 향기 그윽하여라'[8]라는 말이 있으니 그대로 벼 향기 마을이란 이름으로 '도향촌稻香村'이라 함이 더욱 절묘하지 않을는지요?"

"정말 절묘하기 그지없습니다."

일동이 다 같이 소리 지르고 손뼉 치며 극찬을 아끼지 않았지만 가정은 오히려 화를 내며 보옥을 꾸짖었다.

"이 무지한 녀석 같으니라고. 네놈이 옛사람을 알면 몇 명이나 알며, 옛 시를 익혔으면 얼마나 익혔다고 감히 나이 많으신 어르신들 앞에서 함부로 재주를 뽐내려는 것이냐? 방금 네놈을 제멋대로 떠들도록 한 것은 너의 진짜 실력을 시험하여 우스개로 삼으려 한 것이었거늘 천지를 모른 채 정말인 줄로 알고 나서느냐?"

가정은 말을 마치자 다시 일동을 이끌고 초당 안으로 들어갔다. 안에는 종이로 바른 창문에 나무로 엮은 들상이 놓여 있어 부귀의 기상을 씻은 듯이 없애고 소박한 모습 그대로였다. 가정은 마음속으로 은근히 좋아하며 다시 보옥을 힐끔 쳐다보곤 물었다.

"이곳은 어떠하냐?"

사람들은 은근히 보옥의 등을 밀면서 얼른 좋다고 말하라고 종용했다. 하지만 보옥은 그 말을 듣지 않고 제 생각대로 내뱉고 말았다.

---

8 당나라 허혼(許渾)의 시 〈만자조대진지위은거교원(晚自朝臺津至韋隱居郊園)〉에 보임.

"아까 본 '유봉래의'보다는 훨씬 못하옵니다."

가정이 그 말에 기분이 싹 가셔서 호통을 쳤다.

"이 무식한 놈 같으니라고. 네놈은 그저 붉은 칠한 기둥에 아로새긴 대들보만 있는 줄 알고 저속하게 화려한 것만이 좋은 줄 아는 모양인데 이처럼 청아하고 그윽한 기상을 어찌 알 수 있겠느냐. 그게 다 글공부를 게을리 한 탓이로다."

보옥이 가만히 있지 않고 한마디 대꾸했다.

"아버님의 말씀이 지당하십니다만 옛 사람들이 늘 말하는 '자연스럽다'고 한 것이 무슨 뜻인지 잘 모르겠습니다."

사람들은 보옥이 고집을 부리며 대꾸하자 평소 그의 이상한 병이 고쳐지지 않았기 때문이라고 생각했는데 지금 자연스럽다는 말을 되묻는 것을 보고 얼른 나서며 대신 설명했다.

"도련님은 다른 건 다 아시면서 어찌하여 자연스럽다는 말도 모르십니까? 자연스럽다는 것은 그냥 천연 그대로 있는 것으로 사람의 인력으로 이루지 않은 것을 말하는 거지요."

"바로 그러하기 때문입니다. 지금 이곳의 장원은 분명히 사람의 힘으로 가꾸어 만들어 놓은 것이지요. 멀리에 이웃마을이 있는 것도 아니요, 가까이에 성곽이 둘러치고 있지도 않습니다. 산을 배경으로 하나 산맥이 없고 물을 앞에 두었으나 수원이 없습니다. 높은 곳에는 은은한 산사의 고탑이 보이지 않고 낮은 곳으로는 저자로 통하는 다리도 없이 초연히 외롭게 드러나 있을 뿐이니 대관을 이루지는 못하옵니다. 앞서 본 곳은 자연의 이치와 기운을 갖추고 있어 비록 대나무를 심고 샘물을 끌어들였지만 인공적으로 꾸민 듯하지는 않았습니다. 옛사람이 '자연스러운 그림'이라고 한 말은 바로 그럴 만한 땅이 아닌 곳에 억지로 만들거나 그럴 만한 곳이 아닌 곳을 억지로 꾸민 것을 가장 경계한 말입니다. 그렇게 하면 비록 백방으로 정밀하게 꾸민다고 해도 끝내는 어울리지 않게 되기 때문이지요….”

보옥의 말이 미처 끝나기도 전에 가정은 불같이 화를 내며 소리를 버럭 질렀다.

“이놈을 당장 끌고 나가라!”

보옥이 그 말에 깜짝 놀라 막 나가려 하자 다시 명이 떨어졌다.

“돌아와! 대련을 한 구 지어 보아라. 만일 제대로 통하지 않으면 따귀를 맞을 줄 알아라!”

보옥은 다음과 같이 읊었다.

갈포 빨래터엔 푸른 봄물 넘쳐 나고,　　　　新漲綠添浣葛處,
미나리 캐는 님에 구름 향기 휘감네.　　　　好雲香護采芹人.

“안 좋아, 더 안 좋아!”

가정이 고개를 저으며 다시 일동을 데리고 나와 산모퉁이를 돌아 꽃나무와 버들 사이를 빠져 바위를 짚고 샘가를 돌아 다시 도미 꽃과 목향의 시렁 아래를 지났다. 그리고 모란정을 지나 작약포를 건너 장미원에 들어갔다가 파초 언덕을 굽이굽이 돌아 나오는데 문득 어디선가 졸졸 흐르는 물소리가 들려 왔다. 물은 바위틈에서 쏟아져 나오는데 위에는 담쟁이넝쿨이 거꾸로 드리워져 있고, 아래로는 떨어진 꽃잎이 물위에 둥둥 떠내려오고 있었다.

“와! 이곳이야말로 기가 막힌 절경이로다!”

일동의 환성이 터지자 가정이 물었다.

“이곳에는 어떤 이름이 어울리겠소이까?”

“더 새로 지을 것도 없이 그냥 ‘무릉원武陵源’[9] 세 글자를 쓰면 딱 그만

---

9 도연명의 《도화원기(桃花源記)》에 나오는 이상향. 무릉도원이라고도 함.

이겠습니다."

문객의 말에 가정은 웃으면서 고개를 저었다.

"또 너무 직설적이군요. 게다가 너무 고루하기도 하고."

"그렇다면 '진나라 사람의 옛집秦人舊舍'[10]이라고 하면 되겠군요."

그 말을 보옥이 나서서 직접 받았다.

"그럴수록 더더욱 노골적이 됩니다. '진나라 사람의 옛집'이라고 하면 피난의 의미가 들어 있으니 어떻게 쓸 수 있겠어요? 그것보다는 들꽃 만발한 물가라는 뜻으로 '요정화서蓼汀花漵'[11]라는 구절이 더 좋겠습니다."

가정은 그 말에 별 생각 없이 역시 쓸데없는 말이라고 한마디 꾸지람을 했다. 그리고 수문으로 통하는 굴로 들어가려는 참인데 문득 배가 있는지 없는지를 물었다. 가진이 대답했다.

"연밥 따는 배가 네 척 있고 유람선이 한 척 있사온데 아직 건조가 덜 되었습니다."

"이번에는 물길로 들어갈 수 없으니 아쉽게 되었구나."

가정의 말에 가진이 설명했다.

"산 위로 돌아서 들어가는 길이 있습니다."

가진의 인도를 받으며 일동이 등나무넝쿨을 당기고 나뭇가지를 잡으며 산을 넘어가니 눈앞에 수많은 낙화가 떨어져 흐르는 물줄기가 시원스레 돌아 흘러나오고 있었다. 연못가에는 두 줄로 수양버들이 심겨 있고 그 사이사이에는 복숭아나무와 살구나무가 간혹 끼어 하늘을 가리고 해를 막아 그늘을 만들어 티끌 하나 없는 청정한 곳이었다.

홀연 버드나무 그늘 아래에서 구부러진 허리띠처럼 붉은 난간이 있

---

10 《도화원기》에 나오는 말로 도화원의 사람들은 스스로 그 선조들이 진대(秦代) 때 난세를 피해 세상과 격리된 그곳으로 들어왔다고 함.
11 당나라 나업(羅鄴)의 〈안(雁)〉이라는 시에 보임.

는 널다리가 나타났다. 다리를 건너니 여러 길로 통하는데 그곳에 맑고 그윽한 기와집 한 채가 보였다. 매끄러운 벽돌로 쌓은 담에 깔끔한 기와를 얹은 화려한 담장이었다. 산의 주봉에서 내려오는 지맥은 이 담장을 지나 흘러내리고 있었다.

가정이 한마디 했다.

"이런 곳에 이런 집이 있으니 아무 멋대가리도 없군그래."

그러면서 문안으로 발을 들여놓는데 앞에서는 갑자기 하늘을 찌를 듯한 영롱한 산 바위가 우뚝 솟아 있고 사방에는 각양각색의 바윗돌이 둘러싸여 있어 안에 있는 집들이 모두 가려지게 되어 있었다. 꽃나무는 한 그루도 없고 기이한 화초만 수없이 많았다. 덩굴 뻗는 등나무와 칡 등이 혹은 산봉우리에서 내려뜨려진 것도 있고, 혹은 돌 틈에서 뚫고 나온 것도 있었으며, 심지어 처마에서 늘어지고 기둥을 휘감고 계단이나 난간에 달라붙어 자라는 놈도 있었다. 그 모습이 푸른색 허리띠처럼 바람에 날리기도 하고 금빛 밧줄처럼 이리저리 구불구불 휘감겨져 있었다. 혹은 단사 같기도 하고 혹은 금계 같기도 하며 향기를 뿜어내고 있어 꽃향기와는 비할 수 없었다. 가정이 비로소 웃음을 띠며 칭찬의 말을 했다.

"그것 참 재미있군그래. 도대체 무슨 꽃인지 잘 모르겠지만 말이야."

"담쟁이나 등라 덩굴이겠지요."

누군가 옆에서 대답했다.

"담쟁이라면 이렇게 기이한 향기를 내지는 않을 텐데."

가정의 말에 곧 보옥이 받아서 아뢰었다.

"그렇습니다. 결코 담쟁이 향기가 아니옵니다. 이 속에 담쟁이나 등라 덩굴도 있기는 하지만 이 향기는 바로 두약杜若과 형무蘅蕪에서 나는 향기가 분명합니다. 저쪽 것은 채란이고 이것은 금갈이라는 것입니다. 저것은 금등초이고, 이것은 옥로등이며, 붉은 건 자운이고, 푸른 건 청

368

지가 분명합니다. 생각건대 《이소》나 《문선》 등에 나오는 온갖 기이한 풀은 곽납이라고도 부르고 강담이라고도 하며, 혹은 윤조나 자강이라고도 하였습니다. 이밖에도 석범과 수송과 부류 등이 있고 또 녹이나 단초, 미무, 풍련 등도 있는데 오늘날에는 세월이 오래되어 사람들이 잘 알지 못합니다. 따라서 그 모양을 따라 이름을 부르게 되어 점차 잘못 부르게 되기도 하였습니다."

그 말이 미처 끝나기도 전에 가정의 호통이 내려졌다.

"누가 너한테 묻기라도 하였더란 말이냐!"

깜짝 놀란 보옥이 뒤로 물러나며 더는 말을 잇지 못했다.

가정은 양쪽 끝으로 복도가 만들어진 것을 보고 자연스레 그곳으로 발길을 옮겼다. 다섯 칸짜리 깔끔한 건물 한 채가 활처럼 구부러진 지붕으로 연결되고 사방으로 복도가 연결되어 있는데 푸른 창문에 곱게 칠한 담벼락이 앞서 몇 군데보다도 더욱 청아한 느낌을 자아내는 곳이었다. 가정에게서 감탄이 절로 흘러나왔다.

"이곳에서 차를 달이고 칠현금을 타면 더 이름난 향을 태우지 않아도 될 성싶구나. 이러한 조형이 참으로 뜻밖이니 여러 분께서는 필시 좋은 제목으로 편액을 만들어 보시구려, 이 집에 딱 어울리게 말이오."

문객들은 웃으면서 여러 가지 방안을 제시했다.

"'난풍혜로〔蘭風蕙露: 난초에 부는 바람과 혜초에 맺힌 이슬〕'라는 제목만 한 것이 없을 듯싶사옵니다."

"아무래도 그 네 글자를 쓸 수밖에 없지 않나 생각하는데 다들 어떻게 생각들 하시오?"

가정의 말에 다른 사람이 말을 이었다.

"제가 대련 한 구절을 생각해 냈으니 다들 한번 들으시고 고쳐 주시기 바랍니다."

난초 내음은 황혼의 뜰에 그윽하고,   麝蘭芳靄斜陽院,
두약 향기는 달 밝은 섬에 흩날리네.   杜若香飄明月洲.

사람들이 다들 한마디씩 했다.

"참으로 절묘하긴 합니다만 '사양〔斜陽: 지는 해, 황혼〕'이란 두 글자가 썩 마땅치가 않군요."

"고인의 시구에 '궁궁이를 손에 가득 들고 석양에서 흐느끼네'[12]라는 구절이 있지 않습니까?"

그 사람의 대답에 다들 못마땅하게 여겼다.

"아무래도 분위기가 어두운 구절입니다."

그러자 또 한 사람이 말했다.

"저도 한 구절을 만들었으니 한번 들어보시고 여러분께서 평해 주시기 바랍니다."

오솔길 향긋한 바람은 옥혜 꽃에 불고,   三徑香風飄玉蕙,
뜨락의 밝은 달빛은 금난초에 비추네.   一庭明月照金蘭.

가정은 수염을 쓰다듬으면서 한동안 생각에 잠기며 자신도 한 구절을 읊으려다 갑자기 고개를 들어 곁에서 아무 말도 못하고 있는 보옥을 보고는 또 호통을 쳤다.

"어찌하여 네놈은 말해야 할 곳에서 아무 말도 못하고 있는 게냐! 누군가 네놈한테 가르침이라도 청할 때까지 기다릴 셈이냐?"

보옥이 그 말에 얼른 대답했다.

"이곳에는 사향내 나는 난초도, 밝은 달도, 물가의 섬도 없는 곳이기

---

12 원문은 '미무영수읍사휘(蘼蕪盈手泣斜暉)'로 당나라 어현기(魚玄機)의 〈규원(閨怨)〉에 보임.

에 그와 같은 구절은 이백 편을 짓는다고 해도 끝이 없을 것입니다.”

가정이 물었다.

“누가 네놈의 머리를 짓누르면서 그런 글자를 꼭 쓰라고 하더냐?”

“그러하시면 편액에는 ‘형지청분〔蘅芷淸芬: 형무의 맑고 향기로운 향기〕’ 네 글자를 쓰는 게 좋을 듯하고 대련은 다음과 같이 쓰면 될 듯싶습니다.

두구꽃 읊조리는 시 구절이 아름답고,　　　　　吟成荳蔲才猶艶,
도미꽃 시렁 아래 꿈도 또한 향기롭네.　　　　　睡足酴醾夢也香.

가정이 웃으면서 고개를 젓는다.

“그건 모두가 ‘파초잎 읊조리니 글은 모두 청록 일색’이라는 구절을 흉내낸 격이니 별로 기이할 게 없을 듯싶구나.”

여러 사람들이 다투어 변호했다.

“이태백이 지은 ‘봉황대’조차도 모두가 최호崔顥의 ‘황학루黃鶴樓’를 본 딴 것이거니와 문제는 얼마나 더 기묘하고 정교하게 만들어 내느냐가 아닐까요?[13] 가만히 되씹어보면 방금 그 대련은 ‘파초잎’ 구절보다 그윽하면서도 활달하여 ‘파초잎’ 구절이 혹시 이 대련에서 따온 것이 아닐까 생각될 지경입니다.”

“그럴 리가 있겠습니까?”

다들 그곳을 떠나 다시 얼마쯤 걸어가니 하늘로 우뚝 치솟은 층층누각이 떡 하니 앞을 가로막았다. 궁전처럼 아름답게 꾸민 전각은 서로 꼬리를 물고 어우러져 있으며 멀리 연결된 복도가 구불구불 이어졌는데, 푸른 솔은 처마에 닿아 있고 백옥 난간은 돌계단을 돌아 만들어지

---

13 이백의 〈등금릉봉황대(登金陵鳳凰臺)〉는 최호의 〈황학루〉를 답습하였으나 참신하고 심원한 느낌을 정교하게 담았으므로 모방 자체가 문제가 아니라 얼마나 정교하게 만드냐가 중요하다고 강조함.

고 짐승의 머리 조각은 황금빛으로 빛나며 교룡의 머리는 오색찬란하였다.

가정이 우선 한마디 했다.

"이곳이 바로 정전일 터인데 아무래도 좀 화려하다는 느낌이 있구나."

"이렇게 해야만 제대로 된 것이옵니다. 귀비께서는 비록 근검하시고 절약하시는 것을 숭상하여 천성적으로 번잡함을 싫어하시고 소박함을 즐기시기는 하오나 오늘의 지극히 존귀한 지체를 생각해 본다면 예의상으로도 그다지 지나친 것은 아니라고 생각되옵니다."

여러 사람들이 다들 그렇게 말하면서 앞으로 나아가니 정면에 커다란 옥석의 패방이 하나 서 있는데 위에는 쌍룡이 서려 있는 조각이 정교하게 만들어져 있는 돌이었다.

"이곳에는 무슨 글자를 써넣어야 될 것 같소이까?"

"기필코 '봉래선경〔蓬萊仙境: 신선들이 사는 봉래산과 같은 선경〕'이라고 해야만 맞을 것 같습니다."

문객의 말에 가정은 고개를 저으며 말문을 닫았다.

보옥이 이곳의 경치를 보자 문득 마음속에서 떠오르는 바가 있어 곰곰이 생각을 가다듬어 보니 어디선가 본 듯한 것처럼 느껴졌다. 하지만 도대체 언제 이런 곳을 본 적이 있는 것인지는 전혀 생각나지 않았다.

가정이 보옥을 향해 제목을 지어 보라고 명했지만 보옥은 오로지 눈앞의 경치에만 빠져 곰곰이 생각에 잠겨 있을 뿐이었다. 문객들은 보옥이 왜 그러는지 모르고 다만 그가 한나절 동안에 너무 시달림을 받아 정신이 흐트러지고 재주와 시 구절이 모두 궁해진 까닭일 뿐이라고만 생각했다. 그래서 강압적으로 재촉하면 다급해져 행여나 불상사가 일어날지도 모르고, 그리되면 자신들의 입장이 곤란하게 될 것을 우려하여 서둘러 가정을 말리고 나섰다.

"대감 나리, 오늘은 이만하면 되었습니다요. 내일 계속 짓도록 하시는 건 어떠실지요?"

가정으로서도 할머니가 보옥을 걱정하실 것이 틀림없는지라 내심 그만두려던 참이었으므로 냉소 지으며 야단을 쳤다.

"바보 같은 놈 같으니라고, 네놈도 막힐 때가 다 있구나. 그래 좋다. 하루의 여유를 더 줄 터이니 내일까지 지어내지 못하면 용서치 않겠다. 이곳은 아주 중요한 곳이니만큼 더욱 잘 지어내야 한다."

사람들과 함께 밖으로 나와 멀리서 다시 살펴보니 대문을 들어서서 지금까지 겨우 이 정원의 절반가량을 돌아본 정도였다. 마침 문지기로부터 전갈이 왔는데 가우촌이 사람을 보내왔다는 소식이었다. 가정은 사람들에게 말했다.

"나머지 몇 군데의 경관은 함께 볼 수가 없게 되었습니다. 저쪽 편으로 가면서 대충 훑어보십시다."

사람들과 함께 큰 다리 앞에 이르니 수정 주렴같이 맑은 물줄기가 폭포처럼 쏟아져 들어오고 있었다. 이 다리는 밖의 개울로 통하는 수문 역할을 하고 있었고 샘물을 끌어들인 것이었다.

"이곳은 무슨 갑〔閘: 수문〕이라고 부르는가?"

"이곳은 심방천의 원천이 되는 심방갑沁芳閘이라고 하옵니다."

보옥의 말에 가정은 여전히 핀잔을 줬다.

"쓸데없는 소리다. 절대로 심방이란 구절은 쓸 수가 없어!"

한참 돌아 나오는데 맑고 산뜻하고 소박한 분위기가 풍기는 아늑한 초가집이 하나 나타났다. 돌을 쌓아 담을 둘렀고 꽃나무를 엮어서 창문을 만들었다. 산 아래에는 그윽한 비구니 승방이 있고 숲 속에는 여도사의 단방丹房이 세워져 있는데 긴 복도에 구부러진 석굴, 네모난 건물과 둥근 정자각 등이 즐비했다.

가정이 일일이 다 둘러보지는 않고 한나절이나 돌아보면서 쉬지 못했다고 말하는데 마침 앞에 새로운 저택 하나가 나타나자 웃으며 말했다.

"마침 잘됐군, 이곳에 들어가 잠시 쉬었다 가면 좋겠구려."

곧장 사람들을 이끌고 벽도화碧桃花를 돌아 대나무 울타리와 꽃다발로 엮어 만든 반달 모양의 문에 들어서니 홀연 분칠한 담장에 둘러싸인 가운데 푸른 버드나무가 사방으로 늘어서 있는 한 저택이 나타났다. 가정이 사람들과 함께 그곳으로 들어갔다. 대문 안에 들어서자 양편으로는 기다란 복도가 서로 연결되어 있고, 정원 가운데에는 이곳저곳에 기암괴석이 있었다. 한쪽으로 파초 몇 그루가 있고 다른 한쪽에는 귀하기 짝이 없는 서부해당화西府海棠花가 우산처럼 자라서 푸른 실을 늘어뜨리고 붉은 꽃잎을 토해 내고 있었다. 모두들 탄식을 자아냈다.

"와, 참으로 멋진 꽃이군요, 정말로 멋져요! 수많은 해당화를 보아왔지만 이처럼 기막힌 해당은 처음입니다그려!"

가정이 아는 체를 했다.

"이런 해당화를 '여아당女兒棠'이라고 하지요. 다른 나라에서 들여온 것이랍니다. 속설에는 '여아국女兒國'에서 나는 해당화라고 하는데 그 나라에 이런 해당이 아주 많다더군요, 다 허황된 말에 불과하지만."

"비록 황당한 설에 불과한다 할지라도 어찌하여 그 이름이 오래 전해졌을까요?"

문객의 말에 보옥이 나서 참견하였다.

"아마도 시인이나 묵객이 이 꽃의 색깔이 마치 연지를 바른 듯 붉고, 그 자태는 병든 것처럼 연약하여 마치 규중의 소녀 같은 기풍이 있기에 이름하여 '여아'라고 이름지은 것일 겁니다. 세간에선 그 이름을 회피하기 위해 야사를 지어 적당히 꾸미니 민간에 널리 전해지고 잘못된 얘기가 거듭되자 다들 진짜로 알게 된 것이겠지요."

참으로 절묘한 풀이라고 다들 칭찬을 아끼지 않았다.

한가롭게 환담을 나누면서 사람들은 포하청에 놓인 들상에 잠시 걸터앉았다. 가정이 마침 생각이 난 듯 물었다.

"참신한 구절을 몇 가지 생각하여 이곳에 적어 두는 게 어떻겠소?"

"초학〔蕉鶴: 학 같은 파초잎〕이라고 하시지요."

한 문객의 말에 다른 이가 받아쳤다.

"숭광범채崇光泛彩[14]라고 함이 더욱 마땅하오리다."

"그 참으로 멋지구면, 자욱한 달빛 아래 해당화라 이거지!"

가정과 문객들이 함께 맞장구를 치고 있는데 보옥이 다시 나섰다.

"참으로 지극히 교묘합니다만 아쉬운 구석이 있습니다."

"어째서 아쉽다고 하는 것이지?"

문객들의 질문에 보옥의 답변이 이어졌다.

"이곳에 파초와 해당을 양편에 심은 까닭은 필시 붉은색과 푸른색을 염두에 둔 것이 아니겠습니까. 그런데 파초만 말하면 해당화가 설 곳이 없고 해당만을 말하면 파초가 설 땅이 없어집니다. 파초만 있고 해당이 없을 수는 없으며, 해당이 있고 파초만 있을 수는 더더욱 불가합니다."

"그래서 네 녀석은 어떻게 해야 한다는 것이냐?"

가정이 역정을 내면서 다그쳤다.

"저의 생각으로는 '홍향녹옥〔紅香綠玉: 붉은 꽃 향기와 푸른 옥〕 네 글자를 쓰는 것이 좋을 듯싶사옵니다만…."

"안 좋아, 안 좋다구!"

가정은 고개를 절레절레 흔들며 못마땅해 하였지만 그대로 사람들을 이끌고 방 안으로 들어갔다. 가만히 보니 이 방은 다른 곳과는 전혀 다르게 설계한 곳이었다. 방마다 굳이 칸으로 갈라놓지 않았으며 사면은 모두 조각으로 구멍을 낸 목판으로 가렸는데 '유운백복流雲百蝠[15]'이거나

---

14 소식(蘇軾)의 〈해당(海棠)〉 가운데 "동풍이 달빛 아래 잔잔하게 퍼져나네〔東風嫋嫋泛崇光〕" 구절에서 유래함. 자욱한 달빛 아래 피어있는 해당화를 묘사한 것임.

15 구름과 박쥐 모양으로 그려진 도안. 박쥐라는 복(蝠)은 복(福)과 발음이 같아서

'세한삼우歲寒三友[16]', 혹은 산수와 인물, 화조도, 꽃무늬 도안, 골동의
모양, 만복만수卍圖卍圖[17]의 각종 무늬 등의 조각으로 명 조각가가 만든
오색찬란한 금은보화로 상감한 것이었다.

방 안에는 책을 꽂아 두는 곳, 골동인 고정을 놓아두는 곳, 붓과 벼
루를 담아 두는 곳, 화병을 세워 두는 곳, 분재를 올려놓는 곳 등 각양
각색의 둥글고 네모난 선반이 있고, 접시꽃 혹은 파초 잎 모양이나 연
환으로 맺은 고리나 반원의 벽옥 등 그야말로 화려한 꽃다발이나 비단
뭉치처럼 온갖 영롱한 것들이 다 장식되어 있었다.

오색의 면사에 풀을 발라 놓은 듯한 작은 창문과 채색 능라로 덮은 듯
한 숨겨진 문짝도 보였다. 사방의 담벼락에는 제각각 골동과 장식품이
들어갈 수 있도록 작은 공간이 파여 있었고, 칠현금과 검, 꽃병, 탁자,
병풍 등이 비록 공중에 걸렸어도 제자리에 잘 들어가 있어서 벽과는 평
평하게 놓여 있었다. 사람들은 눈을 동그랗게 뜨며 놀라움을 감추지 못
했다.

"참으로 정교하여라. 어찌 이렇게 만들어 낼 생각이나 했을꼬."

가정 일행은 저택의 두어 군데를 돌아보았을 뿐인데 그만 나가는 길
을 잃고 말았다. 이리 보면 통하는 문이 저만치 있는 듯하고 저리 보면
창문으로 막혀 있는 듯하였다. 막상 앞에 이르고 보면 책꽂이에 막혀서
나갈 수가 없고 되돌아 와서 보면 창문의 면사가 밝게 빛나고 문밖으로
난 작은 길이 있어 나갈 수 있을 것만 같았다. 하지만 막상 문 앞에 이
르면 이번에는 맞은편에서 한 무리의 사람들이 이편으로 오고 있는데
바로 자신들과 똑같은 모습들이었다. 커다란 거울이 앞을 가로막고 있

상서롭고 다복(多福)하다는 뜻으로 쓰임.
16 소나무, 대나무, 매화를 말한다. 소나무와 대나무는 겨울 내내 시들지 않고 매화
   는 추위 속에서도 꽃을 피우기 때문에 '세한삼우'라고 부름.
17 만복만수(萬福萬壽)의 의미이다. 만(卍)자는 만(萬)과 의미가 같음.

었던 것이다. 마주선 큰 거울을 돌아서며 나가려고 하면 이번에는 수많은 문들이 나타난다. 가진이 옆에서 웃으면서 나섰다.

"대감께선 저를 따라 오십시오. 이 문을 나서면 바로 후원이 되고 후원을 통하면 앞서 온 길보다 더 가깝게 됩니다."

가진이 방 안에 세워두고 공간을 나누면서 골동품과 공예품들을 올려놓을 수 있는 진열장을 두어 개 돌아나가니 과연 문이 나타났다. 문 밖으로는 곧 후원으로 통하였는데 시렁 위로는 장미와 보상화寶相花 등의 넝쿨이 가득 꽃을 피웠고 꽃넝쿨을 돌아 나서니 푸른 개울이 눈앞을 가로막았다. 다들 놀라움과 함께 의아한 표정을 지었다.

"이 물은 도대체 어디서 흘러온단 말이오?"

"저쪽 갑문에서 흘러나와 이쪽으로 들어가지요. 다시 동북쪽의 산기슭으로 끌어들여 전원주택으로 들어갔다가 둘로 갈라져 서남쪽으로 돌아 이곳으로 흘러 하나로 합쳐진 뒤에 저쪽 담 아래로 흐릅니다."

"참으로 신묘하기가 그지없소이다."

사람들이 그렇게 말하며 걷는 사이 홀연 거대한 산자락이 길 앞을 막아섰다.

"또 길을 잃은 게 아닐까?"

가진이 자신을 따르라며 사람들을 안심시키고 길 안내를 계속하였다. 곧장 산기슭을 따라가다 길을 돌아 나서니 곧 평탄하고 넓은 큰길이 나타나고 큰 대문이 바로 그곳에 있었다.

"정말 재미있는걸, 기가 막히게 재미있어. 이거야말로 귀신 잡는 솜씨라도 못 따르겠는걸."

사람들은 감탄에 감탄을 거듭하면서 밖으로 나왔다. 보옥은 안쪽의 일에만 신경 쓰고 있었지만 부친인 가정의 분부가 따로 없기에 다만 어쩔 수 없이 서재까지 뒤따라 나왔다. 가정은 무심코 가다가 보옥이 계속 따르는 것을 보고 비로소 소리를 질렀다.

"네 녀석은 아직도 안 들어갔단 말이냐? 아직도 구경을 덜 해서 그러는 거냐? 한나절이나 돌아다녔으니 할머님이 걱정하고 계실 터인데 그런 생각도 못하더란 말이냐? 어서 들어가지 않고 무엇 하느냐? 할머니가 아무리 귀여워 하셔도 다 헛일이로구나."

그 말에 보옥이 비로소 물러 나와 안채로 들어갔다.

대관원 문밖을 막 나서는데 가정을 뒤따르는 시동 몇 놈이 우르르 달려들어 보옥의 허리를 끌어안으며 호들갑을 떨었다.

"오늘 우릴 만나셨으니 얼마나 다행이세요? 대감께서 그처럼 좋아하실 줄 어찌 알았겠어요. 노마님께서 사람을 보내서 몇 차례나 하문하셨지만 대감께서 좋아하신다고 말씀드렸죠. 그렇잖았으면 노마님이 도련님을 불러들였을 테고 그러면 도련님은 어디서 그 멋진 실력을 발휘해 보실 수 있겠어요? 사람들마다 도련님의 시구가 다른 사람들보다도 훨씬 낫다고 그러던데요. 오늘 이처럼 영광을 얻으셨으니 마땅히 저희들한테 상을 내려 주셔야겠죠?"

보옥이 빙그레 웃으면서 대꾸했다.

"사람마다 동전 한 꾸러미씩이다!"

"누가 그런 동전 한 꿰미를 못 만져본 사람 있나요? 이 염낭 주머니나 상으로 주시죠!"

말하는 동시에 한 놈은 잽싸게 달려들어 향주머니를 풀어가고 한 놈은 달려들어 부채 주머니를 끌러 갔다. 급기야 다들 우르르 달려들어 다짜고짜 보옥이 차고 있던 여러 패물들을 다 풀어서 가져가고 말았다.

"자, 그럼 잘 모셔다 드리겠습니다."

그리곤 한 놈이 달려들어 끌어안고 여럿이 둘러싸고는 가모 처소의 중문밖에 데려다 주고는 가 버렸다. 가모는 그 사이에 벌써 여러 차례 사람을 보내 보옥의 상황을 알아보게 하였는데 유모와 시녀들이 돌아와 하는 말이 보옥이 그다지 곤란을 겪지는 않는다는 말을 전해 듣고 마음속으로 흡족해 했다. 잠시 후 습인이 와서 차를 따르다 보옥을 보니 온몸의 패물이 하나도 남김없이 없어진 상태였다.

"차고 다니던 패물은 또 그 염치없는 놈들한테 다 빼앗긴 모양이군요!"

습인의 말을 대옥이 쪼르르 달려와 보옥의 몸에 찼던 패물이 하나도 없는 걸 확인하고는 보옥한테 따지듯이 물었다.

"내가 준 염낭 주머니도 그놈들한테 주어 버렸다고? 이제부터 내 물건을 달라고 할 생각일랑 아예 하지도 말아요!"

그리곤 제풀에 화를 내며 방으로 돌아갔다. 전날 보옥이 부탁하여 만들고 있던 향주머니가 손에 잡히자 홧김에 그만 가위로 싹둑싹둑 자르고 말았다. 보옥은 대옥이 화를 벌컥 내며 돌아가자 뭔가 잘못되어 간다 싶어 얼른 뒤를 따라왔는데 아니나 다를까 벌써 향주머니는 가위질이 되어 다 망가지고 만 뒤였다.

보옥은 향주머니가 아직 완성은 안 되었지만 대단히 정교하게 만들고 있었고 정성을 잔뜩 들이고 있었는데 지금 이처럼 속절없이 가위질된 것을 보고 오히려 은근히 부아가 돋았다. 보옥은 얼른 옷깃을 풀고 붉은 안감 속에서 대옥이 준 염낭 주머니를 꺼내 풀어내어 대옥이 앞에 내밀었다.

"자 이것 봐. 이건 도대체 뭐야? 내가 언제 누이의 물건을 남한테 함부로 주었던 적이 있단 말이야?"

대옥은 보옥이 이처럼 자기가 준 물건을 고이고이 옷깃 속에 간직한 것을 보고 그가 남에게 물건을 빼앗기지 않으려고 감춰두었음을 알게 되었다. 한편으로 성급하게 물불 안 가리고 다짜고짜 향주머니를 가위질한 것이 후회되었다. 부끄러움에 스스로 화가 치밀어 고개를 푹 숙이고 한마디 말도 못했다. 그런 대옥의 앞에 보옥이 쌀쌀하게 한마디를 내던졌다.

"가위질할 필요까지야 뭐 있겠어. 나한테 물건을 만들어 주기 싫었던 거 아냐. 이것까지도 고스란히 다 돌려줄 테야."

보옥은 향주머니를 대옥의 품안에 내던지고는 돌아서서 나갔다. 대옥은 그 모습을 보고 더욱 분한 마음이 일었다. 목이 메어 소리조차 나오지 않았고 눈물만 펑펑 쏟을 뿐이었다. 대옥은 곧 그것마저 주워 가위로 자르려고 했다. 나가려던 보옥이 그 모습을 보곤 황급히 돌아와 물건을 빼앗고 다시 부드러운 말로 달랬다.

"제발 좀 이놈을 살려줘!"

대옥은 가위를 내던지고 눈물을 훔쳤다.

"제발 나하고 더는 이렇게 실랑이하지 말고 살아. 그렇게 화를 내려면 아예 손을 털고 사라지라고. 이게 도대체 뭐야!"

대옥은 입을 내밀고 뾰로통하여 침상에 벌렁 드러누워 안쪽을 향해 눈물을 닦았다. 보옥은 대옥의 마음을 다시 풀어 주려고 "잘못했다, 잘못했어"하고 연신 사죄했다.

안채에서 가모가 보옥을 찾는다고 시녀들이 알려왔다.

"대옥 아가씨 방에 계실 거예요."

"그래, 그래. 보옥이한테 여러 자매들과 함께 잘 놀고 있으라고 하려무나. 제 아범한테 한나절이나 붙잡혀 있었으니 이젠 숨통 좀 트게 하고 마음도 풀어줘야지, 서로 말다툼이라도 하지 않도록 하고 말이야. 공연히 그 애 마음 뒤틀리게 하지 말라고 그래."

대옥은 보옥과 더는 실랑이를 부릴 수 없어서 몸을 일으켰다.

"오빠는 나를 편안히 살지 못하게 하려는 심보로군요. 그렇다면 내가 떠나는 수밖에."

"네가 어딜 가든지 나는 따라갈 테야."

대옥의 말에 보옥은 빙글빙글 웃으며 그렇게 대꾸하고 염낭 주머니를 가져다 다시 품안에 채웠다. 그걸 보고 대옥이 빼앗으려고 달려들었다.

"방금 다 싫다고 하고 또 그걸 달겠다고? 아이고 남자가 부끄럽지도 않은가 봐!"

마침내 웃음을 터뜨리고 말았다.

"대옥아, 제발 그러지 말고 내일 향주머니 또 하나 만들어주지 않을 래?"

"그거야 내 기분이 어떤지 그때 가봐야 알겠지!"

두 사람은 겨우 토라졌던 마음을 수습하고 함께 방을 나와 왕부인의 처소로 갔다. 설보차가 마침 그곳에 와 있었다. 왕부인이 있는 안채는 지금 한창 법석을 떨고 있는 중이었다. 가장이 소주에서 데려온 열두 명의 창극하는 여자애들과 사부 및 관리인 등이 막 당도했기 때문이었다. 이 무렵 설부인네는 북동쪽 모퉁이에 있는 조용한 저택으로 거처를 막 옮긴 상태였다. 자연히 이향원을 약간 수리하여 창극반의 연습장소로 삼으려는 중이었다. 그곳에는 예전에 창을 불렀던 여자들, 지금은 벌써 호호백발 늙은 노파가 다 되었지만 하여간 그들을 따로 파견하여 새로 온 여자아이들을 관리하게 하고 따로 가장에게는 일용의 물품이나 온갖 필요한 재료를 대주고 금전출납의 일을 전담하도록 일임하였다. 잠시 후에 임지효댁이 와서 아뢰었다.

"따로 모집하여온 어린 비구니 열 명과 어린 여도사 열 명이 당도했습니다. 새로 만든 도포 스무 벌도 마련되었습니다. 또 한 가지 말씀드릴게 있습니다. 머리를 자르지 않고 수행하는 대발帶髮 여승 한 분이 계시는데요, 본디 소주 사람이고 조상은 그래도 선비가문이었답니다. 이 아가씨는 어려서부터 몸에 병이 그치지 않아 남을 사서 대신 출가시키는 일도 수없이 했지만 아무 소용이 없자 결국은 스스로 불가에 입문했다고 합니다. 머리는 삭발하지 않고 정진하는데 올해 열여덟이고 법명은 묘옥妙玉이라고 한답니다. 속세의 부모는 다 돌아가시고 시중드는 할멈 둘과 어린 시녀 하나가 있을 뿐인데 글도 잘 쓰고 경문도 배울 필요가 없을 정도로 총명하며 얼굴도 예쁘게 생겼습니다. 도성에 있는 관음보살의 유적과 불교 경문을 보고 싶어서 지난해에 큰스님을 따라 경성에 왔는데 지금은 서문 밖 모니원牟尼院에서 지내고 있습니다. 큰스님은 원래 장차 일어날 일에 대해 아주 잘 알아맞히는 분이었는데 지난겨울에 입적하셨답니다. 묘옥은 영구를 모시고 고향으로 돌아갈 생각이었지만 사부께서 임종시에 말씀하시길 '너의 의식기거衣食起居는 아무래도 귀향하지 말고 이곳에서 조용히 지내는 것이 나을 것 같구나. 장차 네가 귀숙歸宿하게 될 곳이 자연히 정해질 테니까'라고 하셨답니다."

왕부인은 임지효 댁이 말을 마치기도 전에 먼저 제안을 한다.

"그렇다면 왜 우리 집으로 청해오지 않는 거지?"

"청하긴 했지요. 그랬더니 지체 높은 양반 댁에선 필시 부귀와 세력을 믿고 사람을 업신여기므로 다신 안 가겠다지 뭐예요."

"그 스님이 원래 선비가문에 태어났다고 하니 자부심이 있는 건 당연하지. 정식으로 만든 청첩장을 보내서 공손히 모셔오면 되지 않겠는가?"

우선 서신을 전담하는 문객을 불러 묘옥을 청하는 공식 청첩을 만들게 하고 이튿날 사람을 보내 수레와 가마로 묘옥을 데려왔다. 이는 물론 나중 이야기다.

그날은 또 여러 사람이 와서 온갖 보고사항을 아뢰고 여러 가지 청을 올렸다. 어떤 이는 지금 일하는 중에 물건에 덧대어 붙일 얇은 비단이 필요하니 희봉한테 이층 다락방을 열어 비단을 꺼내 달라고 청하기도 하고, 또 어떤 이는 금제와 은제 그릇들을 담아 넣고자 하니 창고문을 열어 달라고도 청하였다. 왕부인이나 안채의 시녀들조차도 하나같이 눈코 뜰 새 없이 바빠 잠시도 짬을 낼 수 없었다. 이러한 상황을 보자 보차가 보옥과 대옥에게 다른 곳으로 나가자고 눈짓을 보냈다.

"우리 여기서 공연히 남의 발에 채이며 방해나 하지 말고 탐춘네 방이
나 찾아가 보는 게 어때?"

그리하여 이들은 탐춘 등의 방으로 와서 한동안 놀다가 돌아갔다.

한편 왕부인 등이 날마다 전심전력으로 힘쓰는 바람에 시월이 다 갈
무렵에는 대충 준비가 마무리되었다. 각 곳의 감독 관리자들이 제각기
준비한 장부목록을 제출하였다. 각 곳의 골동과 완상품의 진열이 모두
끝났고, 새나 동물을 사들이는 담당자는 선학과 공작, 사슴, 토끼, 닭,
거위 등을 모두 구입하여 정원의 여러 곳에서 기르도록 하였다. 가장이
맡고 있는 창극반에서도 스무 곡의 잡극을 연출하도록 하였고 어린 비
구니와 여도사들도 몇 권의 경전과 주문을 낭송하도록 공부시켰다. 가
정은 비로소 마음이 느긋해지며 흐뭇하여 가모 등을 대관원으로 모시
고 가서 각양각색의 것들을 재점검하고 제대로 안치되었는지 살펴보았
다. 한 가지의 소홀함도 없이 잘 준비되었다고 느낀 후에야 비로소 날
을 정하고 황실에 상소문을 마련하여 올렸다.

그날 붉은붓으로 황제의 비준이 내려왔는데 이듬해 정월 보름 상원
날로 정하여 가귀비가 성친하도록 은혜를 내리셨다. 황제의 은지恩旨를
받은 가씨 가문에서는 온 집안이 밤낮으로 귀비의 성친맞이 준비에 매
달려 실로 설날조차도 제대로 지내지 못하고 대보름이 코앞에 닥치게
되었다.

정월 초여드레가 되자 궁궐에서 태감이 나와 미리 처소와 방향을 점
검하였다. 귀비께서 납신 후에 어디에서 옷을 갈아입을 것인지, 어디
에서 좌정할 것인지 그리고 참견례는 어디서 받고 연회는 어디서 열며
후에 어디로 물러나 휴식할 것인지를 일일이 사전에 점검했다. 이어서
다시 지방순찰을 총괄하는 호위담당 태감 등이 수많은 수하 내시들을
데리고 와서 각 곳의 시설과 휘장 등의 안전을 살펴보았다. 가부의 인

원은 어느 곳으로 물러나 있고 어느 곳에서 무릎을 꿇고 있어야 하며 식
사하는 곳과 말씀 아뢸 곳 등을 알려주었는데 일마다 의전절차가 달랐
다. 밖에서는 공부의 관원들과 오성병비도五城兵備道에서 연도를 깨끗
이 소제하고 상관없는 사람들을 모두 통행을 금지시켜 길을 훤하게 비
워 두었다. 가사 등은 일꾼을 시켜 꽃등과 봉화불을 연도에 매다는 일
을 독려하였다. 열나흘이 되자 모든 준비는 거의 끝났다. 이날 밤 온 집
안사람들은 제대로 잠을 이루지 못하고 뜬눈으로 밤을 지새웠다.

　마침내 보름날 새벽이 되자 가모 등 작위가 있는 사람들은 모두 제 직
위의 품위에 맞는 성장을 하였다. 정원 안의 각처에는 화려한 장식이
극에 달했다. 몸을 서리고 있는 용과 아름다운 봉황새가 각각 휘장과
주렴에 수놓이고 금은보배는 아름다운 광채를 뿜어내며 백합꽃 향기는
향로에서 피어오르고 오랫동안 시들지 않는 꽃송이는 화병 위에서 자
태를 뽐냈다. 너무나 엄숙하여 누구 하나 기침소리조차 내지 못했다.
가사 등은 서쪽 거리로 난 문 밖에서 대기하고 가모 등은 영국부의 대문
밖에서 기다렸다. 거리와 골목에는 휘장으로 길을 가리고 외부인의 출
입을 막았다. 한참 동안 기다림에 지쳐 있을 때 홀연 태감 하나가 큰 말
을 타고 달려들어 왔다. 가모 등이 서둘러 안으로 영접하여 소식을 물
었다.

　"아직은 이르옵니다. 미시초각〔未時初刻: 오후 1시〕에 만찬을 드시옵고
미시정이각〔未時正二刻: 오후 2시 반〕에는 보령궁寶靈宮에서 부처님을 배알
하고 유시초각〔酉時初刻: 오후 5시〕에는 대명궁大明宮에 들어가셔서 꽃등
구경을 하시고 비로소 성지를 받들 것이옵니다. 아마도 술시초〔戌時初:
오후 7시〕가 되어야 비로소 출발하실까 하옵니다."

　"그러면 노마님과 마님들께선 집 안으로 들어가셨다가 때가 되어 나
오셔도 될 것 같네요."

　희봉의 말에 가모 등은 잠시 방으로 돌아가 쉬고 대관원 일은 희봉이

알아서 살피도록 했다. 그리고 집사를 불러 명을 전하러 온 태감들에게 술과 식사를 잘 접대하라고 일렀다. 잠시 후 일꾼들이 한 다발씩 양초를 메고 들어와 곳곳마다 필요한 곳에 불을 붙였다.

촛불을 거의 다 붙여갈 무렵에 홀연 밖으로부터 말발굽 소리가 요란하게 들리더니 열 명 가까운 태감들이 숨을 헐떡이며 달려 들어와 손뼉을 쳤다. 이편에 있던 태감들이 곧 귀비가 당도하게 되었음을 알아차리고 각각 정해진 장소에 대기하고 섰다. 가사는 온 집안의 자제들을 인솔하고 서쪽 거리로 통하는 문밖에 나서서 기다리고 가모는 온 집안의 여자들을 데리고 대문 밖에서 영접할 준비를 했다.

한동안 숨 막히는 적막감이 감돌더니 잠시 후에 붉은색 도포를 입은 태감 두 사람이 짝을 이루어 말을 타고 천천히 서가문西街門 앞에 이르더니 말에서 내려 말은 장막 밖으로 내보내고 손을 늘어뜨리고 서쪽을 향해 섰다. 한참 뒤에 두 명의 태감이 오고, 그 뒤로 짝을 맞춘 스무 명의 태감들이 오는 것을 시작으로 마침내 은은하게 음악소리가 들려왔다. 용을 그린 깃발과 봉황을 그린 큰 부채, 꿩의 깃털로 만든 부채와 외다리 용의 머리 모양을 그린 깃발이 각각 짝을 이루어 나타나고 궁중 향을 피우는 휴대용 금향로가 나타났다. 그 뒤로 관을 쓰고 도포를 입고 관대를 하고 가죽신을 신은 사람들이 굽은 자루가 달리고 일곱 마리 봉황을 새긴 황금우산을 받쳐 들고 오는데 집사 역을 맡은 태감이 향주와 수놓은 수건과 양치용 용기와 먼지떨이 등을 받들고 있었다.

무리를 지은 사람들이 다 지난 다음에 뒤쪽에 비로소 여덟 명의 태감이 금빛 지붕을 한 황금판 위에 봉황을 수놓은 가마를 메고 천천히 다가왔다. 가모 등은 황급히 길가에 무릎을 꿇었다. 태감들이 얼른 달려가 가모와 형부인, 왕부인 등을 부축하여 일으켜 세웠다.

궁중 가마는 서서히 대문으로 들어와 의문을 지나 동쪽으로 건너가 한 저택의 문 앞에서 멈춰 섰다. 불진拂塵을 잡고 있는 태감이 그 앞에 엎드려 가마에서 내려와 옷을 갈아입으시라고 청했다. 그리하여 가마는 문안으로 들어서고 태감 등은 흩어졌다.

이번엔 궁중의 여관女官인 소용昭容과 채빈彩嬪 등이 나서 원춘을 부축하여 가마에서 내리게 하였다. 원내에는 색색이 아름다운 꽃 모양의 등불이 빛났다. 모두가 능사와 비단으로 묶어서 아주 정교하게 만든 것들이었다. 위에는 '체인목덕體仁沐德'의 네 글자가 쓰인 등이 걸렸다. 원춘이 방으로 들어가 옷을 갈아입고 다시 나와 가마에 올라 비로소 정원으로 향했다. 이때 정원에서는 향이 아련히 피어오르고 꽃 장식이 화려하게 펼쳐지고 곳곳마다 등불이 서로 비추고 고운 풍악소리가 가늘게 울려 퍼졌다. 그야말로 태평성대의 기상과 부귀영화의 지극한 모습을 이루다 말로 할 수 없을 지경이었다.

지금 이와 같은 성대한 순간에 임하고 보니 불현듯 지난날 대황산 청경봉 아래에서 처량하고 적막하게 있던 때가 생각납니다. 만약 나두창 스님과 절름발이 도사님 그 두 분의 공덕으로 이곳에 데려오지 않았다면 어찌 이처럼 세상에 드문 광경을 볼 수나 있었겠습니까. 본래는 〈등월부燈月賦〉나 〈성친송省親頌〉 같은 글을 지어 오늘의 경사를 기록해 둠이 마땅할 것이겠으나 다만 다른 책에서의 속된 전철에 빠지는 것이 두려울 따름입니다. 이처럼 경사스런 광경을 한편의 부나 찬문으로 그 성대함의 진수를 제대로 다 형용할 수도 없을 것이 당연할 것입니다. 설사 부나 찬문을 짓지는 않았다고 하더라도 그 호화롭고 아름다운 광경은 독자 여러분들의 상상만으로도 능히 알 수 있을 것입니다. 그러므로 남은 시간과 지면을 본문 내용의 서술에 사용함이 마땅할 것입니다.〔작자의 고백〕

한편 가마 안에서 밖을 바라보던 가비賈妃는 정원 안팎으로 이처럼 호화롭게 꾸며놓은 것을 보고 너무 화려하고 사치스러워 비용이 과도하게 쓰였을 것을 생각하면서 은근히 탄식을 금치 못하였다. 그러는 중에 갑자기 불진을 들고 있는 태감이 앞에 나서 엎드리며 어서 배에 오르기를 청하였다. 귀비는 가마에서 내려섰다. 앞에는 맑은 물줄기가 헤엄치는 용처럼 흘러가고 있었다. 양편의 돌난간 위에는 수정과 유리로 만든 온갖 모양의 풍등이 걸려 있는데 마치 은꽃이나 눈보라처럼 불빛이 출렁거렸다. 버드나무와 살구나무 등에는 비록 꽃이나 잎이 없지만 모두 통초화通草花[18]나 비단, 종이 등으로 나무의 모양대로 만들어 가지마다에 붙이고 나무마다 매다는 등불도 여러 개씩 달아 두었다. 연못 위에는 연꽃과 순채가 떠 있고 오리와 백로가 한가롭게 노닐고 있지만 실상은 모두 조개껍질이나 새털 등으로 꾸민 것이었다. 등불이 위아래서 서로 빛을 다투고 있으니 마치 유리 세상이나 구슬 보석의 천지 같았다. 유람선 위에도 각양각색의 정교하기 그지없는 화분과 홍등이 걸리고 구슬을 꿴 주렴과 비단에 금실로 수를 놓은 장막을 설치하였으며 향기로운 계수나무 키와 목란의 노를 만들어 놓았으니 그 화려함은 이루 다 말할 필요도 없었다. 배가 돌로 쌓은 수문 안으로 들어가는데 위에는 편액 등불이 걸렸고 그 위에는 '요정화서'의 네 글자가 분명하게 드러나 보였다.

이 네 글자와 또 다른 '유봉래의有鳳來儀'와 같은 구절은 실상 가정이 우연히 보옥의 실력과 재주를 시험해 보기 위해 만들도록 한 것일 뿐이었는데 어찌하여 진짜로 그 구절들을 여기에 편액으로 썼단 말인가? 하물며 가정의 집안은 대대로 시서를 읽어 온 전통 있는 가문으로서 왕래하는 수많은 문객이 가까이 시립해 있고 모두들 한 솜씨 하는 재주꾼들일진대 어찌 명가의 글을 받지 않고 어린아이가 장난삼아 쓴 구절을 가져다 쓸 까닭이 있단 말인가? 마치 갑자기 벼락부자가 된 집안에서 함부로 돈을 써서 온통 기름칠하고 붉은색을 처바르고 커다랗게 "앞문에

---

18 오갈피나무 줄기 안의 하얀 고갱이를 얇고 편편한 조각처럼 펴서 꽃모양으로 만든 것.

는 푸른 버들 금 사슬을 드리우고, 뒷문에는 푸른 산이 비단 병풍 둘렀다네" 같은 구절을 써 놓고 우아하여 볼 만하다고 거드름이나 피우는 격이 아닌가. 어찌 이 《석두기》 속에 나오는 녕국부와 영국부의 드높은 격조에 들어맞기나 하겠는가, 이는 분명코 서로 모순되는 일이 아닐 수 없겠다.

물론 그러한 비판에도 일리가 있기는 하겠으나 여러분들이 미처 잘 모르시는 대목이 있으니 지금부터 소인이 그 전후과정을 상세히 설명하면 그제야 비로소 이해가 될 것이외다.

예전에 가원춘 귀비께서 아직 궁중에 들어가시기 전에 어려서부터 가모의 가르침을 받았는데 후에 보옥이 태어나니 가귀비는 곧 큰누나가 되고 보옥은 어린 동생이 되었다. 귀비의 마음에는 모친의 나이가 연만한 때에 비로소 이 아우를 얻게 되었으니 더더욱 보옥을 귀여워하였고 다른 아우들과는 달리 대했던 것이다. 보옥이 아직 서당에 가기 전이었던 서너 살 때 이미 귀비한테서 배우고 입으로 따라하면서 몇 권의 책을 떼기도 하고 수천 자를 암송하기도 하였던 것이다. 명목상으로 누나 동생이라고는 하지만 실상은 모자와도 같았다. 귀비가 궁중으로 들어간 뒤로 때때로 서신을 보내 부모님 안부를 물을 때에도 보옥에게 언제나 깊은 관심과 애정을 보이며 한시도 잊지 않았다.

"부디 잘 양육하셔야 합니다. 엄하게 하지 않으시면 큰 그릇이 되지 못하고 너무 엄하게 하면 뜻밖의 일이 생겨 부모님의 걱정을 끼치게 될까 두렵습니다."

지난번 가정이 서당 훈장으로부터 보옥이 특이한 재주를 가졌다는 말을 듣고 믿어지지 않았는데 마침 대관원 낙성을 기회로 그로 하여금 편액과 대련을 한번 지어 보도록 하여 그 사상의 청탁을 시험하고자 하였던 것이다. 보옥이 지은 편액이 비록 기막힌 구절은 아니지만 어린아이가 지었다는 점에서는 간혹 취할 점도 없지 않았다. 만약 달리 이름

있는 명사들을 청하여 짓는다 해도 굳이 어려울 바는 아니나 그보다도 차라리 이 가문의 기풍을 그대로 전할 수 있는 것도 나름대로 뜻이 있다고 할 수 있었다. 게다가 귀비께서 보시고 그 구절이 사랑하는 아우가 지은 것을 알면 평소 기대하던 바를 저버리지 않았다는 뜻을 담을 수도 있었다. 그러한 고로 보옥이 지은 편액과 대련을 그대로 쓴 것이었다. 그날 비록 모두 지어낸 것은 아니었지만 후에 보충하여 마저 다 지었기 때문이다.

그런 한가한 이야기는 잠시 접어 두고 본론으로 돌아가자. 가귀비는 이 네 글자를 보고 웃으며 말했다.

"'화서' 두 글자는 괜찮은 것 같으나 굳이 '요정'이라고 한 것은 왜일까요?"

태감이 그 말을 듣고 서둘러 작은 배를 타고 물가로 나가 비호같이 가정에게 그 말을 전했다. 가정이 듣고 즉시 바꾸었다.

잠시 후 배는 안쪽 언덕에 닿았다. 배에서 내려 다시 가마를 타고 올라갔다. 곧이어 옥돌로 깎은 아름다운 궁전과 계수나무로 지은 우뚝 솟은 전각이 나타났다. 돌 패방 위에는 분명하게 '천선보경天仙寶境' 네 글자가 쓰여 있었다. 귀비는 급히 명하여 '성친별서省親別墅'로 바꾸도록 하였다. 그러고 나서 행궁行宮으로 들어갔다.

뜰 안에는 타오르는 불길이 하늘 높이 솟아올랐고 향나무 가루는 온 땅에 흩어져 있었다. 나무마다 등불을 달아 놓은 것이 구슬 꽃송이 같았다. 황금 창문에 백옥 난간이 화려하였고 새우 수염 같은 대발 주렴에 수달피로 짠 주단이 펼쳐져 있었으며 사향의 용뇌를 태우는 향로에는 향기가 풍겨났다. 또 꿩 털로 만든 부채가 병풍처럼 늘어서 있었으니 그야말로 이러했다.

황금 대문에 백옥 문짝이니 신선의 곳이오,　　　金門玉戶神仙府,
계수와 난초의 궁궐이니 귀비의 집이로다.　　　桂殿蘭宮妃子家.

귀비가 물었다.

"이 전각에는 어찌하여 편액이 없는가요?"

시종 내시가 엎드려 아뢰었다.

"이곳은 정전이라서 외신外臣이 감히 함부로 이름을 지을 수 없었다고 하옵니다."

귀비는 고개를 끄덕일 뿐 말이 없었다. 의전담당 태감이 엎드려 보좌에 올라 인사를 받으시라고 아뢰었다. 양쪽 계단에서는 풍악이 울리기 시작하였다. 태감 두 사람이 가사와 가정 등을 정전의 앞 높은 뜰에 줄을 세워 놓으니 정전 위에서 소용昭容이 전하는 말씀을 전갈하였다.

"절을 면하도록 하시오."

태감은 가사 등을 데리고 내려갔다. 다시 태감이 영국부의 사태군과 작위가 있는 부녀자를 동쪽 계단으로 데리고 올라와 정전 앞 높은 뜰 위에 역시 줄을 세워 놓고 하명을 기다렸다. 소용이 다시 전갈하였다.

"절을 면하도록 하시오."

태감은 또 모두를 데리고 내려갔다.

차를 세 차례 바친 뒤에 귀비가 보좌에서 내려서니 풍악이 그쳤다. 뒤로 물러나 곁에 있는 전각으로 가서 옷을 갈아입었다. 곧 성친 어가에 올라 대관원을 나와 가모의 정실로 갔다. 이번에는 가문의 법도에 따라 예를 행하려는 것이었다. 가모 등이 모두 엎드려 그만두라고 여러 차례 만류하였다. 귀비는 눈물을 흘리며 앞으로 다가가 한 손으로 가모의 손을 잡고 한 손으로 왕부인을 잡은 채 부둥켜안았다. 세 사람은 마음속에 할 말이 산더미처럼 많았지만 입 밖으로는 한마디도 내지 못하고 다만 마주보며 흐느낄 뿐이었다. 형부인과 이환, 왕희봉 그리고 영춘, 탐춘, 석춘 자매 등도 모두 옆에 둘러싸고 말없이 눈물만 흘렸다. 한참 만에 귀비가 솟아오르는 슬픔을 억누르고 억지로 웃음을 띠면서 가모와 왕부인을 위로했다.

"그때는 저를 사람구경 할 수 없는 곳으로 보내셨지만 오늘은 정말 어렵사리 이처럼 돌아와 모녀가 함께 만난 자리인데 서로 즐겁게 웃고 떠들지는 못할망정 눈물만 흘리면 어떻게 해요. 조금 있다가 제가 돌아가고 나면 또 얼마를 기다려야 돌아올 수 있는지도 알 수 없는데 말이에요."

이렇게 말하다가 복받쳐 오르는 감정을 이기지 못하고 또다시 오열하기 시작했다. 그러자 형부인 등이 얼른 다가가 위로의 말로 달랬다. 가모 등이 귀비를 자리에 앉도록 하고 한 사람씩 인사를 나누었다. 인사할 때마다 또 한바탕 눈물을 흘리지 않을 수 없었다. 그런 다음에 동서 두 집안의 집사들이 대청 밖에서 예를 올리고 집사 부인들이 시녀들을 대동하고 와서 역시 예를 올렸다. 귀비가 문득 생각난 듯 궁금하여 물었다.

"설부인과 보차, 그리고 대옥이는 어찌하여 보이지 않는가요?"

왕부인이 아뢰었다.

"외인이고 또 관직도 없어서 감히 부르지 않았습니다."

귀비가 듣고 어서 불러들이라고 하였다. 잠시 후 설부인 등이 들어와 계단 아래에서 국례로 인사를 올리려 하니 면하도록 하명하고 다가오도록 하여 지난날 이야기를 나누었다. 이번에는 귀비가 원래 집에서부터 데리고 궁중에 들어간 시녀인 포금抱琴 등이 나와서 집안 어른들께 인사를 하였다. 가모가 얼른 붙잡아 일으키며 따로 옆방에 데려가 잘 대접하라고 일렀다. 집사 태감과 채빈, 소용 등의 시종들에게도 녕국부와 가사 등의 저택에서 잘 대접한 것은 물론이었다. 다만 서너 명의 어린 태감들만 남겨두어 곁에서 시중을 들도록 하였다.

그제야 모녀간에, 자매간에 그동안 쌓였던 회포를 풀면서 오순도순 집안의 세세한 이야기를 나누었다. 잠시 후 가정이 주렴 밖에 이르러 문안 인사를 올렸다. 귀비는 주렴을 드리운 채 안에서 답례하고 또 주렴을 사이에 두고 눈물을 흘리면서 부친에게 말했다.

　"시골의 농사꾼 집안에서는 비록 소금에 절인 푸성귀를 먹고 거친 삼베옷을 입고 살아도 부모 자식 사이에 천륜의 즐거움을 죽을 때까지 누리며 함께 살 수 있는데 우리는 부귀영화를 마음껏 누리면서도 골육지간에 남남이나 마찬가지로 지내야 하니 무슨 낙이 있겠어요?"

　가정도 눈물을 글썽이면서 아뢰었다.

　"신은 초야의 미미한 가문으로 비둘기나 까마귀의 무리 속에서 봉황과 난새의 상서로운 기상이 나올 줄을 어찌 알았겠습니까. 지금 귀인은 위로는 천은을 입고 아래로 조상의 은혜를 받았으니 이는 모두 산천과 일월의 정기와 머나먼 조상의 은덕이 귀인 한 사람에게 모아졌기 때문이옵니다. 그 행운은 우리 부부까지 미치게 되었습니다. 금상今上께옵서는 천지만물의 대덕을 여시었고 고금에 둘도 없는 광대무변의 은혜를 내리셨으니 이는 천하백성이 다함께 다시없는 크나큰 은덕으로 아는 바이옵니다. 귀비께서는 우리 부부의 여생을 걱정하면서 마음을 울적하게 해서는 절대로 아니 되옵니다. 오로지 자중자애하시고 삼가는 마음으로 극진하게 황상폐하를 모시는 일만이 황상의 지극한 보살핌과 몸소 베풀어주시는 하해 같은 은혜에 보답하는 길이 될 줄로 아옵니다."

　귀비가 대답했다.

　"국사를 중히 여겨 정성을 다하여야 하지만 때때로 여가를 내어 스스로 보양하는 데도 주의하시기 바랍니다."

　가정이 다시 아뢰었다.

　"원내의 모든 정자와 건물의 편액과 대련은 모두 보옥이 지은 것이옵니다. 훑어보시고 만일 한두 개라도 눈에 거슬리는 것이 있으시면 따로 이름을 하명하여 주시면 좋겠습니다."

귀비는 보옥이 편액을 지을 수 있다는 말을 듣고 웃음을 띠며 말했다.

"그동안 공부에 큰 성과가 있었나 보군요."

그 말 끝에 가정이 물러가자 귀비의 시선이 보차와 대옥 두 사람에게 미쳤다. 귀비가 보아하니 그들 둘은 다른 자매들과 달리 그야말로 아리따운 꽃송이요, 광채 나는 연옥軟玉과도 같았다.

"보옥이는 어찌하여 들어와 인사하지 아니하는가?"

그 말에 가모가 대답했다.

"분부가 없으시면 바깥의 남자는 아무도 들어올 수 없습니다."

귀비는 어서 데리고 들어오라고 명하였다. 어린 태감이 보옥을 데리고 안으로 들어와 먼저 국례로 인사를 올렸다. 귀비가 앞으로 다가오라고 명하여 손을 잡고 품에 안으며 머리와 목덜미를 어루만지며 웃었다.

"그동안 많이 컸구나….."

그 말을 미처 마치지 못하고 눈물을 비 오듯 쏟았다.

우씨와 왕희봉 등이 나와 아뢰었다.

"연회준비를 다 마쳤사오니 귀비께옵서 납시옵소서."

귀비 등이 일어서며 보옥에게 길을 인도하라고 하고 여러 사람들과 함께 정원의 대문 앞에 이르렀다. 벌써부터 등불은 대낮같이 환하게 나뭇가지마다 타오르고 온갖 장식이 눈부시게 진열되어 있었다.

성친별서의 정원 안에 들어와 귀비는 우선 '유봉래의有鳳來儀'와 '홍향녹옥紅香綠玉', '행렴재망杏帘在望', '형지청분蘅芷淸芬' 등의 건물에 들어가기도 하고 누각에 오르며 물을 건너고 산을 돌아 이곳저곳을 유람하였다. 곳곳마다 펼쳐지는 모습이 모두 달랐고 가는 곳마다 다가오는 느낌이 모두 특이하였다. 귀비는 절묘한 배치와 건축에 극찬하면서도 앞으로는 이처럼 너무 사치스럽게 하지 말라는 당부도 잊지 않았다. 정전에 이르러 따로 번거로운 예절은 생략하도록 하고 다들 자리에 앉도록 하였다. 성대한 연회가 시작되었다.

　가모 등이 아래에서 귀비를 모시고 우씨와 이환, 왕희봉 등이 직접 탕을 나르고 술잔 시중을 들었다. 귀비는 필묵을 가져오라 하여 손수 상죽湘竹으로 만든 붓을 들어 특히 마음에 드는 곳에 이름을 지어 적었다. 그것을 그대로 옮기면 다음과 같다.

편액: 고은사의　　　　　　　　　　　　顧恩思義
천지가 내리신 크나큰 자비,　　　　　　天地啓宏慈,
백성은 다 같이 감격을 받들었고,　　　　赤子蒼頭同感戴;
고금에 드리운 크나큰 은혜,　　　　　　古今垂曠典,
온 나라 온 세상이 영광을 얻었도다.　　九州萬國被恩榮.
[이 편액과 대련은 정전에 붙임]

정원의 이름: 대관원大觀園
유봉래의有鳳來儀는 소상관瀟湘館으로, 홍향녹옥紅香綠玉은 이홍쾌록怡紅快綠으로 고치고 이홍원怡紅院으로 명명
형지청분蘅芷淸芬은 형무원蘅蕪苑으로, 행렴재망杏帘在望은 완갈산장浣葛山莊으로 명명
정면의 누각은 대관루大觀樓, 동쪽의 날아갈 듯한 누각은 철금각綴錦閣, 서쪽의 비스듬한 누각은 함방각含芳閣으로 하였다.

　이밖에도 요풍헌蓼風軒, 우향사藕香榭, 자릉주紫菱洲, 행엽저荇葉渚 등의 이름을 내리고 다시 네 글자의 편액 수십 개를 하사하셨으니 이화춘우梨花春雨, 동전추풍桐剪秋風, 적로야설荻蘆夜雪 등과 같은 것이다. 이들을 일일이 다 적을 수는 없어 여기서는 줄인다.

　귀비는 또 이미 걸어 놓았던 편액이나 대련은 떼어내지 말고 걸어 두라고 명하였다. 우선 스스로 시 한 수를 다음과 같이 지었다.

산과 물을 끌어안고 교묘히도 지었구나,	衙山抱水建來精,
얼마나 정성들여 만들어낸 집이런가.	多少工夫築始成.
천지간의 좋은 경치 모두 다 갖추었네,	天上人間諸景備,
꽃다운 이 정원을 대관원이라 이름하리.	芳園應錫大觀名.

귀비는 시를 다 쓰고 나서 여러 자매들에게 웃으며 말했다.

"너희들이 다들 아는 바와 같이 나는 평소에 워낙 글재주가 없어 시읊기를 즐기지 않았지. 하지만 오늘밤 이처럼 성대하고 아름다운 경치를 마주하니 그냥 지나칠 수 없이 잠시 한두 글자 적어본 것이야. 나중에 시간이 나거든 필히 《대관원기》나 《성친송》 등과 같은 글을 찬하여 오늘의 일을 기록해야 할 거야. 누이들도 각각 편액 한 구절이나 시한 편씩을 지어 봐. 그냥 자신의 재주껏 기량을 발휘하여 읊어보는 것이니까 나의 재주 미약함에 구애받지는 않기를 바라겠어. 지금 보옥이 능히 시를 읊을 수 있다기에 생각지도 못한 기쁨인데 이곳에서 소상관과 형무원 두 곳은 내가 특히 맘에 드는 곳이거니와 그 다음으로 맘에 드는 이홍원과 완갈산장 등 네 곳은 반드시 따로 시를 붙여야 멋지게 보일 거야. 그러니 전에 지어 놓은 것도 괜찮지만 지금 이 자리에서 모두들 오언율시 한 수씩 지어서 내가 직접 품평할 수 있으면 좋겠어. 그래야 어려서 가르쳐 준 보람이 있지 않겠어?"

보옥은 그렇게 하겠노라고 대답하고 물러나와 시상을 가다듬었다. 영춘과 탐춘, 석춘 세 자매 중에서 탐춘이 가장 뛰어나긴 했지만 스스로 보차나 대옥과는 비할 수 없음을 알고 여러 사람을 따라 겨우 체면 유지할 만큼 했을 뿐이다. 이환도 마지못해 율시 한 수를 지어냈다. 귀비가 순서대로 자매들의 시를 살펴보았다.

편액: 광성이정 - 영춘	曠性怡情 - 迎春
정원이 낙성되니 신기한 경치 완비했구나,	園成景備特精奇,

명을 받고 부끄럽게 '광이'라고 이름하네.
세상에 그 누가 이런 절경을 믿으리오,
한 번 노닐면 신비한 마음이
어찌 넘쳐나지 않으리오?

奉命羞題額曠怡.
誰信世間有此境,

游來寧不暢神思?

편액: 만상쟁휘 — 탐춘
이름난 정원 훌륭한 모습이 참으로 웅장해라,
명을 받고 지으려니 천박한 솜씨가 부끄러워.
너무나 정교하여 이름지을 수도 없는 것이,
과연 만물이 서로 찬란한 빛을 내는구나.

萬象爭輝 — 探春
名園築出勢巍巍,
奉命何慚學淺微.
精妙一時言不出,
果然萬物生光輝.

편액: 문장조화 — 석춘
산수는 저 멀리 천 리 밖에 이르고,
누대는 드높이 구름 위에 솟았네.
일월의 빛 속에서 정원이 낙성되니,
빼어난 천지 공덕 빼앗은 듯하여라.

文章造化 — 惜春
山水橫拖千里外,
樓臺高起五雲中.
園修日月光輝裏,
景奪文章造化功.

편액: 문채풍류 — 이환
수려한 산수는 서로 안아 휘돌고,
넘치는 풍류는 봉래보다 낫구나.
초록색 부채는 방초 잎에 어울리고,
붉은 치마는 매화꽃처럼 춤을 추네.
주옥같은 글은 태평성세 전하고,
신선 같은 님이 요대에 내리셨네.
귀인이 한번 유람하신 이 정원에,
속인은 다시 들지 못하게 하리라.

文采風流 — 李紈
秀水明山抱復回,
風流文采勝蓬萊.
綠裁歌扇迷芳草,
紅襯湘裙舞落梅.
珠玉自應傳盛世,
神仙何幸下瑤臺.
名園一自邀游賞,
未許凡人到此來.

편액: 응휘종서 — 설보차
꽃다운 정원이 도성 서편에 세워지니,
밝은 해 고운 구름 신기롭게 감도네.

凝暉鍾瑞 — 薛寶釵
芳園築向帝城西,
華日祥雲籠罩奇.

버드나무 꾀꼬리 날아오라 부르고,　　　　高柳喜遷鶯出谷,
대나무는 봉황새 깃들기를 기다리네.　　　修篁時待鳳來儀.
글의 기풍 떨치는 유람하는 이 저녁,　　　文風已著宸游夕,
성친하는 이 순간 효행 교화 빛나네.　　　孝化應隆歸省時.
귀비의 비범한 재주 붓끝에서 넘치나니,　睿藻仙才盈彩筆,
부끄러운 이 몸은 차마 글을 못쓰나이다.　自慚何敢再爲辭.

편액: 세외선원 ― 임대옥　　　　　　　　世外仙源 ― 林黛玉
이름난 정원은 어디에다 세웠던고,　　　名園築何處,
선경이 분명하다 인간세계 아니로다.　　仙境別紅塵.
산천의 정기를 잠시 빌린 것이더냐,　　　借得山川秀,
덧붙인 경물 또한 새롭기만 하구나.　　　添來景物新.
금곡의 술에는 향기가 넘치고,　　　　　香融金谷酒,
옥당의 사람은 꽃송이 같아라.　　　　　花媚玉堂人.
한없는 은총을 가득 담아 보내니,　　　　何幸邀恩寵,
궁중의 수레는 자주 오고가도다.　　　　宮車過往頻.

귀비는 다 읽은 후에 한바탕 칭찬을 하고 웃으면서 말하였다.

"역시 보차와 대옥의 작품이 남다르니 우리 자매들과는 함께 논할 수가 없군그래."

사실 대옥은 오늘밤 자신의 기이한 재주를 한껏 뽐내 사람들을 압도할 요량으로 은근히 마음을 먹었으나 뜻밖에도 가귀비가 편액 한 구절과 시 한 수만을 쓰도록 명하였다. 이를 어기고 혼자 많이 써낼 수는 없었으므로 그냥 되는대로 오언 율시 한 수만 지어 바쳤다.

이때 보옥은 미처 다 지어내지 못하고 겨우 소상관과 형무원 두 수를 짓고 이제 막 이홍원 한 수를 짓고 있었다. 그 속에는 '푸른 옥인 양 봄볕에 오그라드네〔綠玉春猶捲〕'라는 구절이 얼핏 설보차의 눈에 들어왔다. 다른 사람들이 아무도 살피지 않는 틈을 타 보차는 얼른 보옥을 건드리며 한마디 충고를 한다.

"귀비께선 홍향녹옥이란 구절이 마음에 들지 않아 이홍쾌록으로 바꾼 것인데, 지금 녹옥綠玉이란 글자를 쓰면 대놓고 누님한테 대들겠다는 뜻이 아니야? 파초에 관한 이야기는 충분히 많으니 다른 글자로 하나 바꿔 봐."

보옥은 보차의 말을 듣고 식은땀을 흘리며 끙끙댔다.

"하필 이럴 때 난 왜 아무 생각도 나지 않는 걸까."

"그러지 말고 녹옥의 옥玉자 하나만 납蠟자로 바꾸면 되잖아."

"녹랍綠蠟이란 구절은 어디서 나오는 얘긴데?"

보옥이 되묻자 보차는 혀를 차면서 고개를 끄덕이며 가만히 웃는다.

"오늘밤엔 연회의 자리이니 망정이지 장차 궁중 금란전 앞에 나아가 과거시험을 본다면 행여 백가성의 첫머리인 '조전손리趙錢孫李'조차 생각이 안 나는 게 아닐까. 당나라 전후錢珝가 읊은 파초시의 첫 대목에 나오는 '차가운 등불에는 연기도 피어나지 않고 푸른 초는 말라가기만 하네〔冷燭無煙綠蠟乾〕'의 구절도 잊은 모양이지."

보옥이 그 한마디에 기억이 되살아나는 듯 웃으면서 대답했다.

"내가 멍텅구리야, 죽어 마땅하다구. 눈앞에 뻔히 보이는 것을 두고서도 생각을 못해 내다니. 누나가 나한테는 그야말로 '일자사〔一字師: 한 글자로 가르침을 준 스승〕'가 아니고 무엇이랴. 앞으로는 누나라고 부르지 않고 사부님으로 부르겠어."

보차가 가만히 웃으며 빈정댔다.

"빨리 쓰지 않고 뭐 해. 누나는 무슨? 저기 위에 황룡포를 입고 계신 분이야말로 진짜 누나인데 나를 또 누나 삼겠다는 거야?"

보차는 웃으면서도 행여 보옥이 시간을 허비하여 일을 망치면 어찌하나 걱정이 되어 얼른 몸을 빼내 자리를 비켜 주었다. 보옥이 곧 이어 세 수를 지어냈다.

이때 대옥은 자신의 포부를 다 펼치지 못한 마당이라 마음이 통쾌하지 않았는데 보옥이 혼자 율시 네 편을 짓는 걸 보고 다가가 한두 수라도 대신 지어 보옥이 미처 생각하지 못한 점을 도와주어야겠다고 생각하며 보옥의 책상머리에 이르러 조용히 물었다.

"다 됐어요?"

"이제 겨우 세 수를 지었어. 아직 '행렴재망' 한 수가 남았어."

"그럼 오빠는 앞의 세 수를 어서 옮겨 적기나 하세요. 그걸 다 적는 동안에 내가 한 수를 지어 볼게요."

대옥은 고개를 숙여 생각에 잠기더니 이내 율시 한 수를 만들어 종이 위에 적어 아무렇게나 뭉쳐서 보옥의 앞으로 휙 던졌다. 보옥이 종이를 펼쳐보니 이 시가 앞서 지은 자신의 시보다 열 배는 더 뛰어난 것이었다. 뜻밖의 기쁨을 느끼며 서둘러 해서체로 가지런하게 적어서 바쳤다. 귀비가 그것을 읽었다.

유봉래의 - 신 보옥이 삼가 지음　　　　有鳳來儀 - 臣寶玉
대나무에 처음으로 죽실이 열렸으니,　　秀玉初成實,
봉황을 맞아들이기 참으로 십상이네.　　堪宜待鳳凰.
줄기마다 푸르름이 물을 듣는 듯하고,　　竿竿青欲滴,
댓잎마다 파릇파릇 찬 기운이 솟는구나.　个个綠生涼.
섬돌 위로 넘나드는 물길도 가로막고,　　迸砌妨階水,
대발 사이는 향로의 향내조차 막는구나.　穿簾礙鼎香.
맑게 부서지는 그림자를 흔들지 마라,　　莫搖清碎影,
한낮의 단꿈이 이제 막 시작되었나니.　　好夢晝初長.

형지청분　　　　　　　　　　　　蘅芷清芬
정갈한 정원 안엔 형무가 가득한데,　　蘅蕪滿淨苑,
벽라가 이를 도와 향기를 더해 주네.　蘿薜助芬芳.
봄날의 풀처럼 부드럽게 깔려 있고,　軟襯三春草,

한 줄기 향기인 양 구불구불 퍼졌네.　　　　　　　柔拖一縷香.
가벼운 연기처럼 오솔길에 서리고,　　　　　　　輕煙迷曲徑,
차가운 이슬은 회랑으로 떨어지네.　　　　　　　冷翠滴回廊.
뉘라서 말하랴 연못가의 노래는,　　　　　　　　誰謂池塘曲,
사령운의 깊은 꿈에서만 나온다고.　　　　　　　謝家幽夢長.

이홍쾌록　　　　　　　　　　　　　　　　　　怡紅快綠
깊숙한 정원 안에 고요한 햇살,　　　　　　　　深庭長日靜,
한 쌍의 선녀 같은 파초와 해당화.　　　　　　　兩兩出嬋娟.
푸른 밀랍인 양 파초는 봄꿈을 꾸고,　　　　　　綠蠟春猶捲,
붉게 단장한 해당화는 잠을 잊었네.　　　　　　　紅妝夜未眠.
난간에 기대어 붉은 소매 드리우고,　　　　　　　憑欄垂絳袖,
기암에 의지해 푸른 연기 지키나니.　　　　　　　倚石護靑煙.
봄바람에 마주하고 있는 그대들,　　　　　　　　對立東風裏,
주인은 응당 끔찍이도 아끼리라.　　　　　　　　主人應解憐.
행렴재망　　　　　　　　　　　　　　　　　　杏簾在望
살구나무 깃발은 술손님 부르고,　　　　　　　　杏簾招客飮,
산장은 눈앞에 저만치 보이누나.　　　　　　　　在望有山莊.
마름자란 물위엔 거위 새끼 노닐고,　　　　　　　菱荇鵝兒水,
뽕나무 느릅나무 제비 날아다니네.　　　　　　　桑楡燕子梁.
한 뙈기 텃밭엔 부추잎 푸르고,　　　　　　　　一畦春韭綠,
벼 익는 향기는 십리 밖에 이르네.　　　　　　　十里稻花香.
오늘 같은 태평성대 굶는 사람 없으련만,　　　　　盛世無飢餒,
밭 갈고 베 짜는 일손 어이 그리 바쁜가.　　　　　何須耕織忙.

귀비가 다 읽고 나서 기쁨을 감추지 못했다.
"과연 공부가 많이 늘었구나!"
　그리곤 특별히 '행렴재망'을 지목하면서 앞의 세 수보다 가장 우수하
다고 평하였다.　그리곤 '완갈산장'의 이름을 '도향촌稻香村'으로 고치도

록 하였다. 또 따로 탐춘에게 명하여 방금 지은 열 수의 시를 잘 옮겨 적도록 하여 태감을 시켜 바깥채로 내보내게 하였다. 가정 등이 보고 나서 역시 칭송을 아끼지 않았다.

가정은 또 귀비의 성친을 노래한 《귀성송歸省頌》을 지어 바쳤다. 귀비는 경소금회瓊酥金膾와 같은 보기 드문 별미음식을 나누어 보옥과 가란 등에 하사하였다. 가란은 아직 어려서 아무 일에도 참여하지 못하고 다만 모친과 삼촌을 따라 예를 행할 따름이었으므로 따로 전하는 기록이 없다. 가환은 새해 들어 앓던 병이 완쾌하지 못하였으므로 한적한 곳에서 정양을 하는 중이라 역시 따로 기록할 것이 없다.

이때 가장은 열두 명의 여자 창극배우를 데리고 누각 아래서 지루하게 기다리고 있었다. 그때 태감이 나는 듯이 달려와 전갈을 하였다.

"시를 다 지었으니 이제 어서 연극 제목을 올리라!"

가장은 얼른 연극명부 비단책자와 열두 명의 배우이름을 함께 올렸다. 잠시 후 태감이 나와서 네 편의 희곡작품을 점찍어 주었다. 첫째 막은 '호연豪宴', 둘째 막은 '걸교乞巧', 셋째 막은 '선연仙緣', 넷째 막은 '이혼離魂'이었다.

가장은 서둘러 연출을 시작하여 배우마다 가늘고 높은 음을 내면서 선녀의 자태인 양 춤사위를 보여주었다. 비록 허구지만 슬픈 장면을 보여주었다. 공연이 끝나고 한 태감이 금 쟁반에 과자와 떡을 담아서 가지고 오면서 물었다.

"누가 영관이냐?"

가장은 하사품이 영관에게 주는 것임을 알고 기뻐하면서 얼른 받으며 영관에게 고개를 조아려 감사드리라고 말했다. 태감이 또 말했다.

"귀비께서 분부가 있으셨다. 영관의 노래와 연출이 뛰어나니 두 편을 더 공연하기 바라며 제목은 골라서 해도 된다고 하셨다."

가장이 곧 영관에게 '유원遊園'과 '경몽驚夢'을 하라고 명하였다. 하지만 영관은 이 두 작품이 자신의 본래 부르던 곡이 아니라고 하면서 '상약相約'과 '상매相罵'를 부르겠다고 고집 부렸다. 가장은 그녀의 고집을 꺾지 못하고 그냥 따를 수밖에 없었다.

귀비는 대단히 좋아하면서 명했다.

"이 아이에게 까다롭게 굴지 말고 잘 가르치라."

영관에게 상으로 궁중비단 두 필과 염낭 주머니 두개, 금제와 은제 장식물 및 먹을거리를 내려 주었다. 공연이 끝난 뒤 미처 다 못 보았던 곳을 한 번 더 유람하였다. 홀연 산굽이를 돌아가는 곳에 절간이 하나 나타났다. 귀비는 서둘러 정갈한 물에 손을 씻고 들어가 분향하고 예불을 올렸다. 그리고 편액을 하나 지으니 '고해자항苦海慈航'이라고 하였다. 고난의 바다를 건너게 해 주는 자비로운 배라는 뜻이었다. 또 별도로 비구니와 여도사에게 특별한 은상을 내리게 하였다.

잠시 후 태감이 와서 엎드리며 아뢰었다.

"하사품은 모두 구비되었사옵니다. 한번 살펴주시기 바랍니다."

태감이 목록을 바치자 귀비는 처음부터 쭉 훑어보고 모두 마땅하다고 여겨 그대로 시행하도록 하였다. 태감이 내려와 일일이 배분하였다.

가모에게는 금여의金如意와 옥여의玉如意 하나씩, 침향沉香 지팡이 한 개, 가남伽楠 염주 하나, '부귀장춘富貴長春'의 무늬가 있는 궁중비단 4 필, '수복금장福壽綿長'의 무늬가 있는 궁중비단 4필, '필정여의筆錠如意'의 글자가 새겨진 금제 장식품 10개, '길경유여吉慶有魚'의 글자가 새겨진 은제 장식품 10개 등을 내리고 형부인과 왕부인에게는 가모에 비해 금은 여의와 지팡이, 염주 등 네 가지가 빠진 물건이 내려졌다.

가경과 가사, 가정 등에게는 각자 어제御製 신서 2부와 보묵寶墨 2갑, 금은 술잔 각 두 개씩이었고 다른 예물은 전례와 같았다. 보차와 대옥 등 여러 자매들은 각자 새로 나온 책 한 부와 귀한 벼루 한 개와 새로운 모양의 금은 장식품 각각 두 쌍씩이었다. 보옥에게도 그와 같았다. 가란에게는 금은 목걸이 두 개, 금은 장식품 두 쌍을 주었다. 우씨와 이환, 왕희봉 등은 모두 금은 장식품 4개와 상견례의 예물주단 2단端을 주었다. 그 밖에 상견례의 예물주단 12단과 동전 백 꾸러미 등을 가모와 왕부인 및 여러 자매들의 시녀들에게 하사하였다. 가진과 가련, 가환, 가용 등에게도 상견례의 예물과 금제 장식품 한 쌍을 주었다.

끝으로 채색비단 50필과 금은 1천 냥, 어사주 등을 동서 두 집안과 대관원의 관리업무, 진설과 응대, 공연, 등불 등의 담당자에게 하사하였다. 이밖에도 동전 5백 꾸러미를 주방에서 일하는 사람, 창극배우, 백희百戱 공연자 및 잡무를 맡은 일꾼들에게 나눠주도록 했다. 사람들이 사은을 마치자 태감이 귀비를 재촉하였다.

"벌써 시각이 축정삼각〔丑正三刻: 새벽 2시 45분〕이옵니다. 곧 환궁하셔야 합니다."

귀비가 그 말을 듣고 어느덧 눈에 눈물이 가득 고여 주르르 흘러내렸다. 하지만 억지로 웃음을 띠면서 가모와 왕부인의 손을 부여잡고 힘을 주면서 차마 떨어지지를 못하고 거듭 당부했다.

"저의 걱정일랑 마시고 부디 몸조심하세요. 금상폐하께서는 크나큰 은혜를 내리셔서 한 달에 한 번씩 궁궐 안에 들어오셔서 만날 수 있도록 하셨으니 만날 날은 얼마든지 있습니다. 그렇게 마음 상하실 필요가 없습니다. 만일 내년에도 천은이 내려 귀성을 허락해 주신다면 그때는 절대로 이번처럼 사치스럽고 화려하게 차리지 마시기 바랍니다."

가모 등은 이미 눈물범벅이 되어 목이 메어 말을 잇지 못하였다. 귀비는 비록 이별하기가 힘들었지만 황궁의 규칙을 추호도 어길 수가 없으니 차마 떨어지지 않는 발걸음으로 가마에 올랐다. 주변사람들이 가모와 왕부인을 위로하고 진정시켜서 겨우 대관원에서 물러나왔다. 이야기는 다음 회에 이어진다.

情切々良
宵花
鮮語
意綿々静
日玉
生香

화습인의 충고

한밤의 화습인 절절한 사랑으로 충고하고
한낮의 임대옥 애틋하게 마음을 드러냈네

情切切良宵花解語 意綿綿靜日玉生香

가비는 궁중으로 돌아간 다음날 황제를 알현하고 사은을 표시하면서 성친 갔던 일에 대해 상세히 아뢰니 용안에 크게 기뻐하는 빛을 띠며 내탕금과 비단 등을 하사하여 가정과 각 여관들에게 보내었다. 그 일은 이제 더 이상 말할 필요가 없을 것이다.

한편 영국부와 녕국부에서는 연일 잔치준비에 온힘을 다했으므로 모두들 힘이 다 빠져 맥을 놓고 있었다. 대관원에 설치했던 진설과 온갖 용품들을 정리하는 데만 한 사흘이 걸렸다. 가장 힘들었던 사람은 누가 뭐래도 왕희봉이라고 할 수 있다. 일도 많고 책임도 막중하였다. 다른 사람이라면 꾀를 부리거나 잠시 쉬기도 할 테지만 그녀만큼은 도저히 몸을 빼낼 도리가 없기도 했고 성격마저 강인하여 절대로 남들의 뒷말을 들으려 하지 않기 때문이었다.

아무 일 없이 한가하기로는 보옥이 으뜸이었다. 어느 날 습인의 모친이 직접 가모를 찾아와 인사드리고 습인을 집으로 잠시 데려가 식구들과 함께 설음식과 차를 나눈 뒤 저녁에 돌려보내겠다고 청하였다. 습인이 나간 뒤에 보옥은 다른 시녀들과 함께 골패 던지기나 바둑을 두면서 방 안에서만 뒹굴며 무료해하던 차에 어린 시녀 하나가 들어와 전했다.

"동쪽 큰댁의 가진 나리께서 꽃등놀이 구경을 오시랍니다."

보옥이 그 말을 듣고 급히 옷을 갈아입고 건너가려는 참에 이번엔 가비가 궁중에서 하사했다는 설탕에 재여 찐 치즈를 가져왔다. 보옥은 습인이 그걸 좋아한다는 생각이 나서 남겨 두라고 이르고 가모에게 찾아가 인사하고 놀이를 보러갔다.

그런데 가진의 정원에서 연출하는 연극은 '정랑의 부친찾아 삼만리〔丁郎認父〕', '황백앙이 음혼진으로 손빈에 대항하기〔黃伯央大擺陰魂陣〕', '손오공이 천궁에서 소란피우기〔孫行者大鬧天宮〕', '강태공이 장수를 죽이고 신으로 봉하기〔姜子牙斬將封神〕'와 같은 작품이어서 온통 떠들썩하게 귀신이 출현하고 요괴가 나오는 것이었다. 배우들이 깃발을 높이 쳐들고 무대 위를 몰려다니며 염불하거나 향을 피우고 징과 북을 요란하게 두드리며 소리소리 고함을 질러 그 시끄러운 소리는 골목 밖에까지 울려 퍼졌다. 골목 안 사람들이 다 같이 입을 모아 칭찬해 마지않았다.

"정말로 신나는 연극이란 말이야. 다른 집안에서는 결코 연출할 수 없는 것이지."

보옥은 요란하고 시끌벅적한 연극에 흥미를 잃고 잠시 앉았다가 슬그머니 빠져나와 이곳저곳을 둘러보고 노닥거리며 시간을 보냈다. 우선 안채로 들어가 우씨 및 시녀들과 더불어 한바탕 농을 건네며 떠들다가 중문을 나왔다. 우씨는 보옥이 다시 연극을 보러 간 줄로만 알고 더이상 신경 쓰지 않았다. 가진과 가련, 설반 등은 주령과 짝패 알아맞히기 등 온갖 놀이에 열중하느라 보옥이 어디로 가는지 돌볼 겨를이 없었다. 설사 잠시 안보이더라도 그저 안채에 들어갔겠거니 생각할 뿐이었으므로 굳이 물어보지 않았다. 보옥을 뒤따르던 하인들 중 나이 많은 자들은 보옥이 이곳에 왔으니 저녁이나 되어야 돌아갈 것이라고 생각하여 슬그머니 노름하러 가거나 친구를 만나 차 마시러 가기도 하고, 개중에는 계집질이나 술 마시러 흩어진 녀석들도 있었다. 저녁에나 돌아오면 된다는 생각에서였다. 나이가 조금 어린 시동들은 공연장에 파고 들어가 구경하느라 얼이 빠져 있기도 하였다. 보옥은 주변에 아무도 없자 곧 생각에 잠겼다.

'이곳에 있는 조그만 서재에는 전에 작은 미인도가 한 폭 걸려 있었는데 아주 기막힌 그림이었지. 오늘같이 떠들썩한 날 다들 즐겁게 노는데 그곳에는 아무도 없을 테니 미녀 아가씨가 혼자서 얼마나 쓸쓸하게 지내고 있을까. 내가 찾아가서 동무라도 해주어야겠다.'

그렇게 바보 같은 생각을 하며 서재에 이르러 막 창문 앞으로 다가가는데 방 안에서 신음소리가 가늘게 들려 왔다. 보옥이 깜짝 놀라 설마 그 미녀가 살아난 게 아닐까 하고 침을 발라 창호지를 뚫고 들여다보았다. 하지만 그림 속의 미녀가 살아난 게 아니라 명연이란 놈이 어떤 여자아이를 벗겨서 올라타고 전에 경환선녀가 가르쳐 준 운우지정을 나누고 있는 게 아닌가. 보옥이 놀라 큰소리를 질렀다.

"야, 이놈아!"

한걸음에 방 안으로 달려 들어가니 두 사람은 깜짝 놀라 떨어지면서 옷을 주워 들고 덜덜 떨고 있었다. 명연은 들어온 사람이 다름 아닌 보옥임을 알고 황급히 땅에 엎드려 머리를 수도 없이 조아렸다. 보옥이 한마디 했다.

"멀쩡한 대낮에 여기서 뭐 하는 짓이냐! 가진 형님이 아시기라도 한다면 네놈은 죽은 목숨이나 다름없다. 이놈아!"

말은 그렇게 하면서 보옥은 힐끔 곁에 선 여자아이를 바라보았다. 아주 잘생겼다고는 할 수 없지만 그런 대로 깔끔하여 사람을 움직이는 구석이 조금은 있었다. 그녀는 부끄러움에 얼굴이 귀밑까지 붉어져 고개를 푹 숙이고 아무 말도 못하고 있었다. 보옥이 발을 탕탕 구르면서 소리쳤다.

"어서 도망치지 않고 뭐 하느냐!"

그 말에 정신을 퍼뜩 차린 시녀는 걸음아 날 살려라 하고 달아났다. 보옥은 또 뒤쫓아 나서면서 달아나는 그녀의 뒤에다 대고 소리쳤다.

"너무 걱정하지 마라. 다른 사람한테는 말하지 않을 테니!"

깜짝 놀란 명연이 뒤에서 소리를 질렀다.

"아이쿠 도련님! 그렇게 대놓고 소리치시면 사람들한테 아예 들으라고 하시는 거나 마찬가지죠."

보옥이 그제야 뒤로 돌아서며 물었다.

"저 여자애는 몇 살쯤이나 되었느냐?"

"많아야 열예닐곱쯤 되었을 겁니다요."

"아니, 그 애가 무슨 띠인지도 모르다니, 사귀어도 헛 사귀었구먼그래. 여자가 아깝다, 아까워!"

명연의 말에 보옥이 혀를 차다가 다시 물었다.

"이름은 뭔데?"

명연이 그제야 크게 웃었다.

"저 애 이름을 말할라치면 말씀이 길어집니다요. 굉장히 신기하고 유별나서 여간해서는 들어보기 어려운 이름이지요. 그 애가 그러는데요, 자기 엄마가 태몽에 비단 한 필을 보았는데 그 위에 오색으로 고상하게 그린 만자卍字가 끝없이 이어진 무늬가 있었더란 거예요. 그래서 이름을 만아卍兒라고 했다지 않아요."

보옥이 듣고서 웃었다.

"정말로 신기한 일이로구나. 앞으로 틀림없이 복 받을 날이 있겠구나."

보옥은 한참 동안 뭔가 골똘히 생각에 잠겨있었다. 그러자 명연이 다시 물었다.

"도련님은 왜 그렇게 좋은 연극을 마다하고 나오신 거예요?"

"한참 봤는데 너무 시끄럽고 짜증이 나서 바람 쐬러 나왔다가 너희를 만난 거야. 지금 뭐 하면 좋을까 생각중이다."

명연이 실실 웃으면서 꼬드기는 말을 했다.

"이번에는 아무도 모를 테니까 도련님을 모시고 살그머니 성 밖에 나가 바람이나 쐬다 올까요? 금방 돌아오면 사람들도 모를 거예요."

"안 돼. 거렁뱅이들한테 잡혀가면 어쩔려구. 그리고 사람들이 알게 되기라도 하면 큰 난리가 날 테니 아무래도 잘 아는 곳으로 가는 게 좋겠어. 얼른 돌아올 수도 있으니까."

"잘 아는 곳이라고요? 누구네 집에 간단 말인가요?"

명연이 고개를 갸우뚱하자 보옥이 본심을 드러냈다.

"그게 말이야, 습인 누나네 집에 갔다 오면 어떨까 하는데. 지금 뭐 하고 있는지 가보자."

"네, 네. 화씨네 집이 있었다는 걸 깜빡했군요."

그리고 나선 은근히 겁이 나는지 다시 물었다.

"그런데 어르신들께서 아시게 되면 제가 도련님을 꼬드겨서 밖으로 나갔다고 저를 때리려고 할 텐데 어쩌죠?"

"걱정 마, 내가 있잖니."

명연이 말을 준비했다. 두 사람은 뒷문을 통해 집을 빠져나왔다.

다행히 습인의 집은 그리 멀지 않아 곧 문 앞에 당도했다. 명연이 먼저 달려 들어가 습인의 오라비인 화자방花自芳을 불러냈다. 그때 습인의 모친은 습인과 함께 친정 조카딸과 시댁 조카딸 등을 집으로 불러 과일과 차를 나누고 있었다. 화자방이 급히 나가보니 보옥과 명연이었다. 깜짝 놀란 화자방은 무슨 일인가 의아해하면서 서둘러 보옥을 끌어

안으며 안쪽에다 대고 소리 질렀다.

"보옥 도련님이 왔어요!"

그 말을 들은 사람들이 어쩔 줄 몰라 하고 있는데 습인은 도대체 무슨 일이 일어난 것인지 몰라 얼른 뛰어나와 보옥의 두 손을 잡으면서 다그쳐 물었다.

"어떻게 오신 거예요?"

보옥이 웃으면서 대답했다.

"그냥 너무 심심해서 누나가 뭐 하나 보러 온 거지 뭐."

습인은 그 말을 듣고 적이 마음을 놓으면서 한숨을 내뱉었다.

"도련님은 정말 제멋대로야. 도대체 뭘 하자고 여길 오느냐 말이에요?"

그리곤 다시 명연에게 물었다.

"너 말고 또 누가 따라왔느냐?"

"아무도 몰라요. 우리 둘만 빠져나왔으니까요."

명연의 말을 듣고 습인은 또 한 번 놀랐다.

"큰일 나겠구먼. 만일 남의 눈에라도 띄거나 대감나리와 맞닥뜨리기라도 하면 어쩌려고. 거리엔 사람들과 수레가 쉴 새 없이 지나가고 말과 가마가 바삐 오가는데 중도에 불상사라도 나면 어쩌려고 그래? 모두가 다 명연이가 꼬드긴 것이 분명할 테니 내 돌아가면 어멈들한테 일러서 된통 혼내도록 해야겠어."

명연이 입을 삐죽 내밀며 투덜댔다.

"도련님이 날 욕하고 때리면서 억지로 여기에 데려와 달라고 하신 건데 도리어 나한테 뒤집어씌우시네. 그래서 내가 오지 말자고 했잖아요? 아무래도 지금 바로 돌아가야겠어요."

화자방이 곁에 있다가 급히 달랬다.

"됐어, 됐어. 기왕 온 마당에 더 이상 말할 게 뭐 있겠어. 하지만 워낙 옹색한 초가삼간이라 비좁고 더러워서 도련님을 어떻게 모셔야 될지 모르겠구나."

습인 모친도 맞으러 나왔다. 습인이 보옥의 손을 끌고 들어갔다. 방 안엔 네댓 명의 여자아이들이 있다가 보옥을 보고 고개를 떨어뜨리고 부끄러워 어쩔 줄 몰라 했다. 화자방 모자는 부산하게 오가며 보옥이 추울까 봐 구들 위로 오르도록 하고 다과상을 차리고 좋은 차를 가져와서 따라주었다. 습인이 웃으면서 말했다.

"괜히 그렇게 부산떨 거 없어요. 제가 잘 아니까. 과일도 놓을 필요 없어요. 아무거나 먹여서도 안돼요."

말은 그렇게 하면서도 자신이 깔고 앉았던 요와 방석을 가져다 온돌 위에 깔고 보옥을 앉힌 뒤 자신이 쓰던 발난로를 받쳐 주고 염낭 주머니에서 매화 향 덩이를 두 개 꺼내 자기의 손난로를 펼쳐 집어넣고 향을 피우고 다시 뚜껑을 덮었다. 그리곤 손난로를 보옥의 가슴속에 넣어주었다. 그리고 자신의 찻잔에 차를 따라 보옥에게 주었다. 그때 화자방 모자는 깔끔하게 다과 한 상을 차려서 가져왔다. 습인이 보니 별로 먹을 만한 것이 없었지만 웃으며 말을 건넸다.

"기왕에 오셨으니 맨입으로 가실 수야 있나요? 어쨌든 맛이나 보세요. 우리 집에 다니러 오신 셈이니까."

습인은 잣을 몇 개 집어 껍질을 벗겨 불어 날리고 손수건에 받쳐 보옥에게 건네줬다. 보옥이 습인의 얼굴을 보니 두 눈이 약간 충혈되었고 분가루가 녹아 빛이 얼룩져 있었다. 보옥이 가만히 물었다.

"왜 울었어?"

"울긴 누가 울었다고 그래요, 눈을 비벼서 그런 거지."

습인은 보옥이의 묻는 말에 얼른 딴전을 피우며 넘어갔다.

그때 보옥은 붉은 바탕에 금빛 교룡 무늬를 새긴 소매 좁은 여우 털 가죽옷을 안에 입고 겉에는 석청색 담비가죽에 술을 나란히 붙인 마고

자를 입고 있었다. 습인이 말했다.

"도련님은 여기에 오면서 특별히 새 옷을 갈아입고 나오셨는데 집안 식구들이 보고도 아무 말도 안 했단 말이에요?"

"가진 형님 댁에 연극구경 가느라고 옷을 갈아입은 건데 뭐."

보옥의 대답에 습인은 고개를 끄덕이며 또 말했다.

"잠시 앉았다가 얼른 돌아가세요. 여기는 도련님이 올 만한 곳이 못 된다고요."

"누나도 집에 가면 좋겠는데. 얼른 돌아와. 내가 맛있는 거 따로 남겨두었다구."

보옥의 말에 습인은 살짝 웃으면서 핀잔을 줬다.

"가만히 말할 것이지. 저 애들까지 다 듣게 하면 창피하잖아요."

그러면서 손을 뻗어 보옥의 목에 걸려 있는 통령보옥을 꺼내어 풀어 자기 자매들에게 보여준다.

"자, 너희도 한 번 보렴. 세상 사람들이 다들 희한한 물건이라고 하면서 보지 못해 안달인데 오늘 마음껏 봐. 아무리 희한한 물건이라고 해도 그저 이런 거야."

습인은 여자애들에게 보여준 다음 다시 받아다가 보옥의 목에 채워 주었다. 그리고 화자방에게 작은 가마나 수레를 하나 부르도록 하여 보옥을 보내도록 하였다. 화자방이 말했다.

"내가 모시고 갈게. 그냥 말 타고 가도 괜찮겠지 뭐."

"괜찮지 않다는 게 아니고 길 가다 사람들과 마주칠까 봐 그러는 거지."

그 말에 화자방은 곧 작은 가마 하나를 불러왔다. 사람들도 더 이상 보옥을 붙잡아 두려 하지 않고 다들 나와 전송했다. 습인은 과자를 한 줌 집어서 명연의 손에 쥐어 주고 또 돈도 몇 푼 건네주면서 폭죽이라도 사는 데 쓰라면서 한마디 당부했다.

"남들한테 말하면 절대 안 돼. 네 잘못도 크니까."

습인은 보옥이 대문 앞에서 가마에 오르고 주렴을 내릴 때까지 전송하였다. 화자방과 명연은 말을 끌고 뒤를 따라 녕영가寧榮街에 이르렀다. 명연은 가마를 멈추게 하고 화자방에게 말했다.

"내가 몰래 도련님을 모시고 동부 큰집으로 빠져 들어가야 별일 없이 넘어갈 겁니다. 안 그러면 사람들이 의심하겠죠."

그 말이 일리 있다고 생각한 화자방은 보옥을 가마에서 안아 내려 말에 태워 보냈다.

보옥이 웃으면서 고맙다고 인사했다.

"고생하셨네."

두 사람은 나갔던 뒷문으로 숨어들어왔다.

한편 보옥이 나간 뒤에 이홍원에 남아 있던 시녀들은 마음 놓고 놀고 있었다. 그때 유모 이씨가 지팡이를 짚고 보옥에게 인사차 찾아왔다. 보옥은 마침 집에 없고 시녀들만 온 방 안에 모여 소란스럽게 놀고 있었다. 바둑 두는 사람도 있고 골패 놀이하는 사람도 있고 온 바닥에 껍질을 흩어 놓으며 수박씨를 까먹는 사람도 있었다. 하필이면 이때 유모 이씨가 지팡이를 짚고 문안 인사를 하러 들어온 것이었다. 보옥은 없고 시녀들만 놀고 있으니 눈에 거슬려 마음이 언짢았다.

"내가 이곳을 떠난 뒤로 자주 들어와 보지 못했더니 너희가 엉망으로 만들었구나. 다른 유모들은 너희한테 감히 잔소리도 못하는 신세가 된 모양이구나. 우리 보옥 도련님은 '등잔 밑이 어두워 남을 비추기만 하고 자신을 못 비춘다'는 말처럼 남의 집 더러운 일은 잘도 아시면서 자기 집구석은 저년들이 엉망으로 만들어도 내버려두고 있으니 정말 체통이 서지 않는 구나."

하지만 시녀들은 보옥이 본래부터 이런 걸 따지지 않는 데다 유모 이씨도 이미 늙어 밖으로 내보내진 상태이므로 자신들을 어쩌지 못하는 걸 너무도 잘 알고 있었다. 시녀들은 아랑곳하지 않고 유모 이씨를 상대조차 않은 채 제멋대로 놀았다. 유모 이씨는 겨우 "보옥이 요즘 밥을 얼마나 먹느냐", "몇 시에 잠드느냐" 따위를 묻기나 할 뿐이었다. 시녀들은 적당히 대꾸했다. 한쪽에선 "정말 저 노인네 지겨워 죽겠네" 하는 말도 했다. 유모 이씨는 또 물었다. "이 밥그릇 안에 들어 있는 수락〔酥酪: 치즈〕은 왜 나한테 주지 않는 거지? 내가 먹어야겠군" 하며 곧 숟가락을 가져다 먹으려고 하는데 시녀 하나가 소리쳤다.

"건드리지 말아요! 그건 습인 언니한테 주려고 남겨 놓은 거란 말이에요. 도련님이 돌아와서 난리 피우면 할머니가 책임져야 해요. 공연히 우리한테 뒤집어씌우지 마시고."

유모 이씨는 화도 치솟고 부끄러움도 이기지 못해 벌컥 화를 냈다.

"세상에 이렇게 엉망이 되어버린 줄은 정말 생각지도 못했네. 내가 우유는 물론이고 이보다 훨씬 비싼 것이라도 마땅히 먹을 수 있는 것인데, 설마 습인이 년이 나보다도 중하단 말이야? 도련님은 어떻게 자랐는지를 생각해보지도 않으신다더냐? 내 피로 만든 젖을 먹고 자란 도련님이 이제 와서 내가 우유 한 그릇을 먹었다고 화내신다고? 내 이걸 꼭 먹어야겠어. 도대체 어떻게 되나 두고 보자. 너희 년들도 보라고, 습인이도 다 내가 이 손으로 만들어 낸 솜털 계집애였는데 지가 뭐라고 감히 유세를 부린단 말이야!"

유모 이씨는 홧김에 수락을 몽땅 다 먹어치웠다. 한 시녀가 입에 발린 소리를 했다.

"쟤들은 말도 제대로 할 줄 모른다니까. 할머님이 화내시는 것도 당연한 일이죠. 보옥 도련님이 언제나 할머님한테 잘해 드리라고 했는데 어째 그걸 마음대로 못하시겠어요?"

유모 이씨도 눈치를 챘다.

"네년들도 공연히 불여우처럼 나를 속여먹으려고 그러지 좀 마. 지난 번에도 차 때문에 천설茜雪이를 쫓아낸 일을 내가 모를 줄 알고 그러느냐? 하지만 나중에 잘못됐으면 내가 와서 책임질 테니까 그리들 알아!"

유모 이씨는 씩씩거리고 화를 내며 나가버렸다.

얼마 뒤에 보옥이 돌아오더니 곧바로 사람을 보내 습인을 데려오도록 했다. 그때 청문이 침상에 드러누워 꼼짝도 않고 있어 보옥이 물었다.

"왜, 병이라도 난 거야? 아니면 노름에서 진 거야?"

추문秋紋이 대신 답했다.

"원래는 이기고 있었죠. 그런데 유모 할머니가 오셔서 흔들어 놓는 바람에 져버렸다니까요. 화가 나서 벌렁 드러누운 거예요."

"너희가 유모하고 똑같은 생각을 하면 어떡하냐? 그 할멈은 그냥 하는 대로 내버려두면 그만이지."

그때 습인이 돌아왔다. 서로 인사하고 나서 습인은 보옥이 어디서 밥을 먹었는지, 언제 돌아왔는지 묻고 자기 모친과 자매들의 안부 인사를 다른 시녀들에게 전했다. 옷을 갈아입고 화장을 지우고 나자 보옥은 수락을 가져오라고 명했다. 시녀들이 "유모 할머니가 다 드셨어요" 하고 대답하자 보옥이 뭐라고 야단치려는 순간 습인이 먼저 앞질러 말했다.

"남겨 놓았다는 게 바로 그거였어요? 생각해 주셔서 고맙기는 하지만 지난번 먹을 때 맛있다고 너무 많이 먹는 바람에 나중에 배탈이 나서 결국은 토하고 말았지요. 유모님이 잘 드셨네요. 내가 지금 먹고 싶은 것은 말린 밤이에요. 도련님이 껍질을 좀 까주실래요? 나는 침상을 정리해 드릴 테니."

보옥이 그 말을 진정으로 알고 수락에 관한 일은 제쳐놓고 밤을 가져 와서 등불 아래서 껍질을 깠다. 잠시 방 안에 다른 사람이 없자 웃으면서 습인에게 가만히 물었다.

"오늘 집에서 보았던 붉은 옷을 입었던 애들은 친척이야?"

"그 두 아이는 우리 이종사촌 동생들이에요."

보옥은 습인의 말에 두어 번 한숨을 내 쉬었다.

"한숨은 왜 쉬는 거예요. 도련님 마음속에 무슨 생각을 하는지 다 알아요. 그 애들한테 붉은색 옷이 가당키나 한 일이냐는 거죠?"

"아냐, 아냐. 아이들한테 붉은색이 어울리지 않으면 누가 어울리겠어. 내 말은 그 애들이 너무 멋져 보여서 어떻게 하면 우리 집에서 함께 지낼 수 있을까 생각했던 거지."

"나 한 사람 여기 와서 종노릇하고 있으면 됐지, 우리 친척들까지도 다 종노릇하라는 거예요? 좋은 여자애들은 다 도련님 집으로 와서 살아야 한다 이거죠?"

보옥이 듣고 얼른 웃으면서 달랬다.

"공연히 또 쓸데없는 생각을 하고 그래. 우리 집에 왕래하는 것이 꼭 종노릇해야 한다는 뜻은 아니잖아. 친척으로 말해도 안 될 것은 없잖아."

"그야 서로 어울릴 수가 없는 거죠."

보옥은 그만 입을 다물고 잠자코 밤 껍질을 까기만 했다.

"왜 아무 말씀도 없는 거죠? 생각해보니 방금 도련님한테 대든 격이 되었군요. 내일이라도 돈 몇 냥 뿌려 그들을 사들여오면 되는걸요, 뭐."

습인이 말을 걸어오자 보옥이 허허하고 웃었다.

"그런 말에 내가 어떻게 대답하란 말이야. 난 다만 그 애들이 참으로 뛰어난 인물이라고 칭송하려던 것뿐이었어. 그런 아이들이 이런 고대광실 저택에 태어나야 하는 건데 나같이 더러운 것이 오히려 이런 곳에 태어나다니."

"그 애들도 이런 행운은 타고나지 못했지만 그래도 집안에서 귀여움받고 소중하게 키워낸 자식이라고요. 우리 이모부와 이모한테는 보물이나 마찬가지죠. 올해 열일곱 살인데 온갖 혼수품을 다 마련하여 놓고 내년에는 시집보내려고 하고 있어요."

보옥은 '시집간다'는 말을 듣고 자신도 모르게 두어 번 한숨을 쉬고는 마음속으로 거북하게 생각하고 있었다. 그때 습인이 한숨 쉬는 소리가 들렸다.

"내가 이곳에 와서 몇 년을 지내는 사이 자매들과 함께 지내는 즐거움을 누리지 못했는데 이제 내가 돌아가려고 하니 그들은 모두 떠나버린다고 하는군요."

보옥은 습인의 말속에 뼈가 있는 듯하여 깜짝 놀라 까던 밤을 내려놓고 다그쳐 물었다.

"뭐? 돌아간다고?"

"오늘 집에서 어머니와 오라버니가 상의하는 말을 들었는데 나한테 일 년간만 더 참고 견디면 내년에 돈을 마련하여 와서 나를 찾아가겠대요."

보옥은 자기도 모르게 정신이 아득해졌다.

"어찌해서 너를 데려 간다고 그러는데?"

"그 말씀을 듣고 보니 참 희한하군요. 나는 이곳에서 태어나서 대물림하는 종하고는 다르잖아요. 온 집안 식구가 멀쩡하게 다른 곳에 살고 있고 나 혼자만 이곳에서 일하는 것인데 그럼 어떻게 끝을 맺어야 하겠어요?"

"내가 가라고 허락하지 않는다면 어려울걸."

"세상에 그런 이치는 없는 법이에요. 조정이고 궁중이고 간에 정해진 규정이란 것이 있어서 몇 년에 한 번 뽑는다든지, 몇 년에 한 번 들여온다든지 하는 거지, 평생 동안 하인으로 잡아 두는 법은 없다니까요. 도련님네만 특별하게 그럴 수는 없는 거죠."

보옥이 가만히 생각해보니 과연 그 말에 일리가 있었다.

"할머님이 놓아주시지 않으시면 마음대로 나갈 수 없겠지."

"안 놓아주실 까닭이 있나요. 설사 내가 정말 귀중한 인물이거나 노마님을 특별히 감동시킨다면 나를 안 내보내시고 돈이나 몇 냥 더 주면서 잡아두려고 하실 수는 있겠죠. 사실 저는 평범한 사람에 불과해요. 나보다 나은 사람이 수없이 많답니다. 어려서 이 집에 들어와 처음에는 노마님을 모시고 나중에 상운 아가씨를 시중들다가 지금은 도련님을 몇 년째 보살피는 거잖아요. 이제 우리 집에서 나를 되찾아 가려고 하면 마땅히 허락해야지요. 아마 몸값도 필요 없다고 하면서 은혜를 베풀어야 할 일이 아닌가요. 내가 도련님 시중을 잘 든다고 나를 못 가게 할 수는 없는 일이에요. 내가 나가도 여전히 좋은 사람을 골라오면 되는 것이지 내가 없다고 일에 지장이 있는 건 아니잖아요."

보옥이 가만히 듣고 보니 그녀가 나간다는 것이 이치에 맞는 말이요, 그녀를 잡아둔다는 건 이치에 합당치 않은 일이 분명했다. 그러자 다급한 마음이 들기 시작했다.

"비록 그러하지만 내가 너를 꼭 남겨두어야겠다고 마음먹고 노마님과 너의 어머니한테 말씀드려 좀더 많은 돈을 네 어머니한테 갖다드리면 억지로 너를 데려가기는 어렵겠지."

"도련님이 직접 우리 엄마한테 말씀하시고 또 돈까지 얹어주신다면 말할 것도 없지만, 설사 도련님이 돈을 더 주지 않으면서 나를 여기에 잡아두어도 우리 엄마는 감히 억지로 데려가려고는 못하겠죠. 하지만 생각해 보세요. 이 댁에서 언제 이와 같이 권력과 위세를 믿고 마구잡이로 처리한 적이 있었나요? 이것은 다른 일과는 다르다고요. 가령 도련님이 좋아하는 물건을 값을 열 배 더 쳐주고 구해달라고 하면 파는 사람이 손해 볼 일이 없으니 당연히 구해 주겠죠. 지금 아무 까닭도 없이 나를 붙잡아 두시겠다고 하면 도련님한테도 아무 득이 없을 뿐 아니라 오히려 우리 모녀와 가족 사이를 갈라놓는 것일 뿐이니 그런 일이라면 노마님이나 마님께서도 결코 도련님 말씀대로 따르지는 않을 거예요."

보옥이 그 말을 듣고 가만히 생각해 보았다.

"그럼, 너는 꼭 나가야겠다고 작정했다 이거지?"

"그럼요, 나가기로 작정했죠."

'어찌하여 이렇게 모질고 매정한 사람이 다 있을까.'

보옥이 속으로 가만히 생각하다가 길게 한숨을 내뱉었다.

"모두들 떠나갈 줄 알았더라면 진작에 데려오질 말았어야 했어. 이제 나 홀로 쓸쓸하게 외톨이로 남게 되었구나."

보옥은 속으로 화가 치밀어 올라 침상으로 가서 벌렁 드러누워 버렸다.

사실은 습인이 이번에 집에 돌아갔을 때 그녀의 어머니와 오라버니가 몸값을 치르고 그녀를 물리려고 한다는 말을 들었다. 하지만 습인은 죽어도 집으로 돌아가지 않겠다고 단호하게 말했다.

"예전에 우리 집이 먹을 것도 없을 때는 제가 돈푼깨나 나간다고 생각했잖아요. 만일 그때 나를 팔지 못했으면 아버지 어머니는 굶어죽었을지도 몰라요. 다행히 도련님 집안에 팔려가 먹고 입는 것 모두 주인과 동등하고 또 아침저녁으로 두들겨 맞거나 욕먹는 일도 없으니 얼마나 감사한 일이에요. 그리고 지금 비록 아버지는 돌아가셨지만 어머니하고 오라버니는 가업을 이루어 웬만큼 살게 되었잖아요. 그런데 나를 물려 와서 뭘 하겠다는 거예요? 그냥 저 하나 죽은 셈치고 공연히 되찾아오려는 생각일랑은 하지도 마세요."

그리곤 한바탕 울고불고 소동을 피웠다.

어머니와 오빠는 그녀가 이처럼 단호하게 고집을 피우자 자연히 되찾아 오기는 어렵겠다고 생각했다. 하물며 원래부터 가씨 집에 보낼 때도 앞으로 죽을 때까지 물리지 않는다는 조건이었다. 지금 다만 가씨 집안은 자애롭고 후덕한 가문이라 사정을 좀 하면 몸값도 받지 않고 돌려주는 경우가 종종 있었다. 게다가 가부는 하인들을 천대하는 일이 없이 은혜를 베풀고 위엄은 적게 부리는 집안이었다. 노소를 막론하고 방에서 시중드는 여자아이들에게는 집안의 다른 하인들을 대하는 것과 달랐다. 아마 일반 여염집의 어떤 아가씨도 그와 같이 존중받고 살기는 어려울 것이었다. 그때 마침 보옥이 집을 찾아왔고 그들 두 사람 사이의 남다른 광경을 직접 목도하게 되었으므로 그들 모자는 속으로 십중팔구 짐작이 가고도 남았다. 또 일이 생각지도 못했던 것이었으나 피차 마음을 놓게 되었고 습인을 데려나올 생각은 더 이상 하지 않게 되었다.

한편 습인은 어떤 생각을 했는지 살펴보자. 그녀는 어려서부터 보옥의 성격이 남다름을 알고 있었다. 그는 다른 아이들과는 비교할 수 없을 만큼 장난치고 말썽피우며 말로는 다 할 수 없는 수만 가지의 괴팍한 버릇을 가지고 있었다. 요즘에는 할머니의 총애를 등에 업고 부모님조차도 제대로 엄하게 단속을 못하는 판이라 방탕하고 흐트러져 제멋대로 성질을 부리거나 방자한 마음을 가지고 있었다. 충고하고 싶을 때가 많았지만 전혀 들어줄 것 같지 않았기에 참아왔다. 지금 마침 몸값을 갚고 집으로 돌아간다는 말이 나온 김에 우선 거짓말로 보옥의 마음을 한 번 떠보고 기를 눌러 놓으면 앞으로 타이르기가 좋을 것 같았다.

보옥이 아무 말도 없이 잠자리로 들어가자 아무래도 너무 모질게 했는가 싶어 자신도 기세가 수그러졌다. 사실 습인은 밤이 먹고 싶은 것이 아니었다. 하지만 그놈의 수락 때문에 지난번 천설이의 차 사건처럼 또 공연한 사단이 벌어질까 걱정이 되어 얼른 밤을 까달라는 말로 보옥의 관심을 다른 곳으로 돌렸던 것이다. 어린 시녀에게 밤을 가져가서 먹으라고 말하고 습인은 보옥에게 다가와 슬쩍 밀어봤다. 보옥의 얼굴은 눈물범벅이었다. 습인은 짐짓 웃으면서 달랬다.

"그게 뭐 그렇게 상심할 일이라고 그래요? 도련님이 정말 저를 남겨두고 싶다고 하신다면 제가 안 나가면 되는 거지요."

보옥은 그 말속에 뭔가 속뜻이 있다고 여기고 얼른 물었다.

　"그럼 한 번 말해 봐, 내가 어떻게 하면 너를 잡아둘 수 있는지. 나도 알 수가 없어."

　"우리 서로 평소에 잘 지냈던 것은 더 말할 게 없고요. 지금 도련님이 정말 나를 잡아두고 싶은 생각이라면 평소에 잘 지낸 것만 가지고는 안 돼요. 그보다도 다른 방향에서 두어 가지 말을 해보겠어요. 만약 도련님이 내가 지금부터 하는 말을 따라주신다면 그건 진정으로 나를 잡아두겠다는 것이니까 제 목에 칼을 들이대더라도 저는 떠나지 않을 거예요."

　"어서 말해 봐, 몇 가지이든 다 들어줄 테니까. 습인 누나, 친누나보다 더 친한 우리 누나. 두세 가지가 아니라 이백 가지, 삼백 가지라도 다 들어줄 테니까 제발 나하고 같이 있어주고 나를 지켜줘. 그러다 언젠가 내가 죽어 흩날리는 한 줌의 재가 되거든, 아니 흩날리는 재도 안 좋아, 재는 여전히 형태와 흔적이 남아 있고 지각이 있을 테니까. 아예 내가 한줄기 흩날리는 연기가 되어 바람이 한 번 불면 흔적 없이 사라지게 되는 날까지, 그래서 더 이상은 돌볼 수 없는 바로 그날까지, 서로 어쩔 수 없는 바로 그 순간까지, 그때가 되면 나는 나대로 가고 너는 너대로 가고, 아무도 서로를 어쩔 수 없을 거 아냐."

　그 말이 미처 끝나기도 전에 습인의 손이 급히 그의 입을 막았다.

　"아니 무슨 소릴 하는 거예요? 지금 바로 그런 것을 충고하려는 거예요. 그런데 그런 독한 말을 하시다니."

　"알았어. 다신 말하지 않을게."

　"이게 바로 첫 번째로 고쳐야 할 조건이에요."

　"고칠게, 고칠게. 두 번 다시 이런 말하면 내 입을 비틀어 놓으라고. 또 그 다음 조건은 뭐야?"

　"두 번째는 공부하시라는 거예요. 좋아서 하든 거짓으로 하든 상관 않겠어요. 다만 대감나리 앞에서나 다른 사람 앞에서 공연히 공부를 비판하거나 남을 비방만 하지 말고 책읽기를 좋아하는 척이라도 하세요. 대감께서도 이 집 가문은 대대로 학문하는 선비집안이었는데 도련님이 태어나신 이후 이렇게 공부를 싫어하는 자식이 나올 줄은 생각지도 못했으니 속으로 화도 치밀고 부끄럽기도 하실 게 아니겠어요. 게다가 남들 앞에서나 뒤에서나 말도 안 되는 헛소리나 지껄여대고 있으니 어쩌면 좋아요. 과거 공부하여 출세하려는 사람한테는 '녹을 파먹는 벌레 같은 도둑놈'이라고 욕 했지요? 또 세상에는 '명명덕明明德', 즉《대학大學》을 제외하면 책 같은 책이 없다고 강변하면서 옛사람들이 성인의 말씀을 이해하지 못하고 자신의 생각을 멋대로 끌어다 묶어낸 것들뿐이라고 비판하셨지요? 그런 말들이 대감 귀에 들어가면 어떻게 매를 들지 않을 수 있겠어요. 그리고 남들은 또 도련님을 어떻게 생각하겠어요."

습인의 구구절절한 말에 보옥이 웃으면서 다시금 재촉했다.

"알았어. 다시는 그런 말을 하지 않을게. 그건 다 내가 어려서 철이 없어 하늘 높은 줄 모르던 때에 제멋대로 지껄여 대던 말이야. 다시 안 하겠어. 또 무슨 조건이야?"

"그리고 또 스님이나 도사들을 비방하지 마세요. 연지나 분을 갖고 노는 일도 그만 하세요. 더더욱 명심해야 할 것은 다시는 계집애들 입술에 바른 연지를 빨아먹겠다고 달려들지 말란 말이에요. 붉은색을 좋아하는 그 못된 버릇도 버려야 한단 말이에요."

"알았어, 모두 고칠게. 또 무슨 조건이야, 어서 말해 봐."

보옥이 급하게 다그치기만 하자 습인이 웃었다.

"이제 더는 없어요. 다만 모든 일에 조심하고 신중해야 해요. 그냥 마음 내키는 대로 행동해서는 안 되는 거예요. 만일 이 몇 가지를 제대로 지켜주기만 하시면 여덟 사람이 둘러매는 큰 가마로 모신대도 나를 데려가진 못할 거예요."

"여기서 오래오래 같이 있으면 팔인교 큰 가마에 앉을 날도 없진 않을 거야."

습인은 코웃음을 쳤다.

"그런 건 반갑지도 않아요. 그럴 까닭은 없겠지만 설사 그런 복이 있다고 해도 별로 기쁘진 않을 것 같군요."

두 사람이 말하는 중에 추문이 들어왔다.

"벌써 한밤중이 되었어요, 잘 시간이잖아요. 방금 전에 노마님께서 할멈을 보내 물으시기에 벌써 잠들었다고 대답했거든요."

보옥이 회중시계를 가져오라고 하여 보았더니 벌써 시계바늘은 해시 정[亥時正: 밤 10시]을 가리키고 있었다. 양치하고 잠자리에 들었다.

다음날 아침이었다. 습인은 어쩐지 몸이 무겁게 느껴졌다. 머리는 떵하니 아프고 눈은 부어오르고 손발에 열이 오르고 있었다. 일단 억지로 일어나 옷을 챙겨 입었으나 잠이 쏟아져 더 이상 견딜 수가 없었다. 옷을 입은 채로 다시 침상에 올라가 누웠더니 보옥이 놀라 급히 가모에게 말씀드리고 의사를 불러와 진맥하도록 했다.

"그저 감기가 들었을 뿐입니다. 약을 몇 첩 먹고 열을 내리게 하면 괜찮아질 겁니다."

의원이 약 처방을 내리고 간 뒤에 사람을 보내 약을 달여 마시게 하고 이불을 덮어 땀을 내도록 했다.

그리고 보옥은 대옥의 방으로 갔다. 그때 대옥은 침상에서 낮잠을 즐기고 있었다. 그 틈에 시녀들은 각기 제 볼일 보러 나가고 방 안은 조용하기만 했다. 보옥은 색실로 수놓은 부드러운 발을 제치고 안으로 들어가 대옥을 흔들며 소리쳐 깨웠다.

"대옥 누이야, 밥 먹자마자 이렇게 잠자면 어떡해."

대옥이 눈을 떠보니 보옥이었다.

"오빠는 다른 곳에 나가 놀아요. 그저께 밤에 밤새도록 노느라 잠도 못 자고 제대로 쉬지를 못해 아직도 온몸이 쑤시고 뻐근해요."

"몸이 쑤시는 건 괜찮지만 낮잠 자다가 더 큰 병을 얻게 될까봐 그러지. 내가 재미나는 얘기로 잠을 깨워줄게."

대옥은 여전히 눈을 감고 말을 이었다.

"난 지금 졸린 게 아니라, 그냥 좀 쉬려는 거예요. 다른 곳에 가서 돌아다니다 다시 와요."

"날 보고 어딜 가라고 그래? 다른 사람을 보면 싫증이 나."

대옥이 그 말에 푸 하고 웃음을 터뜨렸다.

"굳이 여기서 있겠다면 저쪽에 얌전하게 앉아서 그냥 얘기나 해요."

"나도 같이 누울래."

"눕고 싶으면 누워요."

"베개가 없으니 같이 베고 누워보자."

"웃기는 소리 말아요! 저쪽 방에 베개 있잖아요. 하나 가져와서 베면 되잖아요."

보옥이 나가서 둘러보고 돌아와 웃었다.

"저런 건 싫어. 어떤 더러운 할망구가 베던 것인지도 모르잖아."

대옥이 눈을 번쩍 뜨고 일어나 앉았다.

"정말이지 오빠 때문에 못 살겠어. 내 운명에서 지울 수 없는 전생의 마귀인가 봐. 정 그럼 이걸 베고 누워요."

대옥은 자신이 베었던 베개를 보옥에게 밀어주고 일어나 다른 것을 하나 끌어다 베고 누웠다. 두 사람은 각각 베개를 베고 마주보고 누운 채 바로 보았다.

대옥은 보옥의 왼쪽 뺨에 단추크기만 한 붉은 자국이 있는 걸 보고 다가와 가만히 들여다보며 손으로 닦으려 했다.

"이건 또 누구 손톱에 긁힌 상처야?"

보옥이 몸을 틀어 피하면서 웃었다.

"응, 긁힌 게 아니고 아마 방금 전에 시녀들한테 연지를 이겨서 만들어 주었는데 어쩌다 튀겨서 묻은 모양이야."

손수건으로 닦으려고 하니 대옥은 자신의 손수건으로 대신 닦아준다.

"또 그런 일을 했어요? 그렇다고 해도 굳이 흔적을 묻혀와야겠어요? 외숙부께서 보지 않으셨다고 해도 누군가의 눈에 띄면 해괴망측한 일이라고 입방아를 찧어 옮길 것이고 결국 외숙부의 귀에 들어가면 또 한바탕 좋지 못한 일에 휘감기게 되지 않겠어요."

보옥은 무슨 말인지 전혀 들으려고도 하지 않고 코를 벌름대면서 향내를 맡는다. 그 향내는 대옥의 옷소매 안에서 흘러나오고 있었다. 코로 맡아보니 그야말로 사람의 넋이 혼미해지고 뼈마디가 녹아내리는 듯하였다. 보옥은 대옥의 소매를 당겨 그 안에 무엇이 들어 있나 들여다보려고 했다.

"이 한겨울에 누가 향을 넣고 다닌다고 그래요."

"그럼 이 향내는 도대체 어디서 나는 걸까?"

"나도 몰라요. 아마 상자 속에 들어 있는 향냄새가 풍겨 나오는 것이겠지요. 옷에 쐬인 향내인지도 알 수 없는 것이고."

보옥이 고개를 가로 저으며 말했다.

"그런 건 아닐 거야. 이 향내는 아주 특별해. 떡처럼 만든 향이나 공처럼 만든 향, 주머니 속에 넣은 향같이 보통 맡을 수 있는 그런 향이 아니야."

대옥이 코웃음을 치면서 빈정댔다.

"그럼 설마 나한테도 무슨 나한이나 진인, 신선이 건네준 향이 있을까 봐 그래요? 설사 그런 기이한 향의 처방을 얻었다고 치더라도 향을 만드는 데 필요한 꽃잎이니 꽃술이니 서리니 눈송이를 구하여 만들어 줄 친오빠나 친동생이 없으니 어찌하겠어요. 나한텐 속되기 그지없는 향이 있을 뿐이에요."

"아이고, 내가 한마디만 하면 넌 꼭 그따위 말을 끌더대며 억지를 부리니 이번에는 내가 가만두지 않겠어."

보옥은 벌떡 일어나 두 손바닥에 입김을 후후 불더니 대옥의 겨드랑이 갈비뼈 아래에 손을 집어넣고 마구 간질이기 시작하였다. 대옥은 원래 유난히 간지럼을 타는 터라 보옥의 두 손이 마구 간질이자 깔깔대며 숨이 막히도록 웃었다.

"보옥 오빠, 자꾸 그러면 나 화낼 테야."

그제야 보옥이 손을 멈추었다.

"앞으로 그런 말을 자꾸 할 거야, 안 할 거야?"

"절대 안 할게."

대옥은 흐트러진 머리카락을 매만지며 다시 물었다.

"나한테 기이한 향이 있다면 오빠한테는 따뜻한 향이 있나요?"

보옥은 그 말이 무슨 뜻인지 몰라 어리둥절한 표정으로 되물었다.

"뭘 가지고 따뜻한 향이라는 거야?"

대옥이 고개를 끄덕이며 짐짓 탄식하며 목소리를 바꾸어 흉내냈다.

"어리석구나, 어리석구나! 그대에겐 옥이 있고 누구에겐 금이 있어 짝이 되듯이, 지금 그 누구에겐 차가운 향[冷香: 보차의 냉향환을 두고 하는 얘기임]이 있다 하니 그대에겐 마땅히 따뜻한 향이 있어야 짝이 되느니라!"

보옥이 비로소 말귀를 알아듣고 달려들어 손을 뻗었다.

"너, 방금 살려 달라고 할 때는 언제고 지금 다시 그런 독한 말을 한단 말이야?"

"오빠, 오빠. 잘못했어, 다신 안 그럴게요."

대옥은 간지럼이 무서워 얼른 항복했다.

"그래, 용서는 하겠지만 대신 네 소매를 끌어다 냄새를 맡고 싶어."

보옥은 대옥의 소매를 잡아끌어다 코를 벌름거리며 쉼 없이 냄새를 맡았다. 대옥이 손을 휙 채간다.

"이제 그만 가 봐요!"

"가다니, 그건 안 되지. 우리 그냥 얌전하게 누워서 얘기만 나누자."

그리고는 다시 드러누웠다. 대옥이도 그 옆에 누워 손수건으로 얼굴을 덮었다. 보옥은 이런저런 귀신 씨나락 까먹는 두서없는 얘기로 대옥의 주의를 끌어 보았지만 그녀는 상대조차 하지 않았다. 보옥은 계속해서 대옥이 몇 살에 상경했는지, 오는 길에 어떤 명승고적을 구경했는지, 양주에는 어떤 역사 유적과 전설이 있는지, 어떤 민간풍속이 있는지 물었지만 대옥은 아무 말이 없을 뿐이었다.

보옥은 대옥이 낮잠을 자다가 공연히 다른 병이 생길까 걱정하여 이야기 하나를 꾸며 그녀의 관심을 끌었다.

"아참, 너희 양주揚州의 관청에서 요즘 큰 사건 하나가 일어난 일을 알고 있어?"

"무슨 일인데요?"

대옥은 보옥이 정색하고 묻는 바람에 눈을 동그랗게 뜨고 물었다.

보옥은 터져 나오려는 웃음을 억지로 삼키고 내친 김에 입에서 나오는 대로 엉터리 얘기를 하나 꾸며나갔다.

"양주에 대산黛山이라고 있는데 그 산 위에 임자동林子洞이라는 동굴이 있었대."

대옥이 웃으며 고개를 흔들었다.

"그건 거짓말이에요. 한 번도 그런 산 이름을 들어보지 못했는걸."

"세상에 산과 물이 얼마나 많은데 그런 산이 없다고 어떻게 확신할 수 있겠어? 잔말 말고 내가 얘기를 다 하거든 그때 가서 비평해보라고."

"알았으니 말이나 해봐요."

"임자동에는 원래 한 떼의 생쥐들이 살고 있었대. 어느 해인가 섣달 초이레 날 늙은 생쥐가 상좌에 앉아 회의를 소집했다는 거야. '내일이 납팔일〔臘八日: 음력 12월 8일. 석가 성불의 날〕이라 세상에선 모두 납팔죽臘八粥을 끓여 먹는다고 하는데 우리는 과일과 곡식이 모자라니 누군가 나가서 훔쳐오는 게 좋겠다.' 그리고 군령을 내릴 때 쓰는 영전令箭 하나를 뽑아 재빠른 생쥐 하나를 파견하여 알아보도록 했대. 파견나간 생쥐가 돌아와 보고했대. '오직 산 아래 있는 절에만 과일과 쌀이 가득 쌓여 있습니다요.' 늙은 생쥐가 물었대. '그래 쌀은 얼마나 있고 과일은 어떤 것들이 있다냐?' '쌀과 콩이 창고에 가득 차 있어 이루 헤아릴 수 없고, 과일은 다섯 가지가 있는데 대추와 밤과 땅콩과 마름과 향우〔香芋: 토란. 향옥(香玉)과 동음〕가 있습니다'라고 했대. 늙은 쥐가 너무 기뻐하며 곧 생쥐들을 불러 모아 영전을 뽑아 들며 '누가 쌀을 훔치러 가겠느냐?' 하니 한 생쥐가 쌀을 훔치러 나갔대. 또 영전을 뽑으며 '누가 콩을 훔치러 가겠느냐?' 하니 또 한 생쥐가 나가고 그렇게 다들 나갔는데 마지막으로 향우가 남아서 영전을 뽑아 들고 '누가 훔치러 가겠느냐'고 하니 어린 어린 생쥐가 나서며 '원컨대 제가 향우를 훔쳐오겠습니다' 하였다는 거야. 그러자 늙은 쥐와 여러 쥐들은 어수룩하고 겁 많고 힘없어 보이는 어린 생쥐를 모두 허락하지 않았다는 거야. 어린 쥐가 그랬대. '저는 비록 어리지만 한량없는 도술과 기가 막힌 말솜씨와 원대한 모략이 있습니다.' 그래서 '남들보다 어떻게 교묘하다는 거냐'고 물었대. '난 다른 이처럼 직접 훔치는 것이 아니고 몸을 돌려서 변신하면 바로 향우와 같이 되어 향우 속으로 함께 들어가 있다가 그들이 볼 수 없고 들을 수 없게 되면 암암리에 분신법을 써서 옮겨오는 것이지요. 억지로 훔치는 것보다도 더 기가 막히지 않아요?' 다른 쥐들이 '그래 멋있긴 하겠다만 도대체 어떻게 변하는 건지 먼저 보여다오'하니, 어린 쥐는 몸을 한 번 흔들면서 '변해라 얏!' 하였대. 그랬더니 글쎄 귀엽고 아리따운 아가씨로 변해 버렸다는 거야. 쥐들이 깔깔대며 웃었대. '야, 엉터리다, 엉터리야. 과일로 변해야지 어떻게 아가씨가 되었냐.' 어린 쥐는 다시 제 모습으로 변하여 '정말 다들 세상일에는 어두우시군요. 과일 이름이 향우라는 건 알아도 순염어사 임 대감님댁의 아가씨가 진짜 향옥香玉인 줄은 모르시는군요' 했다는 거야."

대옥이 진지하게 얘기를 듣다가 마침내 자신을 놀린 엉터리 얘기란 걸 알고 보옥을 잡아 눌렀다.

"다시는 말 못하게 오빠 입을 꿰매 버릴 거야. 애초부터 나를 놀리려고 꾸며댄 얘기인 줄 알았다니까."

대옥이 마구 꼬집어대자 보옥이 통사정했다.

"알았어, 알았어. 제발 진정해. 다시는 놀리지 않을게. 너한테서 향기로운 냄새가 나서 갑자기 이런 옛날 얘기가 떠오른 것이야."

"사람을 실컷 속여 놓고서 이제 와서 그게 옛날 얘기라고?"

그 말이 미처 끝나기 전에 마침 보차가 들어왔다.

"누가 옛날 얘기를 한다는 것인지 나도 들어봤으면 좋겠네."

대옥이 얼른 일어나 보차에게 앉으라고 권하면서 웃었다.

"언니, 누구긴 누구겠어. 남을 실컷 속이고는 옛날 얘기라고 발뺌을 하는 사람이지."

"아하, 보옥 동생이었다구? 뱃속에는 옛날이야기로 가득 차 있으면서 한 가지 참 아쉬운 것은, 글쎄 전고를 써야 할 대목에서는 하필이면 까맣게 잊어버리고 만다는 거야. 오늘밤 기억이 났으면 그저께 밤에도 파초시가 생각났어야지. 눈앞에 두고도 생각을 못하였으니 말이야. 다른 사람은 썰렁해서 있는데 누구는 아주 진땀만 빼고 있더군그래. 이번엔 어떻게 그렇게도 기억력이 좋아졌지."

대옥이 웃으면서 거들었다.

"나무아미타불! 우리 보차 언니가 최고야. 오빠도 이렇게 대단한 맞수를 만날 날이 있군요. 인과응보는 언제나 있는 법, 남을 괴롭혔으니 이젠 대가를 치러 봐요."

그때 보옥의 방에서 시끄러운 소리가 들려왔다. 다음 회에 이어진다.

王熙鳳正言彈妬意
林黛玉俏語謔嬌音

왕희봉의 질책

왕희봉은 바른 말로 조이랑의 질투를 야단치고
임대옥은 재치있게 교태로운 사상운을 놀리네

王熙鳳正言彈妒意 林黛玉俏語謔嬌音

보옥이 대옥의 방에서 적당히 꾸며댄 생쥐 얘기로 대옥을 사로잡고 있는데 홀연 보차가 나타나 보옥이 지난 대보름 밤에 시를 지을 때 '녹랍綠蠟'의 출처도 몰랐다고 비꼬는 바람에 세 사람은 한데 어울려 서로 손가락질하고 한바탕 웃었다. 보옥은 대옥이 점심을 먹은 뒤에 바로 낮잠 자면 밥이 얹히거나 혹은 밤에 잠을 이루지 못하게 될까 봐 걱정해서 그런 것인데 마침 보차가 와서 다함께 떠들고 놀게 되어서 결국 대옥의 잠이 다 달아나자 비로소 마음을 놓게 되었다.

그런데 갑자기 이홍원 쪽에서 소란스런 소리가 들려왔다. 다들 귀를 세우고 듣는데 대옥이 먼저 웃으면서 말했다.

"이건 오빠네 유모와 습인이 다투는 소리 같은데요. 습인은 그렇다 치고 저 유모야말로 습인을 휘어잡으려고 야단치는 거 아니에요? 분명히 노망난 거라니까요."

보옥이 서둘러 집에 가려니까 보차가 옷자락을 붙잡으며 당부했다.

433

"가더라도 유모하고는 다투지 않는 게 좋을 거야. 노인네가 정신이 흐려져서 그러니, 그냥 한 걸음 뒤로 물러서서 양보하는 게 제일이야."

보차의 말에 보옥이도 순순히 대답하면서 집으로 돌아왔다. 와서 보니 유모 이씨가 지팡이를 짚고 서서 습인에게 욕을 해대고 있었다.

"저 배은망덕한 갈보년 같으니라고. 내가 저를 추어올려 준 줄은 까마득히 잊어버리고 내가 찾아왔는데도 일어나 맞지 않고 침상에 드러누워 본체만체하고 있단 말이지. 오로지 낯짝에 분칠하고 여우 같은 모양으로 보옥이나 꼬드기려 하고 도대체 보옥이를 어떻게 구워삶았기에 나조차 상대하지 않고 애오라지 너희 말이나 듣게 만들었느냔 말이다. 너 같은 년은 그냥 냄새나는 돈 몇 푼으로 사들여온 솜털 계집애에 불과한데 이 방에서 온갖 짓거리를 다 벌이고 있으니 이게 어찌 될 말이냐! 어쨌든 밖으로 내쫓아 종놈이라도 붙여서 시집이나 보낼 테니 계속 요물처럼 보옥이를 꼬드길 수 있나 한번 보자꾸나!"

습인은 처음에 자기가 누워 있는데 화가 나서 욕하는가 보다 생각했다.

"죄송해요. 몸이 안 좋아서 이제 막 땀을 냈는데 머리까지 뒤집어쓰고 있어서 유모님이 오신 줄 미처 몰랐던 거예요."

하지만 점점 기가 오른 유모가 '보옥을 꼬드긴다'느니 '여우처럼 화장한다'느니 하다가 종당에는 '종놈한테 시집보낸다'고 하는 말까지 나오니 저도 모르게 낯 뜨겁고 억울하여 그만 목을 놓아 울기 시작했다.

보옥이도 그 말을 듣고 어떻게 하기는 어려웠지만 그녀가 병이 나서 약을 먹었다는 몇 마디 말을 거들지 않을 수 없었다.

"못 믿으시겠다면 다른 시녀들한테 한번 물어 보세요."

유모 이씨는 그 말에 더욱 분이 치받쳤는지 한술 더 떴다.

"도련님은 그저 저 여우 같은 년들만 끼고도시니 어떻게 이 유모를 알아보시겠어요? 지금 누구한테 물어보라고 그래요? 도련님 말씀을 따르지 않을 사람이 누가 있고, 또 습인이년한테 굽실거리지 않을 사람이 누가 있겠냐고요. 나도 그런 일쯤은 다 알고 있다고요. 도련님하고 같이 노마님과 마님 앞에 가서 한번 말씀드려 보자고요. 지금껏 젖을 먹여 이만큼 키웠는데 이제 젖을 뗐다고 나를 한쪽에 내동댕이치고 저런 시녀들을 나보다 높게 떠받들고 계시다고 말이에요."

유모 이씨는 나름대로 설움에 복받쳤는지 소리 내어 울기 시작했다. 그때 대옥과 보차도 소상관에서 이쪽으로 건너와서 은근히 달랬다.

"유모님, 이제 그만 하세요. 애들하고 뭐 하시는 거예요?"

유모 이씨는 두 사람이 나타나자 곧 그들을 붙잡고 지난날의 억울함을 호소하면서 지난번 차 때문에 천설을 쫓아낸 일에서부터 어저께의 수락 사건까지 끝도 없이 주절주절 떠들어댔다.

그때 마침 왕희봉이 안채에서 돈놀이 내기를 하다가 뒤쪽에서 나는 시끄러운 소리를 듣고 유모 이씨가 또 고질병이 도져 보옥이 시녀들한테 분풀이하는 모양이라고 생각했다. 사실 유모 이씨는 돈을 잃고 그 화풀이를 했던 것이다. 희봉은 곧 이홍원으로 달려와서 유모 이씨를 달랬다.

"아이고, 우리 유모님이 왜 또 이러시나, 제발 화 좀 내지 마세요. 명절 끝에 노마님이 겨우 하루 즐겁게 지내셨어요. 유모님은 나이가 지긋하셔서 남한테서 큰 소리가 나도 나서서 말리셔야 할 분인데 어째 여기서 고래고래 소리를 지르고 계시는 거죠? 이 집안의 규범도 모르신다는 말이에요? 노마님을 화나게 하실 셈은 아니시죠? 자, 누가 나쁜 사람인가 저한테 말씀만 해주세요, 제가 야단칠 테니까. 우리 집에 지금 막 삶은 꿩고기가 있으니 어서 한잔하러 갑시다, 어서요!"

희봉은 그렇게 너스레를 떨고 유모를 잡아당겼다.

"풍아야, 어서 유모님한테 지팡이를 집어드리고 눈물 닦을 손수건을 드리도록 해라."

유모 이씨는 제대로 서서 버티지도 못하고 희봉에게 끌려 나가면서
도 한마디를 덧붙였다.

　"아이고, 이 늙은 목숨 그저 죽고 말아야지, 어쨌든 오늘은 규범도
없이 한바탕 소란을 피우다 체면만 구기게 되었지만 그래도 저 갈보년
들한테 업신여김을 당하는 것보단 나았다고!"

　뒤에서 보차와 대옥이 따르다가 희봉이 하는 행동을 보면서 모두 박
수를 치며 웃었다.

　"천만다행으로 이렇게 어디선가 바람[1]이 불어와 말썽꾸러기 노인을
잘도 모셔 가시는구먼!"

　보옥이 고개를 끄덕이며 탄식했다.

　"이번에 또 어디서 돈을 잃고 여기 와서 만만한 어린 시녀만 골라 화
풀이를 하는 건지. 쯧쯧쯧, 어저께는 또 어느 아가씨가 저 할망구한테
미움을 받아서 화풀이를 당했을까."

　그 한마디가 끝나기도 전에 청문이 옆에서 웃으며 대꾸했다.

　"여기에는 누구 하나 정신 나간 사람이 없는데 그 할망구한테 미움
을 일이 뭐 있겠어요? 설사 미움을 받더라도 그만한 책임을 지면 되는
거지. 공연히 남까지 끌어들여서는 안 되겠죠."

　습인은 엉엉 울다 말고 보옥을 끌어당겼다.

　"나 때문에 유모님의 미움을 받더니 이번에는 이 사람들의 미움까지
받게 되는군요. 그렇지 않아도 견디기 힘든 판인데 왜 곁에서조차 저렇
게 못살게 구는지 모르겠어요."

　보옥은 그녀가 아직 병중인 데다 이런 골치 아픈 일까지 겹쳤으니,
울화통을 억누르고 오로지 몸이나 회복하라고 당부했다.

　"이런 일에 화를 냈다면 이 방에서 한순간도 견디기 힘들었겠죠. 하

────────────

1 바람(風)은 희봉(熙鳳)의 봉(鳳)과 동음이므로 이를 빗댄 말임.

지만 앞으로 계속 이렇다면 저야말로 어찌하면 좋겠어요. 제가 늘 도련님한테 우리 때문에 남들한테 미움을 받지 말라고 타일렀는데 도련님은 도리어 우리를 위한답시고 맘 내키는 대로 해왔잖아요. 사람들은 그럴 때 가슴속에 담아 두었다가 때가 오면 얼씨구나 좋다 하고 좋은 말이고 나쁜 말이고 쏟아내는데 남들이 들으면 어떻겠어요?"

습인은 울컥 치밀어 오르는 게 있어 눈물을 억제하지 못하다가 보옥이 괴로워할까 봐 겨우 참았다.

잠시 후 잡일을 하는 할멈이 한약 재탕을 달여 왔다. 보옥은 습인이 땀을 흘리고 있기에 일어나지 말라고 하고 자신이 약탕기를 받쳐 머리맡에 들고 가서 마시게 하고 어린 시녀에게 이불을 펴라고 일렀다.

습인이 말했다.

"도련님, 밥은 드셨어요? 어쨌든 노마님과 마님께 한번 갔다 오세요. 아가씨들한테도 다녀오시고요. 난 조용히 누워 있기만 하면 되니까요."

보옥은 습인의 비녀와 귀고리 등을 빼주고 그녀가 제대로 눕는 걸 보고 큰방으로 와서 가모와 식사를 마쳤다. 가모는 몇몇 늙은 집사 할멈들과 골패를 놀면서 시간을 보내려고 하였기에 보옥은 습인이 걱정되어 얼른 방으로 돌아왔다. 습인은 몽롱한 상태로 잠이 들어 있었다.

아직 저녁시간이 많이 남아 있었다. 그때 청문과 기산綺霰, 추문秋紋, 벽흔碧痕 등은 뭔가 떠들썩한 일을 찾아 원앙鴛鴦과 호박琥珀을 만나러 놀러갔고 사월이 혼자서 바깥방에서 골패를 만지작거리고 있었다.

"왜 다른 애들 따라 놀러가지 않고 너만 혼자 남았니?"

보옥이 웃으며 물으니 사월이 대답했다.

"돈이 떨어졌어요."

"침상 밑에 쌓아두었던 건 아직도 많을 거 아냐?"

"모두 놀러 나가면 이 방은 누가 지켜요? 한 사람은 병으로 누워 있고 방 안엔 온통 등불이고 바닥에는 화롯불이 있잖아요. 저기 할멈들도 죽어라고 하루 종일 일만 했으니 이젠 좀 쉬어야 할 시간이고요. 어린 시녀 애들도 종일 시중을 들었으니 이번엔 그 애들이 놀아야 할 시간이잖아요. 그래서 놀러 나가라고 내가 집안을 지키는 거예요."

듣고 보니 여기 습인 같은 사람이 또 하나 있었던 것이다. 갸륵한 생각이 들었다.

"내가 지키고 있을 테니 맘 놓고 나가 놀아라."

사월이 보옥의 말에 다른 제안을 했다.

"도련님이 여기 있겠다면 더더욱 나갈 필요가 없겠죠. 우리 둘이 재미있는 얘기하고 놀면 좋지 않아요?"

"우리 둘이 무엇을 하지? 아무 재미도 없겠는걸. 좋았어. 아침에 네가 머리가 가렵다고 했잖아. 지금 별일도 없으니까 내가 머리나 빗겨줄게."

"그럼 좋아요."

사월은 좋아라 하며 경대와 화장 도구함을 가져오고 비녀 등을 빼고 머리를 풀었다. 보옥은 빗을 들고 사월이의 머리를 한 올 한 올 빗어 내렸다. 한 네댓 번이나 빗질했을까. 마침 청문이 노름 돈을 챙겨 나가려고 성급하게 달려 들어오다 두 사람을 보고 대뜸 빈정댔다.

"아이고, 교배 술잔도 아직 들지 않았는데 머리부터 올려 주시려고요?"

"너도 이리와, 내가 빗겨줄게."

보옥의 말에 청문이 코웃음을 쳤다.

"나한테 그런 크나큰 복이 있겠어요?"

청문은 돈을 챙겨 나가면서 문발을 힘 있게 열어젖히며 나갔다.

보옥은 사월의 몸 뒤에 서 있고 사월은 경대를 마주하고 앉아 두 사람은 거울 속으로 서로를 바라봤다. 보옥이 거울을 향해 웃으며 말했다.

"온 집안에서 오로지 저애만큼 고약하게 따지는 사람도 없을 거야."

그러자 사월이 거울 속에서 입 조심하라는 뜻으로 손을 휘저었다. 보옥이 알아채고 입을 다물었다.

그때 문발이 화들짝 열리며 청문이 다시 뛰어 들어왔다.

"뭐 내가 입이 고약하다고? 어디 한번 따져봐요."

"그냥 볼일이나 봐. 다시 와서 묻긴 뭘 물어?"

사월이의 말에 청문이 웃으면서 빈정댔다.

"어, 그래 네가 또 변호하는구나. 당신네들 못된 짓거리 하는 거 내가 모를 줄 알아? 내가 본전 찾아서 돌아오면 제대로 따져 보자구."

그리고 청문은 곧장 나가버렸다. 보옥은 사월이의 머리를 다 빗겨주고 잠든 습인이 깨지 않도록 잘 시중들라고 이르고 잠자리에 들었다. 그날 밤은 아무 일 없이 지나갔다.

다음날 아침 일찍 습인은 밤새 땀을 내어 몸이 조금 가벼워진 느낌이었으므로 쌀죽을 먹으며 정양을 하였다. 보옥은 적이 안심이 되어 밥을 먹고 설부인 집으로 갔다. 이때는 정월달이라 서당은 방학 중이었고 규중에선 바느질을 금기로 하고 있어서 모두 한가로울 때였다. 그때 가환이 놀러 왔는데, 마침 설보차와 향릉, 앵아 세 명은 주사위놀이를 하며 즐기고 있었다. 가환도 함께 놀고 싶다고 떼를 썼다. 보차는 평소에 그를 보옥과 마찬가지로 대하고 있었기에 다른 뜻 없이 끼어들게 하였다.

한 판에 동전 열 푼씩을 걸기로 했다. 가환은 첫판에서는 자기가 이겨서 속으로 기뻐하였지만 다음 판부터 연거푸 몇 번을 잃자 마음이 급해지고 안달이 났다. 가환의 차례가 되었는데 일곱 점을 던지면 바로 이기게 되지만 만일 여섯 점을 던지고 나서 다음번에 앵아가 석 점을 던지면 앵아가 이기게 되어 있었다. 주사위를 가져다 힘껏 던졌는데 하나는 다섯 점이 나왔고 다른 하나는 또르르 굴러 멈추지를 않았다. 앵아는 박수를 치며 "하나, 하나"를 외치고 있었고 가환은 눈을 동그랗게 뜨고 "여섯, 일곱, 여덟"을 외치고 있었다. 그런데 하필이면 "하나"에서 멈춰서고 말았다. 가환은 안달이 나서 주사위를 집어 들고 얼른 돈을 내놓으라고 하면서 방금 여섯 점이었다고 억지를 썼다. 앵아가 소리쳤다.

"분명히 하나짜리였어요."

보차가 살펴보니 가환이 벌써 안달이 난 상태였다. 슬그머니 앵아를 잡으며 꾸짖었다.

"너는 나이가 들수록 어찌 예의범절도 없어지느냐. 도련님이 너희를 속이시기야 하겠어? 어서 돈을 내놓지 못해!"

앵아는 얼굴에 억울함을 가득 담고 불만을 품었지만 보차의 말에 아무 말 못하고 돈을 내놓았다. 그러면서도 작은 소리로 투덜댔다.

"도련님이 되어가지고 우리 같은 사람을 속여먹다니. 그 정도 푼돈은 우리 눈에도 안 차는데. 지난번 보옥 도련님하고 놀 때는 져도 전혀 안달하지 않으시고 남은 돈을 어린 시녀들이 달려들어 채 갔어도 그냥 웃고만 있으시던걸."

그 말이 끝나기도 전에 보차가 야단을 치며 말을 막았다. 가환이 울먹이며 대들었다.

"내가 무엇으로 보옥 형과 비교가 되겠어. 너희는 다들 보옥 형을 겁내고 보옥 형하고 잘 지내려고 하면서 나는 마님이 낳지 않았다고 항상 무시하고 업신여기는 거지!"

보차가 얼른 달랬다.

"환이 동생! 제발 그런 말은 하지 말아. 그러면 오히려 사람들이 비웃어."

그리고 앵아를 야단쳤다. 그때 마침 보옥이 들어왔다. 세 사람의 어색한 모습을 보고 무슨 일이 있었느냐고 물었다. 가환은 아무 말도 못하고 고개를 숙이고 있었다. 보차는 평소 이 집안의 가풍에서 동생이 형을 무서워해야 한다는 것을 잘 알고 있었다. 보옥으로서는 남들이 자신을 무서워하는 걸 싫어했다. 보옥은 속으로 이런 생각을 했다.

'형제란 모두 부모로부터 교육을 받고 자란다는 점에서 다를 바 없는데 군이 서로 간에 거리를 둘 까닭이 있는가. 하물며 나는 정실 소생이고 저애는 서자로 태어났는데, 그래서 사람들이 뒤에서 말이 많은데 내가 형 노릇을 하겠다고 달려들 수 있겠는가.'

게다가 보옥은 얄궂고 바보 같은 생각까지도 들었다.

보옥 자신은 어려서부터 자매들 사이에서 자라났는데 주변에는 친자매 사이인 원춘과 탐춘이 있고 사촌인 영춘과 석춘, 친척인 사상운과 임대옥, 설보차 등이 있었다. 그의 생각에 원래 하늘이 인간을 만물의 영장으로 만들 때 산천과 일월의 정기는 오로지 여자아이에게 모이도록 하였고 수염 난 남자는 그냥 그 찌꺼기에 불과할 뿐이라고 생각했다. 다만 부친과 숙부, 백부 그리고 형제 사이는 천륜이어서 함부로 어길 수는 없으므로 그 말씀을 따를 뿐이었다. 그러므로 형제지간은 대체적인 의리를 다하면 된다고 여겼다. 결코 자신이 사내대장부로서 자제들의 본보기가 되어야 한다는 생각은 털끝만큼도 없었다. 그러므로 가환 등은 그를 두려워하지 않으나 가모 등의 가르침에는 약간 두려운 모습을 보이는 것일 뿐이었다.

보차는 아직 그런 사정을 잘 모르고 있으므로 보옥이 가환을 단단히 훈계하여 분위기가 어색해질까 겁이 나서 연신 가환을 감싸고 덮어주었다. 보옥이 한마디 했다.

"정초부터 왜 울고 짜고 그러느냐? 여기가 싫으면 다른 곳에 가서 놀면 될 것을. 넌 매일같이 책을 읽었으면서도 다 엉터리로 읽었구나. 네가 여기 온 까닭은 그냥 즐겁게 놀아보자는 뜻이 아니었느냐. 지금 즐겁지가 못하면 다른 곳으로 가서 즐거움을 찾아보면 될 것 아니냐. 그래 한바탕 울고 나면 즐거움을 찾을 수 있더냐, 오히려 괴로움만 불러일으키는 것이니 어서 다른 곳으로 찾아가 보아라."

가환은 말없이 집으로 돌아왔다. 조이랑은 가환이 풀이 죽어서 오자 물었다.

"어디서 또 억울하게 짓밟히기라도 했더냐?"

한마디 물음에 말이 없더니 재차 물으니 겨우 대답했다.

"보차 누나하고 놀고 있었는데 앵아가 나를 업신여기며 나를 속여서 돈을 따먹었고, 나중에 보옥이 형이 와서 나를 내쫓았어요."

조이랑은 흥 하고 콧방귀를 뀌면서 화를 냈다.

"누가 너더러 그런 높은 사람들한테 찾아가라 했더냐. 천한 몸에서 태어난 이 못난 놈아, 어디 놀 데가 없어서 공연히 그런 데 가서 욕이나 얻어먹고 다닌단 말이냐?"

그때 마침 희봉이 창밖으로 지나다 그 말을 듣고 창 너머로 한마디 독한 말을 쏟아냈다.

"정초부터 또 왜 그래요? 환이 아우는 아직 어린 나이인데 뭐 조그만 잘못이 있다고 해도 잘 가르치고 인도할 일이지 그런 말을 해서 뭐 해! 그 애가 어찌 되든 마님이나 나리께서 상관하실 일이지 어째서 거기서 큰소리로 야단치는 거야. 그 애는 지금 주인이고 잘못되면 어쨌든 바로잡아 줄 사람이 있을 것인데 거기하고 무슨 상관이야. 환이 아우야, 어서 나와 다른 데 가서 놀자꾸나."

가환은 보통 때 왕부인보다도 희봉을 더 무서워하였다. 지금 희봉이 불러내니 "예" 하고 밖으로 나왔다. 조이랑은 아무 말도 꺼내지 못하고 숨을 죽였다. 희봉이 가환을 야단쳤다.

"너도 그렇지. 어찌 그리 기개가 없단 말이야. 언제나 말하지 않던? 먹고 마시고 놀고 싶으면 어느 누나고 누이고 형이고 아주머니고 그냥 찾아가서 놀면 그뿐이라고 했지. 내 말 안 듣고 네 엄마처럼 고약한 심보를 가진 사람한테서 공연히 쓸데없는 말만 들어서야 되겠니? 자신의 체면도 세우지 못하고 아랫것들처럼 점점 못돼먹은 생각에만 빠져서 남을 원망해서야 되겠니? 도대체 몇 푼이나 잃었기에 이 모양이냐?"

가환은 찍소리도 못하고 묻는 대로 대답할 수밖에 없었다.

"한 일이백 푼 가량 돼요."

"그러고도 우리 집 도련님이라고 하겠니? 겨우 동전 이백 푼 가지고 말이야."

희봉은 뒤를 돌아보고 풍아에게 명했다.

"너 어서 가서 동전 한 꾸러미를 가져오너라. 아가씨들이 뒤쪽에서 놀고 있으니 환이 도련님을 데려가 함께 놀게 하여라. 그리고 환이 너, 다음에도 그렇게 맥없이 못난 꼬락서니를 보였다간 나한테 먼저 매 맞을 줄 알아라. 서당에 알려서 혼쭐을 내라고 할 거야. 네가 그렇게 체통을 세우지 못하니까 네 큰형님도 야단치고 싶어 안달이야. 내가 겨우 말렸으니 망정이지 아니면 속이 터지게 얻어맞았을 거다. 어서 가봐!"

가환은 풍아를 따라가서 돈을 얻어 영춘 등과 가서 놀았다.

한편 보옥이 보차와 떠들고 있을 때 갑자기 밖에서 전갈이 왔다.

"사상운 아가씨가 오셨습니다."

보옥이 얼른 일어나서 나가려니까 보차가 따라 일어났다.

"잠깐, 우리 함께 가요."

보옥과 함께 가모의 방으로 와보니 상운이 한참 큰소리로 떠들고 있었다. 두 사람이 오자 서로 인사를 나누었다. 마침 옆에 있던 대옥이 보옥에게 물었다.

"어디 있었어?"

"보차 누나네 집에 갔었어."

대옥이 차갑게 말했다.

"그러게 말이야. 누가 아니래. 거기 가서 잡혀 있었으니 망정이지, 아니면 나는 듯이 달려왔을 텐데."

보옥이 웃으면서 대꾸했다.

"너하고만 놀고 너한테만 심심하지 않게 해주고 있었잖아. 그러다 잠시 저쪽에 한번 가본 것인데 굳이 그렇게 말해야 하니."

"정말 웃기는 얘기를 하는군. 거길 가든 안 가든 나랑 무슨 상관이야. 또 내가 언제 나를 심심하지 않게 해달라고 간청이라도 했단 말이야. 앞으로 나를 상대하지 않아도 될 테니 걱정일랑 마!"

대옥은 홱 하고 돌아서서 화를 내며 나가버렸다.

보옥이 급히 뒤를 따라나섰다.

"멀쩡하게 있다 말고 공연히 화는 왜 내? 설사 내가 잘못했다고 해도 너도 그곳에서 다른 사람하고 얘기하고 떠들고 있었잖아. 그런데 뭘 궁금하게 여기고 의심하는 거야?"

"날 상관하지 말아요!"

"너를 어떻게 일일이 상관하겠어. 다만 아무도 네가 몸이 약해가는 걸 살펴보는 사람이 없잖아."

"내 몸이 약해지든, 내가 죽든, 오빠하고 무슨 상관이야?"

"왜 또 그런 말을 해? 정초부터 죽느니 사느니 하냔 말이야."

"그래, 죽는 말을 했으니 나는 지금 죽어버릴 거야. 오빠는 죽는 게 겁날 테니 백 살까지 잘 살아 보라고요!"

보옥은 어이가 없어 피식 웃었다.

"그렇다면 내가 죽는 걸 두려워할 것 같아? 차라리 죽는 게 깨끗하지."

"그래 맞아요. 이렇게 서로 다투기만 할 거라면 차라리 깨끗하게 죽는 게 훨씬 낫지."

"내 말은 내가 죽어버리면 깨끗하다고 그런 거야. 제발 남의 말을 엉뚱하게 듣지 좀 마."

두 사람이 이렇게 말씨름을 하고 있을 때, 보차가 찾아와서 보옥을 떠밀고 갔다.

"상운이가 기다리고 있는데 여기 와서 뭐 하고 있어?"

혼자 남은 대옥은 멍하니 속에서 끓어오르는 화를 주체하지 못하고 창가에 기대어 눈물을 흘릴 뿐이었다. 잠시 후에 보옥이 다시 왔다. 대옥은 보옥이 나타나자 훌쩍훌쩍 울기 시작했다. 눈물은 멈출 줄 모르고 더욱 거세게 흘러내렸다. 보옥은 난감하여 온갖 부드러운 말로 위로하려고 했다. 하지만 뜻밖에도 보옥이 아직 말도 꺼내지 않았는데 대옥이 먼저 쏘아붙였다.

"왜 또 왔어요? 어찌 되었든 누군가 오빠하고 놀아줄 사람이 있을 텐데요. 나보다 글도 더 잘 읽고 시도 더 잘 짓고 말도 더 잘하는 사람이 거기 있고 심지어 오빠가 화를 낼까 봐 얼른 데려가는 사람도 있는데 공연히 뭐 하러 다시 왔느냔 말이에요? 나야 죽든 살든 상관 말고 가만히 내버려두란 말이에요!"

보옥이 얼른 다가가서 조용히 말했다.

"너야말로 우리 사이가 어떤 사인지 잘 알지 않아? 세상에는 친한 사람이 소원한 사람 때문에 멀어지는 법이 없고 먼저 만난 사람이 나중에 만난 사람 때문에 갈라지는 법이 없는 법이라고. 그런 단순한 이치도 모른단 말이야? 우선 우리는 고종사촌이고 그 사람은 이종사촌이야. 친척으로 말하더라도 우리가 더 친한 건 정한 이치잖아. 게다가 네가 먼저 와서 우리는 한 상에서 밥 먹고 한 침상에서 잠자고 이렇게 함께 자랐잖아. 훗날 그 사람이 왔는데 그 때문에 너를 멀리할 까닭이 있겠어?"

대옥이 "흥!" 하고 보옥을 나무랐다.

"누가 오빠보고 그 사람하고 멀리하라고 했어? 그럼 내가 도대체 어떤 사람이 되겠어. 난 그냥 내 마음 때문이야."

"나도 내 마음 때문이야. 설마 자기 마음만 알고 내 마음을 모른다는 건 아니겠지."

보옥의 말에 대옥은 고개를 떨어뜨리고 한동안 말이 없다가 한참 만에야 겨우 입을 열었다.

"오빠는 그저 남이 자기를 탓하는 것만을 원망하고 있지만 자신이 남을 견디기 어렵게 만들고 있다는 건 왜 몰라줄까. 오늘 날씨를 두고 생각해 봐도 그렇잖아. 오늘처럼 추운 날씨에 오빠는 왜 검은 여우 털 겉옷을 벗어던지고 나왔느냔 말이야."

보옥이 비로소 빙그레 웃었다.

"왜 안 입었겠어. 네가 화를 내는 바람에 내가 속이 달아올라 잠깐 벗어놓은 거지."

"그러다 나중에 감기라도 걸리면 또 밥도 못 먹고 배고프다고 난리 칠 거 아녜요?"

보옥과 대옥이 한창 말을 주고받는데 이번에는 상운이 찾아왔다.

"보옥 오빠, 대옥 언니. 두 사람은 매일같이 늘 붙어 있으면서 내가 모처럼 왔는데도 나를 거들떠보지도 않네. 정말 왜들 그래요?"

"상운이는 혓바닥도 짧은 사람이 말은 참 잘도 하네. 둘째 오빠〔二哥哥〕라는 말도 똑바로 못하고 그냥 사랑하는 오빠〔愛哥哥〕², 사랑하는 오빠 이렇게 부른단 말이야. 나중에 주사위놀이 할 때도 '하나, 둘, 셋, 넷, 다섯'이라고 하지 않고 이二자를 사랑 애愛자로 바꾸어서 '하나, 사랑, 삼, 사, 오', '아이 좋아 삼, 사, 오'라고 할 모양이야."

보옥이 나서 말리면서 대옥을 나무랐다.

"그러다가 너도 배워서 나중에는 그렇게 혀 짧은 소리를 하게 될지도 모르잖아."

상운이 비꼬았다.

"대옥 언니는 남의 잘못은 조금도 그냥 넘기는 법이 없다니까. 세상

---

2 이(二)와 애(愛)가 유사한 발음인데 상운의 혀가 짧아 이를 제대로 구분하지 못한다고 놀리며 한 말.

에서 제일가는 것처럼 누구든 만나면 흠을 하나씩 잡아내는데 지금 한 사람을 지목할 테니 그 사람의 흠을 잡아내 봐. 그렇게만 하면 내가 그냥 졌다고 승복하겠어."

대옥이 누구냐고 물었다.

"보차 언니의 흠을 한번 찾아내 보시지. 그럼 언니가 뛰어나다는 걸 증명하는 거야. 나야 물론 언니보다 못하지만 보차 언니야 언니보다 못할 게 어디 있어?"

"난 또 누구라고. 어디 감히 그런 사람의 흠을 찾아낼 수 있겠어."

보옥이 얼른 중간에 끼어들었다. 상운이 웃으면서 말했다.

"나야 한평생 언니를 따라잡을 수 없겠지. 다만 하느님한테 바라기는 언젠가 혀 짧은 형부한테 시집가서 시시때때로 '사랑해', '사랑해' 하고 말하는 것을 보고 싶네. 아이고야, 나무아미타불! 그 모습이 눈에 선하게 들어오네요, 호호호."

사람들이 와하하 웃어젖히자 상운이 대옥을 피하여 얼른 밖으로 도망쳤다. 그 다음을 자세히 알고 싶으면 다음 회를 보시라.

(제 2권 〈흩날리는 꽃잎을 묻고〉로 계속)

한국어번역본 추천사

풍 기 용*

　고려대 최용철 교수와 한림대 고민희 교수가 공동으로 협력하여 《홍루몽》의 한국어 완역본을 출판하게 되었다고 한다. 이는 《홍루몽》 연구사에서 특기할 만하며 또한 한중 양국의 문화교류사에서도 획기적인 일에 속하므로 축하해야 마땅하다.

　《홍루몽》은 쟁쟁한 세계문학의 대열에서도 손꼽히는 작품으로서 강희康熙, 옹정雍正, 건륭乾隆연간의 청대 사회를 다양한 각도에서 반영하고 있다. 그 중에서도 특히 상층 귀족사회의 삶의 모습과 갈등을 깊이 있고 생동감 넘치게 그려내어 주목을 받았다. 이 작품은 청대의 정치적 갈등과 사상적 충돌에 대해서도 여실하게 반영하고 있다. 물론 작품에

---

* 풍기용(馮其庸, Feng Qiyong) 중국홍루몽학회 명예회장. 1924년 중국 강소성 무석(無錫) 출생. 1979년 중국예술연구원에 홍루몽연구소를 설립하고 전문학술지 〈홍루몽학간〉을 간행하기 시작하였으며 1982년 《경진본(庚辰本)》을 저본으로 신교주본 《홍루몽》(인민문학출판사)을 완성하여 학계의 주목을 받았다.

서는 문학적이고 예술적인 방법으로 그려내고 있으므로 그것 자체가 곧 당시의 정치와 사상을 온전하게 드러낸 것은 아니다. 《홍루몽》에서는 당시 사회적 관심의 대상이었던 과거제도와 기혼여성의 수절문제에 대해서도 생생하게 그리면서 은연중 비판적 시각을 드러냈다. 또한 당시 사회의 도덕적 해이와 허위적이고 기만적인 풍조에 대해서 상당히 구체적으로 묘사하였다. 예를 들면 등장인물의 이름을 통해서 당시 사회에 대한 풍자적인 입장을 고스란히 드러냈는데, 주로 한자의 동음이의어를 이용하여 복세인卜世人은 사람도 아니다〔不是人〕란 의미를 담았고, 선빙인單聘人은 잘 속이는 사람〔善騙人〕이라는 뜻을 담았으며, 대권戴權은 큰 권세〔大權〕를 지닌 인물이라는 뜻을 은연중 보여주고 있다.

그러나 《홍루몽》이 우리에게 제시하고 있는 가장 현실적이고 절실하며 심각한 문제는 바로 인생의 문제이고 혼인의 문제이며 여성에 관한 문제다. 이 세 가지 문제는 상호간에 밀접하게 연관되어 있으므로 결국은 다양한 시각에서 바라본 하나의 문제라고도 하겠다.

조설근이 묘사한 가보옥賈寶玉과 임대옥林黛玉의 사랑은 너무나도 시적詩的으로 그려져 있으며 삶의 모습을 진솔하게 묘사하고 있다. 가보옥과 임대옥은 젊음을 귀하게 여기고 사라지는 청춘을 안타까워하며 무엇보다도 소중한 사랑에 대해 더할 수 없는 집념을 보이고 있다. 삶과 죽음까지도 사랑 앞에서는 힘없이 무너지도록 말이다. 그들의 사랑과 앞날에 대한 동경과 이상 생활에 대한 추구, 이러한 것들이 모두 독자의 마음을 깊이 파고들면서 그들과 하나가 되게 만든다.

그러나 저항할 수 없는 외적 압력으로 인하여 이 아름다운 청춘과 아름다운 인생도, 그리고 이 아름다운 이상과 아름다운 사랑도 결국 모두 물거품이 되고 말았다. 마지막에 남은 것이라곤 어찌할 수 없는 슬픈 결말일 뿐이니 이러한 가슴 저린 비극 앞에서 어찌 감동하지 않을 수가 있겠는가!

그러므로 작자 조설근曹雪芹은 비록 2백여 년 전의 이야기를 그려낸 것이지만 작중 인물 하나하나에 대한 묘사는 지금까지 수많은 중국 독자들의 마음을 뒤흔들고 있으며 나아가 세계 각국의 수많은 독자들의 마음까지도 감동시키고 있다. 왜냐하면 국적을 불문하고 사람의 운명이란 누구나 비슷한 부분이 있기 마련이며, 누구나 사랑의 시련을 겪어보았고 유사한 삶의 길을 걸어보았으며 또한 슬픔과 기쁨을 모두 맛보았기 때문일 것이다. 더욱 놀라운 것은 조설근이 2백여 년 전에 제기한 인생의 문제, 사랑과 결혼의 문제가 단순히 과거 어느 시점의 문제가 아니라 지금 이 순간까지도 절실한 현실적인 문제로 남아있다는 것이다. 이 점이 바로 《홍루몽》을 세계인의 영원한 스테디셀러로 만드는 원동력이라고 할 수 있다.

본인은 한국의 독자들도 《홍루몽》을 읽으면 중국의 독자와 마찬가지로 작품 속 등장인물의 애달픈 운명을 대하면서 무한한 동정과 연민의 정을 갖게 될 것으로 굳게 믿는다. 하지만 《홍루몽》은 외국어로 번역하기 매우 어려운 작품이다. 본인은 일찍이 마츠에다 시게오松枝茂夫 선생이나 이토 소헤이伊藤漱平 선생과도 이 문제를 토론해본 적이 있다. 그들은 모두 일본어로 《홍루몽》를 번역했던 분들이므로 누구보다도 그 문제를 절실하게 느끼고 있었다. 지금 한국어번역자인 최용철 교수와 고민희 교수의 경우도 그러한 어려움을 겪었을 것이다. 필자는 이두 분 선생과 오래전부터 알고 지냈으며 두 분이 홍학연구에 있어서 상당한 성과를 이룩하였고, 《홍루몽》에 대한 이해가 매우 깊음을 너무나 잘 알고 있다. 이 두 분은 홍학연구의 전문가 입장에서 번역에 임했을 것으로 생각된다. 그러므로 번역상의 어려움을 이상적으로 해결하였을 것이며 좋은 결과를 얻었을 것으로 확신한다. 이는 한국 독자들의 행운일 뿐만 아니라 중국인에게도 다행한 일이다. 그것은 《홍루몽》의 한국어번역을 통하여 양국 국민들이 더욱 깊이 있고 더욱 풍부한 내용을 지닌 진정한 감성 교류를 할 수 있게 되었기 때문이다. 《홍루몽》의 작자인 조설근 선생이 만약 저 세상에서 이 사실을 아시게 된다면 누구보다도 기쁜 마음으로 두 분의 번역자를 위해 위로와 감사의 뜻을 전하고 싶어할 것이다.

2007년 7월 27일
북경北京 과반루瓜飯樓에서

《홍루몽》 해제

최용철

　《홍루몽》은 18세기 중반에 나온 중국 최고의 명작소설이다. 《홍루몽》이 나온 지 2백여 년이 지났지만 그 인기는 갈수록 더해가고 있다. 처음에 이 책은 북경에서 작가의 주변 인물을 중심으로 조용히 전파되었지만 120회본의 간행본이 나오자마자 중국 전역의 독자들을 사로잡게 되었다. 문인계층에서 특별히 주목을 받았을 뿐 아니라 대갓집의 부녀자들과 어린 소녀들의 열광은 오늘날 유명 스타 연예인들에 대한 청소년들의 환호에 버금가는 것이었다. 근현대에 이르러서는 저명한 중국의 지성들이 《홍루몽》의 가치를 현대적으로 재해석하여 국내외에 이 책의 성가를 더욱 드높였다. 심지어 삼엄한 금서의 시대였던 문혁文革 기간에도 정치지도자의 애호에 힘입어 지속적인 관심을 받았다. 더욱이 오늘날 각종 홍학紅學 담론은 여전히 중국사회에서 논쟁의 초점이 되고 있어서 《홍루몽》은 현대중국의 다양한 현상을 이해하기 위한 통로라고 해도 과언이 아니다.

《홍루몽》은 홍루紅樓의 물거품같이 헛된 꿈을 그린 소설이다. 홍루
는 젊고 아름다운 여성들이 부귀영화를 누리며 살고 있는 화려하고 거
대한 저택을 가리킨다. 여기서 꿈은 다가오는 희망의 꿈이 아니라 거
품처럼 사라져가는 아쉬운 청춘의 꿈이다. 대관원大觀園의 규중세계는
꿈같이 아름답지만 결국 애절한 사연의 슬픔만 남기고 허망한 꿈으로
무너지고 마는 곳이다. 붉은 색은 중국인들이 가장 좋아하는 색이다.
그래서인지 이 책은 유독 중국인들로부터 각별한 사랑을 받고 있다.
《홍루몽》은 중국문화에서 오랜 전통의 하나인 연성軟性문학의 맥락을
이어받았다. 여성을 극도로 존중하고 여성화된 남자 주인공을 그려내
며 부드럽고 아름다운 시적인 분위기를 연출하고 있다. 또한 인생여몽
人生如夢이나 남가일몽南柯一夢의 주제는 인생의 허망함을 일깨워주고
있어 《홍루몽》은 중국인들에게 무한한 감동을 주는 작품으로 기억되
고 있다.

《홍루몽》의 기본 줄거리는 두 가지로 요약된다. 하나는 가보옥賈寶玉
을 중심으로 한 사랑이야기다. 가보옥과 임대옥林黛玉 그리고 설보차薛
寶釵라는 남녀 주인공 사이에 일어나는 애틋한 사랑과 원치 않는 결혼
에 관한 얘기다. 주인공 가보옥은 작은 구슬을 입에 물고 태어났다. 이
승에서 가보옥은 금목걸이를 가진 설보차와 맺어질 인연을 가졌는데
이것이 바로 금옥金玉의 인연이다. 하지만 가보옥에게는 전생으로부터
맺어온 목석木石의 인연이 있었다. 원래 강주초絳珠草였던 임대옥은 자
신에게 감로수를 뿌려주었던 가보옥의 은혜를 갚기 위해 여인의 몸으
로 환생한다. 하지만 그 두 사람의 인연은 이승에서 맺어질 수 없는 것
이었다. 옥을 잃고 제정신을 잃은 가보옥은 가모賈母와 왕희봉王熙鳳의
은밀한 뜻에 따라 자신도 모르게 설보차와 혼례를 올리게 되고 같은 시
각 깊은 충격에 빠진 대옥은 사랑의 시 원고를 모두 불에 태우며 안타깝
게 절명한다. 머지않아 가보옥은 깨우침을 얻고 모든 부귀영화를 뒤로

한 채 과거시험을 치르고 출가하여 눈 덮인 광야를 향하여 달려간다.

또 다른 하나의 줄거리는 젊은 아씨마님 왕희봉의 전횡을 중심으로 하는 가씨 가문의 흥망성쇠 과정이다. 뛰어난 미모와 달변의 능력을 가진 왕희봉은 가문의 중심인물인 왕부인을 대신하여 집안일을 장악한다. 그러다 차츰 분에 넘치게 권력의 핵심으로 부상하여 권력을 이용해 사사로이 재물을 횡령함으로써 스스로 파멸의 길에 들어서게 된다. 왕희봉의 몰락은 가문의 쇠퇴를 상징하지만 작가는 미워할 수도 좋아할 수도 없는 왕희봉의 형상을 핍진하게 성공적으로 그려내고 있다.

《홍루몽》의 구성은 전후가 대칭형으로 이루어져 있다. 제1회와 제120회는 처음과 끝부분의 포장과 같은 역할을 하면서 진사은甄士隱과 가우촌賈雨村을 등장시켜 진짜와 가짜의 일이 뒤섞인 인생사의 진면목을 보여주고 있다. 소설 속의 인물들은 두 사람의 만남과 대화를 통해 등장하고 또 마무리되기도 한다. 이 외에도 제2회에서 영국부榮國府에 대한 상세한 소개, 제3회에서 임대옥의 상경, 제4회에서 설보차의 상경, 제5회에서 가보옥의 태허환경太虛幻境 유람 등의 내용들은 방대한 작품의 전반적인 상황과 주제의식 등을 은유적으로 드러내는 장치이다. 이는 제116회에서 가보옥이 다시 태허환경을 찾아가 인생의 허무함을 깨닫는 일이나 제119회에 가보옥이 과거시험을 치르고 사라져 출가하는 대목과도 명확한 대조를 이루고 있다. 또한 제6회에서 유노파의 등장과 함께 대관원에서 일어나는 사소한 일들이 간접적으로 묘사되고 있는 기법은 소설 구성상 작가의 치밀한 안배를 보여주는 대목이다.

《홍루몽》은 인간의 감성세계를 정교하게 그려낸 소설로서 인생의 교과서와 같은 책이다. 이 작품은 인간에게 사랑의 세계가 얼마나 중요한가를 일깨워주고 있다. 찬란한 봄날의 환희로부터 시작하여 활짝 피어난 모란꽃 같은 찬란한 여름이 지나고 낙엽지고 비 내리는 늦은 가을로 접어드는 삶의 행로가 작품 속에 고스란히 나타나고 있다. 젊은 독자들은 그 봄길의 꽃밭에서 아름다운 소녀들과 손을 잡고 마음껏 뛰어놀 것을 생각할 것이고, 중년의 독자들은 봄의 아쉬움 속에서 막이 내려진 쓸쓸한 무대 위를 상상하게 될 것이다. 마침내 아름드리나무는 쓰러지고 새들이 숲으로 돌아가고 난 뒤, 그 황량한 폐허 위에서 삶의 의미를 묻는 사람들은 고개를 떨구며 얼마나 많은 눈물을 흘릴 것인가.

더욱이 주인공 집안의 네 자매 이름은 원춘元春과 영춘迎春, 탐춘探春, 석춘惜春으로 이는 봄의 시작에서 봄의 끝으로 이어지는 봄날의 흐름을 보여주고 있다. 청춘의 소실과 봄날이 끝나는 시점에서 임대옥은 떨어지는 꽃잎에 자신의 운명을 예감하고 꽃무덤을 만들며 〈장화음葬花吟〉을 짓는다. 허무한 인생에 대한 애절함이 절절하게 드러난 장면이라 하겠다.

부귀영화의 한가운데서 태어난 귀공자 가보옥은 그를 둘러싼 수많은 여성들 속에서 천진난만한 어린 시절을 보낸다. 그 여성들은 천상의 인연으로 맺어진 임대옥과 현세의 인연으로 맺어진 설보차를 비롯하여 가보옥이 항상 따뜻한 정을 느끼고 있는 여러 자매들과 꽃다운 시녀들이다. 가보옥은 세상을 아름답게 바라보고 긍정적으로 살아가면서 언제나 세심한 관심과 넓은 이해심으로 주위의 여인들을 대한다. 가보옥은 모든 여성들에게 진심으로 가깝게 다가가는 지기知己이자 이들에 대한 참된 변호인이다. 또한 지금까지 그 누구도 실현해보지 못한 것을 실천에 옮기려고 노력한 페미니스트이기도 하다. 하지만 차디찬 세파는 차츰 가보옥을 실망시키고 급기야 주변의 여성들은 가보옥만 홀로 남겨두고 하나둘씩 떠나고 만다. 끝 모르게 추락하는 가문과 비극적 결말로 맺어지는 여성들의 운명을 직접 목도하면서 가보옥은 허망한 정의 세계를 가슴으로 절절하게 느끼고 마침내 눈 덮인 광야를 향해 떠나가게 된다.

여성들에 대한 가보옥의 사랑은 무조건적이었다. 또한 천부적이라고 할 만큼 맹목적이고 바보 같은 것이기도 했다. 가보옥은 만나는 여성들마다 따뜻하고 다정하게 대해주며 순간순간에 충실한 사랑의 헌신자였다. 임대옥을 찾아가면 그녀를 위해 온갖 정성을 다 바치고, 설보차가 찾아오면 또 그녀를 위해 최선을 다하였다. 가보옥은 자신의 언행 때문에 상대방이 마음의 상처를 받을까봐 늘 가슴을 졸인다. 가보옥의 사랑은 무분별한 것이 아니라 오히려 넘치는 인간애 바로 그 자체였다. 하지만 싸늘한 현실 속에서 인간애는 영원히 지속될 수 있는 것이 아니었다. 늘 가슴 졸여왔지만 가보옥이 아끼고 사랑하던 주변의 여인들은 하나둘씩 무정하게 그의 곁을 떠나가고 만다.

《홍루몽》의 작가는 조설근曹雪芹: 약 1715~1763이다. 그동안 작가에 대하여 다양한 견해가 제시되었으나 이 책의 서두에서 밝힌 바와 같이 이야기의 구성과 줄거리의 대부분을 완성한 실질적 작가는 조설근이 분명하다. 조설근의 생몰연대에 대한 학설은 분분하지만 조옹曹顒의 유복자로 1715년경 남경南京에서 태어나 13세에 북경으로 이주하여 약 48세를 일기로 1763년경에 북경교외 서산기슭에서 사망했다고 보는 것이 일반적인 견해이다.

조설근은 청나라 강희康熙연간에 남경의 강녕직조江寧織造에서 귀공자로 태어났다. 누대에 걸쳐 내려온 부귀영화를 이어받아 어린 시절에 마음껏 행복을 누렸으나 소년시절이 끝나기 전에 강희제의 죽음과 더불어 가문이 몰락하였다. 가솔과 더불어 북경으로 이주하여 불우한 생활을 하다가 만년에는 북경교외 향산香山 아래로 옮겨와 살게 된다. 조설근은 빈궁함 속에서도 그림과 시를 즐기며 《홍루몽》을 써냈다. 그 조상은 원래 요동遼東의 요양遼陽에서 살았는데 만주족이 흥기할 때 복속된 이후 청나라 황실과 긴밀한 관계를 유지하였다. 조설근의 증조모 손씨孫氏가 강희제의 유모가 되면서 가문이 더욱 흥기하였고, 남경의 강녕직조를 맡으면서 60여 년의 영화를 누리게 된다. 그 중심인물은 조설근의 할아버지 조인曹寅으로 황실과의 깊은 인연이 있어 강희제가 강남을 순시巡視할 때 직조서는 네 차례나 행궁을 담당하기도 하였다.

조설근의 생애에 대해서는 아직까지 밝혀지지 못한 부분이 많다. 더욱이 족보에는 그 전대까지만 나와 있어서 정확한 상황을 알기가 쉽지 않다. 다행히 평생의 지기로 지냈던 돈민敦敏과 돈성敦誠 형제가 조설근과 시를 주고받으며 〈증조설근贈曹雪芹〉, 〈증근포贈芹圃〉 등의 시를 남겼으므로 이를 통해 조설근의 삶의 한 편린이나마 엿볼 수 있다. 조설근의 본명은 조점曹霑이다. 호는 근포芹圃, 근계거사芹溪居士이고 자를 몽완夢阮이라 하였다. 조설근은 빈궁한 가운데서도 《홍루몽》을 창작하였는데 거의 마무리되어갈 즈음 어린 외아들이 먼저 요절하게 된다. 조설근은 이에 대한 충격으로 병들어 누웠다가 그해 섣달 그믐날 밤에 쓸쓸하게 절명했다고 전해진다.

조설근은 명문귀족의 귀공자로서 가문의 문화적 전통을 이어받아 박학다식하였으며 격식에 얽매이지 않는 자유분방한 정신과 고매한 자존심의 소유자였다. 이 때문에 가문이 몰락하여 빈한한 생활을 영위하면서도 비굴하게 부자나 권력자들에게 아첨하려고 하지 않았다. 오히려 육조六朝시대의 풍류정신을 이어받아 구구한 현실을 초월한 고매한 삶을 살았다. 조설근은 남달리 시원스럽게 이야기를 잘 하였고 다양한 유희에도 능하여 주변사람들이 그의 기담을 듣고 있노라면 종일토록 지칠 줄을 몰랐다고 한다. 조설근은 시와 그림에도 모두 능통하였다고 전해진다. 특히 돌 그림을 잘 그렸다는 일화는 《홍루몽》의 원 제목이 《석두기石頭記》였음을 상기시키며 무생물인 돌에게도 영혼을 불어넣는 마술사 같은 조설근의 면모를 보여준다고 하겠다.

조설근은 어려서 부귀영화를 누리며 고금에 정통한 학식과 재능을 겸비하였지만 과거 시험을 볼 수 있는 자격이 주어지지 않았고 천자를 보필할 수 있는 기회조차 얻지 못했다. 그는 권세가를 백안시하면서도 스스로 재주가 없어 발탁되지 못함을 한탄하였다. 《홍루몽》에서 가보옥의 전신인 석두가 하늘을 기우는 데 쓰이지 못하고 버려진 돌〔補天遺石〕로 불렸는데 이는 작가의 처지를 빗대어 놓은 것으로 해석된다.

《홍루몽》은 작가 조설근이 쓴 것이기는 하지만 후반부 40회의 경우 여전히 의문으로 남아있다. 전반부 80회는 수차례의 평점 및 교정과정을 통해 거의 온전하게 남아있지만 후반부 40회는 주변 인물들에 의해 읽혀지다가 원고가 유실되어 버렸다. 지금 남아있는 초기 필사본은 《석두기》라는 제목으로 전80회가 현재 여러 종류 전해지고 있다. 그중에서 《갑술본甲戌本》(1754), 《기묘본己卯本》(1759), 《경진본庚辰本》(1760) 등은 조설근의 생전에 이미 유통되던 필사본이었다. 그의 사후에 《홍루몽》의 인기가 더욱 치솟고 원고를 찾는 사람이 많아지자 정위원程偉元은 후반부 원고를 수집하여 온전한 작품으로 간행하고자 하였다. 정위원은 수년 동안 후반부의 원고 30여 회를 구해 고악高鶚에게 수정 보완하도록 청하여 1791년 《홍루몽》 120회본을 간행하였다. 이를 《정갑본程甲本》이라고 하고 이듬해 나온 수정본을 《정을본程乙本》이라고 한다. 이로부터 《석두기》는 《홍루몽》이라는 제목으로 중국 전역에 널리 퍼지게 되었다.

정위원에 의해 간행된 《정갑본》은 청대에 간행된 수많은 새로운 판본의 저본 역할을 하였다. 이름난 평점본으로는 도광道光연간의 《왕희렴평본王希廉評本》과 광서光緖연간의 《금옥연본金玉緣本》이 있다. 민국民國 이후 호적胡適 등에 의해 신홍학新紅學이 제창되자 《정을본》을 저본으로 하는 새로운 통행본이 오랫동안 유행하게 되었다. 한편 지연재평본脂硯齋評本의 발굴로 초기 필사본의 중요성이 강조되자 이를 근거로 하는 새로운 교감본이 나와 오늘날 널리 전해지고 있다.

이 번역서의 저본은 중국예술연구원 홍루몽연구소에서 교감하고 인민문학출판사人民文學出版社에서 출판된 《홍루몽》(1996)이다. 이 책의 전80회 부분은 《경진본》을 근거로 하였고 후40회 부분은 《정갑본》을 활용하여 교감한 것으로 원래 1982년에 나왔으나 이 번역작업에서 참조한 것은 1996년 제2차 수정본이다. 지연재평본을 근거로 한 교감본에는 《척요생서문본戚廖生序文本》을 근거한 유평백俞平伯교본이나 《홍루몽고본紅樓夢稿本》을 근거한 반중규潘重規교본 등이 있다. 하지만 초기 필사본 중에서 가장 많은 분량인 78회를 보유하고 있는 《경진본》을 교감저본으로 삼았다는 점에서 이 책은 작가의 원본에 가장 접근하였다고 할 수 있다.

청대후기 문인사회에서 희화적으로 형성된 '홍학'은 근대 이후 중국 지성들의 본격적인 연구대상이 되면서 20세기 3대 현학 중 하나로 자리매김되었다. 청말의 석학 왕국유王國維는 《홍루몽》에 대해 우주적 의미의 심오한 사상을 담은 작품이라고 지적하면서 본격적인 재조명의 필요성을 강조하였고, 신문화 운동의 기수였던 호적胡適은 작가와 판본의 고증에 획기적인 성과를 이루어 이른바 '신홍학'의 기반을 구축하였다. 그리하여 당시 강희연간의 정치소설이라고 강조한 《석두기색은石頭記索隱》의 저자 채원배蔡元培와 유명한 홍학논쟁을 벌이기도 하였다. 중국학계에서는 이에 따라 고증파考證派와 색은파索隱派, 문학비평파文學批評派와 같은 여러 갈래의 학파가 조성되었고, 《홍루몽》의 사상과 예술의 의미를 재해석하는 다양한 논쟁이 오늘날까지 이어오고 있다.

《홍루몽》의 해외전파는 18세기 말엽으로 거슬러 올라간다. 19세기 중엽에는 영어 번역본이 마카오와 홍콩 등지에서 나오기 시작하였고, 일본어로 번역된 일부 내용은 근대 일본문학에 영향을 끼쳤다. 한국의 경우, 1884년경 낙선재본 《홍루몽》이 완성되었는데 120회 전체의 원문을 싣고 한글자모를 이용하여 발음을 단 것으로 세계 최초의 완역본이었다. 이 외에도 《후홍루몽後紅樓夢》, 《속홍루몽續紅樓夢》, 《홍루부몽紅樓復夢》, 《홍루몽보紅樓夢補》, 《보홍루몽補紅樓夢》 등 무려 다섯 종류의 속서續書가 번역되기도 하였다. 이 역시 전세계적으로 보기 드문 현상이다. 20세기에는 다양한 외국어 번역본이 등장하였다. 일본어로는 마츠에다 시게오松枝茂夫와 이토 소헤이伊藤漱平의 완역본이 대표적이며 영어로는 중국의 양헌익楊憲益본과 영국의 호크스D. Hawkes본이 대표적인 완역본이다. 이들은 각각의 특색이 있어 번역가들의 주목을 받고 있다.

《홍루몽》은 아마도 우리에게 영혼의 안식처를 마련해주는 공간이 될 수 있을 것이다. 그 수많은 미로들을 따라 가다보면 인생의 진리를 배우게 될 것이고 인간관계의 이치를 조금이나마 깨닫게 될 것이다. 길고도 머나먼, 하지만 고통 속에서도 깊은 감동의 곡절을 헤쳐 나갈 독자 여러분들의 즐거운 항해에 행운이 함께 하기를 기원한다.

번역 후기
즐거운 만남 뒤
힘겨운 번역의 순간을 보내고

　이 땅에 살면서 외국의 소설을 읽고 외국의 문화를 만난다는 것은 오래 살던 고향을 잠시 벗어나 머나먼 이국으로의 여행을 떠나는 것만큼이나 가슴 설레는 동경의 순간이다. 우리의 삶과는 동떨어진 다른 세상 사람의 삶을 간접 체험하는 것이기 때문이다. 하지만 호기심을 채우는 단순한 읽기와 즐거운 감상의 순간을 지나 내 나라의 말과 내 나라의 문화로 만들어내야 하는 번역의 경우, 즐거움은 순간이요 힘겨운 작업의 시간은 길고도 고단하였다.

　중국문학의 대표작이요, 거대한 중국의 전통 문화사전을 방불케 하는 《홍루몽》의 번역은 애초부터 쉽사리 달려들 일이 아니었다. 그래서 오랜 기간 은인자중하면서 세월을 보냈다. 보고 또 보고 생각하고 또 생각하다보면 안으로 곰삭아서 어느 정도는 익혀진 것이 나오지 않을까 해서였다. 하지만 지금 와서 생각하면 그래도 일찌감치 시작했어야 했다. 막연히 늦게 시작된 번역이 훨씬 매끄러워졌다고는 장담할 수 없을 것이다.

옮긴이들이 《홍루몽》을 접한 것은 1970년대부터이다. 중국에서 성장하고 공부하신 은사 이윤중李允中 교수님의 특별한 강의가 자연스럽게 우리를 홍학의 세계로 빠져들게 하였다. 대학에서 전공 수업을 통해 만나 결국 자신의 전공으로 삼게 되었고 석사논문과 박사논문의 연구대상이 되었다. 어느 하루인들 《홍루몽》을 손에서 놓은 적이 있었을까마는 이 책은 여전히 범접하기 어려운 책이었다. 읽으면 읽을수록 무릎을 치며 감탄하면서도 또한 분명하게 이해하기 어려운 대목이 무수히 나타났다. 그렇게 30년이 지났지만 여전히 《홍루몽》은 태산 같은 무게로 우리의 앞에 버티고 서 있었다.

그 사이에 연구자들도 차츰 늘어났고 《홍루몽》의 이름을 제법 익히 들어보았다는 독자들도 많아졌다. 일역본에서 다시 옮겨온 번역이나 중국대륙에서 들어온 번역본이 독자들의 갈증을 풀어주고 있을 때 우리는 이제 전문가의 손에 의한 본격적인 번역이 나올 때가 되었음을 공감하였다. 그러나 여전히 마음으로 재기만 하고 머나먼 고행의 길을 향한 첫걸음을 선뜻 나서려고 하지는 못했다. 두려웠기 때문이다. 깊고도 오묘한 이 책 앞에서 스스로가 너무나 작아보였기 때문이었다. 훨씬 더 많은 것을 더 배워야 했고 더 생각해야 했다.

처음으로 용기를 북돋워주신 분은 나남출판의 조상호 사장님이었다. 그때가 2000년이었는데 옮긴이는 당시 아직 마음을 제대로 정하지 못하고 있었다. 하지만 그의 강한 카리스마는 번역의 대장정을 시작하게 만들었으며 번역과정에서 용기도 주었고 채근도 하였다. 다른 책 같았으면 일찌감치 마무리가 되었을 것인데 이 책의 번역은 그 후로도 많은 세월이 흘러야 했다.

2005년에는 새로운 동지가 참여하여 전80회와 후40회를 나누어 번역하게 되었으며, 그렇게 해서 지지부진에 빠졌던 번역작업은 새로운 탄력을 얻게 되었다. 우리는 공통의 목표를 달성하기 위해 서로 격려하고 인도하면서 작업을 진행하였다. 속도는 여전히 느렸지만 그래도 마침내 끝은 보이기 시작했다. 번역문이 완성되어 조판에 들어갔을 때 중국에서는 홍루몽연구소의 제3차 교정본이 나왔다. 옮긴이들은 이를 반영하지 못한 아쉬움을 달래며 다음 기회를 기다리기로 했다.

이 책을 내기까지 수많은 사람들의 도움이 있었다. 중국홍루몽학회의 명예회장인 풍기용馮其庸 선생은 새로운 한국어 완역본의 간행을 축하하면서 연로함에도 불구하고 선뜻 추천사를 써서 보내주셨고, 새로운 권두 삽화를 넣기 위해 작가출판사의 《청·손온회전본홍루몽淸·孫溫繪全本紅樓夢》의 판권을 섭외하는 데 북경의 두춘경杜春耕 선생은 손수 나서서 적극 주선하여 주었으며 자신이 소장한 《금옥연金玉緣》 삽화를 제공하기도 했다. 또한 《홍루몽》교감에 온 힘을 기울여온 저명 홍학가 호문빈胡文彬 선생은 해외 번역에도 깊은 관심을 기울여 옮긴이들에게 주옥같은 의견을 제시해 주기도 하였다. 옮긴이들은 그동안 번역과정에서의 경험과 느낀 점을 정리하여 중국홍학회에서 주관한 국제홍학회의에서 수차례 논문을 발표한 바 있으며, 그때마다 진지한 토론을 함께 해준 국내외의 저명한 홍학가들에게도 고마움을 표한다.

그동안 안에서는 더 많은 사람들이 번역의 뒤안길에서 어려운 일을 도와주었다. 김지선, 김명신, 문정진, 최수경, 이지은 등 여러 박사들이 오랫동안 독회를 하면서 홍루의 세계를 함께 여행하였고, 이 책의 역서의 이해를 돕기 위한 전문 작품해설서로 《붉은 누각의 꿈》이 따로 기획되었다. 《붉은 누각의 꿈》은 이 책과 자매관계를 이루어 작품의 전반적인 이해에 도움을 주게 될 것이다. 편찬과정에 참여한 서사문학연구회의 젊은 동학들에게 고마운 마음을 전하며 이들에게 찬란한 미래가 있기를 기원한다.

끝으로 이 책이 마침내 빛을 볼 수 있도록 적극 지원하고 끝까지 인내

하며 기다려 준 나남출판사에게 다시 한 번 감사와 더불어 경의를 표하는 바이다.

2009년 6월
옮긴이를 대표하여
최용철 씀

등장인물

가교저(賈巧姐)　가련과 왕희봉의 딸로 금릉십이차 중 한 명이다. 처음에는 대저大姐로 불리다가 유노파가 교저라는 이름을 지어준 후로 교저로 불린다. 가부賈府가 몰락한 뒤, 가운, 가환 등이 몰래 팔아버리려고 하나 유노파의 도움으로 위기를 벗어난다.[6]

가란(賈蘭)　가주와 이환의 아들이며 가모의 증손이다. 나이가 어리기 때문에 작품 속에서 자주 언급되지 않는다. 부친인 가주가 요절하여 유복자로 태어나 이환의 정성어린 교육을 받으며 자란다. 후에 삼촌인 가보옥과 함께 과거에 응시하여 130위로 급제한다.[2]

가련(賈璉)　가사의 장남이고 왕희봉의 남편이다. 임기응변에 능한 편이지만 재주나 영리함이 왕희봉보다 훨씬 못하다. 글공부는 멀리하면서 여인들과 어울려 다니는 데만 관심을 가지며, 왕희봉 몰래 우이저를 첩으로 들였다가 들통 나 곤욕을 치르기도 한다. 희봉이 죽자 시녀였던 평아를 아내로 맞이한다.[2]

가모(賈母)　가씨 집안의 최고 어른으로 가대선의 부인이다. 금릉의 귀족 사후가史侯家의 딸로 사태군史太君이라 부르기도 한다. 가보옥의 조모이고 임대옥의 외조모이다. 적손자인 가보옥을 끔찍이 총애하고 귀하게 여긴다. 가부가 번성하던 시기의 부와 영예의 향유자이다.[2]

---

* 〔 〕안의 숫자는 해당 인물이 처음 나오는 회를 뜻한다.

가보옥(賈寶玉)　입에 옥을 물고 태어나 이름을 보옥이라고 한다. 영국부의 적손으로 가정과 왕부인 사이에서 난 아들이다. 임대옥과는 고종사촌지간이고 설보차와는 이종사촌지간이다. 귀족가문의 자제이지만 자유분방하고 전통적인 예교에 반하는 행동을 일삼는다. 괴팍한 성격과 독특한 정신세계를 지닌 인물이기도 하다. 목석전맹木石前盟의 임대옥과 결혼하기를 원하지만 가모와 왕희봉의 계략으로 설보차와 결혼하게 된다. 인생무상을 느낀 가보옥은 과거장에서 사라지고 훗날 나루터에서 가정을 만나지만 목례만 남긴 채 스님과 도사와 함께 눈 덮인 광야로 사라진다.[2]

가서(賈瑞)　가대유의 장손이다. 회방원會芳園에서 왕희봉을 보고는 반해서 계속 접근하려고 하나 왕희봉의 계략에 걸려들어 두 번이나 호된 일을 당한다. 그 후 왕희봉에 대한 상사병으로 시름시름 앓다가 절름발이 도사가 가지고 온 풍월보감風月寶鑑의 정면만 보다가 탈진하여 죽는다.[9]

가석춘(賈惜春)　가경의 딸이고 가진의 누이로 금릉십이차 중 한 명이다. 가보옥과는 사촌지간이고 가부賈府의 네 자매 중 가장 어리다. 회화繪畵에 소질이 뛰어나다. 평소 수월암水月庵의 어린 비구니 지능과 자주 어울렸는데 훗날 가부가 몰락한 뒤 비구니가 된다.[2]

가영춘(賈迎春)　가사의 딸이고 가련의 이복누이로 금릉십이차 중 한 명이다. 성격이 유약하고 순종적이며 모든 일에 대해 묵묵히 방관자적인 태도를 취하는 인물이다. 포악하고 탐욕스러운 손소조에게 시집 가 온갖 핍박을 당하다가 결국 1년 만에 죽는다.[2]

가용(賈蓉)　가진의 아들이고 진가경의 남편이다. 외모가 수려하고 화려한 옷차림을 하고 다니며 음험한 속내를 지닌 인물이다. 왕희봉을 희롱하기도 하고 계책을 세워 가련이 몰래 이모인 우이저와 신방을 차릴 수 있게 도와준다.[2]

가우촌(賈雨村)   호로묘葫蘆廟에 얹혀살던 가난한 선비였으나 과거시험에 합격하여 단번에 높은 관직에 오른다. 진사은의 집에서 술을 마시다 만난 하녀 교행을 첩으로 얻는다. 제120회에서 진사은과 만나 대화를 나누면서 가부賈府에서 일어난 일들을 객관적인 입장에서 설명해주는 역할을 한다.[1]

가운(賈芸)   가부賈府 일가의 인물로 가보옥에게는 조카가 된다. 가보옥보다 서너 살 많지만 가보옥의 양아들이 되기를 원하며, 영리하고 잔꾀가 많다. 왕희봉의 비위를 맞추어 대관원에서 화초와 나무 심는 일을 맡는다. 후에 교저를 몰래 변방으로 팔아버리려는 계략을 세우기도 한다.[13]

가원춘(賈元春)   가정의 장녀로 여사女史가 되어 입궁하였다가 현덕비賢德妃로 책봉된다. 금릉십이차 중 한 명이다. 가원춘이 귀비貴妃가 되면서 가부의 영화로움은 극에 달한다. 하지만 병으로 요절하게 되고 원춘의 죽음과 함께 가부 역시 몰락의 길을 걷게 된다.[2]

가장(賈薔)   녕국부의 후손으로 소주蘇州에서 어린 배우들을 사와서 가부賈府 내 연극단을 맡아 관리한다. 배우 영관과 마음을 주고받는 사이이다.[9]

가정(賈政)   가대선과 가모의 차남으로 영국부의 모든 일들은 가정을 중심으로 이루어진다. 가보옥의 부친으로 아들에게 매우 엄격한 아버지이다. 전통적 유교의 가치관을 대표하는 인물로 자유분방하고 격식에 얽매이는 것을 싫어하는 가보옥에 대해 늘 불만을 느낀다.[2]

가진(賈珍)   녕국부 가경의 아들로 세상일에는 관심이 없고 풍류에만 빠져 산다. 며느리인 진가경과 부정한 일을 저지르고 이 일로 진가경은 자살한다. 처제인 우이저와 우삼저에게도 음탕한 마음을 품는다. [2]

가탐춘(賈探春) 가정의 차녀로 금릉십이차 중 한 명이다. 생모는 조이랑이다. 적극적이고 활달한 성격에 가씨 자매 중 재능이 가장 비범하지만 서출이라는 지위와 몰락해 가는 집안 때문에 재능과 포부를 제대로 펼치지 못한다. 청명절淸明節에 바닷가 멀리 시집가 쓸쓸하게 살아간다.[2]

가환(賈環) 가정의 첩인 조이랑의 아들로 탐춘의 친동생이자 가보옥의 이복형제이다. 교활하고 잔인한 성품으로 보옥을 미워해 얼굴에 화상을 입히고 금천의 자살을 보옥 탓이라고 모함한다. 후에 가운과 함께 교저를 몰래 변방으로 팔아넘기려는 계략을 꾸민다.[2]

강주선초(絳珠仙草) 임대옥의 전신前身으로 영하靈河의 강가 삼생석三生石 곁에서 자라는 신선초이다. 신영시자神瑛侍者가 뿌려주는 감로甘露를 마시고 전생의 인연을 맺어 임대옥으로 환생한다.[1]

경환선자(警幻仙子) 경환선고警幻仙姑라고도 한다. 가보옥이 태허환경太虛幻境에서 만난 선녀로 가보옥에게 금릉십이차 책자를 보여주고 〈홍루몽십이지곡〉을 들려주며 인생의 깨달음을 얻게 조언해준다.[1]

공공도인(空空道人) 바위에 새겨진 글을 발견하고 이를 베껴서 세상에 알리고자 하는 인물이다. 정情을 통해 공空을 깨달았기에 스스로 정승情僧으로 개명하고 《석두기石頭記》를 《정승록情僧錄》으로 고친다.[1]

금천(金釧) 왕부인의 시녀이며 옥천의 언니이다. 왕부인이 낮잠을 자는 동안 가보옥과 농담을 주고받다가 왕부인에게 들킨다. 왕부인이 뺨을 때리고 내쫓자 금천은 부끄러움과 굴욕을 참지 못하고 우물에 몸을 던져 자살한다.[7]

냉자흥(冷子興) 도성에서 골동품 장사를 하는 사람으로 유양촌維揚村 주막에서 가우촌과 우연히 만나 녕국부, 영국부에 관한 이야기를 들려준다. 집사 주서의 사위로 골동품을 팔다가 소송이 걸려 곤욕을 치르기도 한다.[2]

뇌대(賴大)　영국부를 총괄하는 집사로 일상 업무에서 성친省親의 대사까지 모두 관리하는 인물이다. 그의 모친은 가정의 유모였고 아들은 글공부를 하여 지현知縣의 관직을 얻는다.[16]

명연(茗煙)　가보옥의 시동으로 항상 가보옥의 곁에서 보필한다. 가보옥이 배명焙茗이라는 이름을 지어줘서 제24회~제34회에서는 배명으로 불리다가 제39회 이후부터는 다시 명연으로 불린다.[9]

묘옥(妙玉)　농취암櫳翠庵에 거주하는 비구니로 금릉십이차 중 한 명이다. 귀족가문 출신이어서 성격이 고상하면서도 괴팍한 면이 있다. 세속과 잘 어울리지 않았으나 가보옥에게는 은근한 정을 느낀다. 후에 가부에 침입한 도적떼에게 겁탈당하고 어디론가 끌려가 사라지는 불행한 운명을 맞는다.[17]

사기(司棋)　가영춘의 시녀로 강직한 성격의 소유자이다. 고종사촌 반우안과 대관원에서 밀회를 하다가 원앙에게 들킨다. 대관원이 수색당할 때, 거처에서 반우안의 물건과 편지가 발견되어 쫓겨난다. 어머니로부터 반우안과의 결혼을 승낙 받지 못하자 벽에 머리를 부딪쳐 자살한다.[7]

사상운(史湘雲)　가모의 질녀로 금릉십이차 중 한 명이다. 임대옥과 마찬가지로 일찍이 부모를 여의고 남의 집에 얹혀사는 신세이나 천성적으로 호방하고 쾌활한 성격 덕분에 처지를 비관하거나 상념에 젖는 일이 거의 없다. 후에 위약란과 결혼하나 행복한 삶을 누리지는 못한다.[19]

설반(薛蟠)　설보차의 오빠이다. 하금계의 남편이고 향릉을 첩으로 맞는다. 귀족자제임에도 불구하고 무지하고 저속한 인물이다. 향릉을 첩으로 사면서 사람을 때려죽인다. 후에 또다시 살인 사건에 연루되어 잡혀 들어가지만 결국 사면 받아 석방되고 잘못을 뉘우친다.[3]

설보차(薛寶釵)　설부인의 딸이고 설반의 여동생으로 금릉십이차 중 한 명이다. 왕부인의 질녀로 가보옥과는 이종사촌지간이다. 온유돈후溫柔敦厚하고 인정에 밝은 성품으로 유교의 전형적인 여인상이라 할 수 있다. 금옥양연金玉良緣의 연분으로 가보옥과 결혼하지만 가보옥이 출가하면서 독수공방하는 신세가 된다.[4]

설안(雪雁)　임대옥이 데리고 온 몸종으로 가보옥의 결혼 소식을 잘못 전하는 바람에 임대옥이 식음을 전폐하여 거의 죽음 직전까지 가기도 하였다. 왕희봉의 계략으로 가보옥의 결혼식에서 신부 측 시중을 들게 되고 이를 본 가보옥은 임대옥과 결혼하는 것인 줄 알고 속아서 예식을 치르게 된다.[3]

신영시자(神瑛侍者)　선계 적하궁赤瑕宮에 사는 선인仙人으로 가보옥의 전신前身이다. 임대옥의 전신인 강주선초絳珠仙草에게 감로를 뿌려준 일로 서로 전생의 연을 맺는다.[1]

앵아(鶯兒)　설보차의 시녀이다. 가보옥의 통령보옥에 적힌 글귀와 설보차의 금 목걸이에 적힌 글귀가 서로 대구를 이룬다는 것을 두 사람에게 알려준다. 가보옥과 설보차는 앵아를 통해 서로가 금옥양연金玉良緣임을 확인한다.[7]

영관(齡官)　가부 내 연극단의 배우이다. 귀비가 친정 나들이 했을 때 창을 잘 하여 귀비로부터 음식을 하사받는다. 성격이 강직하여 가보옥이 〈모란정牡丹亭〉의 한 소절을 듣고 싶어 이향원梨香院을 찾아갔으나 내키지 않는다면서 노래를 불러주지 않는다. 가장과 마음을 주고받는 사이이다.[18]

왕부인(王夫人)　가정의 처이자 가보옥의 모친이다. 설부인의 언니이고 왕자등의 여동생이다. 영국부에서 가씨賈氏, 왕씨王氏, 설씨薛氏 가문을 연결하는 인물이다. 하나밖에 없는 아들인 가보옥을 지나치게 보호하고 걱정한다.[2]

왕희봉(王熙鳳) 가련의 처로 금릉십이차 중 한 명이다. 왕부인의 질녀이니 가보옥에게는 사촌누이이자 형수가 된다. 아름다운 외모에 남성적인 기질을 가진 인물이다. 재치와 유머 감각이 매우 뛰어나고 사무처리 능력 또한 탁월하여 가부의 안팎을 장악한다. 권모술수에 능하고 자신의 이익을 위해서라면 수단과 방법을 가리지 않아 고리대금을 놓고 사람의 목숨을 해치기도 한다.[3]

우씨(尤氏) 녕국부 가진의 처이자 가용의 계모이다. 주변 사람에 대해 배려가 깊으나 우유부단하고 무능하여 하인들이 우씨의 지시를 잘 따르지 않는다. 녕국부가 몰수당하자 영국부에 얹혀사는 신세가 된다.[5]

원앙(鴛鴦) 가모의 시녀로 가모의 두터운 신임을 받는 인물이다. 대대로 노비 집안의 자식이지만 강직하고 신의가 있다. 가사가 첩으로 데려가려고 하자 머리를 자르겠다고 하며 저항한다. 가모가 죽자 따라서 목을 매 자살한다.[20]

유노파(劉老婆) 영국부와 먼 인척이 되는 시골 노파로 재치와 익살이 넘치고 세상물정에 밝으며 삶의 경험이 풍부하다. 넉살좋은 성격과 입담으로 가부 사람들이 모두 좋아한다. 교저가 변방으로 팔려갈 위험에 처하게 되자 평아와 함께 시골에 숨겨주고 후에 교저에게 중매를 서준다.[6]

이환(李紈) 가보옥의 형인 가주의 처이고 가란의 모친으로 금릉십이차 중 한 명이다. 일찍이 청상과부가 되어 목석같은 마음으로 살지만 말년에 아들 가란이 공을 세워 높은 지위에 오르자 여복을 누리게 된다.[4]

임대옥(林黛玉) 가모의 외손녀이고 가보옥의 고종사촌동생으로 금릉십이차 중 한 명이다. 일찍 부모를 여의고 이러한 처지 때문에 늘 비애와 상실감에 젖어 산다. 병약하고 감수성이 예민하여 감정의 기복이 심하다. 미모와 재능이 남다르고 가보옥의 정신세계를 가장 잘 이해하는 인물이다. 가보옥과는 목석전맹木石前盟으로 맺어진 사이이지만 두 사람의 사랑은 비극적인 결말을 맞게 된다. 아무것도 모르는 가보옥이 속아서 설보차와 결혼하는 날, 임대옥은 홀로 쓸쓸하게 죽는다.[2]

자견(紫鵑) 앵가鸚哥라고도 한다. 원래는 가모의 시녀였으나 임대옥이 영국부로 들어오면서 가모가 임대옥의 시녀로 보낸다. 임대옥을 진심으로 대하여 서로 친자매 같이 지낸다. 임대옥이 죽은 뒤, 가보옥의 시녀가 되지만 후에 가석춘을 따라 출가한다.[8]

조이랑(趙姨娘) 가정의 첩으로 가탐춘과 가환의 모친이다. 첩이라는 이유로 사람들로부터 천대받는 것에 대해 원한을 품고 살아간다. 마도파를 시켜 가보옥과 왕희봉을 음해하려는 계책을 세우기도 한다. 가모의 영구를 철함사鐵檻寺에 모신 뒤 돌연 병사한다.[2]

주서댁(周瑞家的) 영국부 집사 주서의 처이다. 여주인들이 외출하는 일만을 관리한다. 대관원이 몰수당하는 풍파 속에서 왕부인의 심복으로서의 역할을 다 한다. 그러나 양아들이 도적떼를 불러 모은 사건으로 쫓겨난다.[6]

진가경(秦可卿) 가용의 처로 금릉십이차 중 한 명이다. 사려가 깊고 근심이 지나친 성격으로 작품에서는 병사하는 것으로 묘사되고 있으나 시아버지인 가진과 부정한 일을 저지르고 참지 못해 자살한 것으로 추측된다. 제5회 판사判詞나 초대라는 하인이 가부를 욕하는 장면 등에서 암시되고 있다.[5]

진사은(甄士隱) 타고난 성품이 무사태평하고 사리사욕이 없는 인물로 일찍이 가우촌이 과거를 보러갈 때 노잣돈을 대주었다. 후에 절름발이 도인을 만나 깨달음을 얻고 출가한다. 가부에서 일어나는 사건들과 직접적인 관계는 없지만 작품의 내용을 객관적인 입장에서 바라보고 독자들에게 전달하는 역할을 한다.[1]

진종(秦鐘)　진가경의 남동생으로 가보옥에게는 조카가 된다. 가보옥과 처음 만나면서 서로 흠모하여 단짝이 된다. 수월암水月庵의 어린 비구니 지능과 서로 마음이 맞아 그녀와 몰래 도망가려고 하였으나 들통난다. 이로 인해 부친이 화병으로 죽자 진종 역시 병이 들어 죽는다.[5]

청문(晴雯)　가보옥의 시녀이다. 신분은 비록 비천한 시녀이지만 도도하고 자존심이 강하여 무조건 주인의 비위를 맞추거나 떠받들지 않는다. 가보옥의 총애를 받는 데다 외모와 바느질 솜씨가 뛰어나 시기와 질투의 대상이 된다. 모함을 받아 대관원에서 쫓겨난 뒤 병이 들어 홀로 쓸쓸하게 죽는다.[5]

초대(焦大)　녕국부의 하인이다. 녕국부의 조부를 따라 여러 번 출병出兵하였는데, 시체더미 속에서 주인을 구해내어 남다른 대우를 받는다. 술만 취하면 가부의 부패한 실상들을 입 밖으로 드러내며 욕을 한다. 가부가 차압당할 때는 가부를 위해 목숨을 걸겠다고 다짐한다.[7]

평아(平兒)　왕희봉의 시녀이자 가련의 첩이다. 신중하고 사려 깊으며 주인에게 충심을 다해 왕희봉의 신뢰와 총애를 받는다. 가련과 왕희봉 사이에서 일어나는 일을 세심하게 보살피고 사단을 없애는 역할을 한다. 왕희봉이 죽은 뒤 가련의 정실부인이 된다.[6]

향릉(香菱)　진사은의 딸로 본명은 진영련이다. 원소절元宵節에 하인의 등에 업혀 등 구경을 나갔다가 납치된다. 우여곡절 끝에 설반에게 팔려와 이름을 향릉으로 바꾼다. 설반의 정실부인 하금계가 향릉을 학대하고 독살하려다 도리어 죽게 되고 향릉은 정실부인이 된다. 아이를 낳다가 난산으로 죽는다.[1]

형부인(邢夫人)　가사의 처로 천성이 우둔하고 재화에만 탐을 낸다. 대관원을 산보하던 중 수춘낭繡春囊을 발견하고 이것을 왕부인에게 전달한다. 이 사건을 트집 잡아 왕부인이 집안관리를 엄격히 하지 않았다고 몰아세운다. 이 때문에 대관원을 수색하는 사건이 일어나게 된다.[3]

화습인(花襲人)　가보옥의 시녀이다. 원래는 가모의 시녀로 본명은 진주珍珠이다. 가보옥과 운우지정雲雨之情을 함께 나눈 관계로 가보옥을 극진하게 보살펴주는 인물이다. 가보옥이 출가한 후 수절하려고 하나 후에 장옥함에게 시집간다.[3]

🏵 대관원의 구조 🏵

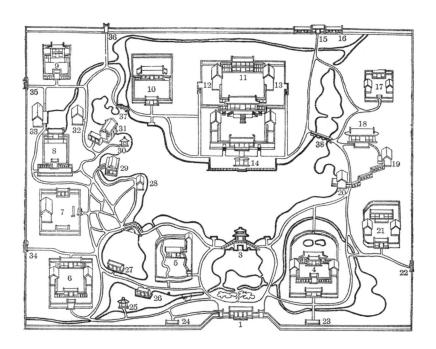

1 정문 **2** 곡경통유 **3** 심방정 **4** 이홍원 **5** 소상관 **6** 추상재 **7** 도향촌 **8** 난향오 **9** 자릉주
10 형무원 **11** 대관루 **12** 함방각 **13** 철금각 **14** 성친별서패방 **15** 후문 **16** 주방 **17** 절 **18** 가음당 **19** 철벽당
20 요정관 **21** 농취암 **22** 각문 **23** 숙직방 **24** 의사청 **25** 적취정 **26** 유엽저 **27** 행엽저 **28** 노설엄 **29** 우향사
30 모란정 **31** 파초오 **32** 홍향포 **33** 유음당 **34** 각문 **35** 각문 **36** 후각문 **37** 판교 **38** 심방갑교

*양내제(楊乃濟)의 대관원 모형도(《홍루몽연구집간》제3집, 상해고적출판사, 1980)를 따랐음.

홍루몽 인물 관계도

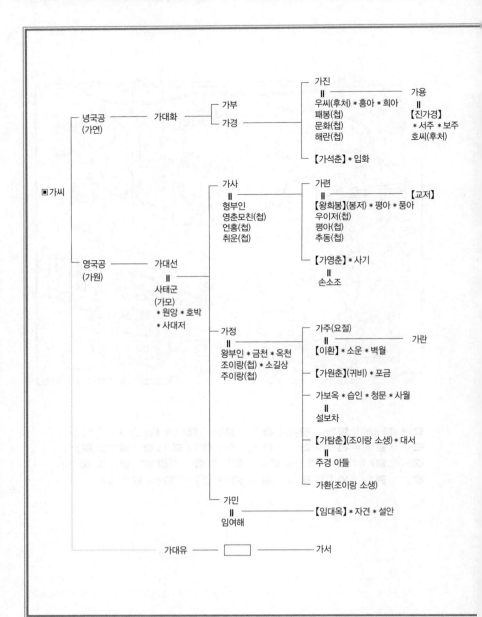

■가씨

녕국공 (가연) ── **가대화** ┬ **가부**
└ **가경** ── **가진**
‖
우씨(후처) * 흥아 * 희아
패봉(첩)
문화(첩)
해란(첩)

── **가용**
‖
【진가경】
* 서주 * 보주
호씨(후처)

【가석춘】 * 입화

영국공 (가원) ── **가대선**
‖
사태군
(가모)
* 원앙 * 호박
* 사대저

┬ **가사**
‖
형부인
영춘모친(첩)
언홍(첩)
취운(첩)

── **가련**
‖
【왕희봉】(봉저) * 평아 * 풍아
우이저(첩)
평아(첩)
추동(첩)

【교저】

【가영춘】 * 사기
‖
손소조

├ **가정**
왕부인 * 금천 * 옥천
조이랑(첩) * 소길상
주이랑(첩)

── **가주(요절)**
‖
【이환】 * 소운 * 벽월

── **가란**

【가원춘】(귀비) * 포금

가보옥 * 습인 * 청문 * 사월
‖
설보차

【가탐춘】(조이랑 소생) * 대서
‖
주경 아들

가환(조이랑 소생)

└ **가민**
‖
임여해

── **【임대옥】** * 자견 * 설안

가대유 ── ▭ ── **가서**

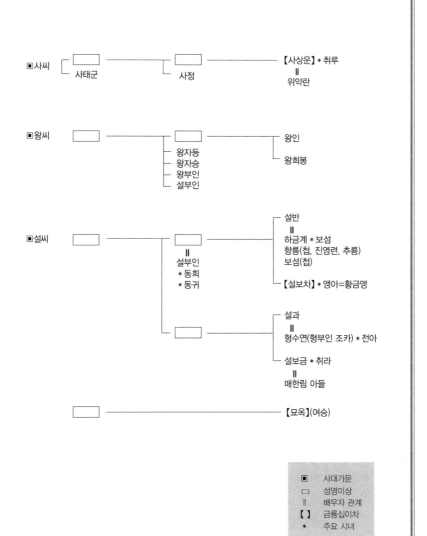

■사씨 　사태군 ── 사정 ── 【사상운】＊취루
　　　　　　　　　　　　　　　＝
　　　　　　　　　　　　　　　위악란

■왕씨 　──────── 　── 왕인
　　　　왕자등
　　　　왕자승 　　　　　　　 　── 왕희봉
　　　　왕부인
　　　　설부인

■설씨 　──────── 　── 설반
　　　　　　　　　　　　　　　＝
　　　　　　＝ 　　　　　　　 하금계＊보섬
　　　　　설부인 　　　　　　 향릉(첩, 진영련, 추릉)
　　　　　＊동희 　　　　　　 보섬(첩)
　　　　　＊동귀
　　　　　　　　　　　　　　 ── 【설보차】＊앵아＝황금앵

　　　　　　　　　　　　　　 ── 설과
　　　　　　　　　　　　　　　　＝
　　　　　　　　　　　　　　 형수연(형부인 조카)＊전아

　　　　　　　　　　　　　　 ── 설보금＊취라
　　　　　　　　　　　　　　　　＝
　　　　　　　　　　　　　　 매한림 아들

　　　　──────────────── 【묘옥】(여승)

■	사대가문
□	성명미상
‖	배우자 관계
【 】	금릉십이차
＊	주요 시녀

🏵 저자약력

• 조설근 曹雪芹

조설근(약 1715∼1763)은 본명이 점(霑), 호를 근포(芹圃), 근계거사(芹溪居士), 몽완(夢阮) 등으로 부르며, 남경의 강녕직조(江寧織造)에서 귀공자로 태어나 부귀영화를 누렸으나 소년시절 가문이 몰락, 북경으로 이주하여 불우한 생활을 하였다. 만년에는 북경 교외 향산(香山) 아래에서 빈궁한 생활 속에 그림과 시를 즐기며 《홍루몽》의 창작에 여생을 보냈다. 다른 저술은 남아있지 않고 그의 생전에는 《석두기》(石頭記)란 이름으로 필사본 80회가 전해지고 있었다.

• 고악 高鶚

고악(1763∼1815)은 자를 난서(蘭墅), 호를 홍루외사(紅樓外史)라고 했으며, 요동(遼東)의 철령(鐵嶺) 사람이다. 건륭 53년(1788) 향시에 합격하여 거인(擧人)이 되었으나 진사 시험에는 계속 낙방하였다. 건륭 56년(1791) 친구인 정위원(程偉元)의 부탁으로 그가 수집한 《홍루몽》 후반부 30여 회를 수정 보완하여 활자본 120회를 간행하는 데 도움을 주었다.

🏵 역자약력

• 최용철 崔溶澈 choe0419@korea.ac.kr

고려대학교 중어중문학과 명예교수. 고려대 중문과를 졸업하고 국립타이완(臺灣)대학에서 《홍루몽》 연구로 석·박사학위를 취득했다. 중국고전소설과 동아시아 비교문학 등의 연구에 주력하고 있다. 박사논문 "청대 홍루몽학의 연구" 외에 《홍루몽의 전파와 번역》과 "조설근 가세고", "구운기에 나타난 홍루몽의 영향연구" 등의 저서와 논문이 있다.

• 고민희 高旼喜 miniko@hallym.ac.kr

한림대학교 중국학과 명예교수. 고려대 중문과를 졸업하고 동 대학에서 《홍루몽》 연구로 석·박사학위를 취득했으며, 《홍루몽》의 사상성 및 《홍루몽》 연구사 등에 관심을 기울이고 있다. 박사논문 "홍루몽의 현실비판적 의의 연구" 외에 "홍루몽에 나타난 휴머니즘 연구", "중국 신문학운동 초기의 홍루몽 평가에 관한 고찰" 등의 논문이 있다.